W0031731

COLLECTION SÉRIE NOIRE
Créée par Marcel Duhamel

JO NESBØ

LE FILS

TRADUIT DU NORVÉGIEN PAR HÉLÈNE HERVIEU

GALLIMARD

Suivez l'actualité de la Série Noire sur les réseaux sociaux :
https://www.facebook.com/gallimard.serie.noire
https://twitter.com/La_Serie_Noire

Titre original :
SØNNEN

© Jo Nesbø, 2014.
Published by agreement with Salomonsson Agency.
© Éditions Gallimard, 2015, pour la traduction française.

… d'où je reviendrai pour juger les vivants et les morts…

PREMIÈRE PARTIE

1

Rover fixait le sol en pierres peint en blanc dans la cellule rectangulaire de onze mètres carrés. Donna un coup de dents contre l'incisive en or un peu trop haute de sa mâchoire inférieure. Il en était venu au passage difficile de sa confession. Seul résonnait dans la cellule le bruit de ses ongles qui grattaient la Vierge tatouée sur son avant-bras. Le jeune homme assis face à lui sur le lit, les jambes croisées, n'avait pas dit un mot depuis que Rover était entré. Il s'était contenté de hocher la tête et d'arborer son sourire de Bouddha satisfait, le regard fixé sur un point du front de Rover. On l'appelait Sonny et on disait qu'adolescent il avait tué deux personnes, que son père avait été un policier corrompu et qu'il possédait des dons particuliers. Difficile de savoir si le jeune homme écoutait, ses yeux verts et la majeure partie de son visage se dissimulaient derrière de longs cheveux sales, mais ce n'était pas si important. Rover voulait seulement obtenir la rémission de ses péchés et la bénédiction qui s'ensuit, de façon à pouvoir le lendemain passer la porte de la prison de haute sécurité de Staten et sortir avec le sentiment d'être purifié. Il n'était pas croyant, mais ça ne pouvait pas faire de mal, et puis cette fois il avait sincèrement l'intention de changer les choses et d'essayer de se ranger. Il prit une inspiration :

« Je crois qu'elle était biélorusse. Minsk est en Biélorussie, pas vrai ? » demanda-t-il en levant les yeux, mais le jeune homme ne répondit pas.

« Nestor l'appelait Minsk, dit Rover. Et il m'a dit de tirer sur elle. »

L'avantage de se confesser à un cerveau aussi explosé était naturellement qu'aucun nom ni événement ne s'y fixait, c'était comme se parler à soi-même. Sans doute était-ce pour cette raison que ceux qui purgeaient leur peine à Staten préféraient ce jeune homme à l'aumônier ou au psychologue.

« Nestor les tenait en cage, elle et huit autres filles, du côté d'Einerhaugen. Des Européennes de l'Est et des Asiatiques. Des jeunes. Des adolescentes. Enfin, j'espère au moins qu'elles avaient atteint l'adolescence. Mais Minsk était plus grande. Plus forte. Elle a réussi à foutre le camp. Elle est parvenue à entrer dans le parc de Tøyen avant que le chien de Nestor la rattrape. Un dogue argentin, tu connais ces chiens-là ? »

Le jeune homme ne cilla pas, mais il leva la main, peigna lentement sa barbe avec ses doigts. La manche de sa grande chemise sale glissa et dévoila des croûtes et des traces de piqûres. Rover poursuivit :

« Des molosses albinos redoutables. Qui tuent tout ce que leur maître pointe du doigt. Et même ce qu'il n'a pas pointé du doigt. Interdits en Norvège, ça va sans dire. Importés de Tchéquie par un chenil de Rælingen qui les a enregistrés comme des boxers blancs. Nestor et moi, on était là et on l'a acheté c'était encore un chiot. Plus de cinquante mille en cash. Mignon comme tout, pas moyen d'imaginer comment il… » Rover s'arrêta net. Il savait qu'il s'attardait sur le chien uniquement pour repousser le moment d'exposer la raison de sa venue.

« De toute façon… »

De toute façon. Rover regarda le tatouage qui décorait son autre avant-bras. Une cathédrale avec deux clochers. Une pour chaque peine purgée. Cela ne regardait, *de toute façon*, personne. Il avait procuré, en contrebande, des armes au gang, avait bricolé sur certaines dans son atelier. Il était bon là-dedans. Trop bon. Si bon qu'il avait fini par se faire repérer et coffrer. Et, *de toute façon*, si bon que Nestor, après sa première condamnation, l'avait gardé au chaud. Ou au frais. Il l'avait acheté, comme on achète une marchandise, pour que ses hommes – et pas les types du gang ou d'autres rivaux – puissent avoir les meilleures armes. Il l'avait payé, pour quelques mois de travail, plus qu'il n'aurait gagné le restant de ses jours dans son petit atelier de moto. Mais Nestor avait exigé beaucoup en contrepartie. Beaucoup trop.

« Elle était là, dans les fourrés, à se vider de son sang. Immobile, le regard braqué sur nous. Le clebs avait arraché un morceau de son visage, tu voyais carrément ses dents. » Rover grimaça. En venir au fait. « Nestor nous a dit qu'il était temps de marquer les esprits, de montrer aux autres filles ce qu'elles risquaient. Et que Minsk, de toute façon, n'avait plus aucune valeur maintenant que son visage était… » Rover déglutit. « Il m'a demandé de le faire. De l'achever. Ça devait être une preuve de ma loyauté. J'avais sur moi un vieux Ruger MK II que j'avais un peu bricolé. Et j'ai accepté de le faire. J'ai *vraiment* accepté. Le problème n'est pas là… »

Rover sentit sa gorge se serrer. Combien de fois s'était-il repassé la scène, ces quelques secondes, cette nuit-là dans le parc de Tøyen, avec dans les rôles principaux la fille, Nestor et lui-même, et les autres comme témoins muets ? Même le clebs s'était raidi. Des centaines ? Des milliers de fois ? Pourtant, ce n'est qu'en le racontant à haute voix qu'il se rendait compte qu'il n'avait pas rêvé, que c'était vraiment arrivé. Ou plus exactement : c'était comme si son corps ne le comprenait que maintenant et essayait, pour cette raison, de tordre son estomac. Rover inspira profondément par le nez pour réprimer la nausée.

« Mais je n'ai pas réussi. Même si je savais que, de toute façon, elle allait mourir. Ils se tenaient prêts avec le chien, et j'ai pensé que je préférais la tuer d'une balle. Mais c'était comme si la détente était cimentée. Ça paraît incroyable, mais je n'arrivais pas à appuyer dessus. »

Le jeune homme parut hocher légèrement la tête. Peut-être à ce que Rover racontait, ou à une musique que lui seul entendait.

« Nestor a dit qu'on n'allait pas attendre une éternité, on était quand même en plein parc public. Alors il a sorti de son étui de jambe son couteau à lame courbée, a fait un pas en avant, l'a empoignée par les cheveux, a soulevé un peu sa tête et a décrit un arc de cercle sur son cou avec le couteau. Comme s'il levait les filets d'un poisson. Il y a eu trois, quatre gargouillements, puis elle s'est vidée. Mais tu sais de quoi je me souviens le mieux ? Du clebs. De ses hurlements quand le sang a giclé. »

Rover, assis sur sa chaise, se pencha, les coudes sur ses genoux, et se boucha les oreilles. En se balançant d'avant en arrière.

« Et je n'ai rien fait. Je suis resté là à regarder. J'ai pas bougé le petit doigt. Je les ai regardés l'enrouler dans une couverture et la porter dans la voiture, garée plus bas. On l'a emmenée dans la forêt, à Østmarksetra. On l'a balancée du haut de la côte, vers le lac d'Ulster. Pas mal de chiens se promènent par là, alors ils l'ont trouvée le lendemain. Le truc, c'est que Nestor voulait qu'on la retrouve, pas vrai ? Il voulait qu'il y ait des photos dans le journal pour montrer ce qu'on lui avait fait. Comme ça, il pouvait faire passer le message aux autres filles. »

Rover retira les mains de ses oreilles. « J'ai arrêté de dormir, parce que quand je dormais, je ne faisais que des cauchemars. La fille sans menton, qui me souriait avec ses gencives à nu. Alors je suis allé trouver Nestor et je lui ai dit qu'il fallait que je décroche, que je ne voulais plus limer des Uzis et des Glocks, que j'avais seulement envie de recommencer à visser des boulons sur des motos. Vivre une vie paisible sans penser tout le temps aux flics. Nestor m'a dit qu'il n'y avait pas de problème, il avait dû voir que je n'avais pas l'étoffe d'un gangster. Mais il m'a expliqué en détail ce qui m'attendrait si je balançais ce que je savais. J'ai cru que ça irait et j'ai commencé à mener une vie rangée, je refusais toutes les propositions, même si j'avais encore quelques Uzis du tonnerre sous la main. Mais j'avais en permanence le sentiment qu'il se tramait quelque chose. Que j'allais y passer. Oui, j'ai presque été soulagé quand les flics m'ont coffré et que je me suis retrouvé en taule, à l'abri. Une vieille affaire. Je n'étais qu'un personnage secondaire, mais ils avaient arrêté deux types qui leur avaient raconté que c'était moi qui leur avais fourni les armes. J'ai avoué sur-le-champ. »

Rover eut un rire dur. Toussa. Se pencha de nouveau en avant :

« Je sors d'ici dans dix-huit heures. Je n'ai aucune idée de ce qui m'attend. Je sais seulement que Nestor est au courant que je sors, même si c'est quatre semaines avant la date prévue. Il est au courant de tout ce qui se passe ici ou chez les flics. Il a des hommes à lui partout, j'ai au moins compris ça. Alors je me dis que s'il voulait me liquider, il pouvait aussi bien le faire ici plutôt que d'attendre que je sois dehors. T'es pas de mon avis ? »

Rover attendit. Silence. Le jeune homme semblait n'avoir aucun avis.

« De toute façon, reprit Rover, une petite bénédiction, ça ne peut pas faire de mal, hein ? »

Au mot « bénédiction », une lumière parut s'allumer dans le regard de l'autre et il leva la main droite pour indiquer à Rover qu'il devait s'approcher et s'agenouiller. Rover se mit à genoux sur le petit tapis devant le lit. Franck ne laissait aucun autre détenu avoir de tapis par terre, ça faisait partie du modèle suisse qu'ils suivaient à Staten : aucun accessoire superflu dans les cellules. Le nombre d'objets était limité à vingt. Si tu voulais avoir une paire de chaussures, tu devais te débarrasser de deux slips ou de deux livres. Par exemple. Rover leva les yeux vers le visage du jeune homme. Une langue pointue humidifia ses lèvres sèches et gercées. Sa voix était étonnamment claire, et même si les mots venaient lentement, dans un chuchotement, il avait une bonne diction :

« Tous les dieux de la Terre et du Ciel te font miséricorde et te pardonnent tes péchés. Tu vas mourir, mais l'âme du pécheur repenti ira au Paradis. Amen. »

Rover baissa la tête. Sentit contre son crâne rasé la main gauche du jeune homme. Ce dernier était gaucher, mais, dans le cas présent, nul besoin d'être un adepte des statistiques pour savoir que son espérance de vie était plus courte que celle d'un droitier. L'overdose surviendrait le lendemain ou dans dix ans, personne ne le savait. Rover ne croyait pas une seconde que cette main gauche eût le pouvoir de guérir quoi que ce soit. Pas plus qu'il ne croyait à cette bénédiction. Alors pourquoi était-il là ?

La religion c'est un peu comme les assurances incendie : on n'en voit pas l'utilité avant d'en avoir besoin pour de bon. Aussi, quand les gens affirmaient que ce jeune homme pouvait prendre sur lui vos souffrances, pourquoi ne pas accepter d'avoir l'âme en paix ?

Rover avait simplement du mal à comprendre comment un tel type avait pu tuer de sang-froid. Il y avait quelque chose qui clochait. À moins que ce qu'on disait ne fût vrai : le diable a les meilleurs déguisements.

« *Salam aleikum* », dit la voix, et la main se retira.

Rover garda la tête baissée. Passa la langue sur la face interne, lisse, de sa dent en or. Était-il prêt maintenant ? Prêt à rencontrer son Créateur, si c'était ça qui l'attendait ? Il releva la tête. « Je sais que tu ne demandes jamais d'argent, mais... »

Il regarda un des pieds nus du jeune homme, qui avait replié ses jambes sous lui. Il vit les traces de piqûres dans la grande veine sous la voûte plantaire. « La dernière fois, j'étais incarcéré à Borsen et là-bas tout le monde peut se procurer de la came, *no problem*. Mais ce n'est pas une prison de haute sécurité. Ils disent que Franck a réussi à boucher tous les trous de souris ici. Mais..., dit Rover en fourrant la main dans sa poche, ce n'est pas tout à fait vrai. »

Il brandit un objet de la taille d'un téléphone portable, un truc doré en forme de minipistolet. Rover appuya sur la minuscule détente, faisant jaillir une petite flamme du canon.

«T'en as déjà vu un comme ça ? Oui, certainement. Les gardiens qui m'ont fouillé à mon arrivée en avaient déjà vu en tout cas. Ils m'ont dit qu'ils vendaient des cigarettes de contrebande si j'étais intéressé. Et ils m'ont laissé garder ce briquet. Ils ne devaient pas connaître mon casier. C'est à se demander comment ce pays peut fonctionner quand on voit autant de gens bâcler leur travail…»

Rover soupesa le briquet dans sa main.

«J'ai fabriqué ça en deux exemplaires, il y a huit ans. Sans exagérer, personne dans ce pays n'aurait pu faire un meilleur travail. J'ai eu le boulot par un homme de paille, il m'a dit que le destinataire voulait avoir une arme qu'il n'aurait même pas besoin de dissimuler, qui aurait l'air d'être autre chose. Alors je lui ai montré ça. Les gens ont des raisonnements bizarres. La première chose qu'ils pensent en le voyant, c'est naturellement : "un pistolet". Mais dès que tu leur montres qu'on peut s'en servir comme briquet, ils rejettent la première idée. Ils continuent à accepter que ça puisse aussi servir de brosse à dents ou de tire-bouchon. Mais, en tout état de cause, pas de pistolet. Eh bien…»

Rover tourna une vis sous la crosse.

«Il prend des balles de neuf millimètres. Je l'ai baptisé le "tueur d'épouse".» Rover pointa le canon vers le jeune homme. «Une pour toi, chérie…» Puis contre sa propre tempe. «Et une pour moi…» Le rire de Rover résonna, solitaire, dans la petite cellule.

«Bon, au départ, je ne devais en fabriquer qu'un seul, le commanditaire ne voulait pas que quelqu'un d'autre connaisse le secret de cette invention. Mais j'en ai fait un autre. Et je l'ai emporté par précaution, au cas où Nestor aurait eu quelqu'un qui veuille me faire la peau ici. Comme je sors demain et que je n'en ai plus besoin, il est à toi. Et ici…» Rover prit un paquet de cigarettes dans son autre poche. «Ça paraîtrait bizarre si tu n'as pas de cigarettes, pas vrai ?» Il retira le plastique du paquet, l'ouvrit, et sortit une carte de visite aux couleurs passées, *Rover Dépannage Moto*, qu'il fit glisser à l'intérieur du paquet.

«Comme ça t'as mon adresse au cas où tu aurais besoin de faire réparer une moto. Ou te procurer un Uzi, qui est une vraie machine de guerre. Comme je te l'ai dit, il m'en reste encore...»

La porte s'ouvrit :

«Allez, sors d'ici, Rover!» lança une voix tonitruante.

Rover se retourna. Le pantalon du gardien sur le pas de la porte tombait un peu à cause du gros trousseau de clés qui pendait à sa ceinture; son ventre proéminent débordait par-dessus, telle une pâte à lever. «Votre Sainteté a de la visite. Un parent proche, on peut dire.» Il étouffa un ricanement et se tourna vers une personne derrière la porte. «T'y vois pas d'inconvénient, hein, Per?»

Rover fourra le pistolet et le paquet de cigarettes sous la couette du jeune homme et le regarda une dernière fois. Puis il sortit rapidement.

L'aumônier ajusta son col romain, qui était toujours un peu de travers. *Un parent proche. T'y vois pas d'inconvénient, hein, Per?* Il aurait voulu cracher au visage ricanant du gardien, mais il se contenta d'un hochement de tête amical à l'intention du détenu qui sortait de la cellule, comme s'il le connaissait. Il regarda ses tatouages sur les avant-bras. La Vierge et une cathédrale. Mais non, il avait vu trop de visages et de tatouages au fil des ans pour parvenir à les distinguer les uns des autres.

L'aumônier entra. Ça sentait l'encens. En tout cas quelque chose qui rappelait l'encens. Ou de la came brûlée.

«Bonjour, Sonny.»

Le jeune homme sur le lit ne leva pas les yeux, mais hocha lentement la tête. Per Vollan supposa que cela signifiait qu'il était identifié, reconnu. Accepté.

Il s'assit sur la chaise et éprouva un certain malaise en sentant la chaleur du visiteur précédent. Il posa la bible qu'il avait apportée sur le lit à côté du garçon.

« J'ai mis des fleurs sur la tombe de tes parents aujourd'hui, annonça-t-il. Je sais que tu ne me l'as pas demandé, mais… »

Per Vollan essaya de capter le regard du garçon. Lui-même avait deux fils, tous deux adultes, qui avaient quitté la maison. Comme lui. À la différence qu'ils étaient toujours les bienvenus à la maison. Dans un procès-verbal au tribunal, un des témoins de la défense, un professeur, avait affirmé que Sonny avait été un élève modèle, doué, aimé de tous, toujours serviable. Le garçon avait même exprimé le désir de devenir policier, comme son père. Mais Sonny n'avait plus mis les pieds à l'école après que son père s'était suicidé, laissant une lettre où il avouait qu'il était corrompu. Le prêtre tenta de s'imaginer la honte d'un adolescent de quinze ans. Tenta de s'imaginer la honte de ses propres fils si jamais ils venaient à apprendre ce que leur père avait fait. Il ajusta à nouveau son col.

« Merci », dit Sonny.

Per ne s'attendait pas à ce que le garçon paraisse si jeune. Parce qu'il devait approcher la trentaine maintenant. Cela faisait douze ans qu'il était incarcéré, il en avait dix-huit quand il était arrivé ici. Peut-être la drogue l'avait-elle momifié, figé dans le temps, laissant seuls les cheveux et la barbe pousser, tandis que ses yeux d'enfant jetaient un regard étonné sur le monde extérieur. Sur un monde impitoyable. Car Dieu savait que ce monde était sans pitié. Cela faisait plus de quarante ans que Per Vollan était aumônier et il avait vu ce monde empirer de jour en jour. Le mal proliférait comme une cellule cancéreuse qui rendait malades les cellules saines, leur donnait le baiser du vampire et les recrutait pour poursuivre son œuvre de destruction. Et personne n'en réchappait une fois mordu. Personne.

« Comment ça va, Sonny ? Ta permission s'est bien passée ? Vous avez pu voir la mer ? »

Pas de réponse.

Per Vollan se racla la gorge. « Le gardien dit que vous avez pu voir la mer. Je ne sais pas si tu as lu les journaux, mais une femme a été retrouvée morte non loin de là où vous étiez allés. Elle a été retrouvée chez elle, dans son lit. Sa tête était... oui. Les détails sont ici... », dit-il en tapotant de l'index la couverture de la bible. « Le gardien a déjà envoyé un rapport pour signaler que tu as fichu le camp quand vous étiez à la mer et qu'il t'a retrouvé une heure plus tard près de la route, sans que tu veuilles dire où tu étais passé. C'est important que tu ne dises rien qui puisse casser son témoignage, tu comprends ? Tu en dis le moins possible, c'est d'accord, Sonny ? »

Per Vollan croisa le regard du jeune homme. Un regard qui lui disait peu de choses sur ce qui se passait dans sa tête, mais il avait la quasi-certitude que Sonny Lofthus suivrait les instructions : ne rien dire de superflu ni aux enquêteurs ni aux avocats. Juste dire un « oui » d'une voix claire et douce, quand on lui demanderait s'il plaidait coupable. Car même si cela pouvait sembler paradoxal, il remarquait de temps en temps une direction, une volonté, un instinct de survie qui différenciait ce toxicomane des autres, de ceux qui avaient toujours été en roue libre, n'avaient jamais eu de projets dans la vie, dont la prison avait été le seul avenir. Cette volonté pouvait remonter à la surface sous la forme d'une clarté soudaine dans le regard ou d'une question qui montrait qu'il avait été attentif en permanence, qu'il avait tout vu, tout entendu. Ou même à sa manière de se lever, avec un sens de la coordination, un équilibre et une souplesse qu'on ne voyait pas chez les autres junkies. D'autres fois, comme maintenant, il était plus difficile de savoir s'il enregistrait quoi que ce soit de ce qui se passait.

Per se tortilla sur sa chaise.

« Cela signifie évidemment que tu n'auras plus de permissions pendant un bon nombre d'années. Mais tu ne te plais pas tellement de l'autre côté des murs, si je ne m'abuse. Et puis maintenant, tu as vu la mer.

— C'était une rivière. C'est le mari ? »

Le prêtre tressaillit. Comme si, juste sous ses yeux, quelque chose d'inattendu avait brisé la surface noire de l'eau. « Je ne sais pas. C'est important ? »

Pas de réponse. Vollan soupira. Sentit la nausée revenir. Cela faisait un moment qu'il n'arrivait pas à s'en débarrasser. Peut-être devrait-il aller voir le médecin pour se faire examiner.

« Ne pense pas à ça, Sonny. Rappelle-toi que dehors, des gens comme toi passent toutes leurs journées à se procurer un shoot. Alors que lui, tant que tu es ici, il veille à ce que tu ne manques de rien. Et n'oublie pas que le temps passe. Quand les meurtres précédents sont trop anciens, ça commence à ne plus compter, mais avec ce meurtre-ci, tu joues les prolongations.

— C'est le mari. Il est riche alors ? »

Vollan montra la bible. « La maison dans laquelle tu es entré est décrite ici. Grande et parfaitement équipée. Mais l'alarme qui devait surveiller tout ce standing n'était pas branchée et la porte même pas fermée. Le nom, c'est Morsand. L'armateur avec le cache-œil. Tu as peut-être vu sa photo dans les journaux ?

— Oui.

— Ah ? Je croyais que tu ne…

— Oui, je l'ai tuée. Oui, je vais lire comment j'ai fait. »

Per Vollan inspira un bon coup. « C'est bien. Il y a certains détails sur la manière dont elle a été tuée qu'il faut que tu retiennes…

— Si tu le dis.

— Elle… s'est fait découper le haut du crâne. Tu es censé avoir utilisé une scie, tu comprends ? »

Ces mots furent suivis d'un long silence que Per Vollan eut envie de combler en vomissant. Oui, vomir aurait été préférable aux paroles qui venaient de sortir de sa bouche. Il regarda le jeune homme. Qu'est-ce qui faisait qu'une vie prenait une direction plutôt qu'une autre ? Une suite d'événements fortuits dont on n'était pas maître ou une force supérieure qui vous entraînait irrésistiblement où elle voulait ? Il fit encore une fois rentrer son col romain, raide, à l'intérieur de sa chemise. Ravala la nausée, se blinda. Pensa aux enjeux.

Il se leva. « Si tu as besoin de me contacter, j'habite en ce moment à l'hôpital, place Alexander-Kielland. »

Il vit le regard interrogateur du garçon.

« Ce n'est que temporaire. » Il eut un rire bref. « Ma femme m'a foutu dehors et je connais des gens à l'hôpital, alors ils... »

Il s'arrêta net. Il venait tout à coup de comprendre pourquoi tant de détenus se confiaient à ce jeune homme. C'était à cause de son silence. Du vide qui vous happait, émanant de quelqu'un qui se contentait d'écouter, sans réagir ni juger. Qui sans rien faire tirait de vous des paroles et des secrets. C'est ce que lui-même avait tenté de faire en tant qu'aumônier, mais c'est comme si les prisonniers flairaient qu'il faisait ça par intérêt. Ils ne savaient pas lequel, ils sentaient seulement qu'il visait un but en leur soutirant leurs secrets. Pénétrer les arcanes de leurs âmes pour obtenir plus tard un éventuel droit d'entrée au Ciel.

L'aumônier vit le garçon ouvrir la bible. C'était un truc si classique que c'en était risible ; des trous avaient été découpés dans les pages. C'est là que se trouvaient les bouts de papier avec les instructions dont il avait besoin pour ses aveux. Ainsi que les trois petits sachets d'héroïne.

2

Arild Franck cria un bref «Entrez!» sans lever les yeux de ses papiers.

Il entendit la porte s'ouvrir. Ina, la secrétaire du directeur adjoint de la prison, lui avait déjà annoncé son visiteur, et Arild Franck avait songé un instant à lui faire dire à l'aumônier qu'il était occupé. Ce qui n'était même pas un mensonge : il avait rendez-vous dans une demi-heure avec le chef de la police au commissariat. Mais, ces derniers temps, Per Vollan n'avait pas été aussi constant qu'ils l'avaient espéré et mieux valait s'assurer plutôt deux fois qu'une qu'on pouvait un tant soit peu lui faire confiance. Pas question qu'il y ait le moindre loupé dans cette affaire, pour aucun d'eux.

«Tu n'as pas besoin de t'asseoir», dit le directeur adjoint qui signa un document sur son bureau avant de se lever. «Tu me raconteras de quoi il s'agit pendant que je sors.» Il se dirigea vers la porte, prit sa casquette de policier accrochée au portemanteau et entendit les pas traînants de l'aumônier derrière lui. Arild Franck prévint Ina qu'il serait de retour dans une heure et demie, posa l'index sur le lecteur d'empreintes digitales situé à la porte donnant accès à l'escalier. La prison était construite sur deux étages, sans ascenseurs. Parce que qui dit ascenseurs dit cages d'ascenseur, dit éventuelles voies pour s'enfuir, qu'il fallait bloquer en cas d'incendie. Et un incendie suivi de l'évacuation chaotique n'était qu'une des nombreuses méthodes qu'avaient utilisées les détenus un peu malins pour se faire la belle. Pour la même raison, les câbles électriques, les armoires de sécurité et les conduites d'eau étaient hors de portée des détenus : soit à l'extérieur du bâtiment soit encastrés dans les murs. Ici, rien n'avait été laissé au hasard. *Il* avait pensé à tout. Avait participé aux réunions avec les architectes et les experts internationaux en matière de prisons, lors de la conception de Staten. La prison de Lenzburg dans le canton suisse d'Argovie leur avait bien servi de modèle, hypermoderne malgré sa simplicité, axée davantage sur la sécurité et l'efficacité que sur le confort. Mais c'était lui, Arild Franck, qui avait créé cet établissement. Staten était Arild Franck et vice versa. Alors pourquoi n'était-il que directeur adjoint et pourquoi cet arriviste du centre pénitentiaire de Halden avait-il été nommé directeur de la prison ? Il aurait fallu demander ça à ces enfoirés du bureau de recrutement. D'accord, il était un peu bourru et n'était pas du genre à lécher les bottes des politiques, ni à s'enflammer pour la moindre réforme – forcément novatrice – du régime pénitentiaire qui serait votée avant même que la précédente ait eu le temps d'entrer en vigueur. Mais c'était un homme de terrain, il savait détenir les gens sous verrous et les frapper sans qu'ils doivent aller à l'infirmerie ou meurent. Et il était loyal envers ceux qui méritaient sa loyauté, il prenait soin des siens. On n'aurait pas pu en dire autant de ceux qui trustaient le sommet de la hiérarchie dans la police, corrompue jusqu'à la moelle. Avant d'être mis au placard, Arild Franck s'était sans doute imaginé avoir droit à son buste sur la cheminée, au moment de la retraite, même si sa femme avait émis quelques réserves, voyant mal son torse sans cou, son visage de bouledogue et ses cheveux clairsemés se prêter à un buste. Mais à défaut d'être reconnu, il fallait faire tout comme, telle était sa conclusion.

« Je ne peux plus faire ça », dit Per Vollan dans son dos, tandis qu'ils s'éloignaient dans le couloir.

« Faire quoi ?

— Je suis prêtre. Ce que nous faisons à ce garçon... Lui faire purger une peine pour un crime qu'il n'a pas commis ! Payer pour un mari qui...

— Chut ! »

À l'extérieur de la salle de contrôle — que Franck appelait « le pont » — ils passèrent devant un homme plus âgé. Ce dernier faisait une pause alors qu'il lavait le sol à grande eau, et il adressa un signe de tête amical à Franck. Johannes était le plus ancien détenu, un de ceux qu'aimait Franck, une âme charitable qui, au siècle précédent, avait fait du trafic de drogue, et faisait maintenant partie des meubles. Un client fidélisé et rendu si passif qu'il appréhendait le jour où il devrait sortir d'ici. Mais ce genre de détenus ne correspondait pas aux critères qu'exigeait une prison telle que Staten.

« Tu as mauvaise conscience, Vollan ?

— Oui. C'est ça, Arild. »

Franck ne se souvenait pas exactement à quel moment précis des collègues commençaient à tutoyer leurs supérieurs. Ou quand des directeurs de prison délaissaient l'uniforme pour une tenue civile. À certains endroits, il y avait même des gardiens qui allaient en civil. Lors des mutineries à la prison de Francisco de Mar à São Paulo, aveuglés par les fumées des gaz lacrymogènes et incapables de les distinguer des détenus, ils avaient tiré sur leurs collègues.

« Je ne veux plus faire ça, insista le prêtre.

— Ah bon ? » Franck descendit l'escalier quatre à quatre. Il avait la forme pour quelqu'un qui était à moins de dix ans de la retraite. Parce qu'il *s'entraînait*. Encore une vertu oubliée dans une branche où le surpoids devenait la règle et non plus l'exception. Sans compter qu'il avait été l'entraîneur de l'équipe locale, du temps où sa fille faisait de la natation. Il avait largement rendu à la société ce qu'elle lui avait donné, n'hésitant pas à prendre sur son temps libre ; la question n'était pas là. « Mais ça ne te pose pas de problème de conscience, ces jeunes garçons dont nous avons la preuve que tu les as agressés, Vollan ? » Franck posa son index sur le lecteur d'empreintes digitales près de la porte suivante, celle qui menait au couloir donnant à l'ouest sur les cellules, à l'est sur le vestiaire du personnel pénitentiaire et la sortie vers le parking.

« Essaie de voir les choses sous cet angle : Sonny Lofthus paie aussi pour tes péchés, Vollan. »

Nouvelle porte, nouveau lecteur d'empreintes digitales. Franck posa encore l'index. Il adorait cette invention qu'il avait découverte au Japon, à la prison Obihiro de Kushiro. Les empreintes digitales de toutes les personnes autorisées à franchir ces portes étaient sauvegardées dans une banque de données, ce qui évitait de distribuer des clés qui se perdaient, dont on pouvait faire un double et dont les prisonniers pouvaient se servir à mauvais escient. Non seulement ils avaient éliminé tout risque de négligence avec les clés, mais ils savaient aussi qui passait quelle porte à quel moment. Certes, ils avaient des caméras de surveillance ; cela étant, on pouvait toujours dissimuler un visage. Pas une empreinte digitale. La porte s'ouvrit avec un bruit de soufflet et ils entrèrent dans un sas.

« Je te dis que je n'en peux plus, Arild. »

Franck lui fit signe de se taire. En plus des caméras qui couvraient grosso modo l'intégralité de la prison, un système vocal avait été installé qui fonctionnait dans les deux sens, permettant de communiquer avec la salle de contrôle au cas où l'on serait bloqué à l'intérieur pour une raison quelconque. Ils sortirent du sas et se dirigèrent vers le vestiaire où se trouvaient les douches et les casiers individuels pour les affaires de chacun. Que le directeur adjoint eût un passe-partout ouvrant tous les casiers était une information que Franck ne jugeait pas utile de divulguer, bien au contraire.

« Je croyais que tu avais compris à qui tu avais affaire ici, dit Franck. Tu ne peux pas t'en tirer comme ça. Pour ces gens, la parole donnée est une question de vie ou de mort.

— Je le sais, dit Per Vollan dont la respiration s'était faite rauque. Moi je parle de vie *éternelle* ou de mort. »

Franck s'arrêta devant la porte de sortie et jeta un coup d'œil dans le vestiaire à gauche pour s'assurer qu'ils étaient seuls.

«Tu sais ce que tu risques?

— Je ne dirai pas un mot, à personne, et Dieu sait que c'est vrai. Je veux que tu leur dises exactement cela, Arild. Que je serai muet comme une carpe, que je ne veux plus continuer, c'est tout. Tu peux m'aider à sortir de là?»

Franck baissa les yeux. Regarda le lecteur d'empreintes digitales. Sortir. Il n'y avait que deux façons de sortir. Soit en passant par-derrière, soit par l'accueil. Aucun conduit de ventilation, aucune trappe de secours, aucun tuyau d'égout n'était de dimension à permettre à un homme de s'y cacher. «Peut-être», dit-il en posant le doigt sur le lecteur. Au-dessus de la poignée, une petite lumière rouge clignota, signe que l'empreinte était en cours d'analyse. Elle s'éteignit pour laisser place à un voyant vert. Il poussa la porte. Aveuglé par l'intensité du soleil d'été, il mit ses lunettes de soleil, tandis qu'ils traversaient le grand parking. «Je ferai la commission», dit Franck, qui se mit à chercher ses clés de voiture, tout en plissant les yeux en direction de la guérite de surveillance. À l'intérieur, deux gardiens armés surveillaient nuit et jour, et même la nouvelle Porsche Cayenne d'Arild Franck n'aurait pu forcer les barrières de sécurité, que ce soit pour entrer ou pour sortir. Peut-être qu'un Hummer H1, un modèle qu'il avait failli acheter, y serait parvenu, mais il aurait été trop large depuis qu'ils avaient rétréci la voie d'accès précisément pour empêcher le passage de voitures plus grosses. C'était aussi en pensant à des véhicules qu'ils avaient placé des barres d'acier à l'intérieur de la clôture de six mètres de haut qui entourait la prison. Franck avait demandé qu'elles soient électrifiées, mais naturellement cela lui avait été refusé par l'Office des bâtiments, arguant que Staten se trouvait en plein Oslo et que d'innocents citoyens pouvaient se blesser. Innocents, c'était vite dit. S'ils voulaient escalader la clôture à partir de la rue, ils devaient d'abord franchir un mur de cinq mètres de haut coiffé de barbelés.

«Tu vas où, au fait?
— Place Alexander-Kielland, dit Per Vollan, plein d'espoir.
— *Sorry*, dit Arild. C'est pas ma direction.
— Pas de problème. Le bus s'arrête juste devant.
— Bon. Je te rappellerai. »

Le directeur adjoint s'assit dans la voiture et roula vers la guérite de surveillance. Selon les instructions, chaque voiture devait s'arrêter, il fallait vérifier l'identité des personnes à l'intérieur, et lui-même ne faisait pas exception à la règle. Pourtant les gardiens l'avaient vu sortir de la prison et s'asseoir au volant, alors ils avaient levé la barrière de sécurité et l'avaient laissé passer. Franck les remercia d'un signe de la main. Il s'arrêta cent mètres plus bas au feu rouge avant la route principale et contempla sa chère Staten dans le rétroviseur. Elle était presque parfaite, mais presque seulement. Quand ce n'était pas l'Office des bâtiments de l'État, c'étaient les nouvelles règlementations idiotes du ministère ou de la direction du personnel à moitié corrompue. Lui-même n'avait désiré que le meilleur pour tous, pour les citoyens honnêtes qui travaillaient dur, pour ceux qui méritaient de vivre en sécurité et de jouir d'un certain confort matériel. Les choses auraient pu être différentes. Ce n'est pas lui qui avait voulu qu'il en soit ainsi. Mais on en revenait toujours à ce qu'il répétait à ses élèves de natation : que tu nages ou que tu coules, personne ne te fera de cadeau. Ses pensées revinrent au moment présent. Il avait une commission à faire. Et il n'avait aucun doute sur ce qui allait se passer.

Le feu passa au vert et il appuya sur l'accélérateur.

3

Per Vollan traversa le parc près de la place Alexander-Kielland. En ce mois de juillet, il avait plu sans arrêt et fait un froid de canard, fait inhabituel, mais le soleil était revenu et le parc était plus verdoyant que jamais, comme un jour de printemps. L'été n'était pas encore terminé, les gens autour de lui tournaient désespérément leurs visages vers le soleil, les yeux fermés, pour savourer le moindre rayon, comme si le soleil était rationné. Les jeunes avaient sorti leurs skateboards et les packs de bière s'entrechoquaient dans les sacs, pour les barbecues dans les parcs ou sur les balcons des appartements. Puis il y avait ceux qui, indifférents aux gaz d'échappement de la circulation, appréciaient le retour de la chaleur, ces épaves recroquevillées sur les bancs et autour de la fontaine, qui pourtant le saluaient au passage de leurs voix rauques. Au carrefour d'Uelands gate et Waldemar Thranes gate, il attendit que le bonhomme passe au vert, tandis que les camions et les bus fonçaient, frôlant presque son visage. La façade de l'autre côté de la rue apparaissait et disparaissait. Ils avaient tendu des bâches devant les fenêtres du célèbre bistrot Tranen qui, depuis la construction du bâtiment en 1921, avait étanché la soif des plus assoiffés de la ville. Accompagnés ces trente dernières années par Arnie Skiffle Joe Norse qui, dans son costume de cow-boy, jouait de la guitare perché sur un monocycle et chantait avec un orchestre constitué de deux personnes : un organiste aveugle d'un certain âge et une Thaïlandaise avec un tambourin et un klaxon. Per Vollan promena son regard sur la façade qui portait l'ancienne enseigne en fer forgé « Pensionnat Ila ». Pendant la guerre, l'immeuble avait servi à loger des filles mères avec leurs enfants. C'était à présent l'hébergement proposé par la commune aux junkies de la ville les plus irrécupérables. Ceux qui n'avaient pas le désir de décrocher. Station terminus.

Per Vollan traversa la rue et alla sonner à la porte d'entrée de l'immeuble. Regarda vers la caméra. Entendit le déclic de la porte et entra. Ils lui avaient donné une chambre pour deux semaines en raison de services rendus antérieurement. Un mois s'était écoulé depuis.

« Bonjour, Per », lança la jeune femme brune en descendant l'escalier pour lui ouvrir le portail grillagé qui donnait accès aux étages. Quelqu'un avait abîmé la serrure de sorte que les clés ne fonctionnaient plus de l'extérieur.

« Le café est fermé, tu sais, mais si tu y vas tout de suite tu devrais encore pouvoir manger quelque chose.
— Merci, Martha, je n'ai pas faim.
— Tu as l'air fatigué.
— J'ai marché depuis Staten.
— Ah bon ? Il n'y avait pas de bus ? »
Elle remontait les marches et il la suivit en traînant les pieds. « J'avais besoin de réfléchir, répondit-il.
— Au fait, des hommes sont venus demander après toi. »
Per se raidit. « Qui ça ?
— Je n'ai pas demandé. Peut-être des policiers.
— Qu'est-ce qui te fait dire ça ?
— Ils avaient l'air d'avoir très envie de mettre la main sur toi, alors j'ai pensé que ça pouvait avoir un rapport avec un détenu que tu connais. »

Ils arrivent déjà, pensa Per. « Est-ce que tu crois en quelque chose, Martha ? »

Elle se retourna dans l'escalier. Lui sourit. Et Per pensa qu'un jeune homme aurait vraiment pu tomber amoureux de ce sourire.

« Comme croire en Dieu et en Jésus ? » demanda Martha en poussant la porte qui menait au bureau, de l'autre côté du guichet d'accueil.

« Comme croire au destin. Aux hasards plutôt qu'à la pesanteur cosmique.

— Je crois à la folle du village, marmonna Martha en feuilletant ses papiers.

— Les revenants ne sont pas...

— Inger dit qu'elle a entendu des pleurs d'enfant hier.

— Inger est une âme réceptive, Martha. »

Elle passa la tête par le guichet :

« Il y a autre chose dont nous devons parler, Per... »

Il soupira. « Je sais. C'est plein ici et...

— Les travaux après l'incendie ont pris du retard et on a encore plus de quarante locataires en chambre double. Ça ne peut pas durer, à la longue. Ils se volent les uns les autres et se battent. Ce n'est qu'une question de temps avant que l'un d'eux plante son couteau dans le ventre de quelqu'un.

— Il n'y a pas de problème, je ne vais pas rester ici très longtemps. »

Martha inclina la tête et le regarda d'un air pensif.

« Pourquoi ne veut-elle même pas te laisser dormir à la maison ? Vous avez été mariés pendant combien d'années ? Quarante ?

— Trente-huit. La maison lui appartient et c'est... compliqué. »

Per fit un sourire las.

Il s'éloigna et s'avança dans le couloir. De la musique poussée à fond résonnait derrière deux portes. Amphétamines. On était lundi, les bureaux de l'aide sociale étaient ouverts aujourd'hui, partout les affaires reprenaient. Il glissa la clé et ouvrit la porte. La chambre minuscule – juste la place pour un lit et une armoire – coûtait six mille par mois. On pouvait louer des appartements entiers à l'extérieur d'Oslo pour ce prix.

Il s'assit sur le lit et jeta un coup d'œil vers la fenêtre poussiéreuse. La circulation dehors faisait un bruit qui vous endormait. Le soleil brillait à travers les rideaux fins. Une mouche luttait pour sa vie dans un coin de la vitre. Bientôt elle mourrait. La vie était ainsi. Pas la mort, mais la vie. La mort n'était rien. Depuis combien d'années s'en était-il rendu compte ? Tout le reste, tout ce qu'il prêchait, n'était qu'une défense que les hommes avaient érigée pour lutter contre l'angoisse de la mort. Pourtant rien de ce qu'il croyait savoir n'avait désormais le moindre sens. Parce que ce que nous autres, hommes, croyons savoir ne pèse pas lourd face à la foi que nous devrions avoir pour adoucir la crainte et la douleur. Et cette foi, il l'avait retrouvée à présent. Il croyait en un dieu qui pardonne et à une vie après la mort. Il y croyait maintenant plus que jamais.

Il attrapa un bloc-notes qui traînait sous un journal et commença à écrire.

Per Vollan n'avait pas besoin d'écrire grand-chose. Quelques phrases sur une feuille de papier suffisaient. Il barra son nom sur l'enveloppe qui avait contenu une lettre de l'avocat d'Alma et qui, brièvement, exposait ce que Per, selon eux, était en droit d'exiger des biens communs. Autant dire trois fois rien.

L'aumônier de prison se regarda dans la glace, ajusta son col blanc, prit son cache-poussière dans l'armoire et sortit.

Martha n'était pas à l'accueil. Inger prit l'enveloppe en promettant de la lui remettre.

Le soleil était bas à l'horizon, le jour déclinait. Il traversa le parc tout en surveillant du coin de l'œil qu'il n'y avait aucun changement perceptible. Personne ne se levait brusquement d'un banc à son passage, aucune voiture ne quittait discrètement le bord du trottoir lorsqu'il se ravisa et descendit la Sannergata en direction du fleuve. Mais ils étaient là. Derrière une fenêtre qui reflétait un paisible soir d'été, dans le regard indifférent d'un passant, dans les ombres froides qui rampaient sur le côté est des maisons et chassaient la lumière du soleil, gagnant inexorablement du terrain. Et Per Vollan se dit que telle avait été aussi sa vie, un éternel combat, absurde, par vagues successives, entre l'ombre et la lumière, sans qu'il y eût jamais de vainqueur. À moins que ? Chaque jour, l'obscurité passait un peu plus à l'offensive.

Ils étaient en chemin vers la longue nuit.

Il accéléra.

4

Simon Kefas porta la tasse de café à ses lèvres. De la table de la cuisine, il avait vue sur le jardinet devant leur maison de Fagerliveien, dans le quartier de Disen. Sous le soleil matinal, l'herbe brillait encore après l'averse nocturne. Il avait l'impression de la voir pousser sous ses yeux. Il serait bon pour passer la tondeuse. Un vieux modèle poussif et bruyant qu'il manierait en pestant, le front en sueur. Bien fait pour lui. Else lui avait demandé pourquoi il n'achetait pas de tondeuse électrique, comme tous les voisins avaient fini par le faire. Sa réponse avait été simple : ça coûtait cher. Cet argument lui avait permis d'avoir le dernier mot dans les discussions avec sa famille ou les voisins. À l'époque, le quartier était habité par des gens ordinaires : professeurs, coiffeurs, chauffeurs de taxi, petits fonctionnaires. Ou policiers, comme lui-même. Non pas que les gens qui vivaient ici désormais fussent si extraordinaires, mais ils travaillaient plutôt dans la pub ou l'informatique, c'étaient des journalistes, des médecins, des gens qui commercialisaient des produits dont on n'a pas idée. Et puis il y avait ceux qui avaient hérité de suffisamment d'argent pour faire une offre intéressante sur une de ces maisons bourrées de charme, faire grimper les prix et, partant, le niveau du voisinage dans l'échelle sociale.

« À quoi tu penses ? » demanda Else qui s'était placée derrière sa chaise et lui caressait les cheveux. Il en avait perdu beaucoup ; sous un éclairage zénithal, on apercevait son crâne. Elle affirmait qu'elle l'aimait comme ça. Qu'elle aimait qu'on voie ce qu'il était : un policier bientôt à la retraite. Elle aussi vieillirait. Même s'il avait vingt ans d'avance sur elle. Un de leurs voisins, un producteur de films jouissant d'une petite notoriété, avait cru qu'elle était la fille de Simon. Il fallait s'y attendre.

« Je me dis que j'ai beaucoup de chance de t'avoir, répondit-il, d'avoir la vie que j'ai. »

Elle l'embrassa sur le sommet de la tête. Il sentit ses lèvres directement sur la peau du crâne. Cette nuit, il avait rêvé qu'il avait pu lui donner ses yeux pour lui faire recouvrer la vue. En se réveillant sans rien voir, l'espace d'un instant – avant de comprendre que c'était à cause du bandeau qui le protégeait du soleil trop matinal en été –, il avait été un homme heureux.

On sonna à la porte.

« C'est Edith, dit Else. Je monte me changer. »

Elle ouvrit la porte à sa sœur et fila au premier étage.

« Salut, oncle Simon !

— Ça alors, t'as encore grandi, toi ! » lança Simon à la vue du petit garçon qui le regardait, les yeux brillants.

Edith entra dans la cuisine. « Je regrette, Simon, mais il m'a tannée pour venir plus tôt ce matin, il veut essayer ta casquette.

— Pas de problème, dit Simon. Mais tu n'as pas école aujourd'hui, Mats ?

— C'est journée de concertation, soupira Edith. Ils n'ont aucune idée des conséquences que ça a pour nous autres, mères célibataires.

— C'est alors d'autant plus gentil de ta part de conduire Else.

— Mais pas du tout. À ce que j'ai compris, il est à Oslo uniquement aujourd'hui et demain.

— Qui ça ? » demanda Mats qui tirait sur le bras de son oncle pour le lever de sa chaise.

« Un docteur américain qui est très fort pour réparer les yeux », répondit Simon qui fit semblant d'avoir le dos encore plus raide que d'habitude quand il se laissa hisser. «Viens, on va voir si on trouve une vraie casquette de police. Tu n'as qu'à te servir du café, Edith.»

L'homme et le jeune garçon allèrent dans l'entrée et l'enfant poussa un cri de joie en voyant la casquette noire et blanche que son oncle prit sur l'étagère de l'armoire, mais il observa aussitôt un silence recueilli quand Simon la lui posa sur la tête. Tous deux se plantèrent devant le miroir. L'enfant pointa son index sur le reflet de son oncle en imitant des tirs de pistolet avec sa bouche.

«Tu tires sur qui? demanda Simon.

— Des bandits, répondit le garçon. Pan! Pan!

— Ou peut-être sur des cibles, suggéra Simon. La police ne tire pas sur les bandits à moins d'y être obligée.

— Mais si! Pan! Pan!

— Alors nous finirons en prison, Mats.

— *Nous?* répéta le garçon, surpris, en levant les yeux vers son oncle. Pourquoi? Puisque nous sommes de la police.

— Parce que nous devenons aussi des bandits si nous tirons sur des personnes au lieu de les arrêter.

— Mais… mais si on les a arrêtées, on peut leur tirer dessus, hein?»

Simon rit. «Non. Dans ce cas, un juge nous mettra en prison et décidera du temps qu'on y restera.

— C'est pas toi qui décides, oncle Simon?»

Le policier vit la déception dans les yeux de l'enfant. «Tu sais quoi, Mats? je suis content que ce ne soit pas nous qui décidions. Je suis content de n'avoir qu'à les attraper. Car c'est ça, la partie amusante du boulot.»

Mats ferma un œil et la casquette lui tomba sur la nuque. «Dis, oncle Simon…

— Oui?

— Pourquoi vous n'avez pas d'enfants, toi et tante Else?»

Simon se plaça derrière son neveu, posa ses mains sur les épaules de l'enfant et lui sourit dans la glace. « Nous n'avons pas besoin d'enfants puisque nous t'avons, toi. Tu n'es pas de mon avis ? »

Mats posa quelques secondes un regard pensif sur son oncle. Puis son visage s'éclaira et il fit un large sourire. « OK ! »

Simon mit la main dans sa poche et sortit son portable qui s'était mis à vibrer.

C'était le central. Simon écouta.

« Où ça, sur l'Akerselva ? demanda-t-il.

— En face de Kuba, au niveau des Beaux-Arts. Il y a une passerelle…

— Je sais où elle est, interrompit Simon. J'y serai dans une demi-heure. »

Comme il était déjà dans l'entrée, il laça ses chaussures et enfila sa veste.

« Else ! cria-t-il.

— Oui ? » Son visage apparut en haut de l'escalier. Encore une fois, il fut frappé par sa beauté. Ses longs cheveux épais qui, telle une rivière rouge, encadraient son joli minois pâle ; son petit nez constellé de taches de rousseur. Oui, elles seraient sans doute toujours là, quand lui passerait l'arme à gauche… L'autre pensée qui surgissait et qu'il essayait de chasser était : qui veillerait alors sur elle ? Il savait qu'elle ne le voyait pas de là où elle était, elle faisait seulement comme si. Il se racla la gorge.

« Il faut que je me sauve, ma chérie. Tu m'appelles pour me raconter ce que le professeur t'aura dit ?

— Oui. Surtout, sois prudent au volant. »

*

Les deux policiers plus âgés traversèrent le parc que les gens d'ici appelaient communément Kuba. La plupart croyaient que ce nom avait à voir avec Cuba, sans doute parce que des meetings politiques avaient lieu ici et que Grünerløkka avait été un quartier ouvrier. Il fallait avoir vécu un certain nombre d'années pour savoir qu'il y avait autrefois ici un grand réservoir de gaz et qu'il était surmonté d'une construction en forme de cube. Ils empruntèrent une passerelle qui menait aux anciens bâtiments d'usine abritant à présent l'école des Beaux-Arts. Sur le pont étaient fixés des cadenas avec la date et les initiales des amoureux gravées dessus. Simon s'arrêta pour en observer un. Les dix années qu'il venait de passer auprès d'elle, il avait aimé Else, oui, chacun des trois mille six cents jours et quelques. Il n'y aurait pas d'autre femme dans sa vie, pas besoin d'un cadenas symbolique pour le savoir. Elle non plus n'en avait pas besoin, elle lui survivrait, espérons-le, et aurait encore tellement d'années à vivre qu'il y aurait de la place pour d'autres hommes. Autant se faire à l'idée.

De l'endroit où ils se tenaient, ils pouvaient voir le pont Aamodt, en amont, un modeste pont enjambant une modeste rivière qui divisait une modeste capitale entre l'est et l'ouest. Il avait plongé de ce pont une fois il y a longtemps, quand il était jeune et bête. Une virée alcoolisée, trois mecs, dont deux crâneurs, sûrs que l'avenir leur tendait les bras. Deux d'entre eux étaient persuadés d'être supérieurs au troisième, en l'occurrence lui-même. Il avait compris depuis belle lurette qu'il ne pouvait pas rivaliser avec les autres sur le plan de l'intelligence, de la force, de la sociabilité et du pouvoir de séduction sur les femmes. Mais il était le plus courageux. Ou, plutôt, celui qui était prêt à prendre le plus de risques. Plonger dans des eaux sales ne demandait ni intelligence ni maîtrise corporelle, juste de l'inconscience. Simon Kefas s'était souvent fait cette réflexion que son pessimisme était, dans sa jeunesse, son seul atout. Un pessimisme qui lui permettait de jouer avec un avenir qui ne serait guère glorieux, la certitude innée qu'il avait moins à perdre que les autres. Il s'était tenu sur le parapet, avait attendu que ses deux camarades lui crient de ne pas sauter, qu'il était fou. Alors il avait sauté. Du haut du pont, du haut de sa vie, plonger dans ce jeu de roulette grisant qu'on appelle le destin. Il avait marqué un point en traversant l'eau qui n'avait pas de surface, juste une écume blanche avec, en dessous, une étreinte glaciale. Et dans cette étreinte, il avait trouvé le silence, la solitude et la paix. Quand il était remonté indemne à la surface, les autres avaient poussé des cris d'exclamation. Simon aussi. Même s'il était un peu déçu de ne pas être resté au fond. Ce qu'un simple chagrin d'amour peut pousser un jeune homme à faire…

Simon chassa ses souvenirs et fixa des yeux la cascade entre les deux ponts. Plus exactement la silhouette pendue là comme sur une photo, figée au milieu de la cascade.

« Il a dû flotter jusqu'ici, dit son collègue de la police scientifique qui n'était plus tout jeune. Et ses vêtements se sont accrochés à quelque chose qui ressortait de la cascade. La rivière est si peu profonde qu'on peut en fait la traverser à pied.

— Oui », dit Simon qui suça un bout de chique et inclina le cou. La personne était suspendue la tête en bas, les bras écartés, tandis que le courant bouillonnant formait une sorte de couronne blanche de chaque côté de la tête et du corps. Tiens, comme la chevelure d'Else, pensa-t-il.

La patrouille d'intervention avait mis à l'eau un bateau et œuvrait pour détacher le cadavre de la cascade.

« Je te parie une bière que c'est un suicide.

— Je crois que tu te trompes, Elias », dit Simon. Il se fourra l'index sous la lèvre supérieure pour repêcher la chique. Il faillit la jeter dans l'eau sous leurs pieds, mais se ravisa. Les temps avaient changé. Il chercha des yeux une poubelle.

« Et non, Elias, je ne parie *pas* une bière.

— Oh, pardon, j'oubliais… » Le technicien de la scientifique eut l'air gêné.

« Pas de problème », dit Simon en s'éloignant. En passant, il adressa un signe de tête à une grande blonde en jupe noire et veste courte. On aurait pu jurer que c'était une employée de banque, si elle n'avait pas eu son badge de service autour du cou. Il jeta sa chique dans la poubelle verte sur le sentier au bout du pont et descendit jusqu'à la berge, puis commença à la remonter tout en passant le sol au crible.

*

« Inspecteur Simon Kefas ? »

Elias leva les yeux. La femme qui avait parlé était le prototype parfait de la représentation que les étrangers ont des femmes scandinaves. Elle avait l'air de savoir qu'elle faisait son petit effet, c'est pourquoi elle se tenait le buste légèrement penché en avant et portait des chaussures plates.

« Non. Vous êtes qui ?

— Kari Adel. » Elle lui présenta le badge de police qu'elle portait autour du cou. « Je suis nouvelle dans la brigade criminelle. Ils m'ont dit que je le trouverais ici.

— Bienvenue. Pourquoi vous cherchez Simon ?

— Il doit me former.

— Alors vous avez de la chance, dit Elias en montrant du doigt une petite silhouette qui longeait la berge. C'est lui, votre homme.

— Que recherche-t-il ?

— Des traces.

— Mais s'il y en a, elles devraient se trouver en amont du cadavre, pas en aval.

— Oui, il suppose que nous avons déjà cherché là-bas. Ce qui est le cas.

— Ceux de la scientifique disent que ça a l'air d'un suicide.

— Oui, j'ai fait la bourde de vouloir parier avec lui une bière à ce sujet.

— Une bourde ?

— Il a un problème de dépendance, expliqua Elias, ou plus exactement il *avait* un problème de dépendance. » Et d'ajouter, en voyant la femme hausser ses sourcils soigneusement épilés : « Ce n'est un secret pour personne. Et autant le savoir si vous allez bosser ensemble.

— Personne ne m'a prévenue que j'allais travailler avec un alcoolique.

— Qui a parlé d'alcool ? rectifia Elias. Il est accro au jeu. »

Elle glissa une mèche derrière son oreille et ferma un œil pour ne pas être éblouie par le soleil. « Quelle sorte de jeu ?

— Tout ce qui existe où on peut perdre de l'argent, à ce qu'on m'a dit. Mais si vous êtes sa nouvelle collègue, vous aurez l'occasion de lui poser la question vous-même. Vous étiez où avant ?

— Aux stup'.

— Alors vous savez ce qui se passe sur les berges.

— Oui. » Elle plissa les yeux et regarda le cadavre. « Il peut s'agir d'un meurtre lié au trafic de drogue, bien sûr, mais pas à cause de l'endroit. On ne vend pas des drogues dures aussi haut le long de la rivière, pour ça, il faut descendre vers Schous Plass et Nybrua. Normalement, les gens ne tuent pas quelqu'un pour du hasch.

— Oui, oui, dit Elias en hochant la tête en direction du bateau. Maintenant, ils l'ont décroché, alors s'il a ses papiers sur lui, on saura vite qui…

— Je sais qui c'est, l'interrompit Kari Adel. C'est Per Vollan, l'aumônier de prison. »

Elias l'examina. Elle finirait par laisser tomber ce costume strict de bureau, sans doute un détail qu'elle avait retenu des femmes qui mènent l'enquête dans les séries américaines. Mais cette femme avait quelque chose. Peut-être n'était-elle pas comme les autres. Peut-être resterait-elle. Cela étant, il s'était déjà trompé dans le passé, alors peut-être pas.

5

La salle d'interrogatoire était de couleur claire avec des meubles en pin. Un rideau rouge cachait la fenêtre donnant sur la salle de contrôle. Henrik Westad, l'inspecteur du district de Buskerud, trouvait cette pièce agréable. Il avait déjà fait le déplacement de Drammen jusqu'à Oslo pour se retrouver précisément dans cette salle d'interrogatoire. Ils avaient entendu des témoignages d'enfants dans le cadre d'une affaire d'agression sexuelle et il y avait eu des poupées ici. Aujourd'hui, il s'agissait d'un meurtre. Il étudia l'homme de l'autre côté de la table. Sonny Lofthus. Il paraissait plus jeune que sur ses papiers. Et il n'avait pas l'air défoncé, ses pupilles n'étaient pas dilatées. Encore que c'était rarement le cas chez ceux qui avaient développé une grande résistance au produit. Westad s'éclaircit la voix :

« Tu l'as donc attachée, tu t'es servi d'une vulgaire scie à métaux et puis tu es parti ?

— Oui », dit l'homme. Il avait décliné l'offre d'avoir un avocat, mais répondait par monosyllabes. Westad avait fini par lui poser des questions appelant une réponse de type oui / non, et ça fonctionnait plutôt bien. Bien sûr que ça fonctionnait, puisqu'ils obtenaient ainsi des aveux. Sauf que... Westad regarda les photos posées sur la table. La partie supérieure de la tête et du cerveau avait été découpée et poussée sur le côté, de sorte qu'elle pendait, retenue à la peau du crâne. L'image faisait penser, songea Westad, à un œuf à la coque. Le dessin du cerveau apparaissait. Cela faisait longtemps qu'il avait rejeté l'idée qu'on pouvait lire sur leurs visages les atrocités que certains hommes étaient capables de commettre. Mais cet homme-là... il n'émanait pas de lui la froideur, l'agressivité ou tout bonnement la bêtise qu'il avait jusqu'ici senties chez d'autres meurtriers qui avaient tué de sang-froid.

Westad s'adossa sur sa chaise. « Pourquoi tu avoues ? »

L'homme haussa les épaules. « L'ADN trouvé sur place.

— Comment tu sais que nous l'avons ? »

L'homme se passa la main dans sa longue tignasse, que la direction de la prison, en théorie, pouvait lui ordonner de faire couper pour des raisons d'hygiène. « Je perds mes cheveux. Les effets secondaires de la drogue à long terme. Je peux m'en aller maintenant ? »

Westad soupira. Des aveux. Des preuves matérielles sur le lieu du crime. Alors pourquoi avait-il comme un doute ?

Il se pencha vers le micro qui le séparait du prisonnier. « Fin de l'interrogatoire du suspect Sonny Lofthus à treize heures quatre. »

Il vit le voyant rouge s'éteindre et savait que son collègue de l'autre côté avait arrêté l'enregistrement. Il se leva, ouvrit la porte de sorte que les gardiens puissent entrer, enlever les menottes du détenu et le ramener à Staten.

« Alors, à ton avis ? demanda son collègue quand Westad entra dans la salle de contrôle.

— À mon avis ? » Westad enfila son blouson et remonta la fermeture éclair d'un geste brusque et nerveux. « Il ne laisse pas beaucoup de latitude pour un avis personnel...

— Je parlais du premier témoignage aujourd'hui. »

Westad haussa les épaules. Une amie de la victime qui lui avait raconté que son mari, Yngve Morsand, l'accusait d'infidélité et l'avait menacée de mort. Qu'Eva Morsand avait peur. Surtout parce que son mari avait raison de la soupçonner : elle avait effectivement rencontré un autre homme et envisageait de le quitter. Un motif de meurtre on ne peut plus classique. Quant au jeune homme, quel motif avait-il ? La femme n'avait pas été violée et rien n'avait été volé dans la maison. Ah si, dans la salle de bains, l'armoire à pharmacie avait été forcée et le mari affirmait que des somnifères avaient disparu. Mais quel intérêt aurait un homme qui, à en juger par ses marques de piqûres, avait accès à des drogues dures à dérober quelques pilules de sommeil plutôt inoffensives ?

Une autre question surgissait aussitôt : pourquoi un enquêteur qui avait obtenu des aveux s'arrêterait-il à ce genre de détails insignifiants ?

*

Johannes Halden balayait le sol entre les cellules de la section A, lorsqu'il vit revenir le jeune homme, encadré par deux gardiens. Le garçon souriait, et s'il n'avait pas été menotté, on aurait pu croire qu'il se promenait entre deux amis dans un lieu agréable.

Johannes leva le bras droit : « Regarde, Sonny ! Mon épaule est rétablie ! Merci pour ton aide ! »

Le détenu dut lever les deux mains pour montrer au vieil homme son pouce en signe de victoire.

Les gardiens s'arrêtèrent devant une cellule et lui enlevèrent les menottes. Ils n'avaient pas besoin d'ouvrir la porte avec des clés puisque toutes les cellules s'ouvraient chaque matin automatiquement à huit heures et restaient ainsi jusqu'à dix heures. Les garçons là-haut dans la salle de contrôle lui avaient montré comment ils géraient l'ouverture et la fermeture de toutes les portes en appuyant simplement sur une touche. Johannes aimait la salle de contrôle. Aussi s'attardait-il toujours un peu à l'intérieur. C'était comme se tenir sur le pont d'un supertanker. Là où il aurait dû être. Avant « l'incident », il était matelot et avait commencé à étudier la navigation. Son but était de devenir officier de pont. Et pourquoi pas lieutenant, second capitaine et enfin commandant. Ensuite, au bout de quelques années, de rentrer chez sa femme et sa fille dans leur maison près de Farsund et travailler comme pilote de remorqueur. Alors qu'est-ce qui lui avait pris ? Pourquoi avait-il tout détruit ? Pourquoi avait-il accepté d'embarquer les deux gros sacs dans le port de Songkhla, en Thaïlande ? Comme s'il ignorait qu'ils contenaient de l'héroïne. Comme s'il ignorait l'application du droit pénal norvégien, complètement hystérique, qui, à cette époque, assimilait le trafic de stupéfiants au meurtre avec préméditation. Comme s'il avait réellement eu besoin de la somme mirobolante qu'on lui avait proposée pour livrer les sacs à une adresse d'Oslo. Alors pourquoi ? Par goût du risque ? Ou était-ce parce qu'il rêvait de la revoir, cette ravissante jeune Thaïlandaise dans sa robe de soie, de caresser ses longs cheveux de jais, de plonger le regard dans ses yeux en amande, d'entendre sa voix douce murmurer de ses lèvres pulpeuses couleur framboise des mots anglais difficiles, comme quoi il devait le faire pour elle, pour sa famille à Chiang Rai, que c'était la seule façon de les sauver. Comme s'il croyait à son histoire... Mais il avait cru à son baiser. Et ce baiser l'avait accompagné pendant tout le retour, par-delà les mers, en passant à la douane, en garde à vue, au tribunal, au parloir où sa fille presque adulte lui avait expliqué que plus personne dans la famille ne voulait avoir affaire à lui, lors de la procédure de divorce et de son incarcération à la prison d'Ila. Ce baiser était tout ce qu'il avait voulu avoir, et la promesse contenue dans ce baiser était tout ce qui lui restait.

À sa libération, personne ne l'attendait. Sa famille l'avait rejeté, ses amis avaient pris des trajectoires différentes, il ne put jamais retrouver de travail sur un bateau. Alors il s'était tourné vers les seules personnes qui voulaient bien de lui. Des gangsters. Et avait repris son ancien métier. Livreur occasionnel. Recruté par Nestor, l'Ukrainien. L'héroïne en provenance du nord de la Thaïlande empruntait la vieille route de la drogue via la Turquie et les Balkans, à bord de camions. En Allemagne, la cargaison était répartie entre les pays scandinaves et, de là, Johannes conduisait le dernier tronçon. Puis il avait commencé à servir d'indic.

Ça non plus, il n'avait aucune bonne raison de le faire.

Seulement un policier qui avait fait appel chez lui à ce qu'il croyait ne pas posséder.

Et même si la promesse était moins séduisante que le baiser d'une jolie femme – la bonne conscience –, il avait cru en ce policier, vraiment cru en lui. Il y avait quelque chose dans ses yeux. Johannes était en train de prendre la bonne direction, de s'en sortir, qui sait ? Mais tout s'était effondré. Un soir d'automne. Ils avaient tué le policier et, pour la première et dernière fois, Johannes avait entendu parler de cet homme dont on chuchotait le nom avec un mélange de crainte et de respect. *Le Jumeau*.

À partir de ce moment, cela n'avait été qu'une question de temps avant qu'il ne replonge. Il avait pris de plus en plus de risques, embarqué des cargaisons de plus en plus importantes. Plutôt l'enfer. Il *voulait* être arrêté. Voulait payer en prison pour tout ce qu'il avait fait. Aussi cela fut-il un soulagement quand la police l'interpella à la frontière suédoise. Les meubles de son chargement étaient bourrés d'héroïne. Le juge avait souligné qu'il fallait se montrer sévère, étant donné la quantité importante de drogue et le caractère avéré de récidive. C'était il y a dix ans. Il avait été transféré à Staten quand la prison avait été terminée, quatre ans plus tôt. Il avait vu des détenus aller et venir, des gardiens arriver et d'autres partir, et il les traitait tous avec les égards qu'ils méritaient. Et, petit à petit, il avait eu droit au respect qu'inspirent les anciens. Les inoffensifs. Car personne ne connaissait son secret. La trahison dont il s'était rendu coupable. Ce qui l'avait poussé à s'infliger cette punition. Il avait abandonné tout espoir de retrouver un jour une raison de vivre – le baiser qu'une femme oubliée lui avait promis, la bonne conscience qu'un policier mort lui avait promise. Jusqu'à son transfert dans la section A et sa rencontre avec le garçon qui avait, disait-on, le pouvoir de guérir. Johannes avait tressailli en entendant son nom de famille.

Mais il n'avait rien dit. Avait fait profil bas, souri et accepté les petits services qui font que la vie est supportable en un tel lieu. Ainsi s'étaient écoulés les jours, les semaines, les mois et les années, formant une existence qui bientôt arriverait à son terme. Cancer. Des poumons. À petites cellules. De type agressif, avait diagnostiqué le médecin, un de ceux qui ne laissent aucune chance de survie s'il n'est pas pris à temps.

Son cancer n'avait pas été pris à temps.

Il n'y avait rien qu'il puisse faire. Et Sonny non plus, qui n'avait pas le moins du monde deviné ce qui n'allait pas quand Johannes lui avait posé la question. Le garçon lui avait suggéré quelque chose à l'aine, ha ha! Et l'épaule s'était rétablie toute seule, évidemment, la main de Sonny n'y était pour rien, elle ne faisait pas plus de trente-sept degrés, comme chez tout le monde, plutôt moins d'ailleurs. Mais c'était un bon gars, ça oui, et Johannes ne voulait pas lui ôter l'illusion qu'il possédait des pouvoirs.

Alors il avait gardé ça pour lui, la maladie et le reste. Sauf que le temps pressait. Il savait qu'il ne pouvait pas emporter ce secret dans la tombe. Pas s'il désirait rester sous terre et non se réveiller comme un mort-vivant, rongé par les vers, enfermé et condamné aux tourments éternels. Non qu'il eût la conviction religieuse d'être condamné par un juge à ces tourments éternels, en sachant très bien pourquoi, mais il s'était tellement trompé dans sa vie.

«Tellement trompé...», proféra Johannes Halden à mi-voix.

Il posa le balai et alla frapper à la porte de la cellule de Sonny.

Pas de réponse. Il frappa une seconde fois.

Attendit.

Puis il ouvrit la porte.

Sonny se faisait un garrot au bras juste sous le coude, le bout de l'élastique serré entre ses dents. Il tenait la seringue au-dessus d'une veine gonflée. L'angle correspondait aux trente degrés requis pour obtenir la meilleure pénétration.

Il leva calmement les yeux, sourit. «Oui?

— Je regrette, je… ça peut attendre.
— Sûr ?
— Oui, ça… ça ne presse pas, l'assura Johannes en riant. Ce n'est pas à une heure près.
— Dans quatre heures ?
— Parfait, dans quatre heures. »

Le vieil homme vit l'aiguille s'enfoncer dans la veine. Vit le garçon appuyer sur le piston. Sentit un silence, une obscurité emplir la pièce, comme de l'eau noire. Johannes recula lentement et ferma la porte.

6

Simon colla son portable à son oreille et posa les pieds sur le bureau, en se balançant sur sa chaise. C'était un art que le trio avait perfectionné à un tel degré que lorsqu'ils faisaient la compétition pour voir qui réussirait à se balancer le plus longtemps, c'était à qui se lasserait en dernier de ce petit jeu.

« Alors, l'Américain n'a rien dit ? » demanda-t-il tout bas. D'une part, il ne voyait pas l'intérêt de faire partager ses affaires de famille à ses collègues de la brigade criminelle qui travaillaient en open space, d'autre part sa femme et lui avaient pris l'habitude de se parler ainsi au téléphone. À voix basse, avec douceur. Comme s'ils étaient au lit dans les bras l'un de l'autre.

« Si, mais il préfère attendre le résultat des examens et les radios, répondit Else. J'aurai le compte rendu demain.

— D'accord. Et comment tu te sens ?

— Ça va.

— Ça va… bien, ou pas si bien que ça ? »

Elle rit. « Ne te prends pas la tête, chéri. On se verra après ton travail.

— OK. Est-ce que ta sœur est…

— Oui, elle est encore avec moi et elle va me raccompagner à la maison. Allez, raccroche, je te rappelle que t'es au boulot ! »

À contrecœur, il raccrocha. Repensa à son rêve : il lui avait donné ses yeux.

« Inspecteur Kefas ? »

Il releva la tête. La femme qui se tenait devant son bureau était grande, très grande. Et maigre. Deux jambes fluettes dépassaient de sa jupe droite très comme il faut.

« Je suis Kari Adel. On m'a dit que je devais vous aider. J'ai essayé de vous rejoindre sur les lieux du crime, mais vous aviez disparu. »

C'était une femme qui ressemblait davantage à une employée de banque ambitieuse qu'à une policière. Simon se balança encore plus en arrière sur sa chaise. « Quels lieux du crime ?

— À Kuba.

— Et comment vous savez qu'il s'agit d'un crime ? »

Il la vit passer son poids sur l'autre jambe. Elle essayait de trouver un moyen de s'en sortir. Il n'y en avait pas.

« Sur les lieux d'un éventuel crime, rectifia-t-elle.

— Et qui vous a dit que j'avais besoin d'aide ? »

Elle pointa son index vers le haut pour indiquer d'où venait l'ordre.

« En fait, c'est moi qui ai besoin d'aide. Je suis nouvelle ici.

— Vous sortez de l'École de police ?

— Non, je viens de faire un an et demi aux stup'.

— Et vous êtes déjà à la crim' ? Bravo, Adel. C'est soit parce que vous avez du bol, soit parce que vous avez le bras long, soit parce que vous êtes... » Il s'inclina presque à l'horizontale et sortit une chique de la poche de son jean.

« Une femme ? hasarda-t-elle.

— J'allais dire "douée". »

Elle rougit et il put lire sur son visage qu'il l'avait vexée.

— La deuxième de ma promo.

— Et combien de temps vous avez l'intention de rester à la crim' ?

— Que voulez-vous dire ?

— Si vous n'avez pas aimé les stup', je ne vois pas pourquoi vous aimeriez la crim'. »

Elle changea à nouveau de jambe d'appui. Simon constata que sa remarque avait porté. Elle ne resterait pas longtemps ici. Juste le temps de grimper les échelons… Douée. Sans doute quitterait-elle rapidement la police, comme l'avaient fait tous les gens brillants de la brigade financière. Une fois formés, ils avaient fichu le camp en le laissant tomber. La police n'était pas un lieu où l'on faisait de vieux os si l'on était intelligent, ambitieux, et si l'on voulait avoir une belle vie.

« Je suis parti de Kuba parce qu'il n'y avait rien à trouver par là-bas, dit Simon. Mais dites-moi par quoi vous auriez commencé.

— Je me serais entretenue avec ses proches, dit Kari Adel en cherchant des yeux une chaise pour s'asseoir. J'aurais retracé ses faits et gestes avant qu'il finisse dans l'Akerselven. »

Elle n'avait pas dit *Akerselva*. Elle devait venir des beaux quartiers, dans l'ouest de la capitale, où les habitants fuyaient comme la peste ces terminaisons en *a*, de peur qu'on les imagine vivre du mauvais côté du fleuve. Aussi supprimaient-ils tout bonnement le genre féminin des substantifs.

« C'est bien, Adel. Et ses proches sont…

— … Sa femme. Plutôt son ex-femme. Elle venait de le mettre à la porte. J'ai parlé avec elle. Il logeait au foyer Ila comme à l'hôtel. Est-ce qu'il y aurait une chaise ?… »

Douée. Indéniablement.

« Vous n'en avez pas besoin maintenant », dit Simon en se levant. Il constata qu'elle mesurait bien quinze centimètres de plus que lui. En revanche, elle devait faire deux pas quand lui n'en faisait qu'un. C'est ça, les jupes étroites. Pourquoi pas, mais elle serait vite obligée de changer de tenue. Les meurtres, ça se résout en jean.

*

« Vous ne pouvez pas entrer ici. »

Devant la porte d'entrée du foyer Ila, Martha dévisageait les deux visiteurs. Elle était sûre d'avoir déjà vu la femme quelque part. Sa grande taille et sa minceur faisaient qu'on se souvenait facilement d'elle. La brigade des stup' ? Elle avait des cheveux blonds sans vie, presque pas de maquillage et cette expression de léger ennui qui trahissait la fille à papa.

L'homme était son parfait contraire. Autour d'un mètre soixante-dix, la soixantaine. Des rides profondes. Y compris celles du sourire. Des cheveux gris et drus et des yeux dans lesquels elle lisait « gentil », « qui a de l'humour » et « têtu ». C'était un examen de passage auquel elle soumettait automatiquement tous les locataires lors de l'entretien obligatoire qu'ils devaient passer avant d'être accueillis ici, pour déceler à quel genre de comportement et de problèmes elle devait s'attendre avec eux. Il arrivait qu'elle se trompe. Mais pas souvent.

« Nous n'avons pas besoin d'entrer, dit l'homme qui s'était présenté comme l'inspecteur Kefas. Nous sommes de la brigade criminelle. Il s'agit de Per Vollan. Il habitait ici…

— Habitait ?

— Oui, il est mort. »

Martha crut manquer d'air. C'était toujours sa première réaction quand elle apprenait la mort de quelqu'un. Était-ce pour s'assurer qu'elle-même était en vie ? L'étonnement venait dans un second temps. L'étonnement de ne pas être étonnée. Per ne se droguait pas, il n'était pas avec les autres dans la salle d'attente de la mort. À moins que… ? Non, ce n'était pas ça. Il y avait autre chose.

« On l'a retrouvé dans l'Akerselva. » C'était l'homme qui menait la conversation. La femme avait écrit « en formation » sur le front.

« Bon, dit Martha.

— Vous n'avez pas l'air surprise outre mesure.

— Non, peut-être pas. C'est toujours un choc, mais…

— Mais on s'habitue dans nos métiers, n'est-ce pas ? » dit

l'homme. Il montra de la tête les fenêtres devant lui. « Je ne savais pas que Tranen avait fermé.

— Il va y avoir un beau salon de thé à la place, dit Martha en croisant les bras comme si elle avait froid. Pour les mamans branchées qui aiment le *caffè latte*.

— Ah, elles se sont installées ici aussi ? Eh bien… » Simon fit un signe de tête à un vieux junkie qui marchait péniblement, avec ses problèmes d'arthrose aux genoux comme tant de toxicos. L'autre lui rendit vaguement son salut. « Plusieurs visages connus par ici, à ce que je vois. Mais Vollan était aumônier de prison. Le rapport d'autopsie n'est pas encore terminé, même s'il est déjà établi que son corps ne portait aucune trace de piqûre.

— Il n'habitait pas ici en tant que toxico. Il nous a aidés quand nous avons eu des problèmes avec d'anciens détenus. Ils lui faisaient confiance. Alors nous lui avons donné une chambre, provisoirement, lorsqu'il a dû partir de chez lui.

— On est au courant. La question que je me pose, c'est pourquoi vous ne semblez pas vraiment étonnée, alors que vous savez qu'il ne se droguait pas. Il pourrait s'agir d'un accident.

— Et c'est le cas ? »

Simon jeta un regard à la grande maigre. Celle-ci hésita jusqu'à ce qu'il hoche la tête. Elle prit enfin la parole :

« Nous n'avons relevé aucune trace de violence, mais les berges de l'Akerselven sont des lieux assez connus sur le plan criminel. »

Akerselven, releva Martha. Encore une femme qu'une mère sévère avait corrigée à table, en arguant qu'elle ne trouverait jamais un bon parti si elle parlait comme un charretier.

L'inspecteur Kefas inclina la tête. « Et vous Martha, vous croyez quoi ? »

Elle aimait bien cet homme. Il avait l'air de quelqu'un qui n'est pas indifférent aux autres.

« Je crois qu'il savait qu'il allait mourir. »

Il haussa un sourcil. « Pourquoi ça ?
— À cause de la lettre qu'il m'a donnée. »

*

Martha fit le tour de la table dans la salle de réunion située en face de l'accueil, au premier étage. Le style gothique avait été préservé et c'était assurément la plus belle pièce du bâtiment. Encore qu'il n'y avait aucune concurrence. Elle servit du café à l'inspecteur, qui lisait la lettre que Per Vollan avait laissée pour elle à l'accueil. Assise à côté de lui, au bord de sa chaise, sa collègue écrivait un texto sur son portable. Elle avait poliment décliné à la fois le café, le thé et l'eau. Comme si elle soupçonnait l'eau d'ici d'être pleine de microbes peu sympathiques.

Kefas poussa la lettre vers sa collègue. « C'est marqué qu'il lègue tout ce qu'il possède à votre asile. »

La jeune femme envoya son texto et s'éclaircit la voix. L'inspecteur se tourna vers elle. « Oui, mademoiselle Adel ?

— On n'a plus le droit de dire asile, ça s'appelle un foyer maintenant. »

Kefas parut sincèrement surpris : « Et pourquoi ?

— Parce que nous disposons de services sociaux et d'une infirmerie, répondit Martha. Alors ils disent que c'est plus qu'un asile. La vraie raison, c'est évidemment que "asile" a une connotation péjorative. Beuveries, tapage, conditions de vie misérables. Alors on change le nom pour que ça fasse meilleure impression.

— Mais de là, dit le policier, à tout léguer à ce lieu ? »

Martha haussa les épaules. « Il ne doit pas posséder grand-chose. Vous avez vu la date près de la signature ?

— Il a écrit ça hier. Et vous croyez qu'il a fait ça parce qu'il savait qu'il allait mourir. En d'autres termes, vous pensez qu'il s'est suicidé ? »

Martha réfléchit. « Je ne sais pas. »

La grande maigre s'éclaircit de nouveau la voix. «La rupture de la vie conjugale est, à ma connaissance, une cause non négligeable de suicide chez les hommes de plus de quarante ans.»

Martha avait l'impression que cette femme pouvait argumenter chiffres à l'appui.

«Semblait-il déprimé? demanda Simon.

— Je dirais démoralisé, plutôt que déprimé.

— Il n'est pas rare que des individus suicidaires passent à l'acte quand ils sortent de dépression», dit la femme comme si elle lisait un livre à haute voix. Les deux autres la regardèrent. «La dépression elle-même se caractérise souvent par une forme d'apathie, et le suicide exige un certain esprit d'initiative.» Un signal sonore indiqua qu'elle avait reçu un message.

Kefas se tourna vers Martha. «Un vieil homme mis à la porte de chez lui vous écrit quelques lignes qu'on peut interpréter comme une lettre d'adieu. Alors pourquoi cela ne serait-il pas un suicide?

— Je n'ai pas dit que ce n'en était pas un.

— Mais?

— Il paraissait avoir peur.

— Peur de quoi?»

Martha haussa les épaules. Se demanda si elle n'allait pas s'attirer inutilement des ennuis.

«Per était un homme qui avait sa part d'ombre. Il ne s'en cachait pas. Il disait qu'il s'était fait prêtre parce qu'il avait plus besoin d'absolution que la plupart d'entre nous.

— Vous voulez dire qu'il avait fait des choses impardonnables aux yeux de certains?

— *Personne* ne lui aurait pardonné.

— Si vous le dites. Est-ce que nous parlons de ce genre de péchés dont les prêtres se sont fait une spécialité?»

Martha ne répondit pas.

«Est-ce aussi pour ça qu'il s'est fait mettre à la porte de chez lui?»

Martha hésita. Cet homme était plus subtil que les autres de sa profession auxquels elle avait eu affaire jusqu'ici. Mais pouvait-elle lui faire confiance ?

« Dans mon boulot, on apprend l'art de pardonner l'impardonnable. Bien sûr, il est possible que Per n'ait pas réussi à se pardonner lui-même et qu'il ait préféré en finir. Il se peut aussi que…

— … Qu'un autre, par exemple le père d'un enfant agressé, n'ait pas voulu déposer plainte pour éviter de stigmatiser la victime. Et la punition de Per Vollan aurait été à la fois incertaine et forcément trop clémente. Auquel cas, il aurait préféré se faire justice lui-même », compléta Simon.

Martha acquiesça. « C'est humain, je suppose, quand il s'agit de son propre enfant. Ça ne vous arrive jamais, dans votre travail quotidien, de sévir quand la loi passe à côté ? »

Simon Kefas secoua la tête. « Si nous autres policiers devions succomber à ce genre de tentations, la loi perdrait son sens. Et il se trouve que je crois en la loi. Et que la justice doit être aveugle. Est-ce que vous soupçonnez quelqu'un en particulier ?

— Non.

— Des dettes de drogue ? » suggéra Kari Adel.

Martha fit non de la tête. « Je l'aurais su s'il était toxico.

— Je pose la question parce que j'ai envoyé un texto à un enquêteur des stup' au sujet de Per Vollan. Et il a répondu… » Elle ressortit son portable de la poche étroite de sa veste en faisant tomber une bille qui roula sur le sol. « L'ai vu quelquefois en conversation avec un des dealers de Medel », lut-elle pendant qu'elle se levait pour aller récupérer la bille. « L'ai vu prendre des doses, mais pas payer. » Kari Adel remit son téléphone dans sa poche et rattrapa la bille avant que celle-ci n'atteigne le mur.

« Qu'est-ce que vous déduisez de ça ? demanda Simon.

— Que l'immeuble penche vers la place Alexander-Kielland. Sans doute plus de glaise bleue et moins de roche granite sur ce côté. »

Martha éclata de rire.

La grande maigre fit un sourire pincé. « Et que Vollan devait de l'argent. Un quart de gramme d'héroïne coûte trois cents couronnes. Et ce n'est même pas un quart de gramme, c'est seulement zéro virgule deux. Deux doses par jour…

— Pas si vite, dit Simon. On ne fait pas crédit aux toxicos, vous le savez comme moi…

— Ce n'est pas fréquent, effectivement. Peut-être qu'il leur avait rendu service et qu'il se faisait payer en héroïne. »

Martha leva les bras au ciel. « Il ne se droguait pas, je vous dis! La moitié de mon boulot consiste à voir si les gens sont clean, OK ?

— Vous avez raison, naturellement, mademoiselle Lian, dit Simon en se grattant le menton. L'héroïne n'était peut-être pas pour lui. »

Il se leva. « De toute façon, il faut attendre de voir ce que dira le rapport d'autopsie. »

*

« C'était une bonne initiative d'envoyer un SMS aux stup', déclara Simon tandis qu'ils descendaient en voiture l'Uelands gate pour retourner dans le centre.

— Merci, dit Kari.

— Une jolie fille, cette Martha Lian. Vous avez déjà eu des rapports avec elle ?

— Non, mais je n'aurais pas refusé.

— Hein ?

— Excusez-moi, c'était une mauvaise plaisanterie. Vous vouliez dire, si j'ai été en relation avec elle quand je travaillais aux stup'… Oh, à peine. Elle est magnifique, et je me suis toujours demandé pourquoi elle travaille à Ila.

— Parce qu'elle est belle ?

— Un beau physique donne à des gens d'intelligence correcte et pas particulièrement disciplinés des avantages certains dans la vie professionnelle. Travailler à Ila n'est un tremplin pour rien du tout, autant que je sache.

— Peut-être qu'elle trouve que c'est un boulot qui en vaut la peine.

— Qui en vaut la peine? Vous savez combien ils paient pour...

— Qui vaut la peine que *quelqu'un* le fasse. Le boulot de policier n'est pas bien payé non plus.

— C'est vrai.

— Mais c'est un bon début de carrière si on combine ça avec des études de droit, dit Simon. Quand aurez-vous terminé votre master 2?»

Il perçut une légère rougeur dans le cou de Kari et comprit qu'il avait tapé dans le mille.

«Bon, dit Simon. C'est agréable de vous avoir ici en intérim. Vous serez bientôt ma chef de service alors? À moins que vous ne préfériez le secteur privé, où j'ai entendu dire qu'on paie en moyenne une fois et demie de plus ceux qui ont notre type de compétences?

— Peut-être, répondit Kari. Je ne serai de toute façon pas votre chef, puisque vous aurez l'âge de la retraite en mars de l'année prochaine.»

Simon hésitait entre le rire et les larmes. Il tourna à gauche dans la Grønlandsleiret, en direction de l'hôtel de police.

«Un salaire une fois et demie supérieur, ça ne fait pas de mal quand on veut faire des travaux chez soi. Vous avez un appartement ou une maison?

— Une maison, dit Kari. Nous prévoyons d'avoir deux enfants et j'ai besoin de place. Avec le prix du mètre carré dans le centre d'Oslo, on est obligé d'acheter des biens à rénover, à moins d'hériter. Et mes parents, tout comme ceux de Sam, se portent comme un charme; d'ailleurs Sam et moi sommes d'accord sur le fait que l'aide financière corrompt.

— Corrompt, carrément?

— Oui.»

Simon regarda les commerçants pakistanais qui, dans la chaleur de l'été, sortaient de leurs boutiques et discutaient dans la rue, la cigarette au bec, en observant les voitures qui passaient devant eux à une vitesse d'escargot. «Vous n'avez pas eu l'air surprise que j'aie deviné que vous cherchiez un bien à rénover.

— La bille, dit Kari. Les adultes sans enfant en ont toujours une dans la poche quand on leur fait visiter des vieilles maisons ou de vieux appartements pour voir si les planchers sont penchés au point qu'il faudrait les remettre à niveau.»

Intelligente.

«N'oubliez pas, quand vous ferez vos calculs, dit Simon, que si la maison est restée debout pendant cent vingt ans, les sols ne doivent pas *forcément* être ragréés.

— C'est possible, dit Kari en se penchant pour regarder la tour de l'église de Grønland. Mais moi j'aime bien quand les sols sont bien plans.»

Cette fois, Simon éclata de rire. Il allait peut-être finir par apprécier cette fille. Lui aussi aimait les sols bien plans.

7

« Je connaissais ton père », dit Johannes Halden.
Dehors, il pleuvait. La journée avait été chaude et ensoleillée, les nuages s'étaient accumulés en altitude et une averse d'été tombait maintenant sur la ville. Il se rappelait l'effet que ça faisait. La sensation des gouttelettes qui devenaient chaudes dès qu'elles touchaient la peau encore gorgée de soleil. L'odeur des fleurs, de l'herbe et du feuillage qui le rendait fou, lui fichait le vertige, excitait ses sens. La jeunesse. Ah, la jeunesse.
« J'étais son indic », dit Johannes.
Sonny était assis dans le noir contre le mur du fond, et on ne pouvait pas voir son visage. Johannes n'avait pas beaucoup de temps, bientôt ils seraient enfermés chacun dans leur cellule pour le soir.
Il inspira. Car elle allait sortir maintenant, la phrase qu'il se réjouissait et redoutait tout à la fois de prononcer, la phrase dont les mots étaient enfouis si profondément dans sa poitrine qu'il craignait qu'ils n'aient pris racine et ne puissent plus sortir.
« Ce n'est pas vrai qu'il s'est suicidé, Sonny. »
Voilà. C'était dit. Silence.
« Tu ne dors pas, Sonny ? »
Il vit le blanc des yeux qui clignaient.
« Je sais ce que ça a dû être pour ta mère et toi. Trouver ton père

mort. Lire le mot où il écrivait qu'il était une taupe dans la police, qu'il aidait les gens qui faisaient du trafic d'héroïne et de la traite d'êtres humains. Qu'il les informait sur les rafles, les pistes, les suspects... »

Johannes pouvait voir le corps se balancer dans l'ombre.

« Mais c'était le contraire, Sonny. Ton père était sur la trace de la taupe. J'ai entendu Nestor parler au téléphone avec son chef pour dire qu'ils devaient se débarrasser de ce flic qui s'appelait Lofthus, parce qu'il allait foutre en l'air tout leur business. J'ai rapporté à ton père qu'il était en danger, que la police devait intervenir. Mais ton père a dit qu'il ne pouvait pas impliquer d'autres personnes, il devait mener sa barque en solitaire, parce qu'il y avait aussi des flics à qui Nestor graissait la patte. Puis il m'a fait jurer de fermer ma gueule et de ne jamais en parler à personne. Et cette promesse, je l'ai tenue jusqu'à aujourd'hui. »

Sonny avait-il saisi le sens de ces mots ? Peut-être pas ; de toute façon, l'essentiel n'était pas que le garçon l'entende ni les conséquences que ça aurait, mais que lui-même parle. Vide son sac. Prononce ces phrases près de la personne directement concernée.

« Ton père était seul ce week-end-là, ta mère et toi vous étiez à une compétition de lutte à l'extérieur de la ville. Il savait qu'ils viendraient, il s'était retranché dans votre maison jaune là-haut, à Tåsen. »

Johannes crut remarquer quelque chose dans l'obscurité. Un changement de pouls, de respiration.

« Malgré ça, Nestor et ses hommes ont réussi à entrer. Ils ne voulaient pas d'ennuis pour avoir tiré sur un flic, alors ils ont forcé ton père à écrire cette lettre de suicide. » Johannes déglutit. « Contre la promesse de vous épargner, ta mère et toi. Ensuite, ils lui ont tiré une balle dans la tête à bout portant avec son arme de service. »

Johannes ferma les yeux. Tout était silencieux, pourtant il avait l'impression que quelqu'un lui hurlait dans l'oreille. Et il avait un poids sur la poitrine et le cou qu'il n'avait pas ressenti depuis longtemps, très longtemps. Mon Dieu, quand avait-il pleuré pour la dernière fois ? À la naissance de sa fille ? Mais il ne pouvait s'arrêter en si bon chemin, il devait terminer ce qu'il avait commencé.

« Tu te demandes sûrement comment Nestor a réussi à entrer dans la maison. »

Johannes retint son souffle. Il aurait dit que le garçon avait lui aussi arrêté de respirer, il n'entendait que la pulsation du sang dans ses oreilles.

« Quelqu'un m'avait vu parler avec ton père, et Nestor trouvait que la police avait eu un peu trop de chance avec quelques livraisons qu'ils avaient interceptées récemment. J'ai nié, j'ai dit que je connaissais seulement un peu ton père, et qu'il *essayait* d'avoir des tuyaux de moi. Alors Nestor a dit que si ton père me prenait pour une balance, je n'avais qu'à sonner chez lui et il m'ouvrirait. Ça montrerait de quel côté j'étais, il disait... »

Johannes entendit que l'autre s'était remis à respirer. Vite. Fort.

« Ton père a ouvert. On fait confiance à son indic, pas vrai ? »

Il perçut un mouvement, mais n'entendit ni ne vit rien avant de recevoir le coup. Et tandis qu'il gisait au sol, il sentit le goût métallique du sang, la dent qui glissait avec sa salive quand il déglutit, il entendit le garçon crier comme un fou, la porte de la cellule s'ouvrir, les cris des gardiens, les coups et le bruit des menottes, il pensa à la rapidité époustouflante, à la précision et à la force du coup porté par ce junkie. Et au pardon, au pardon qu'il n'avait pas obtenu. Et au temps. Aux secondes qui passaient. À la nuit qui s'approchait à pas de loup.

8

Ce qu'Arild Franck préférait avec sa Porsche Cayenne, c'était son bruit. Ou plus exactement, son absence de bruit. Les vibrations du moteur V8 4.8 lui rappelaient un peu la machine à coudre de sa mère, dans son enfance, à Stange, près de Hamar. C'était aussi le son du silence. Du mutisme, du calme et de la concentration.

La portière côté passager s'ouvrit et Einar Harnes s'engouffra à l'intérieur. Franck ignorait où les jeunes avocats d'Oslo achetaient leurs costumes, il savait seulement que ce n'était pas dans les mêmes boutiques que lui. Il n'avait jamais vu non plus l'intérêt d'acheter des costumes clairs. Un costume se devait d'être sombre. Et coûter moins de cinq mille couronnes. La différence de prix entre ceux de Harnes et les siens pouvait alimenter un compte d'épargne pour les générations futures qui devraient entretenir leurs propres familles et continuer à construire le pays. Ou servir à s'offrir une retraite confortable. Éventuellement une Porsche Cayenne.

«J'apprends qu'on l'a mis à l'isolement, dit Harnes tandis que la voiture quittait le trottoir devant l'entrée couverte de tags du cabinet d'avocats Harnes et Fallbakken.

— Il a tabassé un codétenu», dit Franck.

Harnes haussa un sourcil épilé. «Gandhi s'est battu?

— Ce n'est pas facile de savoir ce qui peut passer par la tête d'un toxico. Mais ça va faire quatre jours qu'il n'a pas eu sa came, alors je pense qu'il va se montrer assez coopératif.

— Oui, c'est de famille, à ce que j'ai entendu.

— Qu'est-ce que tu as entendu ? demanda Franck qui klaxonna une Corolla qui n'avançait pas.

— Ce que tout le monde sait. Il y a autre chose ?

— Non. »

Arild Franck fit une queue de poisson à une Mercedes cabriolet. Il avait été dans la cellule d'isolement hier. Ils venaient de nettoyer le vomi, et le garçon était recroquevillé dans un coin sous une couverture de laine.

Franck n'avait jamais connu Ab Lofthus, mais il savait que le fils avait suivi les traces du père. Comme lui, il avait fait de la lutte et, à l'âge de quinze ans, il était si prometteur que le journal *Aftenposten* lui avait prédit une carrière dans l'équipe nationale. À présent, il croupissait dans une cellule qui puait, le corps tremblant comme une feuille et secoué de sanglots, comme une gamine. Dans le manque, nous sommes tous égaux.

Ils s'arrêtèrent au poste de garde, Einar Harnes montra sa carte et la barrière se leva. La Cayenne se gara à sa place habituelle et Franck et Harnes entrèrent par la porte principale, où la visite de Harnes fut notée. D'habitude, Franck faisait passer Harnes par la porte du vestiaire pour lui épargner cette formalité. Pas la peine d'éveiller des soupçons en montrant qu'un avocat de la réputation de Harnes venait si souvent à Staten.

Les interrogatoires des détenus se déroulaient d'ordinaire à l'hôtel de police, mais Franck avait demandé que celui-ci ait lieu à Staten puisque le détenu était à l'isolement.

À cet effet, une cellule vide avait été préparée. Un policier et une policière tous deux en civil étaient assis d'un côté de la table. Franck les avait déjà vus mais ne se souvenait pas de leurs noms. La silhouette en face d'eux était si pâle qu'elle paraissait se fondre dans le mur laiteux. Il avait la tête baissée et ses mains se cramponnaient au bord de la table comme si la pièce tanguait.

« Alors, Sonny, dit Harnes d'un ton enjoué en posant la main sur l'épaule du garçon, tu es prêt ? »

La policière s'éclaircit la voix. « La question est plutôt de savoir s'il n'a pas déjà terminé. »

Harnes fit un sourire pincé et haussa un sourcil. « Que voulez-vous dire ? Vous n'avez pas commencé l'interrogatoire en l'absence de son avocat ?

— Il a dit qu'il n'avait pas besoin de vous attendre », répondit le policier.

Franck regarda le garçon. Flaira l'embrouille.

« Donc il a avoué ? soupira Harnes en ouvrant la valise d'où il sortit trois feuilles agrafées. Tenez, si vous voulez l'avoir par écrit…

— Au contraire, intervint la policière. Il vient de nier avoir quoi que ce soit à voir avec le meurtre. »

Il y eut un tel silence dans la pièce que Franck put entendre le chant des oiseaux à l'extérieur.

« Quoi ? » s'exclama Harnes, les yeux écarquillés. Franck ne savait pas ce qui l'horripilait le plus : les sourcils épilés de l'avocat ou sa lenteur à comprendre qu'une catastrophe se préparait.

« Il a dit quelque chose d'autre ? »

La policière regarda tour à tour le directeur adjoint de la prison et l'avocat.

« Pas de problème, dit Harnes. Je voulais qu'il soit présent au cas où vous auriez besoin d'explications concernant sa permission.

— Oui, je lui ai personnellement accordé cette permission, enchaîna Franck. Rien ne laissait présager qu'elle aurait une issue aussi tragique.

— Qui nous dit que cela a été le cas ? objecta la femme. Puisque nous n'avons pas d'aveux.

— Mais les empreintes !…, s'écria Arild Franck avant de s'arrêter net.

— Que savez-vous des empreintes ? voulut savoir le policier.

— J'ai supposé que vous deviez en avoir, se défendit Franck, puisqu'il est soupçonné dans cette affaire. N'est-ce pas le cas, monsieur… ?

— Enquêteur Henrik Westad, dit le policier. C'est moi qui avais pris la première déposition de Lofthus aussi. Maintenant il a changé sa déclaration. Il prétend même avoir un alibi pour l'heure du meurtre. Un témoin.

— Il a un témoin…, dit Harnes en regardant son client silencieux. Le gardien qui l'a suivi pendant sa permission. Mais ce témoin affirme que Lofthus a disparu dans…

— Un autre témoin, corrigea Westad.

— Et ce serait qui ? lança Franck en faisant la moue.

— Il dit que c'est une personne qui s'appelle Leif.

— Leif comment ? »

Tous les regards se portèrent sur le garçon aux cheveux longs, qui ne semblait ni les entendre ni les voir.

« Il l'ignore, répondit Westad. Il dit qu'ils ont seulement parlé quelques secondes sur une aire de repos d'autoroute. Lofthus dit que le témoin conduisait une Volvo bleue avec un autocollant « *I love Drammen* » dessus. Et que selon lui, le témoin est malade, un problème cardiaque peut-être. »

Le rire que Franck laissa échapper à cet instant ressembla à un aboiement.

« Je crois, dit Einar Harnes en se maîtrisant et en rangeant les feuilles dans sa serviette, que nous allons arrêter ici, pour que je puisse m'entretenir avec mon client. »

Franck avait tendance à rire quand il se mettait en colère. Et celle-ci s'échauffait en lui comme dans une bouilloire, le forçant à se contrôler pour ne pas rire encore plus. Il scruta le client. Ce type devait avoir pété un câble. D'abord, il cognait sur le vieux Halden, et puis maintenant ça. L'héroïne avait dû finir par détraquer complètement son cerveau. Mais il n'allait pas le laisser tout foutre par terre.

L'enjeu était trop important. Franck respira profondément, entendit un clic imaginaire comme lorsqu'une bouilloire électrique s'éteint. Il s'agissait de garder la tête froide, de laisser passer un peu de temps. De laisser le manque faire son œuvre.

*

Sur le pont de Sannerbrua, Simon regardait l'eau couler huit mètres sous eux. Il était six heures du soir et Kari Adel venait de demander quelles étaient les règles concernant les heures supplémentaires dans la brigade criminelle.

«Aucune idée, avait dit Simon. Voyez ça avec le chef du personnel.

— Vous voyez quelque chose en bas?»

Simon secoua la tête. Derrière le feuillage sur la rive est, il devinait le sentier qui longeait le fleuve jusqu'au nouvel opéra construit face au fjord. En bas, sur un banc, un homme nourrissait des pigeons. Un retraité, pensa Simon. C'est ce qu'on fait quand on est à la retraite. Sur la rive ouest se dressait un immeuble moderne avec des fenêtres et des balcons donnant sur le fleuve et sur le pont.

«Alors qu'est-ce qu'on fait ici? demanda Kari avec une pointe d'impatience en tapant du pied sur le bitume.

— Vous aviez quelque chose d'urgent à faire?» répliqua Simon. Quelques voitures circulaient doucement, un mendiant souriant leur demanda s'ils pouvaient faire la monnaie sur un billet de deux cents couronnes, un couple avec des lunettes de soleil griffées et un kit barbecue jetable dans le filet de la poussette passa devant eux en riant. Il adorait Oslo quand toute la Norvège était en vacances, quand la ville se vidait de ses habitants et redevenait celle qu'il avait connue. Une bourgade au départ, où il avait passé son enfance, et qui avait grandi trop vite. Une ville où il ne se passait rien, et où tout ce qui se passait voulait dire quelque chose. Une ville qu'il comprenait.

« Nous sommes invités à dîner avec quelques amis. »

Des amis, pensa Simon. Lui aussi avait eu des amis. Qu'étaient-ils devenus ? Peut-être se posaient-ils la même question que lui : qu'était-il devenu ? Pas sûr qu'il aurait su leur donner une vraie réponse. Le fleuve ne faisait pas plus de cinquante centimètres de profondeur. À certains endroits, des pierres sortaient de l'eau. Le rapport d'autopsie avait décrit des blessures indiquant que la victime était tombée d'une certaine hauteur. En soi, cela pouvait expliquer la nuque brisée qui était la cause réelle de la mort.

« Nous sommes ici parce que nous avons arpenté l'Akerselva sur ses deux rives : ici c'est le seul endroit avec un pont suffisamment élevé et une eau peu profonde où il pourrait avoir heurté des pierres avec une telle force. C'est d'ailleurs le pont le plus proche de l'asile.

— Du foyer, corrigea Kari.

— Est-ce que vous vous seriez suicidée d'ici ?

— Non.

— Je veux dire, si vous aviez voulu vous tuer. »

Kari cessa de piétiner. Regarda la rambarde. « J'aurais choisi quelque chose de plus haut. On risque trop d'en réchapper, ici. Et de se retrouver en chaise roulante.

— Vous n'auriez donc pas choisi non plus de pousser quelqu'un d'ici si vous aviez eu l'intention de le tuer.

— Non, peut-être pas, dit-elle en bâillant.

— Alors nous cherchons quelqu'un qui a d'abord brisé la nuque de Per Vollan avant de le balancer d'ici dans la rivière.

— C'est, je pense, ce que vous autres appelez une hypothèse.

— C'est ce que *nous* appelons une hypothèse. Bon, pour ce dîner…

— Oui ?

— Vous allez appeler votre ami pour lui dire qu'il ne faudra pas compter sur vous.

— Ah ?

— Nous allons faire du porte-à-porte pour trouver d'éventuels témoins. Vous pouvez commencer par sonner chez ceux qui ont un balcon qui donne sur la rivière. Puis nous passerons au peigne fin les archives sur des briseurs de nuque patentés. » Simon ferma les yeux et prit une bouffée d'air. « Est-ce qu'il ne fait pas bon vivre à Oslo en été ? »

9

Einar Harnes n'avait jamais eu l'ambition de sauver le monde. Rien qu'une petite partie. Ou pour être plus précis : sa partie à lui. Alors il avait étudié le droit. Plus exactement, juste ce qu'il fallait pour réussir les examens. Il avait obtenu un poste dans un cabinet d'avocats qui traitait des affaires de second plan, délaissées par les grands avocats, il avait travaillé suffisamment longtemps pour obtenir son diplôme, avait ouvert son propre cabinet avec Erik Fallbakken, un homme d'un certain âge un peu porté sur la bouteille, et ensemble ils avaient défini un nouveau terrain d'action : ils s'occupaient des cas les plus impossibles, perdaient chaque fois, mais, curieusement, avaient acquis un genre de statut en tant que défenseurs du rebut de la société. Cela leur avait procuré une clientèle qui ne pouvait régler les factures du cabinet Harnes et Fallbakken – quand elle le faisait – qu'aux dates où tombaient les allocations de l'aide sociale. Einar Harnes avait très vite compris qu'il n'œuvrait pas dans le monde de la justice, mais dans une alternative marginale, un peu plus chère, aux intimidateurs, à l'assurance chômage et aux voyantes. Il menaçait ceux qu'il était payé pour menacer, avec des mises en demeure, embauchait des nullards au tarif minimal et, lors de rendez-vous avec des clients au portefeuille bien garni, garantissait une victoire au tribunal. Mais un client permettait au cabinet de tenir la tête hors de l'eau. Un client dont le nom ne figurait dans aucun dossier des archives du cabinet, si tant est qu'on pût appeler archives le désordre absolu qui régnait dans les armoires du bureau de la secrétaire, par ailleurs presque toujours en congé maladie. Les payeurs fiables réglaient surtout en liquide et réclamaient rarement des factures. Ce serait encore le cas pour ces heures-ci.

Sonny Lofthus était assis en tailleur sur le lit, le désespoir se lisait dans son regard halluciné par le manque. Six jours s'étaient écoulés depuis le fameux interrogatoire, il avait dû passer de sales moments. Il avait tenu plus longtemps qu'ils n'auraient cru. Le rapport que lui faisaient d'autres détenus avec lesquels Harnes était en contact avait de quoi le surprendre. Sonny n'avait pas essayé de se procurer de la came, au contraire, il avait refusé les offres de speed et de hasch. On l'avait vu en salle de sport, où il avait couru deux heures d'affilée sur le tapis de course avant d'enchaîner avec les haltères. On l'avait entendu crier la nuit. Mais il avait tenu bon. Un type qui pendant douze ans avait pris des doses massives d'héroïne! Les seules personnes, à la connaissance de Harnes, qui réussissaient ce genre d'exploit étaient des gens qui avaient remplacé la drogue par quelque chose d'aussi fort, quelque chose qui pouvait les stimuler et les motiver autant que le rush d'un shoot. La liste n'était pas longue : ils pouvaient avoir eu une révélation sur le plan religieux, être tombés amoureux ou avoir eu un enfant. Voilà. Bref, avoir eu soudain un but qui donnait un nouveau sens à leur vie. Mais cela pouvait aussi être un dernier baroud d'honneur avant la dégringolade finale.

Tout ce qu'Einar savait, c'était que son client exigeait des réponses. Non, pas des réponses. Des résultats.

« Ils ont des preuves scientifiques, tu seras jugé et condamné, que tu avoues ou non. Alors pourquoi prolonger tes souffrances quand ce n'est pas nécessaire ? »

Pas de réponse.

Harnes se passa si fort la main dans ses cheveux peignés en arrière qu'il tira sur les racines. « Je peux avoir un sachet de Superboy ici dans l'espace d'une heure, alors c'est quoi, le problème ? Tout ce qu'il me faut, c'est une signature, là. » Il tapota de l'index les trois feuilles A4 étalées sur sa serviette posée sur ses cuisses.

Le garçon essaya d'humecter ses lèvres sèches et gercées avec une langue qui était si blanche que Harnes en vint à se demander s'il n'y avait pas un dépôt de sel à la surface. « Merci. Je vais y réfléchir. »

Merci ? Réfléchir ? Il proposait de la drogue à un junkie en manque ! Ce garçon s'était-il affranchi de la pesanteur ?

« Écoute, Sonny...

— Et merci pour la visite. »

Harnes secoua la tête et se leva. Le garçon ne tiendrait pas. Bon, il attendrait un jour de plus. Jusqu'à ce que le temps du miracle soit terminé.

Lorsque le gardien eut ouvert toutes les portes pour laisser sortir l'avocat, ce dernier, en attendant à l'accueil le taxi qu'il avait commandé, pensa à ce que son client allait dire. Ou plus exactement à ce que ce client *ferait* si Harnes ne sauvait pas le monde.

Enfin, sa partie du monde.

*

Geir Goldsrud se pencha en avant, assis sur sa chaise, et fixa l'écran de contrôle.

« Qu'est-ce qu'il fout, bordel ?

— On dirait qu'il cherche à parler à quelqu'un », dit un autre gardien de la salle de contrôle.

Goldsrud regarda le garçon. Sa longue barbe tombait sur sa poitrine, son thorax était nu. Il était grimpé sur une chaise devant une caméra de surveillance et toquait sur la lentille avec l'articulation de l'index, en proférant des mots incompréhensibles.

« Finstad, tu viens avec moi », dit Goldsrud en se levant.

Ils passèrent devant Johannes qui nettoyait le couloir à la serpillière. La scène rappela à Goldsrud quelque chose qu'il devait avoir vu dans un film. Ils descendirent au rez-de-chaussée, ouvrirent la porte, passèrent devant la cuisine commune et s'avancèrent dans le couloir, où ils trouvèrent Sonny assis sur la chaise de laquelle il venait de descendre.

Goldsrud vit à son torse et à ses bras que le jeune homme venait de s'entraîner. Ses muscles et ses veines saillaient sous la peau. On disait que des junkies au dernier degré faisaient de la gonflette avant de se faire un shoot. Des amphétamines et toutes sortes de pilules circulaient, mais Staten était une des rares, voire la seule prison de Norvège où ils contrôlaient relativement bien l'introduction de l'héroïne dans l'établissement. Néanmoins, Sonny n'avait jamais eu de mal, semblait-il, à obtenir ce qu'il lui fallait. Sauf cette fois. Vu ses tremblements, le garçon n'avait pas eu sa dope depuis un moment. Pas étonnant qu'il soit désespéré.

« Aidez-moi, chuchota Sonny quand il les vit arriver.

— Pas de problème, dit Goldsrud en faisant un clin d'œil à Finstad. Deux mille pour un quart de gramme. »

C'était une blague, mais il vit que Finstad en était moins sûr, lui.

Le garçon secoua la tête. Même les muscles de son cou et de sa nuque étaient tendus. Goldsrud avait entendu dire qu'à une époque il était destiné à une carrière de lutteur. C'était peut-être vrai ce qu'on disait, qu'on peut retrouver pour le restant de sa vie, en s'entraînant quelques semaines, les muscles qu'on s'est forgés avant l'âge de douze ans.

« Enfermez-moi.

— On ne ferme pas les cellules avant dix heures, Lofthus.

— S'il vous plaît. »

Goldsrud fut surpris. Il arrivait que des détenus demandent à être enfermés dans leurs cellules parce qu'ils avaient peur de quelqu'un. Que leurs craintes soient fondées ou non. L'angoisse va souvent de pair avec une vie criminelle. Ou l'inverse. Mais Sonny était sans doute le seul prisonnier de Staten à n'avoir pas un seul ennemi parmi les détenus. Au contraire, tous le traitaient comme une vache sacrée. Et il n'avait jamais montré le moindre signe d'angoisse, ce garçon avait visiblement un psychisme et un physique qui lui permettaient de supporter la consommation de drogue mieux que la plupart. Alors pourquoi...

Le garçon se grattait des croûtes sur l'avant-bras. Alors Goldsrud comprit : c'étaient les croûtes de ses anciennes piqûres. Il n'avait aucune marque de piqûre fraîche. Il avait arrêté. C'était pour ça qu'il voulait qu'on l'enferme. Le manque et la certitude qu'il prendrait la première chose qu'on lui proposerait, peu importe ce que c'était.

« Viens », dit Goldsrud.

*

« Tu bouges ta jambe, Simon ? »

Simon leva les yeux. La vieille femme de ménage était si petite et voûtée qu'elle dépassait à peine du chariot de ménage. Elle travaillait à l'hôtel de police déjà du temps où Simon avait commencé sa carrière, un jour du dernier millénaire. Une femme qui avait des idées bien arrêtées. C'était elle qui tenait à ce terme de « femme de ménage », pour elle-même comme pour ses collègues, quel que soit leur sexe.

« Salut, Sissel ! Déjà ? » Simon regarda l'heure. Quatre heures et quelques. Le temps de travail réglementaire était dépassé. Oui, la loi sur les conditions de travail exigeait qu'on rentre chez soi, pour le bien du peuple et de son pays. D'habitude, il s'en fichait royalement, mais les choses étaient différentes maintenant. Il savait qu'Else l'attendait, qu'elle avait préparé le repas depuis un bon moment déjà, et que lorsqu'il rentrerait, elle prétendrait avoir fait ça en un rien de temps, en espérant qu'il ne verrait pas le désordre, la saleté et tout ce qui trahissait que sa vue avait encore baissé.

« Ça fait longtemps que tu n'as pas grillé une cigarette avec moi, Simon.

— Je chique maintenant.

— C'est la jeunette qui t'a fait changer, hein ? Toujours pas d'enfants ?

— Toujours pas à la retraite, Sissel ?

— Moi, je crois que tu as un enfant quelque part, c'est pour ça que tu n'en veux pas. »

Simon sourit et la regarda passer la serpillière sous ses jambes. Encore une fois, il se demanda comment un corps si petit avait pu donner le jour à une telle descendance. *Rosemary's Baby*. Il rangea ses papiers. L'affaire Vollan était pour l'instant mise de côté. Personne dans l'immeuble près du pont de Sannerbrua n'avait vu quoi que ce soit et aucun témoin ne s'était manifesté. Tant qu'ils n'avaient pas la certitude qu'il y avait eu crime, cette affaire ne pouvait pas être prioritaire, selon leur chef de service. Ce dernier avait prié Simon de passer les jours suivants à étoffer les comptes rendus de deux affaires de meurtre élucidées. La procureur leur avait remonté les bretelles, qualifiant les comptes rendus de « maigres ». Elle n'avait pas trouvé de fautes formelles, elle souhaitait seulement « une meilleure mise en forme au niveau des détails ».

Simon éteignit son ordinateur, enfila son blouson et se dirigea vers la porte. On était encore en horaire d'été, ce qui signifiait que beaucoup de ceux qui n'étaient pas partis en vacances s'en allaient à trois heures et qu'on entendait seulement des bruits sporadiques de clavier dans l'open space qui sentait la colle chauffée par le soleil à cause des vieilles cloisons.

« Pas de dîner entre amis aujourd'hui ? »

Elle referma son livre d'un coup sec et le regarda avec un mélange de nervosité et de honte qui lui fit monter le rouge aux joues. Il jeta un coup d'œil au titre de l'ouvrage : *Droit des entreprises*. Il savait qu'elle savait qu'elle n'avait aucune raison d'avoir mauvaise conscience d'étudier au boulot, puisque personne ne lui avait donné la moindre responsabilité ici. C'était toujours comme ça à la brigade criminelle : pas de crime, pas de travail. Simon en conclut qu'elle rougissait parce qu'elle savait que son examen de droit l'entraînerait loin d'ici, trahissant en quelque sorte son employeur. Quant à sa nervosité – bien qu'elle sût en théorie que sa mauvaise conscience était infondée –, elle s'expliquait sans doute par le fait qu'elle s'en voulait d'avoir refermé automatiquement son livre quand il était passé devant elle.

« Sam est sur la côte ouest pour surfer ce week-end. Je me suis dit que je pouvais tout aussi bien étudier ici qu'à la maison. »

Simon acquiesça. « Le métier de flic n'est pas toujours passionnant. Même à la crim'. »

Elle le regarda.

Simon haussa les épaules. « Surtout à la crim'.

— Alors pourquoi avez-vous choisi d'être enquêteur dans ce service ? »

Elle s'était débarrassée de ses chaussures et avait replié ses pieds nus sous sa chaise. Comme si elle espérait une réponse un peu plus longue, songea Simon. Elle devait être du genre qui préfère avoir de la compagnie, peu importe laquelle, plutôt que d'être seule, qui préfère rester à son bureau dans un open space désert en espérant le passage de quelqu'un plutôt que dans son salon où elle est sûre d'avoir la paix.

« Croyez-le ou non, c'était une manière de me rebeller, répondit-il en s'asseyant sur le bord du bureau. Mon père était horloger et voulait que je prenne sa succession. Je serais devenu une pâle copie de mon père. »

Kari passa ses bras autour de ses longues jambes d'insecte : « Vous n'avez jamais regretté ? »

Simon jeta un regard par la fenêtre. La chaleur faisait vibrer l'air dehors.

« Il y a des gens qui se sont enrichis en vendant des montres.

— Pas mon père, répondit Simon. Il n'aimait pas les copies, lui non plus. Il a refusé la tendance qui était de porter des imitations bon marché et des montres numériques en plastique. Selon lui une façon, même minime, de se révolter. Et il a fait faillite, mais avec classe.

— Je comprends mieux pourquoi vous n'avez pas voulu être horloger.

— En fait, j'ai quand même failli le devenir.

— Ah bon ?

— Technicien dans la police scientifique. Expert en balistique. Analyser les trajectoires des balles, ce genre de choses, ou remonter des horloges, ça revient presque au même. Nous ressemblons plus à ceux qui nous ont donné le jour que nous ne le pensons.

— Et qu'est-ce qui s'est passé ? s'enquit-elle en souriant. Vous avez fait faillite ?

— Comment dire... » Il regarda sa montre. « J'ai commencé à m'intéresser plus au pourquoi qu'au comment. Je ne sais pas si c'était un bon choix d'enquêter sur les comportements humains. Les balles et les blessures par balle, c'était plus rassurant que le cerveau humain.

— Alors vous êtes passé à la brigade financière.

— Je vois que vous avez lu mon CV.

— Il faut bien se renseigner sur les gens avec qui on va travailler. Vous en avez donc eu assez du sang et des meurtres ?

— Non, mais j'avais peur qu'Else, ma femme, ne le supporte plus. Quand je me suis marié, je lui ai promis d'avoir des horaires de travail plus normaux et un quotidien moins terrifiant. Je n'avais pas à me plaindre à la brigade financière, c'était un peu comme travailler avec des montres. En parlant de ma femme... »

Il se leva.

« Pourquoi avez-vous arrêté à la brigade financière si vous y étiez bien ? »

Simon eut un sourire las. Oui, ce dernier point n'apparaissait sans doute pas dans son CV.

« Des lasagnes. Je crois qu'elle fait des lasagnes. À demain.

— Un de mes anciens collègues m'a téléphoné, à propos. Il m'a dit qu'il avait vu un de ces paumés de drogués se balader avec un col de prêtre.

— Un col de prêtre ?

— Oui, comme celui que portait Per Vollan.

— Et qu'est-ce que vous avez fait avec cette info ? »

Kari ouvrit de nouveau son bouquin. « Rien. Je lui ai dit que l'affaire était classée.

— Non prioritaire, c'est différent. En attendant de nouveaux éléments. Comment s'appelle le drogué et où habite-t-il ?

— Lars Gilberg. À l'asile.

— Au foyer. Que diriez-vous d'une pause dans votre lecture ? »

En soupirant, Kari referma le livre. « Et les lasagnes ? »

Simon haussa les épaules. « Tant pis. Je vais appeler Else, elle comprendra. Et puis les lasagnes, c'est meilleur réchauffé. »

10

Johannes vida son seau dans l'évier de service et rangea le balai dans le réduit. Il avait passé la serpillière dans tous les couloirs du premier étage, plus la salle de contrôle, et avait envie de poursuivre la lecture de son livre dans sa cellule, *Les Neiges du Kilimandjaro.* Il y avait plusieurs nouvelles à l'intérieur, il n'en avait lu qu'une, encore et encore. L'histoire d'un homme qui avait un pied gangrené et savait qu'il allait mourir. Cette certitude qui faisait de lui non un homme meilleur ou pire, mais seulement plus lucide, plus honnête, moins patient. Johannes n'avait jamais été un grand lecteur, c'était le bibliothécaire de la prison qui lui avait donné ce livre ; depuis qu'il avait navigué au large de la Côte-d'Ivoire et du Liberia, Johannes s'intéressait à l'Afrique ; il avait par conséquent lu les quelques pages sur cet homme blessé accidentellement et qui allait pourtant mourir sous une tente dans la savane. La première fois, il avait lu en diagonale, à présent il lisait lentement, mot à mot, à la recherche de quelque chose qu'il n'aurait su définir.

« Salut. »

Johannes se retourna.

Le salut de Sonny n'était qu'un murmure, et la silhouette massive aux yeux exorbités qui se trouvait en face de lui était si pâle qu'elle paraissait presque transparente. Comme un ange, songea Johannes.

«Bonjour, Sonny. J'ai appris que t'avais été mis à l'isolement. Comment ça va?»

Sonny haussa les épaules.

«Tu as un sacré crochet du gauche, mon garçon.» Johannes sourit et montra le trou à la place de son incisive.

«J'espère que tu pourras me pardonner.»

Johannes déglutit. «C'est moi qui ai besoin d'être pardonné, Sonny.»

Les deux hommes se regardèrent. Puis Johannes vit Sonny jeter un coup d'œil d'un côté et de l'autre du couloir. Attendit.

«Est-ce que tu veux bien t'évader pour moi, Johannes?»

Ce dernier prit son temps, essaya plusieurs combinaisons de mots pour voir si elles signifiaient quelque chose, avant de demander :

«Qu'est-ce que tu veux dire? Je ne veux pas m'évader. Et pour aller où? Je me ferais choper tout de suite.»

Sonny ne répondit pas, mais le désespoir au fond des yeux du jeune homme était tel que Johannes commença à comprendre.

«Tu veux... tu veux que je sorte pour te procurer du boy?»

Sonny ne répondait toujours pas, se contentant de fixer intensément le vieil homme qui avait du mal à soutenir son regard. Pauvre garçon, pensa Johannes. Saloperie d'héroïne.

«Pourquoi tu me demandes ça à moi?

— Parce que tu es le seul à avoir accès à la salle de contrôle et à pouvoir le faire.

— Faux. Je suis le seul à avoir accès à la salle de contrôle et donc à savoir que ce n'est *pas* possible. Les portes ne s'ouvrent qu'avec les empreintes digitales qui sont autorisées dans la base de données. Et les miennes n'y sont pas, évidemment. Pour y être, il faut faire une demande en quatre exemplaires. Et qu'elle soit acceptée. Je les ai vus...

— L'ouverture et la fermeture de toutes les portes sont commandées à partir de la salle de contrôle.»

Johannes secoua la tête, jeta un regard alentour pour s'assurer qu'ils étaient seuls. « Même si on arrive à sortir, il y a un gardien de l'autre côté du parking qui demande les papiers de tous ceux qui entrent et sortent.

— De tout le monde, sans exception ?

— Oui, sauf à la relève des gardiens le matin, l'après-midi et le soir ; là, ils laissent passer les voitures et les visages connus.

— Et peut-être les gens en uniforme de gardien ?

— Sans doute.

— Alors il faudrait que tu te procures un uniforme de gardien et que tu sortes au moment de la relève. »

Johannes se toucha le menton. Sa mâchoire lui faisait toujours mal.

« Et comment veux-tu que je me procure un uniforme ?

— Dans l'armoire de Sørensen au vestiaire. Tu l'ouvriras sans problème avec un tire-bouchon. »

Le gardien Sørensen était en congé maladie depuis bientôt deux mois. Dépression nerveuse. Johannes savait qu'on appelait ça autrement maintenant, mais ça revenait au même. Une flopée de sentiments qui vous submergeaient. Il avait déjà donné.

Johannes secoua la tête. « Au moment de la relève, c'est plein d'autres gardiens à l'intérieur, ils vont me reconnaître.

— Change de look. »

Johannes rit. « Et avec quoi veux-tu que je menace les gardiens ? »

Sonny souleva sa longue blouse blanche et sortit un paquet de cigarettes de sa poche de pantalon. Il glissa une cigarette entre ses lèvres sèches et alluma un briquet. Celui-ci avait la forme d'un pistolet. Johannes hocha lentement la tête. « Ce n'est pas pour de la came. C'est autre chose que tu veux que je fasse dehors, hein ? »

Sonny tira une bouffée de sa cigarette. Serra très fort les yeux.

« Tu veux bien le faire ? » Cette voix chaude, douce.

« Tu veux bien me donner l'absolution ? » demanda Johannes.

*

Arild Franck les aperçut en débouchant au coin du couloir. Sonny Lofthus avait posé la main sur le front de Johannes qui se tenait la tête baissée et les yeux fermés. Ils avaient l'air de deux tarlouzes. Il les avait observés sur l'écran de contrôle, ils n'avaient fait que parler. Parfois, il regrettait de ne pas avoir pu installer des micros sur toutes les caméras. Car il devinait à leurs regards en coin qu'ils ne discutaient pas des pronostics de la prochaine course. Puis Sonny avait sorti quelque chose de sa poche. Le garçon avait le dos tourné à la caméra, alors impossible de voir ce que c'était, mais ensuite il avait vu la fumée de cigarette s'élever au-dessus de sa tête.

« Hé ! Interdiction de fumer dans ma prison, merci ! »

La tête grisonnante de Johannes se releva et Sonny laissa retomber sa main.

Franck alla vers eux. Indiqua du pouce le couloir par-dessus son épaule : « Dégage et va faire le ménage ailleurs, Halden. »

Franck attendit que le vieux, d'un pas traînant, soit hors de portée. « De quoi avez-vous parlé ? »

Sonny haussa les épaules.

« Bien sûr, c'est sans doute secret professionnel », dit Arild Franck avec son rire qui ressemblait à un aboiement. Le son se répercuta entre les murs nus du couloir. « Eh bien, Sonny, tu as réfléchi ? »

Le garçon écrasa sa cigarette contre le paquet, fourra les deux dans sa poche et se gratta l'avant-bras.

« Ça démange ? »

Sonny ne répondit pas.

« Je suppose qu'il existe des choses pires que les démangeaisons. Il y a pire que d'être en manque. Tu sais ce qui est arrivé à celui de la cellule 121 ? Tout le monde a cru qu'il s'était pendu au crochet du plafonnier, mais qu'il avait regretté après avoir donné le coup de pied dans la chaise. Que c'était parce qu'il avait essayé de défaire le nœud qu'il avait autant de marques à son cou. Comment il s'appelait déjà ? Gomez ? Diaz ? Il travaillait pour Nestor. On a commencé à craindre qu'il balance tout. Aucune preuve, juste une crainte. Ça suffit. C'est drôle, non, quand on y pense ? Tu es couché dans ton lit, en pleine nuit, et ta seule crainte, c'est que ta porte *ne soit pas* fermée. Que quelqu'un dans la salle de contrôle, en appuyant discrètement sur une touche, permette à toute une prison remplie de meurtriers d'entrer dans ta cellule. »

Le garçon avait baissé la tête. Mais Franck vit les gouttes de sueur perler à son front. Il allait redevenir raisonnable. Franck n'aimait pas les morts dans les cellules de sa prison, cela attirait toujours l'attention, même si on faisait tout pour que ça paraisse plausible.

« Oui. »

Le souffle était si inaudible que Franck se pencha automatiquement en avant. « Oui ? répéta-t-il.

— Demain. Vous aurez mes aveux demain. »

Franck croisa les bras sur sa poitrine et se balança sur ses talons. « Bon. Alors je reviendrai ici avec M. Harnes tôt demain matin. Plus d'entourloupe, cette fois. Et regarde bien le crochet de ton plafonnier quand tu te coucheras cette nuit. Compris ? »

Le garçon releva la tête et croisa le regard du directeur adjoint. Ça faisait belle lurette que Franck avait rejeté l'idée que les yeux étaient le miroir de l'âme, il avait fixé trop de regards de détenus aux yeux d'un bleu innocent, quand bien même ils débitaient mensonge sur mensonge. D'ailleurs, c'était une drôle d'expression. Le *miroir* de l'âme ? Logiquement cela devait signifier qu'on regardait sa propre âme en plongeant son regard dans celui d'un autre. Peut-être était-ce pour cette raison que croiser le regard du garçon le mettait si mal à l'aise ?

Franck se détourna. Il s'agissait de se concentrer sur ce qui était important. Et de ne pas se mettre à réfléchir à des sujets qui ne menaient nulle part.

*

« Il y a des fantômes, c'est pour ça. »

De ses doigts gris charbonneux, Lars Gilberg porta le mégot à ses lèvres et, levant la tête, plissa les yeux pour regarder les deux policiers qui se tenaient au-dessus de lui.

Il avait fallu trois heures à Simon et Kari pour le retrouver, ici, sous le pont de Grünerbrua. Ils avaient commencé leur jeu de piste au foyer Ila où personne ne l'avait vu depuis une semaine ; de là ils s'étaient rendus au café de la mission municipale dans la Skippergata, puis dans le quartier qu'on appelle Plata, près de la gare centrale, qui continuait d'être une plaque tournante du marché de la drogue ; ensuite au centre d'accueil de l'Armée du Salut dans l'Urtegata, d'où ils avaient été envoyés vers les berges de la rivière, au niveau de l'Élan, la statue qui marquait la frontière entre le speed et l'héroïne. Sur le chemin, Kari avait expliqué à Simon que c'étaient actuellement des Albanais et des Nord-Africains qui se chargeaient d'écouler les amphétamines et la métamphétamine, du sud de l'Élan jusqu'au pont de Vaterlands bru. Quatre Somaliens se tenaient autour d'un banc à attendre, les capuches bien relevées sur la tête, dans le soleil couchant. L'un d'eux hocha la tête en voyant la photo que Kari lui montra et pointa le doigt vers l'amont de la rivière, le coin de l'héroïne, en demandant s'ils ne voulaient pas un gramme de cristal meth pour la route. Les rires fusèrent dans le dos de Simon et Kari quand ils remontèrent le sentier en direction du pont de Grünerbrua.

« Tu ne voulais plus habiter à Ila parce que tu crois qu'il y a des fantômes ? demanda Simon.

— Je ne *crois pas*, putain. Y en a, c'est tout. C'est pas possible d'habiter dans cette chambre, elle était déjà occupée, c'est un truc qu'on sent dès qu'on pose le pied dedans. Je me réveillais en pleine nuit, et bien sûr il n'y avait personne, mais je sentais le souffle de quelqu'un sur mon visage. Et il n'y a pas que dans ma chambre que ça arrive, vous n'avez qu'à demander aux autres, là-bas. » Gilberg jeta un regard désabusé sur son mégot éteint.

«Alors tu préfères camper ici ? demanda Simon en lui tendant sa boîte de tabac à chiquer.

— Fantômes ou pas, honnêtement, j'aime pas être enfermé dans des espaces aussi réduits. Et ici…, dit Gilberg en montrant du bras son fin matelas de journaux et son sac de couchage troué à côté de lui, c'est un endroit de rêve pour passer l'été. » Il leva le bras vers le pont. « Un toit qui ne fuit pas. Vue sur l'eau. Aucuns frais de gestion, des boutiques et des transports en commun à proximité. Que demande le peuple ? » Il prit trois chiques de la boîte de Simon, en glissa une sous sa lèvre supérieure et fourra les deux autres dans sa poche.

« Eh bien, on bosse comme prêtre ? » demanda Kari.

Gilberg inclina la tête sur le côté et regarda Simon en plissant les yeux.

« Ce col de prêtre que tu portes là, dit le policier. Comme tu l'as peut-être lu dans les journaux de ce matin, on a retrouvé un prêtre mort un peu plus en amont de la rivière.

— J'en ai pas entendu parler. » Gilberg ressortit les chiques de sa poche et les remit dans la boîte avant de la redonner à Simon.

« Ça prendra vingt minutes chrono à la police scientifique, Lars, pour déterminer que ce col appartenait au prêtre. Et pour toi, ce sera vingt ans de prison pour meurtre.

— Meurtre ? Mais ce n'était pas marqué dans…

— Alors tu lis les faits divers ? Il était mort avant d'être jeté dans la rivière. Ça se voit aux bleus sur sa peau. Il a heurté des pierres et les bleus sont différents si tu es déjà mort, tu comprends ?

— Non…

— Il faut que je te fasse un dessin ? Ou tu préfères peut-être que je te décrive comment c'est une cellule de prison ?

— Mais je n'ai pas…

— Même en tant que suspect, tu dois t'attendre à passer quelques bonnes semaines en préventive. Et là-bas, les cellules sont encore plus petites. »

Gilberg les regarda, l'air pensif, et suça plusieurs fois sa chique, fort.

« Qu'est-ce que vous voulez ? »

Simon s'accroupit devant Gilberg. L'haleine du SDF ne sentait pas, elle avait un *goût*. Un goût sucré et pourri de fruit blet et de mort.

« Nous voulons que tu racontes ce qui s'est passé.

— Je ne sais pas, je vous dis.

— Tu n'as rien dit, Lars. Mais on sent que tu as peur de parler. Pourquoi ?

— Ce col, il a seulement échoué sur la rive et... »

Simon se leva et saisit Gilberg par le bras. « Viens, on t'embarque.

— Attendez ! »

Simon le lâcha.

Gilberg pencha la tête. Respira lourdement. « C'étaient les hommes de Nestor. Mais je ne peux pas... Tu sais ce que Nestor fait avec ceux qui...

— Oui, je sais. Et tu sais aussi qu'il le saura, si tu es convoqué à un interrogatoire à l'hôtel de police. C'est pourquoi je te propose de nous dire ce que tu sais maintenant, et après je verrai si on peut s'en tenir là. »

Gilberg secoua lentement la tête.

« C'est maintenant, Lars !

— J'étais assis sur le banc près des arbres, au bord du sentier qui passe sous le pont de Sannerbrua. J'étais seulement à dix mètres de là et je les ai bien vus sur le pont, je ne crois pas qu'ils m'aient vu, le feuillage est assez épais à cette époque de l'année, pas vrai ? Ils étaient deux. L'un tenait le prêtre et l'autre lui passait le bras sur le front. J'étais si près que je lui voyais le blanc des yeux. Il n'y avait que du blanc, d'ailleurs, les trucs noirs avaient comme roulé en arrière du crâne. Mais pas un son ne sortait de sa bouche. Comme s'il savait que ça ne servait à rien. Puis le type a renversé sa tête en arrière comme un putain de chiropracteur. J'ai entendu la nuque craquer, je plaisante pas, on aurait dit, je vous jure, une putain de branche dans la forêt. » Gilberg pressa son index contre sa lèvre supérieure, cligna deux fois des yeux et fixa un point droit devant lui. « Puis ils ont regardé autour d'eux. Putain ! ils venaient de trucider un type au milieu du pont de Sannerbrua et ça avait l'air de leur faire ni chaud ni froid. Faut dire qu'Oslo est assez désert en plein été, pas vrai ? Ensuite, ils ont balancé le corps par-dessus le parapet.

— Ça correspond avec les pierres qui ressortent de l'eau, dit Kari.

— Il est resté un peu sur les pierres avant que l'eau l'emporte plus bas. J'ai retenu mon souffle, sans faire le moindre geste. Si les types avaient compris que je les avais vus…

— Mais c'est le cas, l'interrompit Simon. Et tu étais si près d'eux que tu pourrais les identifier, si tu les revoyais ? »

Gilberg secoua la tête. « Aucune chance. Je les ai déjà oubliés. C'est l'inconvénient quand on se drogue avec tout ce qui vous tombe sous la main. La mémoire fout le camp.

— Je crois que tu veux dire "l'avantage", rectifia Simon en se frottant le visage.

— Mais tu savais qu'ils bossaient pour Nestor, dit Kari qui passait son poids d'une jambe à l'autre.

— À cause des costumes, expliqua Gilberg. Ils ont tous l'air pareils, à croire qu'ils ont piqué tout un chargement de complets vestons destiné à l'association des Pompes funèbres de Norvège. » Il poussa la chique avec la langue.

*

« Nous allons redonner la priorité à cette affaire », dit Simon à Kari une fois dans la voiture, tandis qu'ils rejoignaient les locaux de la brigade. « Je veux que vous examiniez tous les faits et gestes de Vollan les dernières quarante-huit heures avant son assassinat, et que vous me dressiez une liste de tous les gens, tous sans exception, avec qui il a été en contact.

— D'accord », dit Kari.

Ils passèrent devant Blå et s'arrêtèrent devant un flot de jeunes piétons. Des hipsters en chemin vers un concert, songea Simon, en jetant un coup d'œil vers Kuba. Il étudia un grand écran au-dessus de la scène extérieure, tandis que Kari téléphonait à son père pour lui dire qu'elle ne pourrait pas être là au dîner. On passait un film en noir et blanc. Des images d'Oslo. Sans doute dans les années 50. Simon se rappela la ville où il avait grandi. Pour les hipsters, ce ne devait être qu'un monde curieux, forcément daté, mais innocent et plein de charme. Des éclats de rire lui parvenaient.

« Il y a un truc qui me chiffonne, déclara Kari qui s'aperçut que ça faisait un moment qu'elle ne parlait plus au téléphone. Vous avez dit que Nestor le saurait, si nous avions embarqué Gilberg pour l'interroger. Vous le pensiez sérieusement ?

— À votre avis ? dit Simon en appuyant sur l'accélérateur pour remonter la Hausmanns gate.

— Je ne sais pas, mais on aurait dit que vous le pensiez sérieusement.

— Que dire ? C'est une longue histoire. Il a été question pendant plusieurs années d'une taupe dans nos services qui rapportait tout directement à une certaine personne qui dirige l'ensemble ou presque du trafic de stupéfiants et de la traite d'êtres humains dans Oslo. Mais c'était il y a longtemps, et même si tout le monde en parlait à l'époque, personne n'a réussi à prouver l'existence de cette taupe ni de cette certaine personne.

— C'est qui, cette certaine personne ? »

Simon regarda par sa vitre. « Nous l'avons appelé "le Jumeau".

— Le Jumeau…, répéta Kari. Ce nom circulait aussi aux stup'. De la même manière que Gilberg parlait des fantômes à Ila. Il a vraiment existé ?

— Oh, le Jumeau est tout ce qu'il y a de réel.

— Et qu'en est-il de la taupe ?

— Parlons-en. On a trouvé une lettre de suicide laissée par un policier, où il écrivait qu'il était la taupe.

— Ce n'était pas une preuve, ça ?

— Pas pour moi.

— Et pourquoi ?

— Parce que cet homme était la personne la moins corrompue qui ait jamais travaillé dans la police d'Oslo.

— Comment le savez-vous ? »

Simon s'arrêta au feu rouge au croisement de la Storgata. C'était comme si l'obscurité suintait des façades autour d'eux, et, dans la pénombre, les créatures de la nuit sortaient. Elles avançaient d'un pas nonchalant, attendaient, appuyées contre le mur d'une discothèque d'où s'échappait de la musique poussée à fond, ou discutaient dans une voiture, la vitre baissée, le coude dehors. Des regards affamés qui cherchent une proie. Des chasseurs.

« Parce que c'était mon meilleur ami. »

*

Johannes regarda l'heure. Dix heures dix. Dix minutes après l'heure de verrouillage. Les autres étaient enfermés dans leurs cellules maintenant, lui-même serait enfermé manuellement, une fois qu'il aurait terminé sa tournée de rangement, à onze heures. Comme c'était étrange ! Quand on a été incarcéré assez longtemps, les jours finissent par ressembler à des minutes et les filles du calendrier qu'on a accroché dans sa cellule ne suffisent plus pour tenir le compte des mois qui passent. Mais l'heure qui venait de s'écouler avait paru durer une année. Une longue et douloureuse année.

Il pénétra dans la salle de contrôle.

Trois personnes étaient de garde à l'intérieur, une de moins que pendant la journée. Les ressorts du fauteuil grincèrent quand un des gardiens se détourna des écrans de contrôle.

« Salut, Johannes. »

C'était Geir Goldsrud. Il poussa du pied la corbeille à papier de dessous la table. Un automatisme. Le chef des gardiens, plus jeune, qui aide son aîné qui fait le ménage. Johannes avait toujours bien aimé Geir Goldsrud. Il sortit le pistolet de sa poche et le pointa sur le visage du garde.

« Super ! Tu l'as eu comment ? » C'était un des autres employés, un type blond qui jouait au foot en troisième division pour le Hasle-Løren.

Johannes ne répondit pas, garda le regard fixe et visa un point entre les yeux de Goldsrud.

« Hé ! Allume-moi ma clope ! » lança le troisième qui avait glissé une cigarette entre ses lèvres.

« Pose ça, Johannes. » Goldsrud parlait bas, sans cligner des yeux, et Johannes vit qu'il avait compris. Que ce n'était pas un briquet pour jouer.

« Tu te prends pour James Bond, hein ? T'en veux combien ? » Le joueur de foot s'était levé et se dirigeait vers Johannes pour examiner l'objet de plus près.

Johannes dirigea le petit pistolet vers un des écrans de contrôle sous le plafond et tira. Il ne savait pas trop ce qui allait se passer et fut aussi surpris que les autres quand le coup partit, que l'écran explosa et que le verre retomba en mille morceaux. Le footballeur resta pétrifié.

« Par terre, vite ! » Johannes était d'ordinaire doté d'une belle voix de baryton, mais elle était à présent toute ténue et geignait, telle une bonne femme à moitié hystérique.

Néanmoins ça marchait. La certitude d'avoir face à soi un homme désespéré avec une arme mortelle produit de plus grands effets que n'importe quelle voix de stentor. Tous les trois se mirent à genoux, les mains derrière la nuque, comme s'il s'agissait d'un exercice et qu'ils s'étaient entraînés à être menacés par une arme. C'était peut-être le cas. Et ils avaient appris que la reddition totale était la seule solution. Sans doute la plus acceptable, compte tenu du niveau de leurs salaires.

« Plus bas ! Le nez par terre ! »

Ils obéirent. C'était presque magique.

Il vit le tableau de bord devant lui. Chercha le bouton qui ouvrait et fermait les portes des cellules. Puis celui qui commandait les sas et toutes les portes principales. Pour finir, le grand bouton rouge, celui qui ouvrait absolument toutes les portes et qu'on devait utiliser en cas d'incendie. Il appuya dessus. Un long signal sonore indiqua que la prison était à présent ouverte. Et il fut frappé par une pensée étrange : il était enfin à l'endroit où il avait toujours rêvé d'être. Sur le pont, capitaine d'un navire.

« Continuez à regarder par terre », commanda-t-il. Sa voix portait déjà mieux. « Si l'un de vous essaie de m'arrêter, mes copains et moi on s'en prendra à vous et à vos familles. N'oubliez pas que je sais tout sur vous, les gars. Trine, Valborg… » Il continua à énumérer les noms des femmes et des enfants, des écoles que ces derniers fréquentaient, leurs activités de loisir, où ils habitaient en ville, informations qui s'étaient accumulées au fil des ans et qu'il déclamait sans pouvoir s'arrêter, le regard fixé sur les écrans de contrôle. Quand il eut terminé, il sortit et se mit à courir. Jusqu'au bout du couloir, puis l'escalier pour rejoindre le rez-de-chaussée. Baissa la poignée de la première porte. Ouverte. Continua dans le couloir. Son cœur battait à tout rompre, il ne s'était pas entraîné autant qu'il aurait dû, il s'était laissé aller. Il s'y remettrait maintenant. Une autre porte, elle aussi ouverte. Ses jambes ne voulaient plus courir aussi vite. C'était peut-être son cancer, qui sait s'il n'avait pas gagné et affaibli sa musculature ? La troisième porte conduisait dans le sas. Ce n'était qu'une toute petite pièce avec une porte grillagée à chaque bout, sachant que la fermeture de la première porte déclenchait l'ouverture de la seconde. Il attendit que la porte se referme derrière lui avec un léger bruit de moteur, compta les secondes. Il apercevait déjà au bout du couloir les armoires dans le vestiaire des gardes. Lorsqu'il entendit enfin la porte se refermer complètement, il saisit la poignée devant lui. La baissa et tira.

Fermée.

Merde ! Il tira de nouveau. La porte ne bougea pas.

Il vit la plaque blanche avec le lecteur à côté de la porte. Appuya son index. Un voyant jaune clignota quelques secondes avant de s'éteindre et un voyant rouge s'alluma. Johannes savait que cela signifiait que ses empreintes digitales n'étaient pas reconnues, mais il tira quand même sur la poignée. Fermée. Il avait perdu. Il tomba à genoux devant la porte. Au même instant, il entendit la voix de Geir Goldsrud retentir dans la pièce :

« Je regrette, Johannes. »

La voix sortait d'un haut-parleur tout en haut sur le mur et le ton était calme, presque consolateur.

« C'est notre boulot, Johannes. Si nous devions arrêter chaque fois que quelqu'un menace notre famille, il n'y aurait plus un seul gardien en Norvège. Détends-toi et on viendra te chercher. Tu veux bien pousser le pistolet entre les barreaux, Johannes, ou tu veux qu'on te gaze d'abord ? »

Le vieil homme leva les yeux vers la caméra. Pouvaient-ils voir le désespoir sur son visage ? Ou y voyaient-ils le soulagement ? Le soulagement de savoir que ça s'arrêtait ici, que la vie allait malgré tout continuer comme avant. Même s'il n'aurait sans doute plus le droit de passer le balai au premier étage.

Il poussa le pistolet doré entre les barreaux. Puis il se coucha sur le sol, mit les mains sur sa tête et se recroquevilla comme une guêpe qui vient de donner sa dernière piqûre. Mais, quand il ferma les yeux, il n'entendit pas les hyènes, il n'était pas à bord d'un avion en route vers le Kilimandjaro. Il était toujours nulle part et en vie. Ici.

11

Il était un peu plus de huit heures et il pleuvait ce matin sur le parking devant Staten.

« Ce n'était qu'une question de temps », dit Arild Franck en tenant grand la porte de la pièce où les équipes de gardiens se relayaient. « Les gens qui se droguent ont un caractère faible au départ. Je sais que ça paraît daté comme jugement, pourtant crois-moi, je les connais bien.

— Du moment qu'il signe, je me fous du reste. » Einar Harnes allait entrer, mais dut s'écarter pour laisser passer trois gardiens qui sortaient. « J'ai moi-même l'intention de fêter ça en me défonçant avec quelques verres, ce soir.

— Ah, ils te paient si bien que ça ?

— Quand j'ai vu ta voiture, j'ai compris que je devais demander des honoraires plus élevés. » Avec un sourire, il indiqua de la tête la Porsche Cayenne sur le parking. « J'ai appelé ça un supplément de pénibilité pour sale boulot et Nestor a dit…

— Chut ! » Franck passa un bras devant Harnes pour laisser passer d'autres surveillants. Les hommes, pour la plupart, avaient troqué l'uniforme pour leur tenue civile, mais certains étaient visiblement si pressés de rentrer après leur garde de nuit qu'ils couraient jusqu'à leurs voitures dans les uniformes verts de Staten. Harnes croisa le regard dur d'un homme qui avait seulement passé un long manteau par-dessus son uniforme. C'était un visage qu'il savait avoir déjà vu, un visage qu'il associait automatiquement avec Staten, vu la fréquence de ses visites dans ce lieu. Si lui n'arrivait pas à mettre un visage sur ce nom, il pouvait être sûr que l'intéressé, en revanche, l'avait identifié : l'avocat louche dont il était de temps à autre question dans les journaux pour des histoires tout aussi louches. Peut-être que lui et d'autres là-haut commençaient à se poser des questions sur sa présence réitérée à l'entrée des cuisines de Staten. Et cela n'améliorerait certainement pas les choses qu'ils l'entendent mentionner le nom de Nestor...

Ils ouvrirent toutes les portes jusqu'à l'escalier qui menait au premier étage.

Nestor avait expliqué qu'ils devaient avoir ces aveux aujourd'hui. Si on ne coupait pas court à l'enquête sur Yngve Morsand très vite, la police pourrait découvrir des éléments qui rendraient les aveux de Sonny moins crédibles. D'où Nestor tenait cette info, Harnes l'ignorait et il n'avait aucune envie de le savoir.

Le bureau du directeur de la prison était naturellement la pièce la plus spacieuse, mais celui du directeur adjoint avait vue sur la mosquée et sur la colline d'Ekeberg. Situé au bout du couloir, il était décoré des tableaux hideux d'une jeune artiste qui s'était spécialisée dans la peinture de fleurs, et dans l'étalage de sa libido quand elle était interviewée par la presse à scandale.

Franck appuya sur le bouton de l'interphone et demanda que le détenu de la cellule 317 soit amené à son bureau.

« Un million deux, dit Franck.

— Je te parie que la moitié est pour le logo Porsche sur la carrosserie, lança Harnes.

— L'autre moitié part en tout cas en taxes pour l'État. Je n'ai pas dit pour les prisons d'État comme celle-ci... » Franck soupira et se laissa tomber dans le fauteuil de bureau au dossier particulièrement haut. Un trône, pensa Harnes.

« Mais tu sais quoi ? dit-il. Je trouve que c'est normal. Les acheteurs de Porsche doivent contribuer à l'effort national, putain ! »

On frappa à la porte.

« Oui ? » cria Franck.

Un gardien entra avec sa casquette d'uniforme sous le bras et fit un simulacre de garde-à-vous. Harnes s'était parfois demandé comment Franck avait réussi à faire accepter aux employés ces rituels de salut militaire dans une entreprise moderne. Et les autres règles qu'il leur avait aussi fait avaler.

« Eh bien, Goldsrud ?

— Je vais rentrer, je voulais juste savoir si vous aviez des questions sur le rapport de la garde de cette nuit.

— Je n'ai pas encore eu le temps de regarder ça. Est-ce qu'il s'est passé quelque chose d'important, pour que tu viennes me voir ?

— Pas très important, mais une tentative d'évasion. Si on peut appeler ça comme ça. »

Franck colla ses paumes l'une contre l'autre et sourit. « Ça me fait plaisir de voir que les détenus font preuve d'initiative et d'engagement. Qui et comment ?

— Johannes Halden, cellule 2...

— 238. Le vieux ? Vraiment ?

— Il avait réussi à se procurer une sorte de pistolet. Je ne sais pas ce qui lui est passé par la tête. Je voudrais juste dire que ce n'était pas aussi dramatique que ça peut en avoir l'air à la lecture du rapport. Si vous voulez mon avis, une réaction modérée devrait suffire. Cet homme a fait du bon boulot pour nous pendant de nombreuses années et...

— C'est pas bête de passer du temps à gagner la confiance des autres pour mieux les prendre par surprise ensuite. Car c'est bien ce qu'il a fait ?

— C'est-à-dire que...

— Est-ce que tu es en train de me dire que tu t'es fait entuber, Goldsrud ? Il est allé jusqu'où ? »

Harnes avait un peu d'empathie pour le gardien-chef. Ce dernier s'essuya de l'index la lèvre supérieure, où perlaient quelques gouttes de sueur. Il avait toujours de la compassion pour ceux dont les affaires étaient mal engagées. Il se mettait facilement à leur place.

« Jusqu'au sas. Il n'avait en réalité aucune chance de passer le poste de garde, même avec un pistolet. Le poste a des vitres en verre blindé et des meurtrières et...

— Merci pour l'information, mais j'ai conçu en grande partie cette prison moi-même, Goldsrud. Je comprends que tu as une faiblesse pour ce type avec lequel, je le crains, tu as un peu trop fraternisé. Je n'en dirai pas plus avant d'avoir lu le rapport, cependant prépare ton équipe à affronter des critiques. En ce qui concerne Halden, nous ne pouvons pas faire preuve de clémence, nous avons une clientèle qui exploitera le moindre signe de faiblesse. Compris ?

— Compris. »

Le téléphone se mit à sonner.

« Tu peux disposer », dit Franck en décrochant le combiné.

Harnes s'attendit à un nouveau garde-à-vous et à un demi-tour, marche! mais Goldsrud quitta la pièce normalement. L'avocat le regarda s'éloigner et sursauta quand Arild Franck hurla :

« Hein ? Comment ça, "disparu" ? »

*

Franck contempla le lit fait de la cellule 317. Devant le lit, une paire de sandales. Sur la table de nuit, une bible, sur le bureau une seringue jetable encore dans son emballage plastique et, sur la chaise, une chemise blanche. Rien d'autre. Néanmoins le gardien derrière Franck déclara, précision inutile :

« Il n'est pas là. »

Franck regarda l'heure. Il restait encore quatorze minutes jusqu'à l'ouverture des cellules, ce qui veut dire que le prisonnier ne pouvait pas se trouver dans une des salles communes.

« Il a dû sortir de sa cellule quand Johannes a ouvert toutes les portes à partir de la salle de contrôle, cette nuit. » C'était Goldsrud qui venait d'apparaître dans l'embrasure de la porte.

« Merde ! » chuchota Harnes, qui porta le bout de son index vers la racine du nez où se trouvaient autrefois ses lunettes, avant qu'il ne décide l'année passée de débourser quinze mille couronnes en liquide pour se faire opérer au laser en Thaïlande. « S'il s'est échappé…

— La ferme ! dit Franck. Le poste de garde ne l'aurait jamais laissé passer. Il est forcément quelque part à l'intérieur. Goldsrud, déclenche l'alarme générale ! Qu'on ferme toutes les portes, que plus personne n'entre ni ne sorte !

— Oui, mais mes enfants doivent aller à…

— Toi non plus.

— Et la police ? dit un autre gardien. On ne devrait pas la prévenir ?

— Non ! cria Franck. Lofthus est toujours à Staten, je vous dis ! Pas un mot à qui que ce soit. »

*

Arild Franck observa le vieil homme allongé. Il avait refermé la porte derrière lui et veillé à ce qu'il n'y ait aucun gardien de l'autre côté.

« Où est Sonny ? »

Sur son lit, Johannes, mal réveillé, se frotta les yeux. « Il n'est pas dans sa cellule ?

— Ne fais pas le malin, tu sais très bien qu'il n'y est pas.

— Alors c'est qu'il s'est échappé. »

Franck se pencha, attrapa le vieil homme par l'encolure de son tee-shirt et l'attira contre lui.

« Essuie ton ricanement baveux, Halden. Je sais que le gardien à la porte n'a rien vu, alors c'est qu'il *doit* être ici quelque part. Et si tu t'obstines à te taire, tu peux oublier ton traitement pour le cancer. »

Franck lut la surprise dans les yeux du vieillard. «Oui, je sais que le médecin est tenu au secret professionnel, mais j'ai des oreilles et des yeux partout. Alors?» Il lâcha Johannes qui retomba sur son oreiller.

Le vieil homme lissa ses fines mèches de cheveux et noua ses mains derrière sa tête. Se racla la gorge.

«Tu sais quoi, chef? Je trouve que j'ai assez vécu comme ça. Il n'y a rien qui m'attend dehors. Et mes péchés m'ont été pardonnés, alors pour la première fois, j'ai peut-être une chance qu'on me laisse entrer là-haut. Ce serait bête de laisser passer cette chance, pour une fois que j'en ai une, tu ne crois pas?»

Arild Franck serra les dents à s'en faire sauter les plombages.

«Ce que je crois, Halden, c'est que tu vas découvrir qu'aucun de tes putains de péchés n'est pardonné. Parce qu'ici, entre ces murs, c'est moi Dieu, et je te promets une mort lente et douloureuse. Je ferai en sorte que tu restes couché dans ta cellule, bouffé par ton cancer, sans la couleur d'un seul antidouleur. Tu ne seras pas le premier.

— Plutôt ça que l'enfer où tu iras, chef.»

Franck se demanda si les râles qui sortaient de la gorge du vieillard étaient ceux de la mort ou une forme de rire.

Sur le chemin vers la cellule 317, Franck vérifia son talkie-walkie. Toujours aucune trace de Sonny Lofthus. Il savait qu'il n'avait que quelques minutes devant lui avant d'être obligé de lancer un avis de recherche.

Il entra dans la cellule, s'affala sur le lit et promena son regard sur le sol, les murs, et de nouveau le plafond. C'était pas possible, bordel! Il saisit la bible sur la table de nuit et la jeta contre le mur. Elle tomba par terre, s'ouvrit. Il savait que Vollan s'en était servi pour faire passer de l'héroïne. Il regarda les feuilles découpées. Des confessions de foi saccagées et des bouts de phrases qui n'avaient plus aucun sens.

Il poussa un juron et balança l'oreiller contre le mur. C'est alors qu'il vit par terre les poils qui en étaient sortis. Des poils courts, un peu roux, mais aussi de longues mèches. Il donna un coup de pied dans l'oreiller. Des touffes de cheveux collés en plaques, d'un blond sale, tombèrent.

Les cheveux courts. Coupés ras.

C'était donc ça…

«L'équipe de nuit! cria-t-il dans le talkie-walkie. Vérifiez tous les employés qui sont partis après leur garde!»

Franck regarda sa montre. Huit heures dix. Il savait ce qui s'était passé. Et il savait qu'il était trop tard pour y remédier. Il se leva et donna un violent coup de pied dans la chaise qui valsa et alla briser le miroir à côté de la porte.

*

Le chauffeur de bus examina le surveillant de prison qui se tenait devant lui et qui regardait d'un air surpris le ticket et les cinquante couronnes qu'il lui avait rendues sur son billet de cent. Il savait que le type était un gardien parce qu'il portait l'uniforme sous son long manteau ouvert, où il avait même accroché son badge avec son nom, Sørensen, et une photo qui ne lui ressemblait pas du tout.

«Ça fait longtemps que vous n'avez pas pris le bus, je me trompe?» demanda le conducteur.

Le type aux cheveux coupés ras hocha la tête.

«Ça revient seulement à vingt-six couronnes, si vous achetez un carnet à l'avance», dit le conducteur qui vit à sa tête que le passager trouvait même ce prix-là assez raide. C'était souvent la réaction de ceux qui n'avaient pas pris le bus à Oslo pendant quelques années.

«Merci pour votre aide», dit le type.

Le chauffeur du bus s'engagea sur la chaussée tandis qu'il suivait dans le rétroviseur le dos du gardien de prison. Il ne savait comment l'expliquer, c'était peut-être quelque chose lié à sa voix, chaude, fervente, comme s'il voulait vraiment le remercier de tout son cœur. Il le vit s'asseoir et regarder, étonné, par la vitre, tel un de ces touristes étrangers qui s'aventuraient parfois dans son bus. Il le vit sortir un trousseau de clés d'une poche de son manteau et les examiner comme s'il ne les avait jamais vues. Puis un paquet de chewing-gums de l'autre poche.

Il fallait qu'il se concentre sur sa conduite et sur la circulation tout autour.

DEUXIÈME PARTIE

12

Arild Franck était dans son bureau, à la fenêtre. Il regarda sa montre. La majorité des fugitifs étaient repris dans les douze heures. Il avait dit à la presse que la plupart étaient rattrapés en l'espace de vingt-quatre heures pour qu'ils puissent appeler ça un dénouement rapide, même si ça devait prendre un peu plus de douze heures. Mais on en était à la vingt-cinquième heure et il n'y avait toujours pas la moindre piste.

Il venait de sortir du grand bureau. Celui sans vue. Et là, l'homme sans vue lui avait demandé des explications : le directeur de prison était de mauvaise humeur parce qu'il avait dû rentrer précipitamment du congrès annuel des prisons nordiques à Reykjavik. D'Islande, il avait dit la veille au téléphone qu'il contacterait la presse. Il aimait parler à la presse, le directeur. Franck l'avait prié d'attendre vingt-quatre heures pour reprendre Lofthus sans tapage médiatique, mais le directeur avait refusé net, en arguant qu'ils ne pouvaient pas étouffer ce genre d'affaire. Premièrement parce que Lofthus était un meurtrier et qu'il fallait avertir la population, deuxièmement parce que son portrait devait paraître dans les journaux, pour lancer un appel à témoins.

Troisièmement, pensa Franck, c'est l'occasion rêvée d'avoir ta photo à la une, pour que tes amis politiciens voient que tu travailles et que tu ne passes pas ton temps à te baigner au Blue Lagoon et à boire du Svartadaudir.

Franck avait essayé d'expliquer au directeur que les photos dans les journaux ne seraient pas d'une grande aide, car celles qu'ils possédaient de Sonny Lofthus dataient de son arrestation, douze ans auparavant, et qu'il avait alors la barbe et les cheveux longs. Quant aux photos prises par les caméras de surveillance après qu'il s'était rasé et coupé les cheveux, elles étaient trop floues pour être utilisables. Mais le directeur n'avait rien voulu entendre et avait traîné le nom de Staten dans la boue.

« La police est à ses trousses, Arild, tu comprends bien que c'est seulement une question d'heures avant que je reçoive un coup de fil d'un journaliste qui me demandera pourquoi ça n'a pas été rendu public et si nous avons dissimulé d'autres évasions de Staten. Dans ce genre de cas, je préfère prendre les devants. »

Aujourd'hui, le directeur lui avait demandé quels points pouvaient, selon lui, être améliorés pour éviter ce genre d'incident. Et Franck savait pourquoi : pour aller voir ses amis politiciens et présenter les idées de son directeur adjoint comme étant les siennes. Les idées de l'homme avec une vue. Pourtant il avait accepté de les donner à cet arriviste. Comme la reconnaissance vocale au lieu des empreintes digitales et le bracelet électronique indestructible. Au bout du compte, il y avait des choses qu'il plaçait au-dessus de sa personne. Staten était l'une d'elles.

Arild Franck contempla la colline d'Ekeberg baignée de la lumière du matin. Autrefois, c'était le côté ensoleillé des quartiers ouvriers et il avait rêvé d'avoir un jour assez d'argent pour s'acheter une petite maison là-bas. Maintenant, il avait une maison plus grande dans un quartier plus cher. Mais le rêve de cette petite maison perdurait.

Nestor avait appris l'évasion avec un calme apparent. Ce n'était pas le manque de calme chez ces gens qui inquiétait Franck. Au contraire, il les soupçonnait d'être d'un calme impérial lorsqu'ils prenaient des décisions si cruelles que le sang se glaçait dans vos veines rien qu'à y penser, et ils obéissaient à une logique si limpide et si implacable que cela forçait son admiration.

« Trouve-le, avait dit Nestor. Ou fais en sorte que personne ne le trouve. »

S'ils retrouvaient Lofthus, ils pourraient le convaincre d'avouer le meurtre de Mme Morsand avant que d'autres ne mettent la main sur lui. Ils avaient leurs méthodes. Si par contre ils le tuaient, il ne pourrait pas prouver sa présence chez les Morsand et se dédouaner. Et il ne pourrait pas non plus se servir de lui dans des affaires ultérieures. On en revenait toujours à ça : avantages et inconvénients. Mais fondamentalement, toujours une logique simple.

« Un certain Simon Kefas vous demande au téléphone. » C'était la voix d'Ina dans son interphone de bureau.

Arild Franck renifla par automatisme.

Simon Kefas.

En voilà un qui avait une haute estime de lui-même. Un type sans scrupules qui avait enjambé plus d'un cadavre pour satisfaire sa passion du jeu. On disait qu'il avait changé depuis sa rencontre avec la femme avec qui il était maintenant. Mais personne n'était mieux placé que lui pour savoir que les gens ne changent pas, et Franck savait ce qu'il avait besoin de savoir sur Simon Kefas.

« Dis-lui que je ne suis pas là.

— Il aimerait vous voir plus tard dans la journée. C'est au sujet de Per Vollan. »

Vollan ? N'avaient-ils pas conclu à un suicide et classé l'affaire ? Franck poussa un gros soupir et regarda le journal posé sur son bureau. L'évasion de Lofthus avait droit à des articles plus longs maintenant, mais ça ne faisait pas encore la une. Sans doute parce que la rédaction n'avait pas de bonne photo du fugitif à publier. Ces vautours attendaient sûrement d'avoir un portrait-robot où le meurtrier aurait l'air terrifiant. Auquel cas ils seraient déçus.

« Arild ? »

Une loi tacite voulait qu'elle ne l'appelle par son prénom qu'en l'absence d'un tiers.

«Trouve-lui un créneau, Ina. Mais ne lui accorde pas plus de trente minutes.»

Franck plissa les yeux vers la mosquée. La vingt-cinquième heure touchait à sa fin.

*

Lars Gilberg fit un pas en avant.

Le garçon était couché sur un carton, un long manteau étalé sur lui. Il était arrivé la veille et s'était assis derrière les fourrés qui poussaient entre le sentier et les bâtiments derrière. Il était resté là, silencieux et immobile comme s'il jouait à cache-cache avec quelqu'un qui ne venait pas. Encore que deux policiers en uniforme étaient passés qui avaient regardé successivement Gilberg et une photo qu'ils tenaient à la main, avant de poursuivre leur chemin.

Quand il s'était mis à pleuvoir, le garçon était sorti de sa cachette et s'était allongé sous le pont. Sans demander la permission. Non pas qu'il ne l'aurait pas obtenue, mais il ne l'avait pas demandée. Et puis il y avait ça aussi. Son uniforme. Lars Gilberg ne savait pas trop ce que c'était comme uniforme, il avait été exempté du service militaire avant d'avoir vu autre chose que l'uniforme vert de l'officier recruteur. «Inapte», avait-il été décrété. Lars Gilberg se demandait parfois s'il était apte à quoi que ce soit. Et auquel cas, s'il trouverait jamais à quoi. Peut-être juste à ça : trouver de l'argent pour s'acheter sa came, et survivre sous un pont.

Comme maintenant.

Le garçon dormait, sa respiration était régulière. Lars Gilberg s'approcha encore plus près. Quelque chose dans la démarche et la couleur de peau du garçon trahissait qu'il était héroïnomane, ce qui voulait dire qu'il avait peut-être quelque chose sur lui.

Gilberg était si proche de lui qu'il voyait ses paupières tressaillir, comme si les globes oculaires en dessous tournaient. Il s'accroupit et souleva prudemment le manteau. Tendit les doigts vers la poche poitrine de la veste d'uniforme.

Cela se passa si vite que Lars n'eut pas le temps de comprendre ce qui lui arrivait. La main du garçon lui enserra le poignet et, en moins de deux, Lars se retrouva à genoux, le visage pressé contre la terre mouillée, le bras plaqué derrière son dos.

Une voix lui chuchota dans l'oreille :

« Qu'est-ce que tu veux ? »

Le ton n'exprimait ni colère ni agressivité. Pas même de la peur. Au contraire, une certaine politesse, comme si le garçon se demandait comment il pourrait lui rendre service. Lars Gilberg adopta l'attitude qu'il prenait quand il était clair qu'il avait perdu : il avouait avant que ça ne se gâte. « Voler ta came. Te piquer ton fric. »

Il connaissait bien la prise que le garçon lui avait faite. Le poignet tordu vers l'avant-bras, avec une pression derrière le coude. Une prise de flic. Mais Gilberg savait reconnaître la manière de marcher et de parler, l'allure et l'odeur des enquêteurs, et ce type n'en était pas un.

« Qu'est-ce que tu prends ?

— De la morph', gémit Gilberg.

— Combien ça fait pour un billet de cinquante ?

— Un peu, pas beaucoup. »

Il relâcha sa prise et Gilberg dégagea vite son bras.

Il leva la tête vers le garçon. Cligna des yeux à la vue du billet qu'il lui tendait. « Je regrette, c'est tout ce que j'ai.

— Mais j'ai rien à te vendre, moi.

— C'est pour toi. J'ai arrêté. »

Gilberg ferma un œil. On disait quoi, déjà ? Que quand c'était trop beau pour être vrai, c'était justement pas vrai. D'un autre côté, ce type était peut-être tout bonnement cinglé. Il saisit vite le billet de cinquante et le fourra dans sa poche.

« Pour avoir dormi ici, glissa-t-il.

— J'ai vu passer les flics hier, dit le jeune homme. Ils viennent souvent par ici ?
— Ça arrive, mais ces derniers temps c'est presque non-stop.
— Tu connaîtrais pas un endroit où… ce serait pas non-stop ? »
Gilberg réfléchit en examinant son interlocuteur. « Si tu veux vraiment éviter les flics, tu peux toujours demander une chambre au foyer Ila. Ils les laissent pas entrer. »
Le garçon jeta un regard pensif vers la rivière, puis hocha lentement la tête. « Merci pour ton aide, mon ami.
— De rien », marmonna Gilberg qui n'en revenait toujours pas. Pas de doute, ce mec était givré.
Comme pour le confirmer, celui-ci commença à se déshabiller. Instinctivement, Gilberg recula de deux pas. Après avoir replié l'uniforme et la chemise en baluchon autour des chaussures, le garçon se retrouva en slip. Gilberg lui tendit le sac plastique que l'autre lui avait demandé pour y mettre le tout. Le sac finit sous une grosse pierre dans les fourrés où il s'était caché la veille.
« Je ferai attention que personne tombe dessus, dit Gilberg.
— Merci, je te fais confiance. » Tout en souriant, le garçon boutonna son manteau jusqu'en haut, de façon à dissimuler son torse nu.
Puis il remonta le sentier. Gilberg le regarda s'éloigner, ses pieds nus éclaboussant le bitume en marchant dans les flaques.
Je te fais confiance.
Frappadingue.

*

À l'accueil, Martha regardait sur l'ordinateur les images de surveillance du foyer Ila. Plus exactement l'homme qui fixait la caméra devant la porte d'entrée. Il n'avait pas encore sonné, n'ayant pas encore trouvé le petit trou dans le plexiglas au-dessus de la sonnette. Ils avaient dû installer cette vitre à cause de la réaction relativement habituelle de ceux à qui l'on refusait l'entrée : s'acharner et démolir la sonnette. Martha appuya sur le bouton de l'interphone :

« C'est à quel sujet ? »

Le garçon ne répondit pas. Martha avait tout de suite repéré qu'il n'était pas un des soixante-seize locataires. Même si ceux-ci avaient changé plus de cent fois au cours des quatre derniers mois, elle se rappelait les visages de chacun d'eux. Mais elle avait aussi repéré qu'il faisait partie du groupe de population ciblé par Ila : les hommes toxicos. Il n'avait pas l'air défoncé, au contraire d'ailleurs, mais c'était la maigreur de son visage. Les rides aux commissures des lèvres. La coupe de cheveux pathétique. Elle soupira :

« Tu cherches une chambre ? »

Le garçon acquiesça et elle tourna la clé dans le boîtier qui commandait l'ouverture de la porte. Elle cria à Stine qui se trouvait dans la cuisine derrière la réception de beurrer quelques tranches de pain pour un locataire et lui demanda de venir la remplacer. Puis elle descendit en courant l'escalier et passa devant la grille en fer qu'ils pouvaient fermer depuis la réception, au cas où des intrus parviendraient à franchir la porte d'entrée. Le garçon se tenait près de la porte. Son manteau était boutonné jusqu'au cou et lui arrivait aux chevilles. Il était pieds nus et elle put voir du sang dans une de ses empreintes de pas humides, près de la porte d'entrée. Il en fallait plus pour l'étonner, et Martha s'attarda surtout sur son regard. Il la *voyait*. Elle ne pouvait pas l'expliquer autrement. Il avait dirigé son regard sur elle et, dans ce regard, elle vit qu'il analysait les impressions sensorielles qu'elle dégageait. Ce n'était peut-être pas beaucoup, mais c'était plus, en tout cas, que ce à quoi elle était habituée ici, au foyer Ila. Et une seconde, l'idée lui traversa le cerveau qu'il n'était peut-être pas un toxicomane, après tout, mais elle la chassa vite.

« Salut. Suis-moi. »

Il la suivit au premier étage jusque dans la salle de réunion en face de la réception. Elle laissa comme toujours la porte ouverte pour que

Stine et les autres puissent les voir, le pria de s'asseoir et sortit les papiers habituels pour l'entretien d'admission.

« Nom ? » demanda-t-elle.

Il hésita.

« Je dois mettre un nom, peu importe lequel, sur ce formulaire, tu comprends », dit-elle en lui donnant la latitude dont avaient besoin beaucoup de ceux qui venaient ici.

« Stig, hasarda-t-il.

— Stig, ça me va. Après ?

— Berger ?

— Écrivons ça. Né le ? »

Il donna un jour et une année de naissance, et elle calcula rapidement qu'il avait plus de trente ans. Il paraissait plus jeune. C'était une des particularités des toxicomanes, on se trompait souvent grossièrement sur leur âge, dans un sens comme dans l'autre.

« Quelqu'un t'a adressé ici ? »

Il secoua la tête.

« Où as-tu dormi la nuit dernière ?

— Sous un pont.

— Alors je présume que tu n'as pas de domicile fixe et que tu ignores par conséquent de quel bureau d'aide sociale tu dépends. Je vais prendre le 11, comme le jour de ta naissance, et cela nous donne... » Elle consulta une liste. « ... la caisse d'aide sociale qui paiera pour toi. Quel type de produit tu prends ? »

Elle tenait le stylo à la main, mais il ne répondit pas.

« Il me faut seulement ton plat favori.

— J'ai arrêté. »

Elle reposa son stylo. « Ici, à Ila, nous n'acceptons que des drogués actifs. Je peux téléphoner pour voir s'ils ont de la place pour toi dans le foyer de Sporveisgata. C'est d'ailleurs plus agréable qu'ici.

— Tu veux dire que...

— Oui, je veux dire que tu *dois* te droguer régulièrement pour avoir le droit de vivre ici. » Elle lui adressa un sourire las.

« Et si je dis que j'ai menti parce que je croyais que j'obtiendrais plus facilement une chambre si je disais que je ne me droguais pas ?

— Alors tu as bien répondu à cette question, mais maintenant tu as brûlé toutes tes cartouches, mon ami.

— De l'héroïne, lâcha-t-il.

— Et ?

— Rien que de l'héroïne. »

Elle cocha sur le formulaire, mais parut sceptique. Il ne restait plus guère de purs héroïnomanes dans la ville d'Oslo, tous consommaient divers produits, pour la bonne raison que si l'on mélangeait l'héroïne frelatée de la rue avec des benzodiazépines comme le Rohypnol, par exemple, on en avait plus pour son argent dans l'intensité et la durée de la défonce.

« Que viens-tu chercher en séjournant ici ? »

Il haussa les épaules. « Un toit au-dessus de la tête.

— Maladies spéciales ou médicaments particuliers ?

— Non.

— As-tu des projets pour l'avenir ? »

Il la regarda. Le père de Martha Lian disait souvent que l'histoire d'une personne est inscrite dans son regard et qu'on peut apprendre à le lire. Mais pas l'avenir. L'avenir, personne ne le connaît. Pourtant Martha se souviendrait par la suite de cet instant et se demanderait si elle aurait pu, si elle aurait dû être capable de lire les projets d'avenir de ce soi-disant Stig Berger.

Il secoua la tête et garda la même attitude lorsqu'elle lui posa des questions concernant son travail, sa formation, ses éventuels overdoses dans le passé, maladies somatiques, contaminations sanguines ou problèmes psychiques. Pour finir, elle lui expliqua qu'ils étaient tenus au secret professionnel et ne diraient à personne qu'il logeait ici, mais que, s'il le souhaitait, il pouvait remplir un formulaire d'accord avec le nom de personnes qui pourraient malgré tout en être informées si elles contactaient le foyer.

« Pour que par exemple tes parents, des amis ou la personne que tu aimes puissent entrer en contact avec toi. »

Il eut un doux sourire : « Je n'ai rien de tout ça. »

Ce n'était pas la première fois que Martha Lian entendait cette réponse et elle ne lui faisait plus le moindre effet. Son psychologue qualifiait ça de *fatigue compassionnelle* : à un certain moment, presque toutes les personnes exerçant des métiers comme le sien étaient atteintes par ce syndrome. Le problème de Martha, c'est que ça ne passait pas. Jusqu'à quel point peut-on s'inquiéter de son propre cynisme ? Malgré tout, ce qui avait toujours été son moteur, c'était l'empathie. La compassion. L'amour. Elle en était de plus en plus dépourvue. Aussi tressaillit-elle en sentant que ces mots, « Je n'ai rien de tout ça », avaient touché quelque chose, comme une aiguille dans un point de détente qui aurait fait se contracter un muscle inutilisé depuis longtemps.

Elle rassembla les formulaires dans une chemise qu'elle laissa à la réception et emmena le nouveau locataire au petit entrepôt de vêtements au rez-de-chaussée.

« J'espère que tu n'appartiens pas au genre parano qui ne supporte pas de porter des vêtements d'occasion », dit-elle en lui tournant le dos, tandis qu'il enlevait son manteau et enfilait les vêtements qu'elle lui avait préparés.

Attendit qu'il se racle la gorge. Se retourna. Il paraissait soudain plus grand et plus droit dans ce pull bleu clair et ce jean. Il était aussi moins maigre que dans son manteau. Il regarda ses baskets, un modèle simple, bleu.

« Oui, dit-elle, les chaussures des SDF. »

De grandes quantités de baskets venaient des surplus de l'armée qui, dans les années 80, en avait donné à diverses organisations caritatives, et c'était devenu un signe de reconnaissance pour les toxicomanes et les sans-abri.

« Merci », dit-il simplement.

La raison qui l'avait poussée à consulter le psychologue la première fois, c'était parce qu'un locataire ne lui avait pas dit merci. Cela n'avait été qu'une absence de remerciement, dans une longue série de personnes autodestructrices qui, malgré tout, avaient une sorte d'existence grâce à l'État providence et aux institutions sociales qu'elles passaient une bonne partie de leur vie éveillée à insulter. Elle avait été prise d'un accès de colère. Lui avait dit de foutre le camp s'il n'aimait pas la taille de la seringue jetable qu'on lui donnait gratuitement pour qu'il puisse aller dans sa chambre que la caisse d'assurance maladie payait six mille par mois se shooter avec la came qu'il finançait grâce à des vélos volés dans le quartier. Il avait déposé plainte en joignant quatre pages sur l'histoire de sa souffrance et elle avait dû lui présenter ses excuses.

« Je vais te montrer ta chambre », dit-elle.

En arrivant au deuxième étage, elle lui indiqua les salles de bains et les toilettes. Des hommes les dépassèrent d'un pas rapide, le regard défoncé.

« Bienvenue au meilleur supermarché de la drogue d'Oslo, déclara Martha.

— Ici ? demanda le garçon. On a le droit de trafiquer ?

— Pas d'après le règlement de la maison, mais si tu consommes, tu dois obligatoirement en conserver. Je te dis ça parce que c'est bon à savoir. On ne se mêle pas de savoir si tu as un gramme ou un kilo dans ta chambre. Nous n'avons aucun contrôle sur ce qui s'achète dans les chambres. Nous n'entrons que si nous soupçonnons quelqu'un de garder des armes.

— C'est le cas ? »

Elle lui jeta un regard oblique. « Pourquoi tu poses cette question ?

— Je veux savoir si c'est dangereux d'habiter ici.

— Tous les dealers de la maison ont des coursiers qui font office d'agents de recouvrement ; ils se servent de n'importe quoi, de la batte de baseball aux armes à feu, pour intimider les autres locataires quand ils doivent de l'argent. La semaine dernière, une chambre s'est libérée et j'ai trouvé un harpon sous le lit.

— Un harpon ?

— Eh oui. Un Sting 65 chargé. »

Elle se surprit à rire et il répondit par un sourire. Il avait un beau sourire. Comme tant d'autres ici.

Ils s'arrêtèrent devant la chambre 323.

« Nous avons fermé plusieurs chambres à cause d'un incendie, alors les locataires doivent vivre en chambre double jusqu'à ce qu'on ait réparé les dégâts. Ton camarade de chambre s'appelle Johnny, les autres le surnomment Johnny Puma. Il souffre du syndrome de fatigue chronique, alors il passe la plus grande partie de sa journée au lit. Mais il est calme et correct. Tu ne devrais pas avoir de problèmes avec lui. »

Elle ouvrit la porte. Les rideaux étaient tirés et il faisait sombre à l'intérieur. Elle alluma. Les tubes de néon au plafond clignèrent deux fois avant de se stabiliser.

« C'est beau », dit le garçon.

Martha parcourut la pièce du regard. Elle n'avait jamais entendu personne dire sérieusement que les chambres à Ila étaient belles. En un sens, il n'avait pas tort. Certes, le lino était délavé et les murs bleu pâle pleins de trous, de graffitis et de dessins qu'on n'avait jamais réussi à effacer, même avec de la soude caustique, mais la pièce était propre et claire. Le mobilier consistait en des lits superposés, une commode et une table basse rayée à la peinture écaillée, à part ça tout était correct et fonctionnel. L'air était imprégné de l'odeur de l'homme qui roupillait sur la couchette inférieure. Le garçon avait déclaré qu'il n'avait pas pris de grosses doses, alors elle lui avait donné une couchette supérieure. Ils réservaient en priorité les couchettes inférieures à ceux qui risquaient de faire une overdose : c'était plus simple de déplacer un homme inconscient de la couchette du bas quand il fallait l'emporter sur une civière.

« Voilà, dit Martha en lui tendant la clé magnétique. Je suis à partir de maintenant ta référente, ce qui signifie que tu dois t'adresser à moi s'il y a quoi que ce soit. C'est entendu ?

— Merci, dit-il en prenant le bout de plastique bleu qui servait de clé magnétique avant de poser longuement ses yeux dessus. Merci mille fois. »

13

« Il descend tout de suite », dit la secrétaire à Simon et Kari qui attendaient dans un canapé en cuir sous une immense peinture censée représenter un lever de soleil.

« Elle a déjà dit ça il y a dix minutes, chuchota Kari.

— Dieu décide de l'heure qu'il est au Ciel, répondit Simon en glissant une chique sous sa lèvre supérieure. À votre avis, combien peut valoir un tableau comme ça ? Et pourquoi précisément ce motif ?

— L'achat de soi-disant décorations pour les bâtiments publics n'est qu'une manière déguisée de subventionner la production d'artistes de second rang dans notre pays, répondit Kari. Les acquéreurs sont en général indifférents à ce qui est accroché aux murs, du moment que ça correspond au mobilier et au budget. »

Simon la regarda du coin de l'œil. « Est-ce qu'on vous a déjà dit que de temps en temps, on a l'impression que vous récitez un texte que vous avez appris par cœur à la maison ? »

Kari eut un sourire gêné. « Chiquer est une mauvaise solution pour remplacer la cigarette. C'est nocif. Je suppose que c'est à cause de votre femme que vous avez changé de mode de consommation, parce que ses vêtements sentaient la cigarette. »

Simon secoua la tête. Ce devait être une nouvelle forme d'humour à la mode. «C'est bien essayé, mais c'est raté. Elle m'a demandé d'arrêter parce qu'elle voulait me garder en vie le plus longtemps possible. Et elle ne sait pas que je chique, je garde les boîtes au bureau.»

«Fais-les entrer, Ina», gronda une voix.

Simon tourna la tête vers le sas où un homme en uniforme avec une casquette qu'un président biélorusse n'aurait pas reniée tambourinait contre la porte métallique.

Simon se leva.

«Nous verrons si nous les laisserons repartir», dit Arild Franck.

La standardiste leva les yeux au ciel et Simon en déduisit que la boutade était éculée.

«Alors, ça fait quoi de retourner dans le caniveau? demanda Franck tandis qu'il les accompagnait dans le sas puis vers l'escalier. Vous êtes bien de la brigade financière? Mais non, suis-je bête, j'oubliais que vous aviez été mis à la porte.»

Simon n'essaya même pas de trouver l'offense risible. «Nous sommes ici à cause de Per Vollan.

— Oui, on m'a dit ça. Je croyais l'affaire classée.

— Nous ne classons pas une affaire quand nous n'avons pas trouvé les réponses.

— Y aurait-il du nouveau?»

Simon mima un sourire en plaquant les lèvres contre ses dents. «Per Vollan était ici et a rendu visite à des détenus le jour même de sa mort, ou je me trompe?»

Franck ouvrit la porte de son bureau. «Vollan était aumônier de prison, alors je présume qu'il a fait son boulot. Je peux vérifier le registre des visites, si vous voulez.

— Merci, volontiers. Est-ce qu'on pourrait aussi savoir à qui il a parlé?

— Je ne peux malheureusement pas savoir à qui il parle à telle ou telle heure.

— Nous connaissons en tout cas une personne avec laquelle il s'est entretenu ce jour-là, intervint Kari.

— Ah bon ? » dit Franck en s'asseyant derrière un bureau qui l'avait suivi tout au long de sa carrière. Pas la peine de gaspiller l'argent public. « Mademoiselle, vous pourriez peut-être sortir les tasses de café qui sont dans l'armoire là-bas, tandis que je cherche le registre des visites. Si vous avez l'intention de rester jusque-là...

— Merci, je ne consomme pas de caféine, répondit Kari. Son nom est Sonny Lofthus. »

Franck lui jeta un regard inexpressif.

« Nous aimerions savoir si nous pouvons lui rendre visite », enchaîna Simon en prenant l'initiative de s'asseoir sur une des chaises. Il regarda le visage de Franck déjà rouge. « Suis-je bête, j'oubliais qu'il s'est enfui. »

Simon vit Franck concocter une réponse, mais il prit les devants : « Cela nous intéresse parce que la coïncidence entre la visite et cette évasion rend le décès d'autant plus suspect. »

Franck tira sur le col de sa chemise. « Comment savez-vous qu'ils se sont rencontrés ?

— Tous les interrogatoires de police sont dans une base de données commune, répondit Kari, toujours debout. Quand j'ai tapé le nom de Per Vollan, j'ai vu qu'il était mentionné dans un interrogatoire relatif à l'évasion. Un détenu du nom de Gustav Rover.

— Rover vient d'être libéré. Il a été interrogé parce qu'il avait été voir Sonny Lofthus peu avant son évasion. Nous voulions savoir si Lofthus lui avait dit quelque chose qui aurait pu nous donner une piste sur l'endroit où il comptait aller.

— *Nous* ? » Simon haussa un sourcil gris. « C'est strictement le rôle de la police, et elle seule, de rattraper les fugitifs, pas le vôtre.

— Lofthus est mon prisonnier, Kefas.

— Rover n'a visiblement pas pu vous aider, dit Simon. Mais lors de l'interrogatoire, il a dit qu'en sortant de la cellule de Lofthus il avait croisé Per Vollan qui venait pour rencontrer ce dernier. »

Franck haussa les épaules. « Et alors ?
— Alors on se demande de quoi ils ont parlé. Et pourquoi l'un est mort aussitôt après et l'autre s'est évadé.
— Ça peut être une coïncidence.
— Naturellement. Franck, vous connaissez Hugo Nestor ? Aussi appelé l'Ukrainien.
— J'ai déjà entendu ce nom.
— Tiens donc. Y a-t-il une raison de penser que Nestor a quelque chose à voir avec l'évasion ?
— Comment ça ?
— Eh bien, soit il a aidé Lofthus à sortir, soit il l'a menacé ici, en prison, de telle sorte que Lofthus devait à tout prix s'enfuir. »
Franck tapotait avec un stylo sur la table. Il paraissait réfléchir.
Du coin de l'œil, Simon vit Kari lire les textos qu'elle avait reçus.
« Je sais à quel point vous auriez besoin d'un succès, mais je crois malheureusement que la pêche ne sera pas très bonne de ce côté-là, dit Franck. Sonny Lofthus s'est évadé par ses propres moyens.
— Whaou, dit Simon en se calant sur sa chaise et en joignant le bout de ses doigts. Un jeune amateur, drogué, s'est enfui de Staten, rien que ça, sans aucune aide ? »
Franck sourit. « Amateur, c'est vous qui le dites. On parie, Kefas ? » Le sourire s'élargit devant le silence de Simon. « Mais suis-je bête, vous ne pariez plus… Quoi qu'il en soit, je vais vous montrer votre *amateur*. »

*

« Voici les images des caméras de surveillance, dit Franck en montrant l'écran d'ordinateur de vingt-quatre pouces. À cet instant, tous les hommes de la salle de contrôle sont allongés, le nez à terre, et Halden a ouvert toutes les portes de la prison. »
L'écran était divisé en seize cases, une pour chaque caméra, fil-

mant différentes parties de la prison, avec en fond d'écran une horloge où le temps défilait.

« Le voici », dit Franck en indiquant la case correspondant à un couloir longé de cellules.

Simon et Kari virent un homme sortir d'une des cellules et courir avec raideur vers la caméra. Il portait une grande chemise blanche qui lui arrivait quasiment aux genoux, et Simon constata que le type devait avoir un coiffeur pire que le sien, ce qui n'était pas peu dire : des mèches coupées à la va-vite semblaient rebiquer du crâne.

Le garçon disparut de l'image. Puis réapparut sur un autre écran.

« C'est Lofthus dans le sas, dit Franck. Et pendant ce temps-là, Halden tient un discours pour dire ce qu'il fera aux familles des gardiens s'ils essaient de le rattraper. Ce qui est intéressant, c'est ce qui se passe maintenant dans la salle de relève des gardiens. »

Ils virent Lofthus se précipiter dans la pièce qui servait de vestiaire aux surveillants, mais au lieu de continuer tout droit vers l'autre porte, il tourna à gauche, plus à l'intérieur du vestiaire, et disparut de l'image, derrière la dernière rangée de casiers. Franck appuya sur une touche du clavier et l'heure en arrière-plan sur l'écran s'arrêta.

« Ce qui se produit maintenant, c'est qu'il force le vestiaire de Sørensen, un de nos gardiens en congé maladie. Il se change et va passer le reste de la nuit à l'intérieur de l'armoire. Au matin, il sort et attend que les autres arrivent. »

Franck cliqua sur l'heure et tapa 07.20. Puis il fit défiler les images en accéléré, quatre fois plus vite. Des hommes en uniforme commencèrent à apparaître dans les cases de l'écran. Ils entraient et sortaient du vestiaire, et la porte extérieure n'arrêtait pas de s'ouvrir et de se fermer. Impossible de distinguer qui était qui, avant que Franck ne fasse un arrêt sur image.

« C'est lui, dit Kari. En uniforme avec le manteau.

— L'uniforme et le manteau de Sørensen, précisa Franck. Il a dû sortir de l'armoire avant l'arrivée des autres, se changer et attendre là.

Rester assis sur un banc, la tête baissée, en faisant semblant de nouer ses lacets ou quelque chose dans le genre, pendant que les autres allaient et venaient. Il y a tellement d'employés ici que personne ne réagit si quelqu'un est un peu lent à se changer. Il attend que le rush du matin soit au maximum pour sortir. Et personne n'a reconnu un Sonny sans barbe ni cheveux qu'il a rasés comme il a pu dans sa cellule et fourrés dans l'oreiller. Pas même moi... »

Il fit de nouveau défiler les images, cette fois à la vitesse normale. L'image montrait le garçon en manteau et uniforme franchir la porte, au moment même où Arild Franck et une autre personne en costume gris avec les cheveux peignés en arrière entraient.

« Et il n'a pas été arrêté au poste de garde à l'extérieur ? »

Franck pointa du doigt le coin tout à droite de l'écran.

« Ces images sont prises du poste de garde. Comme vous voyez, nous laissons passer des voitures et des gens sans vérifier leurs papiers, ça ferait des files d'attente trop longues si on devait appliquer à la lettre les procédures de sécurité à l'heure de la relève des gardiens. À partir de maintenant, nous contrôlerons soigneusement la moindre personne qui sortira à ce moment-là aussi.

— Oui, le nombre d'intrus qui voudraient entrer est sans doute limité », dit Simon.

Dans le silence qui suivit, ils entendirent Kari réprimer un bâillement. Elle ne devait guère apprécier la plaisanterie.

*

« Voilà votre *amateur* », dit Franck.

Simon Kefas ne répondit pas, scruta seulement le dos de la silhouette qui passait devant le poste de garde. Faillit, curieusement, sourire. C'était sa démarche, oui, il reconnaissait cette démarche.

*

Les bras croisés, Martha examina les deux hommes devant elle. Ce n'étaient pas des policiers des stup', car elle les connaissait pour la plupart et elle n'avait encore jamais vu la tête de ces deux-là.

« Nous voulons simplement joindre… », dit le premier, mais le reste de sa phrase se perdit dans les hurlements de sirène d'une ambulance qui passait derrière eux dans la Waldemar Thranes gate.

« Quoi ? » cria Martha. Elle se demanda où elle avait déjà vu ce genre de costumes noirs. Dans une publicité ?

« Sonny Lofthus », répéta le plus petit des deux. Il était blond et semblait avoir eu le nez fracturé à plusieurs reprises. Des nez comme ça, Martha en voyait tous les jours, mais elle était prête à parier que celui-ci était le résultat d'un sport de combat.

« Je suis liée par le secret professionnel en ce qui concerne nos résidents », dit-elle.

L'autre, un homme grand et pourtant trapu, avec des cheveux noirs bouclés qui formaient un drôle de demi-cercle, lui montra une photo.

« Il s'est enfui de la prison de Staten et il est considéré comme dangereux pour son entourage. » Une nouvelle ambulance s'approcha et il se pencha vers elle en lui criant au visage : « Alors s'il habite chez toi et que tu refuses de nous le dire, ça te retombera dessus s'il arrive quelque chose. Tu comprends ? »

Non, ce n'étaient pas les stup'. Ce qui expliquait pourquoi elle ne les avait pas vus auparavant. Elle hocha la tête pendant qu'elle examinait la photo. Les regarda de nouveau. Ouvrit la bouche pour dire quelque chose quand un souffle de vent ramena sa frange brune sur son visage. Elle entendit alors un cri derrière elle. Ça venait de l'escalier, c'était Toy.

« Eh, Martha, Burre s'est coupé. J'te jure, c'est pas moi. Il est à la cafét'. »

« Nous avons pas mal de va-et-vient ici en été, dit-elle. Beaucoup de nos résidents préfèrent dormir dehors dans les parcs, et de nouveaux prennent alors leurs places. Ce n'est pas facile de se rappeler tous les visages...

— Il s'appelle, je le répète, Sonny Lofthus.

— ... Et tous ne voient pas l'intérêt de s'inscrire sous leurs vrais noms. On ne peut pas s'attendre, dans un lieu comme celui-ci, à ce que notre clientèle ait un passeport ou un permis de conduire, alors on écrit le nom qu'ils nous donnent.

— Ils ne sont pas obligés de s'identifier auprès de l'assurance chômage ? » demanda le blond.

Martha se mordit la lèvre inférieure.

« Eh, Martha, Burre saigne vachement ! »

L'homme à la couronne bouclée posa une grande main poilue sur le bras nu de Martha : « T'as qu'à nous laisser tout seuls jeter un coup d'œil à l'intérieur, on verra si on le trouve. » Il remarqua le regard qu'elle lui lança et retira sa main.

« À propos de papiers, dit-elle, je pourrais peut-être voir les vôtres ? »

Elle vit une ombre passer dans ses yeux. Et la main poilue lui saisit le bras cette fois avec fermeté.

« Burre s'vide de son sang, putain ! » Toy s'était approché tout près d'eux, tanguait et posa son regard vaseux sur les deux hommes. « Eh, vous faites quoi, là ? »

Martha se dégagea de l'étau et posa une main sur l'épaule de Toy. « Bon, on va rentrer lui sauver la vie. Si vous pouvez attendre, messieurs. »

Ils se dirigèrent vers la cafétéria. Une nouvelle ambulance passa en trombe. Trois ambulances. Elle frissonna malgré elle.

Sur le seuil de la cafétéria, elle se retourna.

Les deux hommes avaient disparu.

*

«Vous avez vraiment vu Sonny de si près que ça, Harnes et vous?» insista Simon, tandis que Franck les raccompagnait au rez-de-chaussée.

Franck regarda l'heure. «Tout ce qu'on a vu en passant, c'est un homme jeune rasé de près, les cheveux très courts et en uniforme. Le Sonny que nous connaissions portait une chemise sale, des cheveux longs emmêlés et une barbe.

— Vous pensez par conséquent qu'il sera difficile à retrouver tel qu'il est maintenant? demanda Kari.

— Les images des caméras de surveillance sont bien sûr de très mauvaise qualité, dit Arild Franck en se retournant et en plongeant son regard dans celui de la jeune femme. Mais nous le retrouverons.

— Dommage que nous n'ayons pas pu parler à ce Halden, dit Simon.

— Oui, comme je vous l'ai dit, sa maladie s'est aggravée, répondit Franck en leur faisant franchir le sas pour arriver à l'accueil. Je vous préviendrai dès qu'il sera en état de vous parler.

— Vous n'avez aucune idée de ce dont le fugitif s'est entretenu avec Per Vollan?»

Franck secoua la tête. «Oh, d'aide spirituelle, j'imagine. Encore que Sonny Lofthus était lui-même un conseiller spirituel.

— Ah bon?

— Lofthus se tenait à l'écart des autres détenus. Il était neutre, n'appartenait à aucun des groupes qu'on trouve habituellement dans une prison. Et il ne parlait pas. C'est le propre de quelqu'un qui sait écouter, n'est-ce pas? Alors il est devenu une sorte de confesseur pour les détenus, quelqu'un à qui ils pouvaient parler de tout et en toute confiance. À qui aurait-il pu raconter toutes ces confidences? Il n'avait aucun allié et il n'allait pas être libéré de sitôt.

— Pour quelle sorte de crime a-t-il été condamné? voulut savoir Kari.

— Pour meurtre, répondit Franck d'un ton sec.

— Je veux dire…

— Un meurtre des plus abjects qui soient. Il a abattu une jeune fille asiatique et a étranglé un Serbe du Kosovo. » Franck leur tint la porte de sortie.

« Penser qu'un criminel aussi dangereux est en liberté ! » déclara Simon en sachant que c'était par pur sadisme qu'il disait ça. Il n'était pourtant pas particulièrement sadique de nature, mais il faisait une exception quand il s'agissait d'Arild Franck. Ce dernier, d'ailleurs, n'était pas revêche, il se donnait toujours l'air d'être arrangeant. Il faisait son boulot et tout le monde savait, dans la police, que c'était Franck qui faisait tourner Staten et non pas le type qui portait le titre de directeur de la prison. Des coïncidences curieuses, mises bout à bout, avaient éveillé les soupçons de Simon depuis un bon moment déjà. Ça le rongeait au point que c'était devenu la plus frustrante des certitudes, de celles qu'on ne peut pas étayer par des preuves : Arild Franck était corrompu.

« Je lui donne quarante-huit heures, inspecteur, dit Franck. Il n'a ni argent, ni famille, ni amis. C'est une tête brûlée, il a été incarcéré à l'âge de dix-huit ans. Ça va faire douze ans. Il ne sait rien du monde extérieur, il n'a nulle part où aller, aucun endroit où se cacher. »

Pendant que Kari devait trottiner pour suivre Simon sur le chemin de la voiture, l'inspecteur pensa à ces quarante-huit heures. C'était un pari bien tentant. Car il avait reconnu quelque chose chez ce garçon. Il n'aurait pas su dire ce que c'était, peut-être seulement une manière de se déplacer. Mais peut-être qu'il avait aussi hérité d'autre chose.

14

Johnny Puma se retourna dans son lit et regarda son nouveau camarade de chambrée. Qui avait eu l'idée de ce terme ? Ici, au foyer Ila, « ennemi de chambrée » aurait été plus approprié. Jusqu'ici, il n'avait partagé la chambre qu'avec des gens qui essayaient de le voler et que lui-même essayait de voler. Aussi gardait-il tout ce qui avait de la valeur — c'est-à-dire un portefeuille imperméable contenant trois mille couronnes et un double sac plastique avec trois grammes d'amphétamines — scotché contre sa cuisse, laquelle était suffisamment poilue pour qu'il se réveille, fût-ce d'un profond sommeil, si une main venait à y toucher. Car la vie de Johnny Puma, ces vingt dernières années, avait tourné autour de ça : amphétamines et sommeil. Il avait eu droit à différents diagnostics qu'on posait à partir des années 70 sur tous ceux qui préféraient faire la fête que bosser, se bagarrer que fonder un foyer et élever des gosses, se défoncer que s'ennuyer comme un rat mort en menant une vie sobre. Mais le dernier diagnostic était resté. EM. Encéphalomyélite myalgique. Syndrome de fatigue chronique. Johnny Puma, fatigué ? Ça faisait rire tous ceux qui entendaient ça. Johnny Puma, l'haltérophile, le centre de la fête, le déménageur le plus demandé de Lillesand, capable de porter un piano tout seul. Tout était parti d'un problème de hanche, d'analgésiques qui restaient sans effet, et la spirale infernale s'était enclenchée. Sa vie se réduisait désormais à de longues journées où il se reposait dans son lit, interrompues par de brèves périodes d'intense activité où il devait canaliser son énergie pour se procurer de la drogue. Ou de l'argent pour rembourser la dette de plus en plus vertigineuse qu'il avait contractée auprès d'un baron de la drogue du foyer, un travesti lituanien à moitié opéré qui s'appelait Coco.

Il regarda la silhouette qui se tenait devant la fenêtre et comprit que l'autre se préparait à la même chose : cette putain de quête, éternelle, pour se payer sa came. Le stress. Le boulot.

« Eh, mec, tu refermes les rideaux ? »

L'autre obtempéra et la pièce retrouva sa pénombre agréable.

« Tu carbures à quoi, mec ?

— À l'héroïne. »

L'*héroïne* ? Ici, au foyer, on disait came, pas héroïne. Ou encore schnouf, poudre, bédi, blanche… Ou boy. Ou Superboy si on parlait de la nouvelle poudre miracle qu'on pouvait acheter dans le secteur du pont de Nybrua, à un type qui avait l'air de Dormeur, le nain dans *Blanche-Neige*. L'héroïne, c'est ce qu'on disait en prison. Ou si on était un nouveau consommateur, évidemment. Encore que si on commence, on goûte peut-être d'abord de la China White, de la Mexican Mud ou une autre saloperie dont on a entendu parler dans un film.

« Je peux t'en avoir de la bonne pour pas cher, t'as même pas besoin de sortir. »

Johnny vit la silhouette dans l'obscurité amorcer un mouvement. Il avait déjà vu comment des junkies en manque pouvaient avoir des frissons de plaisir rien qu'à l'idée d'avoir leur dose. On avait même pu mesurer des modifications neuronales, plusieurs secondes avant qu'ils se fassent leur shoot. En n'avançant que quarante pour cent de la somme, il pourrait se fournir auprès du Grand Chef, chambre 306, et s'acheter trois ou quatre sachets de speed pour lui-même. C'était mieux que de faire encore un raid dans le voisinage.

« Non, merci. Si tu veux dormir, je peux m'en aller. »

La voix près de la fenêtre s'était exprimée si doucement que Johnny s'étonna qu'elle ait pu se frayer un chemin à travers le brouhaha permanent qui régnait à Ila, dû aux beuveries, aux cris, aux marchandages musclés, et à la circulation au-dehors. L'autre lui avait demandé s'il voulait dormir ? Sans doute pour lui faire les poches pendant son sommeil. Et peut-être trouver la came que Johnny avait scotchée à sa cuisse.

« Je ne dors que d'un œil. Compris, mec ? »

Le type hocha la tête. « Je sors. »

Une fois la porte refermée sur son nouvel ennemi de chambrée, Johnny Puma bondit hors de son lit. En moins de deux minutes, il avait fouillé les placards et la couchette supérieure. Rien. Que dalle. Le type n'était pas un novice, il devait tout avoir sur lui.

*

Markus Engseth avait peur.

« T'as peur maintenant ? » demanda le plus grand des deux garçons qui se tenaient devant lui.

Markus fit non de la tête et déglutit.

« Ce gros porc a tellement les jetons qu'il dégouline de sueur. Ah, qu'est-ce qu'il pue !

— T'as vu, maintenant il se met à chialer », ricana l'autre.

Ils devaient avoir quinze ans, voire seize. Ou même dix-sept. Markus savait seulement qu'ils étaient beaucoup plus grands et plus âgés que lui.

« On veut juste te l'emprunter, dit le plus grand en saisissant le guidon de son vélo. On te le rendra.

— Un jour », dit l'autre en se marrant.

Markus jeta un regard vers les fenêtres des maisons dans cette rue déserte. Des vitres noires, aveugles. D'habitude, il préférait passer inaperçu. Être aussi invisible que possible, pour se faufiler par le portail jusqu'à la porte de la maison jaune inhabitée. À cet instant précis, il aurait aimé qu'une fenêtre s'ouvre quelque part, qu'une voix d'adulte crie aux grands de le laisser tranquille. De retourner à Tåsen, Nydalen, ou n'importe quel autre quartier d'où venait ce genre de racaille. Mais il n'y avait pas un chat. Comme toujours en été. Les grandes vacances pour l'ensemble du pays. Les autres enfants de la rue étaient partis dans un chalet ou à la mer ou encore à l'étranger. De toute façon, ça ne changeait pas grand-chose pour jouer, il jouait toujours seul. Il ne faisait pas bon être petit quand il n'y avait personne dans les parages.

Le plus grand arracha le vélo des mains de Markus et ce dernier sentit qu'il n'arrivait plus à retenir ses larmes. Le vélo que sa mère avait acheté avec l'argent qu'ils auraient pu utiliser, sinon, pour partir quelque part en vacances.

« Papa est à la maison », dit-il en montrant du doigt leur maison rouge de l'autre côté de la rue, très exactement en face de celle, jaune et vide, d'où il sortait.

« Alors pourquoi tu l'as pas appelé ? » rétorqua le grand en s'asseyant sur la selle. Il se balança et parut mécontent, trouvant que les pneus n'étaient pas assez gonflés.

« Papa ! » cria Markus, tout en sentant que le cœur n'y était pas et que ça sonnait faux.

Les deux garçons éclatèrent de rire. L'autre s'était assis sur le porte-bagages et Markus vit que, sous le poids, le pneu manquait de sortir de la jante.

« Je crois pas que t'as un papa, toi, dit-il en crachant par terre. Allez, vas-y Herman !

— J'aimerais bien, mais tu me retiens.

— Mais non... »

Tous les trois se retournèrent.

Un homme se tenait derrière le vélo et retenait le porte-bagages. Puis souleva la roue arrière de sorte que les deux garçons tombèrent en avant sur le vélo. Ils se relevèrent et dévisagèrent l'homme.

« Tu fais quoi, bordel ? » pesta le plus grand.

L'homme le regarda sans répondre. Markus remarqua ses drôles de cheveux, l'emblème de l'Armée du Salut sur son tee-shirt et les cicatrices sur ses avant-bras. Il régnait un tel silence que Markus croyait entendre le chant de chaque oiseau dans tout Berg. Et maintenant, il était clair que les deux garçons aussi avaient vu les avant-bras de l'homme.

« On voulait seulement lui emprunter son vélo. » La voix du grand avait changé, elle était plus ténue, comme si elle avait rapetissé.

« Mais vous n'avez qu'à le prendre, vous », s'empressa de dire l'autre.

L'homme se contenta de continuer à les regarder fixement. Il fit comprendre à Markus qu'il devait tenir son vélo. Les deux garçons reculèrent.

« Vous habitez où ?
— À Tåsen. Vous êtes… son père ?
— Ça se pourrait. Prochain arrêt, Tåsen, hein ? »

Les deux garçons hochèrent la tête de concert. Se retournèrent comme obéissant à un ordre et s'éloignèrent.

Markus leva les yeux vers l'homme, qui lui sourit. Derrière eux, il entendit un des garçons dire tout bas à l'autre : « T'as vu que son père est un drogué ? »

« Je m'appelle Markus, dit Markus.
— Passe un bel été, Markus », dit l'homme, qui lui rendit son vélo et s'éloigna. Il ouvrit le portail de la maison jaune. Markus retint sa respiration. C'était une maison comme toutes les autres de la rue, une sorte de cube, pas spécialement grande, entourée d'un petit jardin. Sauf que celle-ci aurait bien eu besoin d'un coup de peinture et de tondeuse. Mais c'était *la* maison. Et voilà que l'homme se dirigeait droit vers la cave. Pas vers la porte d'entrée comme il avait vu des vendeurs et des Témoins de Jéhovah le faire. Était-il possible que cet homme soit au courant de la clé cachée sur la poutre au-dessus de la porte de la cave, que Markus remettait chaque fois soigneusement à sa place ?

Il eut sa réponse quand la porte de la cave grinça et se referma.

Markus eut le souffle court. Du plus loin qu'il se souvenait, il n'y avait jamais eu personne dans cette maison. D'accord, il ne se souvenait que depuis qu'il avait cinq ans et il en avait douze maintenant, mais pour lui, la maison avait toujours été vide. Qui voudrait vivre dans une maison où quelqu'un s'était suicidé ?

Enfin, il y avait bien quelqu'un qui venait deux fois par semaine. Markus l'avait vu seulement une fois et il avait compris que ça devait être celui qui mettait le chauffage en marche, au plus bas, avant l'hiver et qui l'éteignait au printemps. C'était sûrement lui qui payait pour l'électricité. Sa maman avait dit que sans l'électricité, la maison aurait été si abîmée qu'elle aurait été tout à fait inhabitable maintenant, mais elle aussi ignorait l'identité de cet homme. Une chose était sûre : il ne ressemblait pas à l'homme qui était à présent dans la maison.

Markus aperçut le visage du nouveau venu à travers la fenêtre de la cuisine. Il n'y avait pas de rideaux dans la maison, alors quand Markus était là, il évitait de passer devant les fenêtres pour ne pas se faire repérer. L'homme ne semblait pas être là pour le chauffage, alors qu'est-ce qu'il faisait là-dedans ? Comment… Le télescope !

Markus poussa le vélo de l'autre côté du portail de la maison rouge, se précipita à l'intérieur et monta à l'étage dans sa chambre. Le télescope — en réalité, une simple paire de jumelles sur un trépied — était la seule chose que son père avait laissée quand il était parti. C'était du moins ce que disait sa mère. Markus dirigea les jumelles vers la maison jaune et fit la mise au point. L'homme avait disparu. Il déplaça le cercle du champ de vision le long du mur de la maison, en passant d'une fenêtre à l'autre. Ah, il était là. À la fenêtre de la chambre à coucher. Là où le drogué dormait. Markus avait exploré la maison de fond en comble et en connaissait les moindres recoins. Y compris la cachette sous la latte décollée du parquet, dans la chambre à coucher avec le lit double. Mais même si personne ne s'était tué dans cette maison, il n'aurait jamais voulu y habiter. Avant qu'elle soit toute vide, le fils de celui qui était mort avait vécu là. Il se droguait, avait mis un sacré foutoir et ne faisait pas le ménage. Il n'avait rien réparé non plus, en tout cas la pluie traversait le toit. Le fils avait disparu peu après la naissance de Markus. En prison, avait dit sa mère. Il avait tué quelqu'un. Et Markus avait pensé que la maison ensorcelait peut-être ceux qui y habitaient, de sorte que soit ils se tuaient soit ils tuaient d'autres personnes. Il eut la chair de poule. Mais c'était précisément ce qu'il aimait bien dans cette maison, qu'elle fasse un peu peur, qu'on puisse s'inventer des histoires sur ce qui se passait à l'intérieur. Sauf qu'aujourd'hui, il n'avait pas besoin d'inventer quoi que ce soit, aujourd'hui il se passait quelque chose dans la maison et il n'y était pour rien.

L'homme avait ouvert la fenêtre, ce qui n'était pas étonnant, étant donné la drôle d'odeur à l'intérieur. Mais cette chambre était celle que Markus préférait, même si la literie était sale, qu'il y avait des seringues par terre et des bouts de coton avec du sang partout. L'homme tournait à présent le dos à la fenêtre et regardait le mur où les photos que Markus aimait tant étaient accrochées avec des punaises. La photo de famille où tous les trois sourient et ont l'air si heureux. Celle avec le garçon en costume de lutteur à côté de son père en survêtement où ils soulèvent une coupe ensemble. La photo du père en uniforme de policier.

L'homme ouvrit un placard, sortit le sweat à capuche gris et le sac de sport rouge avec « Club de lutte d'Oslo » marqué dessus en lettres blanches. Fourra quelques affaires dedans, que Markus ne pouvait pas voir. Puis il sortit de la chambre et disparut. Il réapparut dans le « bureau », la petite pièce avec la table près de la fenêtre. C'était là qu'ils avaient trouvé le mort, avait dit sa maman. L'homme cherchait quelque chose à côté de la fenêtre. Markus savait ce que c'était. Mais s'il ne connaissait pas les lieux, il ne trouverait jamais. L'homme s'approcha du bureau et il eut l'air d'ouvrir le tiroir. Il avait posé son sac de sport sur la table, alors Markus ne pouvait pas voir ce qu'il faisait.

Il avait dû trouver ce qu'il cherchait ou abandonner, car il reprit son sac et sortit. L'homme passa par la chambre à coucher des parents avant de redescendre au rez-de-chaussée et disparaître du champ de vision.

Dix minutes plus tard, la porte de la cave s'ouvrit et l'homme remonta l'escalier à l'extérieur. Il avait enfilé le sweat, relevé la capuche et mis le sac de sport sur son épaule. Il franchit le portail et descendit la rue par laquelle il était arrivé.

Markus se précipita en bas et sortit. Il vit l'homme de dos, sauta par-dessus la barrière de la maison jaune, traversa la pelouse en courant et fonça vers la cave. Hors d'haleine et le cœur battant, il tâtonna avec les doigts sur le dessus de la poutre. La clé avait été remise à sa place ! Il poussa un soupir de soulagement et ouvrit la porte. Il n'avait pas peur, non, pas vraiment, c'était quand même sa maison. L'autre n'était qu'un intrus. À moins que...

Il monta au bureau. Alla vite vérifier les étagères remplies de livres. La seconde étagère, entre *Sa Majesté des Mouches* et *Mèmed le Faucon*... y glissa le doigt. La clé du bureau était toujours là. L'homme l'avait-il trouvée et s'en était-il servi ? Il examina le plateau de la table tandis qu'il glissait la clé dans le trou de la serrure et tournait. Il y avait une tache sombre dans le bois. Il pouvait naturellement s'agir de traces de gras laissées au fil des années par les mains qui s'y étaient posées, mais, dans l'esprit de Markus, il ne faisait aucun doute que c'était la marque de la tête qui était tombée là, dans une flaque de sang, avec des éclaboussures rouges sur les murs, comme dans les films.

Markus jeta un coup d'œil à l'intérieur du tiroir. Eut le souffle coupé. Ça n'y était plus. Ça devait être lui. Le Fils. Il était revenu. Personne d'autre ne pouvait savoir que la clé du bureau se trouvait à cet endroit précis. Et il avait des marques de piqûres sur les bras...

Markus entra dans la chambre du garçon. Sa chambre. Parcourut du regard la pièce et vit tout de suite ce qui n'y était plus. La photo du père en uniforme de police. Le Discman. Et un des quatre CD. Il regarda les trois autres. Celui qui avait disparu, c'était Depeche

Mode, *Violator*. Markus l'avait écouté, mais n'aimait pas trop ce genre de musique.

Il s'assit, le plus loin possible de la fenêtre, là où il était sûr qu'on ne pouvait pas le voir de la rue, et écouta le silence de l'été, dehors. Le Fils était de retour. Markus avait inventé toute une vie au garçon de la photo. Il avait oublié qu'on vieillit. Et maintenant il était revenu ici. Et il avait pris ce qu'il y avait dans le tiroir du bureau.

Markus entendit quelque chose briser le silence, un lointain bruit de moteur.

*

« Vous êtes sûr que les numéros ne montent pas dans l'autre sens ? hasarda Kari en examinant les maisons de bois modestes pour trouver un numéro qui pourrait les renseigner. On pourrait peut-être demander ici ? »

Elle indiqua de la tête le trottoir où un type en sweat, la capuche relevée, un sac rouge sur l'épaule, venait vers eux.

« La maison se trouve là, en haut de la côte, dit Simon en accélérant. Faites-moi confiance.

— Alors vous connaissiez son père ?

— Oui. Qu'est-ce que vous avez trouvé sur le garçon ?

— Les détenus qui ont accepté de parler ont déclaré qu'il était paisible et ne disait pas grand-chose, mais qu'il était apprécié. Il n'avait pas vraiment d'amis, restait surtout dans son coin. Je ne lui ai pas trouvé de famille. C'était sa dernière adresse avant son incarcération.

— Et les clés de la maison ?

— Parmi ses effets personnels, à la consigne de la prison. Je n'ai même pas eu à demander une autorisation, il y avait un ordre de perquisition dans le cadre de son évasion.

— Ils sont donc déjà venus ?

— Juste pour vérifier au cas où il serait rentré chez lui. Personne ne pense qu'il serait assez bête pour faire ça.

— Pas d'amis, pas de famille, pas d'argent. Il n'a pas beaucoup d'endroits où aller. Et vous verrez petit à petit qu'en règle générale, les condamnés à des peines de prison peuvent être bêtes d'une manière tout à fait surprenante.

— Je le sais, mais cette évasion n'est pas le fait d'un imbécile.

— Peut-être pas, dit Simon.

— Non, décréta Kari. Sonny Lofthus avait d'excellentes notes au collège. Il était un des meilleurs lutteurs du pays dans sa classe d'âge. Pas grâce à sa force, mais grâce à son intelligence tactique.

— Je vois que vous avez fait des recherches poussées.

— Non, dit-elle. Google, des PDF d'anciens journaux, quelques coups de fil. Pas besoin d'être une lumière pour ça.

— Voici la maison », annonça-t-il.

Ils se garèrent, descendirent du véhicule, et Kari ouvrit le portail. « Elle a été laissée à l'abandon », dit-il.

Simon sortit son pistolet de service et vérifia que le cran de sûreté n'était pas verrouillé, avant que Kari n'ouvre la porte d'entrée. Simon entra le premier, le pistolet levé. Resta dans l'entrée, à tendre l'oreille. Appuya sur l'interrupteur. Une applique s'alluma. « Tiens, chuchota-t-il. Bizarre pour une maison inoccupée d'avoir de l'électricité. Ça veut dire que quelqu'un a récemment…

— Non, l'interrompit Kari, j'ai vérifié. Depuis que Lofthus est incarcéré, l'électricité à cette adresse est payée par un fonds des îles Caïmans. Impossible de remonter à des personnes individuelles. Il ne s'agit pas de grosses sommes, mais c'est…

— Étrange, compléta Simon. Tant mieux, nous autres enquêteurs adorons les mystères, n'est-ce pas ? »

Il la précéda dans le couloir et entra dans la cuisine. Ouvrit le réfrigérateur. Constata qu'il était débranché, bien qu'il y eût un carton de lait, un seul, à l'intérieur. Il adressa un signe de tête à Kari qui le regarda d'abord d'un air interrogateur avant de comprendre. Elle approcha son nez de l'ouverture du carton, puis elle secoua et entendit le bruit d'une masse compacte à la place de ce qui avait été autrefois du lait. Elle suivit Simon dans le salon, et monta avec lui jusqu'au premier. Ils vérifièrent toutes les pièces en finissant par celle qui était visiblement celle du garçon. Simon s'immobilisa et renifla l'air ambiant.

« La famille, dit Kari en montrant une des photos au mur.

— Oui, fit Simon.

— Sa mère, vous ne trouvez pas qu'elle ressemble à une chanteuse ou à une actrice ? »

Simon ne répondit pas, il regardait l'autre photo. Celle qui n'était pas là. Ou plus exactement : il regardait la tache plus sombre sur le papier peint, à l'endroit où avait été accrochée une photo. Il sollicita encore une fois ses narines.

« J'ai pu joindre l'entraîneur de Sonny, reprit Kari. Il dit que Sonny avait pensé devenir policier comme son père. Mais qu'il a changé du tout au tout quand celui-ci est mort. Il a eu des problèmes à l'école, a repoussé les gens qui voulaient l'aider, a cherché à s'isoler et à s'autodétruire. Sa mère aussi s'est complètement effondrée après le suicide, elle…

— Helene, dit Simon.

— Quoi ?

— Elle s'appelait Helene. Overdose de somnifères. » Le regard de Simon balaya la pièce. S'arrêta sur la table de chevet poussiéreuse, tandis que la voix de Kari continuait de réciter en arrière-plan :

« À l'âge de dix-huit ans, Sonny a été condamné pour un double meurtre sur la base de ses aveux. »

Il y avait un trait dans la poussière.

« Jusque-là, les enquêtes de police avaient pointé dans de tout autres directions. »

Simon fit deux pas rapides vers la fenêtre. Le soleil de fin d'après-midi illuminait un vélo jeté contre le perron de la maison rouge. Il regarda la route qu'ils avaient remontée en voiture. Il n'y avait plus personne maintenant.

« Les apparences sont parfois trompeuses, dit-il.

— Qu'entendez-vous par là ? »

Simon ferma les yeux. En avait-il la force ? Remettre encore ça sur le tapis ? Il inspira profondément.

« Tout le monde dans la police a dit qu'Ab Lofthus était la taupe. On a eu l'impression qu'il n'y avait plus de fuites après sa mort, ni saisies bizarrement ratées, ni traces, témoins ou suspects qui disparaissaient au dernier moment. Ils ont considéré ça comme une preuve.

— Mais ? »

Simon haussa les épaules. « Ab était un homme qui était fier de son boulot et de la police. Il se foutait de devenir riche, la seule chose qui comptait pour lui, c'était sa famille. Pourtant il y avait une taupe, c'est indéniable.

— Et ?

— Eh bien, il faudra bien un jour trouver qui était cette taupe. »

Simon renifla encore une fois. De la sueur. C'était ça, l'odeur. Quelqu'un était venu, il n'y avait pas longtemps.

« Et ça pourrait être qui, par exemple ? insista-t-elle.

— Eh bien, par exemple quelqu'un qui a de l'ambition, la jeunesse pour lui et qui ne recule devant rien. » Simon regarda Kari. Par-dessus son épaule. Sur la porte du placard.

Sueur. Peur.

« Il n'y a personne ici, dit-il en haussant la voix. Tant mieux. Redescendons. »

Simon s'arrêta au milieu de l'escalier et fit signe à Kari de continuer. Lui-même attendit, l'oreille aux aguets, tout en serrant la crosse de son pistolet.

Silence.

Il rejoignit Kari.

Il entra dans la cuisine, trouva un stylo et écrivit sur un bloc de post-it.

Kari s'éclaircit la voix : « Qu'entendait exactement Arild Franck quand il a dit que vous aviez été mis à la porte de la brigade financière ?

— Je préférerais ne pas en parler, répondit Simon qui arracha le post-it et le colla sur la porte du frigo.

— Est-ce que ça avait un rapport avec le jeu ? »

Simon lui lança un regard acéré. Puis il s'en alla.

Elle lut le petit mot.

J'ai connu ton père. C'était un homme bien et je crois qu'il aurait dit la même chose de moi. Contacte-moi, je promets de faire en sorte que tu réintègres la prison en toute sécurité et de manière digne. Simon Kefas, tél. : 550106573. simon.kefas@oslo.pol.no

Puis elle se hâta de le rattraper.

*

Markus Engseth entendit la voiture démarrer et il put enfin se remettre à respirer. Il était accroupi parmi les vêtements, sur des cintres, le dos pressé contre le fond du placard. Il n'avait jamais eu aussi peur de sa vie, son tee-shirt était si trempé de sueur qu'il lui collait à la peau. Pourtant... ç'avait été une sorte de joie. Comme lorsqu'il était en chute libre du plongeoir de dix mètres à Frognerbadet et pensait que le pire qui pouvait lui arriver serait de mourir. Et qu'au fond, ce n'était pas si grave.

15

« En quoi puis-je vous aider, monsieur ? » demanda Tor Jonasson.

C'était son numéro habituel. Il avait vingt ans, l'âge moyen de ses clients était de vingt-cinq ans et les produits de sa boutique n'en avaient pas plus de cinq. C'est pourquoi sa forme de salut archaïque était amusante. Selon lui. Mais il était possible que son humour passe au-dessus du client. Comment le savoir lorsque l'autre avait la capuche de son sweat bien enfoncée sur la tête, ce qui plongeait son visage dans l'ombre ? Des mots sortirent de là-dessous :

« J'aimerais avoir un téléphone portable où l'on ne peut pas retrouver celui qui appelle. »

Un dealer. Évidemment. Il n'y avait qu'eux pour demander ce genre de choses.

« Sur cet iPhone, vous pouvez faire en sorte que votre numéro soit masqué, dit le jeune vendeur en prenant un téléphone blanc sur une étagère de la petite boutique. Votre numéro n'apparaîtra pas sur l'écran de celui que vous appelez. »

Le client potentiel parut hésiter. Remonta la sangle de son sac rouge plus haut sur l'épaule. Tor décida de ne pas le lâcher des yeux jusqu'à ce qu'il ait quitté le magasin.

« Je veux dire, un qu'on puisse acheter sans abonnement, dit le type. Qui fait que personne ne peut retracer l'appel. Pas même la compagnie de téléphone. »

Ou la police, songea Jonasson. « Vous pensez à des téléphones anonymes avec des cartes prépayées. Le genre qu'ils utilisent dans *Sur écoute*.

— Pardon ?

— *Sur écoute*. La série télé américaine. Pour que la police des stup' ne puisse pas remonter jusqu'aux propriétaires des portables. »

Tor remarqua le trouble de l'autre. Mon Dieu. Un dealer qui disait « Pardon ? » et qui n'avait pas vu *Sur écoute*.

« Ça se passe aux États-Unis, c'est différent en Norvège. Depuis 2005, on doit obligatoirement montrer une pièce d'identité, même pour acheter un téléphone avec carte prépayée. L'appareil doit être enregistré sous le nom de quelqu'un.

— Quelqu'un ?

— Oui, sous votre nom. Ou celui de vos parents si ce sont eux qui l'achètent, par exemple.

— OK, dit l'homme. Donnez-moi le modèle le moins cher que vous ayez. Avec carte prépayée.

— Pas de problème, dit le vendeur qui laissa tomber le "monsieur", reposa l'iPhone à sa place et en prit un plus petit. Celui-ci n'est pas absolument le moins cher que nous ayons, mais on a accès au Net avec. Douze cents couronnes avec une carte.

— Accès à quoi ? »

Tor examina encore une fois ce drôle de client. Il ne devait pas être tellement plus âgé que lui, et il avait l'air complètement paumé. Il utilisa deux doigts pour ramener ses cheveux mi-longs derrière une oreille. C'était un geste qu'il avait adopté après la première saison de *Sons of Anarchy*. « Vous pouvez utiliser la carte prépayée pour surfer sur Internet avec votre téléphone.

— Je peux aussi bien le faire dans un cybercafé. »

Tor Jonasson rit. Au fond, peut-être partageaient-ils le même sens de l'humour ? « Mon patron m'a raconté récemment que ce local était encore un cybercafé, il y a quelques années. Sans doute le dernier à Oslo... »

L'homme parut hésiter. Puis il hocha la tête. « Je prends ce téléphone. » Et il posa une liasse de billets de cent sur la table.

Tor les ramassa. Les billets étaient raides et poussiéreux, comme s'ils étaient restés entreposés quelque part. « Comme je vous l'ai dit, j'ai besoin d'une pièce d'identité. »

L'homme sortit une carte d'identité de sa poche et la lui tendit. Tor se rendit compte qu'il s'était trompé. Et pas qu'un peu. L'homme n'était pas du tout un dealer. Au contraire. Il tapa le nom sur son ordinateur. Helge Sørensen. Il vit l'adresse. Rendit la carte et la monnaie au surveillant de prison.

« Est-ce que vous avez des piles pour ça ? voulut savoir l'homme en tendant un appareil plat et rond, couleur argent.

— C'est quoi ? demanda Tor.

— Un Discman, répondit l'homme. Vous vendez des écouteurs pour ça, à ce que je vois. »

Tor regarda la rangée d'écouteurs et d'oreillettes au-dessus des iPhones. « Ah bon ? »

Tor ouvrit le couvercle au dos de la pièce de musée et sortit les vieilles piles. Prit deux piles AA Sanyo, les plaça dans l'appareil et appuya sur *play*. Un bourdonnement se fit entendre dans les écouteurs.

« Ces piles sont rechargeables.

— Ça veut dire qu'elles ne meurent pas comme celles-ci ?

— Si, mais elles peuvent ressusciter d'entre les morts. »

Tor crut déceler un sourire sur le visage dissimulé dans l'ombre. Soudain l'homme rejeta sa capuche en arrière et mit les écouteurs.

« Depeche Mode », dit-il en faisant un large sourire. Avant de tourner le dos et de s'en aller.

Tor Jonasson avait été frappé par la sympathie qui se dégageait du visage sous la capuche. Mais il devait s'occuper d'un autre client et lui demanda en quoi il pouvait aider ce monsieur. À la pause déjeuner seulement, Tor comprit enfin pourquoi ce visage l'avait frappé.

Ce n'était pas parce qu'il était sympathique. C'était parce qu'il ressemblait si peu à la photo de la carte d'identité.

*

Qu'est-ce qui rendait un visage sympathique ? songea Martha en regardant le garçon au guichet de l'accueil. Peut-être ce qu'il venait de dire. La plupart des gens qui se présentaient à l'accueil voulaient qu'on leur prépare des sandwiches, du café, ou parler de leurs problèmes réels ou imaginaires. Et si ce n'était pas ça, ils venaient avec une boîte ou un seau remplis de seringues usagées qui leur servaient de monnaie d'échange pour en avoir des stériles. Mais le nouveau résident venait de dire qu'il avait réfléchi à une question qui lui avait été posée lors de l'entretien d'admission, celle concernant d'éventuels projets. Et il en avait maintenant. Il voulait chercher du travail. Et pour ça, il avait besoin d'une tenue adéquate, d'un costume. Il en avait vu certains dans la réserve de vêtements. Était-il possible d'emprunter...

« Naturellement », dit Martha qui se leva et marcha devant lui. Cela faisait longtemps qu'elle n'avait pas eu la démarche aussi légère. Bien sûr, cela pouvait n'être qu'une lubie, un projet qui tomberait à l'eau dès la première difficulté, mais c'était au moins quelque chose, un espoir, une parenthèse dans cet éternel voyage à sens unique vers l'abîme.

Elle s'assit sur la chaise près de la porte dans l'entrepôt étroit et le regarda enfiler son pantalon devant la glace appuyée contre le mur. C'était le troisième qu'il essayait. Ils avaient eu un jour une visite guidée d'un groupe de politiques envoyés par la mairie. Ils étaient venus pour se persuader que la qualité des foyers d'accueil à Oslo était plus que correcte. En voyant la réserve de vêtements, l'un d'eux avait demandé pourquoi il y avait là tant de costumes. Ce genre de vêtements ne correspondait pas, selon lui, au marché du travail pour les gens d'ici. Les hommes politiques avaient trouvé ça très drôle jusqu'à ce que Martha lui réponde avec un petit sourire : « Nos résidents vont plus souvent à des enterrements que vous. »

Il n'était pas gros, mais moins maigrichon qu'elle n'avait cru au premier abord. Elle pouvait voir le jeu des muscles sous la peau quand il soulevait les bras pour essayer une des chemises qu'elle lui avait choisies. Il n'avait aucun tatouage. En revanche, la peau blanche était couverte de piqûres de seringue. Dans le creux des genoux, à l'intérieur des cuisses, sur les mollets, sur le cou.

Il enfila la veste, se regarda dans la glace avant de se tourner vers elle. C'était un complet à fines rayures que le propriétaire précédent n'avait guère eu l'occasion de porter avant qu'il soit déjà démodé ; autant par bonté d'âme que par souci de la mode, il en avait fait cadeau, ainsi que le reste de sa garde-robe de la saison passée, aux bonnes œuvres. Il n'était qu'un poil trop grand pour le jeune homme.

« Parfait », s'écria-t-elle en applaudissant.

Il sourit. Et quand ce sourire gagna jusqu'à ses yeux, elle sentit comme une vague de chaleur l'envahir. C'était le genre de sourire qui faisait du bien au corps et à l'âme. Le remède idéal pour soigner une fatigue compassionnelle, mais — et cette pensée ne l'avait pas traversée jusqu'alors — elle ne pouvait pas se le permettre. Elle ne soutint plus son regard et baissa les yeux.

« Dommage que je n'aie pas de belles chaussures pour toi.

— Elles sont très bien, celles-ci. » Il posa un talon sur une des baskets bleues au sol.

Elle sourit, sans lever les yeux. « Et tu as besoin d'une bonne coupe de cheveux. Viens. »

Ils retournèrent vers l'accueil où elle l'installa sur une chaise, posa deux serviettes sur lui et utilisa des ciseaux de cuisine. Elle humidifia ses cheveux avec de l'eau du robinet et les coiffa avec son propre peigne. Et pendant que les autres filles à l'accueil commentaient et donnaient des conseils, les dernières boucles tombaient par terre. Quelques résidents s'arrêtèrent devant l'accueil et se plaignirent de n'avoir jamais eu droit à une coupe de cheveux, alors pourquoi le nouveau venu bénéficiait-il de ce traitement de faveur ?

Martha les chassa et se concentra de nouveau sur la coupe.

« Par où vas-tu commencer tes recherches ? » demanda-t-elle en regardant les petits cheveux blancs sur la nuque. Elle aurait eu besoin d'une tondeuse. Ou d'un simple rasoir.

« J'ai quelques contacts, mais je ne sais pas où ils habitent, alors je pensais regarder dans un annuaire.

— Un *annuaire* ? répéta une des filles en pouffant. T'as qu'à les chercher sur Internet.

— Ah ? dit le jeune homme.

— Évidemment ! » rit-elle. Un peu trop haut. Et les yeux brillants, observa Martha.

« J'ai acheté un téléphone avec Internet, dit-il. Seulement, je ne sais pas comment on...

— Je vais te montrer ! » s'écria la jeune fille en se plaçant devant lui et en tendant la main.

Il sortit le portable et le lui donna. Elle tapa à toute allure sur le clavier, comme si elle avait fait ça toute sa vie. « Il faut simplement aller sur Google. C'est quoi, leur nom ?

— Leur nom ?

— Oui, leur nom. Moi, je m'appelle Maria, par exemple. »

Martha essaya de la prévenir du regard. La fille était jeune, elle venait de commencer chez eux. Avait suivi une formation dans le social, mais manquait d'expérience. L'expérience qui fait qu'on sait exactement où se situe la frontière entre l'aide professionnelle et une trop grande proximité avec les résidents.

« Iversen, dit le garçon.

— Tu auras un trop grand nombre de résultats. Si tu as le prénom, ça...

— Montre-moi simplement comment on cherche, je ferai le reste moi-même, dit-il.

— OK, fit Maria en lui rendant le téléphone. Voilà, maintenant, il cherche.

— Merci infiniment. »

Martha avait terminé, il ne restait que les petits cheveux de la nuque. Elle venait de se souvenir qu'elle avait trouvé une lame de rasoir collée contre la vitre de la fenêtre dans la chambre qui s'était libérée plus tôt dans la journée. Elle avait posé cette lame, qui clairement avait servi à préparer des rails de poudre, à côté de l'évier dans la cuisine, pour la jeter dans le premier seau de seringues usagées qu'ils récupéreraient. Elle craqua une allumette et tint quelques secondes la lame au-dessus de la flamme. Puis, elle la passa sous l'eau froide.

« Ne bouge surtout pas maintenant, lui enjoignit-elle.

— Mmm », fit le garçon qui tapotait sur son téléphone.

Elle fut parcourue d'un frisson à la vue de la lame de rasoir tranchante qui passait sur la peau tendre de la nuque, des petits cheveux qui tombaient. Et cette pensée surgit d'elle-même : à quoi ça tenait… Au fil ténu entre la vie et la mort. Entre le bonheur et le malheur. Entre ce qui a du sens et ce qui n'en a pas.

Ça y est, elle avait fini. Elle regarda par-dessus son épaule et lut le nom qu'il avait tapé, avec le symbole du moteur de recherche qui mouline.

« Voilà », dit-elle.

Il rejeta la tête en arrière et leva les yeux vers elle.

« Merci. »

Elle emporta vite les serviettes dans la buanderie pour ne pas mettre des cheveux partout.

*

Allongé dans l'obscurité, le visage tourné contre le mur, Johnny Puma l'entendit entrer et refermer la porte sans bruit derrière lui. Se faufiler dans la pièce. Mais Johnny était réveillé et avait l'esprit clair.

Ce type risquait de s'en mordre les doigts s'il tentait de lui piquer sa came.

Toutefois le jeune homme ne s'approcha pas de lui et, à l'oreille, Johnny comprit qu'il avait ouvert la porte d'une armoire.

Il se retourna dans le lit. C'était l'armoire du type. Bon, l'autre avait déjà dû fouiller son armoire pendant son sommeil et constater qu'il n'y avait rien à voler.

Un rayon de lumière filtrait entre les rideaux et tombait sur le jeune homme. Puma tressaillit.

L'autre avait sorti quelque chose d'un sac rouge et Johnny vit à présent ce que c'était. Le type se mit sur la pointe des pieds pour déposer l'objet dans la boîte à chaussures vide qu'il avait placée sur l'étagère du haut.

Lorsqu'il referma l'armoire et se retourna, Johnny ferma vite les yeux.

Oh, putain! Il garda les yeux clos, conscient qu'il n'arriverait pas à trouver le sommeil cette nuit.

*

Markus bâilla. Observa la lune au-dessus du toit de la maison jaune, avant de diriger encore une fois les jumelles sur sa façade. Tout était silencieux à présent. Il ne s'était rien passé d'autre. Mais est-ce qu'il reviendrait, le Fils? Markus l'espérait. Peut-être saurait-il ce que l'autre allait en faire, de ce vieux machin qui traînait dans le tiroir, qui brillait, sentait l'huile et le métal, et était, qui sait, celui qu'avait utilisé son père pour…

Nouveau bâillement. La journée avait été riche en émotions. Il savait qu'il dormirait comme un loir cette nuit.

16

Agnete Iversen avait quarante-neuf ans, mais à sa peau lisse, son regard vif et son corps élancé, on aurait pu lui en donner dans les trente-cinq. Si malgré ça on la croyait souvent plus âgée qu'elle n'était, c'était à cause de ses cheveux déjà grisonnants, de sa manière très BCBG voire vieillotte de s'habiller et de son langage châtié un peu daté. Et bien sûr, à cause de la vie que menait la famille Iversen sur la colline huppée de Holmenkollen. C'était comme s'ils appartenaient à une autre génération, d'un autre temps : Agnete, femme au foyer, secondée pour le ménage, le jardin et leurs besoins divers par deux « employés de maison », son mari Iver Iversen et leur fils, Iver junior. Comparée aux maisons voisines pourtant imposantes, la villa des Iversen était immense. Cependant les tâches ménagères étaient si bien réparties et organisées que les employés (ou les « domestiques », comme Iver junior les appelait ironiquement depuis qu'il était devenu étudiant et avait acquis des notions de social-démocratie) ne venaient pas avant midi. Ce qui signifiait qu'Agnete Iversen avait pu se lever la première, à son rythme, faire sa balade matinale dans la forêt qui commençait juste derrière leur propriété, cueillir un bouquet de marguerites et préparer le petit déjeuner pour les deux hommes de sa vie. Devant sa tasse de thé, elle les avait regardés manger la nourriture saine et roborative qui marquait le début d'une longue et harassante journée de travail. Quand ils avaient eu terminé et qu'Iver junior l'avait remerciée en lui donnant une poignée de main, comme cela se pratiquait chez les Iversen depuis plusieurs générations, elle avait débarrassé la table et s'était essuyé les mains sur le tablier blanc qu'elle mettrait ensuite dans la corbeille à linge. Elle les avait suivis sur le perron, avait donné à chacun un baiser sur la joue et les avait vus sortir en marche arrière du garage la vieille Mercedes bien entretenue pour se retrouver dans la lumière du soleil. Pendant les grandes vacances, Iver junior rejoignait l'entreprise familiale où il allait apprendre, espérons-le, ce que c'est que de travailler dur, que rien n'est gratuit dans la vie et que la bonne gestion d'une fortune familiale comprend autant de devoirs que de privilèges.

Le gravier de l'allée crissa lorsqu'ils s'éloignèrent pour rejoindre la route, tandis qu'elle agitait la main sur le perron pour leur dire au revoir. Si quelqu'un lui avait dit que toute cette scène semblait tirée d'une publicité des années 50, elle se serait mise à rire, lui aurait donné raison et n'y aurait plus pensé. Car elle menait la vie qu'elle voulait mener. Que pouvait-elle souhaiter de plus que ce quotidien qui consistait à faire tourner la maison pour les deux hommes qu'elle aimait et qui géraient au mieux leur fortune à la fois pour la société et pour l'avenir de la famille ?

Elle entendit d'une oreille que la radio annonçait une hausse d'overdoses à Oslo, une recrudescence de la prostitution et la cavale d'un prisonnier évadé. Il se passait tant de choses tristes là-bas. Là, en bas. Tant de choses qui ne marchaient pas, qui n'avaient pas l'équilibre et l'harmonie qu'on doit chercher à atteindre. Et tandis qu'elle réfléchissait à cela, à la parfaite harmonie qui régnait chez elle — la famille, le ménage, cette journée —, elle remarqua que le portail de service, celui qui ouvrait la haie de deux mètres soigneusement entretenue et qu'utilisait le personnel, s'était ouvert.

Elle mit sa main en visière pour se protéger du soleil.

Le garçon qui remontait l'allée étroite pavée de dalles pouvait avoir le même âge qu'Iver junior, et sa première pensée fut qu'il devait s'agir d'un de ses amis. Elle ajusta son tablier. Mais quand il se fut approché, elle vit qu'il avait sans doute quelques années de plus que son fils et qu'il portait une tenue que ni Iver junior ni aucun de ses amis n'auraient portée : un costume brun démodé, à fines rayures, et une paire de baskets bleues. Il avait sur l'épaule un sac de sport rouge, et Agnete Iversen se demanda si c'était un Témoin de Jéhovah, avant de se rappeler qu'ils démarchaient toujours par deux. Il n'avait pas l'air non plus d'un vendeur à domicile. Il était arrivé jusqu'au pied du perron.

« En quoi puis-je vous aider ? demanda-t-elle d'un ton prévenant, après avoir hésité une seconde entre le tutoiement et le vouvoiement.

— Suis-je bien chez les Iversen ?

— Tout à fait. Mais si vous vouliez parler à Iver ou à mon mari, ils viennent de partir », déclara-t-elle en pointant le doigt en direction de la route.

Le jeune homme hocha la tête, fourra la main gauche dans son sac et en sortit quelque chose. Il le dirigea vers elle et fit un léger pas vers la gauche. C'était la première fois qu'Agnete en voyait un, en vrai, de sa vie. Elle avait toujours eu une très bonne vue, c'était de famille. Alors elle ne douta pas une seconde de ce qu'elle voyait, chercha à reprendre son souffle et fit automatiquement un pas en arrière vers la porte ouverte derrière elle.

C'était un pistolet.

Elle continua à reculer sans quitter le jeune homme des yeux, sans réussir à croiser son regard derrière le pistolet.

Il y eut un coup de feu, et c'était comme si quelque chose l'atteignait, la poussait fortement sur la poitrine, et elle tituba en arrière, franchit le seuil, engourdie, les membres ne répondaient plus, elle restait pourtant debout, les bras écartés dans un dernier effort pour retrouver l'équilibre, elle sentit sa main toucher un des tableaux au mur. Elle ne s'effondra qu'une fois arrivée dans la cuisine et remarqua à peine qu'elle s'était cogné la tête contre le plan de travail, emportant dans sa chute un vase qui se trouvait là. Une fois par terre, la nuque tordue et la tête pressée contre le tiroir du bas, elle vit les fleurs. Les marguerites qui gisaient sur le vase en mille morceaux. Et quelque chose qui ressemblait à une rose rouge qui poussait sur son tablier blanc. Elle regarda vers la porte d'entrée. Aperçut la silhouette du jeune homme resté dehors, il s'était tourné vers les jeunes érables à gauche de l'allée. Puis il se pencha et disparut de son champ de vision. Et elle pria Dieu qu'il ait disparu pour de bon.

Elle tenta de se relever, mais fut incapable de bouger, comme si son cerveau était déconnecté. Elle ferma les yeux et sentit son corps. La douleur était là, cependant elle ne ressemblait à rien qu'elle eût connu jusqu'ici. Cette douleur sourde, presque lointaine, s'était emparée de tout son corps comme pour le déchirer en deux.

Les infos étaient terminées, la radio passait de nouveau de la musique classique. Schubert. *Der Abend.*

Elle perçut le bruit de pas qui s'avançaient doucement.

Des semelles de baskets sur le sol en pierre.

Elle ouvrit les yeux.

Le jeune homme venait vers elle, mais il avait le regard fixé sur ce qu'il tenait entre ses doigts. Une douille. Elle en avait déjà vu lorsque la famille partait chasser dans leur chalet à l'automne, sur les hauts plateaux de Hardangervidda. Il la fit tomber dans son sac rouge, sortit une paire de gants de vaisselle jaunes et une éponge. Il s'agenouilla, enfila ses gants et épongea quelque chose sur le sol. Du sang. Son sang. Ensuite il essuya les semelles de ses chaussures. Il essuyait ses empreintes de pieds dans le sang, et le sang sur ses pieds, songea Agnete. Comme l'aurait fait un tueur. Quelqu'un qui ne veut pas laisser de traces derrière lui. Pas de témoin. Elle aurait dû ressentir de la peur. Mais non, elle ne ressentait rien. Tout ce qu'elle était en état de faire, c'était observer, enregistrer, raisonner.

Il passa à côté d'elle et avança dans le couloir vers la salle de bains et les chambres à coucher. Ouvrit la porte, qu'il ne referma pas. Agnete parvint à tourner suffisamment la tête pour voir que le jeune homme avait ouvert le sac à main posé sur le lit. Elle l'avait préparé, avec l'intention de se changer et de partir en ville s'acheter une jupe chez Ferner Jacobsen. Il ouvrit le porte-monnaie, prit l'argent, jeta le reste. Ensuite il alla vers la commode, ouvrit le premier tiroir. Puis celui d'en dessous où elle savait qu'il trouverait son coffret à bijoux. Les magnifiques et inestimables boucles d'oreilles en perles qu'elle avait héritées de sa grand-mère. Encore qu'elles n'étaient pas inestimables puisqu'Iver les avait fait expertiser à deux cent quatre-vingt mille couronnes.

Elle entendit les bijoux tinter en tombant dans le sac de sport.

Il disparut dans la salle de bains. Revint avec leurs brosses à dents dans la main, la sienne, celle d'Iver et celle d'Iver junior. Il devait être très pauvre ou avoir l'esprit dérangé, voire les deux.

Il revint vers elle, se pencha. Posa une main sur son épaule.

«Vous avez mal?»

Elle parvint à secouer la tête. Pas question de lui faire ce plaisir.

Il déplaça sa main, elle sentit le gant en plastique se poser autour de son cou. Le pouce et l'index contre les artères. Allait-il l'étrangler? Non, il ne serait pas fort.

«Votre cœur est en train de s'arrêter de battre», dit-il.

Sur ce, il se leva et se dirigea vers la porte d'entrée. Essuya la poignée avec l'éponge. Referma la porte derrière lui. Alors Agnete Iversen le sentit arriver. Le froid. Il commença par ses pieds et ses mains. Puis s'empara de sa tête, de son crâne. Venant du haut et du bas de son corps, il se fraya un chemin vers son cœur. Et, avec lui, vint l'obscurité.

*

Sara regarda l'homme qui était monté à l'arrêt de Holmenkollen. Il s'était assis dans l'autre wagon, celui qu'elle avait quitté quand les trois jeunes avec des casquettes à l'envers étaient montés, à Voksenlia. Pendant les vacances, il n'y avait pas grand monde sur cette ligne après le rush matinal, elle s'était même déjà retrouvée toute seule. Et maintenant, ils s'en prenaient à lui aussi. Elle entendit le plus jeune des trois, visiblement le leader, le traiter de blaireau. Il se moqua de ses baskets, lui dit de dégager de leur rame et cracha par terre devant lui. Des sales gamins qui voulaient se donner des airs de caïds. Et voilà que l'un d'eux, un blond, le genre beau gosse, sans doute le fils d'un directeur trop livré à lui-même, sortit un couteau à cran d'arrêt. Mon Dieu, est-ce qu'ils... Il brandit le cran d'arrêt vers l'homme. Sara faillit pousser un cri. Les rires fusèrent dans l'autre wagon. L'ado avait planté sa lame entre les genoux de l'homme. Le leader déclara que l'autre avait cinq secondes pour foutre le camp. L'homme se leva. Un instant, il eut l'air de vouloir entreprendre quelque chose. Oui, mais il se contenta de serrer le sac rouge contre lui et de passer dans l'autre compartiment, celui où elle était.

« Bouffon ! » crièrent-ils derrière lui avant d'éclater de rire encore une fois.

Il n'y avait dans le train qu'elle, lui et les trois adolescents ; le jeune homme resta dans le soufflet entre les wagons, se balança quelques secondes et leurs regards se croisèrent. Même si elle ne pouvait pas lire la peur dans ses yeux, Sara savait qu'elle était là. Cette peur qu'éprouve l'être humain civilisé, prêt à tout moment à quitter son terrier et à filer la queue entre les jambes en abandonnant une partie de son territoire à quiconque montre les dents et le menace physiquement. Sara le méprisa. Méprisa sa faiblesse. Cette foutue gentillesse naïve qui devait l'animer. Tant qu'à faire, ils auraient dû le tabasser. Lui apprendre un peu la haine. Pourvu qu'il lise la haine dans ses yeux ! Il se recroquevillerait, se tordrait comme un vulgaire ver de terre.

Mais non, il lui sourit, bredouilla un timide « Salut », s'assit deux rangées plus loin et regarda par la fenêtre, l'air rêveur. Comme s'il ne s'était rien passé. Mon Dieu, c'était pas possible d'être une lavette à ce point ! Pire qu'une bonne femme à qui on en fait voir de toutes les couleurs et qui n'a même plus honte d'elle-même. Rien que d'y penser, ça la faisait gerber.

17

«Ils disent que la Norvège n'a pas de classes supérieures», dit Simon Kefas en soulevant le ruban blanc et orange du périmètre de sécurité afin que Kari Adel puisse passer dessous.

Un policier en uniforme, le front en sueur et le souffle court, les arrêta devant le garage. Ils lui montrèrent leurs cartes de police, il vérifia les photos et pria Simon d'ôter ses lunettes de soleil.

«Qui l'a trouvée? demanda Simon en plissant les yeux à cause de la forte luminosité.

— Les employés de maison, répondit le policier. Ils sont venus ici à midi et ont aussitôt appelé les secours.

— Des témoins ont vu ou entendu quelque chose?

— Rien vu. Mais une voisine dit qu'elle a entendu une détonation. Elle a cru que c'était un pneu qui crevait ou quelque chose dans le genre. Ils n'ont pas l'habitude d'entendre des coups de feu par ici, sur la colline.

— Merci», dit Simon en remettant ses lunettes de soleil et en précédant Kari dans l'escalier où un des techniciens de la police scientifique, vêtu de blanc, passait une balayette à poils noirs sur le seuil de la porte d'entrée. Des petits fanions de signalisation marquaient la zone déjà examinée par les techniciens et conduisaient au corps allongé sur le sol de la cuisine. Un rayon de soleil pénétrait par la fenêtre, s'étendait sur le sol en pierre et brillait sur l'eau et les éclats de verre autour des marguerites. À côté du cadavre, un homme en costume, accroupi, s'entretenait avec un médecin légiste que Simon reconnut.

« Excusez-moi », dit Simon, et l'homme en costume leva les yeux. Il avait les cheveux brillants, du gel ou autre chose, et un collier de barbe soigneusement entretenu, on aurait dit un Italien, songea Simon. « Vous êtes qui ?

— Je pourrais vous retourner la question, dit l'homme sans faire mine de se lever.

— Inspecteur Kefas. Brigade criminelle.

— Enchanté. Åsmund Bjørnstad, police judiciaire. On dirait que vous n'êtes pas au courant que c'est nous qui sommes chargés de cette affaire.

— Qui a dit ça ?

— Votre chef, en fait.

— Le patron de la brigade criminelle ? »

Le type en costume secoua la tête et pointa son doigt vers le plafond. Simon regarda le doigt. L'homme devait se faire régulièrement une manucure.

« Le chef de la police ? »

Bjørnstad acquiesça. « Il a contacté la PJ et nous a demandé d'intervenir le plus rapidement possible.

— Pourquoi ?

— Il doit penser que vous auriez de toute façon sollicité notre aide dans cette affaire.

— Et vous auriez alors débarqué comme ça, en reprenant l'affaire à votre compte ? »

Åsmund Bjørnstad fit un sourire bref. « Écoutez, ce n'est pas moi qui ai décidé ça. Mais quand on demande à la police judiciaire d'intervenir dans une affaire de meurtre, nous partons du principe que nous avons la pleine responsabilité de l'enquête, à la fois sur le plan tactique et technique. »

Simon hocha la tête. Comme s'il ne le savait pas! Ce n'était pas la première fois que la PJ, dont l'action pouvait s'étendre à tout le pays, marchait sur les plates-bandes de la brigade criminelle d'Oslo. Et il savait qu'il aurait dû remercier d'avoir une affaire en moins sur le dos, retourner à son bureau et se concentrer plutôt sur l'affaire Vollan.

« Puisqu'on est là, on n'a qu'à jeter un coup d'œil, proposa Simon.

— Pourquoi ça ? » Bjørnstad ne cherchait plus à cacher son agacement.

« Je suis sûr que vous contrôlez parfaitement la situation, Bjørnstad, mais j'ai avec moi une jeune femme qui fait ses premiers pas dans le métier, et ce serait intéressant pour elle de voir les lieux d'un crime autrement qu'en théorie. Qu'en dites-vous ? »

L'enquêteur de la PJ regarda Kari, hésitant. Haussa les épaules.

« Bon », dit Simon en s'accroupissant.

Alors seulement, il regarda le cadavre. Sciemment, il avait évité de le faire jusqu'ici, pour pouvoir mieux se concentrer dessus. La première impression est une chose que le temps vous apprend à affiner. Le cercle de sang presque symétrique au milieu du tablier blanc lui fit penser un instant au drapeau du Japon. Sauf que le soleil, naturellement, s'était couché et non pas levé pour la femme qui fixait le plafond avec un regard mort auquel il ne s'habituerait jamais. C'était dû, telle était du moins sa déduction, à la combinaison d'un corps humain et d'un regard totalement déshumanisé, à l'absence, à l'être réduit à l'état d'objet. On lui avait dit que la victime s'appelait Agnete Iversen. Il pouvait constater qu'elle avait reçu une balle dans la poitrine. Un seul coup de feu, semblait-il. Il observa ses mains : pas un seul ongle de cassé, aucune trace de lutte. Juste une éraflure sur le vernis du majeur de la main gauche, mais elle pouvait se l'être faite en tombant.

« Des signes d'effraction ? » demanda Simon en faisant signe au médecin légiste de retourner le corps.

L'officier Bjørnstad fit non de la tête. « La porte était sans doute ouverte, le mari et le fils venaient de partir au travail. Il n'y avait aucune empreinte non plus sur la poignée.

— Aucune ? » Simon parcourut du regard le plan de travail.

« Non, c'est une femme d'ordre, comme vous pouvez constater. »

Simon examina la blessure dans le dos d'Agnete. « La balle a transpercé le corps. En traversant les parties molles, semble-t-il. »

Le médecin légiste serra les lèvres et parut hausser les épaules, un geste qui voulait dire que l'hypothèse de Simon était plus que plausible.

« Et la balle ? » demanda Simon en regardant le mur au-dessus du plan de travail.

Åsmund Bjørnstad pointa vaguement le doigt vers le haut.

« Merci, dit Simon. Et la douille ?

— Nous ne l'avons pas encore retrouvée », dit l'enquêteur en sortant un téléphone portable dans un étui doré.

« Je comprends. Et quelle est la théorie provisoire pour ce qui s'est passé ici ?

— La théorie ? fit Bjørnstad avec un sourire en portant le téléphone à son oreille. Ça paraît assez évident. Des voleurs se sont introduits dans la maison, ont abattu la victime à l'intérieur et emporté les objets de valeur qu'ils ont trouvés avant de prendre la fuite. Un cambriolage planifié qui a mal tourné, je pense. Peut-être qu'elle a résisté ou s'est mise à crier.

— Et comment pensez-vous... »

Bjørnstad leva la main pour faire comprendre qu'il avait quelqu'un au bout du fil. « Salut, c'est moi. Est-ce que tu peux me faire la liste des voleurs dangereux qui sont en liberté ? Vérifie rapidement s'ils peuvent se trouver à Oslo. Mets en priorité ceux qui utilisent des armes à feu. Merci. » Il glissa son portable dans la poche de sa veste. « Écoutez, mon vieux, j'ai pas mal de boulot à faire ici et je vois que vous avez une assistante, alors je me vois dans l'obligation de vous prier de...

— Pas de problème, dit Simon avec un large sourire. Mais si nous promettons de ne pas vous déranger, est-ce qu'on pourrait jeter un petit coup d'œil par nous-mêmes ? »

L'officier de la PJ jeta un œil soupçonneux à son collègue plus âgé.

« Et nous ne marcherons pas au-delà des zones délimitées par les rubalises. »

Bjørnstad accepta la demande avec un hochement de tête condescendant.

« C'est ici qu'il a trouvé ce qu'il cherchait », dit Kari, une fois dans la chambre à coucher. Sur le jeté de lit traînaient un sac à main, un porte-monnaie ouvert et vide, un coffret à bijoux en velours rouge.

« Peut-être, dit Simon en passant par-dessus les rubalises pour s'accroupir à côté du lit. Il a dû se tenir à peu près ici quand il a vidé le sac et le coffret à bijoux, d'accord ?

— Vu comment les choses sont sur le lit, oui. »

Simon examina l'épaisse moquette sous ses pieds. Il allait se relever quand il s'arrêta net et se pencha.

« Qu'est-ce que c'est ?

— Du sang, dit Simon.

— Il a saigné sur la moquette ?

— Non, c'est peu probable. C'est une marque rectangulaire, sans doute une empreinte. Si vous étiez un cambrioleur dans une villa ici sur la colline des riches, où chercheriez-vous leur coffre-fort ? »

Kari montra du doigt la penderie.

« Tout à fait d'accord », dit Simon qui se leva et ouvrit la porte de la penderie.

Le coffre-fort était placé au milieu du mur et faisait la taille d'un four micro-ondes. Simon baissa la poignée. Fermé.

« À moins qu'il n'ait pris le temps de refermer le coffre, ce qui paraît surprenant vu qu'il a balancé le coffret à bijoux et le porte-monnaie, il n'a pas dû y toucher, dit Simon. Allons voir si le corps est libre. »

En allant vers la cuisine, Simon passa par la salle de bains. Revint en plissant le front.

« Qu'est-ce qu'il y a ? demanda Kari.

— Est-ce que vous saviez qu'en France, ils ont une brosse à dents pour quarante habitants ?

— Un vieux mythe, une vieille statistique, dit-elle.

— Et un vieil homme, ajouta Simon. Quoi qu'il en soit, la famille Iversen n'en a aucune. »

Ils se rendirent dans la cuisine où, Agnete Iversen n'ayant plus personne autour d'elle, Simon put la retourner et l'étudier à loisir. Il regarda ses mains, examina les orifices d'entrée et de sortie de la balle. Puis il pria Kari de se placer juste devant les pieds de la victime, le dos contre le plan de travail.

« Par avance, pardon », annonça-t-il en se mettant à côté d'elle avant d'appuyer un index entre les petits seins de Kari, là où la balle était entrée, et l'autre index entre ses omoplates, à l'endroit où la balle était ressortie d'Agnete Iversen. Il étudia l'angle entre les deux points avant de porter son regard vers le trou en haut du mur. Ensuite il se pencha, détacha la tête d'une marguerite entre ses doigts, posa un genou sur le plan de travail, tendit le bras et glissa la fleur dans le trou.

« Venez », dit-il en redescendant, se dirigeant vers la porte d'entrée. En chemin, il s'arrêta près d'un tableau qui était de guingois. S'approcha plus près, indiqua quelque chose de rouge sur le cadre.

« Du sang ? demanda Kari.

— Du vernis à ongles », répondit Simon, qui se plaça au milieu du couloir et posa le dessus de sa main gauche contre le tableau en jetant un coup d'œil par-derrière sur le cadavre. Il continua vers la porte, s'arrêta et s'accroupit près du seuil. Se pencha au-dessus d'une motte de terre dans laquelle était fiché un fanion.

« Hé ! Ne touchez pas à ça ! » retentit une voix derrière eux.

Ils levèrent les yeux.

« Oh, c'est toi, Simon ? dit l'homme vêtu de blanc en passant un index sur ses lèvres mouillées au milieu d'une barbe rousse.

— Salut, Nils. Ça fait longtemps. Ils sont gentils avec toi, à la PJ ? »

Le roux barbu haussa les épaules. « Oui, ça va. Mais ça doit être parce que je suis si vieux et anachronique qu'ils ont pitié de moi.

— Vraiment ?

— Eh oui, soupira le technicien. Maintenant, on ne jure que par l'ADN, Simon. L'ADN et des logiciels auxquels des gens comme nous ne comprennent rien. Rien à voir avec ce que c'était de notre temps, non…

— Oh, on n'est pas encore tout à fait largués, dit Simon en étudiant la serrure de la porte d'entrée. Passe le bonjour à ta femme, Nils. »

Le barbu s'arrêta. « Je n'ai toujours pas de…

— Dis bonjour au chien, alors.

— Il est mort depuis un moment, tu sais, Simon.

— Alors on va laisser tomber le bonjour, Nils, dit Simon avant de retourner devant la porte. Kari, comptez jusqu'à trois et criez aussi fort que vous pouvez. Ensuite, vous sortirez sur le perron et vous resterez là. OK ? »

Elle acquiesça et il ferma la porte.

Kari vit Nils secouer la tête et s'éloigner d'elle. Puis elle cria de toutes ses forces « *Fore !* », comme elle le faisait, conformément à l'étiquette, pour prévenir hommes et bêtes lorsque, à de rares occasions, elle jouait au golf et faisait un slice ou un hook.

Puis elle ouvrit la porte.

Au pied du perron, Simon la visa de l'index.

« Déplacez-vous », dit-il.

Elle fit ce qu'il lui demandait et le vit bouger un peu vers la gauche et fermer un œil.

« Il devait se tenir exactement ici », déclara Simon en visant toujours avec son index. Elle se retourna et vit la marguerite fichée dans le mur.

Simon regarda sur sa droite. S'approcha d'un massif de roses. Les écarta. Kari comprit ce qu'il cherchait : la douille.

« Ah ha ! » l'entendit-elle dire tout bas, avant qu'il sorte son téléphone portable, l'approche de son œil, et qu'un son numériquement simulé d'obturateur d'appareil photo lui parvienne. Il prit un peu de terre entre le pouce et l'index, et l'effrita entre ses doigts. Puis il remonta le perron et lui montra la photo qu'il avait prise.

« Une empreinte de pas, dit-elle.

— Celle du meurtrier, précisa-t-il.

— Ah ?

— Je pense qu'on va dire que l'heure de cours est terminée, Kefas ? »

Ils se retournèrent. C'était Bjørnstad. Il avait l'air furieux. Derrière lui se tenaient trois techniciens, dont Nils, le barbu.

« On a presque terminé, dit Simon sur le point d'entrer dans la maison encore une fois. Je pensais que nous pourrions...

— Je pense que le cours est terminé depuis longtemps, dit l'officier en leur barrant la route, jambes écartées et bras croisés. Je vois des fleurs dans mes impacts de balle, là ça commence à bien faire. Je ne vous retiens pas. »

Simon haussa les épaules. « De toute façon, on en a vu assez pour arriver à une conclusion. Bonne chance pour trouver le terroriste, les gars ! »

Bjørnstad eut un rire bref. « C'est pour impressionner votre jeune élève que vous dites que c'est un attentat ? » Il se tourna vers Kari : « Je regrette que la vérité ne soit pas aussi passionnante que le voudrait ce vieux monsieur. C'est seulement un cas d'homicide comme il y en a tant.

— Vous vous trompez », dit Simon.

Bjørnstad se campa sur une hanche. « Mes parents m'ont appris à respecter les personnes âgées. Alors je vous donne dix secondes de respect et ensuite, vous partez tous les deux. » On entendit le rire étouffé d'un des techniciens.

« Des parents bien, dit Simon.
— Neuf secondes.
— Les voisins disent qu'ils ont entendu un coup de feu.
— Et alors ?
— Ce sont de grandes propriétés assez éloignées les unes des autres. Et les maisons sont bien isolées. Ce qui veut dire que les voisins n'auraient pas pu identifier un bruit comme étant un coup de feu s'il avait été tiré à l'intérieur de la maison. Dehors, en revanche… »

Bjørnstad renversa la tête en arrière comme s'il voulait voir Simon sous un autre angle. « Qu'est-ce que vous voulez dire ?
— Mme Iversen fait la même taille que Kari ici présente. Et la seule trajectoire, qui correspond à peu près au fait qu'elle a été abattue debout et qu'elle a reçu la balle ici, dit-il en montrant la poitrine de Kari, avant que celle-ci ressorte par le dos, ici, et touche le mur à l'endroit où vous voyez la marguerite, indique nécessairement qu'il se situait un peu plus bas qu'elle, mais que tous les deux étaient assez éloignés du mur. En d'autres termes, Agnete se trouvait à l'endroit où nous sommes maintenant, tandis que le tireur se tenait au pied de l'escalier, sur le chemin dallé. C'est pourquoi la voisine a entendu le coup de feu. Elle n'a entendu ni cris ni bruits avant ça, rien qui indique une protestation ou une résistance, alors je penche pour une action assez rapide. »

Bjørnstad jeta malgré lui un regard à ses collègues. Changea de jambe d'appui. « Et ensuite, il l'aurait *traînée* à l'intérieur, vous voulez dire ? »

Simon secoua la tête. « Non, je crois qu'elle a titubé en reculant.
— Et qu'est-ce qui vous fait croire ça ?
— Vous avez raison de souligner que Mme Iversen était une personne rangée. La seule chose qui soit accrochée de travers dans cette maison, c'est ce tableau-ci. » Les autres se retournèrent pour voir celui qu'il indiquait. « D'ailleurs, il y a une trace de vernis à ongles sur le cadre, sur le côté le plus proche de la porte. Donc, elle s'est

cognée contre, en marchant à reculons dans l'entrée, ça correspond à l'éraflure de son vernis sur son majeur gauche. »

Bjørnstad secoua la tête. « Si elle avait été abattue sur le seuil de la porte et avait reculé, il y aurait des traces de sang dans toute l'entrée ici.

— Il y en avait, dit Simon. Sauf que le meurtrier les a essuyées. Comme vous l'avez dit vous-même, il n'y avait pas d'empreintes de doigts sur la poignée de la porte. Pas même celles de la famille. Non pas parce qu'Agnete Iversen avait déjà commencé le ménage et avait essuyé la poignée, quelques secondes après le départ de son mari et son fils, mais parce que le meurtrier ne voulait pas nous laisser de traces. Et je suis relativement sûr que s'il a essuyé le sang sur le sol, c'est parce qu'il avait marché dedans et voulait éviter de laisser une empreinte de chaussures. Ensuite, il a aussi essuyé ses semelles.

— Ah bon ? » fit Bjørnstad, la tête toujours renversée en arrière, mais avec un sourire plus figé. « Et vous sortez tout ce scénario d'où ?

— Même quand on essuie ses semelles de chaussures, on ne peut pas enlever le sang qui s'est glissé dans les rainures du caoutchouc, dit Simon qui jeta un coup d'œil à sa montre. Mais si l'on reste un moment par exemple sur une épaisse moquette, les fibres ont le temps de pénétrer dans les rainures et d'absorber le sang. Dans la chambre à coucher, vous trouverez sur la moquette une trace de sang en forme de rectangle. »

Dans le silence qui suivit, Kari entendit le bruit d'une voiture que les policiers arrêtaient plus haut sur la route. Des voix énervées s'élevaient, entre autres celle d'un homme jeune. Le mari et le fils. « Quoi qu'il en soit, reprit Bjørnstad avec une légèreté feinte, peu importe où la victime a été abattue, il s'agit de toute façon d'un meurtre et non d'un attentat. Et je crois que nous allons bientôt avoir des personnes ici qui confirmeront que des bijoux ont bel et bien été volés.

— Les bijoux, c'est bien, répliqua Simon. Mais si j'avais été un cambrioleur, j'aurais entraîné Agnete Iversen à l'intérieur et l'aurais contrainte de me montrer où étaient les vrais biens de valeur. Me donner par exemple la combinaison du coffre-fort que même le plus crétin des voleurs sait qu'il y a dans une maison pareille. Au lieu de ça, il lui tire dessus ici, où les voisins peuvent l'entendre. Non pas parce qu'il est paniqué, le soin qu'il a pris pour effacer ses traces montre qu'il a tué de sang-froid. Non, s'il le fait, c'est parce qu'il *sait* qu'il ne va pas s'attarder dans cette maison et qu'il se sera volatilisé depuis belle lurette quand la police arrivera sur les lieux. Parce qu'au fond, il ne va pas voler grand-chose, n'est-ce pas? Juste assez pour qu'un jeune enquêteur, qui a des parents comme il faut, conclue un peu rapidement qu'il s'agit d'un cambriolage et ne cherche pas le *vrai* motif.»

Simon devait avouer qu'il savourait ce silence et la rougeur soudaine sur le visage de Bjørnstad. Il avait toujours eu des goûts simples. Mais Simon Kefas n'était pas un mauvais homme. Et même s'il lui en coûtait, il s'abstint de terminer par *Je pense qu'on va dire que l'heure de cours est terminée, Bjørnstad?*

Car Bjørnstad pourrait peut-être devenir un bon enquêteur avec du temps et de l'expérience. L'humilité était quelque chose que les gens intelligents finissaient aussi par apprendre.

«Théorie intéressante, Kefas, dit Bjørnstad. Je vais la garder dans un coin de ma tête. Cependant l'heure tourne et...» Bref sourire. «... il serait peut-être temps que vous preniez congé?»

*

«Pourquoi avoir tout raconté à cet officier de police? demanda Kari dans la voiture, alors que Simon négociait les virages serrés de la colline de Holmenkollen.

— Tout?» répéta Simon d'un ton innocent. Kari ne put s'empêcher de sourire devant son numéro de vieux charmeur.

«Vous avez compris que la douille avait dû atterrir quelque part dans les plates-bandes. Vous n'avez pas trouvé de douille mais une empreinte de pas. Que vous avez photographiée. Et la terre correspondait bien à celle qui était dans l'entrée ?

— Oui.

— Pourquoi ne pas lui avoir donné l'info ?

— Parce que c'est un enquêteur ambitieux avec plus d'ego que d'esprit d'équipe, alors il vaut mieux qu'il trouve ça tout seul. Il sera plus motivé pour avancer, s'il sent que c'est *sa* piste et non la mienne lorsqu'ils se lanceront à la recherche d'un homme qui chausse du quarante-trois et qui a ramassé la douille dans la plate-bande de roses. »

Ils s'arrêtèrent au feu avant la Stasjonsveien. « Et comment savez-vous ce que pense quelqu'un comme Bjørnstad ? »

Simon rit. « C'est simple. Moi aussi, j'ai été un jour jeune et ambitieux.

— Et l'ambition, ça disparaît ?

— En partie, oui. » Simon sourit, mais Kari trouva qu'il y avait de la tristesse au fond de ses yeux.

« C'est pour cette raison que vous avez arrêté à la brigade financière ?

— Qu'est-ce qui vous fait croire ça ?

— Vous étiez le chef, là-bas, avec du personnel sous votre autorité. À la crim', ils vous ont laissé le titre, mais vous n'avez personne sous vos ordres, à part moi.

— Eh oui, admit Simon qui franchit le carrefour et continua en direction de Smestad. Surpayé, surqualifié, surnuméraire : bref, j'ai fait mon temps.

— Qu'est-ce qui s'est passé ?

— Vous tenez vraiment à...

— Oui, je tiens à le savoir. »

Le silence travaillait pour elle, aussi Kari attendit-elle patiemment. Mais ils étaient presque arrivés à Majorstua quand Simon se décida à parler.

« J'étais sur la piste d'une opération de blanchiment d'argent.

Avec de grosses sommes en jeu. Et des noms importants. Quelqu'un à la direction a trouvé que ma personne et l'enquête que je menais représentaient un trop grand risque. Je n'avais pas accumulé assez de preuves et on allait se briser les reins si on continuait dans cette voie sans réussir à aller jusqu'au bout. Sur cette affaire on ne parlait pas de banals criminels, mais de gens de pouvoir, de gens capables d'exploiter un système qui, normalement, est du côté des policiers. Ils avaient peur que, même s'ils gagnaient, il y ait un retour de flamme et que la facture soit salée. »

Nouveau silence. Qui dura jusqu'au parc de Frogner, où Kari perdit patience.

« Alors ils vous ont fichu à la porte parce que vous étiez sur une enquête embarrassante ? »

Simon secoua la tête. « J'avais un problème. Le jeu. Ou pour reprendre une expression bateau : le démon du jeu. J'achetais et vendais des actions. Pas beaucoup, mais quand on travaille pour la brigade financière…

— On a accès à des infos internes…

— Je n'ai jamais acheté d'actions sur lesquelles j'avais des infos, mais j'ai quand même commis une infraction à la règle. Et ils ne se sont pas gênés pour s'en servir contre moi. »

Kari hocha la tête. Ils s'approchaient du centre-ville et du tunnel Ibsen. « Et maintenant ?

— Maintenant, je ne joue plus. Et je ne fais de tort à personne. » Toujours ce sourire triste, résigné.

Kari pensa à ce qui l'attendait dans l'après-midi. Entraînement. Repas avec son beau-père. Visite d'appartement à Fagerborg. Enfin, elle s'entendit poser la question qui lui brûlait les lèvres : « Qu'est-ce que ça signifie, que le meurtrier ait emporté la douille ?

— Les douilles ont des marquages au cul, mais elles nous permettent rarement de remonter jusqu'à l'assassin, répondit Simon. Il se peut qu'il ait eu peur que la douille porte ses empreintes digitales, mais je pense que ce tueur y aurait songé avant et qu'il a utilisé des gants quand il a chargé son pistolet. Je crois que nous pouvons en déduire qu'il s'agit d'une arme relativement récente, produite au cours de ces dernières années.

— Ah ?

— Les producteurs d'armes de poing ont été obligés d'usiner des marques d'identification sur la cuvette de tir, de sorte que ça crée une empreinte sur la douille qui, via le fichier des fabricants, permet de remonter jusqu'à son propriétaire. »

Kari fit une sorte de moue tandis qu'elle hochait la tête, songeuse. « OK, je comprends. Mais ce que je ne comprends toujours pas, c'est pourquoi il veut que ça ait l'air d'un cambriolage.

— De même qu'il a peur pour la douille, il a peur que si on découvre son véritable mobile, ça nous conduise à lui.

— Alors, c'est assez simple », dit Kari en pensant à la petite annonce pour l'appartement de Fagerborg. Il était indiqué que l'appartement avait deux balcons, l'un exposé au soleil du matin, l'autre au soleil couchant.

« Ah bon ? fit Simon.

— Le mari, dit Kari. Tout mari sait qu'il risque d'être soupçonné s'il ne fait pas croire que sa femme a été tuée pour une autre raison, bien précise. Comme un cambriolage.

— Pour une autre raison que… ?

— Que la jalousie. L'amour. La haine. Y a-t-il autre chose ?

— Non, dit Simon. On en revient toujours à ça. »

18

En début d'après-midi, Oslo eut droit à une bonne averse sans que l'air se rafraîchisse vraiment et, lorsque le soleil perça de nouveau à travers la couche nuageuse, c'était comme s'il voulait se venger en écrasant d'une lumière blanche la ville, réduite à une étuve dont la vapeur s'échappait des toits et des rues.

Louis se réveilla quand le soleil était si bas que les rayons touchèrent ses yeux. Il les plissa. Aperçut les gens et les voitures qui défilaient devant lui et sa sébile. Ç'avait été une activité, somme toute, assez lucrative jusqu'à ce que les Tziganes débarquent de Roumanie, voilà quelques années. Toujours plus nombreux. Maintenant, il y en avait partout. On aurait dit un essaim de sauterelles qui se serait abattu sur la capitale. Un essaim qui mendiait, volait, escroquait. En tant que sauterelles, il fallait naturellement les éradiquer par tous les moyens. Telle était l'opinion bien arrêtée de Louis : les mendiants norvégiens – à l'instar des armateurs norvégiens – méritaient une certaine protection de la part de l'État contre la concurrence étrangère. Dans ces circonstances, il était constamment obligé de recourir au vol à la tire, ce qui était non seulement fatigant mais, franchement, indigne de lui.

Il soupira et, de son index sale, donna un petit coup à sa tasse. Entendit qu'il y avait quelque chose au fond. Pas des pièces de monnaie. Des billets ? Si c'était le cas, il avait intérêt à se grouiller et à les mettre vite dans sa poche avant qu'un de ces Roms ne les lui chourave. Il jeta un coup d'œil dans sa tasse. Cligna deux fois des yeux. Puis la souleva. C'était une montre. Une montre de femme, semblait-il. Une Rolex. Une copie, évidemment. Mais lourde. Très lourde. Les gens avaient vraiment envie de porter des trucs aussi lourds au poignet ? Il avait entendu dire que ce genre de montre fonctionnait jusqu'à cinquante mètres de profondeur, ça devait servir si on nageait avec un tel poids sur soi... Était-il possible que... Les gens étaient assez dingues, aucun doute là-dessus. Louis regarda à gauche et à droite dans la rue. Il connaissait l'horloger au coin de la Stortingsgata, ils avaient été dans la même classe. Peut-être qu'il pourrait...

Louis fit un effort pour se relever.

*

À côté de son caddie, Kine fumait une cigarette. Mais quand le feu passa au vert et que les autres piétons autour d'elle se mirent à traverser, elle ne bougea pas. Elle avait changé d'avis. Elle n'irait pas de l'autre côté de la rue aujourd'hui. Elle fuma tranquillement sa cigarette. Son caddie, elle l'avait volé un jour chez Ikea, il y a longtemps, très longtemps. Elle l'avait poussé dehors et embarqué dans la camionnette sur le parking. Avait ramené le véhicule chargé également d'un lit et d'une table basse Hemnes et d'une bibliothèque Billy à ce qu'elle avait cru être leur avenir. Son avenir. Il avait monté les meubles, ensuite ils s'étaient fait tous les deux un shoot. Il était mort maintenant, pas elle. Et elle ne se piquait plus. Elle allait s'en sortir. Même si ça faisait longtemps qu'elle n'avait pas dormi dans ce lit. Elle écrasa son mégot et saisit à nouveau la poignée de son caddie Ikea. Remarqua que quelqu'un – sans doute un des autres piétons – avait déposé en passant un sac plastique sur la couverture de laine sale qui recouvrait son caddie. Ce n'était pas la première fois que les gens le prenaient, alors qu'il contenait tout ce qui lui restait, pour une simple poubelle. Elle prit le sac, énervée, et se retourna, car elle connaissait les poubelles d'Oslo comme sa poche et savait qu'il y en avait une juste derrière elle. Soudain elle hésita. Le sac plastique avait un poids qui l'intriguait. Elle l'ouvrit. Fourra la main à l'intérieur et exposa le contenu à la lumière du soleil de l'après-midi. Ça brillait, ça scintillait. Des bijoux. Des colliers et une bague. Les colliers avaient des diamants et la bague était en or. De l'or véritable et de vrais diamants. Kine en avait la quasi-certitude, elle avait déjà touché de l'or et des diamants. Elle venait malgré tout d'une famille bien.

*

Johnny Puma écarquilla les yeux, sentit monter l'angoisse et se retourna dans son lit. Il n'avait entendu personne entrer, mais il percevait à présent une respiration un peu rauque. Était-ce Coco qui avait réussi à s'introduire dans la chambre ? Encore qu'on aurait plus dit quelqu'un qui baisait que quelqu'un qui venait réclamer l'argent qu'on lui doit. Une fois, ils avaient hébergé un couple au foyer, la direction avait dû se dire que ces deux-là avaient trop besoin l'un de l'autre et elle avait fait une exception à la règle qui voulait qu'il n'y ait que des hommes ici. Peut-être qu'il avait besoin d'elle, en tout cas c'est elle qui avait financé leur consommation de drogue en baisant de chambre en chambre jusqu'à ce que la direction la foute à la porte.

C'était le nouveau. Il était allongé par terre, tournant le dos à Johnny qui pouvait vaguement entendre une rythmique de synthétiseur et une voix monotone de robot résonner dans les écouteurs. Le type faisait des pompes. Ça s'appelait des *push-ups* maintenant, allez savoir pourquoi. Dans ses heures de gloire, Johnny pouvait en faire des centaines. Sur un seul bras. Le type était fort, aucun doute là-dessus, mais il avait du mal à rester bien tendu, il avait aussi le dos un peu voûté. À la faveur de la lumière qui filtrait à travers les rideaux et touchait le mur, il aperçut une photo que l'autre avait dû y accrocher : un homme en uniforme de police. Il vit aussi autre chose, sur le rebord de la fenêtre. Une paire de boucles d'oreilles. Elles avaient l'air d'être chères. Où donc les avait-il volées ?

Si elles étaient aussi chères qu'elles en avaient l'air, ça pouvait peut-être résoudre son problème. La rumeur courait que Coco quitterait le foyer le lendemain et que ses coursiers faisaient la tournée pour récupérer les sommes dues. Ce qui revenait à dire que Johnny ne disposait pas de beaucoup de temps pour trouver l'argent. Il avait pensé faire un petit casse dans un immeuble de Bislett, beaucoup de gens étaient en vacances. Il aurait sonné en bas et repéré à quels étages les gens ne répondaient pas. Il devait d'abord récupérer un peu de forces. C'était la solution la plus simple et la plus sûre.

Et s'il se glissait, ni vu ni connu, hors du lit et attrapait les boucles d'oreilles ? Non, trop risqué. Johnny n'avait pas envie de se prendre une dérouillée. Rien que d'y penser, ça lui donnait envie de chialer. Mais il pouvait toujours essayer de le distraire, l'attirer hors de la pièce et mettre la main sur les bijoux. Le regard de Johnny croisa alors celui du type. Ce dernier s'était retourné pour faire des abdos. Des *sit-ups*. En souriant.

Johnny lui fit comprendre qu'il voulait lui dire quelque chose et le garçon enleva ses écouteurs. Il entendit les mots « ... *now I'm clean* » avant que lui-même n'ouvre la bouche.

« Tu veux bien m'aider à descendre à la cafét' ? T'as besoin de manger, toi aussi, après tes exercices. Si le corps n'a pas de matières grasses ou de glucides à se mettre sous la dent, il bouffe les muscles, tu sais. Alors à quoi ça servirait de trimer si on se fait baiser à la fin ?

— Merci du conseil, Johnny. Je vais d'abord prendre une douche, mais tu n'as qu'à te préparer pendant ce temps. » Le jeune homme se releva, fourra les boucles d'oreilles dans sa poche et sortit pour aller vers les douches communes.

Merde ! Johnny ferma les yeux. En avait-il la force ? Oui, il n'avait pas le choix. Juste deux minutes. Il compta les secondes, puis s'assit sur le rebord du lit. Prit son élan et se leva. Attrapa son pantalon sur la chaise. L'enfilait quand on frappa à la porte. Le garçon avait dû oublier sa clé. Il boita jusqu'à la porte et l'ouvrit. « Il faut que tu… »

Un coup de poing américain le toucha en plein front. La porte s'ouvrit en grand et Coco entra avec deux de ses hommes, un de chaque côté. Coco donna un tel coup de boule à Johnny que sa tête heurta la couchette supérieure. Lorsqu'il leva à nouveau les yeux, il vit ceux de Coco, aux cils couverts de mascara, l'expression mauvaise, ainsi que le bout brillant d'une pointe.

« J'ai pas le temps, Johnny, dit Coco dans un mauvais norvégien. Les autres ont l'argent, mais paient pas. Toi, t'as pas l'argent, je sais, alors tu peux être l'exemple.

— L'ex… l'exemple ?

— Je suis pas méchant, Johnny. Je te laisse un œil.

— Mais, putain… Coco…

— Reste tranquille, sinon œil va s'abîmer en sortant. On va le montrer aux autres enfoirés, il faut qu'ils voient que c'est vrai œil, OK ? »

Johnny se mit à hurler, mais une main se posa rapidement sur sa bouche.

« Du calme, Johnny. Pas beaucoup de nerfs dans œil, pas douloureux, je promets. »

Johnny savait que la peur aurait dû lui donner la force de résister, pourtant c'était le contraire qui se produisait. Il devenait encore plus faible. Johnny Puma, lui qui un jour avait soulevé des voitures, fixa d'un air apathique la pointe du poinçon qui s'approchait.

« Combien ? »

La voix était douce, presque un murmure. Ils se retournèrent vers la porte. Personne ne l'avait entendu venir. Ses cheveux étaient mouillés et il ne portait que son jean.

« Fous le camp ! » dit Coco.

Le garçon ne bougea pas. « Combien est-ce qu'il doit ?

— T'es sourd ou quoi ? Tu veux ça dans la gueule ? »

Le nouveau venu ne fit aucun geste. L'homme de main qui avait empêché Johnny de crier s'approcha alors de lui.

«Il... il m'a piqué mes boucles d'oreilles, se hâta de dire Johnny. C'est vrai, il les a dans la poche de son pantalon. J'ai réussi à me les procurer pour te payer, Coco. T'as qu'à lui faire les poches, si tu crois que je mens! S'il te plaît, s'il te plaît, Coco!» Johnny entendait les sanglots dans sa voix sans chercher à les dissimuler. De toute façon, Coco ne semblait rien entendre, il fixait le garçon. Il devait aimer ce qu'il voyait, ce sale porc. Coco arrêta d'un geste son homme de main et dit en riant tout bas :

«C'est vrai, beau gosse, ce que raconte Johnny?

— T'as qu'à vérifier par toi-même, répondit le jeune homme. Mais si j'étais toi, je dirais combien il doit, ça évitera les problèmes. Et ça sera moins salissant.

— Douze mille, dit Coco. Pourquoi...»

Il s'interrompit en voyant le garçon glisser la main dans sa poche et en sortir une mince liasse de billets qu'il commença à compter. Arrivé à douze, il les tendit à Coco et remit le reste des billets dans sa poche.

Coco hésita à les prendre. Comme s'il y avait un truc qui clochait avec cet argent. Puis il éclata de rire. La bouche grande ouverte avec ces foutues dents en or qui remplaçaient ses dents saines.

«Ça alors, bordel!»

Il saisit prestement les billets. Les recompta. Leva les yeux.

«C'est bon?» demanda le garçon. Non pas avec un visage de pierre comme les jeunes dealers qui avaient vu trop de films mais, au contraire, avec le sourire. À la manière des maîtres d'hôtel, du temps où Johnny, en tournée, mangeait dans de grands restaurants, quand ils voulaient savoir si le repas s'était bien passé.

«On est quittes», ricana Coco.

Johnny s'allongea sur le lit et ferma les yeux. Il entendit longtemps le rire de Coco après qu'ils eurent refermé la porte et se furent éloignés dans le couloir.

« T'en fais pas », dit le jeune homme. Sa voix lui parvenait même si Johnny essayait de se boucher mentalement les oreilles. « J'aurais fait la même chose si j'étais toi. »

Mais tu n'es pas moi, songea Johnny en sentant qu'il avait toujours des sanglots dans la gorge. *Tu n'as pas été Johnny Puma. Avant de ne plus l'être.*

« Bon, on descend à la cafétéria, Johnny ? »

*

L'écran d'ordinateur allumé était la seule source de lumière dans le bureau. De l'autre côté de la porte que Simon avait laissée entrebâillée lui parvenaient les sons d'une radio au volume assez bas dans la cuisine et les bruits d'Else qui s'affairait. Elle venait de la campagne et trouvait toujours quelque chose à ranger, laver, trier, déplacer, planter, coudre, mettre au four. Le travail ne prenait jamais fin. Quel que soit le nombre de tâches effectuées, elle en avait tout autant le lendemain. Aussi le travail devait-il se faire à un rythme continu, sans trop forcer. C'était le bruit régulier de celui qui trouve du sens et de la joie à ses occupations, le bruit d'un pouls calme et de la satisfaction. Sur ce plan, il l'enviait. Mais il entendait aussi autre chose : les pas trébuchants ou les objets qui tombaient par terre. Quand ça arrivait, il attendait de voir si elle contrôlait la situation ou pas. S'il entendait que ça allait, il évitait d'en parler plus tard, lui laissant croire qu'il n'avait rien remarqué.

Il avait eu accès aux dossiers internes de la brigade criminelle et lu les comptes rendus sur Per Vollan. Kari avait beaucoup écrit, son efficacité était proprement stupéfiante. Pourtant, à la lecture, il lui sembla qu'il manquait quelque chose. Même les comptes rendus les plus bureaucratiques, les plus protocolaires ne parvenaient pas à dissimuler l'intérêt que pouvait lui porter un enquêteur enthousiaste. Mais les rapports de Kari étaient des exemples d'objectivité et de sobriété, un modèle parfait pour les écoles de police. Aucun éclairage tendancieux ni parti pris engagé. Des phrases froides, sans vie. Il lut les interrogatoires des témoins pour voir si des noms intéressants surgissaient parmi ceux que connaissait Vollan. Personne. Il fixa le mur. Pensa à trois mots. Nestor. Affaire classée.

Puis il tapa « Agnete Iversen » sur Google.

Les gros titres des journaux annonçant le meurtre apparurent.

Célèbre gestionnaire de fortunes brutalement assassinée.
Abattue et dévalisée dans sa propre maison.

Il cliqua sur un des titres. Le journaliste citait la conférence de presse tenue par l'officier de police Åsmund Bjørnstad, de la PJ, dans les locaux de Bryn : « L'équipe d'enquêteurs a découvert que même si Agnete Iversen a été retrouvée dans sa cuisine, elle a très vraisemblablement été abattue sur le seuil de sa porte. » Et un peu plus loin : « Plusieurs éléments laissent penser qu'il s'agit d'un cambriolage qui a mal tourné, toutefois, à l'heure actuelle, nous ne pouvons pas exclure qu'il y ait eu d'autres motifs. »

Simon remonta sur l'écran aux articles les plus anciens. Ceux-ci provenaient exclusivement de la presse financière. Agnete Iversen était la fille d'un des plus grands propriétaires fonciers d'Oslo, elle avait un MBA en économie obtenu à la Wharton School de Philadelphie et, assez jeune déjà, avait été chargée de la gestion de gros portefeuilles. Mais après son mariage avec Iver Iversen, lui aussi un financier, elle s'était retirée des affaires. L'un des journalistes l'avait décrite comme une gestionnaire de fortunes compétente et efficace. Son mari en revanche pratiquait un style plus agressif, avec des acquisitions et des ventes beaucoup plus risquées, parfois aussi infiniment plus lucratives. Un autre article, deux ans plus tôt, montrait une photo du fils, Iver junior. Sous le titre « L'héritier millionnaire dans la jet-set à Ibiza ». Bronzé, souriant, les dents blanches, les yeux rouges dans le flash, en sueur après avoir dansé une bouteille de champagne dans une main et une blonde tout aussi en nage dans l'autre. Trois ans plus tôt, dans la rubrique financière, une poignée de main entre Iver senior et le responsable financier du conseil municipal était venue sceller l'achat par Iversen Immobilier d'immeubles de la commune pour une valeur de un milliard de couronnes.

Simon entendit qu'on poussait la porte et une tasse de thé fumant fut déposée devant lui.

«Comme il fait sombre ici», dit Else en lui posant les mains sur les épaules. Elle le massait. Ou s'appuyait juste.

«J'attends toujours que tu me racontes la suite, répondit Simon.
— La suite de quoi ?
— De ce que le médecin a dit.
— Je t'ai déjà tout raconté au téléphone, est-ce que tu perdrais la mémoire, mon chéri ?» Elle rit doucement et posa les lèvres contre sa tête. Ses lèvres douces sur son crâne. Il la soupçonnait de l'aimer très fort.

«Tu m'as dit qu'il ne pouvait pas faire grand-chose, insista Simon.
— Oui.
— Mais ?
— Mais quoi ?
— Je te connais trop bien, Else. Il a aussi dit autre chose.»

Elle s'écarta, laissant seulement une main sur son épaule. Il attendit.

«Il a dit qu'ils ont commencé à expérimenter une opération aux États-Unis. Qu'il y a un espoir pour ceux qui viendront après moi.
— Après ?
— Quand l'opération et le matériel seront standardisés. Mais cela peut prendre des années. Pour l'instant, il s'agit d'une intervention importante qui coûte une fortune.»

Simon pivota si rapidement sur son fauteuil qu'elle recula d'un pas. Il lui saisit les mains. «Voyons, ce sont des nouvelles formidables ! Combien ça coûterait ?
— Beaucoup plus que le montant d'une allocation maladie et un salaire de policier réunis...

— Else, écoute. Nous n'avons pas d'héritiers. Nous possédons cette maison, nous n'avons pas d'autres postes de dépenses, nous faisons attention…

— Arrête, Simon. Tu sais bien que nous n'avons pas d'argent. Et nous n'avons pas fini de rembourser cette maison. »

Simon déglutit. Elle aurait dû dire : « nous n'avons pas fini de rembourser tes dettes de jeu ». Comme d'habitude, elle avait eu la délicatesse de ne pas lui rappeler qu'ils continuaient de payer pour ses fautes passées. Il prit les mains d'Else dans les siennes.

« Je vais trouver quelque chose. J'ai des amis qui peuvent nous prêter de l'argent. Fais-moi confiance. Ça coûterait combien ?

— Tu *avais* des amis, Simon. Mais tu ne leur parles plus. Je te l'ai déjà dit, tu *dois* garder le contact, sinon tout s'effrite. »

Simon soupira. Haussa les épaules. « Je t'ai, toi. »

Elle secoua la tête. « Je ne suis pas suffisante, Simon.

— Si, tu l'es.

— Je ne veux pas l'être. » Elle se pencha et l'embrassa sur le front. « Je suis fatiguée, je vais me coucher.

— Écoute, combien coûterait… »

Elle était déjà sortie de la pièce.

Simon la regarda s'éloigner. Puis il éteignit l'ordinateur et sortit son téléphone. Consulta ses contacts. De vieux amis. Avec qui il s'était brouillé. Certains utiles, la plupart totalement inutiles. Il fit le numéro de l'un de ceux qui faisaient partie de la première catégorie. Un ami avec lequel il s'était brouillé. Du genre pourtant utile.

Comme Simon s'y attendait, Fredrik Ansgar fut étonné du coup de fil, mais eut l'air de se réjouir et accepta qu'ils se revoient ; il ne prétexta pas qu'il était débordé.

Après avoir raccroché, Simon resta dans l'obscurité, son portable à la main. Songea à son rêve. Ses yeux. Elle allait avoir ses yeux à lui. Il se rendit compte de ce qu'il voyait sur l'écran : l'image de l'empreinte d'une chaussure dans la plate-bande de roses.

*

« La bouffe est bonne, dit Johnny en s'essuyant la bouche. Tu manges pas ? »

Le garçon sourit, secoua la tête.

Johnny regarda autour de lui. La cafétéria était une pièce avec une cuisine ouverte, un self-service et des tables qui, pour l'heure, étaient toutes occupées. D'ordinaire, elle fermait tôt dans la journée, mais comme Le Rendez-vous, le café de la Skippergata géré par la mission municipale qui accueillait les drogués, était en cours de rénovation, les heures d'ouverture avaient été étendues, et beaucoup de ceux qui venaient là n'étaient pas des résidents. Même si nombre d'entre eux l'avaient été, à un moment ou à un autre, de sorte que Johnny connaissait tous les visages.

Il prit une gorgée de café. Vit les autres le lorgner. C'était toujours la même chose : cette paranoïa, cette chasse, les têtes qui se tournaient comme au bord d'un trou d'eau dans une savane où ils étaient tour à tour proies et prédateurs. Sauf ce garçon. Lui avait l'air calme. Jusqu'à maintenant. Johnny suivit son regard jusqu'à la porte réservée au personnel, derrière la cuisine, d'où Martha sortait. Elle avait enfilé sa veste, signe qu'elle rentrait chez elle. Et Johnny vit les pupilles du garçon se dilater. L'observation des pupilles était quelque chose qu'on faisait automatiquement en tant que drogué. La personne en face était-elle un consommateur, était-elle défoncée, dangereuse ? De la même façon qu'on observait ce que l'autre faisait de ses mains. Des mains qui peuvent vous dérober ce que vous avez, saisir un couteau. Ou des mains qui, dans une situation menaçante, instinctivement couvrent et protègent l'endroit où l'on garde la drogue ou l'argent sur soi. Le garçon avait les mains fourrées dans ses poches de pantalon. Là même où il avait mis les boucles d'oreilles. Johnny n'était pas bête. Enfin, si, mais pas pour tout. Martha entra, écarquilla les yeux. Les boucles d'oreilles. La chaise crissa quand le garçon se leva, le regard brillant et fiévreux fixé sur elle.

Johnny se racla la gorge. « Stig… »

C'était trop tard, il avait déjà tourné le dos à Johnny et s'avançait vers elle.

À cet instant, la porte s'ouvrit et un homme entra qui, de toute évidence, n'avait rien à faire ici. Un blouson noir, des cheveux bruns coupés court. Large d'épaules, le regard précis. D'un geste nerveux, il écarta un résident qui le gênait pour passer. Il signala sa présence par un petit signe à Martha, qui lui répondit elle aussi par un signe de la main. Johnny vit le garçon s'en rendre compte et s'arrêter net, comme s'il n'avait plus de vent dans les voiles, tandis que Martha se dirigeait vers la sortie. Puis l'homme à la porte mit la main dans sa poche de blouson en écartant le coude de sorte qu'elle puisse glisser sa main sous son bras. Ce qu'elle fit. C'était le genre de geste familier que font deux personnes qui sont ensemble depuis un moment. Puis ils disparurent dans la nuit venteuse, soudain plus fraîche.

Le jeune homme resta au milieu de la pièce, troublé, comme s'il lui fallait du temps pour digérer l'information. Johnny vit les têtes se tourner dans la pièce, jauger le garçon. Il vit ce qu'ils pensaient.

Une proie.

*

Johnny se réveilla en entendant le garçon pleurer.

Un instant, il pensa au fantôme. À l'enfant. Qu'il était là.

Mais il comprit que les pleurs venaient de la couchette au-dessus de lui. Il se mit sur le côté. Le lit commença à trembler. Les pleurs se transformaient en sanglots.

Johnny se leva et se planta devant la couchette. Posa une main sur l'épaule du garçon qui tremblait comme une feuille. Puis alluma la lampe de chevet du lit du haut. La première chose qu'il vit fut les dents qui mordaient l'oreiller.

« Ça fait mal ? » C'était davantage une constatation qu'une question.

Un visage livide, suant à grosses gouttes, les yeux enfoncés dans leurs orbites, le fixa.

« C'est la came ? » demanda Johnny.

Le visage acquiesça.

« Tu veux que j'essaie de t'en avoir ? »

L'autre fit non de la tête.

« Tu sais que tu n'habites pas dans le bon foyer si tu essaies de décrocher ? » dit Johnny.

Hochement de tête.

« Alors qu'est-ce que je peux faire pour toi ? »

Le garçon humecta ses lèvres avec une langue blanche. Chuchota quelque chose.

« Hein ? » dit Johnny en se penchant plus près. Il sentit la mauvaise haleine, une odeur de pourri, et parvint à peine à déchiffrer les mots. Se redressa et hocha la tête.

« Comme tu veux. »

Johnny s'allongea et scruta le dessous du matelas. Il était recouvert de plastique pour ne pas être souillé par les fluides corporels des résidents. Il écouta le bruit permanent du foyer, la musique de la chasse, toujours la même, les pas qui courent dans le couloir, des jurons, une musique tonitruante, des cris, des coups frappés à la porte, des cris désespérés et des transactions où chacun est à cran, juste devant leur porte. Mais rien de tout cela ne couvrait les pleurs silencieux et les mots que le garçon avait chuchotés :

« Arrête-moi si je veux sortir. »

19

« Alors maintenant tu es à la brigade criminelle ? » dit Fredrik en souriant derrière ses lunettes de soleil. La marque était écrite en lettres si petites qu'il fallait le regard d'aigle de Simon pour la lire. Mais seul quelqu'un d'intéressé par les grandes marques aurait pu savoir à quel point celle-ci était luxueuse. Il supposa qu'elles étaient chères, étant donné la chemise, la cravate, la manucure et la coupe de cheveux de Fredrik. Un costume gris clair avec des chaussures marron ? C'était peut-être ça, la mode, maintenant.

« Oui », répondit Simon en plissant les yeux. Il s'était assis dos au vent et au soleil, mais les rayons se reflétaient dans les vitres du nouvel immeuble qui avait été construit de l'autre côté du canal. Simon invitait et Fredrik avait suggéré ce restaurant japonais à Tjuvholmen, l'Île des voleurs. À se demander si ce nom avait un lien avec toutes les sociétés financières domiciliées ici, comme celle de Fredrik. « Et toi tu t'occupes de gérer la fortune de gens qui ont tellement d'argent qu'au fond ils se désintéressent de ce qui lui arrive… »

Fredrik rit. « C'est un peu ça, en effet. »

Le serveur avait apporté à chacun une petite assiette avec quelque chose qui ressemblait à une méduse. Simon se dit qu'il n'était pas impossible que c'en soit réellement une. À Tjuvholmen, cela n'avait rien de surprenant : les sushis étaient devenus ce que la pizza était pour les classes moyennes supérieures.

« Ça t'arrive de regretter la brigade financière ? » s'enquit Simon en buvant une gorgée d'eau. De la soi-disant eau de glacier en provenance de Voss, prélevée, envoyée aux États-Unis et réimportée en Norvège. Débarrassée de tous les minéraux importants dont le corps a besoin et qu'on trouve dans l'eau du robinet, gratuite, pure et qui a bon goût. Soixante couronnes la bouteille. Simon avait renoncé à comprendre les mécanismes du marché, la psychologie, le jeu du pouvoir. Contrairement à Fredrik, qui comprenait et aimait ce jeu. Simon le soupçonnait d'avoir toujours été comme ça. Il était comme Kari, trop éduqué, trop ambitieux, trop conscient de ses propres intérêts pour qu'ils aient pu le garder à la brigade financière.

« Je regrette parfois les collègues et l'adrénaline, mentit Fredrik, mais pas la lenteur de la bureaucratie. C'est peut-être pour les mêmes raisons que tu es parti, toi aussi ? »

Il porta si vite son verre à ses lèvres que Simon n'eut pas le temps de lire sur son visage s'il ignorait la vraie cause de son départ ou s'il faisait seulement semblant. Après tout, c'était après que Fredrik était passé à ce que beaucoup considéraient comme l'ennemi que les problèmes avaient commencé. Fredrik avait même été de ceux qui travaillaient sur l'affaire. Cela dit, il n'avait peut-être pas gardé de contacts dans la police.

« Quelque chose comme ça, répondit Simon.

— Avec les meurtres, on est tout de suite dans le vif du sujet, dit Fredrik en jetant un coup d'œil volontairement peu discret à sa montre.

— À propos d'être dans le vif du sujet, enchaîna Simon. Je voulais te parler parce qu'il faut que je fasse un emprunt. C'est pour ma femme, elle a besoin d'une opération des yeux. Else, tu te souviens d'elle ? »

Fredrik mâcha sa méduse et fit un son qui pouvait tout aussi bien être un « oui » qu'un « non ».

Simon attendit qu'il ait fini de mâcher.

« Désolé, Simon, nous plaçons l'argent de nos clients uniquement en capitaux propres ou en obligations d'État, jamais en prêts sur le marché privé.

— Je le sais, mais je te pose la question parce que je n'ai rien à mettre en gage pour recourir aux procédés habituels. »

Fredrik s'essuya délicatement les coins de la bouche et posa sa serviette sur l'assiette. « Je regrette de ne pouvoir t'aider. Une opération des yeux ? Ça a l'air d'être sérieux, dis donc. »

Le serveur arriva, prit l'assiette de Fredrik, et, remarquant que Simon n'avait pas touché à la sienne, l'interrogea du regard. Simon lui fit comprendre qu'il pouvait l'enlever.

« Tu n'as pas aimé ? voulut savoir Fredrik en demandant l'addition avec des mots qui pouvaient ressembler à du japonais.

— Je ne sais pas, mais je suis en règle générale sceptique vis-à-vis des invertébrés. Ils descendent trop vite vers le bas, si tu vois ce que je veux dire. Je n'aime pas gaspiller, et comme cet animal avait l'air d'être encore en vie, j'ai espéré prolonger un peu son existence dans l'aquarium. »

Fredrik rit de bon cœur, sans doute soulagé que la partie pénible de la conversation soit terminée, et saisit l'addition dès qu'elle arriva.

« Laisse-moi…, commença Simon, mais Fredrik avait déjà dégainé sa carte de crédit et tapait son code dans le terminal qu'avait apporté le serveur.

— Ça m'a fait plaisir de te revoir, dommage que je ne puisse pas t'aider, dit Fredrik quand le serveur partit, et Simon devina que Fredrik s'était déjà décollé de son dossier, prêt à se lever.

— Tu as lu les papiers sur le meurtre d'Iversen hier ?

— Bien sûr, c'est effroyable ! » Fredrik secoua la tête, enleva ses lunettes de soleil et se frotta les yeux. « Iver Iversen est un de nos clients. Une vraie tragédie.

— Tu l'avais déjà comme client quand tu travaillais à la brigade financière.

— Pardon ?

— Disons qu'il y avait de forts soupçons à ce sujet. Dommage que tous ceux qui avaient les meilleures formations, comme toi, aient changé de voie. Avec vous, on aurait peut-être réussi à aller jusqu'au bout. La branche de l'immobilier aurait besoin d'un bon nettoyage, tu te rappelles comme on était d'accord là-dessus, toi et moi ? »

Fredrik remit ses lunettes de soleil. « C'est toujours un pari quand on se fixe, comme toi, des objectifs aussi élevés, Simon. »

Simon acquiesça. Fredrik savait donc pourquoi il avait dû changer de service. « À propos de pari, reprit Simon, je n'étais qu'un policier moyennement intelligent, sans formation particulière dans la finance, ce qui ne m'a pas empêché de me demander, quand j'étudiais les comptes d'Iversen, comment faisait son entreprise pour ne pas faire faillite. Ils étaient si mauvais dans leurs acquisitions et leurs ventes immobilières, ils perdaient souvent un argent fou.

— Oui, mais ils ont toujours su gérer leurs propriétés.

— Grâce au report des déficits. Les déficits des ventes font qu'Iversen, ces dernières années, n'a presque pas payé d'impôts sur les bénéfices d'exploitation.

— À t'entendre, on croirait que tu es encore à la brigade financière...

— Mon mot de passe me permet d'avoir encore accès aux vieux dossiers. J'ai passé la soirée d'hier à lire des fichiers sur l'ordinateur.

— Très bien. Il n'y a rien d'illégal, c'est le règlement concernant les impôts.

— Oui, dit Simon en appuyant son menton sur sa main et en regardant le ciel, bleu ce matin-là. Tu le sais parfaitement, puisque c'est toi qui as vérifié les comptes d'Iversen. Ce n'est peut-être qu'un percepteur aigri qui l'a tuée.

— Quoi ? »

Simon eut un rire bref et se leva. « Je ne suis qu'un vieil homme qui fouille où il peut. Merci pour le déjeuner.

— Simon ?

— Oui.

— Je ne veux pas que tu sois trop optimiste, mais je vais me renseigner sur ce type de prêt.

— Je t'en suis reconnaissant, dit Simon en reboutonnant sa veste. Au revoir. »

Il n'avait pas besoin de se retourner : il savait que Fredrik le regardait s'éloigner d'un air pensif.

*

Lars Gilberg posa le journal qu'il avait trouvé dans la poubelle devant le 7-Eleven et qui allait lui servir d'oreiller cette nuit. Il y avait des pages et des pages sur le meurtre de cette richarde des beaux quartiers. Si ç'avait été un pauvre qui avait clamsé à cause d'une came de mauvaise qualité, achetée ici au bord de la rivière ou dans la Skippergata, c'est tout juste s'il aurait eu droit à un entrefilet. Un jeune mec de la PJ, Bjørnstad, déclarait que tous les moyens seraient mis sur cette enquête. Ah bon ? Pendant ce temps-là, les tueurs de masse qui mélangeaient de l'arsenic et de la mort aux rats dans leurs produits pouvaient dormir sur leurs deux oreilles ! Dans l'ombre où il était tapi, Gilberg plissa les yeux. Une silhouette, capuche relevée sur la tête, ressemblait aux joggeurs habituels qui couraient sur le sentier le long de la rivière. Mais celui-ci ralentit après avoir aperçu Gilberg, et il imagina aussitôt un flic infiltré ou un type comme il faut qui cherchait du speed. Quand l'homme arriva sous le pont et baissa sa capuche, il reconnut le garçon. Essoufflé, en sueur.

Gilberg se leva de sa couche, tout feu tout flamme. « Salut, mec. J'ai fait le guet, pas de problème, tout est là, dit-il en indiquant les fourrés.

— Merci, répondit le jeune homme qui s'accroupit et tâta son propre pouls. Je me demandais si tu pouvais m'aider avec autre chose.

— Pas de problème. Je t'écoute.
— Merci. Qui parmi les dealers du coin a du Superboy ? »
Lars Gilberg ferma les yeux. Putain. « Pas ça, mec. Pas le Superboy.
— Pourquoi ?
— Parce que je peux te donner les noms de trois mecs qui ont crevé à cause de cette merde, rien que cet été.
— Qui a les produits les plus purs ?
— Purs, j'sais pas. Je prends pas ce genre de trucs. Mais c'est simple, y en a qu'un qui a du Superboy en ville. En fait, ils sont toujours par deux pour vendre cette saloperie. L'un a la came, l'autre prend la monnaie. Ils sont sous le pont de Nybrua.
— Ils sont comment physiquement ?
— Ça dépend, en général celui qui encaisse est un mec trapu, boutonneux, cheveux courts. C'est lui le chef, mais il aime être sur le terrain et s'occuper lui-même du fric. Il se méfie de tout le monde, il a pas confiance dans ses dealers.
— Trapu et boutonneux, tu dis ?
— Oui, on le reconnaît surtout à cause de ses paupières. Elles retombent sur les yeux, je sais pas comment dire, ça lui donne un air endormi. Tu piges ?
— Tu parles de Kalle ?
— Tu connais ce mec ? »
Le garçon hocha lentement la tête.
« Alors tu sais pourquoi ses paupières sont comme ça...
— Tu connais leurs heures d'ouverture ? l'interrompit le garçon.
— Grosso modo de quatre à neuf. Je le sais, parce que les premiers clients passent par ici une demi-heure avant. Et les derniers se magnent le train un peu avant neuf heures, ils sont tellement en panique à l'idée d'arriver trop tard que leurs yeux éclairent le bitume ici. »
Le jeune homme remit sa capuche. « Merci, mec.
— Lars. Je m'appelle Lars.

— Merci, Lars. T'as besoin de quelque chose ? De l'argent ? »

Lars avait toujours besoin d'argent. Il secoua la tête. « Tu t'appelles comment ? »

Le garçon haussa les épaules. Ce qui revenait à dire : *Appelle-moi comme tu veux.* Puis il partit en courant.

*

Martha était assise à l'accueil quand il passa devant elle pour monter l'escalier.

« Stig ! » cria-t-elle.

Il ne s'arrêta pas tout de suite. Cela pouvait naturellement être imputable à sa capacité de réaction diminuée. Ou au fait qu'il ne s'appelait pas Stig. Il était en sueur, il avait l'air d'avoir couru. Elle espérait que ce n'était pas pour échapper à des poursuivants.

« J'ai quelque chose pour toi, attends ! »

Elle prit la boîte, prévint Maria qu'elle s'absentait quelques minutes seulement et se dépêcha de le rejoindre. Elle posa légèrement la main sur son coude.

« Viens, on monte dans ta chambre. »

En arrivant, une surprise les attendait : les rideaux étaient tirés et la pièce inondée de lumière. Pas de Johnny. Par les fenêtres ouvertes – autant que le système de sécurité le permettait – entrait un air frais. La commune leur avait imposé d'installer des sécurités à toutes les fenêtres depuis que des piétons avaient été blessés par la chute de gros objets, parfois très lourds, jetés par les résidents : postes de radio, enceintes, chaînes hi-fi, même un téléviseur. Oui, surtout des appareils électriques ; mais c'étaient les excréments qui avaient déclenché la décision. La phobie sociale était si répandue parmi les résidents qu'ils refusaient souvent d'utiliser les toilettes communes. Aussi certains avaient-ils été autorisés à avoir un seau dans leur chambre, à charge pour eux de le vider à intervalles réguliers (et malheureusement parfois irréguliers). L'un d'eux avait placé son seau sur le rebord de la fenêtre pour pouvoir, en aérant la pièce, chasser un peu les mauvaises odeurs. Un jour, un des employés avait ouvert la porte et le courant d'air avait fait tomber le seau. C'était à l'époque des travaux d'aménagement de la nouvelle boulangerie et le destin avait voulu qu'un peintre se trouve sur une échelle juste sous cette fenêtre. Physiquement, les dégâts n'avaient pas été graves, mais Martha – la première sur les lieux pour aider l'artisan choqué – savait que l'expérience laisserait, psychologiquement, des traces.

« Assieds-toi », dit-elle en lui indiquant la chaise. « Et enlève tes chaussures. »

Il obéit. Elle ouvrit la boîte.

« Je ne voulais pas que les autres nous voient, dit-elle en sortant une paire de chaussures noires en cuir fin. Elles étaient à mon père. Vous devriez faire à peu près la même pointure. »

Elle les lui tendit.

Il parut tellement tomber du ciel qu'elle rougit malgré elle.

« Nous ne pouvons pas t'envoyer en entretien d'embauche en baskets », glissa-t-elle.

Elle regarda autour d'elle dans la pièce tandis qu'il les enfilait. Bizarre, ça sentait le savon noir. Autant qu'elle sache, ils n'avaient pas lavé par terre aujourd'hui. Elle s'approcha de la photo fixée au mur avec une punaise.

« C'est qui ?

— Mon père.

— Vraiment ? Un policier ?

— Oui. Bon, voyons voir… »

Elle se tourna vers lui. Il s'était levé et appuyait tour à tour son pied droit et son pied gauche sur le sol.

« Alors ?

— Elles me vont parfaitement, dit-il en souriant. Merci infiniment, Martha. »

Elle sursauta quand il prononça son prénom. Pas parce qu'elle n'avait pas l'habitude de l'entendre – tous les résidents les appelaient par leurs prénoms, alors que les noms de famille, les adresses personnelles et les noms des membres de la famille restaient confidentiels, vu que l'équipe du foyer assistait quotidiennement à du trafic de drogue –, mais il y avait quelque chose dans sa manière de le dire. Comme s'il l'avait effleurée en le disant. Une caresse délicate, innocente, mais quand même. Elle se rendit compte qu'il n'était pas tout à fait approprié pour elle d'être seule dans cette chambre où, naïvement, elle avait supposé que Johnny serait. Elle se demanda où il était bien passé. Les seules choses qui tiraient Johnny hors de son lit, c'étaient la came, les chiottes ou la bouffe. Dans cet ordre-là. Pourtant, elle ne tourna pas les talons.

« Quel genre de travail tu cherches ? » demanda-t-elle. Son souffle, curieusement, était un peu court.

« Quelque chose dans la justice », répondit-il.

Son air sérieux avait quelque chose de touchant. Un côté adolescent qui joue à l'adulte.

« Comme ton père, si je comprends bien ?

— Non, les policiers sont au service du pouvoir exécutif. Je veux travailler pour le pouvoir législatif. »

Elle sourit. Comme il était différent. C'était peut-être pour ça qu'elle pensait à lui. Il était si différent de tous ceux qu'elle connaissait. Complètement différent d'Anders, par exemple. Anders avait une parfaite maîtrise de lui-même, alors que ce garçon paraissait ouvert et vulnérable. Anders était méfiant et rejetait les gens qu'il ne connaissait pas, alors que Stig avait l'air bienveillant, gentil, presque naïf.

« Il faut que je m'en aille, dit-elle.

— Oui », fit-il en s'appuyant contre le mur. Il avait baissé la fermeture éclair de son sweat. En dessous, son tee-shirt trempé de sueur lui collait à la peau.

Il allait ajouter quelque chose, mais à cet instant le talkie-walkie de Martha se mit à grésiller.

Elle le porta à l'oreille.

Elle avait de la visite.

« Tu voulais me dire quoi ? demanda-t-elle après avoir fini d'écouter le message.

— Ça peut attendre », dit le garçon en souriant.

*

C'était de nouveau le policier plus âgé.

Il se tenait à l'accueil et l'attendait.

« On m'a laissé entrer », expliqua-t-il.

Martha jeta un regard de reproche à Maria, qui écarta les bras, comme pour dire : *What's the big deal?*

« Est-ce qu'il y a un endroit où nous pourrions… ? »

Martha le conduisit à la salle de réunion, mais sans lui proposer de café.

« Vous voyez ce que c'est ? demanda-t-il en lui tendant son téléphone portable.

— Une photo de terre ?

— C'est une empreinte de pied. Cela ne vous dit peut-être rien, mais moi je me suis demandé pourquoi j'avais l'impression de la connaître. Et puis ça m'est revenu : je l'ai vue sur tellement de lieux de crime potentiels. Vous savez, le genre d'endroits où on trouve des morts. Comme un dock de containers avec des traces dans la neige, un repaire de drogués, un dealer dans une arrière-cour, un bunker allemand qui sert de planque pour se shooter. Bref…

— Bref, des endroits habités par le même type de population qu'ici, soupira Martha.

— Précisément. En règle générale, les causes de la mort sont assez évidentes. Mais bon, on retrouve toujours cette empreinte de chaussures. Des baskets bleues de l'armée qui, via l'Armée du Salut et le Secours populaire, sont devenues dans tout le pays les chaussures attitrées des toxicos et des SDF. Et, par conséquent, des empreintes inexploitables, car il y en a trop aux pieds de personnes déjà condamnées.

— Alors que cherchez-vous ici, inspecteur Kefas ?

— Ces chaussures ne se fabriquent plus, et celles qui sont en circulation s'usent. Cependant, en regardant la photo de plus près, vous remarquerez que l'empreinte est bien marquée, comme sur des chaussures neuves. Je me suis renseigné auprès de l'Armée du Salut et ils m'ont dit que le dernier stock de baskets bleues vous a été livré en mars de l'année dernière. Ma question est donc très simple : avez-vous distribué ce type de chaussures depuis ce printemps ? Pointure quarante-trois.

— La réponse est oui, évidemment.

— À qui…

— À beaucoup de personnes.

— La pointure…

— Le quarante-trois est la pointure la plus courante chez les hommes occidentaux, parmi les drogués aussi. Je ne peux ni ne veux vous en dire plus », déclara Martha, en serrant les lèvres.

Le policier soupira. « Je respecte que vous soyez solidaire de vos résidents, mais là on ne parle pas d'un gramme de speed, il s'agit d'une affaire grave, de meurtre. J'ai trouvé cette empreinte de chaussure sur les lieux où une femme a été abattue hier, sur la colline de Holmenkollen. Agnete Iversen.

— Iversen ? » Martha eut de nouveau le souffle coupé. Étrange. Le psychologue qui lui avait diagnostiqué une « fatigue compassionnelle » lui avait dit d'être attentive aux symptômes de stress.

L'inspecteur Kefas avait légèrement incliné la tête. « Iversen, oui. Ça a fait la une des journaux. Abattue sur le perron de sa propre maison…

— Ah oui, je me souviens d'avoir vu les titres. Mais je ne lis jamais ces histoires, on assiste déjà à assez de choses tristes dans notre travail. Si vous voyez ce que je veux dire…

— Je vois très bien. Elle s'appelait Agnete Iversen. Quarante-neuf ans. Autrefois dans la vie active, dernièrement femme au foyer. Mariée, un fils de vingt ans. Présidente de l'association féminine locale. Membre actif de l'Office du tourisme norvégien. Elle présentait tous les critères pour être qualifiée de soutien de la société. »

Martha toussa. «Comment pouvez-vous savoir que cette empreinte de chaussure appartient précisément au coupable?

— On ne peut jamais être sûr à cent pour cent, mais nous avons trouvé une empreinte partielle de chaussure avec le sang de la victime sur la moquette de la chambre à coucher, et cette empreinte correspond à celle-ci. »

Martha toussa de plus belle. Elle devrait aller voir le médecin.

«Si je me rappelais les noms de ceux à qui j'ai donné des baskets en quarante-trois, comment pourriez-vous savoir à qui sont celles qui étaient sur le lieu du crime?

— Ce n'est pas garanti, mais il semble que l'assassin ait marché dans le sang et qu'il se soit infiltré dans les rainures de la semelle. S'il s'est coagulé, il se peut qu'il en reste des traces.

— Je comprends», dit Martha.

L'inspecteur Kefas attendit.

Elle se leva. «Je crains de ne pas pouvoir beaucoup vous aider. Je vais bien sûr voir avec les autres employés s'ils se souviennent à qui ils auraient donné des baskets en quarante-trois. »

Le policier s'attarda un moment, comme pour lui donner la possibilité de se raviser. De lui raconter quelque chose. Puis il se leva et lui tendit sa carte de visite.

«Merci, ce serait bien. Vous pouvez m'appeler jour et nuit. »

Après son départ, Martha resta seule un moment dans la pièce. Se mordit la lèvre inférieure.

Elle n'avait pas menti. Quarante-trois, c'était *vraiment* la pointure la plus courante.

*

« Bon, on ferme », dit Kalle. Il était neuf heures et le soleil avait disparu derrière les façades des maisons le long de la rivière. Il prit les derniers billets de cent couronnes et les fourra dans sa ceinture-banane qu'il portait autour de la taille. Il avait entendu dire qu'à Saint-Pétersbourg, les vols des collecteurs étaient si fréquents que la mafia avait équipé ses hommes de ceintures-bananes en acier, soudées autour du ventre. Cette ceinture avec une étroite fente pour y glisser les billets était dotée d'un code que seul l'homme de l'ombre, dans son bureau secret, connaissait, de sorte qu'il ne servait à rien de torturer ces dealers dans l'espoir qu'ils révéleraient le code aux voleurs et que ces mêmes dealers n'étaient pas tentés de voler le contenu. Le collecteur devait dormir, manger, chier et baiser avec sa ceinture soudée autour de son ventre, mais malgré ça Kalle avait quand même envisagé cette solution. Il en avait ras le bol d'être là tous les soirs.

« S'il te plaît ! » Encore une de ces junkies desséchées aux os apparents, la peau tirée sur le crâne dans le style Holocauste.

« Demain, dit Kalle en commençant à marcher.

— J'en ai besoin !

— On a tout vendu », mentit-il en faisant signe à Pelvis, le dealer, qu'ils s'en allaient.

La fille se mit à pleurer. Kalle n'éprouvait aucune compassion, ils n'avaient qu'à apprendre que la boutique fermait à neuf heures et que ça ne servait à rien de venir gémir dix minutes plus tard. Bien sûr qu'il pourrait rester ici encore dix minutes, un quart d'heure, et vendre à ceux qui avaient mis plus de temps à trouver l'argent. Sauf qu'à la longue, ça jouait sur la qualité de la vie, c'était bien de savoir à quelle heure on rentrerait chez soi. De toute façon, ça ne changerait pas grand-chose au chiffre d'affaires, ils avaient le monopole sur le Superboy, elle serait là dès qu'ils ouvriraient la boutique le lendemain.

Elle lui saisit le bras, mais Kalle la repoussa, elle chancela dans l'herbe et tomba à genoux.

« Ç'a été une bonne journée, dit Pelvis tandis qu'ils descendaient d'un pas rapide le sentier. Combien, tu crois ?

— Combien tu crois, toi ? » dit Kalle, énervé. Ces idiots n'étaient pas foutus de multiplier le nombre de doses par le prix. Dans cette branche, c'était difficile de trouver une main-d'œuvre de qualité.

Il se retourna avant de franchir le pont pour vérifier qu'ils n'étaient pas suivis. C'était un automatisme, le résultat d'une expérience chèrement acquise en tant que dealer avec une grosse somme d'argent sur soi, une victime de vol qui ne pouvait jamais déposer plainte. Une expérience chèrement acquise ce paisible jour d'été où il n'avait pas réussi à garder les yeux ouverts et où il s'était endormi sur un banc avec pour trois cent mille couronnes d'héroïne sur lui qu'il devait vendre pour le compte de Nestor. À son réveil, la came avait naturellement disparu. Nestor était venu le lendemain et lui avait expliqué que le big boss avait eu la générosité de lui laisser le choix : soit les deux pouces, pour avoir été si maladroit, soit les deux paupières, parce qu'il s'était endormi. Kalle avait choisi les paupières. Deux types en costard, un blond et un brun, l'avaient maintenu pendant que Nestor lui tirait les paupières et les coupait avec son horrible couteau à la lame courbe. Ensuite – toujours sur ordre du boss –, il avait donné de l'argent à Kalle pour qu'il aille en taxi à l'hôpital. Les chirurgiens avaient expliqué que pour lui refaire des paupières, il fallait prélever de la peau à un autre endroit et qu'il avait de la chance de ne pas être juif et circoncis. En effet, la peau du prépuce présentait le plus de similitude avec celle des paupières. L'opération s'était passée aussi bien que possible et quand on lui demandait ce qui lui était arrivé aux yeux, Kalle répondait toujours qu'il avait perdu ses paupières à cause d'un accident avec de l'acide et que la nouvelle peau avait été prélevée sur une cuisse. Sur une cuisse de quelqu'un d'autre, précisait-il si la personne qui posait la question était une femme dans son lit qui voulait voir sa cicatrice. Il ajoutait qu'il avait des origines juives si elle s'étonnait aussi du reste. Longtemps, il avait été convaincu que son secret était bien gardé, jusqu'à ce que le type qui avait repris son boulot pour Nestor vienne lui demander à haute voix, un jour dans un bar, si ça sentait le smegma quand il se frottait les yeux le matin. Lui et ses copains s'étaient tordus de rire. Alors Kalle avait brisé sa bouteille de bière sur le comptoir et l'avait enfoncée dans le visage de l'autre, retirée et enfoncée à nouveau, jusqu'à ce qu'il ait la certitude que le type n'aurait plus d'yeux à frotter le matin.

Le lendemain, Nestor était venu trouver Kalle en déclarant que le boss avait été mis au courant et qu'il proposait à Kalle de reprendre le boulot, d'une part parce qu'il était de nouveau vacant et d'autre part parce qu'il avait aimé sa réaction musclée. Depuis ce jour, Kalle ne se permettait plus aucune négligence. Pour l'heure, il vit seulement la femme dans l'herbe qui l'implorait, et un joggeur solitaire, en sweat à capuche.

« Deux cent mille », paria Pelvis.

L'abruti.

Après un quart d'heure de marche dans le centre-est d'Oslo et les rues plus douteuses du quartier de Gamlebyen, ils franchirent le portail ouvert d'une friche industrielle. Les comptes et le reste prendraient moins d'une heure. En dehors d'eux, il n'y avait qu'Enok et Syff qui avaient vendu du speed, l'un à Elgen, l'autre dans la Tollbugata. Après la remise de l'argent, il faudrait couper, mélanger et préparer de nouveaux sachets pour le lendemain. Ensuite il pourrait retrouver Vera à la maison. Elle lui faisait la gueule ces derniers temps, depuis qu'il avait laissé tomber l'idée du voyage à Barcelone qu'il lui avait pourtant promis – il avait beaucoup dealé ce printemps. Du coup il lui avait proposé d'aller à Los Angeles en août. Seulement voilà, il n'avait pas eu l'autorisation d'entrer sur le territoire américain à cause de ses anciennes condamnations et il savait que des meufs comme Vera s'impatientaient vite, elles avaient d'autres choix, alors il fallait les baiser comme il faut et faire miroiter de belles choses devant leurs yeux en amande toujours avides de plaisir. Ça demandait du temps et de l'énergie. Et des thunes qui ne tombaient pas du ciel. Comment faire, bordel ?

Ils traversèrent un terrain couvert de graviers souillés de pétrole et d'herbes folles, où deux camions sans pneus étaient garés *ad vitam æternam* sur des parpaings. Ils sautèrent sur une rampe de chargement devant un bâtiment en briques rouges. Kalle composa le code sur le boîtier et poussa la porte d'entrée. Ils furent accueillis par un gros son de batteries et de basses. La commune avait aménagé le rez-de-chaussée de cette usine en salles de répétition pour de jeunes groupes. Eux-mêmes louaient pour une bouchée de pain les locaux du premier étage sous couvert de faire du booking et du management dans l'événementiel. Jusqu'ici, ça n'avait pas débouché sur un seul DJ set, mais, comme chacun sait, les temps sont durs pour la culture. Ils s'avancèrent dans le couloir en direction du monte-charge tandis que la porte d'entrée se refermait lentement derrière eux. Au milieu de tout ce vacarme, Kalle crut un instant entendre quelqu'un qui courait sur le gravier dehors.

« Trois cent mille ? » demanda Pelvis.

Kalle secoua la tête et appuya sur le bouton du monte-charge.

*

Knut Schrøder posa sa guitare sur l'ampli.

« Je vais fumer une clope », dit-il en se dirigeant vers la porte.

Il savait que les autres du groupe se regardaient, assez découragés. Encore une ? Ils avaient un concert à la Maison des jeunes dans trois jours et le fait est qu'ils devaient bosser comme des dingues s'ils ne voulaient pas se planter royalement. Mais ces types-là ne fumaient pas, buvaient à peine une bière, n'avaient jamais vu et encore moins fumé de joints. Comment faire du rock dans ces conditions ?

Il ferma la porte et les entendit reprendre la chanson sans lui. Ce n'était pas nul, même si ça manquait furieusement de *soul*. Pas comme lui. Cette pensée le fit sourire, tandis qu'il passait devant le monte-charge et les salles de répétition vides pour aller vers la sortie. C'était exactement comme l'apogée du DVD d'Eagles *Hell Freezes Over* – le plaisir secret de Knut – où ils jouent avec le Burbank Philharmonic Orchestra qui suit, très concentré, la partition de « New York Minute », quand Don Henley se tourne vers la caméra et fronce le nez en chuchotant : « ... *but they don't have the* blues... »

Knut passa devant une salle de répétition dont la porte restait toujours ouverte à cause de la serrure cassée. Il s'arrêta. Il y avait quelqu'un à l'intérieur, le dos tourné. Avant, c'était cambriolage sur cambriolage, toujours des drogués qui cherchaient à piquer du matériel de musique facile à revendre. Mais ça s'était arrêté depuis que l'agence de booking s'était installée au premier et avait financé une solide porte d'entrée avec digicode.

« Eh, toi ! » lança Knut.

Le type se retourna. Difficile de déterminer ce qu'il était au juste. Un joggeur ? Non. Malgré un sweat à capuche et un pantalon de jogging, il avait de belles chaussures noires en cuir. Il n'y avait que les drogués pour s'habiller aussi mal. Mais Knut n'avait pas peur. Pourquoi aurait-il dû avoir peur ? Il était aussi grand que Joey Ramone et avait le même perfecto que lui. « Qu'est-ce que tu fous là, mec ? »

Le type sourit. Pas un rocker, donc. « J'essaie de mettre un peu d'ordre ici. »

C'était plausible a priori. Ce qui arrivait à ces salles de répétition municipales était banal : tout était saccagé, volé, et tout le monde s'en foutait. La fenêtre avait encore des panneaux acoustiques absorbants, mais à part ça, il ne restait qu'une grosse caisse un peu défoncée avec « The Young Hopeless » peint en lettres gothiques sur la peau de frappe. Sur le sol, parmi les mégots, les cordes de guitare usées, une baguette de batterie et un rouleau de ruban gaffer, traînait un ventilateur de table dont le batteur se servait pour ne pas trop transpirer. Plus un long jack que Knut avait naturellement testé pour voir s'il pouvait servir, mais qui était bien sûr cassé. De toute façon, ce type de cordons n'était pas si fiable que ça et l'avenir était au sans-fil.

Sa mère avait promis à Knut de lui financer un récepteur SLX4 – sans fil – pour sa guitare s'il arrêtait de fumer, ce qui lui avait inspiré la chanson « She Sure Drives A Hard Bargain ».

« C'est à cette heure-là que la commune se met à bosser ? demanda Knut.

— On voudrait reprendre les répét'.

— *On* ?

— The Young Hopeless.

— Ah, tu faisais partie du groupe ?

— J'étais leur batteur avant le dernier. J'ai cru voir deux des autres de dos quand je suis arrivé, mais ils ont déjà filé dans le monte-charge.

— Ouais, là-haut il y a une agence de booking et de management pour les groupes.

— Ah bon ? Ça pourrait être cool pour nous.

— J'ai pas l'impression qu'ils ont beaucoup de clients. On a déjà frappé à leur porte et ils nous ont dit d'aller nous faire voir », ricana Knut en sortant une cigarette de son paquet et en la glissant entre ses lèvres. Peut-être que le type fumait aussi et en grillerait une avec lui dehors ? Parlerait un peu musique ou matériel pro.

« Je vais monter voir, quand même », dit le batteur.

Tout compte fait, le type ressemblait davantage à un chanteur qu'à un batteur. Qui sait s'il n'arriverait pas, lui, à parler avec les mecs de l'agence, là-haut, il avait… comment dire… du charisme. Et s'ils lui ouvraient la porte, peut-être que Knut pourrait en profiter pour entrer, lui aussi.

« Je vais t'accompagner, je te montrerai où c'est. »

Le type eut l'air d'hésiter, puis il hocha la tête. « Merci. »

Le grand monte-charge montait si lentement que, le temps de gravir un étage, Knut put expliquer en détail pourquoi l'ampli Mesa Boogie, considéré comme ringard à un moment, était redevenu ultrabranché et rock.

Ils sortirent du monte-charge, Knut tourna à gauche et indiqua la porte métallique bleue, la seule à l'étage. Le type frappa trois coups. Quelques secondes après, une étroite lucarne à hauteur de la tête laissa apparaître une paire d'yeux injectés de sang. Comme la dernière fois.

« Qu'est-ce qu'il y a ? »

Le type s'approcha le plus près possible de l'ouverture, il voulait sans doute voir ce qu'il y avait derrière l'homme à la porte.

« Ça vous intéresserait de trouver des salles pour faire tourner The Young Hopeless ? On est un des groupes qui répètent au rez-de-chaussée.

— Foutez le camp ! Vous avez pas intérêt à vous repointer ici. Pigé ? »

Le batteur était toujours contre la porte et Knut pouvait voir ses yeux aller de droite à gauche.

« On est bons, vous savez. Vous aimez Depeche Mode ? »

Une voix s'éleva derrière le type aux yeux injectés de sang : « C'est qui, Pelvis ?

— Un groupe…

— Fais-les dégager, putain ! On n'a pas que ça à faire, je dois rentrer pour onze heures.

— Vous avez entendu le boss, les gars. »

Et la petite lucarne se referma.

Knut revint vers le monte-charge en quatre pas et appuya sur le bouton. Les portes s'ouvrirent avec peine et il entra. Mais le type n'avait pas bougé. Il regardait le miroir que les gars de l'agence avaient installé en haut du mur, à droite en sortant du monte-charge. Il reflétait leur porte en métal, Dieu sait pourquoi. Comme voisins antipathiques, on ne faisait pas mieux ; ils étaient sacrément paranos. Peut-être gardaient-ils de grosses sommes en liquide à l'intérieur ? Il avait entendu dire que les gros groupes norvégiens recevaient jusqu'à un demi-million quand ils participaient aux festivals les plus en vue. Il ne restait plus qu'à s'entraîner. Si seulement il pouvait avoir ce récepteur ! Et un nouveau groupe. Avec de la *soul*. Peut-être que ce type pensait à la même chose ? Il venait enfin de le rejoindre dans le monte-charge, mais voilà qu'il mettait les mains devant les détecteurs électroniques, de sorte que les portes ne pouvaient pas se refermer. Puis il retira ses mains et examina le néon au plafond du monte-charge. Ou autre chose. Knut avait joué avec pas mal de gens bizarres.

Il sortit pour aller fumer sa clope pendant que le type retournait dans la salle de répétition pour ranger un peu.

Il fumait tranquillement derrière un des camions rouillés lorsque le type ressortit.

« Les autres n'ont pas l'air pressés d'arriver, mais je n'arrive pas à les joindre, je n'ai plus de batterie, dit-il en brandissant un portable qui avait l'air tout neuf. Je sors acheter des clopes.

— Je peux t'en filer une, dit Knut en lui tendant le paquet. À propos de batterie, tu joues sur quoi ? Non, laisse-moi deviner ! Tu as l'air plutôt *old school*. Une Ludwig ? »

Le type sourit. « Merci c'est sympa, mais je n'aime que les Marlboro. »

Knut haussa les épaules. Il aimait que les gens ne jurent que par leurs marques, qu'il s'agisse de percussions ou de cigarettes. Mais Marlboro ? C'était un peu comme dire qu'on ne roule qu'en Toyota, non ?

« *Peace, man*, dit Knut. À plus.

— Merci pour ton aide. »

Il vit le type se diriger vers le portail, puis soudain se retourner et revenir.

« Je viens de me souvenir que j'ai noté le code de la porte sur mon téléphone, dit-il avec un sourire un peu gêné. Et… j'ai plus de batterie.

— 666S. C'est moi qui ai trouvé ça, tu sais ce que ça veut dire ? » Le type hocha la tête. « C'est le code de la police en Arizona pour les suicides. » Knut cligna plusieurs fois des yeux.

« Ah bon ?

« — Ouais. Avec un *s* pour *suicide*. C'est mon père qui me l'a appris. »

Knut vit le type sortir par le portail, il faisait encore clair, ce soir d'été, tandis qu'un souffle de vent faisait se balancer les hautes herbes près de la barrière, comme le public qui tangue pour accompagner une ballade débile. *Suicide.* C'était vachement plus cool que 666 Satan !

*

Pelle regarda dans le rétro et frotta son pied douloureux. Tout était pourri, le chiffre, l'humeur, l'adresse que le client sur la banquette arrière lui avait indiquée. Foyer Ila. Pour l'instant, ils n'avaient pas bougé de la station de taxis dans Gamlebyen où Pelle avait plus ou moins ses habitudes.

« Vous voulez dire l'asile ? demanda Pelle.
— Oui, maintenant ça s'appelle... enfin, oui, l'asile.
— Je ne conduis personne à un asile sans être payé à l'avance. Je regrette, mais j'ai fait trop de mauvaises expériences.
— Bien sûr. J'aurais dû y penser avant. »

Pelle vit son client, ou plus exactement son client potentiel, fouiller dans sa poche. Cela faisait treize heures d'affilée que Pelle roulait, pourtant il lui en restait encore quelques-unes avant de pouvoir rentrer chez lui, dans son appartement de la Schweigaards gate, se garer, monter péniblement l'escalier avec ses béquilles pliables qu'il avait glissées sous le siège, se laisser tomber sur son lit et dormir. En espérant ne pas faire de rêves. Encore que ça dépendait du rêve. Ça pouvait être le paradis ou l'enfer, comment savoir ? Le client lui tendit un billet de cinquante couronnes et une poignée de pièces.

« Ça fait juste un peu plus de cent couronnes, c'est pas assez.
— C'est pas assez, *cent* couronnes ? répéta le client, l'air sincèrement surpris.
— Ça fait longtemps que vous n'avez pas pris de taxi ?

— Oui. Mais c'est tout ce que j'ai, alors vous n'avez qu'à m'avancer le plus loin possible.

— Dans ce cas... », dit Pelle qui glissa l'argent dans la boîte à gants, puisque le type ne semblait pas du genre à réclamer une facture, et démarra.

*

Martha était seule dans la chambre 323. Elle avait vu d'abord Stig, puis Johnny sortir. Et Stig avait aux pieds les chaussures noires qu'elle lui avait données.

Selon le règlement, ils pouvaient fouiller les chambres sans prévenir ni demander l'autorisation des résidents, dans le cas où on soupçonnait quelqu'un de détenir des armes. Mais le règlement stipulait aussi qu'il fallait le faire à deux. Normal. Que faisait-elle donc là? Martha regarda sur la commode. Et sur l'armoire.

Elle commença par la commode.

Elle contenait des vêtements. Rien que les vêtements de Johnny. Elle savait ce qu'avait Stig.

Elle ouvrit les portes de l'armoire.

Les sous-vêtements qu'elle avait donnés à Stig étaient rangés, bien pliés sur une étagère. Le manteau était suspendu sur un cintre. Sur le rack à chapeaux se trouvait le sac de sport rouge qu'il portait en arrivant. Elle allait le descendre, quand elle aperçut les baskets au fond du placard. Elle lâcha le sac, se pencha et souleva les chaussures. Inspira profondément et retint sa respiration. Du sang coagulé... Elle retourna enfin les semelles.

Expira doucement et sentit une joie profonde l'envahir.

Les semelles étaient toutes propres. Rien, pas la moindre tache dans les rainures.

« Qu'est-ce que tu fous là? »

Martha fit volte-face, le cœur battant à tout rompre. Porta la main à sa poitrine. « Anders! »

Elle se pencha en avant et rit : « Mon Dieu, ce que tu m'as fait peur !

— Je t'attendais en bas, dit-il d'un ton aigre en fourrant les mains dans son blouson en cuir. Il est presque neuf heures et demie.

— Je suis désolée, j'ai complètement oublié l'heure. On nous a informés qu'un de nos résidents détenait des armes dans sa chambre, alors c'est notre devoir de vérifier. » Martha était si troublée que le mensonge vint de lui-même.

« Votre devoir ? dit Anders avec dédain. Il serait peut-être temps de penser au devoir, oui. La plupart des gens pensent à leur famille et leur foyer quand ils parlent de devoir, pas à des boulots ni à des endroits comme celui-ci. »

Martha soupira. « Anders, tu ne vas pas recommencer... »

Mais il était clair qu'il n'allait pas abandonner la partie ; comme d'habitude, quelques secondes avaient suffi pour qu'il s'énerve : « Tu as un job qui t'attend quand tu veux dans la galerie de ma mère. Et je suis d'accord avec elle. Ce serait bien pour ton épanouissement personnel de fréquenter des personnes plus stimulantes que les déchets qu'il y a ici.

— Anders ! » Martha avait élevé la voix, mais sentit qu'elle était trop fatiguée, qu'elle n'avait pas la force de s'opposer. Elle alla poser une main sur son bras. « Tu n'as pas le droit de dire que ce sont des déchets. Et je te l'ai déjà dit : ta mère, ses clients n'ont pas *besoin* de moi. »

Anders dégagea son bras. « Ce dont ces gens ont besoin, ce n'est pas toi, c'est que la société arrête de les assister comme elle fait. On traite les junkies en Norvège comme s'ils étaient des vaches sacrées.

— Je ne suis pas prête pour discuter de ça maintenant. Tu ne veux pas partir devant et que je te rejoigne en taxi dès que j'ai terminé ici ? »

Mais Anders croisa les bras et s'appuya sur le chambranle de la porte. « Est-ce que ça t'arrive des fois d'être prête pour discuter de quoi que ce soit, Martha ? Je fais tout pour que tu décides d'une date…

— Pas maintenant.

— Si, maintenant ! Ma mère doit planifier l'été et…

— Pas maintenant, je t'ai dit. » Elle voulut le pousser dehors, mais il ne se laissa pas faire et barra l'ouverture de la porte avec son bras.

« C'est quoi, cette manière de me répondre ? S'ils doivent financer… »

Martha se faufila sous son bras et se mit à marcher dans le couloir.

« Eh ! » Elle entendit la porte claquer et Anders la rattraper au pas de course. Il lui saisit le bras, la retourna et l'attira contre lui. Elle sentit l'odeur de l'après-rasage luxueux que sa mère lui avait offert pour Noël et que Martha détestait. Son cœur s'arrêta presque de battre quand elle vit la noirceur et le vide dans son regard.

« Ne crois pas que tu peux me laisser comme ça », siffla-t-il.

Instinctivement, elle avait levé la main pour protéger son visage, et elle lut la stupéfaction sur son visage.

« Qu'est-ce qui te prend ? murmura-t-il d'une voix dure comme du métal. Tu crois que je vais te *frapper* ?

— Anders, je…

— Deux fois, glissa-t-il, et elle sentit son souffle chaud contre son visage. Deux fois en neuf ans, Martha. Et tu me traites comme si j'étais une… brute qui cogne sa femme.

— Lâche-moi, tu me… »

Quelqu'un toussa derrière elle. Anders lui lâcha le bras, regarda furieusement par-dessus l'épaule de Martha et cracha les mots : « Alors, junkie, tu veux passer ou quoi ? »

Elle se retourna. C'était lui. Stig. Il était simplement là, en attente. Déplaça lentement son regard d'Anders vers elle. Avec une question muette. À laquelle elle répondit en hochant la tête pour dire qu'elle gérait la situation.

Il hocha la tête à son tour et passa devant eux. Les deux hommes échangèrent un regard. Ils faisaient la même taille. Anders était plus large d'épaules, plus musclé.

Elle suivit des yeux Stig qui s'éloignait dans le couloir.

Puis elle regarda de nouveau Anders qui avait incliné la tête et la scrutait avec ce regard mauvais qui l'habitait de plus en plus souvent mais qui était dû, essayait-elle de se persuader, à la frustration de ne pas être reconnu à sa juste valeur dans son travail.

« C'est quoi, ça, bordel ? »

Avant, il ne jurait jamais non plus.

« Quoi donc ?

— C'était une sorte de... communication entre vous, hein ? C'est qui, ce type ? »

Elle poussa un soupir. Presque de soulagement. Elle se retrouvait en territoire plus familier. La jalousie. Sur ce plan, rien n'avait changé depuis qu'ils avaient commencé à sortir ensemble, très jeunes, alors elle avait de l'entraînement pour gérer ça. Elle posa une main sur son épaule.

« Anders, arrête de faire des histoires, tu descends avec moi, on va chercher ma veste et on rentre à la maison. Et on ne va pas se disputer ce soir, ça suffit comme ça, on va plutôt faire quelque chose de bon à manger.

— Martha, je...

— Chut, fit-elle, en sachant qu'elle avait repris l'avantage. C'est *toi* qui prépareras le repas pendant que je prendrai une douche. Et demain, on reparlera du mariage. D'accord ? »

En voyant qu'il allait objecter quelque chose, elle posa un doigt sur ses lèvres. Ses lèvres charnues qui l'avaient fait craquer, à l'époque. Elle caressa la barbe de trois jours, brune, savamment entretenue. Ou bien était-ce sa jalousie qui l'avait séduite ? Elle ne se rappelait plus.

Quand ils prirent place dans la voiture, il s'était calmé. Il avait acheté cette BMW contre son avis à elle, il était sûr qu'elle aimerait cette voiture, une fois qu'elle aurait senti comme elle était confortable, surtout pour les longues distances. Et fiable. Quand il démarra, elle aperçut de nouveau le garçon. Il franchissait la porte et se dépêchait, en se dirigeant vers l'est de la ville. Sur l'épaule, il avait son sac rouge.

20

Simon passa en voiture devant les terrains de foot et tourna dans leur rue. Il vit le voisin qui organisait un nouveau barbecue. Le joyeux brouhaha et les rires des fêtes arrosées à la bière, sous le soleil, tranchaient avec le calme qui régnait dans ce quartier l'été. Les maisons, pour la plupart, étaient plongées dans l'obscurité et seule une voiture était garée le long du trottoir.

«On est arrivés», dit Simon en se plaçant devant leur garage.

Pourquoi avait-il dit ça? Else pouvait bien voir qu'ils étaient rentrés à la maison.

«Et merci pour le film», dit Else en posant sa main sur la sienne sur le levier de vitesse, comme s'il l'avait raccompagnée à la porte et allait la quitter ici. Jamais, songea Simon en lui souriant. Qu'avait-elle tiré de ce qui s'était passé à l'écran? C'était elle qui avait voulu aller au cinéma. Plusieurs fois, il l'avait regardée en douce, l'avait vue rire aux bons moments en tout cas. Mais l'humour de Woody Allen se nichait plus dans les dialogues que dans des gags visuels. Oui, ç'avait été une belle soirée. Encore une fois.

«J'ai comme l'impression que tu regrettes Mia Farrow», le taquina-t-elle.

Il rit. C'était leur *private joke*. La première fois qu'il l'avait emmenée au cinéma, c'était pour voir *Rosemary's Baby*, le film terrible et génial de Roman Polanski, avec Mia Farrow qui donne naissance à un enfant qui se révèle être le fils du diable. Else avait été secouée longtemps, et elle y avait vu un message de Simon, comme quoi ce dernier ne désirait pas d'enfant, surtout quand il avait insisté pour qu'ils revoient le film. Plus tard seulement, au bout du quatrième film de Woody Allen avec Mia Farrow, elle avait compris que c'était Mia Farrow qui l'intéressait et non l'histoire avec le fils du diable.

Au moment de s'éloigner de la voiture, Simon aperçut un flash dans la rue. Comme un appel de phares. Ça provenait de la voiture garée dans la rue.

« Qu'est-ce que c'était ? demanda Else.

— Je ne sais pas, dit Simon en glissant la clé dans la serrure de la porte d'entrée. Prépare le café, je vais aller voir et je te rejoins. »

Simon la quitta et marcha en direction de la voiture. Il l'avait immédiatement repérée à son arrivée, car elle n'appartenait à personne dans le voisinage. Ni dans cette rue, ni dans celles d'à côté. Les limousines à Oslo étaient le plus souvent rattachées à des ambassades, à la maison royale ou à des ministres. Il ne connaissait qu'une seule personne à rouler en ville avec des vitres teintées, de la place pour les jambes et un chauffeur particulier. Un chauffeur qui venait de descendre pour lui ouvrir la portière arrière.

Simon se pencha, mais resta dehors. L'homme de petite taille assis à l'intérieur avait un nez pointu au milieu d'un visage rond aux joues roses, le genre même qu'on pourrait qualifier de « jovial ». Le blazer bleu à boutons dorés – une tenue très en vogue en Norvège dans les années 80 parmi les gens de la finance, les armateurs et les chanteurs de charme – avait toujours surpris Simon. Était-ce à dire qu'ils caressaient tous le rêve secret d'être capitaine de bateau ?

« Bonsoir, inspecteur Kefas, dit l'homme d'une voix enjouée.

— Qu'est-ce que tu fais dans ma rue, Nestor ? Personne ne veut acheter de ta merde ici.

— Eh ! La police n'a donc toujours pas déposé les armes, hein ?

— Donne-moi un prétexte pour t'arrêter et je le ferai.

— Depuis quand c'est interdit d'aider les gens dans le besoin ? Tu es sûr que tu ne veux pas t'asseoir ici à côté de moi pour qu'on puisse parler tranquillement, Kefas ?
— Je ne vois pas pourquoi je le ferais.
— Toi aussi, tu as des problèmes de vue ? »
Simon fixa Nestor. Des bras courts sur un petit thorax ramassé. Les manches du blazer étaient pourtant assez courtes pour laisser apercevoir des boutons de manchettes aux initiales HN. Il prétendait être ukrainien, mais selon le dossier qu'ils avaient sur Hugo Nestor, il était né et avait grandi à Florø, en Norvège, dans une famille de pêcheurs. À l'origine, il s'appelait Hansen avant de changer de nom. Il n'avait jamais fait de séjour prolongé à l'étranger, à part des études d'économie, vite interrompues, à Lund, en Suède. Personne ne savait d'où venait son drôle d'accent, mais une chose était sûre : ce n'était pas d'Ukraine.
« Je me demande si ta femme a compris qui jouait quoi dans ce film, Kefas. Elle a bien dû entendre que Woody Allen ne jouait pas ? Faut dire que ce Juif a une sale voix aigrelette. Non pas que j'aie quelque chose contre les Juifs, pris individuellement, je pense juste que Hitler disait vrai sur eux comme race. C'est comme avec les Slaves. J'ai beau être moi-même un Slave de l'Est, je me rends compte qu'il avait raison de dire que les Slaves ne sont pas capables de se diriger eux-mêmes. Une histoire de races. Et ce Woody Allen, est-ce qu'il n'est pas pédophile aussi ? »
Le dossier stipulait que Hugo Nestor était à la tête de tout le trafic de drogue et de traite d'êtres humains dans la ville. Jamais condamné, jamais mis en garde à vue, jamais suspect. Il était trop intelligent et prudent, une anguille redoutable.
« Je ne sais pas, Nestor. Ce que je sais, c'est que le bruit court que ce sont tes hommes qui ont expédié l'aumônier dans l'au-delà. Il vous devait de l'argent ? »
Nestor fit un sourire hautain. « N'est-ce pas indigne de toi de répandre des rumeurs, Kefas ? Tu avais plus de style, avant, contraire-

ment à tes collègues. Si tu avais plus que des rumeurs, par exemple un témoin crédible prêt à témoigner au tribunal et à désigner les coupables, tu aurais déjà arrêté quelqu'un. Hein ? »

Une anguille.

« Quoi qu'il en soit, j'ai une proposition à vous faire, à toi et ta femme, qui équivaut à de l'argent vite gagné. Suffisamment d'argent pour financer une opération des yeux assez chère, par exemple. »

Simon déglutit et entendit sa voix devenir rauque quand il répondit : « C'est Fredrik qui t'a raconté ça ?

— Ton ancien collègue à la brigade financière ? Laisse-moi simplement te dire que j'ai eu vent de tes besoins. Quand tu viens le trouver avec ce genre de demande, c'est bien pour que ça parvienne à mes oreilles, non ? » Il sourit. « Quoi qu'il en soit, j'ai une solution qui je crois peut satisfaire les deux parties. Tu ne veux toujours pas t'asseoir ? »

Simon saisit la poignée de la porte et vit que Nestor se poussait pour lui laisser plus de place sur la banquette. Il essaya de contrôler sa respiration pour empêcher sa voix de trembler de colère. « Continue de parler, Nestor. Donne-moi enfin un motif de t'arrêter. »

Nestor haussa un sourcil : « Et quel serait ce motif, inspecteur Kefas ?

— Tentative de corruption de fonctionnaire.

— Corruption ? » Nestor eut un rire bref, couinant. « Appelons plutôt ça une proposition d'affaires, Kefas. Tu verras que nous... »

Simon n'entendit pas le reste de la phrase, la limousine étant apparemment bien isolée contre le bruit, à l'intérieur comme à l'extérieur. Il s'en alla sans regarder en arrière. Il aurait dû claquer la portière encore plus violemment. Il entendit la voiture démarrer et les pneus crisser sur le gravier.

« Tu as l'air tout remué, chéri, dit Else quand il se fut assis dans la cuisine devant sa tasse de café. Qu'y a-t-il ?

— Oh, juste quelqu'un qui s'est trompé de chemin, dit Simon. Je lui ai dit où aller. »

D'un pas traînant, Else apporta la cafetière. Simon jeta un coup d'œil par la fenêtre. La rue était déserte à présent. Au même instant il sentit une douleur brûlante se répandre sur ses cuisses.

« Mais bordel ! »

Il donna un coup dans la cafetière qu'elle tenait entre ses mains et qui tomba par terre avec fracas, tandis qu'il lui criait : « Mais bordel, est-ce que tu te rends compte que tu verses du café bouillant sur moi ! T'es... t'es... » Une partie de son cerveau avait réagi au quart de tour et voulait empêcher le mot de sortir, c'était comme claquer la portière arrière de la voiture de Nestor, il ne *voulait* pas, il refusait, il voulait se détruire, se planter un couteau dans le cœur. Et dans celui d'Else.

« ... aveugle ! »

Il y eut un silence dans la cuisine, on n'entendait que le couvercle de la cafetière qui roulait sur le sol en lino et le glouglou du café qui se déversait. Non ! Ce n'était pas ce qu'il avait voulu dire... pas *ça* !

« Pardon, Else, je... »

Il se leva pour l'enlacer, mais elle se dirigeait déjà vers l'évier. Elle ouvrit le robinet d'eau froide et mit une serviette sous le jet. « Enlève ton pantalon, Simon, je vais... »

Il l'étreignit par-derrière. Posa le front contre l'arrière de sa tête. Chuchota : « Pardon, pardon. S'il te plaît, est-ce que tu peux me pardonner ? Je... je ne sais pas ce que je dois faire. J'aurais pu faire quelque chose pour toi aujourd'hui, mais je... je n'y arrive pas, je ne sais pas, je... »

Il n'entendit pas encore ses larmes, sentit seulement son corps parcouru de tels tremblements qu'ils se transmettaient aux siens. Il réprimait ses propres sanglots, sans trop savoir s'il y parvenait, tant leurs deux corps tremblaient.

« C'est moi qui dois te demander pardon, sanglota-t-elle. Tu aurais mérité quelqu'un de mieux, pas quelqu'un qui... qui t'ébouillante.

— Mais personne n'est mieux que toi, murmura-t-il. Tu peux m'ébouillanter autant que tu veux, je ne te laisserai pas, tu entends ? »

C'était vrai et elle le savait. Il ferait tout pour elle, supporterait tout, sacrifierait tout.

Pour que ça parvienne à mes oreilles…

Mais il n'avait pas pu s'y résoudre.

Il entendit des rires lointains là-bas, dans l'obscurité, tandis que les larmes coulaient sur les joues d'Else.

*

Kalle regarda l'heure. Onze heures moins vingt. La journée avait été bonne, ils avaient dealé plus de Superboy qu'en un week-end entier normal, aussi les comptes et la préparation des nouveaux sachets avaient-ils pris plus de temps que d'habitude. Il enleva le masque qu'ils utilisaient quand ils coupaient et mélangeaient la poudre sur le plan de travail, dans cette simple pièce de vingt mètres carrés qui leur servait à la fois de bureau, de labo pour la fabrication de la drogue et de banque. La drogue était bien sûr coupée avant d'arriver ici, mais le Superboy restait le produit le plus pur qu'il ait vu dans sa carrière de trafiquant. Si pur qu'ils devaient porter des masques, sans quoi ils n'auraient pas seulement été défoncés, mais seraient morts du simple fait d'inhaler les particules qui volaient en l'air quand ils coupaient et soulevaient la poudre brune. Il rangea leurs masques dans le coffre-fort devant les liasses de billets et les sachets de came. Devait-il appeler Vera pour la prévenir qu'il serait en retard ? Ou était-il temps qu'il lui fasse comprendre que c'était lui le patron ? C'est lui ramenait l'oseille à la maison et il n'avait pas à rendre des comptes pour ses allées et venues, bordel !

Kalle demanda à Pelvis de jeter un œil dans le couloir.

Derrière la porte métallique de leur bureau partait un couloir assez court, avec le monte-charge à deux, trois mètres de la porte. Au fond, il y avait une porte d'escalier, sauf que celle-ci, en totale infraction aux consignes de sécurité incendie, était en permanence condamnée avec une chaîne.

« Cassius, *check the parking place!* », cria Kalle tandis qu'il refermait le coffre-fort. Dans cette petite pièce, seuls parvenaient les sons des salles de répétition, mais il aimait crier. Cassius était le plus grand et le plus gros Black de la capitale. Son corps était si informe qu'on avait du mal à distinguer qu'est-ce qui était quoi, sauf que les dix pour cent de muscles au milieu de cet amas de graisse étaient largement suffisants pour stopper n'importe qui.

« *No cars, no people at the parking lot* », répondit Cassius en vérifiant à travers les barreaux de la fenêtre.

« La voie est libre », dit Pelvis en regardant par la lucarne.

Kalle tourna la mollette et savoura la résistance lisse et huilée des crans. Il gardait la combinaison dans sa tête et là uniquement, elle n'était écrite nulle part, ne suivait aucune logique, ni dates de naissance ni ce genre de foutaises.

« Bon, on y va, lança-t-il en se redressant. *Have your gun ready, both of you.* »

Ils le regardèrent, étonnés.

Kalle n'avait rien dit, mais les yeux qu'il avait vus à travers la lucarne l'avaient dérangé. L'homme derrière la porte l'avait forcément vu assis à la table. OK, ce n'était qu'un type dans un mauvais groupe de rock qui rêvait d'avoir un imprésario, mais bon... Il y avait eu assez d'argent et de came sur la table pour donner des idées au premier imbécile venu. Espérons que ce type avait aussi eu le temps de voir les deux flingues sur la table, ceux de Cassius et Pelvis.

Kalle se dirigea vers la porte. Celle-ci ne s'ouvrait qu'avec une seule clé, même de l'intérieur. Comme ça Kalle pouvait enfermer ceux qui travaillaient ici, quand lui-même devait sortir. Les fenêtres étaient équipées de barreaux. Bref, quand on travaillait pour Kalle, impossible de foutre le camp avec l'argent et la came. Ou de laisser entrer des intrus.

À son tour, Kalle regarda par la lucarne. Pas parce qu'il avait oublié que Pelvis avait donné le feu vert. Mais parce qu'il savait ce dernier prêt à pousser son chef à ouvrir la porte, pour peu qu'on le paie assez grassement. Kalle ferait la même chose. D'ailleurs, il l'avait déjà fait.

Il ne vit personne. Il vérifia dans le miroir installé en hauteur sur le mur d'en face pour empêcher quelqu'un de se cacher en se collant contre la porte, sous la lucarne. Le couloir, faiblement éclairé, était désert. Il tourna la clé dans la serrure et tint la porte pour laisser sortir les deux autres. Pelvis passa en premier, suivi de Cassius, puis de lui-même. Il se retourna pour fermer.

« Ah, putain ! »

Kalle fit volte-face et découvrit ce qu'il n'avait pas pu voir à travers la lucarne à cause de l'angle mort : les portes du monte-charge étaient restées ouvertes. Mais il ne pouvait toujours pas voir ce qu'il y avait dedans puisque la lumière était éteinte à l'intérieur. Il vit seulement quelque chose de blanc sur un des côtés de la porte. Du gaffer. Devant les détecteurs des portes. Et des éclats de verre sur le sol.

« Attent… »

Trop tard. Pelvis avait déjà fait les trois pas jusqu'au monte-charge.

Le cerveau de Kalle enregistra la flamme du coup de feu à l'intérieur de la cabine avant d'entendre la détonation.

La tête de Pelvis partit sur le côté comme si quelqu'un l'avait giflé. Les traits du visage comme étonnés, il fixa Kalle. On aurait dit qu'il avait un troisième œil dans la pommette. Puis il s'effondra, comme un manteau abandonné par terre par son propriétaire.

« Cassius ! Tire, putain !… »

Dans la panique, Kalle avait oublié que Cassius ne parlait pas norvégien, encore que cela n'avait plus d'importance, car ce dernier avait dirigé son arme vers la cabine sombre du monte-charge et tirait. Kalle sentit un contrecoup dans sa poitrine. Il n'avait jamais été du mauvais côté d'un flingue avant, mais il savait maintenant pourquoi ceux sur qui il avait pointé une arme s'étaient figés de manière si bizarre, comme s'ils étaient remplis de ciment. La douleur s'étendait dans sa poitrine, l'empêchant de respirer, pourtant il fallait qu'il retourne à l'intérieur, il y avait de l'air derrière la porte blindée, il y serait à l'abri, il pourrait s'enfermer. Mais sa main ne lui obéit pas. Impossible d'enfoncer la clé dans la serrure, c'était comme dans un rêve, quand on se déplace sous l'eau. Par chance, il était couvert par le corps massif de Cassius qui vidait son chargeur. Puis la clé glissa enfin dans la serrure, Kalle s'engouffra dans le bureau. Le coup de feu suivant était assourdi et il comprit qu'il provenait de l'intérieur du monte-charge. Il voulut vite refermer la porte, mais celle-ci était bloquée par une épaule et un bras de Cassius aussi gros qu'une cuisse. Putain de merde ! Il essaya de le pousser, mais tout son corps était en train de basculer à l'intérieur.

« Alors rentre, espèce de lâche ! » pesta Kalle en ouvrant plus grand la porte.

Le Black roula et étala sa masse adipeuse sur le seuil de la porte et sur le sol à l'intérieur. Kalle regarda fixement ses yeux vitreux. Ils étaient exorbités comme ceux d'un poisson fraîchement pêché en eaux profondes, sa bouche s'ouvrait et se fermait.

« Cassius ! »

La seule réponse qu'il obtint fut un clapotis mouillé lorsqu'une grosse bulle d'air rose éclata sur les lèvres du Black. Kalle prit appui contre le mur pour essayer de repousser la montagne de chair et pouvoir refermer la porte. Impossible. Il se pencha et opta pour l'autre solution : le tirer entièrement à l'intérieur. Trop lourd. Kalle entendit des pas feutrés à l'extérieur. Le flingue ! Cassius était tombé avec le bras et la main sous lui. Kalle s'assit à califourchon sur le cadavre et tenta désespérément de glisser sa main sous le corps, mais celle-ci rencontrait bourrelet sur bourrelet, et aucune arme. Il avait le bras enfoui jusqu'au coude dans la graisse lorsqu'il entendit des pas furtifs. Comprenant ce qui allait se passer, il essaya de se dégager, mais trop tard. Il se prit la porte en plein front et tout devint noir.

Quand il revint à lui, Kalle était allongé sur le dos, un pistolet pointé sur lui par un type en sweat à capuche, avec des gants de vaisselle jaunes. Il tourna la tête et ne vit personne d'autre. Rien que Cassius, le corps couché en travers de la porte. Et sous cet angle, Kalle vit le canon du pistolet qui sortait de sous le ventre de Cassius.

« Qu'est-ce que tu veux ?

— Que t'ouvres le coffre-fort. Tu as sept secondes.

— Sept ?

— J'ai commencé à compter avant que tu te réveilles. Six. »

Kalle se releva. Il avait le vertige, mais parvint jusqu'au coffre.

« Cinq. »

Il tourna la mollette.

« Quatre. »

Encore un chiffre et le coffre serait ouvert, l'argent disparaîtrait. Un argent qu'il devrait restituer, telles étaient les règles du jeu.

« Trois. »

Il hésita. Si seulement il pouvait s'emparer du flingue sous Cassius.

« Deux. »

Est-ce qu'il allait vraiment tirer ou ce n'était que du bluff ?

« Un. »

Ce type avait descendu deux hommes sans ciller, alors un de plus ou un de moins...

« Voilà... », dit Kalle en s'écartant. Il n'avait pas la force de regarder les piles de billets et de sachets de drogue.

« Mets tout ça là-dedans », ordonna le type en lui tendant un sac de sport rouge.

Kalle s'exécuta. Ni vite ni lentement, il déposa le contenu dans le sac tandis que son cerveau comptait de manière automatique. Cent mille couronnes. Deux cent mille...

Quand ce fut fait, le type lui demanda de jeter le sac devant lui. Kalle obéit. S'il devait l'abattre, pensa-t-il soudain, il le ferait maintenant. Ici. Il n'avait plus besoin de lui. Kalle fit deux pas pour se rapprocher de Cassius. Ce pistolet était sa dernière chance.

« Si tu oublies cette idée, je ne te tire pas dessus », dit le type.

Merde alors ! Il lisait dans les pensées ou quoi ?

« Pose les mains sur la tête et avance dans le couloir. »

Kalle hésita. Est-ce que ça signifiait qu'il lui laissait la vie sauve ? Il enjamba Cassius.

« Appuie-toi contre le mur avec les mains sur la tête. »

Kalle fit ce qu'il disait. Tourna la tête. Vit que l'autre avait déjà ramassé l'arme de Pelvis et qu'il était accroupi avec la main sous Cassius, mais sans quitter Kalle des yeux. Il parvint à récupérer son pistolet aussi.

« Sors la balle qui est dans le mur, ici », demanda le type en indiquant l'endroit. Kalle se souvint alors où il l'avait vu. Près de la rivière. C'était le joggeur. Il avait dû les suivre. Kalle leva les yeux, vit le cul d'une balle déformée dans le plâtre. Les fines éclaboussures de sang allaient du mur jusqu'à l'endroit d'où elles avaient jailli : la tête de Pelvis. La balle n'avait pas pénétré profondément, Kalle put l'extraire sans difficulté avec l'ongle.

« Voilà, fit le type en prenant la balle avec sa main libre. Maintenant, tu vas trouver l'autre balle et mes deux douilles. Tu as trente secondes.

— Et si l'autre balle est à l'intérieur de Cassius ?

— Je ne crois pas. Vingt-neuf.

— Regarde un peu cette montagne de graisse, mec !

— Vingt-huit. »

Kalle se mit à genoux et commença à chercher. Ah, quelle connerie d'avoir lésiné sur le prix des ampoules !

À treize, il avait trouvé quatre des douilles de Cassius et une du type. À sept, il avait retrouvé l'autre balle qui avait dû traverser Cassius et finir sa course contre la porte blindée, car celle-ci avait une petite marque.

Quand le compte à rebours fut terminé, il n'avait toujours pas retrouvé la dernière douille.

Il ferma les yeux. Sentit sa paupière, celle qui était plus courte que l'autre, frotter contre son globe oculaire, tandis qu'il priait Dieu de le laisser vivre un jour de plus. Il entendit le coup de feu, mais ne ressentit aucune douleur. Il ouvrit les yeux et remarqua qu'il était toujours à quatre pattes par terre.

Le type leva le flingue de Pelvis, avec lequel il avait tiré sur Cassius.

Putain, ce type avait tiré encore une fois sur Cassius, mais avec le flingue de Pelvis, histoire de s'assurer qu'il ne se relèverait pas ! Et maintenant, il allait vers Pelvis, pointa l'arme de Cassius sur l'impact du premier coup de feu, en faisant bien attention à l'angle de tir. Et appuya sur la détente.

« Oh, putain ! » cria Kalle, des sanglots dans la voix.

Le type fourra les pistolets des deux autres dans le sac rouge et pointa le sien sur Kalle. « Viens, on prend le monte-charge. »

L'ascenseur. Les bris de verre. C'était donc là que ça se passerait. À lui de saisir sa dernière chance...

Ils entrèrent et, à la lumière du couloir, Kalle vit effectivement plusieurs éclats de verre sur le sol de la cabine. Il repéra un morceau pointu qui conviendrait tout à fait. Il ferait noir quand les portes se refermeraient, il n'aurait qu'à se pencher pour le saisir et d'un seul geste, trancher...

Les portes se refermèrent. Le type enfonça son pistolet dans la ceinture de son pantalon. Parfait ! Ce serait comme tuer une poule Ce fut l'obscurité. Kalle se pencha, ses doigts trouvèrent le morceau de verre. Il se releva. Soudain l'autre l'immobilisa.

Kalle n'aurait pas su dire quelle prise c'était, le fait était qu'il ne pouvait pas bouger un doigt. Il essaya de se dégager, mais c'était comme tirer sur le mauvais bout du nœud, l'étau se resserrait encore plus et ça faisait un mal de chien dans la nuque et les bras. L'éclat de verre lui glissa des doigts. Ça devait être un truc de sport de combat. Le monte-charge s'ébranla.

Les portes s'ouvrirent de nouveau, ils entendirent les éternelles basses résonner, et le type relâcha sa prise. Kalle ouvrit la bouche, inspira. Le pistolet pointé lui indiqua qu'ils allaient avancer dans le couloir et qu'il n'avait pas intérêt à faire le malin.

Kalle fut dirigé dans une des salles de répétition vides où il dut s'asseoir par terre, le dos contre un des radiateurs. Immobile, il regarda fixement la grosse caisse avec « The Young Hopeless » marqué dessus, pendant que le type l'attachait avec un long câble noir. Aucune raison de résister, il ne devait pas avoir l'intention de le tuer, sinon il l'aurait déjà fait. L'argent et la came, ça pouvait se remplacer. Bien sûr, ce serait à lui de le faire, mais ce qui le préoccupait pour l'heure c'était comment expliquer à Vera qu'il n'y aurait pas de virée shopping à l'étranger de sitôt... Le type avait ramassé par terre deux cordes de guitare et avait serré la plus grosse autour de la tête de Kalle, au niveau de la racine du nez, et la plus fine sur le menton, puis les avait fixées apparemment au radiateur derrière lui, car il sentait le métal de la corde la plus fine s'enfoncer dans la peau et appuyer contre la gencive de la mâchoire inférieure.

« Bouge la tête », dit le type. Il devait parler fort pour couvrir le son de la musique qui venait du bout du couloir. Kalle essaya de bouger la tête, mais les cordes de guitare étaient trop tendues.

« Bien. »

Le type posa le ventilateur sur le tabouret de batterie, le mit en marche et le dirigea vers le visage de Kalle. Ce dernier ferma les yeux et sentit la sueur sécher dans le souffle d'air. Quand il les ouvrit à nouveau, il vit que le type avait placé sur le tabouret devant le ventilateur un des sacs d'un kilo de Superboy non coupé et s'était protégé le nez et la bouche avec son sweat. Mais qu'est-ce qu'il allait faire, bordel ? Kalle aperçut alors le morceau de verre.

Ce fut comme si une main glaciale lui enserrait le cœur.

Il savait ce qui allait se passer.

Le type fendit l'air avec l'éclat de verre tranchant. Kalle se raidit. Le bout de verre transperça le sac, provoquant une longue déchirure, et la seconde suivante, la poudre blanche s'envola partout. Kalle en eut dans les yeux, la bouche, le nez. Il sentit le goût amer de la poudre sur ses muqueuses. Ça piquait, ça brûlait, les principes actifs se frayaient un chemin vers son sang.

*

La photo de Pelle et sa femme était fixée sur le tableau de bord à gauche, entre le volant et la portière. Pelle passa un doigt sur la surface lisse avec des traces de gras. Il était retourné à la station de taxi de Gamlebyen, mais ça ne servait pas à grand-chose, on était en plein été et tout marchait au ralenti. Les trajets qui surgissaient sur l'écran partaient d'autres endroits en ville. Soudain il reprit espoir : quelqu'un venait de franchir le portail de l'usine désaffectée. Il avait la démarche décidée de celui qui sait où il doit aller et se précipite dans le premier taxi avant que la lumière sur le toit ne s'éteigne et que la voiture ne disparaisse avec un autre client. Mais voilà qu'il s'appuyait contre le mur. Courbait le dos. L'homme se tenait sous un réverbère et Pelle vit qu'il vomissait ses tripes sur le bitume. Ah non, pas de ça dans sa voiture ! Rien qu'à regarder ce spectacle, Pelle avait un goût de bile dans la bouche. Puis le type s'essuya avec la manche de son sweat à capuche, se redressa, remit son sac sur son épaule et alla vers Pelle. Il fallut qu'il soit tout près pour que ce dernier le reconnaisse : c'était le même type qu'il avait pris, une heure plus tôt à peine. Celui qui n'avait pas assez pour aller jusqu'au foyer. Et voilà qu'il lui faisait signe qu'il voulait monter. Pelle appuya sur le bouton qui condamnait toutes les portes et baissa à peine sa vitre. Il attendit que l'autre soit arrivé à sa hauteur et essaie d'ouvrir la portière.

« Désolé, mon pote, je te prends pas cette fois.
— S'il te plaît ! »
Pelle le regarda. Des larmes avaient coulé sur ses joues. Que s'était-il passé, bon sang ? Bon, ce n'étaient pas ses oignons. OK, il y avait peut-être une histoire triste là-dessous, mais on ne faisait pas de vieux os comme chauffeur de taxi si on prenait à cœur les problèmes des clients.

« Écoute, je t'ai vu vomir. Vomir dans la voiture, ça te coûte mille couronnes, et moi je perds une journée de travail. D'ailleurs la dernière fois que t'es descendu de cette caisse, t'avais plus un rond. Alors désolé, mais c'est non. »

Pelle tourna à moitié la tête. C'était un billet de mille.

Il secoua la tête, mais le type ne bougea pas. Immobile. Attendit. Pelle n'était pas vraiment inquiet. Le type n'avait pas fait d'histoires plus tôt dans la soirée. Au contraire, il n'avait même pas essayé de se faire avancer un peu plus loin, comme les autres fauchés le demandaient, mais l'avait remercié quand il s'était arrêté et l'avait fait descendre, une fois que le compteur avait affiché la somme exacte qu'il lui avait donnée. Il l'avait remercié avec une telle sincérité que Pelle avait eu mauvaise conscience de ne pas l'avoir déposé devant le foyer, ce qui lui aurait pris deux minutes à tout casser.

Pelle soupira. Appuya sur le bouton de déverrouillage des portes.

Le type se glissa sur la banquette arrière. « Merci beaucoup, vraiment.

— Pas de problème. On va où ?

— D'abord jusqu'à Berg, merci. Je dois juste déposer quelque chose là-bas, donc ce serait bien si tu pouvais m'attendre. Puis au foyer Ila. Je te paierai d'avance, bien sûr.

— C'est pas la peine », dit Pelle en démarrant.

Sa femme avait raison, il était beaucoup trop gentil pour ce monde.

TROISIÈME PARTIE

21

Il était dix heures du matin et le soleil brillait depuis longtemps dans la Waldemar Thranes gate où Martha gara sa Golf cabriolet. Elle descendit de voiture, passa d'un pas léger devant la boulangerie et se dirigea vers l'entrée de la cafétéria du foyer Ila. Elle remarqua que des hommes – et des femmes aussi – la suivaient des yeux. Ce n'était pas inhabituel, mais elle trouvait qu'aujourd'hui elle attirait davantage les regards. Sans doute parce qu'elle était d'une humeur particulièrement joyeuse. Sans trop savoir pourquoi, d'ailleurs. Elle s'était disputée avec sa future belle-mère à propos de la date du mariage, avec Grete – la directrice du foyer – à propos du planning des gardes, et avec Anders à propos de… tout. Peut-être sa bonne humeur s'expliquait-elle par le fait que c'était son jour de liberté, Anders était parti avec sa mère pour le week-end dans leur chalet et elle avait deux jours rien que pour elle, pour profiter du soleil.

En entrant dans la cafétéria, elle vit toutes les têtes paranoïaques se lever. Toutes sauf une. Elle sourit, agita la main et rejoignit les deux filles derrière le comptoir. Tendit une clé à l'une d'elles.

« Tout va bien se passer, vous verrez. Allez-y, comme ça ce sera fait. Vous êtes deux, n'oubliez pas. »

La plus jeune hocha la tête, le visage pâle.

Tournant le dos à la salle, Martha se versa une tasse de café. Elle savait qu'elle avait parlé un peu plus fort que nécessaire. Se retourna. Fit un sourire étonné en croisant son regard. Alla vers la table près de la fenêtre où il était assis, seul. Porta la tasse à ses lèvres et lança :

« Déjà debout ? »

Il souleva un sourcil et elle se rendit compte à quel point sa question était idiote, il était plus de dix heures.

« La plupart ici se lèvent un peu plus tard, s'empressa-t-elle d'ajouter.

— Oui, dit-il en souriant.

— Je voulais seulement m'excuser pour ce qui s'est passé hier.

— Hier ?

— Oui. Anders n'est pas comme ça d'habitude, mais de temps en temps… Quoi qu'il en soit, il n'avait pas le droit de parler de cette manière. T'appeler "junkie" et… »

Stig secoua la tête. « Tu n'as pas besoin de t'excuser, tu n'as rien fait de mal. Ton petit ami non plus, je *suis* un junkie.

— Et moi je conduis comme une bonne femme. Mais ce n'est pas une raison pour me le lancer à la figure. »

Il rit. Ce rire adoucissait ses traits et lui donnait l'air d'un adolescent facétieux.

« Je vois que ça ne t'empêche pas de prendre le volant. » Il fit un signe de tête vers la fenêtre. « C'est ta voiture ?

— Oui, c'est une épave, je sais, mais j'aime bien conduire. Pas toi ?

— Je ne sais pas, je n'ai jamais conduit de voiture.

— Jamais ? Vraiment ? »

Il haussa les épaules.

« C'est triste, fit elle.

— Triste ?

— Rien ne vaut d'être au volant d'un cabriolet avec la tête au vent, sous le soleil.

— Même pour un…

— Oui, même pour un junkie. C'est le meilleur trip que tu peux avoir, je te promets.

— Il faudra que tu t'emmènes un jour, alors.

— OK, dit-elle. Pourquoi pas maintenant ? »

La surprise se lut dans ses yeux. Ça lui avait échappé. Elle savait que les autres les regardaient. Et alors ? Elle passait souvent des heures à discuter avec les autres résidents de leurs problèmes sans que personne n'y trouve à redire, au contraire, ça faisait partie de son job. C'était même son jour de congé, alors elle pouvait faire ce qui lui chantait, non ?

« Volontiers, répondit Stig.

— J'ai seulement quelques heures », précisa Martha en remarquant que sa voix était tendue. Regrettait-elle déjà sa proposition ?

« Si je peux essayer un peu, dit-il. De conduire. Ça a l'air amusant.

— Je connais un endroit. Viens. »

Martha sentit les regards dans son dos quand ils sortirent.

*

Il se concentrait tellement que ça la fit rire. Le corps penché en avant, les deux mains serrant fermement le volant, il roulait très lentement en rond sur le parking à Økern, désert le week-end.

« C'est bien, dit-elle. Maintenant tu vas essayer de faire des huit. »

Il obéit. Donna un coup d'accélérateur, mais lorsque le nombre de tours monta, il ralentit instinctivement.

« À propos, on a eu la visite de la police, dit Martha. Ils voulaient savoir si on avait distribué des paires de baskets neuves. Ça avait un lien avec le meurtre d'Agnete Iversen, je ne sais pas si tu en as entendu parler.

— Oui, j'ai lu ça dans les journaux », dit-il.

Elle lui jeta un coup d'œil. C'était un bon point qu'il lise. De nombreux résidents ne lisaient jamais une ligne, ne s'intéressaient pas aux actualités, ignoraient qui était le Premier ministre ou ce qui s'était passé un certain 11 septembre. Mais ils pouvaient te dire le prix du speed à la couronne près, le degré de pureté de l'héroïne et le pourcentage des produits actifs dans un nouveau médicament.

« À propos d'Iversen, ce n'était pas le nom de celui qui pouvait peut-être te donner du travail ?

— Si, je suis allé le voir, mais il n'a plus de travail à me proposer.

— Ah ? C'est dommage.

— Je ne laisse pas tomber, j'ai d'autres noms sur ma liste.

— C'est bien ! Alors tu as une liste ?

— Oui, j'ai une liste.

— On essaie de passer les vitesses ? »

Deux heures plus tard, ils filaient sur la Mosseveien. Elle était au volant. À côté d'eux, le fjord d'Oslo scintillait sous le soleil. Il avait appris à une allure surprenante. Il avait tâtonné un peu pour trouver les vitesses et les pédales, mais une fois qu'il avait compris, c'était comme s'il programmait son cerveau et que ce dernier répétait et automatisait chaque action. Au bout de trois essais, il avait réussi à démarrer en côte sans utiliser le frein à main. Et une fois qu'il eut assimilé les règles de géométrie pour faire un créneau, il y arriva avec une facilité presque énervante.

« C'est quoi ?

— Depeche Mode, dit-il. Tu aimes ? »

Elle écouta le chant à deux voix, solennel, et le rythme très mécanique.

« Oui, dit-elle en montant le volume de l'autoradio. Ça sonne très anglais.

— C'est tout à fait ça. Qu'est-ce que tu entends d'autre ?

— Hum... Disons, une dystopie enjouée. Comme s'ils ne prenaient pas leurs propres dépressions au sérieux, si tu vois ce que je veux dire. »

Il rit. « Je vois ce que tu veux dire. »

Au bout de quelques minutes sur la voie rapide, elle bifurqua vers la presqu'île de Nesoddtangen. La route se rétrécit, la circulation se fluidifia. Martha rangea la voiture le long de la chaussée et s'arrêta.

« Prêt pour le grand saut ? »

Il hocha la tête. « Oui, je suis prêt pour le grand saut. »

Ils descendirent de voiture et échangèrent leurs places. Il se mit au volant, le regard droit devant lui, concentré. Il avait répondu qu'il était prêt pour le grand saut avec un ton qui laissait penser qu'il sous-entendait par ces mots autre chose que le fait de conduire. Il appuya sur la pédale d'embrayage et enclencha la première. Appuya prudemment, pour voir, sur l'accélérateur.

« Rétro, rappela-t-elle en vérifiant elle-même dans le rétroviseur intérieur.

— La voie est libre, dit-il.

— Clignotant. »

Il mit le clignotant, marmonna un « c'est fait », et releva doucement le pied de l'embrayage.

Ils s'engagèrent doucement sur la route. Avec un compte-tours un peu trop élevé.

« Le frein à main », dit-elle en saisissant le manche pour le libérer. Elle sentit sa main qui allait faire la même chose la frôler et aussitôt se retirer comme s'il s'était brûlé.

« Merci », fit-il.

Ils roulèrent pendant dix minutes dans un parfait silence. Laissèrent une voiture pressée les dépasser. Un camion arriva en face. Elle retint sa respiration. Savait que sur cette route étroite, elle aurait le réflexe de freiner – même si elle *savait* qu'il y avait de la place pour les deux véhicules – et de se ranger encore plus à droite. Mais Stig ne parut pas s'en faire le moins du monde. Et le plus étrange, c'est qu'elle avait confiance en lui. Il avait le regard qu'il faut. Le regard inné des hommes qui voient en trois dimensions. Il avait les mains posées sur le volant, détendues. Il lui manquait, songea-t-elle, ce qu'elle-même avait à ne savoir qu'en faire : le doute d'être capable de juger par soi-même. Elle vit les belles veines sur le dessus de sa main où le cœur faisait circuler le sang. Le sang jusqu'au bout des doigts. Elle vit les mains tourner vite sur la droite mais pas trop, à cause de l'appel d'air du camion.

« Eh ! lança-t-il, excité, en lui jetant un coup d'œil. Tu as senti ça ?
— Oui, dit-elle. Je l'ai senti. »

Elle le dirigea pour aller jusqu'à la pointe de Nesodden et lui fit emprunter un chemin de graviers. Ils se garèrent derrière de petites maisons basses, avec d'étroites fenêtres à l'arrière et de plus grandes donnant sur la mer.

« Des maisons de vacances des années 50 qui ont été aménagées, expliqua Martha en le précédant sur le sentier qui cheminait à travers les herbes hautes. J'ai grandi dans une d'elles. Et ici, c'était notre coin secret pour profiter du soleil… »

Ils étaient arrivés à une avancée rocheuse. En contrebas s'étendait la mer et ils percevaient les exclamations joyeuses d'enfants qui se baignaient. Un peu plus loin, le quai avec les ferrys faisant la navette jusqu'au centre d'Oslo, plus au nord, paraissait dans ce beau temps être à quelques centaines de mètres seulement. Ça faisait cinq kilomètres à vol d'oiseau jusqu'à la capitale, et la plupart de ceux qui travaillaient à Oslo préféraient prendre le bateau plutôt que faire quarante-cinq kilomètres en voiture pour contourner le fjord.

Elle s'assit et inspira l'air iodé.

« Mes parents et mes amis avaient l'habitude d'appeler Nesodden "le petit Berlin", raconta Martha. À cause de tous les artistes qui vivaient ici. C'était meilleur marché de vivre ici, dans des maisons de vacances sans chauffage, qu'à Oslo. Quand les températures descendaient sous zéro, on se réunissait dans la maison la moins froide. Qui se trouvait être la nôtre. On s'entassait et on buvait du vin rouge jusqu'au matin, parce que, de toute façon, il n'y avait pas assez de matelas pour tout le monde. Puis on partageait tous un grand petit déjeuner.
— Ça devait être bien. » Stig s'assit à côté d'elle.
« C'était comme ça. Les gens d'ici se serraient les coudes.
— Ça paraît idyllique, présenté comme ça.
— Bon, il arrivait qu'ils se disputent quand même, qu'ils cri-

tiquent leurs œuvres entre eux et qu'ils couchent avec les femmes ou les maris des autres. Pourtant c'était la vraie vie, il se passait toujours des choses. Ma sœur et moi, on a vraiment cru qu'on vivait à Berlin jusqu'à ce que notre père me montre un jour sur une carte où ça se trouvait réellement. Et il m'a expliqué que c'était loin d'ici, au moins à mille kilomètres. Mais qu'un jour on irait là-bas en voiture. Et alors on verrait la porte de Brandebourg et le château de Charlottenburg où ma sœur et moi serions des princesses.

— Et il vous a emmenées là-bas ?

— Au grand Berlin, tu veux dire ? » Martha secoua la tête. « Mes parents n'ont jamais eu les moyens. Et ils n'ont pas non plus vécu longtemps. Moi, j'ai toujours rêvé de Berlin. Au point que je ne sais plus si cette ville existe réellement. »

Stig acquiesça lentement, ferma les yeux et s'allongea dans l'herbe.

Elle le regarda. « Et si on écoutait encore un peu ton groupe ? »

Il ouvrit un œil. Plissa les yeux. « Depeche Mode ? Le disque est dans l'autoradio.

— Donne-moi ton portable », dit-elle.

Il le lui donna et elle pianota sur le clavier. Les pulsations de la musique sortirent des petits émetteurs. Puis la voix mourante qui leur proposait de les emmener en voyage. Il avait tellement l'air de tomber des nues que ça la fit rire.

« Ça s'appelle Spotify, dit-elle en posant le téléphone entre eux. Tu peux télécharger des chansons sur Internet. Tu n'en as jamais entendu parler ?

— On n'avait pas le droit d'avoir de portables en prison, dit-il en reprenant son téléphone.

— En prison ?

— Oui, j'ai fait de la prison.

— Pour trafic de drogue ? »

Stig mit sa main en visière pour se protéger du soleil. « C'est ça. »

Elle hocha la tête. Fit un bref sourire. Que s'était-elle donc imaginé ? Qu'il était un héroïnomane respectueux de la loi ? Il avait fait ce qu'il était obligé de faire, comme les autres.

Elle lui reprit le téléphone. Lui montra la fonction GPS qui pouvait leur dire où ils étaient sur la carte et proposer l'itinéraire le plus court pour rallier tous les endroits au monde. Elle prit une photo de lui avec le portable, puis appuya sur le micro en lui demandant de dire quelque chose.

« C'est une belle journée », dit-il.

Elle arrêta l'enregistrement et le lui fit écouter.

« C'est ma voix, ça ? » demanda-t-il, surpris et visiblement troublé.

Elle appuya sur *stop* et repassa la phrase. La voix sonnait coincée et métallique. « C'est vraiment ma voix ? »

Elle rit en voyant sa tête et rit encore plus quand il lui prit le téléphone, trouva le bouton du micro et lui dit que maintenant c'était à son tour à elle de parler, non, de chanter plutôt.

« Non ! protesta-t-elle en riant. Prends plutôt une photo. »

Il secoua la tête. « Les voix, c'est mieux.

— Pourquoi ? »

Il fit un mouvement comme pour ramener ses cheveux derrière l'oreille. Le geste habituel de quelqu'un qui a eu les cheveux longs si longtemps qu'il a oublié qu'ils ont été coupés, pensa-t-elle.

« Les gens changent d'apparence, seules les voix restent les mêmes. »

Il regarda la mer et elle suivit son regard. Ne vit que la surface scintillante de l'eau, les mouettes, les îlots et les voiliers au loin.

« Certaines voix, oui », admit-elle en pensant à une voix d'enfant. À une certaine voix d'enfant dans le talkie-walkie qui ne changeait pas.

« Tu aimes chanter, dit-il, mais pas pour les autres.

— Qu'est-ce qui te fait dire ça ?

— Parce que tu aimes la musique. Pourtant quand je t'ai demandé de chanter, tu as été aussi tétanisée que la fille à la cafétéria quand tu lui as donné la clé. »

Elle ressentit comme une pointe dans la poitrine. Avait-il lu dans ses pensées ?

« Qu'est-ce qui lui faisait peur ?

— Rien, répondit Martha. Elle et une autre doivent déplacer des archives qui sont au grenier. Personne n'aime aller là-haut. Alors on y va par roulement pour faire ce qu'il y a à faire.

— C'est quoi le problème avec le grenier ? »

Martha suivit une mouette qui planait, immobile, loin au-dessus de la mer, se balançant à peine d'un côté à l'autre. Le vent devait souffler beaucoup plus fort là-haut qu'ici.

« Est-ce que tu crois aux fantômes ? demanda-t-elle tout bas.

— Non.

— Moi non plus. » Elle s'appuya en arrière sur ses coudes de sorte qu'elle ne pouvait pas le voir sans se retourner entièrement. « L'immeuble Ila a l'air d'avoir beaucoup plus que cent ans, n'est-ce pas ? Mais il n'a été construit que dans les années 20. Au départ, ce n'était qu'un pensionnat comme tant d'autres…

— D'où l'enseigne en fer forgé sur la façade.

— Exactement, elle date de cette époque-là. Pendant la guerre, les Allemands en ont fait un foyer pour les filles mères avec leurs enfants. La vie n'a pas été facile pour tout le monde et tout ça est inscrit dans les murs. Une des femmes qui vivaient ici avait eu un petit garçon et elle prétendait que c'était une naissance virginale, une affirmation qui n'était pas rare quand on se retrouvait enceinte malgré soi. L'homme sur lequel se portaient tous les soupçons était marié et nia évidemment la paternité. Deux rumeurs couraient sur lui. La première, c'est qu'il était dans la Résistance, la seconde, c'est qu'il était un espion à la solde des Allemands et qu'il avait infiltré la Résistance, que c'était pour cette raison que les Allemands avaient donné une place à cette femme dans ce foyer et n'avaient pas arrêté l'homme. Toujours est-il que le père fut abattu un matin dans un tramway bondé, dans le centre d'Oslo. On n'a jamais réussi à savoir qui l'avait tué. La Résistance affirma qu'ils avaient liquidé un traître, les Allemands, eux, un résistant. Pour convaincre les esprits dubitatifs, les Allemands suspendirent le cadavre devant la lanterne du phare de Kavringen. »

Elle pointa le doigt vers la mer.

« Ceux qui passaient au large dans la journée voyaient le cadavre desséché, dévoré par les mouettes, et ceux qui naviguaient de nuit voyaient l'ombre énorme que le mort projetait sur la mer. Puis un jour, le cadavre disparut. Certains dirent que la Résistance l'avait récupéré. Mais à partir de là, la femme au pensionnat devint de plus en plus folle, affirmant que l'homme était venu hanter les lieux. Elle disait qu'il venait la nuit dans sa chambre, se penchait au-dessus du berceau de l'enfant, et, quand elle lui criait de s'en aller, tournait vers elle un visage avec des trous noirs à l'endroit où les mouettes s'étaient acharnées sur ses yeux. »

Stig haussa un sourcil.

« Je tiens cette histoire de Grete, la directrice d'Ila, expliqua Martha. Il paraît que l'enfant n'arrêtait pas de pleurer, mais quand les voisines se plaignaient, disant qu'elle ne consolait pas son enfant, elle répondait que l'enfant pleurait sur leur destin et qu'il continuerait ainsi jusqu'à la fin des temps. » Martha marqua une pause. C'était maintenant la partie de l'histoire qu'elle préférait : « Le bruit courait qu'elle-même ignorait pour qui travaillait cet homme, mais que pour se venger qu'il ait refusé de reconnaître l'enfant, elle l'avait dénoncé aux Allemands comme résistant et à la Résistance comme espion. »

Un coup de vent frais fit frissonner Martha, elle se redressa et passa les bras autour de ses genoux.

« Puis, un jour, elle n'est pas descendue au petit déjeuner. Ils l'ont retrouvée dans le grenier. Elle s'était pendue à la grande poutre transversale. Tu peux voir une marque plus claire sur le bois, on dit que c'est là que se trouvait la corde.

— Et maintenant, elle hante le grenier ?

— Je ne sais pas, je sais seulement que c'est un endroit où on ne se sent pas bien. Au départ, je ne crois pas aux revenants, mais le fait est que personne ne réussit à rester longtemps là-haut. C'est comme si on percevait une concentration du mal. Les gens ont des maux de tête, sentent comme une force les pousser hors de la pièce. Souvent, ce sont de nouveaux employés ou des personnes auxquelles on fait appel ponctuellement pour faire le ménage et qui ne connaissent pas cette histoire. Et il n'y a pas d'amiante dans l'isolation ou ce genre de choses, au cas où tu penserais à ça. »

Elle l'observa. Aucun scepticisme ne se lisait sur son visage et il n'avait pas le petit sourire en coin auquel elle s'était attendue. Il se contentait d'écouter.

« Mais ce n'est pas tout, dit-elle. L'enfant.
— Oui, dit-il.
— Oui ? Devine.
— Il a disparu. »
Elle le regarda, étonnée. « Comment tu le sais ? »
Il haussa les épaules. « Tu m'as demandé de deviner.
— Certains pensent que la mère l'a donné aux résistants la nuit même où elle s'est pendue. D'autres pensent qu'elle a tué l'enfant et l'a enterré dans le jardin derrière, pour que personne ne lui prenne. De toute façon… » Martha inspira. « … il n'a jamais été retrouvé. Et le plus étrange, c'est que de temps en temps on capte des sons sur nos talkies-walkies qui viennent d'on ne sait où. Mais on entend très bien ce que c'est… »

Il avait encore l'air de savoir ce qu'elle allait dire.

« Des pleurs d'enfant, compléta-t-elle.
— Des pleurs d'enfant, répéta-t-il.
— Beaucoup de personnes, surtout quand elles viennent d'arriver, ont peur quand elles entendent ça. Alors Grete leur explique que ce n'est pas si étrange que ça : les talkies-walkies capteraient parfois les signaux des babyphones du voisinage.
— Et tu n'y crois pas ? »
Martha haussa les épaules. « C'est toujours possible, mais…
— Mais ? »

Nouveau coup de vent. Des nuages sombres apparaissaient à l'ouest. Martha regretta de ne pas avoir emporté de veste.

« Mais ça fait sept ans que je travaille à Ila. Et tout à l'heure, tu as parlé des voix qui ne changent pas…

— Oui ?

— Je te jure, c'est le même nouveau-né. »

Stig hocha la tête. Ne dit rien, ne proposa pas d'explication, ne fit aucun commentaire. Juste ce mouvement de tête. Elle apprécia.

« Sais-tu ce que signifient ces nuages ? finit-il par demander en se levant.

— Qu'il va pleuvoir et que nous devons partir ?

— Non, dit-il. Que nous devons vite aller nous baigner pour avoir le temps de nous sécher au soleil. »

*

« Fatigue compassionnelle », dit Martha. Couchée sur le dos, elle regardait le ciel, avec le goût de l'eau salée encore dans la bouche, et sentait la roche chaude contre sa peau et à travers ses sous-vêtements mouillés. « Ça veut dire que j'ai perdu la capacité d'avoir de l'empathie. En anglais, *compassion fatigue*. C'est bizarre, mais il n'y a pas de termes spécifiques en norvégien pour ça, comme si ça n'en valait pas la peine. »

Il ne répondit pas. Ce n'était pas plus mal d'ailleurs, elle ne s'adressait pas directement à lui, il n'était qu'un prétexte pour penser à voix haute.

« Je suppose que c'est un moyen de se protéger, de déconnecter quand la pression est trop forte. Ou peut-être que la source est tarie, peut-être que je n'ai plus d'amour en moi. » Elle réfléchit. « Si, j'en ai. J'en ai encore beaucoup… mais pas… »

Martha vit la Grande-Bretagne passer dans le ciel et, avant d'atteindre la couronne de l'arbre au-dessus de sa tête, elle s'était déjà transformée en mammouth. Au fond, c'était comme être allongée sur le divan chez son psy. Il faisait en effet partie de ceux qui avaient encore un divan dans leur cabinet.

« Anders était le plus beau et le meilleur élève de la classe, dit-elle en parlant aux nuages. Capitaine de l'équipe de foot. Ne me demande pas s'il était président de l'association des élèves. »

Elle attendit.

« Il l'était ?

— Oui. »

Ils commençaient à rire des mêmes choses.

« Tu étais amoureuse de lui ?

— À fond ! Je le suis toujours. Oui, je suis amoureuse de lui. C'est un gentil garçon. Il n'est pas que beau et intelligent. J'ai de la chance d'avoir Anders. Et toi ?

— Quoi, moi ?

— Tu as eu beaucoup de petites amies ?

— Aucune.

— Aucune ? » Elle se redressa sur ses coudes. « Avec ton charme, je ne te crois pas. »

Stig avait enlevé son tee-shirt. Sa peau était si pâle au soleil que ça faisait presque mal aux yeux. Elle fut surprise de ne pas voir de nouvelles piqûres de seringue. Il devait se shooter dans les cuisses ou l'aine.

« Allez..., insista-t-elle.

— J'ai embrassé quelques filles... » Il passa la main sur ses anciennes piqûres. « Mais elle a été ma seule petite amie... »

Martha regarda les cicatrices. Eut envie de les caresser avec le doigt, elle aussi. De les effacer.

« Tu as déclaré à l'entretien d'admission que tu avais arrêté, fit-elle. Je ne dirai rien à Grete. Pas pour l'instant. Mais tu sais...

— ... Que vous n'hébergez que des consommateurs actifs. »

Elle acquiesça. « Tu crois que tu vas y arriver ?

— À passer le permis ? »

Ils sourirent tous deux.

« J'y arrive aujourd'hui, dit-il. On verra demain. »

Les nuages étaient encore très éloignés, mais elle entendit gronder le tonnerre au loin, avertissement de ce qui les attendait. Le soleil, comme s'il le savait aussi, s'était mis à briller plus intensément.

« Donne-moi ton téléphone », dit-elle.

Martha appuya sur la fonction microphone. Puis elle chanta la chanson que son père jouait à la guitare pour sa mère. Souvent en fin de soirée, l'été, lorsqu'ils prolongeaient la fête jusqu'à pas d'heure. Assis exactement à l'endroit où ils étaient maintenant, avec sa guitare acoustique au vernis abîmé, il jouait si doucement que la musique semblait suspendue. Cette fameuse chanson de Leonard Cohen où il dit qu'il a toujours été son amant, qu'il veut voyager avec elle, la suivre aveuglément partout, qu'il sait qu'elle lui fait confiance parce qu'avec son âme il a touché son corps parfait…

Elle chanta les paroles d'une voix fluette. C'était toujours comme ça quand elle chantait, sa voix trahissait une faiblesse et une fragilité qu'elle avait du mal à accepter. Et si l'autre voix, plus dure, avec laquelle elle se protégeait, n'était qu'un leurre ?

« Merci, dit-il quand elle eut terminé. C'était très beau. »

Elle ne se demanda pas pourquoi c'était gênant, mais pourquoi ça ne l'était pas davantage.

« Il est temps qu'on rentre », dit-elle avec un sourire en lui rendant son téléphone.

Elle aurait dû savoir que baisser la vieille capote moisie allait être compliqué, mais elle avait trop envie de sentir le vent frais dans ses cheveux. Ça leur prit un bon quart d'heure de travail intense, alternant réflexion et brutalité, enfin ils parvinrent à la replier. Elle savait qu'elle ne pourrait pas la remettre sans l'aide d'Anders. Quand ils reprirent place dans la voiture, Stig lui montra son téléphone. Il avait entré Berlin dans son GPS.

« Ton père avait raison, dit-il. Du petit Berlin au grand Berlin, il y a mille trente kilomètres. Temps estimé de trajet : douze heures et cinquante et une minutes. »

Elle conduisit. Vite, comme si elle voulait arriver à temps pour quelque chose. Ou éviter quelque chose. Elle regarda dans le rétro. Les nuages blancs au-dessus du fjord lui firent penser à une mariée. Une mariée qui marchait d'un pas décidé et inexorable, avec une traîne faite de pluie.

Les premières grosses gouttes tombèrent lorsqu'ils furent pris dans les bouchons sur le Ring 3 et elle comprit aussitôt qu'elle avait perdu.

« Tourne ici », dit Stig en indiquant un dégagement.

Elle s'exécuta et ils se retrouvèrent soudain dans un quartier avec des villas.

« À droite, ici », la guida-t-il.

Les gouttes redoublèrent d'intensité. « On est où ?

— À Berg. Tu vois la maison jaune ?

— Oui.

— Je connais les propriétaires de la maison, ils ne sont pas là. Arrête-toi devant le garage, je vais ouvrir. »

Cinq minutes plus tard, du fond de la décapotable garée parmi des outils rouillés, des pneus usés et des meubles de jardin recouverts de toiles d'araignée, ils regardaient la pluie tomber en trombe devant la porte ouverte du garage.

« Ça n'a pas l'air de vouloir s'arrêter tout de suite, dit Martha. Et je crois que la capote est définitivement cassée.

— Je suis d'accord, dit Stig. Du café, peut-être ?

— Où ça ?

— Dans la cuisine. Je sais où est la clé.

— Mais…

— C'est ma maison. »

Elle le regarda. Elle n'avait pas roulé assez vite. N'avait pas réussi. Maintenant, quoi qu'il arrive, il était trop tard.

« Je veux bien », dit-elle.

22

Simon ajusta son masque et examina le mort. Il lui rappelait quelque chose.

« C'est la municipalité qui possède et gère cet endroit, dit Kari. Les salles de répétition sont louées pour une bouchée de pain à des jeunes qui font de la musique. Mieux vaut chanter qu'ils sont des gangsters plutôt que traîner dans les rues et le devenir pour de vrai. »

Ça y est, il savait à quoi ça lui faisait penser. À un Jack Nicholson mort gelé dans *Shining*. Il était allé voir le film seul. Après Else. Et pour elle. Peut-être était-ce la neige ? Le mort avait l'air d'être pris dans une congère. L'héroïne s'était déposée en fine couche sur le cadavre et un peu partout dans la pièce. Autour de la bouche, du nez et des yeux, la poudre formait comme des grumeaux à cause de l'humidité.

« C'est un groupe qui répétait plus loin dans le couloir qui l'a découvert au moment de partir », dit Kari.

Le cadavre avait été retrouvé la veille au soir, mais Simon n'avait été prévenu que ce matin, en arrivant au travail. Trois personnes avaient été tuées. La PJ était chargée de l'affaire. Le directeur général de la police avait, en d'autres termes, demandé à la PJ de « prêter main-forte » – ce qui revenait à leur confier l'affaire – sans concerter d'abord la brigade criminelle. Le résultat serait peut-être identique, mais quand même !

« Il s'appelle Kalle Farrisen », dit Kari.

Elle lisait le compte rendu provisoire. Simon avait demandé au directeur de le leur envoyer pour qu'ils puissent au moins en prendre connaissance. Ainsi que l'autorisation de se rendre sur les lieux. C'était malgré tout leur district.

« Simon, avait dit le directeur, va jeter un coup d'œil, mais ne t'en mêle pas. Toi et moi, on est trop vieux pour jouer à celui qui pisse le plus loin...

— Toi, peut-être, avait-il répliqué.

— Tu as entendu ce que j'ai dit, Simon. »

Simon s'était parfois demandé qui avait le plus de potentiel. La réponse ne faisait pas de doute, alors à quel moment tout avait basculé ? Quand avait-on assigné à chacun une place : pour l'un le fauteuil à haut dossier dans le bureau du directeur et pour l'autre, dégradé, castré, un vieux fauteuil à la brigade criminelle ? Quand le meilleur d'entre eux allait-il être retrouvé à son bureau, chez lui, avec une balle dans la tête, tirée par son propre pistolet ?

« Les cordes de guitare autour de sa tête sont respectivement des cordes de *mi* grave et de *sol* de la marque Ernie Ball. Le câble est un Fender, lut Kari.

— Et le ventilo et le radiateur ?

— Quoi ?

— Rien. Continuez.

— Le ventilateur fonctionnait. La conclusion provisoire du médecin légiste est que Kalle Farrisen a été étranglé. »

Simon étudia le nœud sur le câble. « Il semble que Kalle a été obligé d'inspirer la came qui lui a été soufflée au visage. Vous êtes d'accord là-dessus ?

— Je suis d'accord, répondit Kari. Il peut retenir son souffle, mais au bout d'un moment, il est bien obligé de respirer. Les cordes de la guitare font qu'il ne peut pas tourner la tête. Il a pourtant essayé, c'est ce qui explique le cisaillement au cou. La drogue s'introduit dans son nez, son estomac, ses poumons, gagne le sang, il devient amorphe, continue de respirer, de plus en plus faiblement, car l'héroïne affecte la capacité respiratoire. Jusqu'à ce qu'il cesse complètement de respirer.

— La mort classique par overdose, dit Simon. Exactement ce qui est arrivé à certains qui se sont ravitaillés chez lui. » Il montra le câble. « Et celui qui a fait ce nœud est un gaucher. »

« On ne peut pas continuer à se croiser comme ça ! »

Ils se retournèrent. Åsmund Bjørnstad se tenait dans l'embrasure de la porte, un sourire en coin, flanqué de deux hommes qui portaient une civière.

« Nous allons emporter le corps, alors si vous avez terminé…

— Nous avons vu ce qu'il fallait, dit Simon en se relevant avec peine. Est-ce que nous pouvons voir aussi le reste ?

— Mais bien sûr », dit l'enquêteur de la PJ sans se départir de son faux sourire en les conduisant galamment dans le couloir.

Simon jeta un regard étonné sur Kari, qui se retourna en haussant les sourcils, l'air de dire *Ça alors…*

« Des témoins ? demanda Simon dans le monte-charge en regardant les éclats de verre au sol.

— Non, répondit Bjørnstad. Si ce n'est que le guitariste du groupe qui a trouvé le corps dit qu'il y avait un type ici plus tôt dans la soirée. Il a prétendu qu'il jouait dans un groupe qui s'appelle The Young Hopeless, mais on a vérifié : ce groupe n'existe plus.

— À quoi ressemblait-il ?

— Le témoin a dit qu'il portait un sweat avec une capuche relevée. C'est ce qu'ils font, les jeunes, de nos jours.

— C'était donc quelqu'un de jeune ?

— Oui, d'après ce témoin. Entre vingt et vingt-cinq ans.

— De quelle couleur, le sweat à capuche ? »

Bjørnstad sortit un calepin. « Gris, apparemment. »

Les portes du monte-charge s'ouvrirent et ils sortirent en enjambant les rubalises et les fanions de marquage. Au sol se trouvaient quatre personnes. Deux vivantes et deux mortes. Simon adressa un bref signe de tête à une des vivantes. Il avait une barbe rousse et était à quatre pattes au-dessus d'un cadavre avec, à la main, une lampe de poche de la taille d'un stylo plume. Le mort avait une grande blessure sous un œil. Une flaque de sang s'étalait comme une auréole autour de sa tête avec, au sommet, des taches dont l'ensemble formait le dessin d'une goutte. Simon avait essayé une fois d'expliquer à Else ce qui pouvait faire la beauté d'une scène de crime. Une fois et jamais plus.

Le deuxième corps, autrement plus volumineux celui-là, gisait en travers de la porte, avec le thorax à l'intérieur de la pièce.

Simon balaya les murs du regard et trouva l'impact de balle. Il vit la lucarne dans la porte et le miroir en face, sous le plafond. Ensuite il recula jusqu'au monte-charge, leva le bras droit et visa. Se ravisa et leva le bras gauche. Il dut faire un pas à droite pour que l'angle de tir corresponde à la trajectoire de la balle à travers la tête – à moins que le crâne n'ait infléchi la direction – jusqu'au trou dans le mur. Il ferma les yeux. Il s'était déjà retrouvé dans cette configuration. Devant le perron des Iversen. Il avait visé avec la main droite. Là aussi, il avait dû faire un pas de côté, pour retracer la bonne trajectoire. Mettre un pied dans la terre meuble. La même terre qu'autour des rosiers. Mais il n'y avait pas d'empreinte de chaussure correspondante à côté des dalles.

« Si vous voulez bien me suivre pour le reste de la visite, mesdames et messieurs, lança Bjørnstad en tenant la porte pour laisser Kari et Simon enjamber le corps et pénétrer à l'intérieur. La municipalité louait cette pièce à ce qu'ils croyaient être une agence d'événementiel pour de jeunes groupes de musique. »

Simon jeta un coup d'œil dans le coffre-fort vide. « Qu'est-ce qui s'est passé, selon vous ?

— Un règlement de comptes entre bandes, répondit Bjørnstad. Ils se sont attaqués à ce dépôt autour de l'heure de fermeture. Le premier homme a été abattu pendant qu'il était au sol, nous avons récupéré la balle dans les planches du sol. L'autre s'est fait descendre lorsqu'il était couché sur le seuil de la porte, là aussi on a retrouvé la balle dans le sol. Ils ont forcé le troisième à ouvrir le coffre. Ont pris l'argent et la came et l'ont liquidé en bas, pour montrer à leurs rivaux qui fait la loi désormais.

— Je comprends, dit Simon. Et les douilles ? »

Bjørnstad eut un rire bref. « *Je* comprends. Sherlock Holmes subodore un rapport avec le meurtre d'Agnete Iversen.

— Aucune douille ? »

Le regard d'Åsmund Bjørnstad passa de Simon à Kari avant de revenir sur Simon. Puis, avec le large sourire triomphant d'un magicien content de son tour de passe-passe, il sortit un sac plastique de la poche de sa veste. Le brandit devant le visage de Simon. Il contenait deux douilles.

« Désolé de détruire votre théorie, mon vieux, dit-il. De plus, les trous dans les corps indiquent un calibre beaucoup plus gros que celui avec lequel a été tuée Agnete Iversen. Fin de la visite ! J'espère que vous vous êtes bien amusés.

— Juste trois questions pour terminer.

— Je vous en prie, inspecteur Kefas.

— Où avez-vous trouvé les douilles ?

— À côté des victimes.

— Où sont les armes des victimes ?

— Ils n'en avaient pas. Dernière question ?

— C'est le directeur qui vous a demandé d'être coopératif et de nous faire visiter les lieux ? »

Åsmund Bjørnstad éclata de rire. « Par l'intermédiaire de mon chef à la PJ, peut-être. Nous obéissons toujours aux ordres de nos supérieurs, n'est-ce pas ?

— En effet, dit Simon. C'est ce qu'on fait si on veut grimper dans la hiérarchie. Merci pour la visite. »

Bjørnstad resta dans la pièce, mais Kari suivit Simon. Elle s'arrêta derrière lui, quand ce dernier, au lieu d'entrer dans le monte-charge, demanda au technicien roux de lui prêter sa lampe de poche et alla examiner le trou fait par la balle dans le mur. L'éclaira sous tous les angles.

« Vous avez déjà retiré la balle, Nils ?

— Ça devait être un vieux trou, il n'y avait pas de balle à l'intérieur », répondit le barbu roux qui examinait avec une simple loupe le sol autour du mort.

Simon s'accroupit, humecta le bout de ses doigts et les appuya par terre juste sous le trou. Les montra à Kari. Elle vit de petits bouts de plâtre collés à la peau.

« Tiens, merci », dit Simon. Nils leva les yeux, hocha rapidement la tête et récupéra sa lampe de poche.

« Qu'est-ce que ça voulait dire ? demanda Kari une fois que les portes du monte-charge se furent refermées.

— Il faut encore que je réfléchisse, je vous le dirai après », répondit Simon.

Cela mit Kari de mauvaise humeur. Pas parce qu'elle soupçonnait son chef de faire l'intéressant, mais parce qu'elle n'arrivait pas à suivre son raisonnement. Ce n'était pas son genre, d'être à la traîne. Les portes s'ouvrirent et elle sortit. Se retourna, ne comprenant pas pourquoi Simon n'avait pas bougé.

« Est-ce que je peux emprunter votre bille ? » demanda-t-il à brûle-pourpoint.

Elle soupira, glissa la main dans la poche de sa veste. Il posa la petite bille jaune au milieu du sol du monte-charge. Elle roula d'abord doucement, puis plus vite vers le bord avant de disparaître dans l'interstice entre les portes intérieures et extérieures.

« Bon, il ne reste plus qu'à aller à la cave pour la retrouver, dit Simon.

— Ce n'est pas grave, répliqua Kari. J'en ai d'autres à la maison.

— Je ne parle pas de la bille. »

Kari était encore larguée. Au moins deux métros de retard. Au moins. Une pensée l'effleura. La pensée qu'à ce moment-ci, elle aurait pu faire un autre métier. Mieux payé, plus indépendant. Sans chef retors et cadavres qui puent. Ce temps viendrait, il fallait seulement s'armer de patience.

Ils trouvèrent la cage d'escalier, le couloir de la cave et une porte de monte-charge. À la différence des étages au-dessus, il n'y avait qu'une simple porte en fer avec du verre cathédrale armé. En face de la porte, un panneau indiquait MACHINERIE MONTE-CHARGE. ACCÈS INTERDIT À TOUTE PERSONNE NON AUTORISÉE. Simon baissa la poignée. Fermée.

« Montez voir dans les salles de répétition si vous ne trouvez pas un câble, dit Simon.

— Quel genre de…

— N'importe », répondit-il en s'appuyant contre le mur.

Elle ravala son objection et se dirigea vers l'escalier.

Deux minutes plus tard, elle revenait avec un jack. Simon enleva les fiches et déchira le plastique autour du métal. Puis il courba le câble en forme de U et le glissa entre la porte du monte-charge et l'encadrement à la hauteur de la poignée. Il y eut comme un déclic et quelques étincelles. Il ouvrit la porte.

« Bigre ! dit Kari. Vous avez appris ça où ?

— J'ai fait les quatre cents coups, quand j'étais gamin », dit Simon en sautant sur la dalle en béton située un demi-mètre plus bas que le sol de la cave. Il leva les yeux vers la cage du monte-charge. « Si je n'étais pas devenu flic…

— Est-ce que ce n'est pas un peu risqué ? s'inquiéta Kari en sentant un picotement sur son cuir chevelu. Et si le monte-charge descendait jusqu'ici ? »

Mais Simon était déjà à quatre pattes et tâtonnait sur le sol en béton.

« Vous avez besoin de lumière ? s'enquit-elle, en espérant qu'il ne remarquerait pas la nervosité dans sa voix.

— Toujours », répondit-il en riant.

Kari laissa échapper un minuscule cri quand un petit claquement se fit entendre et que les câbles huilés se mirent en mouvement. Simon se releva vite, prit appui sur ses mains et remonta dans le couloir de la cave. «Venez», dit-il.

Elle le suivit presque au pas de course, franchit la porte d'entrée et traversa la cour de graviers.

«Attendez!» s'écria-t-elle avant de s'asseoir dans la voiture qu'ils avaient garée entre les deux épaves de camions. Simon s'arrêta et la regarda par-dessus le toit du véhicule.

«Je sais, dit-il.

— Quoi donc?

— Je sais que c'est très énervant quand votre partenaire la joue perso et ne vous tient pas au courant.

— Précisément! Alors quand comptez-vous me...

— Mais je ne suis pas votre partenaire, Kari Adel, précisa Simon. Je suis votre chef et votre professeur. Je vous le dirai en temps et en heure. Compris?»

Elle le regarda. Vit la brise soulever ses cheveux clairsemés à droite et à gauche sur le crâne brillant. Et une étincelle dans son regard d'habitude si amical.

«Compris, dit-elle.

— Tenez.» Il lui jeta quelque chose par-dessus le toit de la voiture. Elle joignit les mains pour attraper les deux objets. Vit ce que c'était: l'un était la bille jaune, l'autre... une douille.

«Il suffit de changer la perspective et l'endroit d'où l'on observe pour découvrir de nouvelles choses, expliqua-t-il. Tout aveuglement peut être compensé. Bon, on y va?»

Elle s'assit sur le siège passager et il démarra, direction le portail. Elle se taisait. Attendait. Il marqua un arrêt et regarda longuement à droite et à gauche avant de s'engager sur la route. Comme le font les hommes d'un certain âge. Kari n'avait jamais pensé jusqu'ici que ça avait un lien avec une production plus faible de testostérone, mais la chose lui parut à présent évidente. Toute rationalité n'était-elle pas fondée sur l'expérience ?

« Au moins un coup de feu a été tiré de l'intérieur du monte-charge », dit-il en se glissant derrière une Volvo.

Elle gardait toujours le silence.

« Et vous m'objectez quoi ?

— Que cela ne correspond pas à ce qui a été trouvé, répondit Kari. Les seules balles sont celles qui ont tué les victimes et ces balles ont été retrouvées juste sous elles. Les types devaient être allongés par terre quand ils ont été abattus, et cela ne correspond pas à l'angle qu'il y aurait eu si les coups de feu étaient partis du monte-charge.

— Non, d'ailleurs il y avait des résidus de poudre sur la peau de celui qui a reçu une balle dans la tête, et des fibres de coton brûlées sur la chemise autour de sa blessure. Ce qui signifie ?

— Qu'ils ont été abattus à bout portant, pendant qu'ils étaient en position allongée. Ça correspond au fait que les douilles ont été retrouvées à côté d'eux, et les balles dans le sol.

— Bien. Mais vous ne trouvez pas bizarre qu'ils soient tous les deux tombés comme ça, et aient été abattus ensuite ?

— Peut-être qu'ils ont pris peur en voyant le pistolet et que, dans la panique, ils ont trébuché ? Ou alors on leur a donné l'ordre de se coucher par terre et ensuite ils ont été exécutés.

— C'est un bon raisonnement. Cependant avez-vous remarqué quelque chose de particulier avec le sang autour du cadavre qui était le plus près du monte-charge ?

— Il y en avait beaucoup.

— Oui…, dit-il en traînant sur le *i*, pour lui faire comprendre que ce n'était pas tout.

— Le sang formait une flaque autour de sa tête, ajouta-t-elle. Ce qui signifie qu'il n'a pas été déplacé après avoir été abattu.

— Oui, mais sur le bord externe de la flaque, le sang était plus étendu, comme s'il avait d'abord giclé dans cette direction. En d'autres termes, le sang qui a coulé a fini par recouvrir l'endroit où il avait giclé et éclaboussé le sol. Et compte tenu de la forme et de l'étendue de ce sang, la victime a dû être abattue debout. C'est pourquoi Nils examinait le sol avec sa loupe, parce qu'il y a quelque chose qui cloche avec les marques de sang.

— Et vous, vous savez pourquoi…

— Oui, dit simplement Simon. Le meurtrier a tiré son premier coup de feu en étant encore dans le monte-charge. La balle a traversé la tête de la victime et a touché le mur où vous avez vu le trou. Tandis que la douille est tombée par terre dans le monte-charge et…

— … A roulé sur le sol en pente et est tombée dans la cage du monte-charge.

— Exactement.

— Mais… mais la balle dans le plancher…

— Le meurtrier lui a tiré dessus encore une fois, à bout portant.

— À l'endroit de la blessure de la première balle…

— Notre ami de la PJ a cru que c'était du gros calibre ; s'il s'y connaissait mieux en balistique, il aurait vu que les douilles provenaient d'une arme de petit calibre. Ce qui veut dire que le gros impact est en réalité la somme de deux petits impacts, l'un sur l'autre, que le meurtrier a essayé de faire passer pour un seul. C'est pour cette raison qu'il a emporté le premier projectile qui s'est fiché dans le mur.

— Car ce n'était pas un trou ancien comme l'a cru le technicien, enchaîna Kari. Pour preuve, les traces de plâtre récentes sur le sol juste en dessous. »

Simon sourit. Elle vit qu'il était satisfait d'elle. Et cela, qu'elle le veuille ou non, lui donna des ailes.

« Examinez le calibre, le code du fabricant et les dates de fabrication de la douille. C'est un autre type de munition que celle que nous avons trouvée au premier étage. Autrement dit, son premier coup de feu a été tiré avec un autre pistolet que celui qu'il a utilisé pour donner le change. Je crois que les analyses balistiques montreront que les balles viennent des armes des victimes elles-mêmes.

— Comment ça ?

— C'est davantage votre domaine, Adel, mais j'ai du mal à imaginer trois types non armés dans un QG de trafiquants de drogue. Le meurtrier a emporté leurs armes pour nous empêcher de découvrir qu'il s'en était servi.

— Vous avez raison.

— La question qui se pose, reprit Simon en se mettant derrière le tramway, est pourquoi c'est si important pour lui qu'on ne retrouve pas la première balle et la douille.

— N'est-ce pas évident ? L'empreinte de la cuvette nous donnera le numéro de série du pistolet, lequel, grâce au fichier des fabricants, nous mènera à…

— Erreur. Regardez le cul de la douille. Pas d'identification moderne. Il a utilisé un pistolet plus ancien.

— Ah, d'accord, dit Kari, qui se promit de ne plus jamais utiliser le mot *évident*. Alors, je ne sais vraiment pas. Mais je pense que vous allez éclairer ma lanterne…

— Comme vous dites, Adel. La douille que vous tenez entre les mains correspond à la même munition que celle qui a atteint Agnete Iversen.

— Ah ? Vous pensez donc que…

— Je pense qu'il a essayé de camoufler que c'est aussi lui qui a tué Agnete Iversen, déclara Simon en s'arrêtant si brusquement devant le feu orange que la voiture derrière lui klaxonna. S'il a pris soin de ramasser la douille chez les Iversen, ce n'était pas, comme je le croyais, parce qu'elle avait l'empreinte du percuteur. C'était parce qu'il avait déjà un autre meurtre en tête et voulait laisser autant que possible place nette derrière lui, pour qu'il y ait le moins de chances possible qu'on fasse le lien entre les deux affaires. Je parie que la douille qu'il a emportée de chez les Iversen était du même lot que celle que vous avez ici.

— Le même type de munition donc, mais une munition très courante, c'est ça ?

— Oui.

— Alors pourquoi êtes-vous si sûr qu'il y a un lien ?

— Je ne suis pas sûr à cent pour cent, répondit Simon en fixant le feu rouge comme si c'était une bombe qui pouvait exploser à tout instant. Mais il n'y a malgré tout que dix pour cent de la population qui sont gauchers. »

Elle acquiesça. Essaya de comprendre où il voulait en venir. Renonça. Soupira. « Je donne ma langue au chat.

— Kalle Farrisen a été attaché au radiateur par un gaucher. Agnete Iversen a été abattue par un gaucher.

— J'ai saisi le premier argument, mais le deuxième…

— J'aurais dû comprendre ça plus tôt. L'angle d'ouverture de la porte jusqu'au mur de la cuisine. Si le coup de feu qui a tué Agnete Iversen avait été tiré par un droitier, la personne aurait dû mettre un pied en dehors de l'allée en dallage et une chaussure aurait laissé des traces dans la terre meuble. La réponse est évidemment qu'il avait les deux pieds dans l'allée et qu'il s'est servi de sa main gauche. Je n'ai pas été bon sur ce coup-là.

— Si j'ai bien compris, dit Kari en fermant les yeux, il y a un lien entre Agnete Iversen et les trois victimes ici. Et puisque le meurtrier s'est donné beaucoup de mal pour que nous ne voyions *pas* ce lien, cela veut dire qu'il a peur que ce lien nous donne des indices sur son identité…

— C'est bien, agent Adel. Vous avez changé de perspective et de position, et vous avez pu *voir*. »

En entendant des klaxons énervés, Kari ouvrit brusquement les yeux.

« C'est vert », dit-elle.

23

Il pleuvait moins, mais Martha avait mis sa veste au-dessus de sa tête tandis qu'elle observait Stig prendre une clé sur la poutre de l'entrée de la cave et ouvrir la porte. À l'image du garage, la cave était pleine de choses qui retracent une vie de famille : sacs à dos, sardines de tentes, baskets montantes rouges usées, qui devaient servir à un sport, peut-être la boxe. Une luge. Une tondeuse manuelle qui avait été remplacée par celle à essence, dans le garage. Un grand congélateur avec un dessus en formica. De larges étagères avec des sirops de fruits et des pots de confitures maison reliés par des toiles d'araignée, et un clou où pendait une clé avec un bout de papier aux lettres pâlies qui indiquait à quoi elle correspondait. Martha s'arrêta un instant devant le rack à skis, certains avaient encore des restes de fart. Un ski très long et large était fendu sur toute sa longueur.

En arrivant à l'étage, Martha comprit aussitôt que les lieux étaient inoccupés depuis longtemps. C'était peut-être l'odeur, ou la couche invisible de poussière accumulée au fil des années. Elle en eut la confirmation dès qu'elle entra dans le salon. Pas un seul objet ne semblait dater de la dernière décennie.

« Je vais faire du café », dit Stig en entrant dans la cuisine attenante.

Martha regarda les photos sur le manteau de la cheminée.

L'image d'un couple de mariés. La ressemblance, surtout avec la mariée, était frappante.

Une autre photo, prise sans doute quelques années plus tard, les montrait avec deux autres couples. Martha eut l'intuition que c'étaient les hommes, et non les femmes, qui faisaient le lien. Ils avaient quelque chose en commun, la même attitude un peu triomphante, les sourires sûrs d'eux, un côté démonstratif, comme trois amis – et mâles alpha – qui, sans effort, marquaient chacun leur territoire. Des hommes à égalité.

Elle alla dans la cuisine. De dos, Stig était penché sur la porte du frigo.

«Tu as trouvé du café?» demanda-t-elle.

Il fourra vite dans sa poche de pantalon un post-it jaune collé sur la porte du frigo et se tourna vers elle.

«Oui, bien sûr», dit-il en ouvrant le placard au-dessus du plan de travail, à côté de l'évier. Avec des gestes rapides d'habitué, il mit du café dans un filtre, versa de l'eau dans le réservoir et mit la cafetière électrique en marche. Il enleva sa veste et l'accrocha sur le dossier d'une des chaises de cuisine. Pas la plus proche de lui, mais celle qui était la plus proche de la fenêtre. C'était *sa* chaise.

«Tu as habité ici», constata-t-elle.

Il acquiesça.

«Tu ressembles beaucoup à ta mère.»

Il eut un sourire en coin. «C'est ce qu'ils disaient.

— *Disaient*?

— Mes parents ne sont plus en vie.

— Ils te manquent?»

Elle vit immédiatement sur son visage que cette question tout à fait banale l'atteignait de plein fouet, comme un morceau de métal qui se serait enfoncé dans une ouverture qu'il aurait oublié d'obturer. Il cligna deux fois des yeux, ouvrit et ferma la bouche, comme si la douleur était si soudaine, si inattendue qu'il était incapable de parler. Il fit oui de la tête et se tourna vers la cafetière, bougea le récipient en verre et fit semblant de rectifier sa position.

— Ton père fait très autoritaire sur les photos.
— Il l'était.
— En bien ? »

Il se tourna vers elle. « Oui, en bien. Il veillait sur nous. »

Elle hocha la tête. Pensa à son propre père, qui avait été tout le contraire.

« Et il fallait veiller sur toi ?
— Oui ». Il fit un bref sourire. « Il fallait veiller sur moi.
— Qu'est-ce qu'il y a ? Tu pensais à quelque chose. »

Il haussa les épaules.

« Qu'est-ce qu'il y a ? répéta-t-elle.
— Non, j'ai vu que tu t'étais arrêtée devant le ski de saut abîmé.
— Comment c'est arrivé ? »

Il regarda d'un air absent le café qui commençait à couler dans le récipient en verre. « Tous les ans, à Pâques, on allait voir mon grand-père du côté de Lesjaskog. Il y avait un tremplin où mon père avait battu le record du saut le plus long. L'ancien record, c'était celui de grand-père. J'avais quinze ans, et tout l'hiver je m'étais entraîné au saut à ski pour battre le record. Mais Pâques était tard dans l'année et la température s'était radoucie. Du coup, quand on est arrivés chez mon grand-père, il n'y avait pas beaucoup de neige tout en bas, sur la piste de réception où le soleil tapait fort, il y avait des brindilles et des cailloux qui pointaient sous la neige. Mais il *fallait* que j'essaie quand même. »

Il jeta un bref regard à Martha qui, d'un signe de tête, l'invita à poursuivre.

« Quand il a compris ce que j'allais faire, mon père m'a interdit d'y aller en disant que c'était trop dangereux. J'ai fait semblant d'être d'accord et j'ai demandé au garçon de la ferme d'à côté d'être témoin et de mesurer mon saut. Il m'avait aidé à rajouter un peu de neige à l'endroit où je comptais me réceptionner. Je suis vite monté sur le tremplin, j'ai fixé les skis que mon père avait hérités de mon grand-père et je me suis élancé. La piste était une véritable patinoire. Mon impulsion au bout du tremplin était bonne. Presque trop bonne, en fait. J'ai volé, plané, je me sentais comme un aigle, plus rien ne comptait, car j'y étais enfin, c'était plus fort que tout. » Martha vit ses yeux briller. « J'ai atterri quatre mètres avant l'endroit où on avait rajouté de la neige. Les skis ont traversé tout de suite la couche de boue et un caillou pointu a fendu entièrement le ski droit comme si ç'était un banana split.

— Et toi ?

— J'ai morflé. J'ai creusé un sillon sur toute la piste de réception avant de m'arrêter un peu plus loin dans la plaine. »

Martha, piquée, porta une main à sa clavicule. « Mon Dieu ! Tu t'es blessé ?

— Comme si on m'avait passé à tabac. Et j'étais trempé de la tête aux pieds. Mais je ne me suis rien cassé. De toute façon, je ne l'aurais pas remarqué, parce que je ne pensais qu'à une seule chose : que va dire le paternel ? J'ai fait quelque chose d'interdit et j'ai abîmé ses skis.

— Et qu'est-ce qu'il a dit ?

— Pas grand-chose. Il m'a simplement demandé ce que je considérerais comme une punition adéquate.

— Et qu'est-ce que tu as répondu ?

— Trois jours d'interdiction de sortie. Mais il m'a dit que comme c'était Pâques, deux jours suffisaient. Après la mort de mon père, ma mère m'a avoué qu'il avait été trouver le voisin, pendant que j'étais consigné à la maison, pour qu'il lui montre l'endroit de la réception et lui raconte toute l'histoire, encore et encore. Et, chaque fois, il avait ri aux larmes. Mais ma mère lui avait fait promettre de garder ça pour lui, parce qu'elle avait peur que ça m'encourage à faire encore plus de bêtises. Alors sous prétexte de le recoller, il avait ramené le ski abîmé à la maison. Mais la vraie raison, m'a dit ma mère, c'était que ce ski était son souvenir le plus cher.

— Est-ce que je peux le voir encore une fois ? »

Il leur servit du café et ils descendirent dans la cave avec leurs tasses à la main. Elle s'assit sur le congélateur et le regarda montrer le ski. Un ski lourd, blanc, de la marque Splitkein avec six rainures dessous. Quelle drôle de journée, songea-t-elle. Soleil, pluie. Mer aveuglante, cave sombre. Un étranger qu'elle avait l'impression de connaître depuis toujours. Si éloigné. Si proche. Tout était comme il fallait. Ou comme il ne fallait pas...

« Concernant le saut, est-ce que la suite t'a donné raison ? voulut-elle savoir. Rien n'a été plus fort que ça ? »

Il pencha la tête sur le côté, l'air pensif. « Si, le premier shoot. Ça a été encore plus fort. »

Elle donna de petits coups de talon contre le congélateur. C'était peut-être de là que venait le froid. Mais oui, le congélateur fonctionnait, un voyant rouge était allumé entre la poignée et le trou de la serrure. Bizarre, à voir l'aspect désaffecté de la maison.

« Tu as en tout cas établi un record », dit-elle.

Il sourit en secouant la tête.

« Non ?

— Seuls les sauts où on reste debout comptent, Martha », expliqua-t-il en buvant une gorgée de son café.

Ce n'était pas la première fois qu'elle l'entendait prononcer son prénom, mais elle avait l'impression que, pour la première fois, *quelqu'un* le disait.

« Alors tu aurais dû continuer le saut à skis. C'est normal, les garçons se mesurent à leur père et les filles à leur mère.

— Tu crois ?

— Tu ne crois pas, toi aussi, que tous les fils s'imaginent un jour être comme leur père ? C'est bien pour ça qu'ils sont si déçus de découvrir que ces derniers aussi ont des faiblesses : ils prennent ces faiblesses à leur compte, à l'image des défaites qui les attendent dans la vie. Parfois le choc est si grand qu'ils abandonnent avant même d'avoir commencé.

— Ç'a été ton cas ? »

Martha haussa les épaules. « Ma mère n'aurait jamais dû rester mariée à mon père. Mais elle s'est soumise. Un jour qu'on se disputait à propos de quelque chose qu'elle m'avait refusé, je ne sais plus quoi, je lui ai crié que c'était injuste qu'elle m'interdise d'être heureuse, simplement parce qu'elle se l'interdisait. D'avoir dit ça, je le regretterai toute ma vie. Je n'oublierai jamais son regard blessé quand elle m'a répondu : "J'aurais risqué de perdre l'être qui me rend le plus heureuse : toi." »

Stig hocha la tête, tourna les yeux vers la fenêtre de la cave. « Parfois, on se trompe quand on croit avoir percé à jour nos parents. Peut-être qu'ils n'étaient pas faibles, au bout du compte. Peut-être qu'il s'est simplement passé des choses qui ont fait qu'on a eu une fausse impression. Peut-être qu'ils étaient forts. Peut-être qu'ils étaient prêts à laisser derrière eux un nom sali, à se laisser dépouiller de leur honneur, à endosser toute la honte, rien que pour sauver ceux qu'ils aiment. Et s'ils étaient si forts, alors, peut-être que toi aussi, tu es fort. »

Le tremblement de sa voix était presque imperceptible. Presque. Martha attendit qu'il tourne de nouveau les yeux vers elle avant de demander :

« Alors qu'est-ce qu'il a fait ?
— Qui ?
— Ton père. »

Elle vit sa pomme d'Adam monter et descendre. Ses yeux cligner plus rapidement. Ses lèvres se réduire à un trait. Elle vit qu'il voulait. Qu'il sentait le bord du tremplin se rapprocher. Il était toujours capable de s'élancer sur la piste trop verglacée...

« Il a signé une lettre de suicide avant qu'ils lui tirent dessus. Pour nous sauver, ma mère et moi. »

Martha fut prise de vertige tandis qu'il poursuivait son récit. Elle l'avait peut-être poussé dans le vide, mais elle était entraînée avec lui. Impossible de revenir en arrière à ce moment où elle ignorait encore ce qu'elle allait apprendre maintenant. Savait-elle inconsciemment jusqu'où tout cela la mènerait? Avait-elle désiré ce vol plané fou, cette chute libre?

Ce week-end-là, sa mère et lui étaient allés à un tournoi de lutte à Lillehammer. D'habitude, son père l'accompagnait, mais il avait dit qu'il devait rester à la maison ce week-end, qu'il avait quelque chose d'important à faire. Stig avait gagné dans sa catégorie, et une fois à la maison, il avait couru au bureau de son père pour le lui dire. Son père était assis, le dos tourné, la tête posée sur le bureau, et Stig avait d'abord cru qu'il s'était endormi sur son travail. Puis il avait vu le pistolet.

« Je n'avais vu ce pistolet qu'une seule fois avant ça. Mon père était toujours dans son bureau quand il écrivait son journal intime, un grand carnet avec des pages jaunes et une reliure de cuir noir. Quand j'étais petit, il me disait que c'était sa manière à lui de se confesser. Je croyais que se confesser, c'était un autre terme pour dire se confier par écrit, jusqu'à ce qu'à l'âge de onze ans, notre prof de religion nous apprenne que se confesser, c'était avouer ses péchés. Quand je suis rentré de l'école, ce jour-là, je me suis glissé dans son bureau et j'ai pris la clé du tiroir : je connaissais l'endroit où il la cachait. Je voulais savoir quels étaient les péchés de mon père. J'ai ouvert le tiroir... »

Martha inspira comme si c'était elle qui parlait.

« Mais son journal n'était pas là, il n'y avait qu'un vieux pistolet noir. J'ai refermé à clé et je suis ressorti. J'ai su alors pour la première fois ce qu'était la honte. J'avais essayé d'*espionner* mon père, de le démasquer! Je ne l'ai raconté à personne et je n'ai jamais plus essayé de découvrir où il cachait son journal intime. Mais ce jour-là, quand j'étais derrière mon père dans son bureau, c'est revenu. C'était ma punition pour ce que j'avais fait. J'ai posé ma main sur sa nuque pour le réveiller. Non seulement son corps n'avait plus aucune chaleur, mais il dégageait quelque chose de glacial, comme du marbre, une dureté qui était celle de la mort. Et j'ai su que c'était ma faute. Puis j'ai vu la lettre... »

Martha observait sa carotide pendant qu'il racontait l'avoir lue. Il avait vu sa mère dans l'embrasure de la porte. Il avait pensé dans un premier temps déchirer la lettre en mille morceaux et faire comme si elle n'avait jamais existé. Mais il n'avait pas pu s'y résoudre. Et à l'arrivée de la police, il la leur avait donnée. Il avait lu sur leurs visages qu'eux aussi auraient préféré passer la lettre au broyeur à papier.

Sa carotide saillait comme celle d'un chanteur qui n'aurait pas l'habitude de chanter. Comme celle de quelqu'un qui n'a pas l'habitude de parler.

Sa mère avait commencé par prendre des antidépresseurs sur ordonnance. Puis d'autres cachets, de sa propre initiative. Mais, comme elle l'avait dit, aucune médecine ne faisait le poids face à l'alcool, qui avait l'avantage d'être rapide et efficace. Alors elle buvait de l'alcool fort : vodka au petit déjeuner, au déjeuner et au dîner. Il avait essayé de s'occuper d'elle, de faire disparaître les comprimés et les bouteilles. Pour être présent, il avait arrêté la lutte et, peu à peu, l'école. Ils étaient venus le relancer, avaient sonné à la porte et demandé comment un aussi bon élève pouvait sécher les cours ; il les avait chassés. Sa mère allait de mal en pis, entrait dans des colères terribles et, peu à peu, était devenue suicidaire. À l'âge de seize ans, en fouillant dans la chambre de sa mère, il avait découvert une seringue parmi toutes les boîtes de cachets. Il avait tout de suite compris ce que c'était. Ou du moins à quoi ça servait. Il s'était piqué dans la cuisse. Et ça avait tout arrangé. Le lendemain, il était allé dans le quartier de Plata et il avait acheté sa première dose. Au bout de six mois, il avait revendu tout ce qui était facilement revendable et volé sa mère sans défense. Il se foutait de tout, de lui en premier, mais il avait besoin d'argent pour tenir la douleur à distance. Comme il était mineur et, en principe, ne pouvait pas aller en prison, il avait accepté de se faire payer pour avouer de menus larcins et des cambriolages où des délinquants plus âgés se trouvaient impliqués.

À l'âge de dix-huit ans, on ne lui avait plus fait ce genre de propositions et le manque d'argent, cet éternel manque d'argent, était devenu un tel problème qu'il avait accepté d'endosser deux meurtres en échange de recevoir de la drogue pendant tout le temps qu'il purgerait sa peine.

« Et tu as fini de la purger ? » demanda-t-elle.

Il hocha la tête. « Oui, moi, j'ai fini. »

Elle se laissa glisser du congélateur et alla vers lui. Le temps de s'en rendre compte, il était trop tard. Elle tendit la main et la posa sur le cou de Stig, au niveau de la carotide. Il la regarda avec de grandes pupilles noires qui remplissaient presque tout l'iris. Puis elle posa les mains autour de sa taille et il passa les bras autour de ses épaules, comme dans une danse inversée. Ils restèrent ainsi un moment, puis il la serra contre lui. Mon Dieu, comme son corps était brûlant, il devait avoir de la fièvre. Ou était-ce elle ? Elle ferma les yeux, sentit le nez et la bouche de Stig contre ses cheveux.

« On monte ? chuchota-t-il. J'ai quelque chose pour toi. »

Ils regagnèrent la cuisine. Dehors, la pluie avait cessé. Il sortit quelque chose de la poche de sa veste, accrochée au dossier de la chaise.

« Elles sont pour toi. »

Les boucles d'oreilles étaient si belles qu'elle en resta sans voix.

« Elles ne te plaisent pas ?

— Si, elles sont magnifiques, Stig. Mais comment... Tu les as volées ? »

Il la regarda d'un air grave, sans répondre.

« Excuse-moi, Stig. » Elle sentait, malgré elle, qu'elle avait les larmes aux yeux. « Je sais que tu ne te shootes plus, mais je vois bien que ces boucles d'oreilles ont été portées et...

— Elle n'est plus en vie, l'interrompit Stig. Et de si jolies choses doivent être portées par quelqu'un qui vit. »

Troublée, Martha cligna des yeux. Puis elle comprit. « Elles appartenaient… elles étaient… » Elle leva les yeux, à moitié aveuglée par les larmes. « … À ta mère. »

Elle ferma les yeux, sentit le souffle de Stig contre son visage. La main contre sa joue, son cou, sa nuque. Et elle posa sa main libre sur lui. Pour le repousser. Ou l'attirer vers elle. Ils s'étaient déjà embrassés, elle le savait. Une centaine de fois, au moins, depuis la première fois qu'ils s'étaient vus. Mais c'était différent quand leurs lèvres se rencontrèrent pour de vrai et elle reçut comme une décharge électrique. Elle garda les yeux fermés, sentit ses lèvres, si douces, ses mains qui lui caressaient le dos, sentit les poils de barbe, son odeur, son goût. Elle le voulait, lui tout entier. Mais le contact de leurs corps l'avait réveillée, l'avait tirée de ce délicieux rêve dans lequel elle s'était laissée glisser, parce que cela ne portait pas à conséquence. Jusqu'à maintenant.

« Je ne peux pas, chuchota-t-elle d'une voix tremblante. Il faut que je m'en aille, Stig. »

Il la lâcha et elle se détourna brusquement. Ouvrit la porte et marqua un arrêt avant de sortir. « C'était de ma faute, Stig. Nous ne devons plus jamais nous revoir. Tu comprends ? Jamais. »

Elle referma la porte derrière elle avant de pouvoir entendre sa réponse. Le soleil avait percé la couche de nuages et de la vapeur flottait au-dessus du bitume brillant. Elle sortit dans la chaleur moite.

*

Avec ses jumelles, Markus vit la femme se précipiter dans le garage, faire démarrer la vieille Golf dans laquelle ils étaient venus et sortir la voiture avec la capote toujours baissée. Elle se déplaçait si vite qu'il eut du mal à la suivre, mais elle avait l'air de pleurer.

Puis il dirigea de nouveau ses jumelles sur la fenêtre de la cuisine et zooma. L'homme près de la fenêtre la regardait s'éloigner. Les poings et les mâchoires serrés, les veines des tempes gonflées comme s'il avait mal. Et l'instant d'après, Markus comprit pourquoi. Le Fils d'en face tendit les bras, ouvrit ses mains qu'il plaqua contre la vitre. Quelque chose brilla dans le reflet du soleil. Dans chaque paume, il tenait une boucle d'oreille et deux minces filets de sang coulaient le long de ses poignets.

24

L'open space était plongé dans la pénombre. En partant, des collègues avaient éteint la lumière, croyant sans doute être les derniers, et Simon n'avait pas protesté, il faisait encore clair les soirs d'été. D'ailleurs, avec son nouveau clavier rétroéclairé, il n'avait même pas eu besoin d'allumer sa lampe de bureau. Rien qu'à leur étage dans l'immeuble, ils utilisaient environ un quart de million de kilowatts par an. S'ils arrivaient à baisser jusqu'à deux cent mille, cela leur permettrait de financer deux véhicules de patrouille supplémentaires.

Il continua à surfer sur le site de la clinique Howell. Les images de la clinique spécialisée dans les yeux n'étaient pas comme celles de beaucoup d'établissements privés américains qui ressemblaient davantage à des hôtels cinq étoiles, avec des patients souriants, des références à ne savoir qu'en faire et des chirurgiens aux allures d'acteurs ou de commandants de bord. Cette clinique n'avait que peu de photos et présentait sobrement les qualifications de ses employés, ses résultats, les articles scientifiques publiés et les nominations au prix Nobel. Et, plus important que tout, le pourcentage d'opérations réussies pour soigner le mal dont souffrait Else. Le chiffre dépassait la barre des cinquante pour cent, mais il avait secrètement espéré plus. D'un autre côté, il était suffisamment bas pour être crédible.

Aucun prix n'était affiché sur leur site. Mais il n'avait pas oublié celui qu'il avait entendu. Il était si élevé qu'il était, lui aussi, crédible.

Il remarqua un mouvement dans la pénombre. C'était Kari.

« J'ai essayé de vous joindre à votre domicile. Votre femme m'a dit que vous étiez ici.

— Oui.

— Pourquoi travaillez-vous si tard ? »

Simon haussa les épaules. « Quand on ne peut pas rentrer à la maison avec de bonnes nouvelles, on traîne parfois au bureau pour retarder le moment.

— Que voulez-vous dire ? »

Simon fit un geste d'impuissance. « Vous vouliez ?

— J'ai fait ce que vous m'avez demandé, j'ai retourné chaque pierre, cherché tous les liens imaginables et inimaginables entre l'assassinat d'Agnete Iversen et le triple meurtre. Et je n'ai absolument rien trouvé.

— Ce qui ne veut pas dire, naturellement, qu'il n'y en a pas un », commenta Simon en continuant de taper sur son clavier.

Kari prit une chaise et s'assit. « Moi, en tout cas, je n'ai pas réussi à en voir un. Et ce n'est pas faute d'avoir cherché. Alors j'ai pensé…

— C'est bien de penser.

— Peut-être qu'il s'agit tout simplement d'un voleur qui a vu deux bonnes occasions : la maison des Iversen et un lieu où de la drogue et de l'argent étaient entreposés. Et ce qu'il a appris du premier cambriolage, c'est qu'il vaut mieux avoir quelqu'un pour se faire ouvrir le coffre-fort avant de le tuer. »

Simon leva les yeux de son ordinateur. « Un voleur qui a déjà tué deux personnes et qui utilise un kilo de Superboy, d'une valeur marchande d'un demi-million de couronnes, pour tuer sa troisième victime ?

— Bjørnstad optait pour un règlement de comptes entre bandes rivales, un message fort envoyé à la concurrence.

— Les bandes n'ont pas besoin de débourser un demi-million en affranchissement pour envoyer leurs messages, agent Adel. »

Kari inclina la tête en arrière en soupirant.

« Agnete Iversen n'a en tout cas rien à voir avec le trafic de stupéfiants et avec des gens comme Kalle Farrisen, ça au moins on peut en être sûrs.

— Mais il y a un lien, insista Simon. Ce que je ne comprends pas, c'est qu'il soit si difficile de trouver ce lien, alors que nous savons que le meurtrier a tout fait pour que cela ne nous vienne pas à l'esprit. Si ce lien est si difficile à trouver, pourquoi se donner tant de peine pour dissimuler que c'est la même personne qui est derrière tout ça ?

— Peut-être parce que ce camouflage ne nous vise pas, *nous* », dit Kari en bâillant.

Elle referma vite la bouche en voyant Simon la regarder avec des yeux écarquillés. « Mais bien sûr. Vous avez raison.

— Ah, vous croyez ? »

Simon se leva. Se rassit. Tapa du plat de la main sur la table. « Ce n'est pas à la police qu'il veut donner le change, mais à d'autres personnes.

— Parce qu'il a peur que ces autres lui fassent la peau ?

— Oui, ou simplement qu'ils soient sur leurs gardes. Cela dit... » Simon se frotta le menton et poussa tout bas un juron.

« Cela dit, quoi ?

— C'est plus compliqué que ça. Car il ne se cache pas tout à fait. Il envoie naturellement un message quand il tue Kalle avec ce mode opératoire. »

Énervé, Simon donna un coup de pied qui fit basculer le dossier de son fauteuil en arrière. Ils restèrent silencieux tandis que l'obscurité s'épaississait autour d'eux. Simon fut le premier à rompre le silence : « La mort de Kalle a été provoquée de la même façon que lui, en tant que dealer, a provoqué la mort des autres. Arrêt respiratoire comme conséquence de l'overdose. Comme si l'assassin était une sorte d'ange vengeur. Est-ce que ça vous évoque quelque chose ? »

Kari secoua la tête. « Non, si ce n'est qu'Agnete Iversen n'a pas été exécutée selon le même principe, puisqu'à ma connaissance, elle n'a tiré sur personne en pleine poitrine avec une arme à feu. »

Simon se leva. Alla vers la fenêtre et regarda en bas la rue éclairée. Les roues de deux skates résonnèrent sur le bitume, deux garçons, tous deux en sweat à capuche, passèrent au-dessous.

« Oh, j'allais oublier, reprit Kari. J'ai trouvé en fait un autre lien. Entre Per Vollan et Kalle Farrisen.

— Ah ?

— Oui, j'ai parlé avec un indic auquel je faisais appel quand je travaillais aux stup'. Il m'a dit que c'était bizarre que deux personnes qui se connaissaient si bien meurent à si peu de temps d'intervalle.

— Vollan connaissait Farrisen ?

— Oui, et bien. Trop bien, selon mon indic. Encore une chose…

— Oui ?

— J'ai consulté le dossier de Kalle. Il a été entendu à plusieurs reprises dans le cadre d'une affaire de meurtre, il y a quelques années, il a même été en garde à vue. La victime n'a jamais été identifiée.

— Jamais ?

— On sait seulement que c'était une jeune Asiatique. Selon l'odontologie médico-légale, elle avait seize ans. Un témoin dit avoir vu un homme lui faire une injection dans une cour d'immeuble. Et il a reconnu Kalle au tapissage.

— Ah ?

— Oui, mais Kalle a été relâché quand quelqu'un d'autre a avoué.

— Quel coup de bol !

— Oui. D'ailleurs, celui qui a avoué était le garçon qui s'est échappé de Staten. »

Kari observait le dos immobile de Simon devant la fenêtre. Avait-il entendu ce qu'elle avait dit ou devait-elle répéter ? Soudain, sa voix bourrue mais rassurante de grand-père s'éleva :

« Kari ?
— Oui ?
— Je veux que vous vérifiiez tout ce que vous pourrez trouver sur l'entourage d'Agnete Iversen. Voyez s'il n'y aurait pas quelque chose comme un coup de feu qui aurait été tiré en sa présence. N'importe quoi, vous comprenez ?
— Bon. À quoi pensez-vous maintenant ?
— Je pense…, répondit-il sur un ton qui n'était plus celui d'un bon grand-père, que si… *si*… alors…
— Alors ?
— Alors ça ne fait que commencer. »

25

Markus avait éteint la lumière de sa chambre. Il éprouvait un sentiment étrange à rester là à observer quelqu'un en sachant qu'il ne pouvait pas être vu. Pourtant, son cœur s'arrêtait de battre chaque fois que le Fils regardait par la fenêtre dans la direction des jumelles. Comme s'il savait que quelqu'un l'espionnait. Il était dans la chambre des parents maintenant, assis sur le coffre peint traditionnel qui, Markus le savait, contenait seulement des housses de couette et des draps. La pièce sans rideaux était éclairée par un plafonnier doté de quatre ampoules, alors c'était facile de voir. Et comme la maison jaune était un peu en contrebas et que Markus était dans la couchette supérieure du lit superposé qu'il avait poussé près de la fenêtre, il pouvait voir ce que le Fils fabriquait. Pas grand-chose, en fait, il était resté une éternité avec ses écouteurs branchés sur son portable à écouter quelque chose. Une chanson amusante, sans doute, car toutes les trois minutes il rappuyait sur le téléphone comme pour l'écouter en boucle. Et il souriait toujours au même moment de la chanson, même s'il devait être triste à cause de l'histoire avec la fille. Ils s'étaient embrassés et puis elle était partie en trombe. Le pauvre. Et si Markus allait frapper à sa porte pour lui demander s'il voulait dîner avec eux ce soir ? Sa mère ne dirait certainement pas non, au contraire. Mais il avait l'air si déçu qu'il préférait peut-être rester seul. Ça pouvait attendre demain. Markus se lèverait tôt et irait sonner à la porte, avec des petits pains frais. Oui, c'était une bonne idée. Markus bâilla. Et dans sa tête, il se passa une chanson, lui aussi. Pas vraiment une chanson, plutôt une phrase, mais qui lui trottait dans la tête depuis que l'autre abruti de Tåsen avait demandé à cet homme s'il était le père de Markus. «Ça se pourrait.»

Ça se pourrait, hé hé!

Markus bâilla de nouveau. Il était temps d'aller dormir. Ne devait-il pas se lever tôt le lendemain? Faire réchauffer des petits pains? Mais au moment où il s'apprêtait à quitter son poste de faction, il se passa quelque chose dans la maison d'en face. Le Fils s'était levé. Markus colla de nouveau ses yeux aux jumelles. Le Fils déplaça le tapis et souleva une planche du parquet. La cachette. Il avait mis quelque chose dans la cachette. Le sac de sport rouge. Il l'ouvrit. Sortit un sachet avec de la poudre blanche à l'intérieur. Markus savait parfaitement ce que c'était, il avait vu ce genre de sachets à la télévision. De la drogue. Soudain, le Fils leva la tête, comme s'il entendait quelque chose, tendant l'oreille comme le faisaient les antilopes près du point d'eau sur Animal Planet.

Et maintenant, Markus aussi entendait. Un lointain bruit de moteur. Une voiture. Il n'y en avait pas beaucoup si tard le soir pendant les grandes vacances. Le Fils s'était comme pétrifié. Markus vit le bitume s'éclairer sous les phares. Une grosse voiture noire, un genre de SUV, s'arrêta sous le réverbère entre leurs maisons. Deux hommes descendirent. Tous les deux en costume sombre. *Men in Black*. Mais le plus petit était blond, ce qui n'allait pas du tout. Le plus grand avait des cheveux noirs et crépus comme Will Smith, mais il avait le haut du crâne dégarni et la peau blanche.

Markus les vit arranger leurs vestes en regardant la maison jaune. Celui à moitié chauve montra du doigt la fenêtre éclairée de la chambre et ils marchèrent vite vers le portail. Il aurait au moins de la visite. Comme Markus, ils sautèrent par-dessus la barrière au lieu d'utiliser le portail. C'était pour faire moins de bruit en marchant sur la pelouse plutôt que sur le gravier. Markus pointa de nouveau ses jumelles sur la chambre à coucher. Le Fils avait disparu. Il avait dû les voir, lui aussi, et était sans doute descendu pour ouvrir la porte à ses invités. Markus observa alors la porte d'entrée, puisque les hommes avaient déjà gravi les marches du perron. Il faisait trop sombre pour voir exactement ce qui se passait. Mais il y eut un gros craquement et la porte s'ouvrit. Markus retint son souffle.

Ils… ils s'étaient introduits par effraction. C'étaient des cambrioleurs !

Peut-être que quelqu'un leur avait dit que la maison était vide ? Quoi qu'il en soit, il devait prévenir le Fils. Qui sait s'ils n'étaient pas dangereux ! Markus sauta à bas de son lit. Devait-il réveiller sa mère ? Appeler la police ? Pour dire quoi ? Qu'il espionnait le voisin avec des jumelles ? Et si les policiers débarquaient et prenaient les empreintes digitales des voleurs, ils trouveraient aussi les siennes, d'empreintes ! Et la drogue du Fils par la même occasion, et celui-ci se retrouverait en prison, lui aussi. Désemparé, Markus resta planté là. Crut apercevoir du mouvement dans la chambre. Remonta pour voir avec les jumelles. C'étaient les hommes qui étaient entrés dans la pièce. Ils cherchaient. Dans l'armoire, sous le lit. Ils… ils avaient des pistolets ! Markus ne put s'empêcher de reculer lorsque le grand bouclé s'approcha de la fenêtre, vérifia que celle-ci était bien fermée, et scruta dehors, dans sa direction. Le Fils avait dû se cacher, mais où ? Il avait apparemment eu le temps de remettre le sac avec la drogue dans la cachette, mais il n'y avait pas la place pour une personne là-dedans. Ah, ils ne retrouveraient jamais le Fils, il connaissait mieux la maison qu'eux, et pour cause, de même que les soldats vietnamiens connaissaient mieux la jungle que les soldats américains. Il fallait seulement qu'il reste parfaitement immobile et silencieux, comme Markus l'autre fois. Le Fils allait s'en sortir. *Il le fallait !* Dieu, laisse-le vivre…

*

Sylvester parcourut du regard la chambre à coucher. Se gratta le crâne, sur la partie chauve au milieu des boucles sombres.

« Bordel, Bo, il était là, j'en mettrais ma main à couper ! Y avait pas de lumière aux fenêtres hier soir, je te dis ! » Il se laissa tomber sur le coffre en bois peint, glissa le pistolet dans son étui et s'alluma une cigarette.

Le petit blond resta debout au milieu de la pièce, son arme toujours à la main. « Quelque chose me dit qu'il est encore ici. »

Sylvester fit un mouvement de la main avec sa cigarette. « Relax, il a dû passer et puis il est reparti. J'ai vérifié les deux chiottes et l'autre chambre. »

Le blond secoua la tête. « Non, il est quelque part dans la maison.

— Allez, Bo, c'est pas un fantôme, c'est juste un amateur qui a eu du bol jusqu'ici.

— Possible. Mais si j'étais toi, je ne sous-estimerais pas quelqu'un qui est le fils d'Ab Lofthus.

— Je sais même pas qui c'est !

— C'était avant ton temps, Sylvester. Ab Lofthus était le flic le plus coriace de la ville, et de loin.

— Comment tu le sais ?

— Parce que j'ai rencontré le mec, espèce d'idiot. Une fois, dans les années 90, j'étais avec Nestor en pleine transaction sur le pont d'Alnabru quand Lofthus et un autre flic sont passés en voiture plus ou moins par hasard. Lofthus a tout de suite capté qu'on était en train de dealer, mais au lieu d'appeler des renforts, ces deux salopards ont essayé de nous serrer. À deux. Ab Lofthus, à lui tout seul, a démoli quatre d'entre nous avant qu'on arrive à le plaquer au sol. C'était chaud, crois-moi, ce mec était un lutteur. On a même envisagé à un moment de le liquider, mais Nestor a eu les jetons, il disait que tuer un flic, c'était le moyen garanti de s'attirer de gros ennuis. Et pendant qu'on était en train de discuter, l'autre dingue criait : "Mais qu'est-ce que vous attendez, essayez donc !" Tu sais, comme le chevalier complètement excité dans les Monty Python. Celui qui se fait couper les bras et les jambes mais qui en redemande encore. »

Bo rit. Comme à un bon souvenir, pensa Sylvester. Ce type était un malade, il aimait la mort et la mutilation, il restait enfermé chez lui à regarder des saisons entières de *Ridiculousness* sur Internet, parce qu'on y voit des vidéos de gens qui se blessent et se font mal pour de vrai, pas le genre de Vidéo Gag débiles où, au pire, quelqu'un tombe sur le nez ou se tord un doigt, et ça fait marrer tout le monde.

« T'as pas dit qu'ils étaient deux ? dit Sylvester.

Bo ricana. « Son collègue s'est tout de suite couché. Il était prêt à négocier tout ce qu'on voulait, il nous suppliait, à genoux, tu vois le genre de type.

— Ouais, dit Sylvester. Un loser.

— Non, corrigea Bo. Un winner. Ça s'appelle analyser la situation. Et cette analyse a mené ce type plus loin que tu crois. Mais bon, assez parlé. On va fouiller la maison de fond en comble. »

Sylvester haussa les épaules, se leva et avait passé la porte quand il se rendit compte que Bo ne le suivait pas. Il se retourna et le vit planté là qui fixait l'endroit où Sylvester s'était assis. Le couvercle du coffre. Bo se tourna vers lui, posa l'index sur ses lèvres et lui indiqua le coffre. Sylvester sortit son arme, enleva la sûreté. Il sentit ses sens se réveiller, la lumière s'intensifier, les bruits se préciser, les battements de son pouls s'accélérer au niveau du cou. Bo se déplaça sans bruit vers la gauche du coffre afin de laisser libre champ à Sylvester pour tirer. Les deux mains serrées autour de la crosse, Sylvester s'approcha. Bo lui fit comprendre qu'il allait soulever le couvercle. Sylvester acquiesça.

Il retint son souffle, le pistolet dirigé vers le coffre, quand Bo posa le bout des doigts de la main gauche sous le bord du couvercle. Attendit une seconde en tendant l'oreille. Puis souleva d'un coup le couvercle.

Sylvester sentit contre son index la résistance de la détente.

« Merde ! » murmura Bo.

À part des draps, le coffre était vide.

Ils fouillèrent ensemble les autres pièces, allumèrent et éteignirent les lumières, mais ne trouvèrent rien. Pas le moindre indice non plus que quelqu'un avait occupé les lieux ces derniers temps. Ils retournèrent dans la chambre à coucher où tout était comme quand ils l'avaient quittée.

« Tu t'es gouré, dit Sylvester en articulant lentement les quatre syllabes, parce qu'il savait que cela rendrait Bo furieux. Il a foutu le camp. »

Bo fit un mouvement d'épaules, comme si son costume ne tombait pas comme il fallait. « Si le gamin est sorti sans éteindre la lumière, ça veut peut-être dire qu'il va revenir bientôt. On n'a qu'à l'attendre et le cueillir. Ce sera un jeu d'enfant.

— Peut-être, dit Sylvester, moins confiant que Bo.

— Nestor veut absolument qu'on mette la main sur lui le plus vite possible. Il peut faire pas mal de dégâts, tu sais.

— Sans doute, bougonna Sylvester.

— Alors tu vas rester ici cette nuit à l'attendre.

— Pourquoi c'est toujours sur moi que ça tombe, les boulots de merde ?

— La réponse commence par un A. »

Ancienneté. Sylvester soupira. Si seulement quelqu'un pouvait liquider Bo, il aurait un nouveau partenaire. Avec moins d'ancienneté, celui-là.

« Mon conseil : assieds-toi dans le salon, de là tu peux surveiller à la fois la porte d'entrée et la porte de la cave, dit Bo. Pas sûr qu'il sera aussi facile à expédier dans l'autre monde que le cureton de l'autre jour.

— Tu l'as déjà dit », grommela Sylvester.

*

Markus vit les deux hommes quitter la chambre à coucher éclairée, et, peu après, le petit blond sortir de la maison, se mettre au volant et s'éloigner. Le Fils était toujours quelque part dans la maison, mais où ? Peut-être avait-il entendu la voiture démarrer, seulement savait-il que l'un des hommes était resté à l'intérieur ?

Markus pointa ses jumelles vers les fenêtres sombres, mais ne vit rien. Le Fils avait bien sûr pu s'enfuir par-derrière, mais il n'y croyait pas trop. Il avait entrouvert sa fenêtre et l'aurait entendu, si ç'avait été le cas.

Markus remarqua un mouvement et dirigea ses jumelles sur la chambre à coucher, toujours la seule pièce éclairée de la maison. Il vit qu'il ne s'était pas trompé.

Le lit. Le lit bougeait. Ou plus exactement, le matelas. Il se souleva sur le côté et le Fils apparut. Il s'était caché entre les lattes du sommier et le grand matelas moelleux sur lequel Markus aimait tant s'allonger. Encore une chance que le Fils soit si maigre. S'il avait été gros comme – selon les dires de sa mère – Markus le deviendrait un jour, ils l'auraient découvert. Le Fils marcha doucement vers la latte de plancher décollée, la souleva et sortit quelque chose du sac rouge. Markus zooma. Fit la mise au point et crut manquer d'air.

*

Sylvester avait placé la chaise de façon à voir la porte d'entrée et le portail. Celui-ci était éclairé par un réverbère et il aurait largement le temps d'entendre si quelqu'un venait par là, à cause du crissement des graviers, comme pour Bo tout à l'heure.

La nuit risquait d'être longue et il fallait qu'il trouve un moyen de rester éveillé. Il avait regardé dans la bibliothèque et trouvé ce qu'il cherchait : l'album de photos de famille. Il avait allumé une lampe, l'avait éloignée de la fenêtre pour que la lumière ne se voie pas de l'extérieur, et avait commencé à feuilleter. Ils avaient l'air d'une famille heureuse. Rien à voir avec la sienne. C'est sans doute pour ça qu'il éprouvait une telle fascination pour les albums de famille des autres. Il aimait les regarder et essayer de se mettre à leur place. Ces photos de famille ne disaient pas forcément toute la vérité, mais c'était quand même une partie de la vérité. Tiens, une photo de trois personnes, peut-être prise pendant les vacances de Pâques. Souriantes, bronzées, à côté d'un cairn. Au centre, celle que Sylvester avait identifiée comme étant la mère. À gauche, le père, ce fameux Ab Lofthus. Et à droite, un homme avec des lunettes sans monture. « La Troïka et moi en balade, photographe : le Plongeur », commentait une écriture féminine sous la photo.

Sylvester leva la tête. Avait-il bien entendu quelque chose ? Il regarda en direction du portail : personne. Le bruit ne venait pas de la porte d'entrée ni de celle de la cave. Pourtant quelque chose avait changé, comme si l'air était devenu plus épais, comme si l'obscurité avait tout à coup pris consistance. L'obscurité. Il aurait toujours un peu peur du noir, il devait ça à son père. Sylvester se concentra de nouveau sur la photo. Sur le bonheur qui se dégageait de ces visages. C'était idiot d'avoir peur du noir…

Ça claqua comme la ceinture de son père.

Sylvester regarda fixement la photo.

Elle s'était soudain couverte de sang. À côté, il y avait un trou qui traversait tout l'album. Quelque chose de blanc tomba d'en haut et se colla au sang. Des plumes ? Ça devait venir du dossier du fauteuil. Sylvester comprit qu'il devait être sous le choc, car il ne ressentait aucune douleur. Pas encore. Il regarda son pistolet qui avait glissé par terre et était hors de portée. Il attendit le coup de feu suivant… qui ne vint pas. Peut-être que le garçon le croyait mort ? Auquel cas, il avait une chance de s'en sortir.

Sylvester ferma les yeux, entendit l'autre arriver, retint sa respiration. Sentit une main contre sa poitrine qui cherchait la poche intérieure de sa veste, trouva le portefeuille et le permis de conduire et les prit. Puis deux bras entourèrent sa taille et le soulevèrent de sa chaise, le basculèrent sur une épaule. L'autre se mit à marcher. Il devait être costaud, ce type.

Une porte s'ouvrit, la lumière s'alluma, des pas qui descendent, chancelants, l'escalier, l'air confiné. Il le portait dans la cave.

Ils étaient arrivés au bas des marches. Comme un bruit de ventouses qu'on décollait. Puis Sylvester tomba. Il atterrit plus mollement qu'il n'aurait cru. Ensuite, il sentit une variation de pression dans ses oreilles et ce fut le noir. Il ouvrit les yeux. Le noir total. Il ne voyait rien. Il était dans une sorte de caisse. Le noir n'est pas dangereux… Les monstres, ça n'existe pas. Il entendit des pas aller et venir, avant de s'éloigner. La porte de la cave qu'on claquait. Il était seul, ça n'avait pas eu l'air d'inquiéter le garçon !

Bon, surtout rester calme. Ne rien faire de précipité. Attendre que l'autre se soit couché, et à ce moment-là, tenter une sortie. Ou appeler Bo pour qu'il vienne avec des renforts le chercher et liquider le garçon. Bizarre quand même qu'il ne ressente aucune douleur, juste du sang chaud qui gouttait sur sa main. Mais il faisait froid. Sacrément froid. Sylvester essaya de bouger ses jambes pour se tourner et sortir son portable, mais impossible, ses jambes avaient dû s'engourdir. Il parvint malgré tout à glisser la main dans la poche de sa veste et à sortir le téléphone. Il appuya sur une touche et l'écran s'alluma dans le noir.

Sylvester cessa de nouveau de respirer.

Il était face à face avec le monstre qui le fixait, les yeux exorbités, la gueule grande ouverte sur de petites dents acérées.

Un cabillaud, vraisemblablement. Emballé dans du plastique. À côté, il y avait plusieurs sacs, des paquets de Findus, des filets de poulet, des steaks hachés, des fruits. La lumière se réfléchissait dans les cristaux de glace sur les parois blanches comme neige autour de lui. Il était dans un congélateur.

*

Markus observait la maison et comptait les secondes.

Par la fenêtre entrouverte, il avait entendu une détonation à l'intérieur et vu un flash dans le salon. Puis tout était redevenu silencieux.

Markus était sûr que c'était un coup de feu, mais qui avait tiré ?

Mon Dieu, faites que ce soit le Fils ! Pourvu qu'il ne se soit pas fait abattre…

Markus était arrivé à cent quand il vit s'ouvrir la porte de la chambre à coucher restée allumée.

Merci, mon Dieu, merci, c'était lui !

Le Fils remit le pistolet dans son sac de sport, retira la latte et commença à fourrer aussi les sachets de poudre blanche dans le sac. Quand il eut terminé, il mit le sac sur son épaule et sortit de la pièce sans éteindre la lumière.

Peu après, la porte d'entrée claqua et Markus vit le Fils aller vers le portail. S'arrêter. Regarder à droite et à gauche, puis disparaître en descendant la rue. C'était par là qu'il l'avait vu arriver la première fois.

Markus se laissa tomber en arrière sur son lit et fixa le plafond. Le Fils était vivant ! Il avait tué le méchant ! Car c'était bien un méchant, l'autre, non ? Évidemment. Il ressentait une telle joie qu'il savait qu'il n'arriverait pas à fermer l'œil de la nuit.

*

Sylvester comprit que c'était la porte d'entrée qui se refermait. Le congélateur était trop hermétique pour qu'il entende grand-chose, mais la porte avait été claquée si fort qu'il avait ressenti les vibrations. Enfin. Son téléphone portable n'arrivait ni à envoyer ni à recevoir de messages de l'intérieur d'un congélateur, au fond d'une cave, alors au bout de trois essais infructueux, il avait laissé tomber. Il commençait à sentir des douleurs à présent, même s'il avait de plus en plus sommeil. Mais c'était comme si le froid le maintenait éveillé. Il posa les paumes contre le couvercle. Poussa. Sentit monter la panique quand il ne s'ouvrit pas tout de suite. Il poussa plus fort. Toujours sans effet.

Il se souvint du bruit des joints en caoutchouc qui se collaient l'un contre l'autre, ce n'était qu'une question de force. Il réunit ses deux mains sous le couvercle et poussa aussi fort qu'il pouvait. Rien ne bougea. Et alors il comprit. Le garçon avait fermé le congélateur à clé.

Cette fois, la panique ne se manifesta plus sous forme de picotement mais de suffocation.

Sylvester cherchait de l'air, tout en essayant de garder les idées claires. Il ne fallait pas laisser entrer le noir, le vrai noir. Réfléchir. Trouver une solution.

Les jambes. Mais bien sûr! Les jambes avaient beaucoup plus de force que les bras! Il soulevait sans problème deux cents kilos avec ses jambes et seulement soixante-quinze avec les bras sur le banc de musculation. Après tout, ce n'était qu'une serrure de congélateur, prévue pour empêcher les voisins de piocher dans les réserves de viande et de baies arctiques. Pas pour empêcher un homme adulte enfermé à l'intérieur de sortir. Sylvester se mit sur le dos, il y avait juste assez de place pour faire pivoter ses genoux et ensuite appuyer ses pieds contre le couvercle…

Mais il n'arrivait pas à plier les genoux.

Ils ne lui obéissaient pas, tout bonnement. Comment pouvaient-ils s'être engourdis à ce point? Nouvelle tentative. Aucune réaction, comme s'ils étaient complètement déconnectés. Il se pinça la jambe. La cuisse. Le dernier verrou dans sa tête sauta. Penser. Non, ne pas penser. Trop tard! Le trou dans l'album, le sang. La balle avait dû lui perforer le dos. L'absence de douleur. Sylvester se palpa le ventre. Plein de sang. Mais c'était comme toucher quelqu'un d'autre.

Il était paralysé.

À partir du ventre et jusqu'aux orteils, apparemment. Il tapa avec les mains sur le couvercle au-dessus de lui, mais cela ne servait à rien, l'angoisse le submergea. Pourtant il avait bien appris à maîtriser ses émotions. Son père avait veillé au grain… Et Sylvester sut qu'il allait mourir comme dans ses cauchemars. Enfermé. Seul. Dans le noir.

26

«Voilà à quoi doit ressembler un dimanche matin, dit Else en regardant par la vitre de la voiture.
— Tout à fait d'accord», renchérit Simon en rétrogradant et en lui jetant un bref coup d'œil. Que voyait-elle en réalité ? Voyait-elle que le parc du Château était particulièrement vert après les pluies torrentielles de la veille ? Encore fallait-il qu'elle remarque qu'ils longeaient le parc du Château...

C'était Else qui avait déclaré qu'elle voulait voir l'exposition Chagall à Høvikodden, et Simon avait dit que c'était une idée formidable. Il devait seulement s'arrêter sur le chemin chez un ancien collègue, à Skillebekk.

Il avait l'embarras du choix pour se garer dans la Gamle Drammensveien. Les belles villas anciennes et les immeubles cossus semblaient inhabités pendant les vacances. Quelques drapeaux d'ambassades flottaient dans la brise.

«Je ne serai pas long», dit Simon en se dirigeant vers l'adresse qu'il avait trouvée sur Internet. Le nom était inscrit sur la sonnette du haut.

Au bout de deux sonneries, Simon allait abandonner lorsqu'il entendit une voix de femme.

«Oui ?

— Est-ce que Fredrik est à la maison ?
— Euh... vous êtes ?
— Simon Kefas. »

Il y eut quelques secondes de silence, mais Simon entendit le bruit d'une main qui se posait sur le micro de l'interphone. Puis la voix déclara : « Il descend.
— OK. »

Simon attendit. C'était une heure où la plupart des gens ne sont pas levés, il ne vit dans la rue qu'un couple de son âge. Faisant visiblement leur promenade du dimanche. L'homme portait un chapeau de feutre et un pantalon kaki d'origine indéterminée. Voilà donc comment on s'habillait quand on devenait vieux. Simon se regarda dans la vitre sous les arabesques sculptées de la porte en chêne. Il portait un chapeau mou et des lunettes de soleil. Un pantalon kaki. Le déguisement du dimanche.

Il commença à trouver le temps long. Il avait dû réveiller Fredrik. Ou sa femme. Ou allez savoir qui. Simon tourna la tête vers la voiture, vit Else qui le regardait. Il lui fit un signe de la main. Aucune réaction. La porte d'entrée s'ouvrit.

Fredrik apparut en jean et tee-shirt. Il avait pris le temps de prendre une douche, comme en témoignaient ses épais cheveux mouillés, peignés en arrière.

« Je ne m'attendais pas à ta visite, dit-il. Qu'est-ce que... ?
— On marche un peu ? »

Fredrik regarda sa grosse montre. « Tu sais, j'ai...
— Nestor et ses trafiquants de drogue sont venus me voir, dit Simon à voix suffisamment haute pour que le couple âgé l'entende. Mais ce serait mieux d'en parler là-haut dans ton appartement avec ta... femme ? »

Fredrik regarda Simon, puis ferma la porte derrière lui.

Ils descendirent du trottoir. Les tongs de Fredrik claquaient sur le bitume, renvoyant un écho entre les murs des immeubles.

« Il m'a proposé un prêt dont je t'ai parlé, Fredrik, et *à toi seul*.

— Je n'ai pas parlé à un certain Nestor.

— Tu n'as pas besoin de l'appeler *un certain* Nestor, nous savons tous les deux que tu connais ce nom. Libre à toi de mentir sur tout ce que tu sais d'autre sur lui. »

Fredrik s'arrêta sur la passerelle. « Écoute, Simon. Te procurer un prêt en interne, c'est impossible. Alors j'ai parlé de ton problème à quelqu'un. Ce n'est pas ça que tu voulais ? Honnêtement ? »

Simon ne répondit pas.

Fredrik soupira. « Tu sais, Simon, j'ai seulement fait ça pour t'aider. Le pire, pour toi, c'était tout au plus de recevoir une offre que tu pouvais refuser.

— Le pire, rectifia Simon, c'est que cette ordure s'imagine avoir trouvé une prise sur moi. "Ça y est, enfin on le tient", ils se disent. Ce qu'ils n'ont jamais réussi à faire avec moi, Fredrik. Avec toi, oui, mais pas avec moi. »

Fredrik s'appuya à la rambarde. « C'est peut-être ça, ton problème, Simon. Ça explique que tu n'aies jamais eu la carrière que tu aurais dû avoir.

— Que je ne me sois pas laissé acheter ? »

Fredrik sourit. « Tout de suite les grands mots. Tu ignores tout de la diplomatie. Tu offenses même ceux qui cherchent à t'aider. »

Simon regarda la vieille voie de chemin de fer désaffectée qui passait sous leurs pieds. Du temps où la gare de Vestbanen était en activité. Il n'aurait su dire pourquoi, mais ça le rendait à la fois mélancolique et joyeux de constater que les traces du passé étaient toujours là. « Tu as peut-être entendu parler dans les journaux du triple meurtre à Gamlebyen ?

— Évidemment, dit Fredrik. Les journaux ne parlent que de ça. Toute la PJ est sur les dents, on dirait. On vous a aussi invités à venir jouer ?

— Ils préfèrent garder les meilleurs jeux pour eux. Une des victimes était Kalle Farrisen. Ce nom te dit quelque chose ?

— Pas vraiment. Mais si la crim' n'a pas le droit de jouer, pourquoi tu...

— Parce qu'à une époque, Farrisen a été soupçonné d'avoir tué cette fille », répondit Simon en lui tendant la photo qu'il avait trouvée dans le dossier et imprimée. Il laissa Fredrik examiner le pâle visage aux traits asiatiques. Pas besoin de voir le reste du corps pour comprendre qu'elle était morte.

« Trouvée dans une cour d'immeuble, avec une mise en scène pour faire croire qu'elle avait succombé à une overdose. Quinze ans. Seize, à tout casser. Aucun papier sur elle, alors on n'a jamais pu trouver qui elle était ni d'où elle venait. Ni comment elle était arrivée en Norvège. Vraisemblablement dans un container sur un bateau en provenance du Vietnam. La seule chose qu'on ait pu établir, c'est qu'elle était enceinte.

— Ah si, ça me revient. Mais quelqu'un a fini par avouer, non ?

— En effet. Tardivement et de manière assez surprenante. Ma question est donc la suivante : y avait-il un lien entre Kalle et ton bon client Iversen ? »

Fredrik haussa les épaules. Tourna les yeux vers le fjord. Secoua la tête. Simon suivit son regard vers la forêt de mâts des petits bateaux du port de plaisance. Encore que « petit », de nos de jours, qualifie les embarcations de taille inférieure à une frégate...

« Tu sais que celui qui a avoué et a été condamné pour le meurtre de la fille s'est évadé ? »

Fredrik secoua de nouveau la tête.

« Profite de ton petit déjeuner », dit Simon.

*

Simon s'appuyait au comptoir courbe du vestiaire du musée d'art contemporain de Høvikodden. Tout était courbe. Le style en vogue dans les années 60. Même les baies vitrées étaient courbes et dataient peut-être aussi des années 60. Il regarda Else. Else regardait Chagall.

Comme elle paraissait petite soudain! Plus petite que les personnages de Chagall. Peut-être, à cause des courbes, une illusion d'optique comme dans la chambre d'Ames?

«Alors vous avez vu ce Fredrik uniquement pour lui poser cette question?» s'étonna Kari qui se trouvait à côté de lui. Elle était venue en vingt minutes chrono. «Et vous dites que...

— Que je savais qu'il nierait, dit Simon. Mais il fallait que je le voie pour savoir s'il mentait.

— Vous savez comme moi que malgré ce qu'affirment les séries policières télévisées, il est très difficile de décréter avec certitude que quelqu'un ment.

— Fredrik n'est pas "quelqu'un". J'ai appris à savoir quand il ment. Je connais son mode de fonctionnement.

— Ce Fredrik Ansgar est donc un menteur notoire?

— Non. Il ment par nécessité, pas par disposition ou par envie.

— Si vous le dites. Et comment le savez-vous?

— Il a fallu qu'on travaille ensemble à la brigade financière sur une grosse affaire à propos d'une société pour que je m'en rende compte.» Il vit qu'Else regardait autour d'elle, un peu perdue, et il se racla la gorge bruyamment pour qu'elle puisse savoir où il était et s'orienter. «C'était difficile de prouver que Fredrik mentait, poursuivit Simon. Il était le seul expert financier sur cette affaire et on avait du mal à vérifier tous ses dires. Au début c'était de petites choses, des coïncidences, mais à la fin c'est devenu très net. Il omettait de nous tenir au courant ou pratiquait carrément de la désinformation. J'ai été le seul à tiquer. Et petit à petit, je pouvais voir quand il mentait.

— Comment ça?

— C'est très simple. Sa voix.

— Sa voix?

— Mentir, ça remue des émotions. Pour ses mensonges, Fredrik s'appliquait dans le choix de ses mots, ses raisonnements et la maîtrise de ses gestes. Mais sa voix était le seul baromètre émotionnel qu'il ne parvenait pas à maîtriser. Il ne réussissait jamais tout à fait à prendre une intonation naturelle, comme si l'accent du menteur perçait sous les phrases, d'ailleurs lui-même n'était pas dupe. Si tu lui posais une question directe, il préférait pour toute réponse hocher ou secouer la tête, tant il se méfiait de sa voix.

— Alors vous lui avez demandé s'il connaissait un lien entre Kalle Farrisen et Iversen.

— Et il a haussé les épaules comme s'il ne savait pas.

— Un mensonge, donc.

— Oui. Et il a secoué la tête quand je lui ai demandé s'il était au courant que Sonny Lofthus s'était évadé.

— N'est-ce pas un peu simpliste ?

— Si, mais Fredrik est un homme simple qui connaît simplement mieux ses tables de multiplication que la plupart d'entre nous. Alors voilà ce que je voudrais que vous fassiez : consultez toutes les condamnations de Sonny Lofthus et essayez de voir s'il n'y avait pas d'autres suspects impliqués dans ces différentes affaires. »

Kari Adel acquiesça. « Ça tombe bien, je n'avais rien prévu ce week-end. »

Simon sourit.

« C'était quoi, cette affaire à la brigade financière ? voulut savoir Kari.

— Une affaire d'escroquerie, répondit Simon. Fraude fiscale. Des sommes importantes, des noms importants. Telle que se présentait l'affaire, elle allait faire tomber des gens connus dans le monde de la finance ainsi que des hommes politiques. Ça semblait devoir enfin nous mener vers celui qui occupe le sommet de la pyramide, celui qui tire toutes les ficelles...

— Qui était ?

— Le Jumeau. »

Kari parut frissonner. « Un surnom bizarre, je trouve.

— Pas aussi bizarre que l'histoire qui est derrière.

— Vous connaissez son véritable nom ? »

Simon secoua la tête. « Plusieurs noms circulent. Tellement qu'il bénéficie d'un parfait anonymat. Lorsque j'ai commencé à la brigade financière, je croyais naïvement que les gros poissons étaient les plus visibles. La vérité bien sûr, c'est que la visibilité est inversement proportionnelle à l'importance. Alors encore une fois, le Jumeau a pu passer entre les mailles du filet. Grâce aux mensonges de Fredrik. »

Kari prit le temps de réfléchir. « Vous croyez que Fredrik a pu être la taupe ? »

Simon secoua la tête, d'un air convaincu. « Fredrik ne travaillait même pas dans la police à l'époque où cette taupe était active. Il n'était qu'un maillon. Mais il est clair qu'il aurait pu faire beaucoup de dégâts si on l'avait laissé continuer à grimper les échelons. Alors j'ai dû l'arrêter. »

Kari le regarda, surprise : « Vous avez dénoncé Fredrik Ansgar aux services de police ?

— Non, je lui ai fait une proposition. De quitter ses fonctions calmement, sans faire de vagues, sinon je révélais les quelques éléments en ma possession à qui de droit. Ce n'était pas suffisant pour ouvrir une enquête ou pour le renvoyer, mais ça lui aurait coupé les ailes et sa carrière aurait été mise en stand-by. Il a accepté. »

Une veine apparut au milieu du front de Kari : « Vous... vous l'avez laissé partir comme ça ?

— Nous nous sommes débarrassés d'une brebis galeuse sans avoir à traîner la police dans la boue. Oui, je l'ai laissé partir.

— Mais on ne peut quand même pas laisser des gens comme lui s'en tirer aussi facilement ! »

Il perçut sa colère. Très bien. « Fredrik est un petit poisson et il s'en serait sorti de toute façon. Il n'a même pas cherché à dissimuler que c'était un bon deal pour lui. En fait, il a même le sentiment de me devoir quelque chose. »

Simon la regarda. Naturellement, c'était de la pure provocation de sa part. Et elle avait réagi au quart de tour. Mais elle semblait s'être calmée. Sans doute n'y voyait-elle qu'une raison de plus pour quitter ce boulot au plus vite.

« C'est quoi, l'histoire derrière le nom "le Jumeau" ? »

Simon haussa les épaules. « Il semblerait qu'il ait eu un vrai jumeau. À l'âge de onze ans, il a rêvé deux nuits de suite qu'il tuait son frère. Et comme ils étaient de vrais jumeaux, il s'est dit que, logiquement, son frère devait rêver de la même chose. À partir de là, c'était à qui prendrait les devants. »

Kari regarda Simon. « À qui prendrait les devants », répéta-t-elle.

« Excuse-moi », dit Simon en se dépêchant de rattraper Else qui marchait droit vers une baie vitrée.

*

Fidel Lae vit la voiture avant de l'entendre. C'était ça les nouvelles voitures, elles ne faisaient pas de bruit. Pour peu que le vent vienne de la route et traverse les marais en direction de la ferme, il entendrait tout au plus le crissement des pneus sur les graviers, des ratés dans les changements de vitesse ou l'affolement du compte-tours dans les côtes. Sinon, Fidel devait se fier à sa vue pour le prévenir si quelqu'un venait. En voiture. Si les gens venaient à pied ou si c'étaient des animaux, il n'avait rien à craindre, puisqu'il avait le meilleur système d'alarme au monde : neuf dobermans en cage. Sept femelles, qui chaque année mettaient au monde des chiots qu'il écoulait pour douze mille couronnes pièce. Voilà pour la partie officielle du chenil : des chiens de race munis d'une puce, avec pedigree, certificat sanitaire et papiers en règle.

L'autre partie du chenil se trouvait plus loin, dans la forêt.

Deux femelles, un mâle. Inscrits nulle part. Des dogues argentins. Les dobermans en avaient une peur bleue. Soixante-cinq kilos d'agressivité et de loyauté recouverts de poils courts, presque albinos, d'où le mot *ghost* que Fidel avait accolé à chacun de leurs noms : Ghost Machine et Holy Ghost pour les femelles, Ghost Buster pour le mâle. Quant à leurs chiots, les propriétaires pouvaient leur donner tous les noms qui leur passaient par la tête, du moment qu'ils payaient le prix fort. Cent vingt mille. Un prix qui reflétait la rareté du chien, son instinct de tueur qui ne laissait aucune chance à sa victime et le fait que cette race était interdite en Norvège et dans une série d'autres pays. Et comme ses clients n'étaient pas particulièrement regardants, que ce soit sur le prix ou sur la loi, la marge bénéficiaire était plus que confortable. Et rien n'indiquait que ça changerait, au contraire. Aussi avait-il déplacé l'enclos encore plus loin dans la forêt, pour que leurs aboiements ne parviennent pas jusqu'à la ferme.

La voiture se dirigeait vers les bâtiments, de toute façon la route n'allait pas plus loin, alors Fidel marcha lentement vers le portail qui était toujours fermé. Non pas pour empêcher les dobermans de s'échapper, mais pour dissuader les intrus. Et comme tout le monde à l'exception des acheteurs était un intrus, Fidel avait un Mauser M 98 trafiqué dans une armoire fixée au mur de la remise, à côté du portail. Il possédait des armes de plus grand prix dans la maison, mais il pouvait toujours prétendre avoir besoin d'un Mauser pour la chasse à l'élan. Il y en avait qui se baladaient plus bas dans les marais. À condition que l'animal sauvage ne perçoive pas, véhiculés par le vent, les aboiements des fantômes argentins.

Fidel arriva au portail en même temps que la voiture avec un logo de location sur la vitre latérale. Le chauffeur n'avait visiblement pas l'habitude de cette marque, Fidel l'avait entendu cafouiller plusieurs fois avec les vitesses sur le chemin et il mit du temps à éteindre les phares, les essuie-glaces et enfin le moteur.

« C'est pour quoi ? » dit Fidel en dévisageant le type qui descendait de voiture. Sweat à capuche et chaussures noires. Un type de la ville. Ça arrivait de temps en temps que quelqu'un débarque ici sans discussion au préalable. Mais c'était rare, il ne faisait pas vraiment de publicité avec des itinéraires sur Internet comme ça se pratiquait chez d'autres éleveurs. Le type s'approcha du portail, que Fidel n'avait pas l'air de vouloir ouvrir.

« Je cherche un chien. »

Fidel remonta sa casquette. « Je regrette, mais t'as fait le déplacement pour rien. Je ne parle pas avec les éventuels futurs propriétaires de mes chiens sans avoir d'abord de sérieuses références. C'est comme ça, un point c'est tout. Les dobermans ne sont pas des chiens de salon, ils ont besoin d'un maître qui s'y connaît. Appelle-moi lundi.

— Ce n'est pas un doberman que je cherche », dit le type en regardant derrière Fidel, vers la ferme et les enclos de ses neuf chiens autorisés par la loi. Et plus loin vers la forêt. « Ma référence s'appelle Gustav Rover. » Il tendit une carte de visite. Fidel la lut en plissant les yeux. *Rover Dépannage Moto*. Vu qu'il ne voyait pas grand-monde par ici, Fidel se souvenait des noms et des gens. Et du type à la dent en or qui bossait dans les motos. Il était venu ici avec Nestor et avait acheté un « dogo ».

« Il m'a dit que tu as des chiens qui savent faire passer l'envie de s'enfuir aux petites Biélorusses... »

Fidel se gratta un moment la verrue qu'il avait sur le dessus de la main. Puis il ouvrit le portail. Ce n'était pas la police, ils n'avaient pas le droit de provoquer des actions criminelles, comme vendre des chiens interdits, sinon ils perdaient l'affaire devant les tribunaux, en tout cas c'était ce que lui avait dit son avocat.

« Est-ce que tu as... ? »

Le type acquiesça, mit la main dans la poche de son sweat et sortit une grosse liasse. Des billets de mille.

Fidel ouvrit l'armoire à fusils et sortit le Mauser.

« Je monte jamais là-haut sans ça, expliqua-t-il. Au cas où y en aurait un qui arriverait à sortir... »

Il leur fallut dix minutes pour arriver au chenil dans la forêt.

Les cinq dernières minutes, ils pouvaient entendre les aboiements déchaînés s'intensifier au fur et à mesure qu'ils s'approchaient.

« C'est parce qu'ils croient que je vais leur donner à bouffer... », dit Fidel qui, au dernier moment, préféra omettre la fin de sa phrase : « ... ta carcasse ».

Dès que les deux hommes furent à portée de vue, les dogues se jetèrent rageusement contre le grillage. Fidel sentait le sol vibrer quand ils retombaient de la clôture. Il savait exactement à quelle profondeur il avait enterré les poteaux et il espérait seulement que ce serait suffisant. Ces enclos importés d'Allemagne étaient dotés d'un plancher métallique, de façon à ce que des chiens déterreurs, comme les terriers, les teckels et les limiers, ne puissent pas se faufiler à l'extérieur, et d'un toit en tôle ondulée qui à la fois les maintenait au sec et empêchait les plus musclés de sauter.

« C'est maintenant qu'ils sont le plus dangereux, quand ils sont en groupe, prévint Fidel. Ils suivent leur chef, Ghost Buster. C'est celui qui est le plus grand. »

Le client se contenta de hocher la tête et examina les bêtes. Fidel savait qu'il ne devait pas en mener large. Les gueules grandes ouvertes et écumantes de bave, les crocs brillants dans des gencives roses l'impressionnaient lui-même chaque fois autant. Mais ce n'était pas le moment d'avoir les jetons. Il se sentait sûr de pouvoir avoir le dessus seulement quand il n'en avait qu'un devant lui, une des femelles de préférence.

« Avec un chiot, c'est important de montrer tout de suite que c'est toi le maître et que tu le resteras toujours. N'oublie pas que vouloir être gentil en cédant ou en pardonnant est perçu par eux comme de la faiblesse. Tout comportement indésirable doit être puni, et ça c'est ton boulot, tu comprends ? »

Le client se tourna vers Fidel. Il y avait une étrange absence dans son regard souriant quand il répéta : « Mon boulot sera de punir tout comportement indésirable.

— C'est bien.

— Pourquoi cette cage est vide ? » Le client montrait l'enclos qui se trouvait à côté de celui des chiens.

« J'avais deux mâles. S'ils sont dans la même cage, il y en a toujours un qui finit par se faire tuer. » Fidel sortit le trousseau de clés. « Viens voir les chiots, ils ont leur propre enclos plus loin…

— Mais dis-moi d'abord...
— Oui ?
— Est-ce que c'est un comportement indésirable si le chien mord une fille au visage ? »

Fidel s'arrêta net. « Hein ?
— Est-ce que c'est un comportement responsable d'utiliser ces chiens pour mordre une fille au visage quand elle tente de s'enfuir de sa condition d'esclave, ou est-ce que ça devrait être puni ?
— Écoute, les chiens ne font que suivre leurs instincts, ils ne peuvent pas être tenus pour responsables de...
— Je ne parle pas des chiens. Des propriétaires. Est-ce qu'ils devraient être punis, à ton avis ? »

Fidel examina le client plus attentivement. Et si c'était quand même un flic ? « C'est clair que s'il y a eu un accident de ce genre, alors...
— Ce n'était pas un accident. Ensuite le propriétaire a égorgé la fille et s'est débarrassé de son corps dans la forêt. »

Fidel serra plus fermement la crosse de son Mauser. « Je ne sais pas très bien de quoi tu veux parler.
— Mais moi, je sais. Le propriétaire s'appelle Hugo Nestor.
— Bon, tu cherches quoi là ? Tu veux un chien ou non ? » s'impatienta Fidel en soulevant légèrement le canon du fusil.

« Le chien venait de chez toi. Et d'autres aussi. Parce que tes chiens sont parfaits pour ce genre de tâches.
— Qu'est-ce que tu en sais ?
— J'en sais beaucoup. Pendant douze ans, je suis resté enfermé dans une cage à entendre les gens me raconter des histoires comme ça. Tu ne t'es jamais demandé l'impression que ça fait d'être en cage ?
— Écoute...
— Eh bien, tu vas le savoir très vite. »

Fidel n'eut pas le temps de pointer sa carabine, il se retrouva ceinturé par des bras si puissants qu'il poussa un son rauque, manquant d'étouffer. C'est à peine s'il perçut les aboiements qui se déchaînaient quand il fut soulevé de terre. L'autre se laissa tomber en arrière et fit décrire à Fidel un arc de cercle au-dessus de lui. Lorsque Fidel heurta le sol de la nuque et des épaules, le type s'était déjà retourné et, à califourchon sur lui, le plaquait au sol. Fidel suffoqua et essaya de se dégager, mais il se figea en voyant pointé sur lui le canon d'un pistolet.

*

Quatre minutes plus tard, Fidel suivait des yeux l'homme qui s'éloignait. À le voir s'avancer dans les marais, au milieu de la brume, on aurait dit qu'il marchait sur l'eau. Fidel agrippait de ses doigts le grillage à côté du gros cadenas. Enfermé à l'intérieur de la cage. Dans la cage voisine, Ghost Buster s'était couché et l'observait calmement. L'homme avait donné à Fidel de l'eau dans la gamelle et lui avait versé quatre sacs de croquettes. Puis il lui avait pris son téléphone portable, ses clés et son portefeuille.

Fidel s'égosilla. Et les molosses blancs répondirent aussitôt par des aboiements déchaînés. Dans un chenil construit si loin dans la forêt que personne ne devait les entendre ni les voir.

Merde !

L'homme avait disparu. Un étrange silence s'abattit. Un oiseau poussa un cri. Puis il entendit les premières gouttes de pluie tomber sur le toit en tôle.

27

Lundi matin, à huit heures huit exactement, lorsque Simon sortit de l'ascenseur pour entrer dans les bureaux de la brigade criminelle, il pensait à trois choses : qu'Else avait été dans la salle de bains et s'était aspergé les yeux d'eau sans remarquer une seconde qu'il l'observait depuis la chambre à coucher ; qu'il avait sans doute donné trop de travail à Kari pour un dimanche ; et qu'il détestait les open spaces, surtout depuis qu'un ami architecte d'Else lui avait confié que l'économie d'espace grâce à ce type de bureaux n'était qu'un mythe, puisqu'en raison du bruit, il fallait construire tellement de salles de réunion et de zones tampons que le gain était plus que contestable.

Il se dirigea vers le bureau de Kari.

« Déjà au boulot ? » dit-il.

Un visage un peu froissé leva les yeux. « Ah, bonjour, Simon.

— Bonjour. Vous avez trouvé quelque chose ? »

Kari se cala dans son fauteuil. Mais même quand elle bâilla, Simon crut déceler chez elle une certaine satisfaction.

« En ce qui concerne un lien entre Iversen et Farrisen, je n'ai rien trouvé. Mais je devais aussi examiner les condamnations de Sonny Lofthus et chercher d'autres suspects éventuels. Lofthus a été condamné pour le meurtre d'une jeune fille, vraisemblablement vietnamienne, non identifiée. Elle est morte d'overdose et la police suspectait au départ Kalle Farrisen. Mais Lofthus a aussi purgé une peine pour un autre meurtre. Celui d'Oliver Jovic, un dealer, un Serbe du Kosovo qui était en train de se faire une place dans le trafic de drogue et qui a été retrouvé dans le Stensparken avec une bouteille de Coca dans la gorge. »

Simon fit une grimace. « Dans la carotide ?

— Non, la bouteille lui a été enfoncée directement dans la gorge.

— Enfoncée dans la gorge ?

— D'abord le goulot, c'est plus facile. Puis on a appuyé pour la faire descendre de sorte que le fond touchait la face arrière des dents.

— Comment savez-vous…

— J'ai regardé les photos. Aux stup', on a d'abord pensé que c'était un message envoyé aux concurrents potentiels, pour leur montrer ce qu'ils risquaient en voulant s'octroyer un trop gros morceau du trafic de coke ». Elle jeta un bref regard à Simon et ajouta : « Coke comme Coca en anglais…

— Merci, je connais la terminologie.

— L'enquête n'a rien donné. L'affaire n'a pas été classée. Et puis, quand Sonny Lofthus a été arrêté pour le meurtre de la fille asiatique, il a avoué dans la foulée celui de Jovic. Le procès-verbal rapporte que Jovic et lui se sont rencontrés dans le parc pour régler une affaire de dette, que Lofthus n'avait pas assez d'argent et que Jovic l'a menacé avec un pistolet. Lofthus se serait alors jeté sur lui et l'aurait maîtrisé. Ce que la police a trouvé plausible puisque Lofthus est un ancien lutteur.

— Hum.

— Ce qui est intéressant, c'est que la police a pu prélever une empreinte digitale sur la bouteille.

— Et ?

— Et ce n'était pas celle de Lofthus. »

Simon hocha la tête. « Et comment Lofthus a-t-il expliqué ça ?

— En disant qu'il avait pris une bouteille vide d'une poubelle à côté. Que les junkies passent leur temps à ça.

— Et ?

— Les junkies ne collectent pas les bouteilles vides, cela leur prendrait trop de temps pour réunir la somme nécessaire à leur dose quotidienne. Il est noté dans le dossier que l'empreinte était celle d'un pouce qu'on avait retrouvée sur le fond de la bouteille. »

Simon avait compris où elle voulait en venir, mais ne voulut pas lui couper l'herbe sous le pied.

« Qui boit en mettant son pouce sous la bouteille ? Par contre, si on veut l'enfoncer dans la gorge de quelqu'un…

— Vous voulez dire que la police n'y a pas songé à l'époque ? »

Kari haussa les épaules. « Je pense que la police ne s'est jamais vraiment intéressée à des affaires où des dealers s'entretuent. Et comme ils n'avaient pas retrouvé l'empreinte dans leur fichier de données, ils étaient trop contents d'avoir les aveux de quelqu'un pour une affaire qui traînait depuis un moment…

— Ils ont dit merci et ont pu classer l'affaire, c'est ça ?

— N'est-ce pas ainsi que vous travaillez, vous autres ? »

Simon soupira. *Vous autres.* Il avait lu dans les journaux que l'image de la police dans l'opinion publique, après les événements de ces dernières années, s'améliorait lentement mais qu'elle restait à peine au-dessus de celle des cheminots. *Vous autres.* Elle devait se féliciter d'avoir déjà un pied en dehors de ces bureaux.

« Ainsi, concernant les deux meurtres pour lesquels Sonny Lofthus a été condamné, les soupçons pointent clairement vers le milieu de la drogue. Vous pensez donc qu'il serait une sorte de bouc émissaire professionnel ?

— Pas vous ?

— Peut-être. Mais nous n'avons toujours aucun élément qui le relie, lui ou Farrisen, à Agnete Iversen.

— Il y a encore un troisième meurtre, reprit Kari. Eva Morsand.

« — La femme de l'armateur ? demanda Simon, qui avait soudain envie d'un café. Ça relevait du district de police de Buskerud, ça.

— Effectivement. Le sommet du crâne a été découpé. Sonny Lofthus a aussi été soupçonné.

— Mais ce n'est pas possible. Il était incarcéré à ce moment-là.

— Non, il était en permission et s'est trouvé à proximité de la scène de crime. On a même retrouvé un de ses cheveux sur les lieux.

— Vous plaisantez, dit Simon qui en oublia le café. Ça aurait été dans les journaux. Un meurtrier connu qui récidive, il n'y a rien de plus vendeur...

— L'enquêteur de Buskerud a choisi de ne pas crier ça sur les toits, dit Kari.

— Pourquoi ?

— Vous n'avez qu'à le lui demander. »

Kari tendit le bras et Simon remarqua un homme grand, large d'épaules, qui venait vers eux avec un gobelet de café à la main. Malgré les températures estivales, il portait un gros pull en laine.

« Bonjour, Henrik Westad, dit l'homme en lui tendant la main. Inspecteur de police du district de Buskerud. En charge de l'affaire Eva Morsand.

— Je l'ai prié de passer ce matin, expliqua Kari.

— De Drammen ? Avec tous les bouchons qu'il y a le matin ? dit Simon en lui serrant la main. Merci beaucoup.

— *Avant* les bouchons, rectifia Westad. Nous sommes ici depuis six heures et demie. Je pensais ne pas avoir grand-chose à vous dire sur cette enquête, mais vous avez une collègue qui ne lâche pas le morceau, dit-il en faisant un signe de tête à Kari et en s'asseyant sur la chaise face à elle.

— Alors, pourquoi ne pas avoir divulgué l'info que vous aviez trouvé un cheveu du meurtrier condamné ? voulut savoir Simon en regardant avec une pointe d'envie le café que l'autre portait à ses lèvres. Ça revenait à dire que vous aviez résolu l'affaire. Il n'est pas dans les habitudes de la police de cacher les bonnes nouvelles.

« — C'est vrai, reconnut Westad. Surtout si on sait que le propriétaire du cheveu avait avoué lors du premier interrogatoire.
— Alors qu'est-ce qui s'est passé ?
— Leif.
— Leif ? »
Westad hocha lentement la tête. « Bien sûr, j'aurais pu communiquer ces éléments dès le premier interrogatoire, mais quelque chose ne collait pas. Quelque chose avec... son état d'esprit. Alors j'ai attendu. Et lors du second interrogatoire, il est revenu sur ses aveux en affirmant qu'il avait un alibi. Un certain Leif, qui avait un autocollant « *I love Drammen* » sur une Volvo bleue et qui, selon lui, souffrait de problèmes cardiaques. Alors j'ai recoupé les renseignements obtenus auprès du concessionnaire Volvo de Drammen et du service de cardiologie de l'hôpital central de Buskerud.
— Et alors ?
— Alors il existe bel et bien un certain Leif Krognæss, cinquante-trois ans. Il habite dans le quartier de Konnerud, à Drammen, et il l'a reconnu tout de suite quand je lui ai montré sa photo. Il l'avait rencontré sur une aire de repos le long de l'ancienne route nationale qui est parallèle à la Drammensveien. Vous savez, ce genre d'endroit avec des bancs et des tables, où on peut profiter de la nature. Par ce beau temps, Leif Krognæss avait fait une petite balade en voiture et il était resté plusieurs heures sur cette aire de repos, parce qu'il s'était senti étrangement très fatigué. Apparemment, il n'y a jamais personne à cet endroit, les voitures prennent l'autre route, plus récente. En plus, le site est infesté de moustiques. Toujours est-il que ce jour-là, il a vu deux hommes à une autre table. Ils étaient restés assis sans parler, heure après heure, comme s'ils attendaient quelque chose. Puis l'un avait regardé sa montre et dit qu'ils pouvaient s'en aller. Au moment de passer devant sa table, l'autre s'était penché vers lui, lui avait demandé son nom et lui avait dit d'aller voir un docteur, parce qu'il avait un problème au cœur. Puis le premier avait entraîné le

type, que Leif avait pris pour un patient d'un hôpital psychiatrique en sortie, et ils étaient partis.

— Mais ce qu'il avait entendu lui trottait dans la tête, poursuivit Kari. Alors il est allé voir le médecin qui lui a détecté un problème cardiaque et l'a fait hospitaliser d'urgence. C'est pourquoi Leif se souvient bien de ce type même s'il l'a vu seulement quelques minutes sur une aire d'autoroute près de la Drammenselven. »

Drammenselva, corrigea mentalement Simon.

« Effectivement, reprit Westad. Leif Krognæss dit que ce type lui a sauvé la vie. Mais l'essentiel n'est pas là. Le rapport médico-légal confirme bien qu'Eva Morsand a été assassinée dans le laps de temps où ils étaient assis sur l'aire de repos. »

Simon hocha la tête. « Et le cheveu ? Vous n'avez pas cherché à savoir comment il est arrivé sur les lieux du crime ? »

Westad haussa les épaules. « Le suspect a un alibi. »

Simon remarqua que jusqu'ici Westad n'avait pas prononcé le nom du garçon. Il s'éclaircit la voix : « On dirait que ce cheveu a été déposé là, comme par hasard. Si cette permission a été arrangée pour que Sonny Lofthus apparaisse comme le coupable, ça veut dire qu'au moins un des employés de Staten est de mèche. Est-ce la raison pour laquelle l'affaire a été étouffée ? »

Henrik Westad repoussa son gobelet de café sur la table de Kari, comme s'il n'en avait plus envie. « On m'a donné l'ordre de la boucler, dit-il. Mon chef a visiblement reçu des instructions d'en haut pour laisser ça de côté, le temps peut-être de diligenter une enquête interne.

— Ils veulent tout vérifier avant que le scandale n'éclate, dit Kari.

— Espérons-le, fit Simon. Mais pourquoi être venu nous raconter ça, Westad, si vous avez reçu l'ordre de garder le silence ? »

Westad haussa de nouveau les épaules. « C'est pas facile d'être le seul à être au courant. Et quand Kari m'a dit qu'elle travaillait avec Simon Kefas… Comme vous avez la réputation d'être quelqu'un d'intègre… »

Simon regarda Westad. « Vous savez que c'est un autre mot pour "fauteur de troubles", n'est-ce pas ?

— Oui, répondit Westad. Moi, je ne cherche pas les ennuis. Je veux simplement ne pas être le seul au courant.

— Ça vous décharge d'un poids et vous vous sentez plus en sécurité ? »

Pour la troisième fois, Westad haussa les épaules. Assis, il avait l'air moins grand et moins large d'épaules. Et malgré son pull, il avait l'air d'avoir froid.

*

Le silence était total dans la longue salle de réunion.

Hugo Nestor avait le regard fixé sur le fauteuil en bout de table dont il ne voyait que le haut dossier en cuir de bison blanc.

L'homme dans le fauteuil avait exigé des explications.

Nestor leva les yeux vers le tableau accroché au mur, au-dessus du fauteuil. Une crucifixion. Grotesque, sanglante, avec une profusion de détails exagérés. L'homme sur la croix avait deux cornes au front et des yeux injectés de sang. Cela mis à part, la ressemblance était frappante. La rumeur disait que l'artiste avait peint ce tableau après que l'homme dans le fauteuil lui avait coupé deux doigts pour une dette impayée. L'histoire des doigts était vraie, Nestor lui-même avait assisté à la scène. La rumeur disait également que la toile n'avait été exposée que douze heures avant que l'homme dans le fauteuil ne la confisque. La toile et le foie de l'artiste. Mais cette rumeur était infondée. Il ne s'était écoulé que huit heures, et ils avaient pris sa rate, pas son foie.

Pour le cuir de bison, Nestor ne pouvait ni confirmer ni infirmer la rumeur qui prétendait que l'homme qui lui tournait le dos avait payé treize millions et demi de dollars pour pouvoir chasser et tuer un bison blanc, l'animal le plus sacré de la tribu des Sioux Lakota, qu'il l'avait chassé à l'arbalète et que l'animal, même avec deux flèches dans la région du cœur, n'étant toujours pas mort, l'homme dans le fauteuil avait monté l'immense bête d'une demi-tonne et s'était servi des muscles de ses cuisses pour lui tordre le cou. Mais Nestor ne voyait pas de raison de ne pas prêter foi à cette rumeur. La différence de poids, au fond, n'était pas *si* grande entre l'animal et cet homme.

Hugo Nestor détourna les yeux du tableau. Hormis l'homme dans le fauteuil en cuir de bison et lui-même, il y avait trois autres personnes autour de la table. Nestor haussa et baissa les épaules, sentit sa chemise lui coller dans le dos, sous la veste du costume. Il suait rarement. Pas seulement parce qu'il évitait le soleil, la laine de mauvaise qualité, le sport, la baise ou tout autre effort physique, mais parce que, selon le médecin, son thermostat intérieur était mal réglé. Si les autres évacuaient de la sueur, lui sentait sa température corporelle monter dangereusement dès qu'il faisait un effort trop intense, mais il ne suait pas. Un trait héréditaire qui prouvait ce qu'il avait toujours su : que ses prétendus parents n'étaient pas les vrais. Ses rêves d'un berceau dans le Kiev des années 70 n'étaient pas des rêves mais ses tout premiers souvenirs d'enfance.

Pour l'heure, il suait. Et cela, bien qu'il eût de bonnes nouvelles à annoncer.

L'homme dans le fauteuil ne s'était pas emporté. N'avait pas fulminé à cause du fric et de la came volés dans le bureau de Kalle Farrisen. N'avait pas hurlé que Sylvester ne s'était pas volatilisé dans la nature et qu'ils étaient une bande d'incapables puisque le gamin Lofthus courait toujours. Même si tous connaissaient l'enjeu. Il y avait quatre scénarios dont trois étaient mauvais. Premier mauvais scénario : c'était Sonny qui avait tué Agnete Iversen, Kalle et Sylvester, et il continuerait à tuer toutes les personnes avec lesquelles ils travaillaient. Deuxième scénario : Sonny était arrêté, avouait et révélait qui avait commis les crimes pour lesquels il avait été condamné. Troisième scénario : sans les aveux de Sonny, Yngve Morsand était arrêté pour le meurtre de sa femme, il craquait et balançait tout.

Quand Morsand était venu les voir en disant qu'il voulait supprimer sa femme, Nestor avait d'abord cru qu'il voulait louer les services d'un tueur. Mais Morsand ne souhaitait laisser à personne d'autre cette joie, il désirait seulement qu'on arrange le coup pour faire condamner quelqu'un d'autre, puisqu'en tant que mari, il serait le premier suspect aux yeux de la police. Et tout s'achète du moment qu'on est prêt à en payer le prix. Soit, dans le cas présent, trois millions de couronnes. Un prix raisonnable pour éviter la perpétuité, avait avancé Nestor, et Morsand avait été d'accord. Ensuite Morsand avait expliqué qu'il allait attacher cette salope, approcher la scie de sa tête et la regarder droit dans les yeux pendant qu'il lui découperait le crâne, et Nestor avait senti les poils de son dos se hérisser d'horreur mêlée d'excitation. Ils avaient tout mis au point avec Arild Franck. La permission de Sonny, l'endroit où il devrait attendre et l'escorte de l'homme de confiance d'Arild Franck, un surveillant corrompu et grassement payé, un type tordu de Kaupang, véritable *chubby chaser* qui claquait son fric en coke, en dettes diverses et variées, et en putes si obèses qu'on aurait pu croire que c'étaient elles qui devaient payer pour se faire baiser.

Quatrième et seul bon scénario, très simple : trouver le garçon et le liquider. Ce ne devait pas poser de problèmes. Et ç'aurait dû être fait depuis longtemps.

Pourtant l'homme assis de dos continuait de parler avec cette voix grave, chuchotante. Cette voix qui avait donné à Nestor des sueurs froides. Car derrière le dossier blanc, l'homme avait prié Nestor de lui donner des explications. C'était tout. Des explications. Nestor se racla la gorge, espérant que sa voix ne trahirait pas la peur qui le saisissait toujours quand il se retrouvait dans la même pièce que le boss.

« On est retournés dans la maison et on a cherché Sylvester partout. Tout ce qu'on a trouvé, c'est un fauteuil vide avec le dossier traversé par une balle. On a vérifié avec notre contact au central téléphonique de Telenor, mais aucun de leurs relais n'a enregistré le moindre signal en provenance du téléphone de Sylvester depuis en gros minuit cette nuit-là. En d'autres termes, soit Lofthus a démonté entièrement son téléphone, soit il se trouve dans un endroit sans réseau. Quoi qu'il en soit, j'ai bien peur que Sylvester ne soit plus en vie. »

Le fauteuil en bout de table pivota lentement et il apparut. Une parfaite réplique de l'homme sur le tableau. Une corpulence impressionnante, des muscles qui manquaient de faire craquer le costume, le front haut, la moustache démodée, les sourcils broussailleux au-dessus d'un regard faussement somnolent. Hugo Nestor essaya de capter ce regard. Nestor n'était pas un enfant de chœur, il avait tué des femmes, des hommes et des enfants en les fixant droit dans les yeux pendant qu'il les exécutait, sans jamais ciller. Au contraire, il les avait étudiés pour lire dans leurs yeux la peur de la mort, la certitude de l'inéluctable, la conscience que devaient avoir ceux qui se trouvent sur le seuil de l'au-delà. Comme la petite Biélorusse qu'il avait égorgée quand les autres s'étaient défilés. Il avait plongé son regard dans celui, implorant, de la jeune fille. Et il avait presque plané un instant sous l'effet du cocktail détonant de ses sentiments, de sa colère contre la faiblesse, la lâcheté des autres, et de la capitulation muette de la fille. Ça l'excitait terriblement de tenir une vie entre ses mains et de décider si – et à quel instant précis – il y mettrait un terme. Il pouvait encore la prolonger d'une ou deux secondes. Ou pas. Tout ne dépendait que de lui. Il se rendait bien compte qu'il était au comble de cette excitation sexuelle dont parlaient les autres, mais qui chez lui se réduisait toujours à l'effort pénible et, somme toute, peu agréable d'essayer de paraître normal. Il avait lu qu'une personne sur cent était ce qu'on appelle asexuelle. Cela faisait de lui quelqu'un d'exceptionnel. Mais pas quelqu'un d'anormal. Au contraire, il pouvait se concentrer sur ses réelles envies, construire sa vie, se faire un nom, jouir du respect et de la crainte des autres sans toutes ces distractions et cette perte d'énergie que provoquait l'addiction sexuelle chez les autres. Quelle était la part de rationalité, et, partant, de normalité dans ce genre de comportement ? Lui était donc quelqu'un de normal qui n'avait pas peur, mais au contraire était curieux, de voir la mort.

En plus, il avait aussi de *bonnes* nouvelles pour le boss. Mais Nestor n'arrivait pas à soutenir son regard plus de cinq secondes. Ce qu'il y voyait tout au fond était plus glacial, plus vide que la mort et l'anéantissement. C'était la damnation. La promesse que ce qu'il te restait d'âme allait t'être arraché.

« Mais nous avons un tuyau sur l'endroit où Lofthus se trouve », dit Nestor.

L'homme imposant leva un de ses épais sourcils. « De qui ?

— De Coco. Un dealer qui logeait au foyer Ila jusqu'à maintenant.

— Le pédé avec son poinçon ? »

Nestor n'avait jamais compris d'où le boss tirait toutes ses infos. On ne le voyait jamais dehors, Nestor n'avait jamais croisé des gens qui pouvaient se targuer de l'avoir vu ou de lui avoir parlé. Et pourtant il savait tout et il en avait toujours été ainsi. Du temps de la taupe, ça pouvait encore s'expliquer, ils avaient alors connaissance des moindres faits et gestes de la police. Mais après avoir tué Ab Lofthus qui était à deux doigts de percer à jour tout leur système, la taupe avait, semblait-il, cessé ses activités. Cela remontait à quinze ans maintenant, et Nestor s'était fait à l'idée qu'il ne saurait jamais qui était la taupe.

« Il a parlé d'un jeune type à Ila qui avait tellement d'argent qu'il a payé les dettes de son copain de chambrée, dit Nestor avec une intonation très étudiée et en roulant ses *r* pour faire slave. Douze mille en liquide.

— Personne à Ila n'avance des sommes pour les autres, intervint Vargen, un homme plus âgé qui était responsable de l'importation des filles.

— Précisément, dit Nestor. Et il l'a fait même si son colocataire l'a accusé d'avoir volé des boucles d'oreilles. Alors j'ai pensé…

— Tu as pensé à l'argent du coffre de Kalle, l'interrompit le grand patron. Et aux bijoux des Iversen, c'est ça ?

— Exactement, alors j'ai été voir Coco et je lui ai montré une photo de Lofthus. Coco m'a confirmé que c'est bien le même type. J'ai même le numéro de la chambre. 323. La seule question est de savoir comment on va… » Nestor joignit le bout des doigts et claqua la langue comme pour goûter les différents équivalents de la formulation banale « le tuer ».

« On ne peut pas entrer là-bas, en tout cas pas sans se faire remarquer, dit Vargen. Le portail est fermé, il y a des gens à la réception et des caméras de surveillance partout.

— On pourrait utiliser un des locataires pour faire le job, suggéra Voss, un ancien chef d'une société de gardiennage qui s'était fait renvoyer après avoir trempé dans un trafic d'anabolisants.

— Pas question de laisser ça à des junkies, dit Vargen. Lofthus n'a pas seulement échappé à nos hommes, supposés compétents en la matière, mais il semblerait qu'il ait réussi à en faire disparaître un.

—Alors qu'est-ce qu'on fait ? demanda Nestor. On l'attend dehors dans la rue ? On installe une planque dans la maison voisine ? On fout le feu au foyer en condamnant les issues de secours ?

— Ne dis pas n'importe quoi, Hugo, dit Voss.

— Tu devrais savoir que je ne dis jamais n'importe quoi. » Nestor sentit la chaleur envahir son visage. Il avait chaud mais n'était plus en sueur. « Si on ne met pas la main sur lui avant la police…

— Bonne idée. » Les deux mots furent chuchotés si bas qu'ils étaient presque inaudibles. Pourtant, ce fut comme un coup de tonnerre dans la pièce.

Un silence suivit.

« Comment ça ? finit par demander Nestor.

— On ne met pas la main sur lui avant la police », dit le grand patron.

Nestor jeta un regard autour de lui pour s'assurer qu'il n'était pas le seul à ne pas comprendre, avant d'insister : « Qu'est-ce que tu veux dire ?

— Exactement ce que j'ai dit », chuchota l'homme. Il esquissa un sourire et s'adressa à la seule personne dans la pièce qui, jusqu'ici, n'avait pas dit un mot : « Tu comprends ce que je veux dire, n'est-ce pas ?

— Oui, dit son interlocuteur. Le gamin se retrouvera à Staten où il risque fort, comme son père, de se suicider…

— Parfaitement.

— Alors je vais balancer aux flics où ils pourront le trouver, dit l'homme en levant le menton et en étirant son cou qui émergeait du col de son uniforme vert.

— Inutile. La police, je m'en charge, dit le grand patron.

— Ah bon ? » s'étonna Arild Franck.

L'autre se détourna pour s'adresser à l'ensemble de la table : « Et ce témoin, à Drammen ?

— Il est à l'hôpital, en cardiologie, répondit quelqu'un pendant que Hugo Nestor, lui, continuait à fixer le tableau.

— Alors qu'est-ce qu'on fait ? »

Il n'avait pas cillé.

« Ce qu'on doit faire », répondit la voix grave.

Il fixait le Jumeau cloué à la croix.

*

La pendaison.

Martha était assise dans le grenier.

Les yeux fixés sur la poutre.

Elle avait dit aux autres qu'elle voulait voir si le classement des archives dans les armoires était bien fait. Ce qui était sûrement le cas ; d'ailleurs peu lui importait. Rien ne lui importait. Elle ne pensait qu'à lui, Stig, et c'était aussi banal que tragique. Elle était amoureuse. Elle qui avait toujours pensé ne pas être capable d'éprouver de grands sentiments ! Certes, elle s'était déjà amourachée d'un garçon, plusieurs fois, même, mais pas de cette manière. Les autres fois, elle avait eu des papillons dans le ventre, les joues en feu, les sens en éveil, le jeu était excitant, mais cette fois c'était… comme une maladie. Quelque chose qui avait pris possession de son corps et dirigeait toutes ses actions et ses pensées. Amoureuse. C'était un mot précis. Qui avait la même structure qu'amoral ou anorexique. Un mot pas si anodin que ça, un mot qui flirtait avec le danger, l'autodestruction.

En avait-il été de même pour la femme qui s'était pendue ici ? Est-ce qu'elle aussi était tombée amoureuse d'un homme qu'elle savait, intuitivement, être du mauvais côté ? Avait-elle aussi été si aveuglée par ses sentiments qu'elle avait reconsidéré la frontière entre le bien et le mal, pour se forger une nouvelle morale qui soit en harmonie avec cette délicieuse maladie ? Ou bien, comme Martha, avait-elle compris qu'il était déjà trop tard ? Martha était entrée dans la chambre 323 pendant le petit déjeuner. Elle avait vérifié encore une fois les baskets. Les semelles sentaient le savon. Qui lave les semelles de ses baskets presque neuves, à moins d'avoir quelque chose à cacher ? Pourquoi avait-elle été si triste qu'elle était venue se réfugier ici ? Mon Dieu, elle ne voulait même pas de cet homme.

Elle gardait les yeux fixés sur la poutre. Mais elle ne voulait pas faire comme elle. Le dénoncer. Elle ne pouvait pas. Il devait y avoir une raison, quelque chose qu'elle ne savait pas. Il n'était pas comme ça. Dans son boulot, elle entendait des mensonges, des fausses excuses et des arrangements avec la réalité à longueur de journée, si bien qu'elle ne prenait plus personne pour ce qu'il prétendait être. Mais elle avait une certitude : Stig n'était pas un assassin impitoyable.

Elle le savait parce qu'elle était amoureuse.

Martha cacha son visage entre ses mains et sentit les larmes venir. Son corps tremblait. Il avait voulu l'embrasser. Elle avait voulu l'embrasser. Elle *voulait* l'embrasser. Ici, maintenant, toujours ! Disparaître dans cet océan de doux sentiments, chauds et protecteurs. Se droguer, s'abandonner, se faire un shoot et se sentir décoller, remercier et maudire.

Elle entendit les pleurs. Et les poils de ses bras se hérissèrent. Regarda le talkie-walkie. Des pleurs d'enfant.

Elle voulut l'éteindre mais se ravisa. Les pleurs étaient différents cette fois. Comme si l'enfant avait peur et l'appelait. Mais c'était le même enfant, toujours le même enfant. L'enfant de cette femme. L'enfant disparu. Prisonnier du vide, du néant, il essayait de trouver un moyen de revenir à la maison. Et personne ne pouvait ni ne voulait l'aider. Personne n'osait. Parce que les gens ne comprenaient pas ce que c'était, et parce qu'ils avaient peur de ce qu'ils ne comprenaient pas. Martha écouta les pleurs qui devenaient de plus en plus forts. Jusqu'à ce qu'elle perçoive un craquement sonore suivi d'une voix hystérique :

«Martha! Martha! Viens vite!...»

Elle se raidit. Que se passait-il?

«Martha! Ils donnent l'assaut! Ils ont des armes! Mon Dieu, mais t'es où?»

Elle prit le talkie-walkie et appuya sur le bouton émetteur : «Qu'est-ce qui se passe, Maria?» Relâcha le bouton.

«Ils sont tout un groupe habillé en noir, avec des masques, des boucliers et des fusils! Il faut absolument que tu viennes, je t'en prie!»

Martha se leva et sortit en courant. Il lui sembla que ses pas résonnaient comme une avalanche quand elle descendit l'escalier. Elle ouvrit violemment la porte donnant sur le couloir du deuxième étage. Vit un des hommes en noir se retourner et pointer sur elle un fusil court ou peut-être un pistolet mitrailleur. Puis elle vit trois autres postés devant la porte 323. Deux d'entre eux tenaient un petit bélier pour enfoncer la porte.

«Qu'est-ce que...?» commença Martha, qui s'interrompit lorsque l'homme se planta devant elle en mettant un doigt devant ce qui devait être sa bouche sous la cagoule. Elle s'arrêta une seconde avant de se rendre compte que c'était cette arme stupide qui la retenait.

« Je peux voir votre ordre de perquisition ? Vous ne pouvez pas entrer ici comme ça et... »

La porte céda avec fracas lorsque le bélier fit sauter la serrure. Le troisième homme tint la porte entrebâillée et jeta à l'intérieur quelque chose qui ressemblait à deux grenades. Puis ils se détournèrent et se bouchèrent les oreilles. Mon Dieu, est-ce qu'ils allaient...? Le flash qui jaillit par la porte entrouverte était d'une telle intensité que les ombres des trois policiers se projetèrent dans le couloir pourtant éclairé, et Martha crut un instant être devenue sourde, tant l'explosion avait été puissante. Enfin, les hommes donnèrent l'assaut final.

« Retournez d'où vous venez, mademoiselle ! »

Ces mots comme étouffés venaient du policier devant elle. Il avait dû crier pour qu'elle l'entende...

Martha, interdite, le regarda quelques secondes. Comme les autres, il portait la tenue noire et le gilet pare-balles du corps d'élite de la police, l'unité Delta. Alors elle recula, franchit la porte et se retrouva dans la cage d'escalier. S'appuya contre le mur. Fouilla ses poches. Elle avait gardé sa carte de visite sur elle, comme si elle se doutait qu'elle en aurait besoin. Elle composa le numéro inscrit sous le nom.

« Oui ? »

Les voix sont un thermomètre d'une étrange précision. Celle de Kefas exprimait la fatigue, le stress. Mais sans l'adrénaline qu'auraient dû susciter un assaut ou une grande arrestation. D'après l'acoustique, elle en déduisit qu'il n'était pas en bas dans la rue ou dans les locaux du foyer, mais ailleurs, avec des gens autour de lui.

« Ils sont ici, dit-elle. Ils ont jeté des grenades.
— Pardon ?
— C'est Martha Lian, du foyer Ila. Le groupe d'intervention de la police est en train de donner l'assaut. »

Dans la pause qui suivit, elle entendit un message diffusé au haut-parleur, quelqu'un était demandé d'urgence au service postopératoire. L'inspecteur se trouvait dans un hôpital.

«J'arrive tout de suite.»

Martha raccrocha, ouvrit la porte et retourna dans le couloir où les hommes communiquaient dans leurs talkies-walkies.

L'homme de tout à l'heure pointa de nouveau son arme sur elle.

«Eh, qu'est-ce que je vous ai dit!»

Une voix métallique résonna dans son appareil : «Nous l'emmenons maintenant à l'extérieur.

— Vous pouvez me tirer dessus si vous voulez, mais je n'ai toujours pas vu votre ordre de perquisition», dit-elle en revenant à la charge et en passant devant lui.

Au même moment, elle les vit sortir de la chambre 323. Il portait des menottes, un policier de chaque côté. Nu, avec seulement un caleçon blanc un peu trop grand pour lui. Il avait l'air terriblement vulnérable comme ça. Même son thorax musclé paraissait maigrichon, tassé, comme s'il était au bout du rouleau. Un mince filet de sang coulait d'une de ses oreilles.

Il leva les yeux. Leurs regards se croisèrent.

Puis le groupe s'éloigna et se dirigea vers la sortie.

C'était terminé.

Martha poussa un soupir de soulagement.

*

Après avoir frappé deux fois à la porte, Betty sortit son passe magnétique et entra dans la suite. Comme d'habitude, elle ne se pressa pas, de sorte que si le client était malgré tout à l'intérieur, il aurait le temps d'éviter une situation embarrassante. Telle était la politique pratiquée ici à l'hôtel Plaza : les employés n'entendaient ni ne voyaient ce qui ne devait ni s'entendre ni se voir. Seulement, Betty n'appliquait pas ces directives. Au contraire. Sa mère l'avait prévenue que sa curiosité lui attirerait de sérieux ennuis, mais bon, elle en avait eu, pas qu'une fois même, et ça ne l'empêchait pas de continuer. Dans son job de réceptionniste, ça l'avait d'ailleurs aidée, elle n'avait pas son pareil pour flairer les mauvais payeurs. C'était même devenu sa spécialité de repérer ceux qui avaient l'intention de vivre, manger et boire gratis. Et elle n'hésitait pas à faire du zèle, car elle n'avait jamais caché qu'elle avait de l'ambition. Lors de la dernière réunion du personnel, le directeur l'avait félicitée de savoir être aussi attentive, tout en restant discrète, mettant toujours l'intérêt de l'hôtel au premier plan. Il lui avait dit qu'elle irait loin, que la réception n'était qu'une étape pour des personnes de sa qualité.

Cette suite était une des plus grandes de l'hôtel, avec un salon offrant une vue sur tout Oslo. Bar, coin cuisine, salle de bains et chambre à coucher à part avec une deuxième salle de bains attenante. À travers la porte de la chambre, elle entendit la douche.

Il s'était enregistré sous le nom de Fidel Lae et il n'avait apparemment aucun problème d'argent. Le costume qu'elle venait lui apporter était de la marque Tiger, acheté dans la Bogstadveien plus tôt dans la journée, envoyé au retoucheur en express puis livré par coursier à l'hôtel. Pendant la saison haute, ils avaient un système de conciergerie qui s'occupait des livraisons dans les chambres, mais l'été c'était suffisamment calme pour que le personnel à la réception s'en charge lui-même. Betty s'était immédiatement proposée pour le faire. Elle n'avait pourtant aucun motif réel de le soupçonner. Il avait payé deux nuits à l'avance, ce que ne faisaient jamais les escrocs patentés. Non, c'étaient plutôt des détails qui lui avaient mis la puce à l'oreille. Il ne ressemblait vraiment pas au type de personnes qui réservaient les suites au dernier étage, on aurait dit quelqu'un qui dort souvent dehors ou qui descend dans un hôtel bon marché pour routards. Et puis il avait paru très concentré lors de l'enregistrement, comme s'il n'avait jamais dormi dans un hôtel, n'avait appris qu'en théorie comment ça se passait et voulait tout bien faire. En plus, il avait payé en liquide.

Betty ouvrit les portes de l'armoire du salon et vit qu'il y avait déjà une cravate et deux chemises suspendues là, elles aussi de la marque Tiger, certainement achetées au même endroit. Sur le sol, elle vit deux paires de chaussures neuves, noires. Elle lut la marque Vass sur la semelle intérieure. À côté du costume se trouvait une grosse valise souple avec des roulettes. Cette valise était presque aussi grande qu'elle, le genre qu'on utilise pour transporter des snowboards ou des planches de surf. Allait-elle ouvrir la fermeture éclair ? Elle préféra donner un léger coup à la valise, qui parut vide. En tout cas, pas de snowboard à l'intérieur. À côté de la valise, un sac de sport rouge du club de lutte d'Oslo était la seule chose à ne pas être neuve dans l'armoire.

Elle referma les portes, fit quelques pas vers la chambre à coucher et cria en direction de la salle de bains : « Monsieur Lae ! Excusez-moi, monsieur Lae ? »

Le bruit de la douche s'arrêta et peu après apparut un homme aux cheveux mouillés plaqués en arrière, avec de la mousse à raser sur le menton, les joues et les sourcils.

« J'ai accroché votre costume dans l'armoire. J'ai reçu l'ordre de retirer une lettre à poster…

— Ah oui, merci. J'en ai pour une minute. »

Betty alla vers la fenêtre du salon. Regarda la vue sur l'Opéra et le fjord d'Oslo. Les nouveaux gratte-ciel se dressaient les uns à côté des autres telles des planches sur une palissade. La colline d'Ekeberg. L'immeuble de la poste. L'hôtel de ville. Les voies ferrées qui arrivaient des quatre coins du pays et qui se rassemblaient en faisceaux tout en bas, à la gare centrale. Elle remarqua un permis de conduire posé sur le grand bureau. Ce n'était pas celui de Lae. À côté, il y avait une paire de ciseaux et une photo de passeport de Lae, avec ses lunettes rectangulaires imposantes, à monture noire, qu'elle avait remarquées lorsqu'il remplissait le formulaire à la réception. Plus loin sur le bureau se trouvaient deux mallettes identiques et apparemment neuves. Dans l'une, on voyait sortir un morceau de plastique dont elle ne pouvait détacher le regard. Sur la face interne du plastique mat mais transparent, il y avait comme des traces blanches.

Elle recula de deux pas de façon à avoir la chambre à coucher en ligne de mire. Par la porte de la salle de bains entrouverte, elle vit le dos du client face au miroir. Il avait noué une serviette autour de sa taille et se rasait avec une extrême concentration. Ça voulait dire qu'elle avait un peu de temps devant elle.

Elle essaya d'ouvrir la mallette avec le sachet en plastique qui dépassait, mais elle était fermée à clé.

Elle regarda le cadenas à code. Les petits chiffres en métal indiquaient 0999. Sur l'autre, c'était 1999. Les deux mallettes avaient-elles le même code? Dans ce cas, elle pouvait essayer avec 1999. Une année, peut-être une date de naissance. Ou la chanson de Prince. Dans ce cas, celle-ci n'était pas verrouillée.

Betty l'entendit ouvrir le robinet. Il devait se rincer le visage maintenant. Elle n'était pas autorisée à faire ce qu'elle allait faire.

Elle souleva le couvercle de la seconde mallette et retint sa respiration.

Les liasses de billets bien rangées arrivaient jusqu'au bord.

Betty entendit des pas dans la chambre à coucher et se dépêcha de refermer la mallette. Fit vite trois pas et se plaça près de la porte d'entrée, le cœur battant.

Il sortit de la chambre et la regarda en souriant. Mais il avait changé. Ou c'était parce qu'il ne portait pas ses lunettes. Ou encore à cause du bout de coton avec du sang qu'il avait au-dessus d'un œil. Elle comprit soudain ce qui avait changé : il s'était rasé les sourcils. Ça alors, quel homme se rase les sourcils? À part Bob Geldof dans *The Wall*, bien sûr. Mais il était fou, lui. En tout cas, il jouait un fou. Est-ce que l'homme face à elle était fou? Non, les cinglés n'ont pas une mallette pleine d'argent, ils *croient* seulement en avoir une...

Il ouvrit un tiroir du bureau et en sortit une enveloppe kraft qu'il tendit à Betty.

«Vous pourriez faire partir ça aujourd'hui?

— Bien sûr, monsieur, répondit-elle en espérant qu'il ne remarque pas sa nervosité.

— Merci beaucoup, Betty. »

Il cligna deux fois des yeux en disant son prénom. Évidemment. C'était marqué sur son badge.

« Bonne journée, monsieur Lae, dit-elle en souriant, la main posée sur la poignée.

— Attendez, Betty. »

Son sourire se figea. Il allait voir que la mallette avait été ouverte et il…

« C'est peut-être… euh, normal de donner un pourboire pour ce genre de services ? »

Elle respira, soulagée. « Non, je vous en prie, monsieur Lae. »

Une fois dans l'ascenseur, elle se rendit compte qu'elle était en sueur. Pourquoi ne pouvait-elle jamais réfréner sa curiosité ? Elle ne pouvait raconter à personne qu'elle fouillait dans les valises des clients. D'ailleurs ce n'était pas illégal d'avoir de l'argent dans une mallette. Surtout si on travaillait, par exemple, pour la police. Parce que c'était bien ce qui était indiqué sur l'enveloppe en papier kraft : *Hôtel de police, Grønlandsleiret 44. À l'attention de Simon Kefas.*

*

Dans la chambre 323, Simon Kefas regardait autour de lui.

« Alors Delta a lancé un assaut ici ? dit-il. Et l'équipe a emmené celui qui était allongé sur la couchette du bas ? Johnny, comment déjà ?

— Puma, dit Martha. Je vous ai appelé parce que je pensais que peut-être…

— Non, je n'ai rien à voir là-dedans. Et Johnny vit ici avec qui ?

— Stig Berger, c'est le nom qu'il m'a donné.

— Hum. Et où est-il maintenant ?

— Je ne sais pas. Personne ne le sait. La police a interrogé tout le monde ici. Mais si ce n'est pas vous, j'aimerais bien savoir qui a ordonné cette intervention.

— Je n'en sais rien, répondit Simon en ouvrant l'armoire. L'unité d'élite n'intervient qu'avec l'aval du directeur général de la police, il faut voir ça avec lui. Ce sont les vêtements de Stig Berger ?

— Probablement. »

Quelque chose lui disait qu'elle mentait. Elle savait pertinemment que c'étaient les siens. Il souleva les baskets bleues au fond de l'armoire. Pointure quarante-trois. Les remit à leur place, ferma la porte et aperçut la photo punaisée au mur à côté de l'armoire. Cette fois, le doute n'était plus permis.

« Il s'appelle Sonny Lofthus, dit Simon.

— Quoi ?

— L'autre locataire. Il s'appelle Sonny et cette photo est celle de son père, Ab Lofthus. Son père était policier. Le fils est devenu un meurtrier. Qui, jusque-là, a tué six personnes. Libre à vous de déposer plainte auprès du directeur général, mais je crois qu'on peut dire que l'intervention de Delta ici n'était pas tout à fait illégitime. »

Il vit son visage se figer et ses pupilles se rétracter, comme si soudain la lumière était trop forte. Bien sûr c'était toujours un peu mouvementé au foyer, mais c'est quand même un choc de savoir qu'on a logé un tueur en série.

Il s'accroupit et regarda sous le lit. En tira quelque chose.

« C'est quoi ? demanda-t-elle.

— Une grenade aveuglante, répondit-il en tenant dans la main un objet vert olive qui ressemblait à une poignée de guidon de vélo. Elle émet un flash très puissant et une impulsion sonore de cent soixante-dix décibels. Ce n'est pas directement dangereux, mais les gens sont si aveuglés, sourds et désorientés l'espace de quelques secondes que les hommes de Delta peuvent alors remplir leur mission. Ils n'ont pas réussi à dégoupiller celle-ci, alors elle n'a pas explosé. C'est toujours comme ça, les gens font des erreurs en situation de stress. N'est-ce pas ? »

Il jeta un dernier coup d'œil vers l'armoire avant de la regarder droit dans les yeux. Elle paraissait de nouveau calme, sûre d'elle. Son regard ne trahissait rien.

« Il faut que je retourne à l'hôpital, dit Simon. Appelez-moi s'il revient.

— Vous avez un problème de santé ?

— Sans doute, dit Simon, mais c'est ma femme qui est hospitalisée. Elle est en train de perdre la vue. »

Il regarda ses mains. Et faillit ajouter : *Exactement comme moi.*

28

Hugo Nestor adorait le Vermont. C'était un des rares lieux combinant restaurant, bar et boîte de nuit qui avaient réussi sur les trois tableaux. Leur clientèle se composait de gens riches et beaux, de moches mais riches, de pas riches mais beaux, une couche moyenne de célébrités, de financiers ayant à moitié réussi et de gens qui travaillaient dans le milieu de la nuit et du divertissement. Sans oublier quelques criminels bien établis. Dans les années 90, c'était au Vermont que la bande de Tveita et d'autres bandes impliquées dans les transferts d'argent, les casses de banques et de postes, vidaient des bouteilles de Dom Pérignon de six litres et faisaient venir par avion les meilleures strip-teaseuses de Copenhague, pour un numéro de lap-dance dans leur salon privé. Il manquait aux professionnelles norvégiennes la petite touche qu'avaient ces Danoises. Ils utilisaient des pailles pour sniffer de la coke directement dans tous les orifices imaginables de ces femmes, avant de faire la même chose sur leurs propres corps, tandis que les garçons allaient et venaient avec des huîtres, des truffes du Périgord et du foie gras d'oies qui au fond avaient subi le même traitement qu'eux. Bref, le Vermont était un endroit qui avait du style et des traditions. Un endroit où Hugo Nestor et ses hommes pouvaient s'attabler dans des carrés VIP et voir le monde en bas sombrer. Un endroit où on pouvait mener ses affaires, où les gens de la finance pouvaient fréquenter des criminels sans que les indics de la police dégainent leurs téléphones.

C'est pourquoi la demande de l'homme assis à leur table n'avait rien d'inhabituel. Il était entré, avait parcouru les lieux du regard et s'était frayé un chemin vers eux, mais Bo lui avait barré le chemin, au moment où il avait essayé de franchir la cordelette rouge qui délimitait leur territoire. Après avoir murmuré quelques mots à Bo, ce dernier était allé chuchoter à l'oreille de Nestor :

« Il veut avoir une Asiat'. Il dit qu'il est là pour le compte d'un client qui paie bien. »

Nestor inclina la tête, but une gorgée de son champagne. C'était une des phrases favorites du Jumeau qu'il avait faite sienne : *Money can buy you champagne*. « Il a l'air d'un indic ?

— Non.

— T'as raison. Donne-lui une chaise. »

Le type portait un costume apparemment cher, avec chemise repassée et cravate. Des sourcils clairs au-dessus de lunettes de marque. Non, d'ailleurs, *pas* de sourcils.

« Il faut qu'elle ait moins de vingt ans.

— Je ne sais pas de quoi vous parlez, dit Nestor. Pourquoi êtes-vous venu ici ?

— Mon client est un ami d'Iver Iversen. »

Hugo Nestor l'observa plus attentivement. Il n'avait pas non plus de cils. Peut-être qu'il avait une alopécie universalis, comme le frère de Hugo ? Enfin, comme son *prétendu* frère. Il ne lui restait pas un seul poil sur le corps. Si c'était son cas, ce type portait une perruque.

« Mon client est un armateur. Il paie en cash et en héroïne, acheminée par bateau. Vous savez mieux que moi ce que ça veut dire en termes de degré de pureté. »

Moins d'escales. Moins d'intermédiaires qui coupent la marchandise.

« Laissez-moi d'abord passer un petit coup de fil à Iversen », dit Nestor.

Le type secoua la tête. « Mon client exige une discrétion absolue, ni Iversen ni personne d'autre ne doit être au courant. Qu'Iversen raconte à ses proches ce qu'il fait, c'est son problème. »

Et accessoirement, le nôtre, pensa Nestor. C'était qui, ce type ? Il n'avait pas l'air d'un banal coursier. Un protégé ? Un avocat proche de la famille ?

« Je comprends naturellement qu'une demande aussi directe de la part de quelqu'un que vous ne connaissez pas exige des assurances particulières pour que la transaction se passe au mieux. Pour preuve de notre sérieux, mon client et moi sommes prêts à vous consentir une avance. Qu'en dites-vous ?

— Je dis quatre cent mille, répliqua Nestor. Ce n'est qu'un chiffre comme ça, je ne sais toujours pas de quoi vous parlez.

— Bien sûr, dit le type. Ça devrait s'arranger.

— Ça prendra combien de temps ?

— Je pensais à ce soir.

— Ce soir ?

— Je ne suis en ville que jusqu'à demain matin, je dois reprendre tôt l'avion pour Londres. L'avance est dans ma suite au Plaza. »

Nestor échangea un regard avec Bo. Puis il vida sa flûte de champagne :

« Je ne comprends pas un mot, Mister. À moins que ce ne soit une manière de nous dire que vous nous invitez à prendre un verre dans votre suite ? »

L'homme fit un sourire bref. « C'est exactement ça. »

*

À peine arrivés dans le parking souterrain du Vermont, ils fouillèrent le type. Bo le maintenait, pendant que Nestor vérifiait qu'il n'avait sur lui ni armes ni micros cachés. Le type se laissa faire sans sourciller. Il était clean.

Bo conduisit la limousine au Plaza et ils marchèrent du parking derrière Spektrum jusqu'au gratte-ciel en verre. Une fois dans l'ascenseur extérieur, ils regardèrent la ville à leurs pieds et Nestor y vit une métaphore : les gens en bas ressemblaient de plus en plus à des fourmis à mesure que lui-même s'élevait.

Bo sortit son pistolet quand le type ouvrit la porte de sa suite. Il n'y avait pas de raison objective, puisque Nestor n'avait pour l'heure plus aucun ennemi à sa connaissance qui soit encore en vie. Pas de règlements de comptes en attente, et la police ne pouvait toujours rien retenir contre lui, donc n'avait pas le droit de l'arrêter. Malgré ça, Nestor ressentit une vague inquiétude qu'il ne parvenait pas à analyser. Sans doute une déformation professionnelle, un état de vigilance permanent, ne jamais baisser la garde. D'autres dans cette ville avaient encore bien des choses à apprendre de lui. Ce n'était pas pour rien qu'il était là où il était aujourd'hui.

La suite n'avait rien de particulier, à part la vue, tout à fait exceptionnelle. Le type avait posé deux mallettes sur la table basse. Tandis que Bo visitait les autres pièces, le type se mit au bar pour préparer les cocktails.

« Je vous laisse vérifier », dit-il en montrant les mallettes de la main.

Nestor s'approcha et ouvrit la première mallette. Puis la seconde.

Il y avait largement plus de quatre cent mille. Forcément.

Et si la poudre dans l'autre mallette était aussi pure qu'il l'avait laissé entendre, il y avait là assez pour acheter tout un village de petites filles asiatiques.

« Ça vous dérange si je mets la télé ? demanda Nestor en saisissant la télécommande.

— Je vous en prie », répondit le type occupé à remplir les verres, ce dont il n'avait pas l'air d'avoir tant l'habitude que ça, il en était à trancher des rondelles de citron pour les trois gin-tonics.

Nestor alluma le câble et zappa sur les chaînes de divertissement jusqu'à ce qu'il tombe sur un porno. Il monta le son et s'approcha du bar.

« Elle a seize ans et vous sera livrée sur le parking de la piscine Ingierstrand demain à minuit. Vous serez garé au milieu du parking et vous ne sortirez pas de la voiture. L'un de nous ira vers vous, s'assoira à l'arrière et comptera l'argent. Puis il partira avec l'argent et un autre viendra avec la fille. C'est entendu ? »

L'autre acquiesça.

Ce que Nestor ne dit pas, parce qu'il ne fallait pas que l'autre le sache, c'est que la fille ne serait pas dans la voiture qui viendrait récupérer l'argent. Le véhicule avec l'argent aurait quitté les lieux avant que celui avec la fille arrive. Même principe que pour une transaction de drogue.

« Et l'argent...

— Encore quatre cent mille, dit Nestor.

— Parfait. »

Bo sortit de la chambre à coucher et resta planté à regarder l'écran. Ça devait lui plaire. Comme à tout le monde apparemment. Lui-même trouvait les films porno pratiques à cause de leur bande-son prévisible de gémissements qui brouillaient d'éventuelles mises sur écoute.

« La piscine d'Ingierstrand demain à minuit, répéta Nestor.

— On trinque pour fêter ça ? dit le type en leur tendant deux verres.

— Merci, mais je conduis, dit Bo.

— Bien sûr, dit le type en souriant et en se frappant le front. Un Coca ? »

Bo haussa les épaules et le type décapsula une canette, la versa dans un verre et y ajouta une nouvelle rondelle de citron.

Ils trinquèrent et s'assirent autour de la table basse. Nestor fit signe à Bo de prendre la première liasse de la mallette et de compter à haute voix. Il avait emporté un sac de la voiture et il y mit l'argent. Ils ne prenaient jamais les mallettes ou autres contenants qui pouvaient être équipés de détecteurs permettant de suivre le transport de l'argent. Il fallut attendre que Bo fasse une erreur dans les chiffres pour que Nestor se rende compte que quelque chose clochait. Mais quoi ? Il jeta un regard autour de lui. Est-ce que les murs avaient pris une autre couleur ? Il fixa son verre vide. Celui de Bo. Celui de l'avocat.

« Pourquoi vous n'avez pas de rondelle de citron ? » demanda Nestor. Sa voix lui parut venir de très loin et la réponse encore plus :

« Intolérance aux agrumes. »

Bo avait cessé de compter, sa tête pendait mollement au-dessus des billets.

« Vous nous avez drogués », dit Nestor en cherchant à prendre son couteau dans son étui à la jambe. Le temps de comprendre qu'il cherchait sur la mauvaise jambe, il vit le pied de la lampe arriver sur lui. Tout devint noir.

*

Hugo Nestor avait toujours aimé la musique. Pas ce genre de vacarme ou ces ritournelles simplistes qu'on qualifiait habituellement de musique, mais la grande musique, celle pour adultes, celle pour les gens qui pensent. Richard Wagner. Les gammes chromatiques. Le dodécaphonisme avec un rapport de fréquence correspondant à la racine douzième de deux. Mathématique pure, harmonie, rigueur allemande. Mais ce bruit était le contraire de la musique. Une cacophonie, des tons qui n'avaient aucun rapport entre eux, un chaos. Quand il revint à lui, il comprit qu'il se trouvait dans une voiture, à l'intérieur d'une sorte de boîte. Il avait mal au cœur et la tête qui tournait. Ses mains et ses pieds étaient attachés avec quelque chose de tranchant qui lui cisaillait la peau, sans doute des liens de serrage en plastique – il en utilisait parfois pour les filles. Après l'arrêt de la voiture, il se sentit soulevé à l'extérieur et il comprit qu'il se trouvait dans une valise à roulettes. À moitié couché, à moitié debout, il se retrouva ballotté sur un sol accidenté. Il avait entendu le souffle court de celui qui tirait la valise. Nestor lui avait crié qu'il y avait certainement un moyen de s'entendre, lui avait proposé une somme énorme s'il le relâchait, mais sans obtenir de réponse. Pour tout bruit, il n'avait entendu que ce vacarme atonal, si peu musical, dont le volume allait grandissant. Dès que la valise fut posée par terre, qu'il se retrouva sur le dos et sentit le sol sous lui, il comprit – parce qu'il savait maintenant où il était – que l'eau froide qui s'était infiltrée à travers le tissu de la valise et son costume était l'eau du marais.

Les chiens. Les aboiements courts et excités des dogues argentins.

Mais c'était quoi, cette histoire ? Qui était ce type et pourquoi il faisait ça ? Quelqu'un essayait de rafler tout le marché ? Le même individu qui avait tué Kalle ? Mais pourquoi procéder de cette façon ?

La fermeture éclair descendit et Nestor, ébloui par la torche dirigée sur son visage, ferma les yeux.

Une main le saisit au collet et le mit debout.

Il ouvrit les yeux et vit le pistolet à l'éclat mat dans la lueur de la torche. Les chiens s'étaient tus brusquement.

« Qui était la taupe ? dit la voix derrière la lampe torche.

— Hein ?

— Qui était la taupe ? Celui que la police croyait être Ab Lofthus. »

Nestor plissa les yeux. « Je ne sais pas. Tu n'as qu'à me descendre, je ne connais pas la réponse.

— Qui sait ?

— Personne. Personne d'entre nous. Peut-être quelqu'un chez les flics. »

La torche s'abaissa et Nestor vit que c'était l'avocat qui la tenait. Il avait retiré ses lunettes.

« Tu dois accepter ta punition, dit-il. Veux-tu d'abord soulager ta conscience ? »

De quoi parlait-il ? On aurait dit un prêtre. Est-ce que cela avait un lien avec le prêtre qu'ils avaient expédié dans l'au-delà ? Celui-là n'était qu'un misérable pédophile corrompu, pas du genre qu'on a envie de venger.

« Je n'ai rien sur la conscience, répondit Nestor. Alors finissons-en. »

Il se sentait étrangement calme. Peut-être un effet secondaire de la drogue ? Ou bien parce qu'il s'était imaginé tant de fois ce scénario qu'il avait accepté l'idée de finir de cette façon, une balle dans le front.

« Pas même la fille sur qui tu as lâché un chien et que tu as achevée en l'égorgeant ? Avec ce coutcau... »

Nestor cligna des yeux et vit la lame courbe scintiller. Celle de son propre couteau.

« Pas...

— Où est-ce que tu planques les filles, Nestor ? »

Les filles ? C'était ça qu'il voulait ? Mettre la main sur le trafic ? Nestor essaya de se concentrer, mais c'était difficile avec son cerveau embrumé.

« Est-ce que tu me promets de ne pas me tirer dessus si je te le dis ? demanda-t-il, même s'il avait conscience qu'un "oui" aurait à peu près autant de valeur qu'un mark allemand de 1923.

— Oui », dit le type.

Alors pourquoi Nestor lui faisait-il malgré tout confiance ? Pourquoi croyait-il à cette promesse qu'il ne serait pas abattu, venant d'un homme qui n'avait fait que mentir depuis qu'il avait mis les pieds au Vermont ? Ça devait être son cerveau malade qui se raccrochait au moindre fétu de paille. Parce que cette nuit, dans le chenil au fond de la forêt, c'était le seul espoir, infime, qui lui restait : que son ravisseur ne mente pas.

« 96 Enerhauggata.

— Merci beaucoup », dit le type en glissant son pistolet dans sa ceinture.

Merci beaucoup ?

Il avait sorti son téléphone et tapait quelque chose écrit sur un post-it jaune, sûrement un numéro de téléphone. L'écran éclairait son visage et Nestor se demanda si ce n'était pas un prêtre, après tout. Un prêtre qui ne mentait pas. *A contradiction in terms*, naturellement, mais il était convaincu qu'il existait des prêtres qui, en tout état de cause, n'étaient pas conscients de mentir. Le type continuait de taper. Un SMS. Il l'envoya. Glissa le portable dans sa poche et regarda Nestor.

«Tu as fait une bonne action, Nestor, elles seront peut-être sauvées maintenant, dit-il. Je pensais que ce serait bien que tu le saches avant de...»

Avant de *quoi*? Nestor déglutit. Lorsque le type lui avait promis de ne pas l'abattre, il y avait eu une sorte d'honnêteté dans sa voix à laquelle Nestor s'était raccroché. Mais un instant! L'autre lui avait promis de ne pas *lui tirer dessus*. La lumière de la torche était à présent dirigée sur le cadenas du chenil. La clé glissa à l'intérieur de la serrure. Il pouvait de nouveau entendre les chiens. Pas d'aboiements mais un grognement sourd, à peine audible. Un grondement maîtrisé qui montait du fond de leurs ventres et prenait de l'ampleur, lentement, de manière contrôlée, comme la musique contrapuntique de Wagner. Et aucune came au monde ne pouvait désormais empêcher la peur de le submerger. Une peur qui évoquait l'eau glaciale d'un tuyau d'arrosage lui traversant le corps. Si seulement il avait pu être projeté au loin sous la pression du jet! Mais non, il y avait un homme en lui qui lui aspergeait l'intérieur de la tête et du corps. Impossible de lui échapper, car c'était lui, Hugo Nestor en personne, qui tenait le tuyau.

*

Assis dans l'obscurité, Fidel Lae avait les yeux grands ouverts. Il n'avait pas bougé, pas émis un son. S'était recroquevillé, avait essayé de se réchauffer, de contrôler ses tremblements. Il avait reconnu les voix des deux hommes. L'un était le type sorti de nulle part qui l'avait enfermé ici, voilà plus de vingt-quatre heures. Fidel n'avait presque rien mangé, il avait seulement bu de l'eau. Et grelotté. Même les nuits d'été, le froid grignote le corps et le pétrifie. Il avait appelé à l'aide un bon moment, jusqu'à ce que sa gorge soit sèche et qu'il n'ait plus de voix ni de salive. L'eau qu'il avait bue n'avait pas apaisé l'irritation, au contraire elle l'avait brûlé comme de l'alcool.

En entendant arriver la voiture, il avait essayé de crier de nouveau, mais aucun son n'était sorti, si ce n'est une sorte de grincement rauque, comme quand on passe mal les vitesses.

Les chiens lui avaient fait comprendre que quelqu'un venait. Il avait espéré, prié, et enfin reconnu la silhouette qui se détachait contre le ciel : c'était le même homme. L'homme qui avait surgi des marais la veille marchait à présent courbé en deux, tirant quelque chose derrière lui. Une valise. Avec une personne vivante à l'intérieur. Une personne qui était restée les mains liées dans le dos et les pieds si entravés qu'il avait visiblement des problèmes pour garder l'équilibre devant le portail du chenil à côté de Fidel.

Hugo Nestor.

Ils avaient beau n'être qu'à quatre mètres de lui, Fidel n'entendait pas un mot de ce qu'ils disaient. L'homme ouvrit le cadenas, posa la main sur la tête de Nestor comme s'il voulait le bénir. Lui dit quelques mots. Puis il poussa légèrement la tête de Nestor. L'homme dodu en costume émit un cri bref, tituba en arrière, heurta le portail, qui s'ouvrit. Les chiens reculèrent. L'homme poussa rapidement les pieds de Nestor à l'intérieur et referma le portail. Les chiens hésitèrent. Puis un tressaillement parcourut l'échine de Ghost Buster et il se mit en mouvement. Fidel vit les corps blancs des chiens se jeter sur Nestor. Dans un tel silence qu'on entendait le bruit des mâchoires et de la chair arrachée, morceau après morceau, le grognement de satisfaction et puis… le cri de Nestor. Une note étonnamment juste, solitaire, tremblante, qui s'éleva dans le ciel nordique clair où Fidel pouvait voir les insectes danser. Puis le son s'arrêta brutalement et Fidel vit quelque chose monter dans le ciel, comme un essaim, et cette chose venait sur lui, alors il sentit une douche de minuscules gouttes chaudes et il comprit car, lors d'une chasse, il avait perforé l'artère d'un élan encore en vie. Fidel tira la manche de sa veste sur son visage et se détourna. Vit que l'homme de l'autre côté du grillage s'était lui aussi détourné. Que ses épaules tremblaient. Comme s'il pleurait.

29

« On est en pleine nuit, dit le médecin en se frottant les yeux. Vous ne voulez pas rentrer chez vous dormir un peu, monsieur Kefas, et on reprendra cette discussion demain ?

— Non, dit Simon.

— Puisque vous insistez », céda le médecin en faisant signe à Simon de s'asseoir sur une des chaises rangées le long du mur dans le couloir triste de l'hôpital. Lorsque le médecin s'assit à côté de lui et garda un moment le silence avant de se pencher en avant, Simon sut qu'il avait de mauvaises nouvelles :

« Votre femme n'a plus beaucoup de temps devant elle. Si vous voulez que l'opération ait une chance de réussir, il faudra qu'elle passe sur le billard dans les jours qui viennent.

— Et vous ne pouvez rien faire ? »

Le médecin soupira. « D'habitude, nous ne recommandons pas aux patients de partir à l'étranger pour y suivre des traitements en clinique privée qui sont très onéreux, et encore moins quand l'issue de l'opération est incertaine. Mais dans le cas présent…

— Si je comprends bien, vous dites que je dois l'emmener à la clinique Howell maintenant ?

— Je ne dis pas que vous *devez* faire quoi que ce soit. Beaucoup d'aveugles mènent une vie digne avec leur handicap. »

Simon acquiesça tandis que ses doigts caressaient la grenade flash qu'il avait gardée dans la poche. Il essaya de rassembler ses idées. Mais son cerveau refusait de lui obéir, se dérobant sans cesse. Il se demandait seulement si « handicap » était un nom interdit. On disait maintenant « déficience visuelle ». Était-ce devenu un mot impossible, appelé à disparaître, comme « asile » ? Le vocabulaire évoluait trop vite, c'était une course contre la montre perdue d'avance si on voulait suivre la terminologie dans les services de santé.

Le médecin se racla la gorge.

« Je… » commença Simon, quand il entendit son portable lui indiquer qu'il avait reçu un message. Il le sortit. Une petite diversion était la bienvenue. Numéro inconnu.

Le texte était assez court.

> Vous trouverez les prisonnières de Nestor au 96 Enerhauggata. C'est urgent.
> Le Fils

Le Fils.

Simon fit un numéro.

« Écoutez, monsieur Kefas, dit le médecin, je n'ai pas le temps de…

— C'est bien », l'interrompit Simon en levant la main pour lui faire comprendre de se taire quand il entendit une voix ensommeillée répondre au téléphone : « Allô, Falkeid à l'appareil…

— Salut Sivert, c'est Simon Kefas. Je veux que tu fasses intervenir l'unité Delta pour un assaut au 96 Enerhauggata. Il vous faut combien de temps pour être là-bas ?

— On est en pleine nuit.

— Tu n'as pas répondu à ma question.

— Trente-cinq minutes. Tu as le feu vert du directeur général de la police ?

— Pontius n'est pas joignable pour l'instant, mentit Simon. Mais du calme, on a tous les motifs qu'il faut. Traite d'êtres humains. On n'a pas une minute à perdre. Alors fais-le, je prends ça sur moi.

— J'espère que tu sais ce que tu fais, Simon. »

Simon raccrocha et regarda le médecin. « Merci, docteur, je vais y réfléchir. Mais là, faut que je retourne au boulot. »

*

Betty entendit les sons de coït, dès qu'ils sortirent de l'ascenseur au dernier étage.

« C'est pas vrai…, dit Betty.

— Le câble », répondit l'agent de sécurité qui l'accompagnait.

Les clients des chambres voisines s'étaient plaints et Betty l'avait noté, par automatisme, dans le registre à la réception. « À deux heures treize, plainte pour tapage en provenance de la suite 4. » Après quoi, elle avait appelé la suite, mais comme personne ne répondait, elle n'avait vu d'autre solution que de s'adresser au service de sécurité.

Ils ignorèrent le « *Do Not Disturb* » accroché à la poignée et frappèrent énergiquement. Attendirent. Frappèrent de nouveau. Betty passa son poids d'une jambe à l'autre.

« Tu as l'air nerveuse, dit l'agent de sécurité.

— J'ai l'impression que ce client de la suite fait du… trafic.

— Du trafic ?

— Oui, de drogue ou un truc dans le genre… »

L'agent défit le bouton de sa matraque et se redressa tandis que Betty glissait sa carte magnétique dans la serrure. La porte s'ouvrit.

« Monsieur Lae ? »

Il n'y avait personne dans le salon. Les bruits venaient d'une femme en corset de cuir rouge avec une croix blanche, censée indiquer que c'était une infirmière. Betty prit la télécommande sur la table basse et éteignit la télévision, pendant que l'agent de sécurité entrait dans la chambre à coucher. Les mallettes avaient disparu. Elle remarqua les verres vides et le demi-citron sur le comptoir du bar. Le citron avait séché et la chair avait pris une drôle de couleur marron. Betty ouvrit l'armoire. Le costume, la grande valise et le sac de sport rouge avaient aussi disparu. C'était un truc éculé que d'accrocher le panneau « *Do Not Disturb* » à l'extérieur de la porte et d'allumer la télévision pour faire croire qu'on était encore là et filer à l'anglaise. Mais ce client avait payé la chambre d'avance. Elle avait aussi vérifié qu'il n'y avait aucune facture de restaurant ou de bar sur le compte de la chambre.

« Il y a un type dans la salle de bains. »

Elle se retourna vers son collègue qui se tenait sur le seuil de la porte de la chambre à coucher et le suivit.

L'homme était allongé sur le sol de la salle de bains dans une position étrange, comme s'il se cramponnait aux toilettes. En s'approchant, elle vit qu'il était attaché avec des liens de plastique autour des poignets. Il était blond, portait un costume sombre et il paraissait être sous l'effet de quelque chose. Comme s'il planait encore. Ou plutôt rasait la moquette. Des paupières lourdes se soulevèrent à leur arrivée.

« Détachez-moi », dit-il avec un accent que Betty ne sut où placer sur la carte du monde.

Elle fit un signe à l'agent de sécurité qui sortit son couteau suisse et coupa les liens.

« Qu'est-ce qui s'est passé ? » demanda-t-elle.

L'homme se releva. Chancela légèrement. Le regard vaseux. « On a seulement joué à un jeu idiot, marmonna-t-il. Je m'en vais maintenant… »

L'agent de sécurité lui barra le chemin.

Betty regarda autour d'elle. Rien n'était abîmé. La facture était réglée. Finalement, il n'y avait que cette plainte pour le volume sonore de la télévision. Par contre, ils risquaient d'avoir des problèmes avec la police, la presse s'en mêlerait et l'hôtel risquerait de s'attirer la réputation d'un lieu de rencontre pour individus douteux. Le directeur l'avait félicitée de savoir se montrer discrète et de faire passer l'intérêt de l'hôtel au premier plan. Elle irait loin, avait-il laissé entendre, la réception n'était qu'une étape pour des gens comme elle.

« Laisse-le s'en aller », dit-elle.

*

Lars Gilberg se réveilla en entendant un bruissement dans les fourrés. Il se retourna et aperçut une silhouette entre les branches et les feuilles. Quelqu'un essayait de piquer les affaires du garçon. Lars s'extirpa de son sac de couchage crasseux et se mit debout.

« Eh là ! »

L'autre s'interrompit. Se retourna. Le garçon avait changé. Ce n'était pas seulement le costume. Il y avait quelque chose avec son visage, il avait l'air enflé.

« Merci d'avoir surveillé mes affaires », dit-il en indiquant le sac qu'il avait glissé sous son bras.

« Hum, bougonna Lars en inclinant la tête comme pour mieux voir ce qui était différent. T'as des ennuis ?

— On peut dire ça, oui », dit le jeune homme en souriant. Mais ce n'était pas un vrai sourire. Trop pâle. Les lèvres tremblaient. On aurait dit qu'il avait pleuré.

« T'as besoin d'aide ?

— Non, mais c'est gentil de demander.

— Hum. On va pas se revoir, hein ?

— Non, je crois pas. Porte-toi bien, Lars.

— Promis, je vais essayer. Et toi... » Il fit un pas en avant et posa une main sur l'épaule du jeune homme. « Essaie... de rester en vie. Tu me le promets aussi ? »

Le jeune homme hocha la tête. « Regarde sous ton oreiller », dit-il.

Lars jeta un coup d'œil du côté de son campement sous l'arche du pont. Le temps de se retourner, il vit le dos du garçon se fondre déjà dans l'obscurité. Il retourna à son sac de couchage. Vit une enveloppe qui dépassait de l'oreiller. La prit. « Pour Lars », il y avait écrit. Il ouvrit l'enveloppe.

Jamais Lars Gilberg n'avait vu autant d'argent d'un seul coup.

*

« Est-ce que l'unité Delta ne devrait pas être là maintenant ? demanda Kari, qui jeta un œil à sa montre en bâillant.

— Si », répondit Simon en regardant dehors.

Ils s'étaient garés au milieu de l'Enerhauggata. Le numéro 96 n'était qu'une cinquantaine de mètres plus haut, de l'autre côté de la rue : une maison en bois blanche, à un étage, une des rares constructions qui avaient échappé à la démolition, lorsque les habitations en bois pleines de charme de la colline avaient cédé la place à quatre grands immeubles, dans les années 60. Il se dégageait de la modeste bâtisse un tel silence et un tel calme, par cette nuit d'été, que Simon avait du mal à s'imaginer des gens séquestrés à l'intérieur.

« "Nous avons une pointe de mauvaise conscience, mais je crois que le verre et le béton correspondent mieux aux gens de notre époque", dit Simon.

— Quoi ?

— C'est la phrase qu'a sortie le directeur des HLM en 1960.

— Ah bon ? » dit Kari qui ne put réprimer un nouveau bâillement. Simon se demanda si lui aussi n'aurait pas dû avoir mauvaise conscience pour l'avoir tirée du lit au milieu de la nuit. On aurait pu discuter la nécessité d'une telle action. « Pourquoi Delta n'est pas là ? demanda-t-elle.

— Je ne sais pas », dit Simon, et à cet instant l'écran de son portable posé entre les deux sièges éclaira l'habitacle. Il regarda le numéro. « Mais nous n'allons pas tarder à le savoir, ajouta-t-il en portant lentement l'appareil à son oreille. Allô ?

— C'est moi, Simon. Personne ne viendra. »

Simon régla le rétroviseur. Un psychologue aurait peut-être pu lui expliquer ce que ce geste signifiait, mais c'était une réaction automatique quand il entendait la voix de l'autre. Il se concentra sur le miroir, regarda derrière lui.

« Et pourquoi ?

— Parce que l'intervention de Delta n'est pas fondée, de plus les autorités compétentes n'ont pas été sollicitées pour donner leur accord.

— Tu peux l'autoriser, Pontius.

— Oui. Et j'ai dit non. »

Simon rongeait son frein. « Écoute, il s'agit…

— Non, c'est à *toi* de m'écouter. J'ai donné l'ordre à Falkeid d'interrompre l'action. Qu'est-ce que tu fabriques, Simon ?

— J'ai des raisons de croire que des personnes sont retenues prisonnières au 96 Enerhauggata. Honnêtement, Pontius…

— Oui, honnêtement, c'est le cas de le dire, Simon… Surtout quand on parle au patron de l'unité Delta.

— Il n'y avait pas le temps de discuter. Mais bon sang, il n'y a pas une minute à perdre ! Autrefois tu faisais confiance à ma capacité de jugement.

— Tu as raison d'utiliser l'imparfait, Simon.

— Tu ne me fais plus confiance ?

— Tu as flambé tout ton argent, et celui de ta femme, je te rappelle. Et tu me parles de *capacité de jugement* ? »

Simon serra les dents. Il avait été un temps où l'issue était plus incertaine pour savoir qui des deux l'emporterait. Que ce soit pour avoir les meilleures notes, courir le plus vite ou avoir les faveurs de la plus belle fille. Ils n'étaient sur un pied d'égalité que sur un point : tous deux se rangeaient derrière le troisième homme de la Troïka. Mais il était mort maintenant. Si lui faisait preuve de plus d'intelligence et de vivacité d'esprit, Pontius Parr avait par contre toujours eu un atout : il était celui qui pensait le plus *loin*.

« On en reparlera demain matin », dit le directeur de la police avec cette assurance naturelle qui achevait de convaincre autrui que Pontius Parr savait mieux que quiconque ce qu'il convenait de faire. Y compris lui-même. « Si tu as reçu un tuyau sur une maison où il y aurait de la traite d'êtres humains, elle ne va pas disparaître dans la nuit. Allez, rentre chez toi et dors. »

Simon ouvrit sa portière tout en faisant signe à Kari de rester assise. Il s'éloigna de quelques mètres dans la rue. Il parla tout bas au téléphone :

« Je ne peux vraiment pas attendre. Il n'y a pas une minute à perdre, Pontius.

— Qu'est-ce qui te fait croire ça ?

— Le tuyau que j'ai eu.

— Et tu l'as eu comment ?

— Un SMS… anonyme. Bon, puisque c'est comme ça, je vais y aller moi-même.

— Quoi ? Pas question ! Laisse tomber, tu m'entends ? Simon ? T'es là ? »

Simon regarda le téléphone. Le porta de nouveau à son oreille. *Évaluation de la situation établie par le policier sur les lieux.* Tu te rappelles, c'était toujours ça qui était déterminant, par rapport aux gens de l'extérieur…

— Simon ! Il y a assez de chaos comme ça dans cette ville. La municipalité et la presse nous tannent avec ces meurtres. Alors tu ne fonces pas tête baissée, OK ? Simon ? »

Simon raccrocha, éteignit son portable et souleva le coffre. Il ouvrit l'armoire forte, sortit le fusil, le pistolet et la boîte de munitions. Il prit aussi deux gilets pare-balles et se rassit dans la voiture.

« On va entrer », dit-il en tendant à Kari le fusil et un des gilets.

Elle le regarda. « Vous étiez en conversation avec le directeur général de la police ?

— Oui, répondit Simon en vérifiant que son Glock 17 était chargé. Vous pouvez me passer les menottes et la grenade flash dans la boîte à gants ?

— La grenade flash ?
— Un reste de l'intervention à Ila. »

Elle tendit à Simon une paire de menottes Peerless et la grenade. « Il a donné son aval ?

— Il est d'accord », dit Simon en enfilant son gilet pare-balles.

Kari cassa le fusil et introduisit les munitions avec des gestes expérimentés.

« Je vais à la chasse à la perdrix depuis que j'ai neuf ans. » Elle avait remarqué le regard de Simon. « Mais je préférais les carabines. Comment allons-nous procéder maintenant ?

— À trois, dit Simon.

— Je veux dire, comment allons-nous attaquer...

— Trois », dit Simon en ouvrant la portière.

*

Le petit hôtel Bismarck se trouvait dans le centre d'Oslo, au cœur du quartier de Kvadraturen, où la ville avait vu le jour, le carrefour entre trafic de drogue et trafic de prostituées. Par conséquent, les chambres se louaient à l'heure, serviettes incluses, rêches à force d'être lavées. Si les chambres n'avaient pas été rénovées depuis que l'hôtel avait été racheté par l'actuel propriétaire, seize ans plus tôt, les lits en revanche étaient rachetés tous les deux ans, à cause de l'usure et des dégâts causés par les clients.

Quand le fils du propriétaire, Ola, qui depuis l'âge de seize ans s'occupait de la réception, vit un homme apparaître sur son écran de contrôle à trois heures deux, il crut d'abord que celui-ci s'était trompé d'adresse. Non seulement il portait un beau costume et avait deux mallettes et un sac de sport rouge, mais il se présentait seul, sans compagnie féminine ni masculine. Mais l'homme insista pour avoir une chambre et voulut payer une semaine à l'avance. Ensuite il accepta la serviette en la prenant des deux mains et articula un merci presque humble, avant de disparaître au deuxième étage.

Ola retourna sur le site d'*Aftenposten* et poursuivit sa lecture de l'article sur la vague de meurtres à Oslo. S'agissait-il d'une guerre de gangs ? Y avait-il un lien avec le meurtrier qui s'était échappé de Staten ? Il contempla un moment la photo. Puis chassa la pensée qui lui avait traversé l'esprit.

*

Simon s'arrêta au pied du perron et fit signe à Kari d'être prête à tirer et de surveiller les fenêtres à l'étage. Puis il gravit les trois marches, frappa doucement avec l'articulation de l'index, et chuchota « Police ». Il regarda Kari pour s'assurer qu'elle pourrait témoigner du respect de la procédure, puis à nouveau frappa et chuchota « Police ». Il saisit le canon de son pistolet et se pencha en avant pour briser la vitre à côté de la porte. Dans l'autre main, il tenait la grenade. Il avait un plan. Bien sûr qu'il avait un plan. Disons, une sorte de plan où l'effet de surprise et la vitesse étaient déterminants. Il misait tout sur une seule carte. Comme il l'avait toujours fait. Ce que le jeune psychologue avait déclaré être sa maladie. Il était prouvé que certaines personnes exagéraient systématiquement la probabilité que quelque chose d'improbable se produise. Comme le fait de mourir dans un accident d'avion. Que votre enfant se fasse violer ou enlever sur le chemin de l'école. Ou que le cheval sur lequel vous avez misé avec l'argent de votre femme, pour la première fois de sa carrière, rate complètement sa course. Le psychologue disait qu'il y avait quelque chose dans le subconscient de Simon qui était plus fort que la raison, qu'il fallait l'identifier et parlementer avec ce dictateur fou qui le terrorisait et détruisait sa vie. Il devait penser à quelque chose qui était plus important à ses yeux. Plus important que ce dictateur. Quelque chose qu'il aimait plus que le jeu. Et ce quelque chose existait en effet : c'était Else. Et il avait réussi à arrêter la spirale infernale. Avait réussi à parler à la bête, à la dompter. Pas une seule rechute. Jusqu'à cet instant...

Il inspira profondément et s'apprêtait à briser la vitre avec son pistolet lorsque la porte s'ouvrit.

Simon fit volte-face en brandissant son arme, mais il n'était plus aussi rapide qu'autrefois. Aucune chance. Il n'aurait eu aucune chance de s'en sortir si l'homme qui avait surgi dans l'ouverture de la porte avait lui aussi été armé.

« Bonsoir, dit l'homme simplement.

— Bonsoir », répondit Simon en tentant de se ressaisir. Police.

— En quoi puis-je vous aider ? » fit l'homme en ouvrant grand la porte. Il était tout habillé. Jean moulant, tee-shirt. Pieds nus. Nulle part où cacher une arme.

Simon fourra la grenade dans sa poche et montra sa carte de police.

« Veuillez sortir de la maison et mettez-vous contre ce mur. Maintenant. »

L'homme se contenta de hausser les épaules et obéit.

« À part les filles, vous êtes combien dans la maison ? » demanda Simon. Une fouille rapide confirma que l'homme n'était pas armé.

« Les filles ? Il n'y a que moi. Qu'est-ce que vous voulez ?

— Montrez-moi où elles sont », dit Simon qui lui passa les menottes et le poussa devant lui, en faisant signe à Kari de les suivre à l'intérieur. L'homme dit quelque chose.

« Quoi ? dit Simon.

— Je dis que votre collègue peut entrer si elle veut, elle aussi. Je n'ai rien à cacher. »

Simon resta derrière l'homme, fixant sa nuque qui frémissait légèrement, comme sur un cheval nerveux.

« Kari ? cria Simon.

— Oui ?

— Je préfère que vous restiez dehors. Je vais entrer seul.

— OK. »

Simon posa une main sur l'épaule de l'homme. « Avancez. Attention, pas de mouvements brusques, j'ai mon pistolet contre votre dos.

— C'est quoi ce…

— Jusqu'à nouvel ordre, vous êtes pour moi un criminel qu'on a le droit d'abattre, vous pourrez toujours vous justifier plus tard. »

L'homme s'avança sans protester dans le couloir. Simon nota immédiatement les indices qui pouvaient le renseigner sur ce qui se passait ici. Quatre paires de chaussures sur le sol. L'homme ne vivait donc pas seul ici. Une gamelle en plastique avec de l'eau et une couverture près de la porte de la cuisine.

« Qu'est-ce qui est arrivé au clebs ? demanda Simon.

— Quel clebs ?

— C'est vous qui buvez dans cette gamelle ? »

L'homme ne répondit pas.

« D'habitude, les chiens, ça aboie quand des étrangers s'approchent de la maison. Alors, soit c'est un mauvais chien de garde, soit…

— Il est dans un chenil. On va où comme ça ? »

Simon regarda autour de lui. Il n'y avait pas de barreaux aux fenêtres, la porte d'entrée avait une simple serrure avec un verrou à l'intérieur. Ce n'était pas ici que quelqu'un était enfermé.

« La cave », dit Simon.

L'homme haussa les épaules. S'avança encore dans le couloir. Et Simon comprit qu'il avait deviné juste en voyant l'homme ouvrir. La porte avait deux verrous.

En descendant, Simon sentit l'odeur qui flottait dans l'escalier, une odeur qui lui disait ce qu'il savait déjà. Qu'il y avait eu du monde en bas. Beaucoup de monde.

Mais il n'y avait plus personne.

« À quoi ça vous sert, ça ? demanda Simon tandis qu'ils passaient devant des box grillagés.

— À pas grand-chose, répondit l'homme. C'est ici que vit le chien. Et puis je stocke des matelas, comme vous voyez. »

L'odeur était encore plus forte. Les filles devaient être là il n'y a pas longtemps. Ah, merde ! Ils arrivaient trop tard. Mais on devrait pouvoir trouver des traces d'ADN sur ces matelas. Et après... ça prouvait quoi ? Que quelqu'un avait couché sur des matelas qui se trouvaient maintenant dans une cave. Le contraire aurait été étonnant. Ils n'avaient aucune preuve. Ils avaient donné l'assaut dans une maison, sans autorisation... bordel de merde !

Simon aperçut par terre, près d'une porte, une petite chaussure de tennis sans lacet.

« Où mène cette porte ? »

L'homme haussa encore les épaules. « Seulement au parking. »

Seulement. Il avait voulu souligner à quel point cette porte était insignifiante. Tout comme il avait insisté pour que Kari entre dans la maison, elle aussi.

Simon alla vers la porte et l'ouvrit. Vit le côté d'une camionnette blanche garée entre le mur de la maison et la clôture de la maison voisine.

« À quoi sert cette voiture ? interrogea Simon.

— Je suis électricien. »

Simon recula de quelques pas. Se pencha, souleva la petite tennis sur le sol de la cave. Taille trente-six, peut-être. Plus petite que les chaussures d'Else. Il fourra la main à l'intérieur. C'était encore chaud. Sa propriétaire avait dû la perdre seulement quelques minutes plus tôt. Au même instant, il entendit un bruit. Étouffé, comme venant d'un lieu confiné, mais reconnaissable entre tous : un aboiement. Simon scruta la camionnette. Il allait se relever quand il reçut un coup dans les côtes et tomba, tandis que l'homme criait : « Démarre, démarre, bordel ! »

Simon parvint à se retourner et mit l'homme en joue, mais ce dernier était déjà à genoux, les mains croisées derrière la tête en geste de parfaite reddition. Le moteur démarra, le compte-tours s'emballa, les roues crissèrent. Simon se tourna dans l'autre direction et vit des têtes dans l'habitacle. Elles avaient dû être cachées sur les sièges, tête baissée.

« Arrêtez-vous ! Police ! » Simon essaya de se relever, mais il avait horriblement mal, le type avait dû lui casser une côte. Et le temps qu'il se mette en position de tir, la voiture s'était déjà éloignée et il ne la voyait plus de là où il était. Ah, bordel de merde !

Il y eut une détonation et un bruit de verre cassé.

Le moteur s'arrêta net.

« Vous, restez ici », dit Simon qui en gémissant parvint à se mettre debout et sortit.

La camionnette était immobilisée. De l'intérieur, on entendait des cris et des aboiements déchaînés.

Mais l'image qui frappa Simon et le marqua à jamais, ce fut celle de Kari Adel, debout dans son long manteau en cuir noir, dans la lumière des phares de la camionnette au pare-brise pulvérisé. La crosse du fusil calée dans le creux de l'épaule, la main gauche enserrant fermement le fût, le canon encore fumant.

Simon s'approcha de la voiture et ouvrit la portière côté conducteur : « Police ! »

L'homme au volant n'eut aucune réaction. Il fixait un point droit devant lui, comme choqué, pendant que du sang coulait du haut de son front. Il était couvert de bris de verre. Simon surmonta sa douleur et tira l'homme dehors. « Face contre terre et mains sur la tête ! Tout de suite ! »

Il fit ensuite le tour du véhicule et l'autre homme, sur le siège passager, tout aussi hébété, eut droit au même traitement.

Ensuite, Simon et Kari se placèrent devant la porte latérale de la camionnette. Ils entendaient le chien gronder et glapir à l'intérieur. Simon saisit la poignée et Kari se tint juste devant, prête à tirer avec le fusil.

« Ça a l'air d'être une sacrée bête, dit Simon. Vous feriez bien de reculer d'un mètre. »

Elle acquiesça et obéit. Puis il ouvrit.

Le monstre blanc bondit en trombe de la voiture et se précipita sur Kari, en grognant, la gueule grande ouverte. Ça alla si vite qu'elle n'eut pas le temps de tirer. La bête s'affala par terre devant elle et ne bougea plus.

Simon fixa, stupéfait, son pistolet encore fumant.

« Merci », dit Kari.

Ils se tournèrent vers la voiture. Dans le coffre, des visages apeurés, aux yeux rougis, les regardaient.

« Police », dit Simon. Et il ajouta, en voyant à leurs expressions qu'elles ne prenaient pas cela pour une bonne nouvelle, « *Good, police. We will help you.* »

Puis il sortit son portable et composa un numéro. Porta le téléphone à l'oreille et leva les yeux vers Kari :

« Est-ce que vous pourriez appeler le central et leur demander d'envoyer quelques renforts ?

— Mais qui appelez-vous ?

— La presse. »

30

Le jour commençait à se lever derrière la colline d'Enerhaugen, mais les journalistes n'avaient toujours pas terminé de prendre des photos et de parler avec les jeunes filles à qui on avait donné des couvertures en laine et du thé que Kari avait préparé pour elles dans la cuisine. Trois d'entre eux avaient encerclé Simon dans l'espoir de lui soutirer d'autres détails.

«Non, nous ne savons pas s'il y a d'autres trafiquants que ceux que nous avons arrêtés ici cette nuit, répéta Simon. Et oui, il est vrai que nous avons reçu un tuyau anonyme qui nous a indiqué cette adresse.

— Était-il vraiment indispensable de tuer un animal innocent? s'enquit une journaliste en indiquant de la tête le cadavre du chien que Kari avait recouvert d'une couverture trouvée dans la maison.

— Il a attaqué, répondit Simon.

— Attaqué? ricana-t-elle. Deux adultes contre un petit chien, avouez que vous auriez pu vous défendre autrement!

— La perte d'une vie est toujours regrettable, admit Simon qui ne put s'empêcher de continuer, alors qu'il aurait mieux fait de se taire. Mais étant donné que l'espérance de vie d'un chien est inversement proportionnelle à sa taille, vous comprendrez — si vous jetez un coup d'œil sous la couverture – qu'il ne restait à cet animal, de toute façon, pas longtemps à vivre. »

Stalsberg, le journaliste criminologue plus âgé, que Simon avait appelé le premier, esquissa un sourire.

Un des SUV de la police avait remonté la rue et se gara derrière la voiture de patrouille qui – ce qui ne manquait pas d'énerver Simon – avait toujours son gyrophare qui tournait sur le toit.

« Mais au lieu de me poser des questions, je suggère que vous parliez directement à mon patron. »

Simon indiqua de la tête le SUV qui venait d'arriver et les journalistes se retournèrent. L'homme qui descendit de voiture était grand, mince, les cheveux peignés en arrière, avec des lunettes rectangulaires sans monture. Il se redressa quand il vit avec étonnement la meute des journalistes foncer sur lui.

« Félicitations pour ces arrestations, Parr, lança Stalsberg. Pouvez-vous faire un commentaire sur ce coup de filet qui semble montrer que vous avez enfin à cœur de régler le problème de la traite des êtres humains ? Est-ce qu'on peut dire que c'est votre nouveau fer de lance ? »

Les bras croisés, Simon soutint le regard glacial de Pontius Parr. Le directeur général de la police hocha la tête de manière presque imperceptible, puis, baissant les yeux vers son interlocuteur, lui répondit : « C'est en tout cas une étape importante dans le combat que mène la police contre la traite organisée des êtres humains. Nous avons décidé en effet de considérer ce problème comme prioritaire, ce qui, comme vous pouvez le constater, porte déjà ses fruits. Mais nous devons surtout féliciter l'inspecteur Kefas et ses collègues. »

*

Parr parvint à rattraper Simon quand ce dernier se dirigeait vers la voiture.

« Mais qu'est-ce que tu fous, Simon ? »

C'était une des choses que Simon ne comprenait pas chez son

ancien camarade : sa voix restait toujours égale, même timbre, même hauteur de ton. Qu'il soit joyeux ou furieux, sa voix était strictement la même.

«Mon boulot. Coffrer les méchants.» Simon s'arrêta, glissa une chique sous sa lèvre supérieure et tendit la boîte à Parr qui leva les yeux au ciel. C'était une vieille plaisanterie dont Simon ne se lassait jamais, puisque Parr n'avait jamais chiqué ni fumé de sa vie.

«Je parle de tout ce cirque, dit Parr. Tu passes outre un ordre formel, qui était de ne pas entrer dans cette maison, et ensuite tu convies toute la presse ? Pourquoi ?»

Simon haussa les épaules. «Je pensais que de bons articles, pour une fois, nous feraient du bien. D'ailleurs ce n'est pas toute la presse, uniquement ceux qui sont de garde de nuit. C'est bien qu'on soit d'accord pour dire que l'évaluation établie par le policier sur les lieux est déterminante. Si on n'était pas entrés, on n'aurait pas trouvé ces filles, qui étaient à deux doigts d'être déplacées.

— Ce qui m'étonne, c'est comment tu as su pour l'endroit ?

— Un texto.

— De... ?

— Anonyme. Le numéro n'est pas répertorié.

— Utilise les opérateurs téléphoniques pour retrouver la trace de ce portable. Et mets la main sur cette personne le plus vite possible pour qu'on puisse envisager un interrogatoire. Parce que ça m'étonnerait qu'on arrive à tirer quoi que ce soit de ceux qu'on vient d'arrêter.

— Ah ?

— Ce sont de petits poissons, Simon. Ils savent bien que les gros poissons vont venir les manger s'ils se montrent trop bavards. Et ce sont les gros qu'on veut prendre, n'est-ce pas ?

— Évidemment.

— Bon. Écoute, Simon, tu me connais et je sais que je suis parfois un peu trop sûr de moi et...

— Et ?»

Parr se racla la gorge. Se balança d'avant en arrière comme pour prendre de l'élan : « Et ton évaluation de la situation ce soir a été meilleure que la mienne. Sans conteste. Je ne l'oublierai pas la prochaine fois qu'il faudra prendre une décision importante.

— Merci, Pontius, mais je serai à la retraite avant.

— C'est vrai, dit Parr en souriant. Mais tu es un bon flic, Simon, tu l'as toujours été.

— C'est vrai aussi, dit Simon.

— Comment ça va avec Else ?

— Ça va, merci. Ou plutôt…

— Oui ? »

Simon inspira profondément. « Disons que ça peut aller. On en reparlera une autre fois, d'accord ? »

Parr acquiesça. « Il faut aller dormir. » Il tapa sur l'épaule de Simon et s'éloigna vers son SUV.

Simon le suivit des yeux. Se fourra l'index sous la lèvre et sortit sa chique. Elle n'avait pas le même goût que d'habitude.

31

Il était sept heures quand Simon arriva au bureau. Il n'avait eu que deux heures et demie de sommeil, une demi-tasse de café et un demi-cachet contre la migraine. Certaines personnes ont besoin de peu de sommeil. Simon n'en faisait pas partie.

Par contre, il était possible que Kari, oui.

«Alors?» dit Simon, qui se laissa tomber dans son fauteuil et se mit à déchirer l'enveloppe en kraft qui l'attendait au courrier.

«Aucune des trois personnes arrêtées hier ne veut parler, dit Kari. Pas un seul mot, en fait. Ils refusent même de dire comment ils s'appellent.

— De bons garçons, à ce que je vois. On connaît leur identité?

— Évidemment. Nos indics les ont identifiés tout de suite. Tous les trois ont déjà été condamnés. Et un avocat a surgi sans prévenir cette nuit et a coupé court à nos tentatives de les faire parler. Un certain Einar Harnes. J'ai pu identifier le téléphone d'où le SMS de ce "Fils" a été envoyé. Il appartient à un certain Fidel Lae, propriétaire de chenil. Le téléphone ne répond pas aux appels, mais les signaux de l'antenne-relais montrent que l'appareil se trouve sur sa propriété. On a dépêché deux voitures de patrouille là-bas.»

Simon comprit pourquoi – contrairement à lui – elle n'avait pas l'air de sortir du lit : elle avait bossé toute la nuit.

« Sinon, pour ce Hugo Nestor que vous m'avez demandé de trouver..., poursuivit-elle.

— Oui ?

— Il n'est pas à son domicile, ne répond pas au téléphone et n'est pas non plus à son bureau, mais ça peut être une stratégie. La seule info que j'aie, c'est qu'une de nos indics affirme l'avoir vu au Vermont hier soir.

— Hum. Est-ce que vous trouvez que j'ai mauvaise haleine, agent Adel ?

— Je n'ai rien remarqué, mais nous n'avons pas...

— Alors ce n'est pas une allusion personnelle, d'après vous ? »

Simon brandit trois brosses à dents.

« Elles ont l'air utilisées, dit Kari. Qui vous les a données ?

— Bonne question », jugea Simon, qui jeta un regard à l'intérieur de l'enveloppe. Il sortit une feuille à en-tête de l'hôtel Plaza. Mais il n'y avait pas d'expéditeur. Rien qu'un bref message manuscrit :

Vérifiez les ADN. S.

Il tendit la feuille à Kari et examina les brosses à dents.

« Encore un de ces cinglés, dit Kari. Ils ont déjà assez à faire, au service médico-légal, avec tous ces meurtres, s'ils doivent en plus...

— Portez-les là-bas tout de suite, ordonna Simon.

— Quoi ?

— C'est lui.

— Qui ça ?

— S. C'est Sonny.

— Comment savez-vous...

— Dites que c'est prioritaire. »

Kari le regarda. Le téléphone de Simon se mit à sonner.

« D'accord », fit-elle en s'éloignant.

Elle attendait l'ascenseur quand Simon vint la rejoindre. Il avait enfilé son pardessus.

« Mais d'abord vous m'accompagnez quelque part, dit-il.
— Ah ?
— C'était Åsmund Bjørnstad. Un nouveau corps a été découvert. »

*

Le chant d'un tétras résonnait dans la forêt de sapins.
Åsmund Bjørnstad avait perdu de sa superbe. Il était pâle. Il l'avait dit carrément, au téléphone : « Nous avons besoin d'aide, Kefas. »
Simon se tenait à côté de l'enquêteur de la PJ et Kari regardait à l'intérieur de la cage les restes d'un cadavre qui, entre-temps, avait été identifié grâce à différentes cartes de crédit. Hugo Nestor. Ils devaient attendre de pouvoir comparer sa dentition avec les radios prises par son dentiste pour en avoir la confirmation. Il avait suffi à Simon de voir les plombages, apparents maintenant que les gencives étaient à nu, pour savoir que l'homme avait dû y aller souvent. Les deux policiers de la patrouille cynophile avaient emmené les dogues argentins et donné une explication simple à l'état du cadavre : « Les chiens avaient faim. On ne leur a pas donné suffisamment à manger. »

« Nestor était le chef de Kalle Farrisen, déclara Simon.
— Je sais, gémit Bjørnstad. Ça va être l'enfer quand la presse va l'apprendre.
— Comment ont-ils trouvé Lae ?
— Deux voitures de patrouille en bas dans la ferme étaient sur la trace d'un téléphone portable.
— C'est moi qui les ai envoyées ici, intervint Kari. Quelqu'un nous avait envoyé un SMS.
— Ils ont d'abord trouvé le téléphone de Lae, expliqua Bjørnstad. Il était en évidence sur le portail comme si quelqu'un l'avait posé là exprès pour qu'on le retrouve. Mais ils ont fouillé la maison sans

trouver Lae. Au moment de repartir, un des chiens policiers a réagi et a voulu se diriger vers la forêt. C'est là qu'ils ont trouvé… ça, dit-il avec un geste de la main.

—Lae ? » demanda Simon en montrant de la tête l'homme tremblant, assis derrière eux sur une souche d'arbre, enveloppé dans une couverture en laine.

« L'agresseur l'a menacé avec un pistolet, dit Bjørnstad. L'a enfermé dans la cage d'à côté, lui a pris son téléphone portable et son portefeuille. Lae est resté enfermé là pendant un jour et demi. Il a vu tout ce qui s'est passé.

— Et qu'est-ce qu'il dit ?

— Il est brisé, le pauvre, il a tout déballé. Que Nestor était son client, qu'il vendait des chiens illégalement. Mais il n'arrive pas à donner une description précise de l'agresseur. C'est toujours comme ça, les témoins ne se souviennent pas du visage de ceux qui les ont menacés de mort.

— Oh si, ils s'en souviennent, corrigea Simon. Ils s'en souviennent même pour le restant de leurs jours, mais leurs souvenirs ne correspondent pas à la vision que nous autres en avons. C'est pourquoi les signalements sont faux. Attendez ici. »

Simon alla trouver l'homme. S'assit à côté de lui sur la souche.

« De quoi avait-il l'air ? interrogea Simon.

— J'ai déjà donné une description…

— Il ressemblait à ça ? demanda-t-il en lui montrant une photo qu'il avait tirée de sa poche intérieure. Essayez de vous l'imaginer sans barbe et avec des cheveux courts. »

L'homme contempla longtemps la photo. Hocha lentement la tête. « Le regard. Il avait ce regard-là. Un peu comme s'il était innocent.

— Vous êtes sûr ?

— Tout à fait.

— Merci.

— Et il disait merci tout le temps. Et il a pleuré quand les chiens ont bouffé Nestor. »

Simon remit la photo dans sa poche. « Une dernière chose. Vous avez raconté à la police qu'il vous a menacé avec un pistolet. Dans quelle main le tenait-il ? »

L'homme cligna deux fois des yeux, comme s'il n'y avait pas pensé avant. « Dans la gauche. Il était gaucher. »

Simon se leva et alla rejoindre Bjørnstad et Kari. « C'est Sonny Lofthus.

— Qui ? » demanda Åsmund Bjørnstad.

Simon dévisagea longuement l'officier de la PJ. « N'est-ce pas vous qui avez mené l'assaut avec l'unité Delta pour essayer de mettre la main sur lui au foyer Ila ? »

Bjørnstad secoua la tête.

« Quoi qu'il en soit, enchaîna Simon en ressortant la photo, il faut lancer un appel à témoins pour que la population nous aide. Il faut que les rédactions des journaux télévisés de NRK et TV2 aient cette photo.

— Je doute que quelqu'un le reconnaisse sur la base de cette photo-là.

— Ils n'ont qu'à lui couper les cheveux et le raser avec Photoshop ou que sais-je. Ça prendra combien de temps ?

— Ils vont s'en occuper tout de suite, croyez-moi, dit Bjørnstad.

— Alors disons pour le JT du matin, dans un quart d'heure, trancha Kari qui prit son portable et appuya sur la touche appareil photo. Tenez la photo bien droite et ne bougez pas. Vous connaissez quelqu'un à NRK à qui l'envoyer ? »

*

Morgan Askøy grattait prudemment une petite croûte sur le dessus de sa main, quand le bus freina d'un coup et la croûte s'arracha, laissant poindre une goutte de sang. Il leva vite les yeux, il ne supportait pas la vue du sang.

Morgan descendit à l'arrêt de bus près de la prison de haute sécurité de Staten où il travaillait depuis deux mois. Il marchait derrière un groupe d'autres gardiens lorsqu'un type en uniforme de gardien vint à côté de lui.

« Bonjour.

— Bonjour », répondit Morgan par réflexe, en le regardant sans pouvoir le placer dans un service quelconque. Malgré cela, il continua de cheminer à ses côtés comme s'ils se connaissaient. Apparemment l'autre avait envie de faire sa connaissance.

« Tu ne travailles pas dans le quartier A, dit le type. Ou tu es nouveau ?

— Dans le quartier B, répondit Morgan. Ça fait deux mois.

— Ah, d'accord. »

L'autre était plus jeune que ceux des collègues qui aimaient bien porter l'uniforme généralement. En gros, c'étaient les plus âgés qui allaient et revenaient du travail en uniforme, comme s'ils en étaient fiers. Comme le directeur par exemple, Franck. Morgan n'aurait pas voulu prendre le bus dans cette tenue, pour que les gens le regardent et lui demandent où il travaillait. À Staten… En prison. Pas moyen ! Il regarda le badge sur l'uniforme du type. Sørensen.

Ils passèrent devant le poste de garde et Morgan fit un signe de tête au type à l'intérieur.

Quand ils s'approchèrent de la porte d'entrée, le type sortit un portable et ralentit un peu, il devait peut-être envoyer un texto.

La porte s'était refermée sur ceux qui marchaient devant, alors Morgan dut sortir sa clé. Il ouvrit. « Merci beaucoup », dit Sørensen en lui passant devant. Morgan le suivit et alla au vestiaire. Le type fonça vers le sas pour rejoindre les autres.

*

Betty se débarrassa de ses chaussures et se laissa tomber sur le lit. Quelle nuit ! Elle était épuisée et savait qu'elle aurait du mal à s'endormir, mais bon, elle allait quand même essayer. Et pour ça, il fallait qu'elle chasse la pensée qu'elle aurait dû prévenir la police et leur dire ce qui s'était passé dans la suite 4. Après que l'agent de sécurité et elle avaient fouillé rapidement la pièce pour voir si rien n'avait disparu ou été abîmé, Betty avait rangé un peu et, en voulant jeter le demi-citron dans la poubelle, elle avait vu une seringue dans la poubelle. Son cerveau avait de lui-même fait la relation entre la couleur étrange de la chair du citron et la seringue. Puis elle avait passé les doigts sur l'écorce et senti qu'il y avait plusieurs petits trous. En pressant un peu, il en était sorti une goutte qui, dans sa main, était grumeleuse, comme si elle contenait du calcaire. Elle y avait trempé le bout de la langue et avait senti, en plus du citron, un autre goût, amer, un goût de médicament. Il avait fallu prendre une décision. Aucun texte n'interdisait aux clients d'avoir des citrons au goût bizarre. Ou des seringues : ils pouvaient avoir du diabète ou une autre maladie. Ou de jouer dans leur chambre à de drôles de jeux avec des visiteurs. Alors elle avait emporté le contenu de la poubelle à la réception et avait jeté le tout. Écrit un court compte rendu sur le tapage dans la suite 4 et l'homme retrouvé attaché à la cuvette des toilettes, qui avait dédramatisé la scène. Que pouvait-elle faire de plus ?

Pendant qu'elle se déshabillait, elle alluma la télévision, puis alla dans la salle de bains, se démaquilla et se brossa les dents. Entendit le bruit de fond de la chaîne info TV2. Elle mettait le son bas, ça l'aidait à s'endormir. Peut-être parce que la voix assurée du présentateur lui rappelait celle de son père, le genre de voix qui peuvent vous annoncer la fin du monde en vous donnant malgré tout l'impression que vous n'avez rien à craindre. Mais ça ne lui suffisait plus. Elle avait commencé à prendre des somnifères. Assez légers, mais quand même. Son médecin traitant disait qu'elle devait demander à ne plus travailler la nuit. Mais si elle voulait gravir les échelons, il fallait prendre son mal en patience... Malgré le bruit de l'eau du robinet et le frottement de sa brosse à dents, elle entendit en fond sonore le journaliste dire que la police recherchait une personne pour le meurtre d'un homme dans un chenil cette nuit, que cette personne était également impliquée dans le meurtre d'Agnete Iversen et le triple assassinat du quartier de Gamlebyen.

Betty se rinça la bouche, ferma le robinet et alla dans la chambre à coucher. S'arrêta net sur le seuil de la porte. Fixa la photo sur l'écran.

C'était lui.

Il avait une barbe et des cheveux longs, mais Betty était entraînée à démasquer les visages derrière les déguisements de toutes sortes : elle comparait souvent les visages avec les photos que le Plaza et d'autres grands hôtels internationaux possédaient d'escrocs notoires qui, un jour ou l'autre, se présenteraient à la réception. Oui, c'était lui. L'homme, sans lunettes et avec des sourcils, qui avait réservé la suite.

Elle regarda le téléphone posé sur sa table de nuit.

Attentive, mais discrète. Faire toujours passer l'intérêt de l'hôtel au premier plan. Elle pouvait aller loin.

Elle ferma très fort les yeux.

Sa mère avait raison. Toujours sa foutue curiosité.

*

Arild Franck se tenait à la fenêtre et observait l'équipe de nuit qui franchissait le portail. Il remarqua des surveillants qui arrivaient en retard pour la relève et ça le mit de mauvaise humeur. Il ne supportait pas les gens qui faisaient mal leur boulot. Comme ceux de la PJ et de la brigade criminelle. L'assaut raté au foyer Ila où Lofthus aurait dû être et d'où, encore une fois, il avait réussi à s'échapper. Du grand n'importe quoi ! Et eux avaient dû payer le prix fort pour cette bourde : Hugo Nestor avait été tué cette nuit. Dans un chenil.

C'était à peine croyable. Comment un seul homme, un drogué qui plus est, avait pu faire de tels dégâts ? Il faut croire que le bourgeois en lui acceptait difficilement l'incompétence ; ça l'énervait même que la police n'ait jamais réussi à le coincer, *lui*, le directeur de prison corrompu jusqu'à la moelle. Car le regard soupçonneux de Simon Kefas ne lui avait pas échappé. Mais ce rat de Kefas, lâche comme pas deux, n'avait pas osé passer à l'action, car il avait trop à perdre. Ce genre d'individu n'était courageux que quand il y avait de l'argent en jeu. Ah, l'argent, toujours l'argent ! Que s'était-il donc imaginé ? Qu'il allait se payer son buste, un nom dont on se souviendrait comme d'un pilier de la société ? Et une fois qu'on avait goûté à l'argent, c'était comme l'héroïne, les chiffres sur le compte en banque devenaient non le moyen, mais la fin. Plus rien d'autre n'avait de sens. Tel un junkie, on a beau le savoir, on est incapable de changer son fusil d'épaule.

« Un surveillant du nom de Sørensen veut vous parler, le prévint la secrétaire.

— Mais…

— Il vient de passer devant moi, il dit que ça ne prendra pas plus d'une minute

— Ah bon ? » dit Franck. Sørensen. Voulait-il reprendre le travail avant la fin de son congé maladie ? Auquel cas, ce serait une attitude inhabituelle chez un salarié norvégien.

Il entendit la porte s'ouvrir derrière lui.

« Eh bien, Sørensen ? lança Arild Franck à voix haute sans se retourner. Tu as oublié de frapper ?

— Assieds-toi. »

Franck entendit le verrouillage de la porte et il se tourna, étonné, vers la voix. S'arrêta net à la vue du pistolet.

« Un seul bruit et je te tire une balle en plein front. »

Ce qui est remarquable avec un pistolet, c'est que la personne sur qui il est pointé est si terrorisée qu'elle met du temps avant de reconnaître qui est à l'autre bout. Mais lorsque le garçon souleva le pied et fit rouler le fauteuil jusqu'au directeur adjoint, Franck vit qui c'était. Il était revenu.

« Tu as changé », dit Franck. Il avait pensé le dire avec plus d'autorité, mais il avait la gorge sèche et le son qui en sortait était plutôt ténu.

Le canon de l'arme se leva légèrement et Franck se laissa aussitôt tomber dans le fauteuil.

« Les bras sur les accoudoirs ! dit le jeune homme. Maintenant je vais appuyer sur l'interphone ici et tu vas dire à Ina qu'elle doit aller nous acheter des viennoiseries chez le boulanger. Tout de suite. »

Lofthus appuya sur le bouton.

« Oui ? dit la secrétaire toujours prévenante.

— Ina… » Le cerveau de Franck cherchait désespérément une issue.

« Oui ?

— Va… » Franck ne chercha plus ses mots quand il vit l'index du garçon reculer sur la détente. « … Acheter quelques viennoiseries, tu seras gentille. Maintenant, tout de suite.

— Oui ?

— Merci, Ina. »

Lofthus lâcha le bouton, sortit de la poche de sa veste un gros rouleau de ruban adhésif blanc avec lequel il fit le tour du fauteuil de Franck, et il lui attacha aussi les avant-bras sur les accoudoirs. Ensuite il fit passer le rouleau autour de la poitrine et du dossier du fauteuil, et fit de même avec les pieds de Franck et les pieds sur roulettes. Une pensée frappa Franck : il aurait dû avoir plus peur. Lofthus avait tué Agnete Iversen. Kalle. Sylvester. Hugo Nestor. Ne comprenait-il pas qu'il allait lui aussi mourir ? Ou le fait d'être dans son propre bureau à Staten, en plein jour, le rassurait-il malgré tout ? Il avait vu ce garçon devenir adulte dans sa prison sans jamais – sauf la fois avec Halden – témoigner la moindre velléité ou capacité de faire usage de la violence.

Le garçon fouilla ses poches et en sortit un portefeuille et des clés de voiture.

«Porsche Cayenne, lut le garçon tout haut sur les clés. C'est une voiture chère pour un fonctionnaire, non?

— Qu'est-ce que tu veux?

— Je veux une réponse à trois questions simples. Si tu réponds en disant la vérité, tu auras la vie sauve. Sinon, je serai malheureusement obligé de te l'ôter.» Il avait presque dit ces derniers mots sur un ton de regret.

«La première question est : sur quel compte et à quel nom Nestor envoyait l'argent quand il te payait?»

Franck réfléchit. Personne n'était au courant de ce compte, il pouvait dire n'importe quoi, inventer un compte que personne ne pourrait contester. Franck ouvrit la bouche, mais fut interrompu par le jeune homme.

«Si j'étais toi, je réfléchirais à deux fois avant de répondre.»

Franck ne pouvait détacher ses yeux du canon du pistolet. Qu'entendait-il par là? Personne ne pouvait confirmer ou infirmer l'existence du compte. Sauf Nestor qui envoyait l'argent, bien sûr. Franck cligna des yeux. Est-ce que Lofthus avait réussi à soutirer de Nestor des infos sur le compte avant de le tuer? Est-ce que c'était un test?

«Le compte est au nom d'une société, dit Franck. Dennis Limited, enregistrée aux îles Caïmans.

— Et le numéro du compte?» Le garçon tenait quelque chose qui ressemblait à une carte de visite jaunie. Y avait-il inscrit le numéro qu'il avait obtenu de Nestor? Ou bluffait-il? S'il donnait le numéro du compte, l'autre ne pourrait de toute façon pas retirer d'argent.

Franck commença à énoncer les chiffres.

«Moins vite, dit le garçon en regardant la carte. Et plus distinctement.»

Franck obtempéra.

«Alors il ne reste plus que deux questions, dit le garçon quand il eut terminé de noter. Qui a tué mon père ? Et qui était la taupe qui a aidé le Jumeau ? »

Arild Franck cligna des yeux. Son corps avait à présent capté le danger et suait à grosses gouttes. Savait qu'il avait raison d'avoir peur. Qu'il allait goûter à la lame courbe du couteau. L'arme fatale de Hugo Nestor.

Il hurla.

*

« Ah, je comprends mieux, dit Simon en remettant son téléphone dans sa poche au moment où la voiture sortait du tunnel et retrouvait la lumière au niveau de Bjørvika et du fjord d'Oslo.

— Quoi donc ? demanda Kari.

— Une des réceptionnistes de nuit au Plaza vient d'appeler la police pour dire qu'une personne recherchée a séjourné dans une suite la nuit dernière. Sous le nom de Fidel Lae. Et qu'un autre homme a été trouvé dans la suite, après une plainte des voisins, attaché à la cuvette des W-C. Il a foutu le camp dès qu'ils l'ont libéré. L'hôtel a vérifié sur les images des caméras de surveillance du hall et on voit Lofthus entrer avec Hugo Nestor et l'homme retrouvé plus tard dans la chambre.

— Vous ne m'avez toujours pas expliqué ce que vous aviez enfin compris.

— Eh bien, comment les trois dans l'Enerhauggata ont su qu'on venait les interpeller. D'après le registre de l'hôtel, l'homme attaché s'est éclipsé du Plaza au moment où on s'est mis en planque devant la maison. Le type a dû appeler les trois hommes et les prévenir que Nestor avait été kidnappé, et ils se sont préparés à filer au cas où Nestor cracherait le morceau. Ils n'ont pas oublié ce qui est arrivé à Kalle. Mais une fois qu'ils ont eu mis les filles dans la camionnette, ils ont remarqué qu'on était déjà là. Alors ils attendaient qu'on s'en aille ou qu'on entre tous les deux dans la maison pour pouvoir s'échapper en voiture, ni vu ni connu.

— Vous avez beaucoup réfléchi à ça, je vois. Comment ils pouvaient savoir qu'on allait venir…

— Peut-être, dit Simon en bifurquant vers l'hôtel de police. Mais maintenant, je le sais.

— Vous savez comment cela s'est *probablement* passé, nuança-t-elle. Bon, à quoi vous pensez maintenant ? »

Simon haussa les épaules : « Qu'il faut que nous trouvions Lofthus avant qu'il ne mette encore plus le bordel. »

*

« Drôle de type », dit Morgan Askøy à son collègue plus âgé tandis qu'ils s'avançaient dans le large couloir avec les cellules grandes ouvertes de chaque côté, pour l'inspection du matin. « Sørensen, qu'il s'appelle. Il est juste venu me voir.

— Tu dois te tromper, objecta son collègue. Il n'y a qu'un Sørensen dans le quartier A, et il est en arrêt maladie.

— Si, c'était lui. J'ai vu son badge avec son nom sur l'uniforme.

— Mais j'ai parlé à Sørensen il y a quelques jours, et il venait à nouveau de se faire hospitaliser.

— C'est qu'il a dû guérir vite.

— Bizarre. Il était en uniforme, tu dis ? Alors c'était pas lui. Sørensen déteste l'uniforme, il l'enlève toujours et l'accroche dans son armoire au vestiaire. Tu sais bien qu'il se l'est fait voler par Lofthus.

— Celui qui s'est évadé ?

— Oui. Tu te plais ici, Askøy ?

— Oui, ça va.

— Tant mieux. Prends bien tes RTT et ne travaille pas trop, conseil d'ami. »

Ils firent encore six pas avant de s'arrêter net et de se regarder, les yeux écarquillés.

« À quoi ressemblait ce type ? demanda le collègue.

— À quoi ressemblait Lofthus, tu veux dire ? » rectifia Morgan.

*

Franck respirait par le nez. Son cri avait été stoppé net par la main du garçon qui s'était posée sur sa bouche. Ce dernier s'était enlevé une chaussure et retiré une chaussette qu'il lui avait fourrée de force dans la bouche avant de la bâillonner avec du ruban adhésif.

Puis il coupa assez de ruban adhésif sur l'accoudoir droit pour que Franck puisse serrer entre ses doigts le stylo qu'il lui donna et écrire avec sur la feuille posée au bord du bureau.

« Réponds. »

Franck écrivit :

> Je ne sais pas.

Puis il laissa tomber le stylo.

Il entendit le bruit d'une autre bande de ruban adhésif qu'on déroulait et il sentit l'odeur de la colle avant qu'elle recouvre ses narines et l'empêche de respirer. Franck sentit son corps lui échapper, gigoter et se tordre sur sa chaise. Se débattre, se contorsionner. Danser pour ce putain de gamin ! La pression monta à la tête qui allait bientôt exploser. Il se préparait à mourir quand, avec le bout pointu du stylo, le garçon piqua le ruban adhésif sous une narine.

La narine gauche d'Arild Franck inspira le maximum d'air par le trou tandis que les premières larmes coulaient sur sa joue.

Le garçon lui redonna le stylo. Franck se concentra.

> Pitié. J'écrirais le nom de la taupe si je le connaissais.

Le garçon ferma les yeux et grimaça comme s'il avait mal quelque part. Puis il prit un nouveau morceau de ruban adhésif.

Le téléphone sur le bureau se mit à sonner. Franck le regarda, plein d'espoir. Le numéro interne s'afficha sur l'écran. C'était Goldsrud, le gardien-chef. Mais cela n'eut pas l'air d'affecter le jeune homme, seulement préoccupé de bien obstruer à nouveau les narines de Franck. Et ce dernier sentit venir les tressaillements qui annonçaient sa panique. Il en était au point de ne plus savoir s'il tremblait ou riait.

*

« Le chef ne répond pas, dit Geir Goldsrud en raccrochant. Et Ina n'est pas là, sinon elle aurait pris l'appel à sa place. Mais avant de joindre le chef, récapitulons une dernière fois. Tu dis que l'homme que tu as vu a déclaré s'appeler Sørensen et qu'il lui ressemblait... » Le gardien-chef indiqua l'écran d'ordinateur où il avait cliqué sur une photo de Sonny Lofthus.

« Il ne lui *ressemble* pas ! s'écria Morgan. C'est *lui*, je te dis !
— Du calme, le tempéra le collègue plus âgé.
— Du calme, c'est ça ! protesta Morgan. Ce type est recherché pour six meurtres, mais à part ça tout va bien...
— Je vais appeler Ina sur son portable et si elle ne sait pas où est le chef, on essaiera de le trouver nous-mêmes. Mais il ne faut pas céder à la panique, compris ? »

Morgan regarda tour à tour son collègue et le gardien-chef et vit que Goldsrud était à vrai dire le plus paniqué des trois. Lui-même était surtout excité. Sacrément excité. Si un prisonnier – et quel prisonnier ! – s'était vraiment introduit dans Staten...

« Ina ? » cria presque Goldsrud dans le combiné, et Morgan lut le soulagement sur son visage. C'était facile de critiquer le gardien-chef pour sa phobie du commandement, mais ça ne devait pas être marrant tous les jours de faire le lien entre eux et le directeur adjoint. « Il faut qu'on joigne Franck immédiatement. Il est où ? »

Morgan vit le soulagement virer à la stupeur puis à l'effroi. Le gardien-chef raccrocha.

« Qu'est-ce que…, commença le collègue plus âgé.

— Elle dit qu'il a de la visite dans son bureau, répondit Goldsrud qui se leva pour se diriger vers l'armoire tout au fond de la pièce. D'un certain Sørensen.

— Alors qu'est-ce qu'on fait ? » s'enquit Morgan.

Geir tourna la clé dans la serrure et ouvrit l'armoire. « Ça », répondit-il.

Morgan compta douze fusils.

« Dan et Harald, vous venez avec nous ! » cria Goldsrud, et Morgan n'entendit plus ni stupeur, ni effroi, ni phobie du commandement dans sa voix qui ajouta : « Maintenant ! »

*

Simon et Kari se trouvaient devant l'ascenseur de l'atrium de l'hôtel de police lorsque le portable de Simon sonna.

C'était le service médico-légal.

« On a les analyses ADN provisoires de tes brosses à dents.

— Parfait, dit Simon. Et ?

— On a une probabilité de quatre-vingt-quinze pour cent.

— Que quoi ? demanda Simon lorsque les portes de l'ascenseur s'ouvrirent.

— Qu'il y ait une correspondance pour la salive de deux brosses à dents dans notre banque de données. Détail particulier : ça ne correspond pas avec des criminels ou des policiers, mais avec une victime. Plus exactement, ceux qui ont utilisé les brosses à dents ont un lien de parenté très proche avec cette victime.

— Je m'y attendais, dit Simon en montant dans l'ascenseur. Ce sont les brosses à dents de la famille Iversen. J'ai vu qu'il manquait les brosses à dents dans leur salle de bains, après le meurtre. Ils présentent une correspondance avec l'ADN d'Agnete Iversen, c'est ça ? »

Kari jeta un bref regard sur Simon qui avait fait un geste triomphal des mains.

« Non. Agnete Iversen n'est pas encore inscrite au fichier central d'ADN.

— Ah ? Comment…

— Il s'agit d'une victime inconnue.

— Vous avez trouvé une parenté entre deux des brosses à dents et une victime de meurtre qui est inconnue ? "Inconnue" au sens de…

— Au sens de "non identifiée". Une petite fille très jeune et très morte.

— Jeune comment ? demanda Simon, les yeux fixés sur les portes de l'ascenseur qui se refermaient.

— Plus jeune que d'habitude.

— Allez, dis-moi…

— Quatre mois in utero, vraisemblablement. »

Le cerveau de Simon entra en ébullition. « Vous voulez dire qu'Agnete Iversen a eu recours à un avortement tardif illégal ?

— Non.

— Non ? Alors elle est… merde alors ! » Simon ferma les yeux et posa le front contre le mur en formica.

« La communication a été coupée ? » demanda Kari.

Simon acquiesça d'un signe de tête.

« Nous sommes bientôt hors de l'ascenseur », dit-elle.

*

Le garçon perça avec le stylo deux petits trous dans le ruban adhésif. Un sous chaque narine. Et Arild Franck inspira de nouvelles secondes de vie dans ses poumons. Tout ce qu'il demandait, c'était de rester en vie. Et son corps n'obéissait qu'à cette volonté.

«Y a-t-il un nom que tu veuilles écrire?» demanda le garçon à voix basse.

Franck respirait difficilement, il aurait aimé avoir des narines plus larges, des voies nasales plus profondes pour aspirer cet air doux, merveilleux. Franck tendit l'oreille au bruissement indiquant qu'il se frayait un chemin, cet air salvateur, tandis qu'il secouait la tête, essayait de formuler avec sa langue sèche derrière la chaussette, ses lèvres derrière le ruban adhésif, qu'il n'avait pas de nom à donner, qu'il ne savait pas qui était la taupe, qu'il voulait être gracié. Qu'on le laisse partir. Qu'il lui soit pardonné.

Mais il se figea quand il vit le garçon se camper devant lui et lever le couteau de Nestor. Franck ne pouvait pas bouger, il était attaché de partout... Le couteau à lame courbe s'approcha. Il pressa la tête contre le dossier de la chaise, banda chaque muscle et hurla intérieurement quand il vit le sang gicler.

32

« Deux », chuchota Goldsrud.

Les hommes, prêts à tirer, tendaient l'oreille derrière la porte du directeur adjoint de la prison.

Morgan inspira profondément. Maintenant, il fallait passer à l'action. Maintenant, il allait enfin participer à ce qu'il avait toujours rêvé de faire depuis qu'il était gamin : *prendre* quelqu'un. Et qui sait, le…

« Trois », chuchota Goldsrud.

Puis il donna un violent coup de hache. Le verrou sauta et des éclats de bois volèrent dans tous les sens quand Harald, le plus grand d'entre eux, enfonça la porte. Morgan entra dans la pièce, le fusil à la hauteur de la poitrine, et fit deux pas à gauche comme Goldsrud le lui avait demandé. Il n'y avait qu'une personne dans la pièce. Morgan fixa l'homme sur la chaise, la poitrine, le cou, le menton couverts de sang. Bon Dieu, ce qu'il y avait comme sang! Morgan sentit ses genoux faiblir, comme si on lui avait injecté un produit à l'intérieur pour les ramollir. Du nerf, merde! Mais il y avait tellement de sang! Et l'homme tressautait comme si son corps était parcouru de décharges électriques. Ses yeux les fixaient, furibonds, ils lui sortaient de la tête comme ceux d'un poisson de haut-fond.

Geir s'avança de deux pas et arracha le scotch sur la bouche de l'homme.

« Vous êtes blessé où, chef ? »

L'homme ouvrit grand la bouche sans qu'un son n'en sorte. Goldsrud fourra deux doigts dans sa cavité buccale et put en extraire une chaussette noire. La salive jaillit de sa bouche quand il hurla et Morgan reconnut bien la voix du directeur adjoint Arild Franck : « Rattrapez-le ! Ne le laissez pas s'enfuir !

— Nous devons trouver la blessure et… » Le gardien-chef voulut déchirer la chemise du directeur, mais Franck repoussa ses mains : « Fermez les issues, bordel, il va s'enfuir ! Il a mes clés de voiture ! Et ma casquette d'uniforme !

— Du calme, chef, dit Goldsrud en coupant le ruban adhésif fixé à l'accoudoir de la chaise. Il est enfermé, il ne pourra pas passer les lecteurs d'empreintes digitales. »

Franck le regarda, furax, et leva la main qui venait de se libérer : « Si ! »

Morgan recula en chancelant et dut s'appuyer contre le mur. Malgré lui, il n'arrivait pas à détacher son regard du sang qui continuait de gicler de l'endroit où le directeur adjoint Arild Franck aurait dû avoir un index.

*

Kari trottina derrière Simon quand ils sortirent de l'ascenseur et marchèrent dans le couloir pour rejoindre leurs bureaux.

« Si je comprends bien, dit-elle en essayant de digérer l'info, vous avez reçu ces brosses à dents par la poste avec un bout de papier signé S, disant que vous devriez récupérer leur ADN ?

— Oui, dit Simon tout en pianotant sur son portable.

— Et deux des brosses à dents ont un ADN qui renvoie à un fœtus ? Un fœtus reconnu comme étant victime d'un meurtre ? »

Simon acquiesça tandis qu'il posait son index sur ses lèvres pour lui faire comprendre qu'il avait son interlocuteur en ligne. Il parla alors d'une voix forte et distincte pour qu'ils puissent tous les deux bien entendre.

« Allô ? C'est encore moi : Kefas. Qui était l'enfant, comment est-il décédé et quelle était sa configuration familiale ? »

Il tint le téléphone entre eux pour que Kari puisse entendre :

« On n'a ni l'identité de l'enfant ni celle de la mère, tout ce qu'on sait, c'est que la mère est morte – ou a été tuée – d'une overdose dans le centre d'Oslo. Dans le registre, elle est inscrite seulement comme "non identifiée".

— On est au courant de cette affaire, dit Simon en jurant intérieurement. Une Asiatique, probablement une Vietnamienne. Et probablement aussi une victime du trafic d'êtres humains.

— Ça, c'est plutôt votre domaine, Kefas. L'enfant, ou plutôt le fœtus, est mort simplement parce que la mère est morte.

— Je comprends. Et qui est le père ?

— La brosse à dents rouge.

— La… rouge ?

— Oui.

— Merci », dit Simon, qui raccrocha.

Kari se dirigea vers la machine pour chercher deux cafés. À son retour, Simon parlait à voix basse au téléphone, et elle comprit que ce devait être avec Else, sa femme. Quand il raccrocha, il avait ce visage de vieux que les personnes d'un certain âge peuvent prendre en quelques secondes, comme si un ressort s'était cassé, oui, comme s'ils pouvaient se réduire en poussière. Kari aurait voulu lui demander comment ça allait, mais jugea le moment mal venu.

« Donc…, reprit Simon sur un ton qui se voulait joyeux. Qui croyons-nous être le père de l'enfant ? Iver senior ou junior ?

— Nous ne *croyons* pas, rectifia Kari. Nous *savons.* »

Simon la regarda un instant, étonné. La vit secouer lentement la tête. Puis il ferma très fort les yeux, se pencha en avant et se passa la main de la nuque jusqu'au front, comme pour ramener des mèches de cheveux.

« Évidemment, dit-il d'une voix lasse. Deux brosses à dents. Je commence à me faire vieux.

— Je vais tout de suite voir ce qu'on a sur Iver », annonça Kari.

Dès qu'elle eut le dos tourné, Simon alluma son ordinateur et ouvrit sa boîte mail.

Il avait reçu un fichier audio. Envoyé d'un téléphone portable, apparemment.

Il ne recevait jamais de fichiers audio.

Il ouvrit le fichier et appuya sur *play*.

*

Morgan regarda le directeur adjoint, hors de lui, planté dans la salle de contrôle. Il tenait une bande de gaze autour de son doigt coupé, mais n'avait nullement l'intention de suivre les ordres du médecin et de rester allongé.

« Alors comme ça, tu as levé la barrière et laissé partir un meurtrier ! s'emporta Franck.

— Il conduisait votre voiture, se défendit le garde en essuyant la sueur de son front. En plus, il portait votre casquette.

— Mais ce n'était pas moi ! » hurla Franck.

Était-ce à cause de l'hypertension artérielle que la substance rouge répugnante avait traversé le pansement de gaze blanc ? se demanda Morgan, encore à deux doigts de tourner de l'œil.

Un des téléphones fixes à côté des écrans de contrôle émit un bip. Goldsrud décrocha et écouta.

« Ils ont retrouvé votre doigt, dit-il en posant la main sur le combiné. On va vous conduire au service de chirurgie d'Ullevål, comme ça ils pourront…

— Où ça ? l'interrompit Franck. Où est-ce qu'ils l'ont retrouvé ?

— Bien en évidence sur le tableau de bord de votre Porsche. Il l'avait garée en double file à Grønland.
— Trouvez-le bordel ! Trouvez-le ! »

*

Tor Jonasson tendit le bras pour saisir la poignée qui pendait au plafond de la rame de métro. Il marmonna des excuses à un voyageur encore mal réveillé qu'il avait bousculé. Aujourd'hui, il allait vendre cinq portables. C'était son objectif. Et quand il rentrerait chez lui dans l'après-midi en métro – assis, cette fois, espérons-le – il saurait s'il avait réussi ou pas. Et ça lui ferait… plaisir. Peut-être.
Tor soupira.
Il regarda l'homme en uniforme qui se tenait dos à lui. Il avait des écouteurs dans les oreilles. En suivant le fil jusqu'au téléphone, Tor remarqua dessus l'autocollant de son magasin. Il se déplaça de manière à voir l'homme de profil et il le reconnut. Ce n'était pas celui qui cherchait des piles pour son antiquité ? Un Discman ? Par curiosité, Tor avait regardé sur Internet. On avait fabriqué cet appareil jusqu'en 2000, ensuite il y avait eu ce qu'on appelait le Walkman MP3. Tor se plaça derrière lui pour essayer d'entendre la musique malgré le bruit des roues en acier de la rame, mais le son disparaissait dès qu'il y avait un virage ou que le métro faisait trop de bruit.
Ça avait l'air d'être une voix de fille. Mais il avait déjà entendu la chanson :
« *That you've always been her lover…* » Leonard Cohen.

*

Simon regardait l'icône du fichier audio, l'air dubitatif. Ça ne durait qu'une poignée de secondes. Il appuya encore sur *play*.
Aucun doute, c'était bien la voix qu'il avait cru reconnaître à la première écoute. Mais il ne comprenait pas ce que c'était.

« Qu'est-ce que c'est ? Les chiffres du loto ? »

Simon se retourna. C'était Sissel Thou qui prenait son service et vidait les corbeilles à papier.

« Quelque chose dans le genre, répondit Simon en appuyant sur la touche *stop* quand elle prit la corbeille sous son bureau et la vida dans la poubelle de son chariot de ménage.

— C'est de l'argent jeté par les fenêtres, Simon. Le loto, c'est pour les veinards.

— Et tu penses que ce n'est pas notre cas ? rétorqua Simon, l'œil rivé sur l'écran.

— Regarde ce qui se passe sur cette terre », dit-elle.

Simon se cala dans son fauteuil, se frotta les yeux. « Sissel ?

— Oui ?

— Une jeune femme a été assassinée et il s'avère qu'elle était enceinte. À mon avis, son meurtrier n'avait pas peur d'elle mais du bébé qu'elle portait.

— Ah bon ? »

Silence.

« Est-ce que c'était une question, Simon ? »

Ce dernier laissa aller sa nuque contre le repose-tête. « Si tu savais que tu portais l'enfant du diable, est-ce que tu le porterais quand même à terme, Sissel ?

— On a déjà discuté de ça, Simon.

— Je sais, mais qu'est-ce que tu as répondu ? »

Elle lui lança un regard de reproche : « J'ai répondu que la nature malheureusement ne laisse pas le choix aux pauvres mères, Simon. Aux pères non plus d'ailleurs.

— Je croyais que M. Thou avait foutu le camp tout de suite ?

— Je parle de toi, Simon. »

Il referma les yeux. Hocha lentement la tête. « Alors nous sommes esclaves de l'amour. Mais c'est la loterie pour savoir sur qui on tombe, hein ?

— Oui, c'est un peu brutal, mais c'est ça.

— Et les dieux se marrent, ajouta Simon.

— Sûrement, mais pendant ce temps-là, il faut bien que quelqu'un mette de l'ordre dans toutes ces saloperies ici-bas. »

Simon entendit ses pas s'éloigner. Puis il transféra le fichier audio de son ordinateur à son téléphone portable, l'emporta avec lui aux toilettes, entra dans une cabine et se repassa l'enregistrement.

À la deuxième écoute, il sut ce que représentaient les chiffres.

QUATRIÈME PARTIE

33

Simon et Kari traversaient sous le soleil la place de l'hôtel de ville, un peu trop grande, un peu trop dégagée et un peu trop calme en été.

« Grâce à la description de Fidel Lae, nous avons aussi retrouvé la voiture de location, dit Kari. Elle avait été rendue, mais heureusement pas encore lavée. Nos techniciens ont trouvé des taches de boue qui correspondent à celle du chemin qui mène jusqu'au chenil. Moi, je croyais naïvement que la boue était la même partout.

— Non, chacune est constituée d'un mélange spécifique de différents minéraux, expliqua Simon. À quel nom a-t-elle été louée ?

— Sylvester Trondsen.

— C'est qui, ce type ?

— Un homme de trente-cinq ans qui vit des aides sociales et ne travaille pas. Il n'habite pas à l'adresse indiquée dans le dossier. A été incarcéré deux fois pour voies de faits. Nos indics le rattachent à Nestor.

— OK. » Simon s'arrêta devant une porte entre deux boutiques de vêtements. Grande, large, elle donnait une impression de solidité et de sérieux. Il appuya sur le bouton du troisième étage. « Autre chose ?

— Un des résidents du foyer Ila a dit à un de nos indics qu'il semblerait que le nouveau de la chambre 323 ait eu un bon contact avec la coordinatrice.

— Avec Martha Lian ?

— On les a vus récemment partir ensemble du foyer en voiture. »

« Iversen Immobilier », dit soudain une voix dans la grille en laiton de l'interphone.

« Je préfère que vous m'attendiez à l'accueil pendant que je parlerai avec Iversen, dit Simon quand ils furent dans l'ascenseur.

— Pourquoi ?

— Parce que les choses ne vont pas exactement se passer selon les règles et je ne veux pas vous entraîner là-dedans.

— Mais...

— Je regrette, je me suis mal exprimé, mais c'était en fait un ordre. »

Kari leva les yeux au ciel mais ne dit rien.

« Bonjour, je suis Iver, dit le jeune homme qui les accueillit à la réception. Il donna une franche poignée de main à Simon puis à Kari. Vous avez rendez-vous avec mon père. »

Quelque chose chez ce jeune homme à la coupe branchée fit penser à Simon qu'en temps normal ce devait être quelqu'un de jovial et décontracté. La douleur et le chagrin qu'exprimait son regard étaient visiblement des choses auxquelles la vie ne l'avait pas habitué jusqu'ici. Aussi paraissait-il comme perdu et déboussolé dans ce bureau.

« Par ici. » Son père avait dû l'informer de la visite de la police et il pensait sans doute, comme lui, que c'était lié au meurtre de sa mère.

Le bureau avait vue sur l'ancienne gare de Vestbanen et sur le fjord. À côté de la porte se dressait une vitrine avec une maquette détaillée de gratte-ciel en forme de bouteille de Coca.

Le père avait l'air d'une réplique plus âgée de son fils : même frange, même peau lisse et saine, même voile de tristesse tout au fond des yeux. De belle stature, le dos droit, le menton décidé et le regard direct, amical, mais avec un côté provoc d'adolescent. Il se dégageait d'eux cette assurance que donnent les beaux quartiers, songea Simon, comme si tous étaient formés dans le même moule, qu'ils soient combattants pour la liberté, explorateurs polaires, membres de l'équipage du *Kon-Tiki* ou flics.

Iver senior pria Simon de prendre une chaise et lui-même s'assit à son bureau, sous une photographie en noir et blanc d'un immeuble du XIXe, à l'époque où Oslo s'appelait encore Christiania, que Simon ne parvint pas à reconnaître.

Simon attendit que le fils quitte la pièce et alla droit au but.

« Il y a douze ans, cette fille a été retrouvée morte dans une cour d'immeuble du quartier de Kvadraturen, à Oslo. Voilà à quoi elle ressemblait quand on l'a trouvée. »

Simon posa la photo sur le bureau d'Iversen et observa attentivement le visage du gestionnaire de biens tandis qu'il regardait la photo. Pas vraiment de réaction.

« Un garçon du nom de Sonny Lofthus a avoué le meurtre, dit Simon.

— Oui, et… ?

— La fille était enceinte. »

Réaction. Narines et pupilles soudain dilatées.

Simon attendit quelques secondes avant la mise à feu du deuxième étage de la fusée.

« Les analyses ADN de ces brosses à dents prises chez vous montrent que l'un de vous était le père du fœtus. »

Gonflement de la carotide, changement de couleur du visage, clignement incontrôlé des yeux.

« C'est bien vous qui utilisez la brosse à dents rouge, Iversen, n'est-ce pas ?

— Com… comment savez… »

Simon fit un bref sourire et regarda ses mains. « Il se trouve que je travaille avec une jeune recrue, pour être précis la collègue qui attend à la réception, et sa tête fonctionne un peu plus vite que la mienne.

Elle est arrivée à la conclusion, somme toute assez simple et logique, que s'il y a correspondance de l'ADN de deux brosses à dents sur trois, le fils de la maison ne peut pas être le père. Sinon, il y aurait eu un lien avec les trois membres de la famille. Ça ne pouvait donc être que l'autre homme de la famille. Vous. »

Iver Iversen blêmit, il n'y eut plus trace du teint éclatant de tout à l'heure.

« Vous verrez ça, vous aussi, quand vous aurez mon âge, dit Simon d'un ton consolateur. Ils nous dépassent largement, question vivacité d'esprit, ces jeunes.

— Mais…

— C'est le problème avec l'ADN. Ça ne laisse pas beaucoup de place pour les "mais"… »

Iversen ouvrit la bouche et se força à esquisser un sourire pour masquer le malaise. Normalement, quand la conversation devenait pénible, il sortait toujours une bonne blague pour détendre l'atmosphère, désarmer l'autre. Oui, précisément ça, pour que la situation soit moins dangereuse. Mais rien ne lui venait. Sa tête était vide.

« Bon, mais quand ce tortillard, dit le vieux policier en se tapant le front de l'index, a eu un peu plus de temps pour réfléchir, il a poussé le raisonnement un peu plus loin et la première chose qui lui est venue à l'esprit, c'est que naturellement un homme marié comme vous avait toutes les raisons de se débarrasser d'une femme enceinte qui aurait risqué de lui causer des ennuis. N'est-ce pas ? »

Iversen ne répondit pas, mais sentit que sa pomme d'Adam le faisait pour lui.

« À l'époque, les journaux ont publié une photo d'elle, avec un appel à témoins de la police pour permettre son identification. Et quand son amant et père de l'enfant qu'elle porte ne se manifeste pas du tout – pas même pour filer un tuyau anonyme à la police –, ça devient alors encore plus suspect, n'est-ce pas ?

— Je ne savais pas… », commença-t-il, mais il se tut. Il regrettait déjà. Et regrettait de montrer aussi clairement qu'il regrettait.

«Vous ne saviez pas qu'elle était enceinte? demanda le policier.

— Non! s'écria Iversen en croisant les bras. Je veux dire, je ne *sais* pas de quoi vous voulez parler. Je vais tout de suite téléphoner à mon avocat.

— Vous *savez* forcément de quoi je parle. Mais je veux bien vous croire quand vous dites que nous ne savons pas tout. C'était votre femme, Agnete, qui savait tout. Est-ce que je me trompe?»

Kefas. Inspecteur. C'était bien comme ça qu'il s'était présenté? Iver Iversen saisit son téléphone fixe. «Ce que je crois, moi, c'est que vous n'avez aucune preuve. Le rendez-vous est terminé, monsieur Kefas.

— Sur le premier point, vous avez raison, mais pour le second, vous faites erreur : ce rendez-vous n'est pas terminé, parce que vous avez envie de savoir quels ponts vous brûlez derrière vous en passant ce coup de fil, Iversen. La police n'a aucune preuve contre votre femme, mais visiblement celui qui l'a tuée en a, lui.

— Et comment?

— Parce que pendant douze ans il a servi de bouc émissaire et a confessé tous les criminels de cette ville. Il sait tout.» Kefas se pencha en avant sur sa chaise et scanda chaque syllabe en tapant du doigt sur la table : «Il sait que Kalle Farrisen a tué cette fille et que c'était sur ordre d'Agnete Iversen. Il le sait parce que c'est lui-même qui est allé en prison pour ce meurtre. Si je veux bien croire à votre innocence, c'est uniquement parce que cet homme vous a épargné jusqu'ici. Mais téléphonez, je vous en prie, et nous ferons alors ça dans les règles. En d'autres termes, je me verrai obligé de vous arrêter pour complicité de meurtre, de raconter à la presse tout ce que nous savons sur vous et cette fille, d'expliquer à vos relations d'affaires que vous allez être indisponible un certain temps et de raconter à votre fils que… oui, d'ailleurs, qu'allons-nous lui raconter, à votre fils?»

*

Raconter à son fils. Simon attendit qu'il prenne le temps d'encaisser le coup. C'était important pour la suite. Il fallait lui laisser le temps de comprendre les enjeux, de mesurer l'ampleur de la chose et ses conséquences. Pour qu'il soit plus réceptif à des propositions de compromis qu'il aurait balayées d'un revers de main deux minutes plus tôt. Comme Simon lui-même avait dû le faire, ce qui l'avait finalement amené jusqu'ici.

Simon vit la main d'Iversen retomber et il entendit une voix rauque et mal assurée dire :

« Qu'est-ce que vous voulez ? »

Simon se redressa sur sa chaise. « Que vous me racontiez tout maintenant. Si je parviens à vous croire, il n'est pas sûr que l'affaire prenne des proportions démesurées, puisque Agnete a déjà eu sa punition.

— Sa punition !... » Les yeux du veuf lancèrent des éclairs qui s'éteignirent dès qu'ils croisèrent le regard glacial de Simon.

« Bon. Agnete et moi, notre mariage n'en était pas vraiment un. Pas sur ce plan-là, en tout cas. Quelqu'un que je connaissais avait des filles. Des Asiatiques. C'est comme ça que j'ai rencontré Maï. Elle... avait quelque chose, quelque chose dont j'avais besoin. Pas la jeunesse, l'innocence ou tout ça, mais une... solitude dans laquelle je me reconnaissais.

— Elle était prisonnière, Iversen. Enlevée de chez elle. »

Le gestionnaire de biens haussa les épaules. « Je sais, mais j'ai racheté sa liberté. Je lui ai donné un appartement où on se rencontrait. Il n'y avait plus qu'elle et moi au monde dans ces moments-là. Et puis un jour elle m'a dit qu'elle n'avait pas eu ses règles depuis plusieurs mois. Qu'elle était peut-être enceinte. Je lui ai dit qu'elle devait se débarrasser de l'enfant, mais elle a refusé. Je ne savais plus quoi faire. Alors j'ai demandé conseil à Agnete...

— Vous avez demandé conseil à votre femme ? »

Iversen leva une main pour se défendre. « Oui, parce que Agnete était une femme adulte. Elle n'avait rien contre le fait que d'autres se chargent de ce qu'elle préférait éviter. Elle était plus attirée par les femmes, si vous voyez ce que je veux dire.

— Mais elle vous a donné un fils ?

— Dans sa famille, on ne plaisante pas avec le devoir. Et elle a été une mère dévouée.

— Une famille qui est le plus grand propriétaire privé d'Oslo, avec une façade parfaite et un nom de famille qui brille tellement à force d'être lustré qu'il est tout bonnement inconcevable qu'un bâtard asiatique vienne en ternir l'éclat…

— Agnete était de la vieille école, oui. Et je lui ai demandé conseil parce que c'était à elle, en dernier lieu, que revenait de prendre une décision sur ce qu'il convenait de faire.

— Il est vrai que c'est sur son argent que repose votre société immobilière, glissa Simon. Alors elle a pris la décision. Éliminer le problème. *Tout* le problème.

— Ça, je n'en sais rien, dit Iversen.

— Non, parce que vous vous êtes bien gardé de poser la question. Vous l'avez laissée contacter celui qui ferait le travail pour vous. Et eux de leur côté avaient besoin d'un bouc émissaire, parce qu'un témoin avait vu quelqu'un faire une injection à la fille. Il fallait effacer les traces, et vous avez payé pour que ce soit fait. »

Iversen haussa les épaules. « Je n'ai tué personne, je m'en tiens seulement à ma part du marché et je vous dis tout ce que je sais. La question est de savoir si vous, vous vous en tiendrez à la vôtre.

— La question, rectifia Simon, est de savoir comment une femme comme votre épouse a pu entrer en contact avec une ordure comme Kalle Farrisen.

— Je n'ai aucune idée de qui est Kalle Farrisen.

— Non, dit Simon en joignant les mains. Mais vous savez qui est le Jumeau. »

Il y eut un grand silence. Comme si même la circulation dehors retenait son souffle.

« Pardon ? finit par dire Iversen.

— J'ai travaillé plusieurs années dans la brigade financière, dit Simon. La société Iversen Immobilier a fait des affaires avec le Jumeau. Vous l'avez aidé à blanchir l'argent de la drogue et du trafic d'êtres humains en échange de déficits fictifs, qui vous évitaient de payer des impôts. Et je parle là de centaines de millions de couronnes. »

Iver Iversen secoua la tête. « Je ne connais pas de "Jumeau", je le crains.

— Vous mentez, répliqua Simon. J'ai des preuves de votre collaboration.

— Ah bon ? fit Iversen en joignant le bout de ses doigts. Et pourquoi n'y a-t-il jamais eu d'enquête de la brigade financière si vous aviez des preuves ?

— Parce que j'ai été bloqué en interne, répondit Simon. Mais je *sais* que le Jumeau se servait de son argent sale pour vous acheter des propriétés et vous les revendre ensuite à un prix astronomique. En tout cas, sur le papier. Il dégageait un bénéfice fictif qui lui permettait de verser l'argent sur un compte sans que les services fiscaux viennent fourrer leur nez dedans pour demander l'origine des fonds. De votre côté, vous perdiez officiellement de l'argent que vous pouviez déduire de bénéfices à venir, ainsi vous avez pu éviter de contribuer à l'effort national… Une situation où vous étiez tous les deux gagnants.

— Une théorie intéressante, commenta Iversen en ouvrant les mains. Maintenant je vous ai raconté tout ce que je sais. Y a-t-il autre chose ?

— Oui, je veux rencontrer le Jumeau. »

Iversen poussa un profond soupir. « Je vous ai déjà dit que je ne connais pas de Jumeau. »

Simon dodelina de la tête : « Vous savez quoi ? On a entendu ça si souvent à la brigade financière qu'on a fini par se demander si le Jumeau existait vraiment. Beaucoup pensaient qu'il n'était qu'un mythe.

— À mon avis, cela pourrait tout à fait être le cas, Kefas. »

Simon se leva. « Oui, sauf qu'un mythe ne contrôle pas le marché de la drogue et du sexe de toute une ville, année après année, Iversen. Un mythe ne liquide pas des femmes enceintes à la demande de leurs partenaires d'affaires. » Il se pencha, posa bien à plat ses deux mains sur le bureau et expira de sorte qu'Iversen puisse respirer son haleine de vieux : « Personne ne craint pour sa vie au point de préférer se jeter dans le vide à cause d'un mythe. Je *sais* qu'il existe. »

Simon se releva lentement et se dirigea vers la porte en agitant son téléphone portable. « Je vais annoncer que je donne une conférence de presse dès que je serai dans l'ascenseur, alors il serait peut-être temps d'avoir une conversation d'homme à homme avec votre fils.

— Attendez ! »

Simon marqua un arrêt devant la porte, sans se retourner.

« Je vais… voir ce que je peux faire. »

Simon sortit une carte de visite qu'il posa sur le haut de la vitrine avec le gratte-ciel. « Je vous laisse jusqu'à six heures ce soir. »

*

« À l'intérieur de Staten ? répéta Simon, incrédule, dans l'ascenseur. Lofthus a attaqué Franck dans son bureau ? »

Kari fit oui de la tête. « C'est tout ce que je sais pour l'instant. Qu'a dit Iversen ? »

Simon haussa les épaules. « Rien. Il voulait contacter son avocat avec de dire quoi que ce soit, évidemment. On leur reparlera demain. »

*

Assis sur le bord du lit, Arild Franck attendait d'être emmené au bloc. Il portait une blouse bleu clair d'hôpital et un bracelet avec son nom autour du poignet. Il n'avait pas eu mal la première heure, mais les douleurs se faisaient maintenant sentir et la petite piqûre ridicule que lui avait faite l'anesthésiste ne le soulageait pas. On lui avait promis une grosse piqûre juste avant l'opération qui endormirait tout son bras, avaient-ils dit. Un chirurgien qui affirmait être « chirurgien de la main » était passé et lui avait raconté en long et en large les prodiges que la microchirurgie faisait de nos jours, que le doigt était bien arrivé à l'hôpital et que la coupe était si nette qu'une fois qu'il serait remis « en main propre » à son propriétaire les nerfs repousseraient, et au bout de quelques mois il pourrait s'en servir pour « toutes sortes de choses ». Ces traits d'humour étaient censés le détendre, mais Franck n'était vraiment pas d'humeur à l'apprécier. Il avait coupé la parole au chirurgien pour lui demander le temps que ça prendrait de recoudre son doigt, parce qu'il devait retourner au travail le plus vite possible. Quand le médecin lui avait dit que l'opération proprement dite prendrait déjà plusieurs heures, Franck – à la stupéfaction du chirurgien – avait regardé l'heure et juré, tout bas, mais très distinctement.

La porte s'ouvrit et Franck leva la tête. Espéra que c'était l'anesthésiste, car la douleur l'élançait sérieusement, non seulement dans le doigt mais aussi dans le reste de son corps et sa tête.

L'homme grand et mince qui entra dans la chambre ne portait pas de blouse blanche ou verte mais un costume gris.

« Pontius ? dit Franck.

— Salut, Arild. Je voulais juste voir comment tu allais. »

Franck ferma un œil. Comme si ça pouvait l'aider à mieux voir la vraie raison de cette visite. Parr s'assit à côté de lui sur le lit. Indiqua de la tête sa main bandée :

« Ça fait mal ?

— Ça peut aller. Vous êtes en chasse ? »

Le directeur de la police haussa les épaules. « Lofthus s'est comme volatilisé. Mais on finira bien par le trouver. Qu'est-ce qu'il voulait, à ton avis ?

— Ce qu'il voulait? répéta Franck. Comment veux-tu que je le sache? On dirait qu'il est parti pour faire une sorte de croisade, ce cinglé.

— Exactement, dit Parr. La question est donc de savoir quand et où il frappera la prochaine fois. Est-ce qu'il t'aurait donné la moindre indication?

— Une indication? gémit Franck en pliant légèrement le bras. Je ne vois pas comment.

— Mais vous avez bien parlé de quelque chose?

— Il a parlé, lui. J'étais bâillonné! Il voulait savoir qui était la taupe.

— Oui, j'ai vu ça.

— Tu as *vu* ça?

— Sur les feuilles qu'il y avait sur ton bureau. Celles qui n'étaient pas complètement éclaboussées de sang.

— Tu es *allé* dans mon bureau?

— C'est un cas de force majeure, Arild. Le type est un tueur en série. Déjà qu'on avait la presse sur le dos, et voilà que le conseil municipal s'en mêle aussi. Donc, à partir de maintenant, je reprends la main.»

Franck haussa les épaules. «Très bien.

— J'ai une question...

— Je vais me faire opérer d'une minute à l'autre et ça fait un mal de chien, Pontius. Ça ne peut pas attendre?

— Non. Sonny Lofthus a été interrogé pour le meurtre d'Eva Morsand, et il a nié avoir fait le coup. Est-ce que quelqu'un l'a mis au courant que le mari était suspecté avant qu'on trouve son cheveu sur les lieux? Qu'on avait même des preuves que c'était Yngve Morsand?

— Aucune idée. Pourquoi ça?

— Ce serait bien de le savoir, c'est tout.» Parr posa une main sur l'épaule de Franck, qui sentit la douleur descendre aussitôt dans sa main. «T'as raison, pense à ton opération maintenant.

— Merci, mais il n'y a pas grand-chose que je puisse faire, tu sais.

— Non, dit Parr en ôtant ses lunettes rectangulaires. Sans doute pas. » Il commença à les nettoyer, l'air absent. « Tu ne peux que laisser les choses suivre leur cours, j'imagine ?

— Oui, dit Franck.

— Fais-toi recoudre. Et retrouve ton intégrité. »

Franck déglutit.

« Bon, dit Parr en remettant ses lunettes. Est-ce que tu as dit qui était la taupe ?

— Que c'était son propre père, tu veux dire ? *Ab Lofthus, il a avoué*. Si j'avais écrit ça sur le papier, le gamin m'aurait décapité.

— Qu'est-ce que tu lui as dit, Franck ?

— Rien ! Qu'est-ce que tu voulais que je lui dise ?

— C'est aussi ce que je me demande, Arild. Je me demande pourquoi le gamin était si sûr que tu avais l'info qu'il n'a pas hésité à s'introduire dans ta prison pour se la procurer.

— Ce gamin est cinglé, Pontius. Tous ces drogués deviennent plus ou moins psychotiques, tu le sais comme moi. La taupe ? Mon Dieu, c'est de l'histoire ancienne, la page a été tournée avec la disparition d'Ab Lofthus.

— Alors, qu'est-ce que tu lui as dit ?

— Comment ça ?

— Il t'a seulement coupé un doigt. Tous les autres ont été tués. Si tu as été épargné, c'est que tu lui as donné quelque chose en échange. N'oublie pas que je te connais, Arild. »

La porte s'ouvrit et deux infirmiers en blouse verte entrèrent. « On vous emmène faire un tour ? » dit l'un d'eux en riant. Parr remonta ses lunettes sur le nez : « Il te manque un doigt de cran, Arild. »

*

Simon descendit la rue tête baissée à cause du vent qui montait du fjord, longea les quais d'Aker Brygge et traversa la Munkedamsveien avant de déboucher dans la Ruseløkkveien. Il s'arrêta devant l'église coincée entre les immeubles d'habitation. L'église Saint-Paul était infiniment plus modeste que ses consœurs dans les autres capitales. Une église catholique dans un pays protestant. Exposée du mauvais côté, à l'ouest, avec un semblant de clocher au sommet de la façade. Trois marches, rien d'autre. Mais l'église était toujours ouverte. En effet, il était déjà venu ici, tard un soir, en pleine crise personnelle, et, malgré ses hésitations, il était entré. C'était peu après avoir tout perdu. Avant d'avoir trouvé sa planche de salut en la personne d'Else.

Simon gravit les marches, baissa la poignée en cuivre, poussa la lourde porte et entra. Il voulait refermer rapidement la porte derrière lui, mais les gonds rouillés opposaient de la résistance. La porte était-elle aussi dure avant ? Il n'en avait pas le souvenir, faut dire qu'il était passablement éméché ce soir-là. Il lâcha la porte qui se referma seule, centimètre par centimètre. Mais il reconnut l'odeur. Une odeur si étrange, si exotique. Et l'atmosphère. Pleine de spiritualité, de magie, de mystique, entre le cabinet de voyante et le parc d'attraction. Else aimait bien le catholicisme. Pour des raisons non pas éthiques mais esthétiques. Elle lui avait expliqué que tout dans une église, les pierres, le mortier et les vitraux, était au service d'une symbolique religieuse qui confinait à une dimension cosmique. Et pourtant cette symbolique simple avait un poids, un sous-texte et un arrière-plan historiques. Tant d'esprits réfléchis étaient convaincus que l'on ne pouvait pas balayer cette symbolique d'un simple revers de main. La nef étroite, peinte en blanc et sobrement décorée, présentait des rangées de bancs qui menaient à un autel avec Jésus sur la croix. La défaite comme symbole de victoire. Contre le mur de gauche, à mi-chemin vers l'autel, se trouvait le confessionnal. Sur un côté, le rideau noir était tiré comme dans un photomaton. Lorsqu'il était entré ici, la première fois, il n'avait pas su de quel côté devait s'asseoir le pénitent, jusqu'à ce que son cerveau imbibé déduise que si le prêtre ne devait pas voir les pécheurs, ce dernier devait être assis dans le photomaton. Alors il s'était laissé tomber dans la niche sans rideau et avait commencé à parler à la planche en bois perforée qui séparait les deux espaces. Avait confessé ses péchés. En parlant d'une voix qui n'aurait pas dû être aussi forte. Il espérait et n'espérait pas qu'il y avait quelqu'un de l'autre côté, ou que quelqu'un, peu importe qui, l'écouterait et ferait ce qu'il était censé faire : lui donner l'absolution. Ou le condamner. Tout plutôt que ce vide étouffant où il crevait de solitude. Il n'avait eu droit ni à l'un ni à l'autre. Pourtant le lendemain, il s'était réveillé curieusement sans mal de tête et il avait compris que la vie continuerait comme si de rien n'était, que personne ne s'intéressait à son cas. C'était la dernière fois qu'il était entré dans une église.

Martha Lian se tenait devant l'autel avec une femme qui gesticulait de manière autoritaire, en tailleur élégant, avec cette coupe de cheveux courte que les femmes de plus de cinquante ans adoptent en espérant que ça les fera paraître plus jeunes. Cette femme pointait le doigt et expliquait quelque chose, Simon capta des mots comme « fleurs », « cérémonie », « Anders » et « invités ». Il était presque arrivé à leur hauteur quand Martha Lian se retourna vers lui. Il fut aussitôt frappé par le changement qui s'était opéré chez elle depuis la dernière fois. Elle paraissait vide. Seule. Infiniment malheureuse.

« Bonjour », fit-elle d'une voix blanche.

L'autre femme cessa de parler.

« Désolé de surgir comme ça, dit Simon. On m'a dit au foyer que je vous trouverais ici. J'espère que je n'interromps pas quelque chose d'important.

— Non, non...

— Mais si! Nous sommes en pleins préparatifs du mariage de mon fils avec Martha. Alors si vous pouviez attendre, monsieur...?

— Kefas, compléta Simon. Mais non, ça ne peut pas attendre. Je suis de la police. »

La femme regarda Martha en haussant les sourcils. « Ça confirme ce que je pense : tu vis dans un monde un peu trop réel, ma chérie.

— Que nous allons vous épargner, madame… ?
— Pardon ?
— La police et le foyer Ila vont régler ça entre eux. Secret professionnel, etc. »

La femme s'éloigna en faisant claquer ses talons hauts, tandis que Simon et Martha s'asseyaient sur le premier banc.

« Vous avez été vue en voiture avec Sonny Lofthus, dit Simon. Pourquoi ne pas me l'avoir dit ?

— Il avait envie d'apprendre à conduire, répondit Martha. Je l'ai emmené sur un parking pour qu'il puisse s'exercer.

— Il est recherché dans tout le pays aujourd'hui.

— J'ai vu ça à la télévision.

— Est-ce qu'il a dit quelque chose ou est-ce que vous l'avez vu faire quelque chose qui donnerait une piste de l'endroit où il pourrait se trouver ? Je voudrais que vous preniez le temps de réfléchir avant de répondre. »

Martha parut essayer de se souvenir avant de hocher la tête.

« Non ? Bon. Est-ce qu'il a parlé de ce qu'il comptait faire ?

— Il voulait apprendre à conduire. »

Simon poussa un soupir et se passa la main dans les cheveux. « Vous êtes consciente que vous risquez d'être inculpée de complicité si vous l'aidez ou si vous nous cachez des informations ?

— Pourquoi je ferais ça ? »

Simon la regarda sans rien dire. Elle allait donc bientôt se marier. Alors pourquoi avait-elle l'air si malheureuse ?

« Dans ce cas », fit-il en se levant.

Elle resta assise, le regard toujours baissé.

« Juste une chose, dit-elle.

— Oui ?

— Est-ce que vous aussi vous croyez qu'il est le tueur fou que tout le monde décrit ? »

Simon déplaça son poids sur l'autre jambe. « Non, répondit-il.

— Non ?

— Il n'est pas fou. Il punit des gens. Il est dans une sorte de croisade pour se venger.

— Se venger ?

— Sans doute parce que son père était un policier qu'on a accusé de corruption après sa mort.

— Il punit des gens, vous dites… » Elle baissa la voix. « Est-ce que la punition est juste ? »

Simon haussa les épaules. « Je ne sais pas. Mais en tout cas, il fait preuve d'égards.

— D'égards ?

— Il a rendu visite au directeur adjoint de la prison dans son bureau, ce qui était très audacieux, alors qu'il aurait été beaucoup plus simple et moins risqué d'aller le voir à son domicile.

— Mais ?

— Mais cela aurait mis la femme et les enfants de Franck en ligne de mire.

— Des innocents. Il ne veut pas punir des innocents. »

Simon hocha lentement la tête. Vit un changement dans les yeux de Martha. De nouveau, il y brillait une petite flamme. De l'espoir. Était-ce aussi simple que ça ? Était-elle amoureuse ? Simon se redressa. Leva les yeux vers le retable qui représentait le Christ en croix. Il ferma les yeux. Les rouvrit. Ah, bordel… tout n'était qu'un gigantesque merdier…

« Vous savez ce que son père, Ab, disait souvent ? déclara-t-il en tirant un peu sur son pantalon. Il disait que le temps de la grâce est passé et que le temps du châtiment est venu. Mais comme le Messie est apparemment en retard, c'est à nous de faire le travail. Il n'y a personne d'autre que Sonny qui puisse les punir, Martha. La police est totalement corrompue, elle protège les criminels. Je crois que Sonny fait ça parce qu'il pense qu'il le doit à son père. Parce que son père est mort pour la justice. Une justice qui est au-dessus des lois. »

Il jeta un regard vers l'autre femme devant le confessionnal où elle s'entretenait à voix basse avec un prêtre.

« Et vous ? dit Martha.

— Moi ? Je représente la loi. Alors je dois arrêter Sonny. C'est comme ça.

— Mais cette femme, Agnete Iversen, quel crime avait-elle commis ?

— Je n'ai pas le droit de vous le dire.

— J'ai lu que ses bijoux avaient été volés.

— Oui, et alors ?

— Est-ce qu'il y avait une paire de boucles d'oreilles ?

— Je ne sais pas. C'est important ?

— Non, dit-elle, ce n'est pas important. Je vais voir si quelque chose me revient qui pourrait vous aider.

— Parfait », dit Simon en reboutonnant son pardessus. Le claquement des talons se fit entendre de nouveau. « Vous avez plusieurs choses à quoi penser, à ce que je comprends. »

Martha lui jeta un regard furtif.

« On se reparlera, Martha. »

Quand il sortit de l'église, son portable sonna. Il regarda l'écran. L'indicatif de Drammen.

« Kefas à l'appareil.

— C'est Henrik Westad. »

Le collègue qui enquêtait sur le meurtre de la femme de l'armateur.

« Je vous appelle du service de cardiologie de l'hôpital de Buskerud. »

Simon connaissait déjà la suite.

« Leif Krognæss, le témoin qui avait un problème cardiaque... On pensait qu'il était hors de danger, mais...

— Il est mort subitement, enchaîna Simon en se pinçant la racine du nez entre le pouce et l'index. Il était seul dans sa chambre quand c'est arrivé. Le rapport d'autopsie ne montrera rien d'anormal. Et vous m'appelez parce que vous n'avez pas envie d'être le seul à ne pas pouvoir dormir cette nuit. »

Le silence s'était fait à l'autre bout du fil.

Simon glissa le portable dans sa poche. Le vent avait forci et il regarda le ciel entre les toits des maisons. Ça ne se voyait pas encore, mais son mal de tête le lui disait : une dépression s'annonçait.

*

La moto devant Rover était en passe de ressusciter d'entre les morts. C'était une Harley-Davidson Heritage Softail, modèle 1989 avec une grande roue avant comme les aimait Rover. Quand il avait récupéré cette 1340, elle était en piteux état, car son propriétaire ne s'en était pas occupé avec le soin et la patience que réclament les Harley, à la différence de leurs cousines japonaises, beaucoup moins exigeantes côté entretien. Il avait changé le vilebrequin, les roulements à billes, les segments de piston, brossé les soupapes, et en moins de temps qu'il n'en faut pour le dire, la moto était devenue une 1700, passant de 43 à 119 chevaux délivrés par la roue arrière. Rover essuyait le cambouis sur son avant-bras au tatouage de cathédrale, quand il remarqua un changement dans la lumière. Sa première pensée fut que des nuages étaient arrivés, comme l'avait annoncé la météo. Mais en levant les yeux, il remarqua l'ombre et la silhouette sous le rideau de fer de l'atelier.

« Oui ? » cria Rover en continuant à s'essuyer.

L'homme s'avança vers lui. Sans un bruit. Comme un prédateur félin. Rover savait que son arme la plus proche était hors de portée. Mais depuis longtemps, il en avait terminé avec cette vie. C'était de la foutaise, cette histoire qu'il était quasiment impossible de ne pas retomber dans ses vieux travers, dès qu'on sortait de prison. Ce n'était qu'une question de volonté. C'était aussi simple que ça. Si on voulait, on pouvait. Mais si on n'y croyait pas pour de bon, qu'on voulait juste se la raconter, on pouvait être sûr de se retrouver dans les emmerdes en un rien de temps.

L'homme s'était approché suffisamment près pour que Rover devine ses traits. Mais c'était…

« Salut, Rover. »

C'était bien lui.

Il tenait entre ses doigts une carte de visite jaunie *Rover Dépannage Moto*.

« C'était la bonne adresse. Tu m'avais dit que tu pourrais m'avoir un Uzi. »

Rover continua à s'essuyer les mains en le regardant fixement. Il avait lu les journaux. Vu les images à la télé. Et ce qu'il regardait, ce n'était pas le gamin dans la cellule de Staten, mais son propre avenir. L'avenir qu'il s'était imaginé avoir.

« Tu as eu Nestor », dit Rover en faisant passer le chiffon entre ses doigts.

Le garçon ne répondit pas.

Rover secoua la tête. « Ça, ça veut dire qu'il n'y a pas seulement les flics après toi, il y a aussi le Jumeau.

— Je suis dans de sales draps, je sais, répondit le garçon. Je peux m'en aller tout de suite, si tu préfères. »

Le pardon. L'espoir. La feuille blanche. Une nouvelle chance. La plupart gâchaient ça, continuaient de faire les mêmes conneries toute leur vie, trouvant toujours un prétexte pour tout faire foirer. Ils l'ignoraient, ou du moins faisaient semblant de l'ignorer, mais ils avaient perdu le jeu avant même d'avoir commencé. Parce qu'ils ne *voulaient* pas. Mais Rover voulait. Il en faudrait plus pour l'abattre. Il était plus fort maintenant. Plus intelligent. Mais avec une certitude : si on veut vivre debout, on prend le risque de se faire étendre.

« Ferme la porte du garage, dit Rover. On dirait qu'il va pleuvoir. »

34

La pluie tambourinait sur le pare-brise quand Simon retira la clé de contact et se prépara à piquer un cent mètres du parking jusqu'à l'entrée de l'hôpital. Il aperçut un blond en costume dans la voiture juste devant lui. Il pleuvait si fort que les gouttes rebondissaient sur la carrosserie, floutant la silhouette de l'homme. La portière avant s'ouvrit et un autre homme, brun, le pria de les accompagner. Simon regarda l'heure sur le tableau de bord. Quatre heures. C'était deux heures avant l'expiration du délai.

*

Les deux hommes le conduisirent à Aker Brygge, qui n'est pas seulement un quai comme son nom l'indique mais tout un quartier de boutiques, de bureaux, d'appartements comptant parmi les plus luxueux de la ville, sans oublier une cinquantaine de restaurants, cafés et bars. Ils marchèrent sur la promenade le long du fjord et virent accoster le ferry en provenance de Nesoddtangen au moment où ils s'engageaient dans une des nombreuses ruelles adjacentes, avant de descendre un escalier en fer étroit jusqu'à une porte avec un hublot sans doute censé évoquer une ambiance marine. À côté de la porte, une petite plaque indiquait en lettres singulièrement discrètes

« Restaurant Nautilus ». Un des hommes lui tint la porte et ils pénétrèrent dans une entrée sombre où ils secouèrent leurs pardessus mouillés avant de les suspendre dans un vestiaire non gardé. Il n'y avait pas un chat et Simon pensa aussitôt que c'était typiquement le genre de restaurant pour blanchir de l'argent. Pas trop grand, avec un certain loyer, et un emplacement qui rendait crédibles de bons bénéfices, dans lesquels personne ne mettait son nez puisque ces revenus étaient déclarés au fisc.

Simon était trempé. Quand il bougeait ses orteils dans ses chaussures, ça faisait comme des clapotis. Mais ce n'était pas la raison pour laquelle il grelottait.

Seul éclairage dans la pièce, un grand et long aquarium divisait la salle à manger en deux. À la table devant, tournant le dos à l'aquarium, était assise une silhouette massive.

C'était la vue de cet homme qui faisait frissonner Simon.

Il ne l'avait jamais vu en chair et en os, mais sut instantanément qui il avait en face de lui.

Le Jumeau.

L'homme paraissait remplir toute la pièce. Simon n'aurait su dire si le pouvoir qu'il détenait sur tant de destins était dû à cette puissance manifeste ; ou si ce qu'on racontait sur lui le faisait paraître encore plus imposant – toutes ces légendes de mort et de cruauté gratuite.

L'homme fit un geste à peine perceptible pour désigner la chaise qui avait été placée face à lui.

« Simon Kefas », déclara l'homme en passant son index sous son menton.

Les hommes de grande taille ont souvent des voix étonnamment claires.

Pas le Jumeau.

Sa voix de basse qui grondait formait des ronds à la surface de l'eau dans le verre devant Simon.

« Je sais ce que tu veux, Kefas, annonça-t-il en bandant ses muscles sous le tissu de son costume qui semblait prêt à craquer à tout instant.

— Et c'est quoi ?

— L'argent pour Else, pour son opération des yeux. »

Simon déglutit en entendant le prénom de sa compagne dans la bouche de cet homme.

« La question est de savoir ce que tu as à me vendre. »

Simon sortit son téléphone, le posa sur la table et appuya sur *play*. Les voix du fichier audio qu'il avait reçu avaient une couleur métallique : « ... sur quel compte et à quel nom Nestor envoyait l'argent quand il te payait ?... Si j'étais toi, je réfléchirais à deux fois avant de répondre. » Une pause, puis une autre voix : « Le compte est au nom d'une société. Dennis Limited, enregistrée aux îles Caïmans. » « Et le numéro du compte ? » Nouvelle pause. « Huit, trois, zéro... » « Moins vite, et plus distinctement. » « Huit, trois, zéro, huit... »

Simon appuya sur la touche *stop*. « Je suppose que vous avez reconnu la voix qui répondait aux questions. »

Le gros homme fit un geste qui pouvait signifier n'importe quoi. « C'est tout ce que vous avez à vendre ?

— Cet enregistrement m'a été envoyé par une adresse Hotmail que je n'ai pas réussi – ou disons pas essayé – d'identifier. Parce que pour l'instant je suis le seul à être au courant de ce fichier audio. Quand il sera rendu public que le directeur de prison...

— Le directeur adjoint, rectifia le Jumeau.

— ... de Staten a un compte secret sur lequel il reçoit des versements de Hugo Nestor... J'ai vérifié le numéro du compte : les renseignements sont exacts.

— En quoi cela aurait-il de la valeur pour moi ?

— Ce qui a de la valeur pour vous, c'est que je n'aille pas voir la police avec ça et que vous, de votre côté, ne perdiez pas un important collaborateur. » Simon toussota. « *Encore* un important collaborateur. »

Le géant haussa les épaules. « Un directeur adjoint, ça se remplace. De toute façon, Franck a fait son temps. Qu'est-ce que vous avez d'autre, Kefas ? »

Simon fit la moue. « J'ai des preuves que vous avez blanchi de l'argent par l'intermédiaire de la société immobilière d'Iversen. Et j'ai la preuve ADN qu'Iver Iversen senior est impliqué dans le meurtre d'une Vietnamienne que vous avez "importée" et assassinée avant de faire endosser le crime par Sonny Lofthus. »

Le géant se passa deux doigts sous le menton. « J'ai entendu ça. Continue.

— Je peux m'arranger pour qu'aucune de ces affaires ne sorte si j'obtiens l'argent pour l'opération des yeux.

— De combien parlons-nous ?

— De deux millions de couronnes.

— C'est une somme que vous auriez pu extorquer directement à Iversen. Alors pourquoi êtes-vous venu jusqu'à moi ?

— Parce que je veux plus que de l'argent.

— À savoir ?

— Je veux que vous laissiez le gamin tranquille.

— Le fils de Lofthus ? Et pourquoi ?

— Parce que Ab Lofthus était un ami. »

Le géant observa un instant Simon. Puis il se pencha en arrière sur sa chaise et tapota avec le bout de l'index sur le verre de l'aquarium.

« On dirait un aquarium normal, hein ? Mais savez-vous combien coûte le poisson gris qui ressemble à un sprat ? Non, bien sûr, car la brigade financière n'est pas censée savoir que certains collectionneurs sont prêts à payer des millions de couronnes pour l'avoir. Il n'est pas spécialement beau ni impressionnant, mais sa rareté en fait tout le prix. Un prix déterminé par la valeur qu'il a pour un seul individu – celui qui emporte l'enchère. »

Simon bougea sur son siège.

« J'en viens au fait, dit le gros bonhomme. Je veux avoir le fils

Lofthus. C'est un poisson rare et qui a plus de valeur pour moi que pour d'autres acheteurs. Parce qu'il a tué des gens de chez moi et m'a volé mon argent. Croyez-vous que j'aurais régné sur cette ville pendant vingt ans si je n'avais pas sanctionné chaque fois le moindre dérapage ? Il ne peut s'en prendre qu'à lui-même s'il est devenu aujourd'hui un poisson qu'il me faut. À n'importe quel prix. Je regrette, Kefas. Nous pouvons te donner l'argent, mais le gamin, il est à moi.

— Il veut seulement mettre la main sur la taupe qui a balancé son père, après il disparaîtra dans la nature.

— Je n'aurais rien contre lui donner la taupe, je n'ai plus besoin d'elle : la taupe a cessé ses activités il y a douze ans. Mais même moi, je n'ai jamais su qui c'était. Les échanges d'argent et d'informations se faisaient de manière toujours anonyme, ce qui me convenait parfaitement. J'ai obtenu ce que je voulais savoir. Et vous aussi, vous serez payé, Kefas. C'est pour la vue de votre femme, n'est-ce pas ?

— Comme vous voulez, dit Simon qui se leva. Si vous ne renoncez pas à Sonny, je me procurerai l'argent ailleurs. »

Le géant soupira lourdement. « Vous n'avez pas bien compris les termes de la négociation ici, Kefas. »

Simon vit que le blond s'était levé à son tour.

« En tant que joueur expérimenté, vous devriez savoir qu'on doit bien étudier ses cartes avant de décider un coup, dit le géant. Après, c'est trop tard, n'est-ce pas ? »

Simon sentit la main du blond se poser sur son épaule et résista à l'envie de la repousser. Il se rassit. Le géant se pencha par-dessus la table. Il sentait la lavande.

« Iversen m'a parlé des analyses ADN que vous avez mentionnées dans son bureau. Et maintenant cet enregistrement. En d'autres termes, cela signifie que vous avez un contact avec le gamin. C'est donc vous qui allez nous le livrer. Lui, plus ce qu'il nous a volé.

— Et si je dis non ? »

Le géant soupira de nouveau. « De quoi avons-nous peur, Kefas, en vieillissant ? De mourir seul, n'est-ce pas ? Si vous mettez tout en œuvre pour que votre femme recouvre la vue, c'est pour qu'elle puisse vous *voir* mourir. Parce qu'on s'imagine qu'ainsi on meurt moins seul. Eh bien, pensez à un lit de mort où l'on est encore plus seul qu'avec une épouse aveugle, mais du moins en vie…

— Quoi ?

— Bo, montre-lui. »

Le blond présenta son téléphone portable à Simon. C'était une photo. Il reconnut la chambre de l'hôpital. Le lit. La femme qui dormait dans le lit.

« Ce qui est intéressant, ce n'est pas qu'on sache où elle est maintenant, reprit le géant. C'est le fait qu'on l'ait trouvée, n'est-ce pas ? Surtout qu'il nous aura fallu moins d'une heure après l'appel d'Iversen. Ce qui signifie que ce n'est pas la peine d'essayer de la cacher, on la retrouvera où qu'elle soit. »

Simon bondit de sa chaise, il voulut faire un crochet de la droite sur la gorge du géant, mais sa main se retrouva bloquée dans un poing qui l'avait saisie aussi facilement que si ça avait été un papillon. Un poing qui serrait à présent lentement la main de Simon.

« À toi de décider qui a le plus de valeur pour toi, Kefas. La femme avec qui tu vis ou ce chien errant que tu as adopté. »

Simon déglutit. Essaya d'ignorer la douleur, le son de ses propres os et articulations qui se faisaient broyer, mais il savait que ses larmes le trahissaient. Il cligna des yeux une fois. Deux fois. Sentit une goutte chaude couler le long de sa joue.

« Il faut l'envoyer aux États-Unis dans les deux jours, murmura-t-il. Je veux avoir l'argent en liquide au moment où je viendrai avec lui.

— Elle sera dans l'avion dès que tu nous auras livré le gamin et ce qu'il a volé », dit le géant.

Le blond raccompagna Simon vers la sortie. Il avait cessé de pleuvoir, mais l'air restait lourd et moite.

« Qu'est-ce que vous lui ferez ? demanda Simon.

— Je crois que vous ne tenez pas à le savoir, dit le blond avec un sourire. Mais merci pour la transaction. »

La porte se referma à clé derrière Simon.

Il se faufila hors de la ruelle. Dehors, le soir tombait. Simon se mit à courir.

*

Martha laissa son regard s'élever par-dessus le rôti de bœuf, les verres de vin, les têtes de l'autre côté de la table, les portraits de famille devant la fenêtre, par-delà les pommiers dans le jardin, vers le ciel, et s'enfoncer dans l'obscurité qui venait.

Le discours d'Anders était bien écrit, rien à dire là-dessus, elle vit une de ses tantes essuyer une larme.

« Martha et moi avons opté pour un mariage en hiver parce que l'amour fait fondre la glace, que le cœur de nos amis réchauffera les lieux de la fête et que la prévenance, l'intelligence et l'engagement de leurs familles – et des nôtres – seront la lumière qui éclairera notre chemin hivernal. Mais il y a aussi une autre raison…, ajouta Anders en prenant son verre de vin et en se tournant vers Martha qui réussit au dernier moment à s'arracher de sa rêverie et à lui rendre son sourire : Nous ne pouvons tout simplement pas attendre jusqu'à l'été prochain ! »

Des rires joyeux et des applaudissements retentirent dans la pièce.

Anders lui prit la main, la serra fort, et lorsqu'il lui sourit, ses yeux se mirent à briller. Puis il se pencha, comme emporté par l'émotion, et l'embrassa rapidement sur la bouche. Nouvelles exclamations de joie autour de la table. Il souleva son verre :

« À la vôtre ! »

Il s'assit. Croisa son regard et lui adressa ce sourire entendu, ce sourire qui faisait comprendre aux douze invités autour de la table qu'il y avait quelque chose de particulier entre eux, une complicité qui ne regardait qu'eux. Qu'Anders en rajoute un peu, pour la galerie, ne voulait pas nécessairement dire que c'était faux. Non, elle reconnaissait qu'il y avait quelque chose de particulier entre eux. Ça faisait si longtemps qu'ils étaient ensemble que c'était facile d'oublier les beaux jours et les bons moments passés ensemble. Et ils avaient surmonté les crises pour en sortir plus forts. Elle aimait bien Anders, oui, *vraiment*. Bien sûr, sinon elle n'aurait pas dit oui à sa proposition de mariage.

Il fit un sourire plus crispé, elle pourrait montrer plus d'enthousiasme, lui dit-il, l'aider un peu maintenant qu'ils avaient réuni les deux familles pour leur révéler officiellement leur projet de mariage. Sa belle-mère avait insisté pour tout organiser et Martha n'avait pas eu la force de protester. Et voilà qu'elle se levait et faisait tinter sa cuillère contre le verre. Le silence se fit soudainement. Pas seulement parce que les invités avaient hâte de l'entendre parler, mais parce qu'ils n'avaient pas envie qu'elle les foudroie du regard.

« Et nous sommes très heureux de vous annoncer que Martha a souhaité que la cérémonie de mariage ait lieu à l'église Saint-Paul. »

Martha eut toutes les peines du monde à se retenir de tousser. *Souhaité ?*

« Comme vous savez, notre famille est de confession catholique. Et même si dans de nombreux pays le niveau d'éducation et de revenus est en règle générale plus élevé chez les protestants que chez les catholiques, ce n'est pas le cas en Norvège. Ici, au contraire, nous autres catholiques représentons une élite. Alors bienvenue dans l'équipe de première division, Martha. »

Martha sourit à l'écoute de cette blague qui n'en était pas une. La voix de sa belle-mère poursuivit son discours, mais elle-même était de nouveau ailleurs. Parce qu'il fallait qu'elle s'en aille d'ici. Qu'elle s'enfuie là-bas.

« À quoi tu penses, Martha ? »

Les lèvres d'Anders effleurèrent ses cheveux et le lobe de son oreille. Elle parvint à sourire, car elle avait envie de rire. Rire parce qu'elle s'imaginait se lever et leur raconter, à lui et aux autres, qu'elle pensait à cet instant précis à se lover dans les bras d'un meurtrier, tous deux allongés au soleil sur un rocher face à la mer, tandis qu'au-dessus du fjord, une grosse averse se dirigeait vers eux. Cela ne voulait pas dire qu'elle n'aimait pas Anders. Elle avait dit oui. Elle avait dit oui parce qu'elle l'aimait.

35

« Est-ce que tu te rappelles la première fois qu'on s'est vus ? » demanda Simon à Else en lui caressant la main sur la couverture. Dans la chambre, les autres patients dormaient chacun derrière leur paravent.

« Non », répondit-elle, et il se représenta aussitôt la lumière incroyable qui brillait dans ses yeux d'un bleu si clair. « Mais toi si. Tu peux le raconter encore une fois, si tu veux. »

Au lieu de sourire simplement, Simon émit un faible rire pour qu'elle puisse l'entendre.

« Tu travaillais chez un fleuriste à Grønland. Et je suis entré pour acheter des fleurs.

— Une couronne, précisa-t-elle. Tu voulais acheter une couronne.

— Tu étais si belle que j'ai fait durer la conversation au maximum. Même si tu étais beaucoup trop jeune. Mais pendant que je parlais avec toi, c'était comme si mes années s'envolaient. Et le lendemain, je suis revenu t'acheter des roses.

— Tu voulais avoir des lys.

— Oui, c'est vrai. Je voulais que tu croies que c'était pour un ami. Mais la troisième fois, j'ai acheté des roses.

— Et la quatrième fois aussi.

— Mon appartement était tellement rempli de fleurs que je pouvais à peine respirer.

— Elles étaient toutes pour toi.

— Pour *toi*. Je ne faisais que les garder pour toi. Puis un soir je t'ai invitée et je n'ai jamais eu autant le trac de ma vie.

— Tu avais l'air si triste que je n'ai pas eu le courage de refuser.

— C'est un vieux truc qui marche à tous les coups.

— Non, corrigea-t-elle en riant, tu étais réellement triste. Mais derrière ces yeux tristes, j'ai vu une vie vécue, la mélancolie qui vient avec la maturité. C'est ça qui est irrésistible pour une femme jeune, tu comprends.

— Tu m'as toujours dit que c'était d'avoir un corps bien entretenu et de savoir écouter.

— Non, je n'ai jamais dit ça ! » se récria-t-elle en riant encore plus fort, et Simon rit avec elle. Heureux qu'elle ne puisse pas voir sa tête à cet instant.

« Quand tu as acheté la couronne, la première fois…, dit-elle doucement. Tu as écrit une première carte et puis après l'avoir regardée un moment, tu l'as jetée et tu en as écrit une autre. Après ton départ, j'ai récupéré la carte dans la poubelle et je l'ai lue. Il y avait marqué "Pour l'amour de ma vie". C'est à cause de *ça* que je me suis intéressée à toi.

— Ah bon ? Tu n'aurais pas préféré un homme qui pensait qu'il lui restait encore à rencontrer l'amour de sa vie ?

— Je voulais un homme qui soit capable d'aimer. D'aimer vraiment. »

Il hocha la tête. Au cours des ans, ils s'étaient tant de fois répété cette histoire qu'ils connaissaient les répliques de l'autre par cœur, ses réactions et ses surprises feintes. Ils s'étaient juré un jour de tout se dire, après avoir testé le degré de vérité que supportait l'autre, et cette histoire était devenue le ciment de leur amour.

Elle serra sa main. « Et ça, tu en étais capable, Simon. Tu savais aimer.

— Parce que tu m'as réparé.

— Tu t'es réparé toi-même. C'est toi qui as arrêté de jouer, pas moi.

— Tu as été mon médicament, Else. Sans toi... » Simon retint son souffle, espérant qu'elle n'entendait pas le tremblement dans sa voix. Il n'avait pas la force de continuer, pas ce soir. Raconter encore une fois l'histoire de sa fièvre du jeu et des dettes, comment il l'avait entraînée elle aussi dans sa chute. Il avait commis l'impardonnable, mis en gage leur maison derrière son dos. Et perdu. Et elle lui avait pardonné. Elle ne s'était pas emportée, n'avait pas pris ses cliques et ses claques pour le laisser se débrouiller tout seul, pas plus qu'elle ne lui avait posé d'ultimatum. Elle lui avait simplement caressé la joue et dit qu'elle lui pardonnait. Et il avait pleuré comme un gosse, submergé par la honte. Celle-ci avait éteint en lui son besoin d'adrénaline quand, partagé entre espoir et crainte, il jouait gros, quand il pouvait tout gagner ou tout perdre et que la pensée de la défaite catastrophique, aux conséquences terribles, était *presque* aussi excitante que la pensée du gain... C'était vrai. Ç'avait été un coup d'arrêt et il n'avait plus jamais fait de pari, pas même misé une bière, et ça l'avait sauvé. *Les* avait sauvés. Ça et la promesse de ne plus jamais avoir de secrets l'un pour l'autre. Savoir qu'il était capable de se maîtriser et d'avoir le courage de s'ouvrir en toute honnêteté à un autre être l'avait rétabli dans sa dignité d'homme, oui, cela l'avait peut-être fait grandir davantage que s'il n'avait pas commis tous ces péchés. Ça expliquait sans doute aussi pourquoi, sur ses vieux jours, en tant que policier, il ne considérait plus le moindre criminel comme irrécupérable et, contrairement à ce que lui disait toute son expérience, il était prêt à leur donner une nouvelle chance.

« Nous sommes comme Charlot et la fleuriste, dit Else. Mais joué à l'envers. »

Simon déglutit. La fleuriste aveugle qui croit que le vagabond est un gentleman fortuné. Sans entrer dans les détails, Simon savait seulement que ce vagabond permet à la jeune femme de recouvrer la vue et qu'ensuite, il se cache parce qu'il est persuadé qu'elle ne voudra pas de lui quand elle connaîtra son identité. Et puis, quand elle finit par le découvrir, elle l'aime malgré tout.

« Je vais me dégourdir les jambes », dit-il en se levant.

Il n'y avait pas un chat dans le couloir. Il regarda un moment un panneau sur le mur qui montrait un téléphone barré en rouge. Puis il sortit son portable et chercha le numéro. Beaucoup s'imaginent que si on envoie un e-mail d'un smartphone via une adresse Hotmail, la police sera incapable de remonter jusqu'au portable qui l'a envoyé. Erreur. Il avait été facile de retrouver le numéro. Son cœur battait à tout rompre. Il n'y avait aucune raison pour que son interlocuteur réponde.

« Oui ? »

La voix. Inconnue, et pourtant étrangement familière, comme un écho d'un lointain, non, d'un *proche* passé. Le Fils. Simon dut se racler deux fois la gorge avant de retrouver l'usage de ses cordes vocales :

« Il faut que je te voie, Sonny.

— Ça m'aurait fait plaisir... »

Plaisir ? Pourtant, il n'y avait pas la moindre ironie dans la voix.

« ... Mais je ne vais pas rester ici très longtemps. »

Ici ? À Oslo, dans le pays ? Ou bien ici sur terre ?

« Qu'est-ce que tu vas faire ? demanda Simon.

— Je crois que vous le savez.

— Tu vas trouver et punir ceux qui se cachent derrière tout ça. Ceux pour qui tu as fait de la prison. Ceux qui ont tué ton père. Et tu veux aussi trouver la taupe.

— Je n'ai pas beaucoup de temps.

— Mais je peux t'aider.

— Merci beaucoup, Simon, mais tout ce que vous pouvez faire pour m'aider, c'est de continuer à agir comme vous le faites.

— Ah ? En faisant quoi ?

— En ne m'arrêtant pas. »

Il y eut un silence. Simon tendit l'oreille dans l'espoir de capter des bruits de fond qui trahiraient où était Sonny. Il entendit un bruit sourd rythmé et des cris sporadiques.

« Je crois que vous voulez la même chose que moi, Simon. »

Simon déglutit. « Tu te souviens de moi ?

— Je dois m'en aller maintenant.

— Ton père et moi… »

Mais il avait déjà raccroché.

*

« Merci d'être venu.

— À ton service, dit Pelle en regardant le garçon dans le rétroviseur. Un chauffeur de taxi a son taximètre qui tourne, en règle générale, moins de trente pour cent de la journée, alors tant mieux pour moi et pour mes comptes si on m'appelle. Où est-ce que tu veux aller ?

— À Ullern. »

Le garçon avait demandé à Pelle sa carte de visite la dernière fois qu'il l'avait pris. Il arrivait que des passagers le fassent quand ils étaient satisfaits de la course, mais ils ne rappelaient jamais. C'était simplement trop facile d'obtenir un taxi en téléphonant à un centre d'appels ou d'en héler un dans la rue. Alors pourquoi ce type avait rappelé Pelle pour qu'il vienne le chercher dans le quartier de Kvadraturen devant cet hôtel Bismarck louche, il n'en avait pas la moindre idée.

Le gaçon portait un beau costume, de sorte qu'au début Pelle ne l'avait pas reconnu. Quelque chose avait changé. Il avait le même sac de sport rouge, plus une mallette. Il y avait eu un bruit métallique quand il avait balancé son sac sur la banquette arrière.

« Vous avez l'air heureux sur la photo, lança le jeune homme. C'est ta femme ?

— Ah oui, sur la photo… », répondit Pelle en rougissant malgré lui. Jusqu'à maintenant, personne n'avait fait de commentaires sur ce cliché. Il l'avait accroché assez bas, à gauche du volant, pour que les clients ne le voient pas. Mais il était content que le jeune homme ait vu qu'ils étaient heureux. Qu'*elle* était heureuse. Il n'avait pas choisi la meilleure photo d'eux, mais celle où elle avait l'air le plus heureuse.

« Elle fera sûrement des steaks hachés ce soir, reprit-il. Ensuite on ira peut-être faire un tour au Kampenpark. Il y a toujours une petite brise là-haut, ça fait du bien quand il fait chaud comme aujourd'hui.

— Ça me paraît une bonne idée, dit le garçon. C'est un cadeau d'avoir rencontré une femme avec qui on peut partager sa vie, non ?

— Eh oui, confirma Pelle en jetant un coup d'œil dans le rétro. C'est bien vrai, ça. »

D'habitude, il laissait au client le soin de faire la conversation. Il aimait bien, le temps d'un trajet, entrer un peu dans la vie des gens. Des histoires d'enfants, de couple, de boulot, d'emprunt pour la maison. Partager les petites et les grandes joies ou les problèmes d'une famille pendant quelques instants, ne pas être obligé de parler de lui, même si tant d'autres chauffeurs de taxi adoraient faire ça. Mais il y avait une sorte de complicité entre eux, oui, il avait tout simplement envie de parler avec ce jeune homme.

« Et toi ? demanda Pelle. Tu as trouvé la femme qu'il te faut ? »

Le garçon secoua la tête avec un sourire.

« Ah bon ? Personne qui fait battre ton cœur ? »

Le garçon acquiesça.

« Ah si ? Alors tant mieux pour toi. Et pour elle. »

Le garçon fit non de la tête.

« Pourquoi ? Elle veut pas de toi ? C'est vrai que tu n'avais pas l'air fier l'autre jour quand tu vomissais contre le mur, mais aujourd'hui, en costard et tout…

— Merci. Mais il vaut mieux que j'essaie de l'oublier, je crois.

— Pourquoi ? Tu ne lui as pas dit que tu l'aimais ?

— Non. J'aurais dû ?

— Oui, tout le temps. Plusieurs fois par jour. Dis-toi que c'est comme de l'oxygène qui ne perd jamais son bon goût. *Je t'aime. Je t'aime.* Essaye, tu vas comprendre ce que je veux dire. »

Il y eut un silence. Puis le garçon s'éclaircit la voix et hasarda :

« Comment… comment sait-on que quelqu'un nous aime, Pelle ?

— On le sait, c'est tout. C'est plein de petites choses imperceptibles. L'amour, ça vous enveloppe comme la vapeur d'un hammam, tu vois. On ne voit pas les gouttes, mais on a chaud. On est humide. Et propre. » Pelle eut un rire gêné, mais il n'était pas peu fier de ses paroles.

« Et tu continues à te baigner dans son amour et tu lui dis chaque jour que tu l'aimes ? »

Pelle eut l'impression que le jeune homme avait longuement cogité sur ces questions, que c'était peut-être à cause de la photo de sa femme et lui qu'il avait dû apercevoir lors des précédents trajets en voiture.

« Absolument », dit Pelle en sentant qu'il avait un chat dans la gorge. Il toussa fort et alluma la radio.

Il leur fallut un quart d'heure pour arriver à Ullern. Le garçon donna à Pelle une adresse dans une des rues qui grimpaient sur la colline d'Ullernåsen, entre de gigantesques villas en bois qui faisaient davantage penser à des forts qu'à des maisons. Le bitume avait déjà séché après la pluie.

« Arrête-toi ici, s'il te plaît.

— Mais le portail est là-bas.

— Ici, c'est parfait. »

Pelle se rangea le long du trottoir. La propriété avait de hauts murs blancs surmontés de tessons de verre. L'énorme maison, en pierre celle-là, se dressait au milieu d'un grand jardin. De la musique venait de la terrasse et toutes les fenêtres étaient allumées. Des projecteurs illuminaient le jardin sur lequel le portail était ouvert, gardé par deux hommes baraqués en costume sombre, l'un avec un gros chien blanc en laisse.

« Tu vas à une fête ? » demanda Pelle en frottant son pied douloureux. De temps à autre, ça l'élançait terriblement.

Le jeune homme secoua la tête. « Oh non, je ne pense pas être invité.

— Tu connais ceux qui habitent là ?

— Non, on m'a donné l'adresse quand j'étais en prison. Le Jumeau. Tu as déjà entendu parler de lui ?

— Non, répondit Pelle. Mais si tu ne le connais pas, laisse-moi te dire que ce n'est pas juste qu'il y ait des gens qui possèdent autant d'argent. Tu as vu la maison ? Bon sang, on est en Norvège, pas aux États-Unis ou en Arabie saoudite ! On n'est peut-être qu'un rocher glacial au nord de l'Europe, mais on a toujours eu quelque chose que les autres pays n'ont pas. Une sorte d'égalité. Une sorte de justice. Et voilà qu'on est en train de la perdre, par notre faute ! »

Des aboiements de chien s'élevèrent du jardin.

« Je crois que tu es un homme intelligent, Pelle.

— Ça, je sais pas. Pourquoi tu as fait de la prison ?

— Pour trouver la paix. »

Pelle examina le visage du garçon dans le rétroviseur. Il eut l'impression d'avoir déjà vu cette tête quelque part, ailleurs que dans la voiture.

« Partons d'ici », dit le garçon.

Quand Pelle regarda à travers le pare-brise, il s'aperçut que l'homme avec le chien marchait droit sur eux, le regard fixé sur la voiture. Tant de muscles compacts étaient en mouvement que l'homme comme l'animal avançaient d'un pas lourd en tanguant un peu.

« Bon, fit Pelle en mettant son clignotant pour déboîter. On va où ?

— Tu as pu lui dire au revoir ?

— À qui ?

— À ta femme. »

Pelle cligna des yeux. Vit l'homme et le chien qui s'approchaient.

La question le frappa comme s'il avait reçu un coup de poing dans le ventre. Il regarda de nouveau le garçon dans le rétroviseur. Mais où est-ce qu'il l'avait déjà vu? Il entendit les grognements du chien. Il l'avait déjà pris dans son taxi, ça devait être pour ça, tout simplement. Il lui évoquait un souvenir. Comme elle aussi en était devenu un.

« Non, répondit Pelle en secouant la tête.
— Ce n'était pas une maladie ?
— Non.
— Un accident ? »
Pelle déglutit. « Oui, un accident de voiture.
— Est-ce qu'elle savait que tu l'aimais plus que tout ? »
Pelle ouvrit la bouche mais se rendit compte qu'il était incapable de dire quoi que ce soit, alors il se contenta d'acquiescer.
« Je suis triste qu'elle t'ait été enlevée, Pelle. »
Il sentit la main du garçon sur son épaule et une chaleur se communiquer jusqu'à sa poitrine, son ventre, ses bras et ses jambes.
« Il faudrait qu'on y aille maintenant, Pelle. »
Ce dernier se rendit compte qu'il avait fermé les yeux, et en les rouvrant, il vit l'homme avec le chien faire le tour de la voiture. Pelle appuya sur l'accélérateur et relâcha la pédale d'embrayage. Entendit le chien aboyer rageusement derrière eux.
« Où est-ce qu'on va?
— On va rendre visite à un homme qui est coupable de meurtre, répondit le garçon en ramenant le sac rouge contre lui. Mais d'abord, on doit livrer quelque chose.
— À qui? »
Le jeune homme fit un sourire triste. « À quelqu'un dont j'aurais bien aimé avoir la photo sur mon tableau de bord. »

*

Martha remplissait le thermos de café en essayant de ne pas entendre la voix de sa belle-mère à côté d'elle pour écouter plutôt ce que disaient les autres invités dans le salon. Mais impossible : sa voix perçante, *insistante*, couvrait tout :

« Anders est un garçon sensible, tu comprends. Beaucoup plus sensible que toi. C'est toi, la plus forte de vous deux. Aussi c'est toi qui dois prendre l'initiative et... »

Une voiture s'arrêta devant le portail. Un taxi. Un homme en costume élégant en sortit, une mallette à la main.

Son cœur cessa de battre. C'était lui.

Il ouvrit le portail et commença à remonter la petite allée de graviers.

« Excusez-moi », dit Martha, qui posa le thermos dans l'évier avec un bruit sec et fit de son mieux pour ne pas avoir l'air pressée de sortir de la cuisine.

Elle n'avait que quelques mètres à faire, mais elle avait le souffle court lorsqu'elle ouvrit la porte avant qu'il ait eu le temps de sonner.

« Nous avons du monde, chuchota-t-elle en portant la main à sa poitrine. Et tu es recherché. Qu'est-ce que tu veux ? »

Il la regarda avec ses incroyables yeux clairs, verts. Il s'était rasé les sourcils.

« Je voulais te demander pardon, dit-il tout bas, calmement. Et puis te donner ça. C'est pour le foyer.

— C'est quoi ? demanda-t-elle en voyant la mallette qu'il lui tendait.

— C'est pour les travaux de rénovation que vous n'avez pas les moyens de financer. Ça permettra au moins d'en faire une partie...

— Non ! » Elle jeta un regard par-dessus son épaule, baissa la voix. « Mais qu'est-ce qui te passe par la tête ? Tu crois vraiment que je vais accepter cet argent couvert de sang ? Tu as tué. Les boucles d'oreilles que tu voulais me donner... » Martha déglutit, secoua fortement la tête et de petites larmes jaillirent de ses yeux : « Elles appartenaient... à une femme que tu as... *assassinée* !

— Mais...

— Va-t'en ! »

Il fit oui de la tête. Descendit d'une marche. «Pourquoi tu n'as pas parlé de moi à la police ?

— Qui te dit que je ne l'ai pas fait ?

— Pourquoi tu ne l'as pas fait, Martha ? »

Elle changea de position. Entendit une chaise racler le sol dans le salon. «Peut-être parce que j'aurais aimé que tu me racontes pourquoi tu as tué tous ces gens ?

— Est-ce que ça aurait fait une différence si tu l'avais su ?

— Je ne sais pas. À ton avis ? »

Il haussa les épaules. «Si tu veux me dénoncer à la police, tu peux leur dire que je serai dans la maison de mon père cette nuit. Après ça, je disparaîtrai.

— Pourquoi tu me racontes ça ?

— Parce que j'aimerais que tu viennes avec moi. Parce que je t'aime. »

Elle cligna des yeux. Qu'est-ce qu'il venait de dire ?

« Je t'aime, répéta-t-il lentement, comme s'il goûtait, étonné, à ses mots.

— Mon Dieu, gémit-elle désespérée. Tu es complètement fou !

— Je m'en vais maintenant. » Il se retourna vers le taxi qui l'attendait, le moteur allumé.

«Attends ! Tu vas où ? »

Il se tourna à moitié et esquissa un sourire. «Quelqu'un m'a parlé d'une belle ville, au sud. C'est un peu loin, seul en voiture, mais... » Il eut l'air de vouloir ajouter quelque chose et elle attendit. Pria en son for intérieur pour qu'il finisse sa phrase. Elle n'aurait pas su dire ce qu'elle espérait, mais savait que s'il disait le mot juste, le mot magique, ça la libérerait. Mais lui seul pouvait dire ce mot, pouvait savoir quel était ce mot.

Au lieu de ça, il s'inclina rapidement devant elle et marcha vers le portail.

Martha voulut lui crier quelque chose, mais quoi ? C'était de la folie. Une rêverie absurde. Quelque chose qui n'existait pas, qui n'avait pas droit de cité dans sa vraie vie. Sa vraie vie, elle se passait à l'intérieur, de l'autre côté, dans le salon derrière elle. Vite, elle ferma la porte et se retourna. Et tomba nez à nez avec Anders.

« Pousse-toi.

— Anders, non... »

Il l'écarta en la jetant par terre, ouvrit violemment la porte et se précipita à l'extérieur.

Martha se releva, sortit sur le perron au moment même où Anders le rattrapait et levait le bras pour le frapper derrière la tête. Mais il avait dû entendre Anders arriver car il se baissa, pivota dans une sorte de pirouette et referma ses bras autour d'Anders. Ce dernier hurla, furieux : « Je vais te tuer ! » Il essaya de se dégager de la prise, mais ses bras étaient bloqués, le réduisant à l'impuissance. Puis, avec la même rapidité, le garçon lâcha Anders. Celui-ci regarda, stupéfait, l'homme devant lui, dont les bras pendaient passivement le long du corps. Alors Anders leva le poing pour frapper. Et cogna. Leva de nouveau le poing et cogna. Ça ne faisait pas beaucoup de bruit. Le son assourdi des phalanges qui rencontraient la chair et les os.

« Anders ! cria Martha. Anders, arrête ! »

Au quatrième coup, la pommette du jeune homme s'ouvrit. Au cinquième, il tomba à genoux.

La portière du taxi s'ouvrit et le chauffeur voulut accourir, mais le garçon lui fit signe de rester en dehors de ça.

« Espèce de connard ! hurla Anders. Tu la laisses tranquille, t'entends ? »

Le garçon leva la tête comme pour permettre à Anders d'avoir un meilleur angle et lui tendit l'autre joue. Anders lui balança un coup de pied. Sa tête pivota et il tomba en arrière sur ses jambes repliées, les bras de chaque côté, comme un footballeur qui, après avoir marqué un but, fait une glissade à genoux sur la pelouse. Il avait dû être touché au front par la semelle d'Anders, car le sang coulait d'une longue plaie, presque à la racine des cheveux. À l'instant où ses épaules touchèrent le sol et où les pans de sa veste s'écartèrent, Martha vit Anders s'arrêter net alors qu'il s'apprêtait à lui donner un autre coup de pied. Elle le vit regarder fixement la ceinture du pantalon et voir la même chose qu'elle : un pistolet. Un pistolet à l'éclat argenté, au canon enfoncé dans la ceinture, qui était là depuis le début, mais qu'il n'avait pas touché.

Elle posa une main sur l'épaule d'Anders et il sursauta, comme s'il se réveillait.

« Rentre, dit-elle. Maintenant ! »

Il cligna des yeux, avec une expression un peu perdue. Puis il obtempéra. Passa devant elle, se dirigea vers l'escalier où les autres invités s'étaient à présent attroupés.

« Rentrez ! leur cria Martha. C'est un résident du foyer, je m'en occupe. Ne restez pas là, rentrez, tous ! »

Martha s'accroupit à côté du jeune homme. Le sang qui lui jaillissait du front coulait le long de l'arête du nez. Il respirait par la bouche.

Une voix tranchante et impérieuse lança du perron : « Mais, ma chère Martha, est-ce nécessaire ? Tu vas de toute façon démissionner maintenant qu'Anders et toi allez vous... »

Martha ferma les yeux et contracta ses abdominaux. « Ferme ta gueule et file à l'intérieur, toi aussi ! »

En rouvrant les yeux, elle vit qu'il souriait. Et il chuchota du bout de ses lèvres en sang, il chuchota si doucement qu'elle dut se pencher pour l'entendre :

« Il a raison, Martha. On peut *vraiment* sentir que l'amour te purifie, comme après un bain. »

Puis il se leva, chancela un instant avant de franchir d'un pas hésitant le portail et de s'engouffrer dans le taxi.

« Attends ! » cria-t-elle en prenant la mallette restée sur l'allée de graviers.

Mais le taxi s'éloignait déjà et disparaissait dans le noir au-delà des dernières villas.

36

Iver Iversen se balançait d'avant en arrière et faisait tourner entre ses doigts le pied de son verre de martini. Il observa les autres invités qui formaient de petits groupes sur la terrasse en marbre blanc et dans le salon. Cette pièce faisait la superficie d'une salle de bal de taille moyenne, meublée avec le goût d'un homme qui n'était pas obligé de vivre dedans. « Architecte d'intérieur au budget illimité et au talent limité », selon l'expression consacrée d'Agnete Iversen. Les hommes portaient des smokings, la tenue exigée sur le carton d'invitation. Si les femmes étaient clairement moins nombreuses, celles présentes se faisaient d'autant plus remarquer. D'une beauté éblouissante, d'une jeunesse qui titillait les sens, avec des variations intéressantes sur le plan ethnique. De longs dos nus et des décolletés profonds. Des créatures élégantes, exotiques, importées. La vraie beauté est toujours rare. Iver Iversen n'aurait pas été le moins du monde étonné si quelqu'un avait traversé la pièce avec un léopard des neiges en laisse.

« On dirait que la crème de la finance d'Oslo est ici.

— Uniquement ceux qui ne sont pas trop regardants, corrigea Fredrik Ansgar qui rectifia son nœud papillon et but une gorgée de son gin-tonic. Ou qui ne sont pas dans leurs maisons de vacances. »

Faux, pensa Iver Iversen. *Ceux qui sont en affaires avec le Jumeau ont tous fait le déplacement ce soir.* Ils n'oseraient pas faire autrement. Le Jumeau. Il regarda l'homme colossal assis au piano. Il aurait pu servir de modèle pour l'ouvrier idéal sur les affiches de propagande de l'ère soviétique ou encore pour les statues massives du parc Vigeland. Tout chez lui était immense, compact et comme taillé à la serpe : tête, bras, mains, jambes. Le front haut, le menton volontaire, les lèvres charnues. Son interlocuteur avait beau être un homme corpulent, mesurant plus d'un mètre quatre-vingt, il semblait nain à côté du Jumeau. Iver l'avait déjà vu quelque part. Il portait un cache-œil. Certainement une figure de la finance qu'on voyait dans les médias.

Iversen prit un autre martini sur un plateau qu'un serveur tendait aux convives en faisant le tour de la pièce. Il savait qu'il ferait mieux de s'abstenir, qu'il était déjà passablement éméché. Mais ce soir il s'en foutait : n'était-il pas un veuf dans le chagrin ? Pourtant, justement pour cette raison, il ferait mieux de s'arrêter là. Il pourrait dire des choses qu'il serait amené à regretter par la suite.

« Est-ce que tu sais d'où vient le surnom du Jumeau ?

— J'ai eu vent de cette histoire, oui, répondit Fredrik.

— J'ai entendu dire que son frère s'était noyé, mais que c'était un accident.

— Un accident ? Dans un seau d'eau ? »

Fredrik rit en suivant des yeux une beauté à la peau mate qui passait à côté de lui.

« Regarde, reprit Iver. Il y a même un évêque. Je me demande comment il s'est retrouvé pris dans les filets.

— Une belle brochette de gens, je dois reconnaître. C'est vrai qu'il y a aussi un directeur de prison ?

— Disons que ça va bien au-delà.

— Dans la police ? »

Iver ne répondit pas.

« Assez haut ?

— Tu es encore jeune, Fredrik, et même si tu vois ça de l'intérieur, tu n'es pas encore assez lié à lui pour ne plus avoir d'échappatoire. Mais plus tu en sauras, plus tu seras pieds et poings liés, Fredrik, crois-moi. Si j'avais pu revenir en arrière...

— Et Sonny Lofthus ? Et Simon Kefas ? Ça s'arrange de ce côté-là ?

— Mais oui », dit Iver en lorgnant une jeune fille frêle, seule au bar. Thaïlandaise ? Vietnamienne ? Si jeune, si belle, sur son trente et un. Si briefée. Si apeurée et vulnérable. Exactement comme Mai. Le flic lui faisait presque de la peine : lui aussi était en quelque sorte prisonnier, maintenant. Lui aussi avait vendu son âme pour une femme plus jeune et, comme Iver, il allait savoir ce qu'était l'humiliation. Iver espérait en tout cas qu'il en aurait le temps, avant que le Jumeau ne fasse ce qu'il devait faire. Couper l'herbe sous le pied de Simon Kefas. Un étang dans les forêts de l'Østmarka ? Peut-être que lui et Sonny auraient droit à un étang chacun.

Iver Iversen ferma les yeux. Pensa à Agnete. Il eut envie de fracasser son verre de martini contre le mur. Au lieu de ça, il le vida d'un trait.

*

« Opérateur Telenor, service d'aide à la police.
— Bonsoir, ici l'inspecteur Simon Kefas.
— Je le vois au numéro qui s'affiche. Et vous êtes actuellement quelque part à proximité de l'hôpital d'Ullevål.
— Bravo. Mais j'aurais aimé que vous puissiez localiser un autre numéro.
— Pleins pouvoirs ?
— Urgence absolue.
— D'accord. Je ferai mon rapport demain, et vous irez voir l'avocat de la police après. Nom et numéro ?
— Je n'ai que le numéro.
— Et vous désirez ?

— Savoir où ce téléphone se trouve en ce moment.
— Nous pouvons seulement vous indiquer une zone. Et si le téléphone n'est pas en service, ça peut prendre du temps avant que nos stations-relais ne captent les signaux. Ça se fait automatiquement toutes les heures.
— Je peux appeler ce numéro, comme ça vous aurez le signal.
— Donc ce n'est pas quelqu'un qui ne doit pas savoir qu'on cherche à le tracer ?
— Non, j'ai appelé plusieurs fois au cours de la dernière heure et personne ne répond.
— Bon. Donnez-moi le numéro, appelez la personne et je vais voir ce qu'on peut faire. »

*

Pelle s'arrêta sur le sentier de graviers désert. De l'autre côté, le paysage s'inclinait en pente douce vers le fleuve qui scintillait au clair de lune. Il y avait là un pont étroit qui reliait le sentier à la route nationale qu'ils venaient de longer. À droite, un champ de blé ondulait sous les nuages noirs qui traversaient le ciel clair de la nuit d'été, comme un négatif photo. Plus bas, dans la forêt qui s'ouvrait devant eux, se trouvait leur lieu de destination : une grande villa entourée d'une palissade.

« J'aurais mieux fait de te conduire aux urgences pour te faire faire des points de suture, dit Pelle.
— Ça va, répondit le garçon en glissant un gros billet sur l'accoudoir entre les sièges à l'avant. Et merci pour le mouchoir. »
Pelle jeta un regard dans le rétroviseur. Le garçon s'était bandé le front avec le mouchoir. Le tissu était trempé de sang.
« Allez, je t'emmène gratuitement. Il y a bien des urgences aussi à Drammen.
— J'irai peut-être demain, dit le jeune homme en prenant son sac rouge avec lui. Il faut d'abord que j'aille voir cet homme.

— Tu es sûr que ce n'est pas dangereux ? Tu ne m'as pas dit qu'il avait tué quelqu'un ? » Pelle regarda le garage qui ne faisait qu'un avec la villa. Bizarre d'avoir autant de place et de ne pas construire un garage séparé. Sans doute un adepte des constructions à l'américaine. La grand-mère de Pelle venait d'un village où vivaient presque uniquement des gens qui avaient émigré aux États-Unis puis étaient revenus au pays. Tout là-bas était américain : les maisons avec des colonnes, la bannière étoilée, les grosses berlines dans les garages. Ils se faisaient même installer du courant à 110 volts pour pouvoir brancher directement les juke-box, les grille-pain et les frigos qu'ils avaient achetés au Texas ou hérités d'un grand-père de Bay Ridge, à Brooklyn.

« Il ne tuera personne ce soir, le rassura le garçon.

— Oui, mais on sait jamais. Tu ne veux pas que j'attende ? Ça prend une demi-heure de retourner à Oslo, ça te coûtera la peau des fesses de faire venir un autre taxi avec les frais de prise en charge. J'arrête le taximèt...

— Merci infiniment, Pelle. Mais il vaut mieux pour nous deux que tu ne sois pas un témoin ici. Tu comprends ?

— Non.

— Bien. »

Le jeune homme sortit de la voiture et regarda Pelle un moment. Ce dernier haussa les épaules et repartit doucement, les pneus crissèrent sur le gravier, tandis qu'il observait le garçon dans le rétroviseur. L'autre n'avait pas bougé. Soudain, il avait disparu, comme happé par l'obscurité.

Pelle arrêta la voiture. Regarda fixement dans le rétroviseur. Disparu. Comme elle.

C'était ça qui était si difficile à comprendre. Comment des personnes qui avaient toujours été là, qui avaient fait partie de votre vie, pouvaient-elles disparaître tout à coup et ne jamais revenir ? Sauf dans les rêves. Dans les bons rêves. Car dans les mauvais rêves, il ne la voyait pas. Il ne voyait que la route et les phares de la voiture qui arrivait en face. Dans ses mauvais rêves, il ne réussissait pas, lui, Pelle Granerud, qui avait été en son temps un pilote de rallye prometteur, à réagir à temps, à faire les manœuvres simples qui permettaient d'éviter le chauffard ivre qui roulait du mauvais côté de la route. Au lieu de ces gestes qu'il faisait presque chaque jour sur la piste d'entraînement, il restait tétanisé. Parce qu'il savait qu'il risquait de perdre ce qu'il ne devait perdre à aucun prix. Pas sa propre vie, mais les deux êtres qui étaient sa vie. Les deux êtres qu'il venait d'aller chercher à l'hôpital et qui devaient être sa nouvelle vie. Qui venait de commencer. En tant que père. Il avait été père pendant trois jours. Et quand il s'était réveillé, il était de nouveau dans le même hôpital. Ils l'avaient d'abord informé de ses blessures aux jambes. À cause du changement d'équipe, il y avait eu un cafouillage, et il n'avait appris la mort de sa femme et de son enfant que deux heures plus tard. Allergique à la morphine – c'était apparemment héréditaire –, il avait souffert le martyre, hurlant le prénom de sa femme, jour après jour. Mais elle ne venait pas. Et petit à petit, il assimila le fait qu'il ne la reverrait jamais. *Jamais.* Mais il continuait à crier son nom. Rien que pour l'entendre. Ils n'avaient pas encore eu le temps de donner un prénom à l'enfant. Pelle sentit que ce soir, pour la première fois, depuis que le jeune homme lui avait posé la main sur l'épaule, ses douleurs avaient entièrement disparu.

Pelle continuait d'apercevoir la silhouette de l'homme dans la maison blanche. Assis devant la baie panoramique sans rideaux. Le salon était éclairé comme si l'homme était exposé dans une vitrine. Comme s'il attendait quelqu'un.

*

Iver vit que le Jumeau venait vers lui et Fredrik, accompagné de l'homme de grande taille avec qui il avait parlé près du piano.

« C'est à toi qu'il veut parler, pas à moi », chuchota Fredrik en s'éclipsant vers une Russe accoudée au bar.

Iver déglutit. Ça faisait des années que le patron et lui traitaient des affaires ensemble, qu'ils étaient dans le même bateau, avec des hauts et quelques bas, comme quand la crise financière mondiale avait eu des retombées en Norvège. Malgré cela, il n'en menait pas large du tout en le voyant s'approcher de lui. Certains affirmaient que cet homme était capable de soulever son poids en haltères. Pas une fois, mais dix fois de suite. C'était une chose que sa présence physique intimidante, c'en était une autre que de savoir que cet homme captait tout, absolument tout ce qu'on disait, chaque mot, chaque nuance dans l'intonation, même et surtout celles qu'on aurait préféré cacher. Sans parler naturellement de ce que trahissaient votre attitude, la couleur de votre visage et le mouvement de vos pupilles.

« Eh bien, Iver. » Ah, cette voix aux fréquences basses, tonitruante... « Comment ça va ? Agnete. C'est dur ?

— Oui, bien sûr », répondit Iver en cherchant des yeux un serveur pour attraper un verre.

« Je voulais te présenter une connaissance, puisque vous avez plusieurs choses en commun. Vous êtes tous deux veufs depuis peu... »

L'homme avec le cache-œil tendit la main.

« ... Et l'assassin est le même, ajouta le Jumeau.

— Yngve Morsand, dit l'homme en serrant la main d'Iver. Mes condoléances.

— À vous de même », répliqua Iver Iversen. C'était donc pour ça qu'il avait l'impression de l'avoir déjà vu quelque part. C'était l'armateur, le mari de la femme qui s'était fait découper la moitié du crâne. Il avait été le principal suspect dans cette affaire, jusqu'à ce qu'ils trouvent un ADN sur les lieux du crime. Celui de Sonny Lofthus.

« Yngve habite un peu à l'extérieur de Drammen, précisa le boss, et ce soir il nous laisse emprunter sa maison.

— Ah ?

— Nous l'utilisons comme piège à rat. Nous allons attraper celui qui a tué Agnete, Iver.

— Le Jumeau pense qu'il y a de fortes chances pour que Sonny Lofthus essaie de s'en prendre à moi, à la maison, ce soir, dit Yngve Morsand en riant et en regardant autour de lui. J'ai parié contre. Est-ce que tu pourrais demander au personnel de nous servir à boire quelque chose de plus fort que ces martinis, le Jumeau ?

— C'est le prochain coup logique de Sonny Lofthus, déclara le géant. On a la chance qu'il soit suffisamment systématique et prévisible pour que je considère d'ores et déjà cet argent comme étant entre mes mains », ajouta-t-il avec un large sourire. Des dents blanches sous la moustache, des yeux réduits à deux traits dans un visage trop charnu. Il posa une main immense sur la nuque de l'armateur. « Et je préférerais que tu n'utilises pas ce surnom, Yngve. »

L'armateur le regarda en ricanant. « Tu veux dire, le Jum... ? » Bouche ouverte, yeux incrédules, grimace figée. Iver vit les doigts du boss relâcher leur pression autour de la nuque de l'armateur et ce dernier se pencher en avant et tousser.

« Alors la chose est entendue ? » Levant la main en direction du bar, il claqua des doigts. « Des drinks ! »

*

Martha enfonça d'un geste mécanique sa cuillère dans la crème aux mûres arctiques, entendant à peine toutes les phrases qui lui étaient adressées par les différents convives autour de la table. Est-ce que cet homme l'avait déjà importunée avant ? Est-ce qu'il était dangereux ? S'il habitait au foyer, elle serait obligatoirement amenée à le recroiser, mon Dieu ! Et qui sait si ce type n'allait pas dénoncer Anders pour son intervention résolue lorsqu'il l'avait défendue ? Ces drogués étaient tellement imprévisibles ! Non, il devait être sous l'empire d'un produit et ne se souviendrait sans doute de rien. Un oncle trouvait qu'il ressemblait à la photo qu'il avait vue à la télévision de cet individu recherché pour meurtre. Et comment s'appelle-t-il ? C'est un étranger ? Qu'est-ce qu'il y a, Martha ? Pourquoi ne veux-tu pas répondre ? Mais voyons, tu sais bien qu'elle est liée par le secret professionnel...

« J'ai goûté cette crème aux mûres arctiques, dit Martha. Elle est bonne, vous devriez en prendre vous aussi. Je vais aller en chercher plus. »

Dans la cuisine, Anders se colla derrière son dos.

« Je l'ai entendu, siffla-t-il. *Je t'aime* ? C'était le type dans le couloir au foyer. Celui avec qui tu as eu cette espèce d'échange. Mais c'est quoi ce bordel entre vous ?

— Anders, s'il te plaît...

— Vous avez baisé ?

— Arrête !

— Il a mauvaise conscience en tout cas. Sinon, il aurait dégainé son flingue. Qu'est-ce qu'il est venu foutre ici ? Me buter ? Je vais appeler les flics...

— Et leur expliquer que tu as attaqué quelqu'un qui ne t'avait pas menacé et que tu lui as donné des coups de pied à la tête ?

— Qui ira raconter que je n'étais pas menacé ? Toi ?

— Ou le chauffeur de taxi.

— *Toi* ? » Il la saisit fermement par le bras et rit. « Oui, tu en serais bien capable, hein ? Tu n'hésiterais pas à prendre son parti contre ton mari ! Espèce de sale put... »

Elle se dégagea. Une assiette à dessert valsa et se brisa sur le sol. Le silence s'était fait dans le salon.

Elle marcha d'un pas résolu dans l'entrée, attrapa son manteau, se dirigea vers la porte. S'arrêta. Réfléchit une seconde, puis retourna dans le salon. Saisit une cuillère couverte de crème qu'elle fit tinter contre un verre graisseux. Leva les yeux et remarqua que ce geste était superflu, que tous avaient les yeux rivés sur elle.

« Chers parents et amis, dit-elle. Je veux simplement dire qu'Anders avait raison. Nous ne pouvons pas attendre jusqu'à l'été prochain... »

*

Simon pesta. Il s'était garé au milieu du quartier de Kvadraturen et étudiait la carte de la ville, plus précisément le secteur que lui avait indiqué le service de Telenor. C'était donc par ici que se trouvait le téléphone de Sonny Lofthus. Celui avec lequel il lui avait envoyé ses SMS, un téléphone à carte prépayée, lui avait-on dit, inscrit au nom de Helge Sørensen. Ce qui était logique après tout : il avait utilisé la carte du surveillant de prison en congé maladie.

Mais où pouvait-il être ?

Ce secteur n'était pas étendu, mais la concentration urbaine y était la plus forte : magasins, bureaux, hôtels, appartements. Il sursauta quand quelqu'un vint frapper à sa vitre. En levant les yeux, il vit un visage très maquillé, une jeune fille bien en chair avec un short au ras des fesses et les seins serrés dans une sorte de corset. Il secoua la tête, elle fit un mauvais sourire et s'en alla. Simon avait oublié qu'il se trouvait dans le quartier le plus chaud d'Oslo et qu'un homme dans une voiture à l'arrêt pouvait passer pour un client de prostituées. Une pipe dans la voiture, une passe de dix minutes à l'hôtel Bismarck ou éventuellement debout contre le mur de la forteresse Akershus. Il avait connu ça. Pas vraiment de quoi être fier, mais c'était à une époque où il était prêt à payer pour avoir un peu de chaleur humaine et une voix qui lui susurrait des « Je t'aime ». Cette phrase entrait dans la catégorie « prestations particulières » et lui avait coûté deux cents couronnes de plus.

Il rappela encore une fois le numéro. Observa les personnes qui allaient et venaient sur le trottoir, espérant que l'une d'elles sortirait son portable et se trahirait. Il soupira, raccrocha. Regarda l'heure. Le téléphone se trouvait en tout cas au même endroit, ce qui devait signifier que Sonny n'avait pas l'intention de faire une virée punitive ce soir. Alors pourquoi avait-il le sentiment que quelque chose clochait ?

*

Dans ce salon qui n'était pas le sien, Bo scrutait l'obscurité à travers la grande baie panoramique. Il s'était assis face à une lampe puissante dirigée vers la vitre, de sorte que, de l'extérieur, on ne voyait de lui que sa silhouette sans aucun détail. Avec un peu de chance, Sonny Lofthus ne saurait pas à quoi ressemblait Yngve Morsand. Bo se dit que Sylvester avait dû se trouver dans la même position que lui. Ce bon vieux Sylvester, toujours réglo, un peu grande gueule... Et cet enfoiré l'avait tué. Ils ne sauraient sans doute jamais comment. Car il n'y aurait pas d'interrogatoire, pas de séance de torture où Bo pourrait se venger et savourer ce moment, comme il goûtait un verre de retsina, ce vin fort en arômes que certains trouvaient épouvantable mais qui pour Bo avait le goût de l'enfance : Telendos, les amis, le balancement d'une barque où il est allongé à regarder le ciel grec éternellement bleu et à écouter le clapotis des vagues et le souffle du vent. Il perçut soudain un clic dans son oreille droite.

« Une voiture s'est arrêtée en bas sur la route et a fait demi-tour.

— Est-ce que quelqu'un est descendu ? » demanda Bo. L'oreillette, le fil et le micro étaient si discrets qu'ils ne pouvaient pas être repérés dans le contre-jour de l'extérieur.

« On n'a pas eu le temps de voir, mais la voiture est repartie maintenant. Possible que le chauffeur se soit trompé de chemin.

— OK. Vous tous, tenez-vous prêts. »

Bo vérifia son gilet pare-balles. Lofthus n'aurait pas le temps de tirer, mais autant prendre toutes ses précautions. Il avait placé deux hommes dans le jardin pour s'emparer de Lofthus dès qu'il franchirait le portail ou passerait par-dessus la barrière, et un autre dans l'allée devant la porte d'entrée non verrouillée. Toutes les autres issues de la maison étaient bloquées. En faction depuis cinq heures de l'après-midi, ils commençaient à être fatigués. Et ce n'était que le début de la nuit. Mais la pensée de venger Sylvester le maintenait éveillé. Le désir de liquider cet enfoiré. Parce qu'il viendrait. Si ce n'était pas cette nuit, ce serait la nuit suivante ou celle d'après. Bizarre quand même que le boss – lui-même si inhumain – connaisse aussi bien les hommes. Leurs pulsions, leurs faiblesses, leurs motivations profondes, leurs réactions sous le coup de la pression ou de la peur. Comment arrivait-il, avec quelques infos sur leur caractère, leurs penchants et leur intelligence, à prédire leur prochain mouvement avec une assurance jamais prise en défaut ? Et « malheureusement », ajoutait le boss. Les consignes de ce dernier étaient claires : tuer immédiatement le garçon, pas le faire prisonnier, la liquidation serait rapide et indolore.

Bo bougea sur le fauteuil, quand il entendit un bruit. Et avant de se retourner, la pensée lui traversa l'esprit qu'à la différence du boss, il était incapable de prédire ce que ce type allait faire. Pas plus quand il avait laissé Sylvester seul que maintenant.

Le garçon se tenait sur le pas de la porte latérale qui menait du salon directement au garage, le front entouré d'un mouchoir ensanglanté.

Merde, mais comment est-ce qu'il avait bien pu entrer ? Il avait dû passer par-derrière, par la forêt. Ils avaient pourtant fermé le garage. Encore que forcer une porte de garage devait être le b.-a.-ba pour un junkie un peu habile de ses doigts. Non, le problème n'était pas là. Le problème, c'est qu'il tenait quelque chose qui ressemblait à un Uzi, le pistolet mitrailleur israélien, qui crache des balles de neuf millimètres dix fois plus vite qu'un peloton d'exécution.

« Vous n'êtes pas Yngve Morsand, dit Sonny Lofthus. Où est-il ?
— Il est ici, dit Bo qui avait tourné la tête vers le micro.
— Où ça ?
— Il est ici, répéta Bo un peu plus fort. Dans le salon. »

Sonny Lofthus jeta un regard dans la pièce en s'avançant vers lui, le doigt sur la détente du pistolet-mitrailleur. À première vue celui avec le chargeur de trente-six balles. Il s'arrêta. Il avait dû voir l'oreillette et le fil avec le micro.

« Vous avez parlé à quelqu'un d'autre », dit le jeune homme qui eut le temps de reculer d'un pas avant que la porte s'ouvre avec fracas et que Stan se précipite à l'intérieur, le bras tendu, arme au poing. Bo sortit son Ruger, quand la rafale sèche de l'Uzi fit exploser la baie panoramique derrière lui. De l'ouate de rembourrage vola hors des sièges et des éclats de bois jaillirent du parquet. Le type canardait à tout-va, mais pas spécialement sur la cible. Toujours est-il que deux pistolets ne faisaient pas le poids face à un Uzi, de sorte que Bo et Stan se plaquèrent au sol derrière le canapé le plus proche. Tout redevint silencieux. Bo était couché sur le dos en tenant son pistolet des deux mains, au cas où le type montrerait sa tête au-dessus du canapé.

« Stan ! cria-t-il. Chope-le ! »

Pas de réponse.

« Stan !

— Fais-le toi-même ! cria Stan planqué derrière le second canapé le long de l'autre mur. Il a un Uzi, bordel ! »

Il y eut un clic dans l'oreillette. « Qu'est-ce qui se passe, chef ? »

Au même moment, Bo entendit le bruit d'une voiture qui démarrait et un compte-tours qui s'emballait. Morsand était parti à la fête organisée par le Jumeau à Oslo en prenant le coupé Mercedes 280 CE modèle 1982, mais la voiture de sa femme, une jolie petite Honda Civic, était restée là. Sans femme, puisque Morsand l'avait butée, par contre les clés avaient dû rester à l'intérieur. Encore un truc qu'on faisait à la campagne.

« Il essaie de foutre le camp ! cria un des hommes à l'extérieur.

— La porte du garage s'ouvre... »

Bo avait entendu un bruit affreux de mécanique à l'allumage du moteur. Et un râle quand il s'éteignit. C'était quoi ce type ? Un amateur ? Il ne savait ni se servir d'un flingue ni conduire une bagnole !

« Attrapez-le ! »

Nouveau bruit de moteur.

« On a entendu le mot "Uzi"…

— L'Uzi ou le Jumeau, *your choice* ! »

Bo se releva et courut vers la grande baie vitrée, juste à temps pour apercevoir la voiture qui fonçait hors du garage. Nubbe et Evgeni s'étaient postés devant la porte. Nubbe fit feu plusieurs fois avec son Beretta. Evgeni tira avec un Remington 870 à canon scié qu'il leva à hauteur du visage. Son corps accusa le recul quand le coup partit. Bo vit le pare-brise voler en éclats, la voiture accélérer de plus belle, le pare-choc avant heurter Evgeni juste au-dessus du genou et le soulever de sorte qu'il tournoya en l'air avant d'être dévoré par la voiture sans pare-brise, comme un phoque qui se fait bouffer par une orque. La Civic arracha la porte et un bout de palissade et fonça dans un champ de blé de l'autre côté de la route. Sans ralentir, elle continua à se frayer un chemin, en première, laissant un sillage dans les épis dorés, au clair de lune ; elle décrivit une grande courbe et arriva sur le sentier de graviers un peu plus loin en bas. Le moteur rugit encore davantage quand le chauffeur appuya sur la pédale d'embrayage sans lever le pied de l'accélérateur. Il passa enfin la seconde, le moteur faillit s'étrangler de nouveau mais résista, et la voiture poursuivit son embardée sur le sentier de graviers avant de disparaître, tous phares éteints, dans l'obscurité.

« Vite, à la voiture ! cria Bo. Il faut absolument le coincer avant qu'il arrive en ville ! »

*

Incrédule, Pelle regarda la Honda. Il avait entendu les coups de feu et vu dans le rétroviseur que la Honda Civic démarrait en trombe de la propriété en faisant voler dans les airs des bouts de la jolie palissade blanche. Il avait vu la voiture s'engager dans les champs où on cultivait des céréales hautement subventionnées, avant de déboucher sur le sentier et continuer sa course improbable. Ce garçon n'était pas un conducteur expérimenté, ça se voyait tout de suite, mais Pelle avait poussé un soupir de soulagement en reconnaissant, à la faveur de la lune, le mouchoir ensanglanté derrière le pare-brise cassé. Il était au moins en vie.

Il entendit des cris retentir dans la maison.

Un bruit de fusil qu'on chargeait dans la paisible nuit d'été.

Puis celui d'une voiture qui démarrait.

Pelle n'avait aucune idée de l'identité de ces personnes. Le garçon lui avait raconté – vrai ou pas – que l'homme à l'intérieur avait tué. Tué, peut-être ivre mort derrière un volant, tué, écopé d'une peine de prison et de nouveau en liberté. Pelle ne savait pas. Il savait seulement qu'après des mois et des années où il avait passé le plus clair de son temps derrière son volant, il se retrouvait dans la même situation qu'alors : réagir vite ou rester tétanisé. Changer le cours des choses ou non. Un garçon qui ne pouvait pas avoir celle qu'il aimait. Il passa un doigt sur la photo à côté du volant. Puis il démarra et suivit la Honda. Descendit la pente jusqu'au petit pont. Aperçut en haut sur la colline des phares sonder l'obscurité. Il appuya sur le champignon, prit de la vitesse, tourna le volant un peu vers la droite, saisit le frein à main, joua avec les pédales, avec l'agilité et la musicalité d'un organiste d'église, tandis qu'il braquait à gauche. L'arrière de la voiture se comporta comme prévu, il dérapa. Et quand la voiture s'arrêta, elle était parfaitement en travers de la route. Pelle fit un hochement de tête satisfait, il n'avait pas tout à fait perdu le feeling. Puis il coupa le contact, passa la première, serra le frein à main, se glissa sur le siège passager et sortit sur la route. De chaque côté, il n'y avait qu'un espace de vingt centimètres entre la rambarde du pont et la voiture. D'une simple pression sur la clé, il verrouilla toutes les portes et commença à marcher en direction de la route nationale. Il pensait à elle, tout le temps à elle. Ah, si elle avait pu le voir maintenant! Voir qu'il arrivait à marcher. Il ne ressentait presque plus de douleur au pied. Et il boitait à peine. Peut-être que les médecins avaient raison. Il était peut-être temps de se débarrasser des béquilles.

37

Il était deux heures du matin, soit l'heure où il faisait le plus sombre dans cette nuit d'été.

De cet endroit désert à la lisière de la forêt, qui offrait une vue imprenable sur Oslo, Simon contempla le fjord qui scintillait sous la grande lune jaune.

« Eh bien ? »

Simon resserra les pans de son pardessus, comme s'il faisait plus froid. « J'avais l'habitude d'emmener mon premier grand amour très exactement ici. Pour admirer le panorama. S'embrasser. Vous savez bien… »

Kari, gênée, changea de jambe d'appui.

« Nous n'avions pas d'autre endroit où aller pour le faire. Et plusieurs années après, quand Else et moi on s'est mis ensemble, je l'ai aussi emmenée ici. On avait pourtant un appartement avec un lit double, mais ici c'était… si romantique et innocent. Comme si nous étions amoureux pour la première fois.

— Simon… »

Il se retourna et regarda la scène encore une fois. Les voitures de police avec les gyrophares bleus, les rubalises pour le périmètre de sécurité et la Honda Civic bleue sans pare-brise, un homme mort sur le siège passager, dans une position on ne peut plus improbable.

Il y avait beaucoup de policiers sur place. Beaucoup trop. De quoi paniquer, vraiment.

Pour une fois, le médecin légiste avait pu venir sur les lieux plus vite que lui. Il avait constaté que le mort avait eu les deux jambes cassées en heurtant la voiture, qu'il avait été projeté au-dessus du capot et s'était brisé la nuque en retombant contre le dossier du siège. Cependant, le légiste avait trouvé curieux que le mort n'ait pas de blessures au visage ou à la tête provoquées par le choc contre le pare-brise. Jusqu'à ce que Simon relève une balle enfoncée dans le dossier. Il avait aussi demandé l'analyse du sang sur le siège conducteur, car la manière dont il s'était répandu ne correspondait pas aux blessures sur les jambes du mort.

« Alors c'est lui qui nous a demandé de venir ? » s'enquit Simon en indiquant de la tête Åsmund Bjørnstad qui discutait en gesticulant avec l'équipe de la police scientifique.

« Oui, répondit Kari. Étant donné que la voiture est enregistrée au nom d'Eva Morsand qui est une des victimes de Lofthus, il voulait…

— Ce ne sont que des soupçons.

— Pardon ?

— Lofthus est seulement soupçonné du meurtre de Morsand. Est-ce que quelqu'un a parlé avec Yngve Morsand ?

— Il affirme n'être au courant de rien. Il a passé la nuit dans un hôtel à Oslo, et la dernière fois qu'il a vu la voiture, elle était dans son garage. La police de Drammen dit qu'il y a eu des coups de feu chez lui. Malheureusement, le premier voisin est à des kilomètres d'ici, donc il n'y a aucun témoin. »

Åsmund Bjørnstad vint vers eux. « Nous avons pu identifier la victime sur le siège passager. Un certain Evgeni Zubov. Une vieille connaissance. La police de Drammen dit que le parquet est truffé d'impacts de balles, disposés en éventail, de calibre 9 × 19 millimètres.

— Un Uzi ? » dit Simon en haussant un sourcil.

« À votre avis, qu'est-ce que je dois dire à la presse ? demanda Åsmund en montrant par-dessus son épaule les premiers reporters qui attendaient de l'autre côté du périmètre de sécurité.

— Comme d'habitude, répondit Simon. Le minimum. Et surtout rien sur le fond. »

Bjørnstad soupira profondément. « On les a en permanence sur le dos. C'est simple : on n'arrive pas à travailler. Je ne peux pas les blairer…

— Eux aussi doivent faire leur boulot, tempéra Simon.

— Vous savez qu'il est en train de devenir une star dans les journaux ? fit remarquer Kari tandis qu'ils regardaient le jeune officier de la PJ s'éloigner.

— Ça ne m'étonne pas, il est plutôt beau gosse, dit Simon.

— Pas Bjørnstad. Sonny Lofthus. »

Simon se tourna vers elle, abasourdi. « Ah bon ?

— Ils le présentent comme une sorte de terroriste moderne. Ils disent qu'il a déclaré la guerre à la criminalité organisée et au capitalisme. Qu'il s'en prend à ce qui est pourri dans notre société.

— Mais il est lui-même un criminel.

— C'est précisément tout l'intérêt de l'histoire. Vous ne lisez pas les journaux ?

— Non.

— Et vous ne répondez pas non plus au téléphone. J'ai essayé de vous joindre, je ne sais combien de fois…

— J'ai été occupé.

— Occupé ? Toute la ville est sens dessus dessous à cause de ces meurtres, vous n'êtes ni au bureau ni sur le terrain, et c'est vous qui êtes censé être mon chef ?

— Message reçu. Qu'est-ce que vous vouliez me dire ? »

Kari prit une longue inspiration. « J'ai réfléchi. Lofthus est un des rares adultes de ce pays à n'avoir ni compte en banque, ni carte bancaire, ni adresse où habiter. Mais nous savons qu'il a assez d'argent liquide depuis le meurtre de Kalle Farrisen pour loger à l'hôtel.

— Il a payé en cash au Plaza.

— Tout à fait. Alors j'ai fait le point avec les hôtels. Sur les vingt mille nuitées proposées chaque jour à Oslo, seules six cents sont réglées en liquide. »

Simon parut soudain très intéressé. « Est-ce que vous pouvez trouver combien de personnes parmi les six cents ont pris une chambre dans le quartier de Kvadraturen ?

— Oui. Vous avez ici la liste des hôtels, répondit-elle en sortant de la poche de sa veste une feuille pliée en quatre. Pourquoi cette question ? »

Simon lui arracha presque la feuille des mains et, le temps de chausser ses lunettes, la déplia et la parcourut des yeux. Il éplucha les adresses. Un hôtel. Deux. Trois. Six. Plusieurs avaient eu des clients qui payaient en liquide, surtout les moins chers. Il y avait encore trop de noms. Et certains des hôtels très bon marché ne devaient même pas figurer sur cette liste...

Simon interrompit sa lecture.

Très bon marché.

La femme qui avait frappé à sa vitre. Une heure dans la voiture, à la forteresse ou... à Bismarck. Un hôtel de passe. En plein Kvadraturen.

« Pourquoi cette question, je peux savoir ? insista Kari.

— Continuez à explorer cette piste, je dois m'en aller, dit Simon en se dirigeant vers la voiture.

— Attendez ! cria Kari en se mettant devant lui. Vous ne pouvez pas partir comme ça. Qu'est-ce qui se passe ?

— Ce qui se passe ?

— Vous faites vos trucs en solo, ce n'est pas possible de continuer comme ça. » Kari écarta une ou deux mèches de son visage.

Simon se rendit compte qu'elle aussi n'en pouvait plus.

« Je ne sais pas de quoi il s'agit, poursuivit-elle. De sauver votre journée, d'obtenir le statut de héros pour couronner votre carrière, de battre Bjørnstad et la PJ sur leur terrain ? Mais trop c'est trop,

Simon. Cette affaire est trop importante pour que vous la réduisiez à un combat de coqs entre grands garçons!»

Simon la regarda longtemps. Puis il hocha lentement la tête. «Vous n'avez pas tort. Mais j'ai d'autres raisons que celles auxquelles vous pensez.

— Alors dites-moi lesquelles.

— Je ne peux pas, Kari. Il faut que vous me fassiez confiance, c'est tout.

— Lorsque on était chez Iversen, vous m'avez demandé d'attendre à l'extérieur du bureau, parce que vous aviez l'intention, disiez-vous, d'enfreindre le règlement. Moi, je ne veux pas enfreindre le règlement, Simon. Je veux simplement faire mon travail. Alors si vous ne me dites pas ce que c'est...» Sa voix tremblait. Une fatigue profonde, songea Simon. «... Je devrai aller trouver un autre supérieur pour l'informer de ce qui se passe.»

Simon secoua la tête. «Ne faites pas ça, Kari.

— Et pourquoi?

— Parce que, dit Simon en la regardant droit dans les yeux, la taupe est toujours là. Donnez-moi vingt-quatre heures, c'est tout ce que je demande.»

Simon n'attendit pas la réponse. Ça n'aurait rien changé. Il passa devant elle pour aller vers la voiture. Il sentit le regard de la jeune femme dans son dos.

En descendant la route sinueuse de la colline de Holmenkollen, Simon réécouta le bruit de fond de la brève conversation avec Sonny. Les cris caricaturaux... Les murs trop fins de l'hôtel Bismarck. Comment expliquer qu'il n'ait pas reconnu ces sons plus tôt?

*

Simon regarda le jeune homme à la réception qui examina sa carte de police. Les années avaient passé mais rien n'avait changé ici. À part ce garçon qui, à l'époque, n'était pas là. Mais peu importe.

« Oui, je vois bien que vous êtes de la police, mais je n'ai pas de registre clients à vous montrer…

— Il ressemble à ça, dit Simon en posant la photo sur le comptoir. »

Il regarda le cliché attentivement. Hésita.

« L'autre option, c'est qu'on fasse une descente et qu'on ferme ce trou à rats une bonne fois pour toutes, dit Simon. Que dira ton père si tu fais fermer son bordel, à ton avis ? »

La ressemblance était trop frappante, Simon vit qu'il avait touché dans le mille.

« Il est au premier. Chambre 216. Vous devez…

— Je trouverai. Donne-moi une clé. »

Le jeune homme hésita de nouveau. Puis il ouvrit un tiroir, détacha une clé d'un gros trousseau et la tendit à Simon. « Mais on ne veut pas d'histoires. »

Simon passa devant l'ascenseur et monta l'escalier quatre à quatre. Tendit l'oreille en avançant dans le couloir. Tout était calme à cette heure. Devant la 216, il sortit son Glock. Posa le doigt sur sa détente à double action. Il glissa la clé le plus discrètement possible dans la serrure et tourna. L'arme dans la main droite, il se posta près de la porte et l'ouvrit avec la gauche. Compta jusqu'à quatre et hasarda une tête qu'il retira aussitôt. Respira.

Il faisait sombre à l'intérieur, mais les rideaux n'étaient pas tirés et il y avait assez de lumière dehors pour que Simon ait pu voir le lit.

Il était fait et vide.

Il entra, vérifia la salle de bains. Une brosse à dents et un tube de dentifrice.

Il retourna dans la pièce, n'alluma aucune lumière et s'assit sur la chaise près du mur.

Il sortit son portable et composa le numéro. Il y eut une faible sonnerie quelque part dans la pièce. Simon ouvrit l'armoire. Au-dessus d'une mallette, un téléphone s'alluma et son propre numéro s'afficha sur l'écran.

Simon appuya sur *raccrocher* et s'affala sur la chaise.

Le garçon avait volontairement laissé son téléphone pour ne pas se faire repérer. Mais il n'avait pas pensé que quelqu'un le retrouverait dans un secteur aussi peuplé que celui-ci.

Simon écouta dans le noir. Le tic-tac d'une montre lui fit l'effet d'un compte à rebours.

*

Markus était resté debout quand il vit le Fils descendre la rue.

Il avait observé la maison jaune depuis que l'autre personne était entrée, quelques heures plus tôt ; il ne s'était pas déshabillé, il voulait se tenir prêt.

Dans la nuit, il reconnut à la souplesse de ses pas le Fils qui marchait au beau milieu de la rue. La lumière des réverbères l'éclairait quand il passait en dessous. Il avait l'air fatigué, il devait avoir beaucoup marché, parce qu'il titubait un peu. Markus l'observa aux jumelles. Il portait un costume, se tenait les côtes et avait un mouchoir rouge autour de la tête. C'était du sang, ce qu'il avait sur le visage ? Quoi qu'il en soit, il fallait le prévenir. Markus ouvrit prudemment la porte de sa chambre, se faufila dans l'escalier et courut sur l'herbe rase de leur pelouse jusqu'au portail.

Le Fils remarqua sa présence et s'arrêta devant le portail de sa maison.

« Bonsoir, Markus. Tu ne devrais pas dormir à l'heure qu'il est ? »

Une voix calme et douce. Il avait l'air de revenir de guerre, mais il parlait comme s'il racontait une histoire pour s'endormir. Markus se dit qu'il aimerait bien parler avec cette voix-là quand il serait grand et n'aurait plus peur.

« T'as mal ?

— J'ai eu un accrochage en voiture, dit le Fils en souriant. C'est rien.

— Il y a quelqu'un dans ta maison.

— Ah ? dit le Fils en se tournant vers les fenêtres obscures. La police ou des voleurs ? »

Markus déglutit. Il avait vu sa photo à la télévision. Mais sa mère lui avait dit qu'il n'avait pas besoin d'avoir peur, que cet homme ne s'attaquait qu'à d'autres méchants. Et sur Twitter, ils étaient nombreux à dire bravo, à écrire qu'il fallait laisser les salauds se faire la peau entre eux, comme quand on lâche des insectes horribles pour venir à bout d'autres insectes encore plus nuisibles.

« Aucun des deux, je crois.

— Ah bon ? »

*

Martha fut réveillée par le bruit de quelqu'un qui entrait dans la chambre.

Elle avait rêvé. Rêvé de la femme dans le grenier. De l'enfant. Rêvé qu'elle voyait l'enfant, qu'il était vivant, que durant tout ce temps il était resté enfermé dans la cave où il pleurait comme une fontaine en attendant que quelqu'un vienne le délivrer. Et maintenant il était dehors. Il était là.

« Martha ? »

Sa voix, sa voix si calme et douce, semblait incrédule.

Elle se tourna dans le lit et le regarda.

« Tu m'as dit que je pouvais venir, dit-elle. Personne n'a ouvert mais comme je savais où était la clé, j'ai…

— Tu es venue. »

Elle acquiesça. « J'ai pris cette chambre, j'espère que ça ne t'ennuie pas… »

Il se contenta de hocher la tête et s'assit sur le bord du lit.

« Le matelas était par terre, dit-elle en s'étirant. Il y a un carnet qui est tombé du sommier quand j'ai voulu le remettre en place. Tiens, je l'ai posé sur la table ici.

— Ah ?

— Que faisait le matelas sur…

— Je me suis caché dessous, répondit-il sans la quitter des yeux. Quand je suis ressorti, je l'ai fait glisser par terre et je l'ai laissé. Qu'est-ce que tu as, là ? »

Il leva la main avec laquelle il s'était tenu les côtes jusqu'ici, et toucha une de ses oreilles. Elle ne répondit pas. Lui laissa toucher la boucle d'oreille. Un souffle de vent écarta les rideaux qu'elle avait trouvés dans une malle et accrochés. Un rayon de lune entra, éclaira la main et le visage du jeune homme. Elle se figea.

« Ce n'est pas aussi grave que ça en a l'air, dit-il.

— La blessure au front, non. Mais tu saignes ailleurs. Où ça ? »

Il écarta un pan de sa veste. La partie droite de sa chemise était trempée de sang.

« C'était quoi ?

— Une balle. Elle m'a traversé sur le côté et elle est ressortie tout de suite. C'est rien, ça saigne seulement pas mal, mais ça va passer…

— Tais-toi », lui ordonna-t-elle. Elle repoussa la couette, lui prit la main et l'emmena à la salle de bains. Peu importe qu'il la voie en sous-vêtements tandis qu'elle cherchait ce qu'il fallait dans l'armoire à pharmacie. Elle trouva un désinfectant vieux de douze ans, deux rouleaux de gaze, du coton, une petite paire de ciseaux et du sparadrap.

« Comme tu vois, je me suis fait retirer un peu de graisse sur le côté », plaisanta-t-il.

Elle avait vu pire. Elle avait vu mieux aussi. Elle nettoya les plaies et utilisa du coton pour boucher les trous où le projectile était entré et ressorti. Puis elle lui fit un bandage autour de la taille. Ensuite, elle lui retira du front le mouchoir couvert de sang coagulé. Mais du sang frais jaillit aussitôt de la coupure.

« Est-ce que ta mère avait un nécessaire à couture quelque part ?

— Je n'ai pas besoin de…

— Tais-toi, je t'ai dit. »

Il lui fallut quatre minutes chrono et quatre points de suture pour refermer la blessure.

«J'ai vu la mallette dans l'entrée, dit-il tandis qu'elle enroulait une bandelette de gaze autour de sa tête.

— Cet argent n'est pas à moi. Et la municipalité nous a accordé assez de fonds pour la rénovation, mais c'était gentil de ta part.» Elle mit du sparadrap sur les bords et lui caressa la joue. «Voilà, ça devrait...»

Il l'embrassa. Sur la bouche. La lâcha.

«Je t'aime.»

Puis il l'embrassa de nouveau.

«Je ne te crois pas, dit-elle.

— Tu ne crois pas que je t'aime?

— Je ne te crois pas quand tu dis que tu as embrassé d'autres filles. T'embrasses comme un pied.»

Ses yeux pétillèrent quand il éclata de rire. «Ça fait très longtemps. Comment on fait déjà?

— N'aie pas peur qu'il n'y ait pas assez d'action. Laisse les choses se faire d'elles-mêmes. Embrasse *paresseusement*.

— Paresseusement?

— Comme un anaconda ensommeillé et tout doux. Comme ça.»

Elle prit délicatement sa tête entre les mains et mena sa bouche vers la sienne. Comme c'était naturel! L'image qui s'imposa à elle était celle de deux enfants qui jouaient un jeu excitant mais innocent. Il lui faisait confiance. Et elle aussi.

«Tu comprends? chuchota-t-elle. Plus de lèvres, moins de langue.

— Plus d'embrayage, moins d'accélérateur?»

Elle pouffa. «Exactement. On se met au lit?

— Qu'est-ce qui va se passer, là?

— On verra bien. Comment ça va sur le côté? Ça tient?

— À quoi?

— Ne fais pas l'idiot.»

Il l'embrassa de nouveau. «Tu es sûre? murmura-t-il.

— Non. Alors si on attend trop longtemps…
— Dans ce cas, allons au lit. »

*

Rover se leva et redressa son dos en gémissant. Dans son zèle, il n'avait pas remarqué que son corps s'était ankylosé. Un peu comme quand il faisait l'amour avec Janne qui, de temps en temps, mais de temps en temps seulement, passait voir « ce qu'il fabriquait ». Il avait essayé de lui expliquer qu'astiquer une moto et l'astiquer elle présentait des similitudes. Qu'on pouvait continuer un certain temps en gardant la même position sans s'apercevoir que les muscles étaient mis à dure épreuve. Mais dès que l'affaire était terminée, il fallait passer à la caisse. Elle avait aimé la comparaison. Mais Janne était comme ça.

Rover s'essuya les mains. Il avait terminé le boulot. La dernière chose qu'il avait faite avait été de visser le nouveau pot d'échappement sur la Harley-Davidson, c'était comme la cerise sur le gâteau. Comme quand l'accordeur peut enfin accorder le piano qui sort de la fabrique. Bien sûr qu'on pouvait faire rugir jusqu'à vingt chevaux à travers la bonne combinaison entre le pot d'échappement et le filtre à air, mais là, ce qui comptait avec le système d'échappement, c'était le *son*. Ce grondement un peu sourd, délicieux, savoureux, reconnaissable entre tous. Bien sûr il pouvait tourner la clé de contact et écouter la musique du moteur, pour avoir la confirmation de ce qu'il savait déjà. Ou il pouvait se garder ça comme un cadeau pour lui-même, demain matin. Janne disait toujours qu'il ne fallait jamais remettre au lendemain les joies qu'on pouvait avoir, car on n'avait aucune garantie d'être en vie le lendemain. C'était sans doute avec cet état d'esprit que Janne était devenue comme elle était.

Rover s'essuya le cambouis sur les doigts avec un chiffon tandis qu'il allait dans le local à l'arrière pour se laver les mains. Il jeta un regard dans le miroir Des traînées de peinture de guerre et des dents en or. Comme d'habitude, les autres besoins se manifestaient maintenant qu'il avait terminé son travail : manger, boire, se reposer. C'était le meilleur moment. Mais il ressentait aussi un certain vide juste après la fin d'un projet de cette ampleur. « Et maintenant ? » se demandait-il. À quoi bon tout ça ? Il chassa ces pensées. Regarda l'eau chaude qui coulait du robinet. Sursauta. Ferma l'eau. Le bruit venait du garage. Janne ? À cette heure-ci ?

*

« Je t'aime », dit Martha.
À un moment, il s'était arrêté – tous les deux à bout de souffle, en nage, rouges –, il avait essuyé la sueur qui coulait entre ses seins avec le drap défait et lui avait dit que les autres pouvaient venir ici, que c'était dangereux. Elle lui avait répondu qu'elle ne paniquait pas aussi facilement, une fois qu'elle avait décidé quelque chose. Et puisqu'ils en étaient à se parler, elle pouvait lui dire d'ailleurs qu'elle l'aimait.
« Je t'aime. »
Puis ils reprirent leurs ébats.

*

« C'est une chose de ne plus me procurer des armes », dit l'homme en retirant son gant en cuir fin. Rover n'avait jamais vu une main aussi grande. « C'en est une autre d'en fournir une à mon ennemi, n'est-ce pas ? »
Rover n'essaya pas de se dégager. Il était maintenu par deux hommes et un troisième se tenait à côté du géant, avec un pistolet braqué sur sa tempe. Un pistolet que Rover connaissait bien parce que c'était lui-même qui l'avait bricolé.
« Donner un Uzi à ce gamin revient à m'envoyer une carte de

visite où tu me dis d'aller au diable. C'était ça que tu voulais ? M'envoyer au diable ? »

Rover aurait pu répondre. Dire que d'après ce qu'il avait entendu sur le Jumeau, cet homme avait effectivement pactisé avec le diable.

Mais il s'abstint. Il voulait encore vivre un peu. Grappiller quelques secondes.

Il regarda fixement la moto derrière le géant.

Janne avait raison. Il aurait dû la démarrer. Fermer les yeux et écouter le son du moteur. S'autoriser plus de petits bonheurs. C'était un fait d'une banalité à pleurer et pourtant si difficile à imaginer qu'au seuil de l'au-delà seulement on se rendait compte *à quel point* c'était banal : notre seule certitude sur cette terre, c'était qu'on devait mourir.

L'homme posa ses gants sur le plan de travail. On aurait dit des préservatifs usagés. «Voyons un peu...», dit-il en passant en revue les outils suspendus au mur. Il pointa l'index et se mit à chantonner à voix basse : « Pic et pic et colégram... »

38

Le jour commençait à poindre.

Martha était blottie contre Sonny, les pieds entre ses jambes. Elle entendit son souffle endormi, régulier, changer tout à coup. Mais il avait gardé les yeux fermés. Elle lui caressa le ventre et vit un léger sourire se former sur ses lèvres.

« Bonjour, *lover boy* », chuchota-t-elle.

Son sourire s'élargit, mais se transforma vite en grimace quand il voulut se tourner vers elle.

« Tu as mal ?

— Juste sur le côté, gémit-il.

— Ça ne saigne plus, j'ai vérifié plusieurs fois dans la nuit.

— Quoi ? Tu prends des libertés pendant que je dors ? » Il l'embrassa sur le front.

« Je trouve aussi que vous avez pris pas mal de libertés cette nuit, monsieur Lofthus.

— N'oublie pas que c'était la première fois pour moi, dit-il. Je ne sais pas ce qu'on appelle des libertés et ce qui n'en est pas...

— J'adore tes mensonges », dit-elle.

Il rit.

« J'ai pensé..., dit-elle.

— Oui ?

— Partons. Partons maintenant, là tout de suite. »

Il ne répondit pas, mais elle avait senti comment son corps s'était automatiquement raidi. Et elle sentit venir les larmes, avec une violence incroyable, comme si une digue en elle cédait. Il se tourna et la serra contre lui.

Attendit que les pleurs se soient calmés.

« Qu'est-ce que tu leur as dit ? demanda-t-il.

— J'ai dit qu'Anders et moi on ne pouvait pas attendre jusqu'à l'été prochain, dit-elle en reniflant. Qu'on se séparait *maintenant*. Que moi, en tout cas, c'est ce que je voulais. Et puis je suis partie. Je suis sortie dans la rue. J'ai couru jusqu'au boulevard et là j'ai hélé un taxi. Je l'ai vu arriver en courant avec sa conne de mère sur ses talons. » Elle éclata de rire avant de se remettre à pleurer. « Excuse-moi..., sanglota-t-elle. Je suis une... une *imbécile* ! Mon Dieu, mais qu'est-ce que je fais ici ?

— Tu m'aimes, répondit-il tout bas, dans ses cheveux. C'est pour ça que tu es là.

— Et alors ? Qui a envie d'aimer quelqu'un qui tue des gens, qui fait tout pour se faire tuer et qui va finir par se faire descendre à son tour, forcément. Tu sais comment on t'appelle sur Internet ? le Bouddha à l'épée. Ils ont interviewé d'anciens codétenus qui te présentent comme une sorte de divinité. Mais tu sais quoi ? » Elle sécha ses larmes. « Moi, je crois que tu es tout aussi mortel que ceux que j'ai vus entrer et sortir du foyer Ila.

— On va partir.

— Si on part, c'est tout de suite.

— Il y en a encore deux, Martha. »

Elle secoua la tête, les larmes jaillirent à nouveau et elle donna un coup de poing sans force contre son thorax. « C'est trop tard, tu ne comprends pas ? Ils sont tous après toi...

— Il n'en reste plus que deux. Celui qui a décidé que mon père devait être tué et qu'on devait le faire passer pour la taupe. Et la vraie taupe. Ensuite on partira.

— *Plus que* deux ? Tu vas encore tuer *seulement* deux personnes et après on s'enfuira ? C'est aussi simple que ça pour toi ?

— Non, ne crois pas ça, Martha. Jusqu'ici, aucun cas n'a été simple. Et ce n'est pas vrai ce qu'on dit, que c'est de plus en plus facile. Mais je n'ai pas le choix, je ne peux pas faire autrement.

— Tu crois vraiment que tu vas survivre à ça ?

— Non.

— Non ?

— Non.

— Non ! Mais alors, pourquoi tu parles de…

— Parce que la survie est la seule chose que l'on peut planifier. »

Elle resta silencieuse.

Il lui caressa le front, la joue, le cou. Puis il commença à parler. À voix basse, lentement, comme s'il devait s'assurer que chaque mot qu'il choisissait était le mot juste.

Elle écouta. Il lui parla de son enfance. De son père. De sa mort et de tout ce qui s'était passé après.

Elle écouta et comprit. Écouta et ne pouvait pas concevoir ce qu'elle entendait.

Un rayon de soleil s'était faufilé entre les rideaux quand il eut terminé.

« Est-ce que tu te rends compte, murmura-t-elle, de ce que tu dis ? Est-ce que tu te rends compte que c'est de la folie ?

— Oui, dit-il. Mais c'est la seule chose que je puisse faire.

— Tu veux dire que *la seule chose* que tu puisses faire, c'est de tuer plein de gens ? »

Il prit une grande inspiration. « La seule chose que je voulais, c'était devenir comme mon père. Quand j'ai lu sa lettre de suicide, il a été détruit à mes yeux. Et du coup, moi aussi je me suis détruit. Puis voilà qu'en prison, quand j'apprends la vraie version de l'histoire, qu'il a sacrifié sa vie pour ma mère et moi, ç'a été comme si j'étais né à nouveau.

— Né pour faire… ça ?

— J'aurais tant aimé qu'il existe un autre chemin.

— Mais pourquoi ? Pour marcher sur les traces de ton père ? Pour que le fils… » Elle ferma très fort les yeux, pressant les dernières larmes. Ce serait les dernières, promis, se dit-elle. « … Accomplisse ce que le père n'a pas réussi à faire ? »

— Il a fait ce qu'il devait faire. Et je dois faire ce que j'ai à faire. Par amour pour nous, il a pris toute la honte sur lui. Quand j'en aurai terminé ici, j'en aurai terminé pour de bon. Je te le promets. Tout sera comme ça doit être. »

Elle le regarda longtemps. « Il faut que je réfléchisse, finit-elle par dire. Dors, toi. »

Il s'endormit, tandis qu'elle veillait. Quand les oiseaux entonnèrent leur chant matinal, elle s'endormit enfin. Elle en avait à présent la certitude.

Elle était folle.

Elle l'était depuis l'instant où elle l'avait vu.

Mais elle n'avait pris conscience d'être aussi folle que lui qu'en venant ici, quand elle avait trouvé les boucles d'oreilles d'Agnete Iversen sur le plan de travail de la cuisine et les avait mises.

*

Martha fut réveillée par le bruit d'enfants qui jouaient dehors dans la rue. Des cris joyeux. Des petits pieds qui courent. Elle pensa que l'innocence marche main dans la main avec l'ignorance. Au lieu de simplifier les choses, la connaissance ne fait que les compliquer. Il dormait si paisiblement à côté d'elle qu'elle crut un instant qu'il était déjà mort. Elle lui caressa la joue. Il marmonna quelque chose mais ne se réveilla pas. Comment un homme recherché par tous pouvait-il dormir si bien ? Le sommeil du juste. Il était censé être bon, ça devait être pour ça.

Elle se glissa hors du lit, s'habilla et alla dans la cuisine. Elle trouva du pain, un peu de jus d'orange et du café, mais rien d'autre. Peut-être que dans le congélateur à la cave, sur lequel elle s'était assise la première fois, il y aurait une pizza surgelée ou autre chose. Elle descendit l'escalier de la cave et tira sur la poignée du congélateur. Fermé. Elle jeta un regard autour d'elle et aperçut le clou au mur où pendait une clé avec une étiquette illisible. Elle décrocha la clé et la glissa dans la serrure. La fit tourner. Et voilà. Elle souleva le couvercle, se pencha, sentit le froid envahir sa poitrine et son cou, poussa un hurlement bref et strident, et lâcha le couvercle. Se retourna et, le dos appuyé contre le congélateur, se laissa glisser au sol.

Accroupie, elle respira profondément par le nez. Tenta de chasser de son esprit la vue du cadavre qui l'avait fixée, la bouche grande ouverte, blafard, avec des cristaux de glace dans les cils. Son pouls battait si vite qu'elle avait le vertige. Elle écouta son cœur. Et les voix.

Il y en avait deux.

L'une lui criait à l'oreille qu'elle était folle, que *lui* était fou, qu'il était un meurtrier, qu'elle devait remonter l'escalier et sortir d'ici au plus vite.

L'autre lui disait que ce cadavre n'était qu'une manifestation physique de quelque chose qu'elle savait et avait accepté. Oui, il avait tué des gens. Des gens qui l'avaient mérité.

La voix qui criait lui commandait de se relever, elle couvrait l'autre voix qui lui disait qu'il était normal que la panique la submerge à un moment ou à un autre. Elle avait fait un choix cette nuit, n'est-ce pas ?

Non.

Elle comprit qu'elle était à la croisée des chemins : se précipiter dans l'abîme et partager le destin de cet homme ou bien ne pas basculer et rester dans le monde normal. Il était encore temps de battre en retraite. Les prochaines secondes seraient les plus importantes de sa vie.

Sa dernière chance de…

Elle se redressa. Le vertige n'avait pas disparu, mais elle savait qu'elle pouvait courir vite. Il ne pourrait jamais la rattraper. Elle gonfla ses poumons d'oxygène, le sang le transporta au cerveau. Elle s'appuya contre le couvercle du congélateur, vit son reflet sur la surface brillante. Vit les boucles d'oreilles.

Je l'aime. C'est pour ça que je suis là.

Elle souleva encore une fois le couvercle.

Le sang du cadavre s'était répandu sur une grande partie des produits. À y regarder de plus près, le design des paquets de poisson surgelé était archi-daté. Oui, au moins douze ans, ça pouvait coller.

Elle se concentra sur sa respiration, sur ses pensées, essayant de faire le tri entre ce qui était important et ce qui ne l'était pas. S'ils voulaient avoir quelque chose à manger, il fallait qu'elle sorte et trouve un magasin. Elle pourrait demander à un des enfants dehors où se trouvait l'épicerie la plus proche. Oui, c'est ce qu'elle allait faire. Des œufs et du bacon. Du pain frais. Des fraises. Du yaourt.

Elle referma le couvercle. Ferma les yeux très fort. Crut qu'elle allait se remettre à pleurer, mais au lieu de ça elle commença à rire. Le rire hystérique d'une personne en chute libre, songea-t-elle. Puis elle ouvrit de nouveau les yeux et se dirigea vers l'escalier. Au sommet des marches, elle s'aperçut qu'elle chantonnait :

That you've always been her lover and you want to travel with her

Folle.

… and you want to travel blind and you know that she will trust you

Folle, folle.

… 'cause you've touched her perfect body with your mind.

*

Assis près de la fenêtre ouverte, Markus jouait à Super Mario quand il entendit une porte claquer dehors. Il regarda à l'extérieur. C'était la jolie dame. En tout cas, elle était jolie aujourd'hui. Elle sortait de la maison jaune et franchissait le portail. Comme le visage du Fils s'était éclairé quand Markus lui avait dit que la dame était entrée dans la maison. Markus ne s'y connaissait pas dans ce domaine, mais il pensait que le Fils devait être amoureux d'elle.

La dame alla voir les petites filles qui jouaient à l'élastique pour leur demander visiblement quelque chose. Elles pointèrent le doigt dans une direction et elle sourit, leur cria quelque chose et se dépêcha d'aller dans la direction indiquée.

Markus pensait retrouver son jeu de Mario quand il remarqua qu'on tirait les rideaux de la chambre. Il prit ses jumelles.

C'était le Fils. Il se tenait à la fenêtre, les yeux fermés, une main sur son bandage à la taille. Il était nu. Et il souriait, l'air heureux. Comme Markus la veille de Noël, avant de déballer ses cadeaux. Non, plutôt comme Markus quand il se réveillait le jour de Noël et se souvenait des cadeaux qu'il avait reçus pour de vrai, la veille.

Le Fils prit une serviette dans l'armoire, ouvrit la porte et s'apprêtait à aller dans le couloir, quand il s'arrêta net. Il regarda sur le côté, sur le bureau. Prit quelque chose qui était posé là. Markus zooma.

C'était un carnet. Avec une reliure noire en cuir. Le Fils l'ouvrit et commença à lire, apparemment. Puis il lâcha la serviette. S'assit sur le lit pour continuer sa lecture. Feuilleta. Pendant plusieurs minutes. Markus vit son visage changer d'expression au fur et à mesure et son corps se raidir dans une position toute tordue.

Enfin, il se leva et balança le carnet contre le mur.

Attrapa la lampe de chevet et fit la même chose.

Se tint le côté, cria quelque chose et s'assit de nouveau sur le lit. Pencha la tête, l'obligea à se courber davantage en croisant les mains derrière la nuque. Il resta dans cette position, le corps tremblant, comme s'il avait des crampes.

Markus comprit qu'il s'était passé quelque chose de terrible, mais quoi ? Il avait envie de traverser la rue en courant, de dire ou de faire quelque chose pour le consoler. Il savait s'y prendre, il consolait souvent sa mère. Il disait une ou deux phrases, parlait d'une chose agréable qu'ils avaient faite ensemble. Le choix était assez réduit, on en revenait toujours à trois ou quatre choses, alors elle s'en souvenait. Elle lui souriait tristement et lui ébouriffait les cheveux. Et ça allait mieux. Mais avec le Fils, il n'avait rien fait d'agréable et peut-être qu'il préférait être seul, ce que Markus pouvait comprendre, parce que lui aussi était comme ça. Quand sa mère voulait le consoler parce qu'on l'avait embêté, ça l'énervait plus qu'autre chose, comme si la consolation le rendait encore plus faible, donnait raison aux voyous qui le traitaient de mauviette.

Mais le Fils n'était pas une mauviette.

À moins que… ?

Il venait de se lever et de se tourner vers la fenêtre, il pleurait. Il avait les yeux rouges et les joues pleines de larmes.

Et si Markus se trompait, si le Fils était exactement comme lui ? Faible, lâche, quelqu'un qui court se cacher pour ne pas se faire taper dessus ? Non, c'était impossible, pas le Fils ! Il était grand, fort et courageux, et il aidait ceux qui ne l'étaient pas. Ou qui ne l'étaient pas encore.

Le Fils ramassa le carnet, s'assit et commença à écrire.

Après un moment, il arracha la page du carnet, la froissa et la jeta dans la corbeille à papier près de la porte. Il se mit à écrire sur une autre page. Pas aussi longtemps cette fois. Détacha la feuille et relut ce qu'il avait écrit. Puis il ferma les yeux et pressa ses lèvres contre la feuille.

*

Martha déposa le sac de courses sur le plan de travail. Essuya la sueur sur son front. Le magasin était plus loin qu'elle ne pensait et elle était revenue en courant un peu. Elle passa la barquette de fraises sous l'eau, choisit les deux plus grosses et plus rouges et prit le bouquet de fleurs des champs qu'elle avait cueillies sur le bord du chemin. À la pensée de la peau brûlante du jeune homme sous la couette, elle ressentit un doux picotement. Comme une junkie qui pense à son prochain shoot. Il était devenu sa drogue. Elle était accro, perdue, et elle adorait ça !

Dès l'escalier, à la vue de la porte de la chambre ouverte, elle sentit que quelque chose n'allait pas. C'était trop calme. Le lit était vide, la lampe brisée sur le sol. Ses vêtements avaient disparu. Sous les débris de la lampe, elle vit le carnet noir qu'elle avait trouvé sous les lattes du sommier.

Elle cria son nom, même si elle savait qu'elle n'aurait pas de réponse. Le portail était ouvert à son retour, et elle était sûre de l'avoir bien refermé. Ils étaient venus le prendre, comme il l'avait prévu. Il avait dû se débattre, mais en vain. Elle l'avait quitté endormi, elle n'avait pas veillé sur lui, elle n'avait pas su le…

Elle se retourna et découvrit la feuille posée sur l'oreiller. Elle était jaune et semblait arrachée d'un cahier. Les mots étaient écrits avec un vieux stylo qui se trouvait à côté de l'oreiller. Elle songea aussitôt que ce devait être le stylo du père. Et avant même de lire le texte, elle se dit que l'histoire se répétait. Elle lut, lâcha les fleurs, mit la main devant sa bouche – un geste automatique pour cacher la grimace horrible quand la bouche se tord et que les larmes montent aux yeux.

> Chère Martha. Pardonne-moi, mais je disparais maintenant. Je t'aimerai éternellement. Sonny.

39

Markus était assis sur le lit de la maison jaune.
Après que la femme était sortie en toute hâte, vingt minutes seulement après le départ précipité du Fils, Markus avait attendu dix minutes avant de comprendre qu'ils ne reviendraient pas.
Alors il avait traversé la rue et avait pris la clé à sa place habituelle.
Le lit était fait et les débris de la lampe avaient été jetés dans la corbeille à papier. Dessous, il trouva la page froissée.
Les mots étaient écrits au stylo, d'une écriture presque féminine.

Chère Martha,
Mon père m'a raconté un jour avoir vu un homme se noyer sous ses yeux. Il conduisait une patrouille, c'était en pleine nuit et un enfant, sur le quai du port de plaisance de Kongen, avait appelé police-secours. Son père était tombé à l'eau au moment d'accoster. Il ne savait pas nager et s'était cramponné au flanc du bateau, mais l'enfant n'avait pas réussi à le hisser à bord. Et le temps que la patrouille arrive, l'homme à bout de forces avait lâché prise et coulé. Plusieurs minutes s'écoulèrent, le garçon sanglotait et mon père demanda l'intervention de plongeurs. Pendant qu'ils attendaient sur le bord, l'homme remonta soudain à la surface, un visage blême en quête d'oxygène. Cri de joie de l'enfant. Puis l'homme avait coulé de nouveau. Mon père avait plongé pour essayer de le sauver,

mais il faisait trop sombre. Et quand mon père est remonté à la surface, il a vu le visage toujours rayonnant du petit garçon qui croyait que tout était arrangé. Son père avait pu prendre de l'oxygène, et la police était là. Mon père m'a raconté qu'il avait senti le cœur de l'enfant se briser quand il avait compris que Dieu n'avait fait que jouer avec lui en lui faisant croire qu'il allait lui rendre son père. Mon père a dit ce jour-là que Dieu, s'il existait, était cruel. Je crois comprendre maintenant ce qu'il voulait dire. Car j'ai enfin trouvé le journal de mon père. Peut-être voulait-il que nous sachions. Peut-être était-il tout simplement cruel. Pourquoi sinon tenir un journal et le cacher dans un endroit aussi évident que sous le matelas ?

Tu as la vie devant toi, Martha. Je crois que tu peux en faire quelque chose de bien. Moi, je n'ai pas pu.

Pardonne-moi, mais je disparais maintenant.

Je t'aimerai éternellement. Sonny.

Markus regarda sur le bureau. Avec dessus, le carnet qu'avait lu le Fils.

Une reliure noire en cuir, des pages jaunes. Il le feuilleta.

Il comprit vite qu'il s'agissait d'un journal intime, mais il n'y avait pas de texte pour chaque jour. Parfois des mois séparaient deux dates. Parfois rien qu'une date et quelques phrases. Par exemple que la « Troïka » allait se séparer, que des événements étaient survenus qui avaient changé la nature de leurs relations. Une semaine plus tard, que Helene était enceinte et qu'ils avaient acheté une maison individuelle. Mais que c'était difficile de vivre sur un salaire de fonctionnaire de police, que c'était dommage que Helene et lui aient des parents de condition si modeste qu'ils ne pouvaient pas les aider. Plus loin, il écrivait qu'il était si heureux que Sonny ait commencé la lutte. Puis une page où il était indiqué que la banque avait augmenté le taux d'intérêt et qu'ils ne pouvaient tout bonnement plus rembourser leur emprunt. Il fallait qu'il fasse quelque chose s'ils ne voulaient pas se retrouver à la rue. Qu'il trouve une solution. Il avait promis à Helene que tout s'arrangerait. Heureusement, le petit n'avait pas l'air de se rendre compte de la situation.

19 mars
Sonny dit qu'il veut marcher sur mes traces et devenir policier. Helene trouve qu'il est trop fasciné par moi, qu'il me vénère comme un dieu. Je lui ai dit, avec les fils c'est comme ça, moi-même j'étais pareil. Sonny est un bon garçon, peut-être trop bon, le monde est dur, mais en tout cas, un garçon comme lui est un véritable cadeau pour un père.

Puis il y avait quelques pages que Markus ne comprit pas. Avec des mots comme «*faillite personnelle imminente*» et «*vendre son âme au diable*». Et le nom «le Jumeau».
Markus continua à tourner les pages.

4 août
Aujourd'hui, ils ont reparlé de la taupe, disant que le Jumeau devait avoir un complice dans la police. C'est drôle comme les gens suivent toujours les mêmes schémas de pensées, même les policiers. Il y a toujours un assassin, un traître. Ne voient-ils pas la dynamique géniale qu'il y a à être deux? L'un peut toujours avoir un alibi quand l'autre est actif, et de cette façon rester insoupçonné dans tellement d'affaires qu'il est exclu qu'on soit une taupe potentielle. Oui, le système est bien rodé. À la perfection, même. Nous sommes des policiers corrompus, dévoyés, nous qui en échange de quelques misérables pièces de monnaie avons renoncé à nos idéaux. Drogue, traite des êtres humains, voire assassinats, tout ça nous l'avons laissé passer. Plus rien ne compte désormais. Existe-t-il une possibilité de faire marche arrière? Existe-t-il une possibilité d'aveu, de confession et de rédemption, sans tout détruire autour de moi? Je l'ignore. Je sais seulement qu'il faut que je me sorte de là.

Markus bâilla. Lire lui donnait toujours envie de dormir, surtout quand il y avait beaucoup de mots qu'il ne comprenait pas. Il sauta quelques pages.

15 septembre
Combien de temps pouvons-nous continuer sans que le Jumeau s'aperçoive de qui nous sommes ? Nous communiquons par adresses Hotmail à partir, chacun, d'un PC volé que nous avons « emprunté » à l'entrepôt des biens confisqués ou sous scellés, mais on n'est jamais assez prudent. D'un autre côté, s'il voulait, il pourrait surveiller les lieux où on se fait payer. La semaine dernière, quand j'ai cherché mon enveloppe qui était scotchée sous la dernière banquette chez Broker's dans la Bogstadveien, j'étais sûr d'être repéré. Il y avait un type au bar, l'air plus que louche, qui avait l'air de lorgner dans ma direction. Et je ne me suis pas trompé. Il est venu vers moi et m'a dit que je l'avais arrêté pour recel, dix ans plus tôt. Et que c'était la meilleure chose qui pouvait lui arriver : il avait laissé tomber toutes les magouilles et s'était lancé dans l'élevage de poissons avec son frère. Puis il m'a tendu la main pour me remercier et est sorti. Des histoires comme on en rêve. Dans l'enveloppe, il y avait aussi une lettre dans laquelle le Jumeau disait qu'il désirait que je – il ne sait apparemment pas que nous sommes deux – grimpe les échelons dans la police, obtienne un poste à haute responsabilité où je pourrais me rendre plus utile. Pour lui comme pour moi. Des informations précieuses en échange de grosses sommes d'argent. Il disait être en mesure de m'aider car il savait où tirer les ficelles. J'ai éclaté de rire. Ce type est complètement cinglé, c'est le genre de mec à ne pas s'arrêter avant d'être le maître du monde ! Quelqu'un qui ne s'arrête pas mais qu'on doit arrêter. J'ai montré la lettre à Z. Je ne sais pas pourquoi mais il n'a pas ri.

Par la fenêtre ouverte, Markus entendit sa mère l'appeler. Sans doute avait-elle besoin de quelque chose. Il détestait que sa mère fasse ça : ouvrir la fenêtre et hurler son nom, comme s'il était un chien. Il continua de feuilleter.

6 octobre
Il s'est passé quelque chose. Z. trouve qu'on devrait arrêter, tant que le jeu se déroule encore bien, on devrait lever le pied. Et le Jumeau n'a pas répondu à mon mail, ça fait plusieurs jours, ce qui ne s'est jusqu'ici jamais produit. Les deux se sont-ils parlé ? Je ne sais pas, mais je sais qu'on ne peut pas décrocher aussi facilement. Je sais que Z. ne me fait plus confiance. Pour la même raison que je ne lui fais pas confiance. Nous nous sommes montrés, lui comme moi, à visage découvert.

7 octobre
Cette nuit, j'ai soudain compris. Le Jumeau n'a besoin que de l'un de nous deux, c'est ça son plan. L'autre n'aura droit qu'au mépris, il sera ce témoin gênant qu'il faudra éliminer. Z. a compris ça avant moi. C'est pourquoi il faut agir vite, je dois le liquider avant qu'il ne me liquide. J'ai demandé à Helene si elle pouvait partir demain avec Sonny à une compétition de lutte, en prétextant que j'avais des choses à terminer ici. J'ai demandé à Z. si on pouvait se voir près des ruines médiévales de Maridalen vers minuit, pour discuter de choses avec lui. Il a paru un peu surpris que je propose un lieu de rendez-vous aussi désert et à une heure aussi tardive, mais il a dit qu'il n'y avait pas de problème.

8 octobre
Tout est silencieux. J'ai chargé le pistolet. C'est un sentiment étrange que de savoir exactement que je vais tuer un être humain. Et je me demande ce qui m'a poussé jusque-là. Le désir de protéger ma famille ? De me protéger, moi ? Ou la tentation d'atteindre ce que mes parents n'ont jamais pu : une position, une vie que j'ai vu d'autres, des imbéciles indignes, se faire servir sur un plateau d'argent ? Est-ce par goût de l'action ou du risque, par faiblesse ou renoncement ? Suis-je un être mauvais ? Je me suis sans cesse posé cette question : si mon fils était dans la même situation, verrais-je d'un bon œil qu'il agisse comme moi ? La réponse est assez claire.

Je pars pour l'heure à Maridalen. On verra bien si je serai devenu un autre homme à mon retour. Un meurtrier.

C'est peut-être étrange, mais parfois – c'est sans doute la nature humaine – je prie pour que quelqu'un trouve ce journal.

C'était la dernière phrase. Markus feuilleta les pages suivantes, vierges, jusqu'à la dernière qui était arrachée. Puis il reposa le carnet sur le bureau et descendit lentement l'escalier tandis qu'il entendait sa mère qui n'arrêtait pas de crier son nom.

40

Betty entra dans la pharmacie bondée, prit un numéro, catégorie « ordonnances », et trouva une chaise libre contre le mur entre les clients, les yeux dans le vide ou occupés à pianoter sur leurs téléphones portables, malgré le panneau d'interdiction. Elle avait réussi à convaincre son médecin traitant de lui prescrire des somnifères plus puissants.

« Bon, on va faire un essai avec des benzodiazépines », avait-il dit en répétant ce qu'elle savait déjà : c'était un cercle vicieux pouvant conduire à une dépendance et ça ne soignait pas le mal à la racine. Betty avait répondu que la racine du mal, c'était qu'elle ne pouvait pas dormir. Surtout après avoir compris qu'elle s'était retrouvée seule dans une pièce avec le meurtrier le plus recherché du pays. Un homme qui avait tué une femme dans sa maison sur la colline de Holmenkollen. Et aujourd'hui, les journaux disaient qu'il était aussi soupçonné du meurtre de la femme de cet armateur, qu'il était entré apparemment au hasard dans une maison près de Drammen et qu'il lui avait scié la tête. Betty avait erré les derniers jours comme un zombie, en proie à des hallucinations. Elle voyait son visage partout, pas seulement dans les journaux et à la télé, mais aussi sur les affiches, dans le tram, dans le reflet que lui renvoyaient les vitrines des magasins. Il était soudain le facteur, le voisin, le concierge.

Et maintenant, elle le voyait aussi ici.

Il se tenait près de la caisse, avec un turban blanc, ou peut-être un bandage, autour de la tête. Il avait posé un paquet de seringues à usage unique et de canules sur le comptoir, et payait en liquide. Les photos pixelisées ou les soi-disant portraits-robots avaient beau ne pas être très parlants, Betty remarqua néanmoins que la femme sur la chaise à côté d'elle chuchotait quelque chose à son voisin en montrant l'homme du doigt, comme si elle aussi le reconnaissait. Mais quand l'homme au turban se retourna et se dirigea vers la sortie, en se tenant un peu penché sur le côté, Betty comprit qu'elle s'était encore fait des idées.

Le visage gris cendre, pétrifié, ne ressemblait pas du tout à celui de l'homme de la suite 4.

*

Kari s'était penchée en avant pour mieux voir les numéros des maisons, tandis que sa voiture passait lentement devant les grandes villas. Elle avait pris cette décision après une nuit d'insomnie. Sam, qui à cause d'elle n'avait pas pu dormir non plus, lui avait dit de ne pas prendre autant au sérieux un boulot où elle n'allait pas rester. C'était vrai, mais d'un autre côté, elle aimait l'ordre. Sans compter que ça pouvait lui coller à la peau et lui être préjudiciable, ça pouvait lui fermer des portes. C'est pourquoi elle avait décidé de lui rendre visite personnellement.

Elle s'arrêta. C'était le numéro.

Elle hésita à entrer avec la voiture puisque le portail était ouvert, mais se gara finalement dans la rue. Elle monta à pied l'allée asphaltée. Un arroseur sifflait dans le jardin, à part ça tout était calme.

Elle gravit les marches du perron et sonna. Entendit des aboiements à l'intérieur. Attendit. Personne ne venait. Elle s'apprêtait à faire demi-tour quand elle le vit. Le soleil brillait dans ses lunettes rectangulaires. Il avait dû faire le tour de la maison et du garage, en se déplaçant vite et sans bruit.

« C'est à quel sujet ? »

Il avait les mains derrière le dos.

« Je m'appelle Kari Adel et je travaille dans la police. J'aimerais m'entretenir avec vous.

— Et de quoi, exactement ? » demanda-t-il en glissant ses mains, toujours dans le dos, dans sa ceinture, comme s'il voulait remonter son pantalon chino beige et en même temps sortir sa chemise. Après tout, c'était une journée d'été très chaude. À moins que ce ne soit pour glisser un pistolet dans son dos et mettre sa chemise par-dessus pour qu'il ne se voie pas...

« De Simon Kefas.

— Ah ? Et pourquoi venez-vous jusqu'à *moi*, pour parler de lui ? »

Kari dodelina de la tête. « Si j'ai bien compris son point de vue, il craint qu'il n'y ait des fuites, si l'on suit la procédure légale. Il est d'avis que la taupe est toujours dans nos rangs.

— Il pense ça ?

— C'est pourquoi j'ai pensé qu'il valait mieux que je m'adresse directement au plus haut sommet de la hiérarchie, c'est-à-dire vous, monsieur le directeur.

— Vous avez bien fait, dit Pontius Parr en frottant son fin menton. Et si nous entrions, agent Adel ? »

Un joyeux airedale terrier sauta sur Kari dès qu'elle eut franchi la porte.

« Willoch ! Tu sais bien que tu ne dois pas... »

Le chien se calma et se contenta de lécher la main de Kari en remuant la queue frénétiquement. En s'avançant, Kari expliqua qu'elle avait appris que le directeur de la police travaillait aujourd'hui de chez lui.

« Je fais l'école buissonnière, plaisanta-t-il en l'invitant à prendre place dans un grand canapé garni de coussins. En réalité, j'aurais dû commencer mes congés d'été cette semaine, mais avec ce tueur en liberté... » Il soupira et se laissa tomber dans un fauteuil assorti au canapé. « Quel est le problème avec Simon ? »

Kari s'éclaircit la voix. Elle avait réfléchi à la manière dont elle comptait présenter les choses, avec les réserves d'usage pour ne pas avoir l'air de casser du sucre sur le dos de Simon, sa démarche n'étant motivée que par son désir d'optimiser le travail qu'ils faisaient ensemble. Mais en voyant le directeur de la police aussi détendu et avenant, qui n'avait pas peur de dire qu'il avait pris sa journée, elle décida d'aller droit au but.

« Simon mène son enquête perso », lâcha-t-elle.

Le directeur de la police haussa un sourcil.

« Déjà qu'on enquête parallèlement à la PJ, sans vraiment collaborer, et voilà qu'il ne travaille même plus vraiment avec moi. Pourquoi pas, mais c'est comme s'il s'était fixé un programme qui ne regardait que lui. Cela étant, si c'est pour franchir la ligne jaune, je ne tiens pas à y participer. Il m'a lui-même demandé de rester en retrait en m'annonçant très clairement qu'il n'avait pas l'intention de s'en tenir au règlement.

— Ah ? Et c'était quand ça ? »

Kari lui raconta rapidement leur visite chez Iversen.

« Hum..., dit Parr en insistant sur le *m*. Voilà qui n'est pas bon. Je connais Simon et j'aimerais pouvoir dire que cela ne lui ressemble pas. Malheureusement, c'est lui tout craché. Vous pensez que c'est quoi, son programme ?

— Il veut arrêter Sonny Lofthus par lui-même. »

Parr tint son menton entre le pouce et l'index. « Je comprends. Qui d'autre le sait ?

— Personne, je suis venue directement ici.

— Parfait. Promettez-moi de n'en parler à personne. Comme vous le comprenez certainement, c'est une affaire délicate. La police est pour l'instant sous le feu des projecteurs et nous ne pouvons pas nous permettre que certains individus se comportent de manière non professionnelle.

— Bien sûr, je comprends.

— Laissez-moi faire, je m'en charge. Quand vous sortirez d'ici, nous allons dire que cette rencontre n'a jamais eu lieu. Ça sonne peut-être un peu grandiloquent, mais c'est la seule façon d'éviter d'être traitée de balance par vos collègues. C'est le genre d'étiquette qu'on traîne longtemps. »

Qu'on traîne longtemps. Elle n'avait pas pensé à ça. Kari déglutit et acquiesça rapidement. « Merci beaucoup.

— De rien, c'est moi qui dois vous remercier. Vous avez bien fait de venir. Maintenant, retournez au travail et faites comme si de rien n'était. C'est bien ça qu'on dit, non ? » Le directeur de la police se leva. « Je dois me dépêcher de continuer à ne rien faire, je n'ai que cette journée avant que tout reprenne de plus belle. »

Kari se leva à son tour, heureuse que l'entretien se soit beaucoup mieux passé qu'elle n'avait osé l'espérer.

Le directeur s'arrêta sur le pas de la porte. « Où est Simon maintenant ?

— Je ne sais pas, nous étions là où on a retrouvé la voiture avec le corps cette nuit, et il a filé. Depuis, personne ne l'a vu.

— Hum. Vous avez une idée de là où il peut être ?

— La dernière chose que j'aie faite, c'est de lui donner une liste d'hôtels où Lofthus serait susceptible de se cacher.

— À partir de quels critères ?

— Le fait qu'il paie en liquide. Presque plus personne ne fait ça de nos jours.

— Pas bête. Bonne chance.

— Merci. »

Kari descendit les marches et était arrivée à la hauteur de l'arroseur quand elle entendit des pas derrière elle. C'était Parr.

« Je voulais juste ajouter une chose : d'après ce que vous m'avez raconté, il se peut fort bien que ce soit vous qui mettiez la main sur Lofthus.

— Oui, et… ? dit Kari en prenant un ton assuré qui, elle le savait, faisait son petit effet.

— Si c'était le cas, n'oubliez pas qu'il est armé et dangereux. Tout le monde comprendrait parfaitement que vous ou les autres soyez obligés de vous défendre. »

Kari écarta quelques mèches de cheveux rebelles. « Qu'est-ce que vous entendez par là au juste ?

— Que vous ne devez pas hésiter à neutraliser ce meurtrier. N'oubliez pas qu'il a déjà torturé un autre fonctionnaire. »

À la faveur d'un coup de vent, Kari sentit de fines gouttelettes sur son visage. « Pas de problème, dit-elle.

— Je vais contacter le chef de la PJ, reprit Parr. Ce serait une bonne idée qu'Åsmund Bjørnstad et vous fassiez équipe dans cette affaire. Je crois que vous voyez les choses sous le même angle. »

*

Simon fixa son reflet dans le miroir. Les années passaient, le temps lui filait entre les doigts. Il n'était plus celui qu'il avait été, il y a quinze ans. Ni celui qu'il était il y a soixante-douze heures. Il avait cru un jour être invincible, plus tard il s'était considéré comme une ordure. Il en était arrivé à la conclusion qu'il n'était ni l'un ni l'autre, juste un homme de chair et de sang, qui pouvait soit faire ce qui était bien soit se laisser guider par ses instincts les plus bas. Mais le libre arbitre existait-il seulement ? À supposer que nous nous retrouvions tous devant les mêmes décisions, avec les mêmes chances, le même résultat qui en vaudrait la peine, d'une manière ou d'une autre, ne ferions-nous pas toujours le même choix ? Certains prétendent qu'on peut changer sa vision des choses, que si une femme entre dans votre vie, vous gagnez en intelligence et voyez ce qui a réellement de l'importance. Mais c'est uniquement parce que d'autres éléments deviennent à leur tour importants, seuls les chiffres de l'équation ont changé, mais on calcule toujours de la même façon.

Et on ferait toujours le même choix, conditionné par nos neurotransmetteurs, l'information disponible, l'instinct de survie, la pulsion sexuelle, l'angoisse de la mort, la morale inculquée et l'instinct grégaire. Nous ne punissons pas les hommes parce qu'ils sont mauvais, mais parce qu'ils font de mauvais choix, parce qu'ils ont fait ce qui est considéré comme mauvais par le groupe. La morale n'est pas éternelle, elle ne nous vient pas du Ciel, ce ne sont que des règles nécessaires pour régir le bien-être du groupe. Ceux qui ne sont pas en mesure de suivre ces règles et d'adopter un certain type de comportement ne peuvent pas se démarquer puisqu'ils n'ont pas de libre arbitre – c'est une illusion. Comme beaucoup d'autres, les criminels font seulement ce qu'ils ont à faire. C'est pourquoi il faut les éliminer de façon à ce qu'ils ne se multiplient pas et n'empoisonnent pas le groupe avec leurs comportements inadaptés.

Ce que Simon Kefas voyait ce soir dans le miroir était un robot. Une construction élaborée et complexe avec de nombreuses possibilités. Mais un robot, malgré tout.

Que voulait venger ce garçon? Au nom de quoi? Voulait-il sauver un monde qui ne voulait pas être sauvé? Exterminer ceux dont nous avons besoin sans vouloir l'admettre? Car qui aurait la force de vivre dans un monde sans criminalité, sans la révolte stupide des imbéciles, sans tous ces êtres irrationnels qui veillent à ce qu'il y ait du mouvement, du changement. Sans espoir de voir un monde meilleur – ou pire. C'est cette agitation diabolique, le besoin qu'a le requin de bouger constamment pour avoir de l'oxygène. « C'est bien, ici. Maintenant. Restons là. Comme ça. » Non, ce n'est pas comme ça que ça se passe.

Simon avait entendu les pas. Il vérifia que le cran de sûreté était déverouillé.

La clé tourna dans la serrure.

Les pas étaient rapides. Il y avait visiblement urgence. Il compta les secondes sans quitter son reflet dans la glace au-dessus du lavabo de la salle de bains. Le garçon, en voyant que la chambre était telle qu'il l'avait laissée, se détendrait forcément et baisserait sa garde. Il pouvait entrer dans la salle de bains, mais dans ce cas, il aurait posé son arme avant. Simon continua à compter.

À vingt, il ouvrit la porte et sortit en tenant le pistolet devant lui.

Le garçon était assis sur le lit.

Il avait un pansement autour de la tête. Devant lui, sur le sol, se trouvait la mallette qui était auparavant dans l'armoire. Elle était ouverte et remplie de sachets de poudre blanche. Simon ne savait que trop ce que c'était. Le garçon avait fait un petit trou dans l'un d'eux. Dans sa main gauche, il tenait une cuillère avec de la poudre, dans l'autre un briquet allumé. Sur le lit, un paquet de seringues à usage unique et un plateau avec des canules.

« Qui va faire un trou le premier ? » demanda le garçon.

41

Simon s'assit sur la chaise face à lui. Et lui tint le briquet sous la cuillère.

«Comment m'avez-vous trouvé?

— Le téléphone, dit Simon sans quitter la flamme des yeux. Et les bruits de fond. Ça fait partie de mon boulot. Tu sais qui je suis?

— Simon Kefas, dit le garçon. Je vous reconnais d'après les photos.» La poudre s'était dissoute. De petites bulles montèrent à la surface. «Je n'opposerai aucune résistance. De toute façon j'avais l'intention de me rendre plus tard dans la journée.

—Ah bon? Pourquoi? Ta croisade est terminée?

— Il n'y a pas de croisade», répondit le jeune homme en posant doucement la cuillère. Simon savait qu'il fallait laisser l'héroïne liquide se refroidir un peu. «Il n'existe que des croyants aveugles, nous, qui croyons à ce qu'on nous a appris enfants. Mais un jour, on comprend que le monde ne fonctionne pas comme ça. Que tout n'est qu'ordure. Nous sommes tous des ordures.»

Simon reposa son pistolet dans sa main, le regarda. «Je ne t'emmène pas à la police, Sonny. Mais au Jumeau. Toi, la came et l'argent que tu lui as volé.»

Le jeune homme leva les yeux tandis qu'il arrachait le plastique

autour d'une des seringues. « Pas de problème. Ça revient au même. Il veut me tuer ?
— Oui.
— Traitement des ordures. Mais laissez-moi d'abord me faire ce shoot. » Il mit un morceau de coton dans la cuillère, piqua la pointe de la seringue dedans et actionna le piston. « Je ne connais pas ce produit, je ne sais pas s'il est coupé avec des saloperies », dit-il pour expliquer l'usage du coton.

Puis il regarda Simon pour s'assurer qu'il avait compris l'ironie de la réponse.

« Le stock de came de Kalle Farrisen, dit Simon. Tu l'as eu avec toi pendant tout ce temps sans être tenté d'y goûter ? »

Le garçon eut un rire bref et dur.

« Mauvaise formulation, rectifia Simon. Enlève "être tenté". Tu as réussi à résister. Comment ? »

Le garçon haussa les épaules.

« J'en connais un rayon sur la dépendance, enchaîna Simon. La liste des choses qui nous aident à tenir le coup n'est pas longue : soit on a rencontré Jésus, soit une fille, soit notre propre enfant, soit la grande faucheuse. Dans mon cas, ç'a été une fille. Et pour toi ? »

Pas de réponse.

« Ton père ? »

Sonny examina Simon, comme s'il avait découvert quelque chose.

Simon secoua la tête. « Vous vous ressemblez tellement. Déjà sur les photos, mais encore plus en vrai.

— J'ai toujours entendu dire que lui et moi, on ne se ressemblait pas du tout.

— Pas ton père et toi. Ta mère et toi. Tu as ses yeux. Elle se levait toujours aux aurores, avant nous, prenait son petit déjeuner avant de courir à son travail. Il m'arrivait de me lever tôt rien que pour la regarder s'asseoir, pas maquillée, fatiguée, mais avec ces yeux absolument splendides. »

Le jeune homme s'était figé.

Simon jouait avec l'arme, comme s'il cherchait quelque chose. « On était quatre fauchés et on se partageait un appartement à Oslo, c'était la solution la plus économique. Trois garçons qui allaient à l'École nationale de police, plus ta mère. Nous trois, on s'était donné le nom de Troïka et on était comme les doigts de la main. Il y avait ton père, Pontius Parr et moi. Ta mère épluchait les petites annonces pour trouver un appartement et on s'est mis en colocation. Je crois qu'on est tombés amoureux d'elle tous les trois dès qu'on l'a vue. » Simon souriait. « Chacun essayait de doubler les deux autres, on lui faisait tous la cour en cachette. Et comme on était tous les trois plutôt beaux gosses, elle ne devait pas savoir lequel choisir.

— Je n'étais pas au courant, dit le garçon. Mais ce que je sais, c'est qu'elle a fait le mauvais choix.

— Oui, répondit Simon. Elle m'a choisi, moi. »

Simon leva les yeux de son pistolet. Croisa son regard.

« Ta mère était l'amour de ma vie, Sonny. J'ai failli sombrer quand elle m'a quitté pour aller avec ton père. Surtout quand il s'est avéré par la suite qu'elle était enceinte. Tous les deux ont déménagé, ont acheté une maison à Berg. Elle enceinte, lui étudiant, ils avaient à peine de quoi vivre, mais les taux d'intérêt étaient bas et, dans ces années-là, les banques insistaient pour vous prêter de l'argent. »

Sonny n'avait pas cillé une seule fois. Simon s'éclaircit la voix.

« C'est à cette époque-là que j'ai vraiment commencé à m'adonner au jeu. Je devais déjà de l'argent, mais j'ai commencé à jouer aux courses. À miser gros. Il y avait quelque chose de libérateur à se tenir au bord de l'abîme, à savoir qu'il allait se passer quelque chose, peu importe quoi. Vers le haut ou vers le bas, au fond, quelle différence ? Ton père et moi, on ne se voyait plus. Je ne supportais pas de voir son bonheur. Pontius et lui s'entendaient comme larrons en foire, mais la Troïka était dissoute. J'ai trouvé une excuse quand il m'a demandé si je voulais être ton parrain, mais je me suis faufilé au fond de l'église quand tu t'es fait baptiser. Tu as été le seul bébé à ne pas crier. Tu posais un regard calme et souriant sur le jeune prêtre un peu nerveux, comme si c'était toi qui le baptisais et non l'inverse. Puis je suis sorti et j'ai misé treize mille couronnes sur un cheval qui s'appelait Sonny.

— Et ?

— Tu me dois treize mille billets. »

Le garçon sourit. « Pourquoi vous me racontez tout ça ?

— Parce que je me suis parfois demandé si les choses auraient pu être différentes. Si j'avais pu faire un autre choix. Pareil pour Ab. Et pour toi. Einstein a dit que la vraie folie c'est un homme qui refait toujours le même calcul en croyant qu'il va obtenir un résultat différent. Mais si Einstein se trompait, Sonny ? Peut-il y avoir autre chose, une inspiration divine qui, la fois suivante, nous fasse malgré tout agir autrement ? »

Le jeune homme se fit un garrot au bras avec un élastique. « À vous entendre, on dirait que vous êtes croyant, Simon Kefas.

— Je ne sais pas, je pose seulement la question. Ce que je *sais*, c'est que ton père était plein de bonne volonté, même si tu le juges sévèrement. Il voulait une meilleure vie, pas pour lui mais pour vous trois. Et cet amour a été son arrêt de mort. Et maintenant, tu te juges avec la même sévérité parce que tu penses que vous êtes des copies conformes. Mais tu n'es pas ton père. Qu'il ait failli sur le plan moral ne veut pas dire nécessairement que tu doives faillir à ton tour. La responsabilité des fils n'est pas d'être comme leurs pères, mais d'être meilleurs qu'eux. »

Le garçon mordit l'extrémité de l'élastique. « Peut-être, mais est-ce que ça compte encore maintenant ? » dit-il d'une bouche tordue, en renversant la tête en arrière pour serrer l'élastique et faire saillir les veines de son avant-bras. Il tint la seringue par en dessous, le pouce sur le piston. Comme un joueur de tennis de table chinois, songea Simon. Il tenait la seringue de la main droite alors qu'il était gaucher, mais Simon savait que les junkies devaient apprendre à se servir de leurs deux mains.

« Oui, ça compte, parce que la balle est dans ton camp, Sonny. Tu veux te faire ce shoot ? Ou bien tu veux m'aider à coincer le Jumeau ? Et la vraie taupe ? »

La goutte au bout de l'aiguille scintilla. On entendait la circulation et des rires monter de la rue, et des phrases balbutiées sur l'oreiller dans la chambre d'à côté. La ville qui battait calmement, en été.

« Je vais organiser une rencontre où à la fois le Jumeau et la taupe seront présents. Mais sans toi vivant, impossible, c'est toi l'appât. »

Le garçon paraissait ne pas entendre, il avait penché la tête, s'était recroquevillé pour ainsi dire autour de la seringue, se préparant pour le rush. Simon serra les dents. Et fut surpris quand il entendit la voix de Sonny :

« C'est qui, la taupe ?

— Tu verras quand tu seras là-bas, pas avant. Je sais ce que tu traverses, Sonny. Mais il arrive toujours un moment où on ne peut plus repousser l'échéance, où tu ne peux pas être faible encore un jour en te faisant la promesse que demain, oui, demain, tu commenceras une nouvelle vie. »

Sonny secoua la tête. « Il n'y aura pas de nouvelle vie. »

Les yeux de Simon se posèrent sur la seringue. Et soudain il comprit. Une overdose.

« Tu veux mourir sans savoir, Sonny ? »

Le jeune homme leva les yeux de sa seringue et regarda Simon.

« Vous ne voyez donc pas où ça m'a entraîné, Kefas ? »

*

« C'est ici ? » demanda Åsmund Bjørnstad en se penchant sur le volant. Il lut l'enseigne au-dessus de l'entrée. « Hôtel Bismarck ».

« Oui, dit Kari en détachant sa ceinture de sécurité.

— Et vous êtes sûre qu'il est ici ?

— Simon voulait savoir quels hôtels dans le quartier de Kvadraturen avaient des clients qui payaient en liquide. Je suppose qu'il sait quelque chose, alors j'ai appelé les six hôtels et je leur ai envoyé des photos de Sonny Lofthus.

— Et Bismarck vous a répondu positivement ?

— Quelqu'un de la réception m'a confirmé que l'homme sur la photo loge dans la chambre 216. Il m'a aussi dit qu'un policier était déjà venu et avait eu accès à sa chambre. L'hôtel aurait passé un accord avec ce policier et il espérait qu'on le respecterait.

— Simon Kefas ?

— J'en ai peur.

— Eh bien, allons-y. » Åsmund Bjørnstad prit son talkie-walkie et appuya sur le bouton *talk* : « Allez-y. »

Des crachotements dans le récepteur : « Ici Delta. À vous.

— Vous pouvez y aller. C'est la chambre 216.

— Bien reçu. Nous entrons. Terminé. »

Bjørnstad posa le talkie-walkie.

« Quelles sont vos instructions ? s'enquit Kari qui se sentit soudain serrée dans son chemisier.

— D'abord assurer la sécurité des agents, tuer si nécessaire. Vous allez où ?

— J'ai besoin d'un peu d'air. »

Kari traversa la rue. Devant elle, des policiers équipés de pistolets-mitrailleurs MP5. Certains entrèrent dans le hall, d'autres se postèrent dans la cour où se trouvaient l'escalier de service et l'issue de secours.

Elle traversa la réception et était à mi-chemin dans l'escalier quand elle comprit qu'ils enfonçaient la porte et entendit les détonations des grenades aveuglantes. Elle continua d'avancer dans le couloir, une voix parlait dans un talkie-walkie : « Zone sécurisée. »

Elle entra.

Quatre policiers : un dans la salle de bains, trois dans la chambre à coucher. Toutes les portes de placard et les fenêtres ouvertes.

Personne d'autre. Aucune affaire personnelle. Le client avait quitté l'hôtel.

Markus cherchait des grenouilles accroupi dans l'herbe quand il vit le Fils sortir de la maison jaune et venir vers lui. Le soleil de l'après-midi était si bas au-dessus du toit de la maison que quand il s'arrêta devant lui, il y avait comme des rayons autour de sa tête. Il sourit et Markus fut content de constater qu'il avait l'air moins triste que ce matin.

« Merci pour tout, Markus.

— Tu t'en vas ?

— Oui, maintenant je m'en vais.

— Pourquoi tu dois toujours partir ? » Ces mots étaient sortis tout seuls.

Le Fils s'accroupit, posa une main sur l'épaule de Markus. « Je me souviens de ton père, Markus.

— Ah bon ? demanda-t-il, incrédule.

— Oui. Et quoi que dise ou pense ta mère, il était toujours gentil avec moi. Et un jour, il a chassé un grand élan mâle qui s'était égaré dans le quartier et ne retrouvait pas le chemin de la forêt.

— C'est vrai ?

— Oui, et il l'a fait tout seul. »

Markus remarqua quelque chose de bizarre. Derrière la tête du Fils, dans la fenêtre ouverte de la chambre à coucher de la maison jaune, les fins rideaux blancs se soulevaient terriblement. Alors qu'il n'y avait pas un souffle de vent.

Le Fils se redressa, passa la main dans les cheveux de Markus et commença à descendre la rue. Il balançait une mallette en sifflotant. Le regard de Markus fut attiré par quelque chose et il tourna de nouveau la tête vers la maison. Les rideaux étaient en feu. Puis il vit que les autres fenêtres étaient ouvertes, elles aussi. Toutes.

Un élan mâle, pensa Markus. Mon père a chassé un élan mâle.

Il y eut un bruit dans la maison, comme si l'air était aspiré. Le son monta, avec des bruits en dessous, puis des notes plus chantantes par-dessus qui gagnaient en intensité et devenaient une musique menaçante et triomphante. Et elles sautaient et tournoyaient derrière les fenêtres noires maintenant, les danseuses jaunes qui fêtaient déjà la chute, le jour du Jugement dernier.

*

Simon mit la voiture au point mort et laissa tourner le moteur.

Plus loin dans la rue, devant chez lui, il y avait une voiture. Une Ford Mondeo bleue neuve. Avec des vitres teintées. Une voiture de même modèle attendait devant l'entrée du service d'ophtalmologie à l'hôpital. Une coïncidence peut-être, sauf que le district de police d'Oslo avait acheté huit Ford Mondeo l'année dernière. Avec vitres teintées, de sorte qu'on ne pouvait pas voir le gyrophare bleu sur la plage arrière.

Simon prit son téléphone sur le siège passager et composa le numéro.

Son interlocuteur décrocha avant même la deuxième sonnerie.

« Qu'est-ce que tu veux ?

— Salut, Pontius. Ça t'énerve que mon téléphone soit toujours en mouvement ?

— C'est bon, arrête de faire le con, Simon, et je te promets que ça n'aura pas de conséquences.

— Aucune ?

— Pas si tu arrêtes immédiatement. C'est un deal ?

— Avec toi, il faut toujours faire des deals, Pontius. Alors, je te propose un deal. Je te donne rendez-vous tôt demain matin dans un restaurant.

— Tiens donc ? Et qu'est-ce qu'il y a au menu ?

— Quelques criminels qui feraient de beaux trophées de chasse dans ton palmarès.

— D'autres détails ?

— Non. Mais tu auras l'adresse et l'heure si tu me promets de venir accompagné d'une seule personne. Ma collègue Kari Adel. »

Il y eut un long silence.

« Est-ce que tu essaierais de me rouler, Simon ?

— Est-ce que je l'ai déjà fait ? Rappelle-toi que tu as beaucoup à gagner dans cette affaire. Ou plus exactement, tu as beaucoup à perdre si tu laisses ces personnes en liberté.

— Tu me donnes ta parole que tu ne me fais pas un coup fourré ?

— Oui. Tu crois que j'ai envie qu'il arrive quelque chose à Kari ? »

Pause.

« Non. Tu n'as jamais été comme ça, toi, Simon.

— C'est sans doute pour ça que je ne suis jamais devenu directeur de la police.

— Très drôle. Quand et où ?

— À sept heures et quart. Sur le quai d'Aker Brygge, au numéro 86. À demain. »

Simon baissa sa vitre, jeta le téléphone et le vit disparaître par-dessus la clôture des voisins. Au loin, il entendit des sirènes de pompiers.

Puis il enclencha la première et démarra.

Il partit vers l'ouest. Près de Smestad il bifurqua vers la colline de Holmenkollen. Serpenta jusqu'en haut, là où il avait toujours eu le sentiment d'avoir une vue d'ensemble.

Sur le parking panoramique, il n'y avait plus trace de la Honda. La police technique et scientifique avait fini son travail. Cet endroit n'était malgré tout pas une scène de crime.

Et certainement pas un lieu pour assassiner.

Simon gara sa voiture de manière à pouvoir jouir de la vue sur le fjord et du soleil couchant.

Petit à petit, l'obscurité tomba, Oslo ressembla de plus en plus à un feu de camp éteint, avec des braises rouges et jaunes qui paraissaient respirer. Simon remonta le col de son pardessus et bascula son siège en arrière. Il devait essayer de dormir. Demain était un grand jour.

Le plus grand jour de sa vie.

Si la chance leur souriait.

*

« Essaie celui-là », dit Martha en tendant un blouson au garçon.

Il était assez jeune, elle ne l'avait vu qu'une fois auparavant. Vingt ans peut-être, et il pourrait se considérer chanceux s'il arrivait jusqu'à vingt-cinq. C'était du moins l'avis de tous les autres à l'accueil.

« Voilà, il te va très bien ! dit-elle avec un sourire. Avec ça, qu'est-ce que tu en dis ? » ajouta-t-elle en lui tendant un jean presque neuf. Elle sentit une présence derrière elle et se retourna. Il avait dû entrer par la cafétéria et peut-être rester sur le pas de la porte pour la regarder. Son costume et son pansement autour de la tête attiraient suffisamment l'attention, mais Martha remarquait autre chose : l'intensité de son regard qui l'aspirait tout entière.

Ce qu'elle ne voulait plus. Ce qu'elle voulait encore…

*

Lars Gilberg se retourna dans son sac de couchage flambant neuf. Le vendeur dans la boutique de sport avait examiné son billet de mille couronnes d'un air soupçonneux avant de l'accepter et de lui remettre cette pure merveille. Il entrouvrit un œil.

« Tu es de retour, constata-t-il. Putain, t'es devenu hindou ? » Sa voix renvoya un bref écho sec sous la voûte du pont.

« Qui sait ? dit en souriant le jeune homme qui s'accroupit, grelottant, à côté de lui. J'ai besoin d'un endroit où dormir cette nuit.

— Fais comme chez toi. Même si t'as l'air d'avoir les moyens de te payer un hôtel.

— Ils me retrouveraient.

— C'est pas la place qui manque ici, et personne viendra nous emmerder.

— Est-ce que je peux t'emprunter des journaux ? Enfin, si tu les as lus… »

Gilberg rit. « Tu peux prendre mon ancien sac, je m'en sers comme matelas. » Il tira de sous lui son vieux sac de couchage crasseux et troué de partout. « Tu sais quoi ? Tu vas prendre le nouveau, et moi je dormirai dans le vieux cette nuit. Il y a trop de moi dans l'ancien, je sais pas comment t'expliquer.

— T'es sûr ?

— Oui. Mon vieux sac va être content de me retrouver, je te dis.

— Merci beaucoup, Lars. »

Lars Gilberg répondit par un sourire.

Et en se recouchant, il sentit une bonne chaleur qui ne venait pas du sac de couchage, mais de quelque part à l'intérieur.

*

Une sorte de soupir se répandit dans le couloir quand toutes les portes des cellules de Staten se fermèrent simultanément pour la nuit.

Johannes Halden s'assit sur le lit. Peu importe sa position. Assis, couché ou debout, les douleurs étaient les mêmes. Et il savait qu'elles ne partiraient pas mais ne feraient chaque jour qu'empirer. La maladie se voyait à présent : outre son cancer des poumons, il avait une tumeur à l'aine qui faisait la taille d'une balle de golf.

Arild Franck avait tenu sa promesse. Comme punition pour avoir aidé Sonny à se faire la belle, Johannes était condamné à se laisser ronger par le cancer sans soins médicaux ni antidouleurs. Peut-être que Franck l'enverrait à l'infirmerie quand il trouverait que Halden serait resté couché suffisamment longtemps pour qu'on craigne qu'il ne meure à tout instant, uniquement pour éviter d'avoir à inscrire une mort en cellule dans le rapport annuel.

Tout était si silencieux. Surveillé par l'œil des caméras et silencieux. Autrefois, les gardiens effectuaient des rondes après la fermeture des portes et c'était rassurant d'entendre leurs pas. À Ullersmo, un des gardiens, Håvelsmo, un homme d'un certain âge, religieux, chantait toujours en marchant. De vieux psaumes portés par une voix de baryton profond. C'était la meilleure berceuse qu'un détenu de longue peine pouvait avoir, même les plus psychotiques s'arrêtaient de crier quand ils entendaient Håvelsmo passer dans les couloirs. Si seulement il avait pu être là! Et Sonny aussi. Mais il ne pouvait pas se plaindre. Le garçon lui avait donné ce qu'il souhaitait. Le pardon. Et une berceuse par-dessus le marché.

Il leva l'aiguille vers la lumière.

La berceuse.

Le garçon lui avait expliqué qu'il l'avait reçue dans une bible, par l'aumônier de prison, Per Vollan – puisse son âme torturée trouver la paix –, que c'était l'héroïne la plus pure qu'on puisse trouver à Oslo. Puis il lui avait montré comment faire, quand le moment serait venu.

Johannes posa la seringue contre son bras, au-dessus de la grosse veine bleue. Il inspira en tremblant.

C'était donc tout, c'était ça une vie. Une vie qui aurait pu être radicalement différente s'il n'avait pas accepté de charger à bord les deux sacs du port de Songkhla. Étrange. Aurait-il encore accepté aujourd'hui? Non. Mais celui qu'il était à l'époque avait dit oui. Et pas qu'une fois. Alors était arrivé ce qui devait arriver.

Il poussa l'aiguille contre la peau, frissonna en voyant la peau céder un peu puis faire un trou pour laisser entrer la pointe. Il pressa le piston jusqu'en bas. Un geste calme, sans à-coups. Il fallait tout injecter, c'était important.

En premier, ses douleurs disparurent. Comme par enchantement.

Et il comprit ce dont ils parlaient sans arrêt entre eux. Le rush. La chute libre. L'étreinte. C'était vraiment si simple que ça? Il suffisait d'un shoot? Elle se dressait à présent devant lui, en robe de soie, avec ses cheveux de jais et ses yeux en amande. Et sa voix douce murmurait les mots anglais difficiles à prononcer du bout de ses lèvres douces comme des framboises. Johannes Halden ferma les yeux et s'effondra sur le lit.

Le baiser.

C'était ça, qu'il avait attendu pendant toutes ces années.

*

Devant l'écran de télévision, Markus cligna des yeux. À la télé et à la radio, ils parlaient sans arrêt de tous ceux qui avaient été tués ces dernières semaines. Sa mère lui avait dit de ne pas trop regarder les images, qu'il ferait des cauchemars. Mais ça faisait longtemps qu'il n'avait pas fait de cauchemars. Et maintenant, il passait à la télé, et Markus l'avait reconnu. Il était à une table devant plein de micros et il répondait à des questions. Markus se souvenait de lui à cause de ses lunettes rectangulaires. Il ne comprenait pas ce qu'il disait ni de quoi il parlait. Juste que l'homme n'aurait plus besoin de venir allumer le chauffage dans la maison jaune maintenant qu'elle avait brûlé.

CINQUIÈME PARTIE

42

À sept heures moins vingt-cinq, Beatrice Jonasen, la secrétaire du cabinet d'avocats Tomte & Øhre, étouffa un bâillement tandis qu'elle essayait de se rappeler dans quel film elle avait vu le trench que la femme devant elle portait. Quelque chose avec Audrey Hepburn. *Breakfast at Tiffany's*? En plus, elle avait un foulard en soie et des lunettes de soleil très années 60. La femme posa un sac sur le comptoir, dit que c'était pour Jan Øhre, selon l'accord dont ils étaient convenus, et elle s'en alla.

Une demi-heure plus tard, le soleil se reflétait sur les vitrines de la façade en briques rouges de l'hôtel de ville d'Oslo et les premiers bateaux venant de Nesodden, Son et Drøbakk accostaient sur le quai d'Aker Brygge et déposaient les premiers passagers qui faisaient la navette pour aller travailler. La journée s'annonçait de nouveau sans nuage, mais il y avait une fraîcheur dans l'air qui rappelait, si besoin était, que l'été ne serait pas éternel. Deux hommes marchaient côte à côte sur la promenade le long des quais, passaient devant les restaurants aux chaises encore retournées sur les tables des terrasses, les boutiques de vêtements qui n'ouvriraient pas avant quelques heures et les marchands des rues qui installaient leurs étals dans l'attente des dernières vagues de touristes venus visiter la capitale en été. Le plus jeune des deux hommes portait un costume gris élégant, mais froissé et taché. Le plus âgé avait une veste à carreaux achetée en solde à Dressman et un pantalon qui n'allait pas du tout avec, qui n'avait en commun que le prix. Tous deux arboraient les mêmes lunettes de soleil, achetées à une station-service vingt minutes plus tôt, et transportaient des mallettes identiques.

Les deux hommes s'engagèrent dans une ruelle déserte. Cinquante mètres plus loin, ils descendirent un escalier en fer étroit et se retrouvèrent devant la porte d'un restaurant qui ne payait pas de mine et dont le nom – en lettres très discrètes – laissait supposer qu'on y servait du poisson et des fruits de mer. Le plus âgé baissa la poignée : c'était fermé. Il frappa. Un visage, tordu comme dans un miroir déformant, apparut derrière le judas au milieu de la porte. Ses lèvres bougèrent et les mots résonnèrent comme s'ils avaient été prononcés sous l'eau. « Levez les mains, que je puisse les voir. »

Ils obéirent et la porte s'ouvrit.

L'homme était blond et trapu. Ils regardèrent le pistolet qu'il pointait sur eux.

« Comme vous voyez, je suis de retour, dit le plus âgé en remontant ses lunettes de soleil sur son front.

— Entrez », ordonna le blond.

Dès qu'ils eurent franchi la porte, deux hommes en costume noir se mirent à les fouiller, tandis que le blond s'accoudait nonchalamment sur le comptoir du vestiaire, mais sans baisser son arme. L'un d'eux prit l'arme que le plus âgé portait dans son holster et la tendit au blond.

« Celui-là n'a rien sur lui, dit l'autre homme en noir en indiquant le jeune. Mais il a un drôle de bandage autour de la taille. »

Le blond dévisagea le jeune homme. « Alors c'est toi le Bouddha à l'épée ? *Angel from Hell*, hein ? » Ce dernier ne répondit pas. Le blond cracha par terre devant ses chaussures Vass noires bien cirées. « Ça te va bien, on dirait que quelqu'un t'a taillé une croix sur le front.

— À toi aussi. »

Le blond fronça les sourcils. « Eh, qu'est-ce que tu veux dire, Bouddha ?

— Tu ne vois pas ? »

Le blond fit un pas en avant et se hissa sur la pointe des pieds de sorte que leurs nez se touchèrent presque.

« Eh, du calme, dit le plus âgé.

— Toi, ta gueule, le vieux », dit le blond en soulevant la veste du jeune homme et en retirant la chemise du pantalon. Il palpa lentement le bandage autour du ventre.

« C'est là ? » demanda-t-il quand sa main arriva sur le côté.

Deux gouttes de sueur perlaient sur le front du garçon, au-dessus de ses lunettes. Le blond passa un doigt sous le pansement. Le jeune homme ouvrit la bouche, mais aucun son ne sortit.

Le blond montra les dents. « Ah, j'ai trouvé l'endroit. » Il fourra ses doigts dans la plaie et tritura la chair.

Un gémissement rauque sortit de la bouche du garçon.

« Bo, le chef attend, dit l'un d'eux.

— Mais oui », répondit le blond tout bas sans quitter des yeux le jeune homme qui respirait lourdement. Le blond pinça encore plus fort. Derrière les lunettes noires, une larme coula sur la joue pâle du garçon.

« T'as le bonjour de Sylvester et d'Evgeni », chuchota le blond. Puis il le lâcha et se tourna vers les autres. « Prenez leurs mallettes et emmenez-les dedans. »

Les deux leur remirent les mallettes et entrèrent dans le restaurant.

Le plus âgé ralentit automatiquement.

La silhouette d'un homme, d'un homme colossal, se dessinait contre la lumière verte d'un aquarium où se trouvait une grosse pierre blanche avec un cristal qui brillait dessus. De longs filaments ondulaient au gré du courant créé par les bulles. Des poissons bigarrés nageaient en tous sens, et dans le fond reposaient des homards avec leurs pinces maintenues par des attaches.

«Comme promis…, chuchota le plus âgé. C'est lui.
— Mais je ne vois pas la taupe, répliqua le plus jeune.
— Fais-moi confiance, elle viendra.
— Inspecteur Simon Kefas, lança le chef d'une voix tonitruante. Et Sonny Lofthus. J'ai longtemps attendu ce moment. Entrez, asseyez-vous. »

Lorsqu'ils s'approchèrent et prirent place dans les chaises face au mastodonte, le jeune homme se tenait plus raide que le plus âgé.

Quelqu'un se glissa sans bruit par la porte battante de la cuisine. Baraqué, le cou épais, à l'image des trois autres. « Ils sont venus seuls », annonça-t-il en se postant avec le trio de bienvenue de façon à former un demi-cercle derrière les deux hommes.

«Trop de lumière ? demanda le colosse en se tournant vers le jeune, qui avait gardé ses lunettes de soleil.
— Merci, mais je vois ce que j'ai besoin de voir, répondit-il d'une voix blanche.
— Bonne réponse, j'aimerais bien avoir des yeux aussi jeunes et vifs que les tiens, reprit le boss. Sais-tu que la sensibilité à la lumière diminue de trente pour cent avant l'âge de cinquante ans? Vu sous cet angle, la vie est un voyage vers l'obscurité, et non vers la lumière, n'est-ce pas ? N'y voyez pas un mauvais jeu de mots par rapport à votre femme, inspecteur Kefas, mais c'est pourquoi il est bon de s'habituer le plus tôt possible à se déplacer dans la vie en aveugle. Nous devons faire nôtre la faculté qu'a la taupe d'utiliser d'autres sens pour voir les obstacles et les menaces qui se dressent devant nous, n'est-ce pas ? »

Il écarta les bras. C'était comme voir une excavatrice avec deux énormes godets.

«Ou bien – évidemment – acheter une taupe qui peut voir à votre place. Le problème avec les taupes, c'est qu'elles se cantonnent la plupart du temps sous terre et qu'on les perd facilement. C'est comme ça que j'ai perdu la mienne. Je me demande où elle est passée. Et si je comprends bien, toi aussi tu aimerais la retrouver, n'est-ce pas ? »

Le jeune homme haussa les épaules.

« Laisse-moi deviner. Kefas t'a attiré ici en te disant que tu rencontrerais la taupe, c'est ça ? »

L'homme plus âgé se racla la gorge. « Il se trouve que Sonny a accepté de venir de son plein gré parce qu'il a envie de faire la paix. Il trouve qu'il a suffisamment vengé la mémoire de son père et que les deux parties sont quitte. Pour montrer sa bonne volonté, il veut bien rendre l'argent et la drogue qu'il a pris, en échange que la chasse à l'homme s'arrête. Est-ce qu'on peut nous apporter les mallettes ? »

Le boss fit un signe de tête au blond qui posa les deux mallettes sur la table. Le plus âgé tendit la main vers l'une d'elles, mais le blond la repoussa.

« Mais je voulais seulement vous montrer que M. Lofthus a apporté un tiers de la drogue et un tiers de l'argent ici, protesta-t-il en mettant les mains en l'air. Le reste, vous l'aurez quand il aura obtenu la promesse d'un cessez-le-feu et celle de repartir vivant d'ici. »

*

Kari coupa le contact. Regarda l'enseigne de l'ancien atelier où s'affichait en lettres rouges « Aker Brygge ». Les ferrys qui venaient d'accoster déversaient des foules de passagers.

« Vous êtes sûr qu'un directeur de la police peut aller à un rendez-vous avec des criminels sans avoir de renforts ?

— Comme disait un ami à moi, répondit Pontius Parr, en vérifiant son arme avant de la remettre dans son holster, "pas de risque, pas de gain".

— Je croirais entendre Simon », fit remarquer Kari en jetant un coup d'œil à l'horloge au sommet de la tour de l'hôtel de ville. Sept heures dix.

« Exact, fit Parr en souriant. Et vous savez quoi, Adel ? J'ai le sentiment que cette journée va nous attirer les honneurs. Je veux que vous m'accompagniez à la conférence de presse après. Le directeur de la police et la jeune fonctionnaire de police. » Il claqua la langue comme pour mieux goûter les mots. « Oui, je crois qu'ils vont aimer ça. » Il ouvrit sa portière et descendit.

Kari dut trottiner pour le rattraper sur la promenade des quais.

*

« Eh bien ? dit l'homme plus âgé. Est-ce que c'est un marché qui vous paraît acceptable ? Vous récupérez ce qui vous a été volé et Lofthus obtient un sauf-conduit et quitte le pays.

— Et vous obtenez votre petite commission pour avoir négocié la paix, n'est-ce pas ? dit le colosse avec un sourire.

— Précisément.

— Hum. » L'homme regarda Simon comme s'il cherchait quelque chose qu'il ne trouvait pas. « Bo, ouvre les mallettes. »

Le blond s'avança. Essaya de soulever les loquets en métal. « Elle est fermée, chef.

— 1, dit le jeune homme d'une voix douce, presque dans un murmure. 9, 9, 9. »

Le blond tourna le cylindre de la serrure pour faire apparaître les bons chiffres. Souleva le couvercle. Tourna la mallette vers le boss.

« Voyons ça, dit ce dernier en soulevant un des sachets de poudre blanche. Un tiers. Et où est le reste ?

— Dans un endroit secret, répondit l'homme plus âgé.

— Naturellement. Et le code de la mallette avec l'argent, c'est... ?

— Le même, répondit le jeune homme.

— 1999. L'année de la disparition de ton père, n'est-ce pas ? »

Le jeune homme ne répondit pas.

« Alors ? dit le plus âgé avec un sourire forcé, en tapant dans ses mains. Est-ce que nous pouvons partir maintenant ?

— Mais je pensais que nous allions déjeuner ensemble. Vous aimez le homard, n'est-ce pas ? Non ? »

Pas de réaction.

Il poussa un profond soupir. « À vrai dire, je ne raffole pas du homard, moi non plus. Mais vous savez quoi ? J'en mange quand même. Pourquoi ? Parce que c'est ce qu'on attend d'un homme dans ma position. » Les pans de sa veste de costume s'écartèrent sur son thorax massif lorsqu'il ouvrit les bras. « Homard, caviar, champagne, des Ferrari de collection auxquelles il manque toujours une pièce, des ex-mannequins qui réclament des pensions faramineuses, la solitude sur le yacht et la chaleur des Seychelles... Nous faisons beaucoup de choses qui nous indiffèrent, n'est-ce pas ? Mais c'est la vie qu'il faut mener pour entretenir la motivation. Pas la mienne, mais la motivation de ceux qui travaillent pour moi. Ils doivent voir ces signes extérieurs de richesse. Les preuves visibles de la position que j'ai atteinte. Et qu'ils pourront atteindre s'ils font bien leur travail, n'est-ce pas ? » Le géant glissa une cigarette entre ses lèvres charnues. Elle paraissait toute petite au milieu de cette grosse tête. « Mais il y a aussi des signes extérieurs de puissance pour montrer à mes concurrents et adversaires éventuels l'étendue de mon pouvoir. C'est la même chose avec la violence et la brutalité. À vrai dire, je n'aime pas beaucoup ça, mais il en faut parfois pour entretenir la motivation. Pour que les gens paient ce qu'ils me doivent et pour que personne n'ait envie de me mettre des bâtons dans les roues... » Il alluma sa cigarette avec un briquet en forme de pistolet. « Par exemple, il y avait une personne qui était à mon service pour transformer des armes. Il s'est retiré des affaires. J'accepte que quelqu'un préfère bricoler des motos plutôt que des armes, mais ce qui est *inacceptable*, c'est qu'il donne un Uzi à un type qui, il le sait, a déjà tué plusieurs de mes hommes. »

Il tapota du doigt la vitre de l'aquarium.

Les regards de deux hommes suivirent son doigt. Le jeune homme tressaillit. Le plus âgé se contenta de regarder fixement.

La pierre blanche avec les filaments qui ondulaient. Ce n'était pas une pierre. Et ce n'était pas un bout de cristal qui brillait dessus. C'était une dent en or.

« Bien sûr, on peut objecter que c'est exagéré de décapiter quelqu'un pour ça, mais il faut inciter ses troupes à la loyauté, et de temps en temps il faut employer les grands moyens. Je suis sûr que vous êtes d'accord avec moi, inspecteur.

— Pardon ? » fit ce dernier.

Il inclina la tête sur le côté et l'examina. « Des problèmes d'oreille, inspecteur ? »

L'homme plus âgé regarda de nouveau le colosse. « C'est l'âge, j'en ai peur. Alors si vous pouviez parler un petit peu plus fort, ce serait plus facile. »

Le Jumeau rit, surpris. « Plus fort ? » Il tira sur sa cigarette et lança un regard au blond. « T'as vérifié qu'ils n'ont pas de micros sur eux ?

— Oui, chef. Dans le restaurant aussi.

— Alors, comme ça vous êtes en train de devenir sourd, Kefas ? Comment ça va être avec votre femme quand… Comment c'est déjà, l'expression ? L'aveugle doit guider le sourd ? »

Il jeta un regard autour de lui, les sourcils levés, et les quatre hommes se mirent à rire de concert.

« Ils rient parce qu'ils ont peur de moi, dit le géant en se tournant vers le garçon. Est-ce que tu as peur, jeune homme ? »

Le plus jeune ne répondit pas.

Le plus âgé regarda sa montre.

*

Kari regarda sa montre. Sept heures quatorze. Parr avait dit qu'ils devaient être ponctuels.

« C'est là », dit Parr en indiquant le nom sur la façade. Il se dirigea vers la porte du restaurant et la tint ouverte pour laisser passer Kari.

Le vestiaire était sombre et silencieux, mais elle entendit des voix dans la salle.

Parr sortit son pistolet et fit signe à Kari de faire de même. Elle savait que son tir au fusil à Enerhaugen avait été dûment commenté et elle avait été obligée de rappeler au directeur de la police qu'elle restait malgré tout une novice pour ce qui était des opérations sensibles. Mais il lui avait expliqué que Simon avait insisté pour que ce soit elle et personne d'autre qui l'accompagne, et que dans neuf cas sur dix, il suffisait de montrer sa carte de police. Et dans quatre-vingt-dix-neuf cas sur cent, il suffisait de la montrer en même temps qu'une arme. Malgré cela, le cœur de Kari battait à tout rompre, tandis qu'ils s'avançaient rapidement en direction de la salle du restaurant.

Dès qu'ils apparurent, le silence se fit.

« Police ! » dit Parr en pointant son pistolet vers les hommes de la seule table occupée. Kari avait fait deux pas de côté et mit en joue le plus grand des deux. L'espace d'un instant, on n'entendit plus que la voix de Johnny Cash en arrière-plan, *Give My Love to Rose*, qui sortait de la petite enceinte fixée au mur, entre le buffet et la tête empaillée d'un bœuf aux longues cornes. Apparemment un restaurant spécialisé dans la viande de bœuf, mais qui servait aussi le petit déjeuner. Les deux hommes, tous deux vêtus d'un costume gris clair, les regardèrent avec étonnement. Kari remarqua qu'ils n'étaient finalement pas les seuls dans ce restaurant : attablé près de la fenêtre donnant sur le quai, un couple plus âgé avait failli avoir un infarctus. *Ça ne doit pas être ici*, songea Kari. Ça ne pouvait pas être le restaurant où Simon leur avait demandé d'aller. Jusqu'au moment où le plus petit des deux hommes s'essuya avec sa serviette et leur dit :

« Merci d'avoir pu venir en personne, monsieur le directeur. Je vous assure qu'aucun de nous n'est armé ou n'est animé de mauvaises intentions.

— Qui êtes-vous ? tonna Parr.

— Je m'appelle Jan Øhre, je suis avocat et je représente mon client, Iver Iversen senior», dit-il en faisant un geste vers l'autre homme, plus grand. Kari vit immédiatement la ressemblance avec Iversen junior.

« Que faites-vous ici ?

— La même chose que vous, je suppose.

— Ah bon ? On a promis de me servir des criminels pour le petit déjeuner.

— Rassurez-vous, cette promesse sera tenue, Parr. »

*

« Eh bien, reprit le géant. Tu *devrais* avoir peur. »

Il adressa un signe de tête au blond qui tira de sa ceinture un couteau avec longue lame effilée, fit un pas en avant, passa l'avant-bras autour du front du jeune homme tout en appuyant le couteau contre son cou.

«Tu croyais vraiment que je m'intéressais à la menue monnaie que tu as embarquée, Lofthus ? Laisse cet argent où il est. J'ai promis à Bo qu'il aurait le droit de te débiter en morceaux, et je considère la drogue et l'argent dont je ne reverrai pas la couleur comme un investissement très rentable. Un investissement dans la motivation, n'est-ce pas ? Il y a naturellement plusieurs manières de te liquider, mais tu auras droit à la moins douloureuse si tu nous racontes ce que tu as fait de Sylvester, pour que nous puissions l'enterrer comme il sied à un bon chrétien. Alors ? »

Le jeune homme déglutit, mais ne répondit pas.

Le colosse tapa du poing sur la table à en faire sauter les verres. «Toi aussi, tu entends mal ?

— Peut-être, ricana le blond qui avait le visage tout contre celui du jeune homme dont une oreille était collée au bras qui lui entourait la tête. Bouddha a une boule Quies dans l'oreille ! »

Les autres éclatèrent de rire.

Le boss, désabusé, secoua la tête tandis qu'il composait le bon code sur la serrure de l'autre mallette.

« Vas-y, Bo, découpe-le. » Il y eut un déclic lorsque l'autre mallette s'ouvrit, mais les hommes étaient trop intéressés par le couteau de Bo pour voir la petite tige métallique qui était tombée de la valise sur le sol en pierre.

« Votre mère, une petite femme très intelligente, a souvent raison, mais elle a commis une erreur en ce qui vous concerne, dit Simon. Elle n'aurait jamais dû laisser le fils du diable téter ses seins…

— Bordel de m… », s'écria le géant. Ses hommes se retournèrent. Dans la valise, à côté d'un pistolet et d'un Uzi, il y avait un objet vert olive qui ressemblait à une poignée de guidon de vélo.

Le boss leva aussitôt les yeux, le temps de voir l'homme plus âgé faire basculer ses lunettes devant ses yeux.

*

« Il est exact que nous sommes convenus avec l'inspecteur Simon Kefas que je vous rencontrerais ici avec mon client, dit Jan Øhre après avoir montré à Pontius Parr ses papiers confirmant qu'il était avocat. Il ne vous l'a pas dit ?

— Non », répliqua Pontius. Kari pouvait lire sur son visage la confusion se mêler à un sentiment de colère.

Jan Øhre échangea un regard avec son client. « Cela veut-il dire que vous n'êtes pas au courant de notre accord ?

— Quel accord ?

— Celui sur la réduction de la peine. »

Parr secoua la tête. « Simon m'a seulement dit que j'aurais des criminels servis sur un plateau d'argent. C'est quoi, cette histoire ? »

Øhre s'apprêtait à répondre quand Iver Iversen se pencha pour lui chuchoter quelques mots à l'oreille. Øhre acquiesça et Iversen se cala de nouveau sur sa chaise et ferma les yeux. Kari le regarda. Il avait l'air d'un homme au bout du rouleau. Épuisé, résigné.

Øhre s'éclaircit la voix. « L'inspecteur Kefas pense détenir certaines… euh, preuves contre mon client et sa femme décédée. Il s'agit de plusieurs transactions immobilières avec un homme d'affaires du nom de Levi Thou. »

Thou, songea Kari. Un nom peu courant qu'elle avait pourtant entendu récemment. Elle avait salué quelqu'un qui portait ce nom-là. À l'hôtel de police. C'était sûrement sans importance.

« Kefas aurait aussi des preuves qu'un meurtre a été commandité par Agnete Iversen. Kefas dit que par égard pour M. Iversen junior, il s'abstiendra de donner ces preuves. Pour ce qui est des transactions immobilières, il y aura une réduction de peine, au cas où mon client accepterait d'avouer et de témoigner devant un tribunal contre Levi Thou, alias le Jumeau. »

Pontius enleva ses lunettes rectangulaires et les essuya avec son mouchoir. Kari fut étonnée du bleu enfantin de ses yeux.

« Cela me paraît être un marché que nous pouvons honorer.

— Bien », dit Øhre. Il ouvrit le dossier qu'il avait posé sur la chaise à côté de lui et en sortit une enveloppe qu'il fit glisser sur la table vers le directeur de la police.

« Voici les documents avec les détails sur toutes les transactions qui ont été faites pour blanchir l'argent de Levi Thou. M. Iversen est également prêt à témoigner contre Fredrik Ansgar qui travaillait à la brigade financière et a fait en sorte que personne ne puisse y mettre son nez. »

Parr prit l'enveloppe. La palpa.

« Il y a quelque chose de dur à l'intérieur, dit-il.

— Une clé USB. C'est un fichier sonore que l'inspecteur a envoyé à mon client d'un téléphone et qu'il m'a prié de vous remettre.

— Savez-vous ce que c'est ? »

Øhre échangea de nouveau un regard avec Iversen. Ce dernier s'éclaircit la voix :

« C'est un enregistrement sonore où l'on entend une voix. L'inspecteur Kefas dit que vous saurez reconnaître de qui il s'agit.

— J'ai avec moi un ordinateur si vous voulez l'entendre tout de suite », proposa Øhre.

*

La mallette ouverte. Les armes. La grenade vert olive.

L'inspecteur Simon Kefas parvint à fermer les yeux à temps et à se boucher les oreilles. L'éclair de lumière lui fit l'effet d'une langue de feu contre son visage et la déflagration fut comme un coup de poing dans l'estomac.

Puis il ouvrit les yeux, se pencha en avant et, à la vitesse de l'éclair, saisit le pistolet dans la mallette. Le blond était pétrifié, comme s'il avait regardé la Gorgone dans les yeux, le bras toujours passé autour de la tête de Sonny et le couteau à la main. Et Simon vit alors que le type avait effectivement une croix sur le front. La croix d'un réticule de visée. Simon tira, vit le trou qui apparut sous la frange blonde. L'homme s'écroula et Sonny en profita pour se saisir de l'Uzi. Simon lui avait expliqué qu'ils auraient au maximum deux secondes avant que l'effet paralysant ne se dissipe. Ils s'étaient entraînés plusieurs fois dans la chambre du Bismarck, et avaient répété précisément la séquence où ils prenaient les armes et faisaient feu. Bien sûr, ils n'avaient pas pu tout prévoir en détail, et, juste avant que le Jumeau n'ouvre la mallette et dégoupille la grenade, Simon avait cru que c'était foutu pour de bon. Mais à la vue de Sonny qui appuya sur la détente en faisant une pirouette sur un pied, il sut que le Jumeau ne rentrerait pas chez lui satisfait de cette journée de travail. L'arme, qui bégayait sans aller au-delà de la première syllabe, avait une cadence de tir redoutable. Deux hommes étaient déjà à terre et le troisième eut à peine le temps de glisser sa main sous sa veste qu'une rafale dessina une ligne en pointillés sur sa poitrine. Il resta un moment debout avant que ses genoux ne reçoivent la nouvelle qu'il était mort. Simon s'était alors déjà retourné vers le Jumeau. Et écarquilla les yeux : la chaise était vide. Comment un homme aussi colossal avait-il pu bouger si…

Il l'aperçut à l'extrémité de l'aquarium, tout près de la porte battante donnant dans la cuisine.

Il visa et tira rapidement trois coups. Il vit qu'il avait touché la veste du Jumeau, mais aussi le verre de l'aquarium qui vola en éclats. L'espace d'un instant, l'eau sembla rester en suspension sous sa forme cubique – comme maintenue par la force de l'habitude – avant de s'abattre sur eux comme un mur vert. Simon essaya de sauter pour l'éviter, mais c'était trop tard. Il marcha sur un homard dont la carapace craqua, sentit son genou céder, et s'étala au milieu de toute cette eau. Quand il leva de nouveau les yeux, il n'y avait plus trace du Jumeau, rien que la porte de la cuisine qui battait.

« Ça va ? demanda Sonny en voulant aider Simon à se relever.

— Oui, très bien, gémit Simon qui repoussa la main tendue. Mais si le Jumeau s'échappe maintenant, il disparaîtra pour toujours. »

Simon courut vers la porte de la cuisine, la poussa du pied, entra en brandissant son arme. L'odeur forte d'une cuisine professionnelle. Il parcourut du regard les plans de travail et le piano en inox, les rangées de casseroles, de louches et de poêles qui, suspendues au plafond bas, lui bouchaient la vue. Simon s'accroupit et chercha à repérer des ombres ou un mouvement.

« Par terre », dit Sonny.

Simon regarda le sol. Des taches rouges sur le carrelage bleu-gris. Il ne s'était pas trompé : il l'avait bien touché.

Il entendit au loin le bruit d'une porte qui se refermait.

« Vite ! »

Les traces de sang les entraînèrent hors de la cuisine, à travers un couloir sombre où Simon enleva ses lunettes de soleil, et au bout duquel ils empruntèrent un escalier avec encore un autre couloir qui se terminait par une porte métallique. Le genre de porte à faire exactement le bruit qu'ils avaient perçu. Simon ouvrit néanmoins toutes les portes latérales sur le trajet pour jeter un coup d'œil à l'intérieur.

Devant deux hommes et un Uzi, neuf hommes sur dix s'enfuiraient par le chemin le plus court et le plus évident, mais le Jumeau était l'homme numéro dix. Toujours froid et rationnel. Le genre d'homme qui survit à un naufrage. Qui sait s'il n'avait pas poussé la porte en la laissant se refermer pour les lancer sur une fausse piste ?

« On a perdu sa trace, constata Sonny.

— Restons calmes », dit Simon en poussant la dernière porte latérale. Personne.

Les traces de sang ne laissaient aucun doute. Le Jumeau était derrière la porte métallique.

« Prêt ? » demanda Simon.

Sonny acquiesça et se posta avec l'Uzi pointé sur la porte.

Simon s'adossa au mur, baissa la poignée et donna un coup dans la porte métallique.

Sonny fut aveuglé par la lumière du soleil.

Simon sortit et sentit le vent sur son visage. « Merde… »

Ils contemplaient une rue déserte. Devant eux se trouvait le croisement entre la Munkedamsveien et la Ruseløkkveien qui remonte ensuite jusqu'au parc du Château. Aucune voiture, aucun passant.

Et aucun Jumeau.

43

« Les traces de sang s'arrêtent ici », dit Simon en montrant le bitume. Le Jumeau avait dû remarquer que les gouttes de sang le trahissaient et réussir, d'une quelconque manière, à stopper l'hémorragie. Le genre d'homme qui survit à un naufrage.

Simon scruta la Ruseløkkveien déserte, son regard balaya l'église Saint-Paul, le petit pont où la route faisait un virage et disparaissait. Puis il tourna la tête vers la gauche et la droite de la Munkedamsveien. Personne.

« Oh, merd...! » Sonny, dépité, se frappa sur la cuisse avec son Uzi.

« S'il avait couru sur la route, on l'aurait aperçu, dit Simon. Il a dû se mettre à l'abri quelque part.

— Mais où ?

— Je ne sais pas.

— Peut-être qu'une voiture l'attendait ici.

— Peut-être. Eh ! » Simon pointa le doigt par terre sur une tache de sang entre les chaussures de Sonny. « Il y a encore du sang ici. Ce qui veut dire que... »

Sonny secoua la tête et écarta sa veste. Un côté de la chemise propre que lui avait donnée Simon était rouge.

Simon jura en silence. « Cet enfoiré a réussi à rouvrir la plaie ? »

Sonny haussa les épaules.

Simon examina de nouveau les alentours. Aucun parking en vue. Aucune boutique d'ouverte. Rien que des portes d'immeubles fermées. Où donc était-il passé ? En changeant de lieu d'observation, il verrait peut-être quelque chose… Compenser l'aveuglement, se mettre dans la peau de l'autre… Il leva les yeux. Ses pupilles réagirent. Le soleil s'était soudain reflété dans un petit morceau de verre qui avait bougé. Ou de métal. Du cuivre.

« Venez, dit Sonny. Retournons au restaurant, peut-être qu'il…

— Non », dit Simon tout bas. La poignée en cuivre. Les gonds un peu rouillés qui font que la porte se referme lentement, une fois qu'on l'a poussée. Toujours ouverte. « Je le vois maintenant.

— Vous le voyez ?

— La porte de l'église, là-haut, tu la vois ? »

Sonny regarda fixement. « Non.

— Elle est en train de se refermer. Il est entré dans l'église. Viens. »

Simon courut. Mit un pied devant l'autre et repoussa le sol. Un geste simple qu'il faisait depuis l'enfance. Il avait couru et couru, gagnant chaque année en vitesse. Et maintenant il en perdait chaque année un peu plus. Ni les genoux ni le souffle ne pouvaient faire l'effort désormais. Simon parvint à suivre Sonny pendant les vingt premiers mètres, puis le jeune homme traça seul. Il était au moins cinquante mètres devant lui quand Simon le vit gravir quatre à quatre les marches de l'église, tirer la lourde porte et s'engouffrer à l'intérieur.

Simon ralentit. S'attendit à entendre le bruit. Le bruit presque enfantin d'un coup de feu quand il résonne derrière des murs. Il ne vint pas.

Il monta les marches. Ouvrit à son tour la lourde porte et pénétra dans l'église.

L'odeur. Le silence. Le poids de la conviction de tant de personnes pensantes. Les bancs étaient vides, mais des bougies éclairaient l'autel, et Simon comprit que la messe du matin commencerait dans une demi-heure. La lueur des flammes vacillait sur le Sauveur perdu sur sa croix. Puis il entendit une voix psalmodier tout bas et il se retourna sur la gauche.

Sonny était assis dans la niche ouverte du confessionnal avec l'Uzi dirigé vers le grillage en bois qui le séparait de l'autre niche, dont le rideau noir était presque entièrement tiré. Il n'y avait qu'une petite fente, mais c'était suffisant pour que Simon y voie une main. Et sur le sol en pierre, partant de sous le rideau, s'étendait lentement une flaque de sang.

Simon s'approcha prudemment et saisit les paroles chuchotées par Sonny :

« Tous les dieux de la Terre et du Ciel te font miséricorde et te pardonnent tes péchés. Tu vas mourir mais l'âme du pécheur repenti ira au Paradis. Amen. »

Il y eut un silence.

Simon vit Sonny presser le doigt sur la détente.

Il remit son pistolet dans son holster. Il n'avait pas pensé intervenir, non. Le jeune homme avait rendu son jugement et allait l'exécuter. Le jugement le concernant viendrait plus tard, en temps et en heure.

« Oui, nous avons tué ton père. » La voix du Jumeau parvint faiblement derrière le rideau. « On était obligés. La taupe m'avait prévenu que ton père projetait de la tuer. Tu entends ? »

Sonny ne répondit pas. Simon retint son souffle.

« Ça devait avoir lieu la même nuit, dans les ruines médiévales à Maridalen, dit le Jumeau. La taupe m'a dit que la police était sur ses traces, que ce n'était qu'une question de temps avant qu'elle soit découverte. Elle voulait donc qu'on camoufle le meurtre en suicide. Faire croire que c'était ton père la taupe, de sorte que la police suspende ses recherches. J'ai accepté. Je devais défendre ma taupe, n'est-ce pas ? »

Simon vit Sonny se passer la langue sur les lèvres. « Et qui c'est, la taupe ?

— Je ne sais pas. Je le jure. Nous communiquions uniquement par mails.

— Alors vous ne le saurez jamais, dit Sonny en levant de nouveau son Uzi et en plaçant son doigt sur la détente. Vous avez peur ?

— Attends ! Tu n'as pas besoin de me tuer, Sonny. Je me vide de mon sang. Tout ce que je te demande, c'est de pouvoir dire adieu à ceux que j'aime avant de mourir. J'ai laissé ton père écrire, avant de prendre congé, qu'il vous aimait, ta mère et toi. Ne veux-tu pas accorder au pauvre pécheur que je suis la même grâce ? »

Simon vit la poitrine de Sonny se lever et se baisser. Les muscles de sa mâchoire tressaillirent.

« Non ! dit Simon. N'accepte pas, Sonny. Il… »

Le jeune homme se tourna vers lui. Son regard rayonnait de douceur. La douceur d'Helene. Il avait déjà baissé son Uzi. « Simon, il demande seulement d'avoir… »

Simon perçut un mouvement à travers la fente du rideau, une main qui bougeait. Un briquet doré en forme de pistolet. Et Simon sut qu'il n'aurait pas le temps. Pas le temps de prévenir Sonny ou de réagir lui-même, de sortir son pistolet de son holster. Pas le temps de donner à Else ce qu'elle méritait. Il se tenait sur la rambarde du pont au-dessus de l'Akerselva avec, sous lui, le bouillonnement de la cascade.

Simon plongea.

Il plongea hors de la vie pour se retrouver emporté par la roulette du casino au bruit envoûtant. Ça ne demandait ni intelligence ni courage, uniquement l'audace imbécile d'un damné prêt à mettre en jeu un avenir qui n'a guère de valeur pour lui, et qui sait qu'il a moins à perdre que les autres.

Il plongea dans la niche ouverte, entre le Fils et le grillage en bois. Entendit le coup de feu. Sentit la morsure, la piqûre de froid ou de chaleur paralysante qui déchira son corps en deux et coupa toutes les connexions.

Ensuite vint l'autre son. Celui de l'Uzi. La tête de Simon gisait par terre à l'intérieur de l'isoloir et il sentit les éclats de bois du grillage pleuvoir sur son visage. Il entendit le Jumeau crier, souleva la tête et le vit sortir en chancelant du confessionnal et tanguer entre les bancs d'église, vit les balles s'attaquer au dos de sa veste comme un essaim d'abeilles en colère. Les douilles de l'Uzi, encore bouillantes, tombèrent sur Simon et lui brûlèrent le front. Le Jumeau fit quelques pas en renversant des bancs de chaque côté, tomba à genoux, mais il continuait à bouger. Refusait de mourir. Ce n'était pas normal. Quand Simon, il y a plusieurs années, avait découvert que la mère d'un des criminels les plus recherchés travaillait chez eux, dans l'équipe de ménage, et qu'il était allé la voir, elle lui avait précisément déclaré que Levi n'était pas *normal*. Qu'en tant que mère, elle l'aimait, naturellement, mais qu'il lui avait fait peur dès sa naissance, à cause de son poids. Elle lui avait parlé de la fois où elle avait emmené à son travail comme d'habitude son petit Levi grassouillet parce qu'elle n'avait personne à la maison pour le garder, et qu'il avait regardé fixement la surface de l'eau dans le seau posé sur le chariot de ménage. Il avait dit qu'il y avait quelqu'un à l'intérieur du seau, quelqu'un qui lui ressemblait comme deux gouttes d'eau. Sissel lui avait lancé qu'ils n'avaient qu'à jouer ensemble et elle était partie vider les corbeilles à papier. À son retour, le gamin avait la tête au fond du seau et gigotait, paniqué, les jambes en l'air. Ses épaules s'étaient coincées à l'intérieur et elle avait dû rassembler toutes ses forces pour le tirer de là. Il était trempé, le visage déjà bleu. Mais au lieu de pleurer comme l'aurait fait n'importe quel enfant, il avait ri. Et dit que le jumeau avait été méchant et qu'il avait essayé de le tuer.

Sa mère s'était souvent demandé d'où sortait ce fils et avait avoué à Simon qu'elle s'était sentie enfin libérée le jour où il avait quitté la maison.

Le Jumeau.

Deux trous apparurent au-dessus des bourrelets de graisse entre la nuque épaisse et l'arrière du crâne, et les mouvements s'arrêtèrent net.

Naturellement, pensa Simon. Un enfant unique, rien d'autre.

Il sut que le colosse était déjà mort quand il bascula en avant et que son front heurta le sol en pierre avec un bruit flasque.

Simon ferma les yeux.

« Simon, où …

— La poitrine », dit-il en crachant. Il sentit à la consistance que c'était du sang.

« Je vais appeler une ambulance. »

Simon ouvrit les yeux. Regarda vers le bas. Vit le rouge profond s'étendre sur sa chemise.

« C'est trop tard, laisse tomber.

— Mais non, si seulement ils…

— Écoute. » Sonny avait sorti son téléphone portable, mais Simon posa sa main dessus. « Je m'y connais en blessures, tu sais… »

Sonny posa la main sur sa poitrine.

« Ce n'est pas la peine, dit Simon. Sauve-toi maintenant. Tu es libre, tu as fait ce que tu devais faire.

— Non, ce n'est pas vrai.

— Sauve-toi, fais-le pour moi », insista Simon en prenant la main du garçon. Elle lui parut si chaude, si familière, comme si c'était la sienne. « Tu as terminé le travail.

— Restez immobile.

— Je t'ai dit que la taupe serait là aujourd'hui et elle était là. Et maintenant, elle est morte. Sauve-toi.

— Une ambulance va bientôt arriver.

— Tu n'entends pas ce…

— Si vous ne parlez pas…

— C'était moi, Sonny. » Simon regarda droit dans les yeux clairs et doux du garçon. « La taupe, c'était moi. »

Simon s'attendait à voir les pupilles du garçon s'élargir, et l'ombre recouvrir l'éclat de son iris vert. Mais il ne se passa rien. Et il comprit.

«Tu le savais, Sonny.» Simon voulut déglutir mais ne fit que tousser. «Tu savais que c'était moi. Comment l'as-tu su?»

Sonny essuya le sang de la bouche de Simon avec la manche de sa chemise. «Arild Franck.

— Franck?

— Quand je lui ai coupé le doigt, il a parlé.

— Parlé? Mais il ne savait pas que c'était moi! Personne ne savait qu'Ab et moi étions les taupes, Sonny. Personne.

— Non, mais Franck m'a raconté ce qu'il savait. Que la taupe avait un nom de code.

— Il a dit ça?

— Oui. Ce nom de code était le Plongeur.

— Le Plongeur, oui. C'était le nom que j'utilisais quand je contactais le Jumeau. Quelqu'un m'appelait comme ça autrefois. Une seule personne. Alors comment as-tu su que…?»

Sonny sortit quelque chose de la poche de sa veste et le tint devant Simon. Une photo. Avec des taches de sang séché. On y voyait deux hommes et une femme, tous les trois jeunes, le sourire aux lèvres, devant un cairn.

«Quand j'étais petit, je regardais souvent notre album et je voyais cette photo prise à la montagne. J'ai demandé à maman qui était le photographe au nom mystérieux, le Plongeur. Elle m'a alors raconté que c'était Simon, le troisième du trio d'amis, et qu'elle l'appelait comme ça parce qu'il plongeait là où personne d'autre n'osait le faire.

— Et tu as fait le rapprochement…

— Franck ignorait que vous étiez deux taupes. Et ce qu'il a raconté m'a paru logique. Mon père avait deviné vos intentions. Et vous l'avez tué avant qu'il puisse vous tuer.»

Simon cligna des yeux, mais l'ombre grandissait sur les bords de son champ de vision. Pourtant, il y voyait plus clair que jamais. «Alors tu as conçu un plan pour me tuer. C'est pour ça que tu m'as contacté. Tu voulais t'assurer que je te trouverais. En fait, tu n'as fait que m'attendre.

— Oui, dit Sonny. Jusqu'à ce que je découvre son journal intime et que je comprenne qu'il avait aussi participé. Que vous étiez deux à trahir.

— Alors tout ton univers s'est effondré et tu as renoncé à ton projet. Tu n'avais plus personne au nom de qui tuer... »

Sonny acquiesça.

« Qu'est-ce qui t'a fait changer d'avis ? »

Sonny le regarda un moment. « Quelque chose que vous avez dit. Que le devoir des fils n'était pas d'être comme leurs pères, mais...

— D'être meilleurs qu'eux. » Simon entendit au loin les sirènes de police. Sentit la main de Sonny sur son front. « Oui, Sonny, sois meilleur que ton père.

— Simon ?

— Oui ?

— Vous êtes en train de mourir. Y a-t-il quelque chose que vous souhaiteriez ?

— Je voudrais qu'elle puisse avoir ma vue.

— Et le pardon, est-ce que vous le voulez ? »

Simon ferma très fort les yeux, secoua la tête. « Je ne peux pas... je ne le mérite pas.

— Personne d'entre nous ne le mérite. Nous sommes humains quand nous péchons. Mais nous sommes divins quand nous pardonnons.

— Mais je ne suis personne pour toi, je suis un étranger qui t'a privé de ceux que tu aimais.

— Vous êtes quelqu'un. Vous êtes le Plongeur, celui qui était toujours présent, mais qui n'était pas sur la photo. » Le jeune homme souleva la veste de Simon et glissa le cliché dans sa poche intérieure. « Emportez-la pour le voyage, ce sont vos amis. »

Simon ferma les yeux et pensa : *D'accord...*

Les paroles du Fils résonnèrent sous la voûte de l'église déserte :

« Tous les dieux de la Terre et du Ciel te font miséricorde et te pardonnent... »

Simon vit une goutte de sang qui venait de tomber de l'intérieur de la veste du garçon sur le sol de l'église. Il mit l'index sur la tache rouge, dorée. La goutte fut comme aspirée par le bout du doigt, il le porta à ses lèvres et ferma les yeux. Ne vit plus que la cascade nacrée. L'eau. Une étreinte glacée. Le silence, la solitude. Et la paix. Et cette fois, il ne remonterait pas à la surface.

*

Dans le silence qui suivit la seconde écoute de l'enregistrement, Kari entendit par la fenêtre entrouverte du restaurant le pépiement des oiseaux à l'extérieur.

Le directeur de la police regarda fixement l'ordinateur.

« C'est bon ? demanda Øhre.

— C'est bon », répondit Parr.

L'avocat Jan Øhre enleva la clé USB et la tendit au directeur de la police. « Vous savez qui c'était ?

— Oui, dit Parr. Il s'appelle Arild Franck et c'est lui qui gère, en pratique, la prison de haute sécurité de Staten. Adel, est-ce que vous pouvez voir si le compte qu'il donne aux îles Caïmans existe ? Si c'est le cas, nous avons affaire à un scandale monumental.

— Je regrette, dit Øhre.

— Mais il ne faut pas, répliqua Parr. Ça fait des années que j'ai des soupçons. Récemment encore, nous avons eu des informations de la part d'un fonctionnaire de police courageux à Drammen qui laissaient penser que Lofthus avait été envoyé en permission de Staten de manière à pouvoir servir de bouc émissaire dans l'affaire Morsand. Nous avons jusqu'ici fait profil bas pour être sûrs de notre fait avant d'interpeller Franck, mais avec ça, nous avons largement assez de billes. Une dernière question avant de partir...

— Oui ?

— Est-ce que l'inspecteur Kefas a dit pourquoi il tenait à ce que ce soit nous qui venions ici plutôt que lui ? »

Iversen échangea un regard avec Øhre avant de hausser les épaules. « Il a dit qu'il serait occupé ailleurs. Et que vous étiez les seuls collègues à qui il faisait confiance à cent pour cent.

— Je vois, dit Parr qui se leva.

— Il y a encore une chose…, ajouta Øhre en prenant son téléphone. Mon client a donné mon nom à l'inspecteur Kefas, qui m'a contacté pour me demander si je pouvais m'occuper de toute la logistique autour du transport et du paiement concernant une opération des yeux qui doit avoir lieu à la clinique Howell à Baltimore, demain. J'ai accepté la mission. Et j'ai reçu un message de notre secrétaire à notre cabinet pour me dire qu'il y a une heure, une femme est venue déposer à notre intention un sac de sport rouge. Ce sac contient une très importante somme d'argent en liquide. Je voudrais juste savoir si la police souhaite enquêter à ce sujet ? »

Les chants d'oiseaux s'étaient tus, remplacés par des sirènes. En grand nombre. Des sirènes de police.

Parr se racla la gorge. « Je ne vois pas en quoi cette info regarde la police. Et comme celui qui vous a missionné doit être considéré à présent comme un de vos clients, vous êtes tenu, me semble-t-il, au secret professionnel. Vous ne pourriez donc pas m'en dire davantage, si je devais vous interroger.

— Parfait. Dans ce cas, les choses sont claires », dit Øhre en refermant son dossier.

Le portable de Kari vibra dans sa poche, elle se leva rapidement, fit quelques pas à l'écart et le sortit. Une bille vint avec et tomba sur le plancher.

« Ici Adel. »

Elle regarda la bille qui semblait hésiter entre bouger et rester immobile. Puis, après avoir tourné sur elle-même, elle se mit à rouler lentement, d'une manière peu convaincue, en direction du sud.

« Merci », dit Kari en remettant son téléphone dans la poche. Elle se tourna vers Parr qui se levait de table. « Il y a quatre morts dans un restaurant de poissons qui s'appelle le Nautilus. »

Le directeur de la police cligna plusieurs fois des yeux derrière ses lunettes. Était-ce un toc ? se demanda Kari. Peut-être clignait-il une fois pour chaque nouveau corps trouvé dans son district ?

« Où est-ce ?

— Ici.

— Ici ?

— Ici sur les quais. C'est à quelques centaines de mètres. » Elle avait enfin aperçu la bille.

« Venez. »

Elle courut pour essayer de la récupérer.

« Mais qu'est-ce que vous faites, Adel ? Venez ! »

La bille filait droit, avait pris de la vitesse, et c'était maintenant ou jamais si elle voulait la rattraper.

« Oui », dit-elle en courant rejoindre Parr. Pendant ce temps, les sirènes hurlaient, tranchant l'air comme une faux.

Ils se retrouvèrent à la lumière du soleil, dans ce matin plein de promesses, dans la ville soudain bleue, coururent, et la foule s'écarta devant eux. Les visages défilaient à toute allure dans le champ de vision de Kari. Et quelque part, tout au fond de son cerveau, l'un d'eux la fit réagir. Des lunettes de soleil, un costume gris clair. Parr avait trouvé la ruelle où s'étaient engouffrées les forces de police. Kari s'arrêta, tourna la tête et vit le costume gris monter à bord du ferry pour Nesodden prêt à appareiller. Elle se détourna et continua à courir.

*

Martha avait baissé la capote du cabriolet et appuyé sa nuque contre l'appui-tête. On aurait dit une mouette immobile dans le vent entre le bleu du ciel et celui du fjord, équilibrant ses forces avec les forces extérieures, tout en cherchant sa nourriture. Son souffle était profond et calme, mais son cœur battait à tout rompre. Car le bateau allait accoster. Il y avait peu de passagers dans le sens d'Oslo vers Nesodden si tôt le matin, alors elle n'aurait pas de mal à l'apercevoir. S'il avait réussi. *Si.* Elle marmonna la prière qu'elle n'avait cessé de répéter depuis qu'elle était partie en voiture de chez Tomte & Øhre, une heure et demie plus tôt. Il n'était pas à bord du précédent ferry, il y a une demi-heure, mais elle avait essayé de se persuader que c'était trop tôt. Mais s'il ne venait pas avec celui-ci... Oui, alors quoi ? Elle n'avait pas de plan B. Ne voulait pas en avoir.

Les passagers débarquèrent. Ils n'étaient pas nombreux, les gens partaient travailler en ville, pas le contraire. Elle retira ses lunettes de soleil et sentit son cœur s'emballer en voyant un costume gris clair. Ce n'était pas lui. Sa gorge se serra.

Mais il y avait un autre homme avec un costume gris.

Il marchait un peu penché, comme un bateau qui aurait pris l'eau sur un côté et gîterait.

Elle crut sentir son cœur déborder et des sanglots montèrent dans sa gorge. Peut-être n'était-ce que la lumière oblique du matin sur le costume, mais le jeune homme semblait rayonner.

« Merci, chuchota-t-elle. Merci, merci. »

Elle se regarda dans le rétroviseur, essuya ses larmes et arrangea son foulard. Puis elle agita la main. Il lui répondit en faisant à son tour un signe de la main.

Et tandis qu'il remontait la côte pour la rejoindre, elle eut conscience que c'était trop beau pour être vrai. Qu'elle devait voir un mirage, une apparition, un revenant. Il était mort, abattu, crucifié quelque part, et ce qu'elle voyait à présent n'était que son âme.

Il s'assit avec peine dans la voiture et ôta ses lunettes de soleil. Il était pâle. Elle vit à ses yeux rougis qu'il avait pleuré, lui aussi. Puis il ouvrit grand ses bras et l'attira contre lui. Elle crut d'abord que ça venait d'elle, avant de comprendre que c'était son corps à lui qui tremblait.

« Comment...

— Bien, dit-il sans relâcher son étreinte. Tout s'est bien passé. »

Ils restèrent ainsi silencieux, blottis l'un contre l'autre, comme deux personnes prises de vertige qui n'ont que l'autre à qui se cramponner. Elle voulait lui poser des questions, mais ça attendrait. Il y aurait largement le temps plus tard.

« Et maintenant ? chuchota-t-elle.

— Maintenant, répondit-il en la lâchant doucement et en se redressant avec un faible gémissement. Maintenant, on s'en va. La grande valise…, ajouta-t-il en indiquant la banquette arrière.

— Rien que le strict nécessaire, dit-elle en souriant avant de glisser le CD dans le lecteur et de lui tendre le téléphone. Je vais conduire la première partie du trajet. Tu fais le copilote ? »

Il regarda sur l'écran du téléphone, tandis que la voix monotone, comme un robot, chantait tout bas dans les haut-parleurs : « *My… personal…* »

« Mille trente kilomètres, dit-il. Temps de trajet estimé : douze heures et cinquante et une minutes. »

ÉPILOGUE

Les flocons de neige tourbillonnaient dans le ciel blafard, immense, et se déposaient sur les toits en asphalte, les trottoirs, les voitures et les maisons.

Penchée dans l'escalier, Kari venait d'attacher les lacets de ses bottines et elle en profita pour regarder la rue entre ses jambes. Simon avait raison : on voyait d'autres choses dès que l'on changeait de position et de perspective. Tout aveuglement pouvait être compensé. Elle avait mis du temps à l'admettre. Admettre que Simon Kefas avait raison sur beaucoup de points. Pas sur tout. Mais sur tellement de points que c'en était presque énervant.

Elle se releva.

« Passe une bonne journée, chérie, dit la femme sur le pas de la porte en embrassant Kari sur la bouche.

— Toi aussi.

— Ragréer un sol n'est pas spécialement compatible avec une bonne journée, mais je vais essayer. Tu rentres quand ?

— Pour le repas, sauf empêchement de dernière minute.

— Bon, mais j'ai comme l'impression qu'il y a un empêchement. »

Kari se retourna et regarda dans la direction que Sam indiquait.

Elle reconnut la voiture garée près du portail, et surtout le visage qui se pencha par-dessus la vitre baissée.

« Que se passe-t-il, Åsmund ? cria Sam.

— Désolé d'interrompre les travaux de rénovation, mais il faut que je t'emprunte ta copine, répondit l'officier de la PJ. Il y a du nouveau. »

Kari regarda Sam qui lui donna une tape sur la poche arrière de son jean. Un jour, cet automne, elle avait rangé son chemisier et son tailleur, et finalement ne les avait plus ressortis.

« Allez, va faire ton devoir ! »

Tandis qu'ils roulaient sur la E18 en direction de l'est, Kari regardait le paysage enneigé. La première neige marquait une coupure, dissimulait tout ce qui avait été et changeait le monde visible. Les mois qui avaient suivi la fusillade à Aker Brygge et dans l'église catholique avaient été pour le moins chaotiques. Naturellement, des voix s'étaient élevées pour critiquer la brutalité de la police et la poursuite enragée d'un inspecteur qui l'avait joué perso. Mais Simon avait eu droit à un enterrement digne d'un héros, il était un policier comme les gens les aiment, quelqu'un qui avait lutté contre les criminels de la ville et sacrifié sa vie pour servir la justice. Alors tant pis, comme l'avait souligné le directeur de la police Parr dans son discours commémoratif, s'il n'avait pas toujours respecté le règlement. Ou, disons, la loi norvégienne. Parr avait de bonnes raisons de se montrer souple sur certains points, lui qui plaçait une partie de la fortune familiale dans des fonds anonymes basés aux îles Caïmans, ce que n'autorisait pas la législation fiscale du pays. Lors des funérailles, Kari avait annoncé à Parr que l'enquête sur les factures d'électricité de la maison de Lofthus lui avait permis de remonter jusqu'à lui. Parr avait avoué facilement, se bornant à souligner qu'il n'avait enfreint là aucune loi et que ses raisons avaient été assez nobles : c'était pour atténuer sa mauvaise conscience de ne pas avoir pris assez soin de Sonny et de sa mère après le suicide d'Ab. Parr avait déclaré que c'était peu de chose, mais que ça devait permettre à

Sonny de retrouver une maison habitable à sa sortie de prison. Tout le monde avait fini par accepter que le Bouddha à l'épée se soit comme volatilisé dans la nature. Sa croisade était visiblement terminée, puisque Levi Thou, alias le Jumeau, était mort.

Else voyait beaucoup mieux maintenant. L'opération aux États-Unis avait été une réussite à quatre-vingts pour cent, avait-elle déclaré à Kari, quand cette dernière lui avait rendu visite quelques semaines après l'enterrement. Elle avait ajouté que presque rien n'était parfait. Ni la vie, ni les gens, ni Simon. Seul l'amour était parfait.

« Il ne l'a jamais oubliée. Helene. Elle a été le grand amour de sa vie. » C'était l'été, dans deux transats au fond du jardin à Disen, un verre de porto à la main, les deux femmes avaient contemplé le coucher du soleil. Kari avait compris qu'Else avait pris la décision de parler. « Il m'a raconté que les deux autres qui lui faisaient la cour, Ab et Pontius, étaient plus intelligents, plus musclés, plus malins. Mais il était le seul à la voir telle qu'elle était. Simon avait ce don-là. Il voyait leurs anges et leurs démons. Comme lui-même luttait contre son propre démon. Celui du jeu.

— Il m'en a parlé.

— Helene et lui sont devenus amants alors que sa vie était sens dessus dessous à cause de ses dettes de jeu. Ça n'a pas duré longtemps, mais Simon m'a dit qu'il se rendait compte qu'il était en train de l'entraîner dans sa chute, quand Ab Lofthus est venu la lui piquer. Ab et Helene ont alors déménagé. Simon était brisé. Et peu après, il a appris qu'elle était enceinte. Il a joué comme un forcené, il a tout perdu et était au bord du gouffre. Alors il est allé voir le diable et lui a offert la dernière chose qui lui restait : son âme.

— Il a contacté le Jumeau.

— Oui. Simon était un des rares à connaître son identité. Mais le Jumeau n'a jamais su que Simon et Ab étaient la taupe, ils ne lui transmettaient les informations que par téléphone et par courrier. Puis, au fil du temps, par mail. »

Dans le silence qui avait suivi ces propos, on n'entendait plus que la circulation sur la Trondheimsveien et au carrefour de Sinsekrysset.

« Simon et moi parlions de tout, tu sais. Mais ça, il avait du mal à en parler. Comment il avait vendu son âme. Il pensait que peut-être, au plus profond de lui-même, il désirait cette honte, cette humiliation, ce dégoût de lui-même, que ça l'anesthésiait, atténuait l'autre douleur. Que c'était une forme de mutilation mentale. »

Elle avait tiré un peu sur sa robe. Elle paraissait si frêle et si forte en même temps, s'était dit Kari.

« Mais le pire pour Simon, c'est ce qu'il avait fait à Ab. Il le haïssait parce qu'il lui avait pris la seule chose de valeur qu'il ait jamais possédée. Alors il l'a entraîné dans l'abîme. Lorsque la crise financière est arrivée et que les taux d'intérêt ont grimpé d'un coup, Ab et Helene se sont retrouvés endettés jusqu'au cou et risquaient d'être à la rue s'ils ne trouvaient pas très vite beaucoup d'argent. Alors après avoir conclu un accord avec le Jumeau, il est allé voir Ab et a proposé de lui acheter son âme. Au début, Ab a refusé et a voulu dénoncer Simon à leur direction. Alors Simon a utilisé le talon d'Achille d'Ab : son fils. Il lui a dit que le monde réel était ainsi et que le garçon devrait éventuellement payer la facture de ses grands principes en grandissant dans la pauvreté. Il m'a raconté que le pire avait été de voir Ab, rongé de l'intérieur, perdre son âme. Mais il s'est aussi senti moins seul. Jusqu'à ce que le Jumeau veuille voir sa taupe grimper au sommet de la hiérarchie, et là, il n'y avait pas de place pour deux.

— Pourquoi me racontes-tu ça, Else ?

— Parce qu'il m'a demandé de le faire. Il trouvait qu'il fallait que tu aies toutes les cartes en main pour faire ton choix.

— Il t'a demandé de le faire ? Est-ce que ça signifie qu'il savait qu'il allait…

— Je ne sais pas, Kari. Il disait seulement qu'il se reconnaissait beaucoup en toi. Il voulait que tu apprennes de ses erreurs en tant que policier.

— Mais il savait que je ne voulais pas rester dans la police.

— Ah bon ? »

La lumière rasante du soleil avait fait briller le rouge foncé du porto quand Else avait porté son verre à sa bouche et bu lentement une gorgée avant de le reposer.

« Quand Simon a compris qu'Ab Lofthus était prêt à le tuer pour prendre sa place auprès du Jumeau, il a contacté cet homme en disant qu'il fallait éliminer Ab, qu'Ab était sur leurs traces, que c'était urgent. Simon s'est servi d'une image quand il m'a raconté ça : Ab et lui étaient comme de vrais jumeaux qui avaient fait le même cauchemar, à savoir que l'un voulait tuer l'autre. Alors il a préféré prendre les devants. Simon a tué son meilleur ami. »

Kari déglutit. Elle devait lutter contre les larmes. « Mais il l'a regretté, chuchota-t-elle.

— Oui, il l'a regretté. Il a cessé d'être une taupe, alors qu'il aurait pu continuer. Et puis Helene est morte. Il était alors complètement au bout du rouleau, il avait perdu tout ce qu'il est possible de perdre. Alors il n'avait plus peur de rien. Et il a passé le restant de sa vie à expier. À faire le bien. Il a poursuivi sans relâche ceux qui étaient corrompus comme lui-même l'avait été, et il ne s'est pas fait que des amis dans la police. Il est devenu solitaire. Mais sans jamais se plaindre. Il trouvait qu'il méritait d'être seul. Il disait, je me souviens, que la haine de soi est une haine qui se nourrit chaque matin au réveil quand on se regarde dans une glace.

— C'est toi qui l'as sauvé, n'est-ce pas ?

— Il m'appelait son ange. Mais ce n'est pas mon amour pour lui qui l'a sauvé. Contrairement à ce que pensent les gens soi-disant intelligents, je dirais qu'être aimé n'a jamais sauvé personne. C'est son amour pour moi qui l'a aidé. Il s'est sauvé lui-même.

— En aimant à son tour.

— Amen. »

Il était minuit quand Kari était repartie.

En retraversant la maison, dans le couloir, Else lui avait montré une photo. Trois personnes devant un cairn.

« Simon l'avait sur lui quand il est mort. C'est elle, Helene.

— J'avais vu sa photo dans la maison jaune, avant qu'elle brûle. J'avais dit à Simon qu'elle me faisait penser à une chanteuse, ou une actrice.

— Mia Farrow. Il m'a emmenée voir *Rosemary's Baby* rien que pour elle. Même s'il affirmait ne pas voir la ressemblance. »

La photo, étrangement, avait touché Kari. Il y avait quelque chose dans les sourires sur ces visages, dans l'optimisme, la *foi* qui s'en dégageaient.

« Vous n'avez jamais envisagé d'avoir un enfant, Simon et toi ? »

Else avait secoué la tête. « Il avait peur.

— Mais de quoi ?

— De transmettre ses propres péchés. Le gène de l'addiction. Le goût du risque jusqu'à l'autodestruction. L'absence de limites. La mélancolie. Il avait peur que ce soit un enfant du diable. Je plaisantais en disant qu'il avait déjà un bâtard quelque part, que c'est pour ça qu'il avait peur. Et les choses en sont restées là. »

Kari avait acquiescé. *Rosemary's Baby*. Elle ne put s'empêcher de penser à la petite vieille qui faisait le ménage à l'hôtel de police et dont elle s'était enfin rappelé le nom.

Puis elle avait pris congé et était sortie dans la nuit d'été. Une brise douce – puis le temps qui passe – l'avait emportée dans un tourbillon et maintenant elle se retrouvait dans cette voiture, à regarder le paysage transformé par la neige fraîchement tombée. Comme les choses prenaient souvent une autre tournure que celle qu'on avait imaginée ! Sam et elle, par exemple, avaient décidé d'avoir leur premier enfant. Ou encore, elle avait refusé – elle en était la première étonnée – tout d'abord un poste intéressant professionnellement parlant au ministère de la Justice, et à présent un salaire plus que confortable dans une compagnie d'assurances...

Une fois qu'ils furent sortis de la ville, eurent franchi un pont étroit et emprunté un chemin de graviers, elle demanda à Åsmund la raison de leur déplacement.

«La police de Drammen nous a demandé un coup de main, dit Åsmund. La victime est un armateur. Un certain Yngve Morsand.
— Bon sang, mais c'est le mari.
— Oui.
— Meurtre ? Suicide ?
— Je n'ai aucun détail. »

Ils se garèrent derrière les voitures de police, franchirent le portail et virent la porte de la grande maison. Un inspecteur de police du district de Buskerud vint à leur rencontre, embrassa Kari sur la joue et se présenta à Bjørnstad sous le nom de Henrik Westad.

«Pourrait-il s'agir d'un suicide ? s'enquit Kari tandis qu'ils entraient.
— Qu'est-ce qui vous fait croire ça ? demanda Westad.
— Le chagrin après la mort de sa femme, répondit Kari. Les soupçons qui pesaient sur lui. Ou bien le fait de l'avoir réellement tuée et de ne pas réussir à vivre avec ça sur la conscience.
— C'est possible... », dit Westad en les conduisant dans le salon. L'équipe scientifique rampait à moitié sur l'homme dans le fauteuil. Comme des asticots, songea Kari.

«Mais j'en doute», ajouta-t-il.

Kari et Bjørnstad regardèrent fixement le cadavre.

«Ah, putain..., lâcha Bjørnstad tout bas. Vous croyez que... il... »

Kari pensa à l'œuf à la coque qu'elle avait mangé au petit déjeuner. Peut-être qu'elle était déjà enceinte, d'où ses nausées ? Elle chassa cette pensée et revint au corps. Il avait un œil écarquillé, un cache noir sur l'autre œil, et au-dessus du cache une découpure irrégulière à l'endroit où la partie supérieure de la tête avait été sciée.

DU MÊME AUTEUR

Aux Éditions Gaïa

L'HOMME CHAUVE-SOURIS, 2003 (Folio Policier n° 366)
LES CAFARDS, 2003 (Folio Policier n° 418)
ROUGE-GORGE, 2004 (Folio Policier n° 450)
RUE SANS-SOUCI, 2005 (Folio Policier n° 480)

Aux Éditions Gallimard

L'ÉTOILE DU DIABLE, Série Noire, 2006 (Folio Policier n° 527)
LE SAUVEUR, Série Noire, 2007 (Folio Policier n° 552)
LE BONHOMME DE NEIGE, Série Noire, 2008 (Folio Policier n° 575)
CHASSEURS DE TÊTES, Série Noire, 2009 (Folio Policier n° 608)
LE LÉOPARD, Série Noire, 2011 (Folio Policier n° 659)
FANTÔME, Série Noire, 2013 (Folio Policier n° 741)
POLICE, Série Noire, 2014 (Folio Policier n° 762)
DU SANG SUR LA GLACE, Série Noire, 2015

Aux Éditions Bayard Jeunesse

LA POUDRE À PROUT DU PROFESSEUR SÉRAPHIN, vol. 1, 2009
LA BAIGNOIRE À REMONTER LE TEMPS, 2010
LE PROFESSEUR SÉRAPHIN ET LA FIN DU MONDE (OU PRESQUE), 2012

Déjà parus dans la même collection

Thomas Sanchez, *King Bongo*
Norman Green, *Dr Jack*
Patrick Pécherot, *Boulevard des Branques*
Ken Bruen, *Toxic Blues*
Larry Beinhart, *Le bibliothécaire*
Batya Gour, *Meurtre en direct*
Arkadi et Gueorgui Vaïner, *La corde et la pierre*
Jan Costin Wagner, *Lune de glace*
Thomas H. Cook, *La preuve de sang*
Jo Nesbø, *L'étoile du diable*
Newton Thornburg, *Mourir en Californie*
Victor Gischler, *Poésie à bout portant*
Matti Yrjänä Joensuu, *Harjunpää et le prêtre du mal*
Äsa Larsson, *Horreur boréale*
Ken Bruen, *R&B – Les Mac Cabées*
Christopher Moore, *Le secret du chant des baleines*
Jamie Harrison, *Sous la neige*
Rob Roberge, *Panne sèche*
James Sallis, *Bois mort*
Franz Bartelt, *Chaos de famille*
Ken Bruen, *Le martyre des Magdalènes*
Jonathan Trigell, *Jeux d'enfants*
George Harrar, *L'homme-toupie*
Domenic Stansberry, *Les vestiges de North Beach*
Kjell Ola Dahl, *L'homme dans la vitrine*
Shannon Burke, *Manhattan Grand-Angle*
Thomas H. Cook, *Les ombres du passé*

DOA, *Citoyens clandestins*
Adrian McKinty, *Le fleuve caché*
Charlie Williams, *Les allongés*
David Ellis, *La comédie des menteurs*
Antoine Chainas, *Aime-moi, Casanova*
Jo Nesbø, *Le sauveur*
Ken Bruen, *R&B – Blitz*
Colin Bateman, *Turbulences catholiques*
Joe R. Lansdale, *Tsunami mexicain*
Eoin McNamee, *00h23. Pont de l'Alma*
Norman Green, *L'ange de Montague Street*
Ken Bruen, *Le dramaturge*
James Sallis, *Cripple Creek*
Robert McGill, *Mystères*
Patrick Pécherot, *Soleil noir*
Alessandro Perissinotto, *À mon juge*
Peter Temple, *Séquelles*
Nick Stone, *Tonton Clarinette*
Antoine Chainas, *Versus*
Charlie Williams, *Des clopes et de la binouze*
Adrian McKinty, *Le fils de la mort*
Caryl Férey, *Zulu*
Marek Krajewski, *Les fantômes de Breslau*
Ken Bruen, *R&B – Vixen*
Jo Nesbø, *Le bonhomme de neige*
Thomas H. Cook, *Les feuilles mortes*
Chantal Pelletier, *Montmartre, Mont des Martyrs*
Ken Bruen, *La main droite du diable*
Hervé Prudon, *La langue chienne*
Kjell Ola Dahl, *Le quatrième homme*

Patrick Pécherot, *Tranchecaille*
Thierry Marignac, *Renegade Boxing Club*
Charlie Williams, *Le roi du macadam*
Ken Bruen, *Cauchemar américain*
DOA, *Le serpent aux mille coupures*
Jo Nesbø, *Chasseurs de têtes*
Antoine Chainas, *Anaisthêsia*
Alessandro Perissinotto, *Une petite histoire sordide*
Dashiell Hammett, *Moisson rouge*
Marek Krajewski, *La peste à Breslau*
Adrian McKinty, *Retour de flammes*
Ken Bruen, *Chemins de croix*
Bernard Mathieu, *Du fond des temps*
Thomas H. Cook, *Les liens du sang*
Ingrid Astier, *Quai des enfers*
Dominique Manotti, *Bien connu des services de police*
Stefán Máni, *Noir Océan*
Marin Ledun, *La guerre des vanités*
Larry Beinhart, *L'évangile du billet vert*
Antoine Chainas, *Une histoire d'amour radioactive*
James Sallis, *Salt River*
Elsa Marpeau, *Les yeux des morts*
Declan Hughes, *Coup de sang*
Kjetil Try, *Noël sanglant*
Ken Bruen, *En ce sanctuaire*
Alessandro Perissinotto, *La dernière nuit blanche*
Marcus Malte, *Les harmoniques*
Attica Locke, *Marée noire*
Jo Nesbø, *Le léopard*
Élmer Mendoza, *Balles d'argent*

Dominique Manotti - DOA, *L'honorable société*
Nick Stone, *Voodoo Land*
Thierry Di Rollo, *Préparer l'enfer*
Marek Krajewski, *Fin du monde à Breslau*
Ken Bruen, *R&B – Calibre*
Gene Kerrigan, *L'impasse*
Jérôme Leroy, *Le Bloc*
Karim Madani, *Le jour du fléau*
Kjell Ola Dahl, *Faux-semblants*
Elsa Marpeau, *Black Blocs*
Matthew Stokoe, *La belle vie*
Paul Harper, *L'intrus*
Stefán Máni, *Noir Karma*
Marek Krajewski, *La mort à Breslau*
Eoin Colfer, *Prise directe*
Caryl Férey, *Mapuche*
Alix Deniger, *I cursini*
Ævar Örn Jósepsson, *Les anges noirs*
Ken Bruen, *Munitions*
S. G. Browne, *Heureux veinard*
Marek Krajewski, *La forteresse de Breslau*
Ingrid Astier, *Angle mort*
Frank Bill, *Chiennes de vies*
Nick Stone, *Cuba Libre*
Elsa Marpeau, *L'expatriée*
Noah Hawley, *Le bon père*
Frédéric Jaccaud, *La nuit*
Jo Nesbø, *Fantôme*
Dominique Manotti, *L'évasion*
Bill Guttentag, *Boulevard*

Antoine Chainas, *Pur*
Michael Olson, *L'autre chair*
Stefán Máni, *Présages*
Pierric Guittaut, *La fille de la Pluie*
Frédéric Jaccaud, *Hécate*
Matthew Stokoe, *Empty Mile*
Frank Bill, *Donnybrook*
Kjell Ola Dahl, *Le noyé dans la glace*
Éric Maravélias, *La faux soyeuse*
Jo Nesbø, *Police*
Michael Kardos, *Une affaire de trois jours*
Attica Locke, *Dernière récolte*
Jérôme Leroy, *L'ange gardien*
Lars Pettersson, *La loi des Sames*
Sylvain Kermici, *Hors la nuit*
Lawrence Block, *Balade entre les tombes*
Joy Castro, *Après le déluge*
Thomas Bronnec, *Les initiés*
Elsa Marpeau, *Et ils oublieront la colère*
Elizabeth L. Silver, *L'exécution de Noa P. Singleton*
Marcus Sakey, *Les Brillants*
Dominique Manotti, *Or noir*
Jean-Bernard Pouy, *Tout doit disparaître*
DOA, *Pukhtu. Primo*
Jo Nesbø, *Du sang sur la glace*
Sébastien Raizer, *L'alignement des équinoxes*
Matthew Stokoe, *Sauvagerie*
Patrick Pécherot, *Une plaie ouverte*
Brigitte Gauthier, *Personne ne le saura*
Jo Nesbø, *Le Fils*

Composition : APS Chromostyle.
Achevé d'imprimer
sur Roto-Page
par l'Imprimerie Floch
à Mayenne, le 20 septembre 2015.
Dépôt légal : septembre 2015.
Numéro d'imprimeur : 88786.

ISBN 978-2-07-014740-3 / Imprimé en France.

272921